王先霈论著选

王先霈/著

华中师范大学120周年校庆丛书
华大经典文库
HUADA JINGDIAN WENKU

華中師範大學出版社
HUAZHONG SHIFAN DAXUE CHUBANSHE

新出图证（鄂）字 10 号
图书在版编目（CIP）数据

王先霈论著选 / 王先霈著. — 武汉 ：华中师范大学出版社，2023.8
（华大经典文库）
ISBN 978-7-5769-0196-2

Ⅰ. ①王… Ⅱ. ①王… Ⅲ. ①中国文学—文学研究—文集
Ⅳ. ①I206-53

中国国家版本馆 CIP 数据核字（2023）第 147595 号

编 辑 室：综合编辑室
电　　话：027-67867370
责任编辑：魏冬晴　张　忠
责任校对：童　雯
封面设计：甘　英　胡　灿
出版发行：华中师范大学出版社有限责任公司
社　　址：湖北省武汉市洪山区珞喻路 152 号
销售电话：027-67861549
邮　　编：430079
网　　址：http://press.ccnu.edu.cn
印　　刷：湖北新华印务有限公司
督　　印：刘　敏
开　　本：710mm×1000mm　1/16
印　　张：30
字　　数：410 千字
版　　次：2023 年 8 月第 1 版
印　　次：2023 年 8 月第 1 次印刷
定　　价：120.00 元

目 录

CONTENTS

目 录

CONTENTS

目录

CONTENTS

第一辑

性格与环境

在典型塑造中，怎样认识和处理性格与环境的关系，是一个有关键意义的问题。马克思、恩格斯在现实主义理论上进行的彻底革命的一个重要方面，就是他们把正确表现性格与环境及其相互关系，作为现实主义创作方法的核心内容。马克思、恩格斯关于性格与环境关系的精辟见解，是历史唯物主义在文艺理论上的运用，是他们革命现实主义理论的极为重要的组成部分。

在美学理论中应用马克思主义的哲学观点，对性格与环境的关系作出的准确表述，最早是由恩格斯完成的，这就是他在致玛尔加丽塔·哈克奈斯信中的名言：

> 据我看来，现实主义的意思是，除细节的真实外，还要真实地再现典型环境中的典型人物。

恩格斯把描写人物性格、正确处理人物性格同社会环境的关系的问题，典型性格和典型环境的问题，作为现实主义的核心问题，这在美学史上具有划时期的重大意义。文学的表现对象是人，而人的社会本质乃是他的一切社会关系的总和，要真实地深入地写出人物，必须在社会关系中描写他，在具体的历史环境中刻画他。所以，很自然地，性格与环境的问题，成为文学创作家和理论批评家们注意的重点。各种不同的流派在运用各种不同的创作方法的时候，从不同的角度和侧面接触到这个问题。但是，以前的理论家、文艺史家不能从文学理论上深刻认识到这一点，他们对于各种创作方法概念的阐释常常是直感式的描述。例如，有人企图以理想和现实的起伏来解释各种创作方法的消长，这当然很难构成精确的理论。他们说：古典主义是现实的，继之而起的浪漫主义是理想的；现实主义当然是现实的，其后出现的现代派又是理想的。这并没有触及问题的实质。恩格斯突出性格与环境的问题，这才使创作方法理论成为严密的科学。由这里可以比较清楚地看到各种创作方法的区别。古典主义离开环境刻画天生如此的性格；积极浪漫主义描写奇境中的奇人，抗议现实环境的压迫，歌颂英雄对现实环境的反抗和对理想的社会环境的追求；消极浪漫主义也写奇境中的奇人，他们逃避现实的社会环境，缅怀和美化梦幻中的往日环境；自然主义写环境决定性格，他们理解的环境只是生物环境和地理环境；如此等等。从性格与环境的关系研究创作方法，就能够把作家的创作方法同他的哲学观点、社会观点联系起来，把作家的美学观点同他的创作实践联系起来，并且突出性格描写这个艺术创作的中心，抓住问题的关键。

中外文学史上，现实主义在什么时候形成，是有争议的问题。但是，无论如何，稍为严格一点的现实主义概念，同性格描写、同性格与环境的关系总是关联着的。至于自觉地用极大的注意力研究作为文学描写对象的人同他所处的社会条件的关系，努力表现出在一定社会环境中的一定性格的形成、发展、变化的过程，这是从欧洲十九世纪批判现实主义作家开始的新的气象。被拉法格称为“环境论的天才代表”(《左拉的〈金钱〉》)的巴尔扎克在文学史上的独创之一，就是通过生活环境的详细描写，体现一定时期社会政治经济状况，以此作为人物性格形成和演变的根据。在巴尔扎克创作生活的初期，当时流行的可供他选用的创作方法有古典主义和浪漫主义。他曾试用这两种方法写过一些作品。但是，当巴尔扎克踏上自己创作的正路之后，他放弃这两种现成的方法，而去作了新的开拓。为什么呢？巴尔扎克说："理由如下：我不相信十七、十八世纪的严峻方法描绘得了现代社会。"（《拜尔先生研究》）他又说，浪漫主义作品的情节"难以令人信服"，"性格虚假，人物的行为违反常识"（《〈欧那尼〉或者卡斯提的荣誉》）。

古典主义作家是注重性格描写的，优秀的古典主义作家创造了许多典型，例如"伪君子""悭吝人""恨世者"等等。当然，优秀的古典主义作家已经不是"纯粹的"古典主义者，他们的创作实践已经不在古典主义理论的研究范围内。即令如此，这些人物总还多少像是一些性格类型，他们的性格特征突出，但性格的时代风貌则不那么鲜明。在古典主义作品中，人物出场之时，他们的性格已经安排好了，在整个作品中再也不会增添什么、减少什么，不会发生什么明显的变化。至于他为什么有这样的性格而不是别样的性格，那只能由作者的思想和人物的愿望来解释，而无须探究客观的社会的原因。古典主义者认定自己的宗旨是表现与生俱来的不变的本性，自然就不去探求人物性格与社会环境之间有什么深刻的紧密的关联。古典主义者的这种看法，同封建时代社会发展的缓慢以及等级界限森严不是没有关系的。法国记者腓力克思·达文在他那篇由巴尔扎克授意并修改的文章《巴尔扎克〈十九世纪风俗研究〉序言》中，把中世纪与十九世纪作了一个对比。他认为，过去一切都是鲜明凸出的，而现在一切都是凹的；过去从农民到贵族都是确定的，线条分明地存在着，现在一切人都被投入社会混合体，人们之间的区别不是那么容易识辨了。达文从文学表现生活的角度所作的对比，大致是符合实际的。马克思、恩格斯则以明确的语言指出：生产中的经常变革，一切社会关系的不断的震荡，永远的不安和变动，是资产阶级时代与过去一切时代不同的特点（《共产党宣言》）。时代不同了，反映时代的文学的创作方法也必然要不同。古典主义作为"十七、十八世纪文学的严峻方法"，反映不了十九世纪动荡不安和错综变化的社会生活。不变的性格类型和急剧变动的社会环境怎么能够协调呢？

浪漫主义和古典主义不同，在浪漫主义作品中有时也可以看到人物命运和性格的巨大变化。这种变化的原因在哪里？浪漫主义者认为，人物性格变化的原因不在客观环境，他们从精神方面去寻求这个原因。例如，维克多·雨果的小说用许多篇幅描述人物内心善恶两种观念的搏斗，以此作为人物性格发展的动力。而这种内心斗争的现实基础、社会条件对人们思想的促进与制约，却很不容易从小说中看得清楚。《悲惨世界》批判了资本主义的罪恶，这种批评带有作家强烈的愤慨，却并不深刻。它从人物的遭遇控斥了资本主义的冷酷，但不能从性格与环境的关系上揭示各种罪孽的深刻的社会根源。恩格斯说过，旧的社会主义，虽然批判了现存的资本主义生产方式及其结果，但不能说明它，而只能简单地把它作为邪恶来摈弃（《反杜林论》）。这里当然不是在谈论创作方法问题，但是，这句话对于我们认识雨果的浪漫主义创作方法的局限性很有启发，因为雨果的浪漫主义的哲学基础同空想社会主义者的历史唯心主义有相通之处。

马克思、恩格斯在性格与环境关系上的见解的正面说明，是在对欧洲现实主义作家，尤其是巴尔扎克的创作经验的分析中作出的。

第一，马克思、恩格斯所说的作品中的环境，主要是指一定的社会阶级关系在作品中的具体显现。正确处理性格与环境的关系，就是要正确反映一定时期阶级斗争的情势对于人们的决定性的影响。马克思称赞巴尔扎克“对现实关系有深刻理解”（《资本论》），恩格斯要求“对现实关系的真实描写”（《致敏·考茨基》），就是这个意思，这也正是巴尔扎克超越前人之处。在他的小说中，人物是环境的产品，通过人物表现了阶级斗争，表现了社会。《幻灭》中的吕西安，从一个幼稚的贫苦青年变成卑劣的小报记者，是怎么变过去的呢？小说让我们看到，他从乌莫的平民社会走进巴日东太太的客厅，又从宁静的外省安古兰末步入喧闹的首都巴黎，资产阶级社会环境的漩涡把他吞没了。《贝姨》描写了一个色鬼，在对情欲的无止境的追求中走向穷途末路的历史。于洛·特尔维，这位男爵大人、陆军部的署长、拿破仑的旧部，却在情场一再失意，潦倒不堪。这是怎么一回事呢？就因为他作为贵族，生错了时代，他不幸生在爵位抵不过法郎的环境中，生在“爱情的代价要三万法郎一年”的环境中。巴尔扎克没有企图去表现什么永恒不变的单纯的情欲，而是让于洛在两大剥削阶级交替的历史巨浪中颠簸。于洛的情场失意，乃是贵族在政治舞台失意的结果和表现。正如恩格斯指出的，巴尔扎克“把上升的资产阶级在1816年至1848年这一时期对贵族社会日甚一日的冲击描写出来”，“他描写了这个在他看来是模范社会的最后残余怎样在庸俗的、满身铜臭的暴发户的逼攻之下逐渐灭亡，或者被这一暴发户所腐化”（《致玛·哈克奈斯》）。《贝姨》里的阿纳丽特，显然是巴尔扎克同情和喜爱的人物，巴尔扎克在这个人物身上渲染了旧日理想的余晖。然而，这个妇道的楷模，最后竟至于决心用自己看得胜过生命的贞操，向老花粉商换取二十万法郎现款。阿纳丽特后来不得不勉强地打扮自己，力图战胜淫荡无耻的玛弗奈夫人，博取自己所厌恶的一个男子的欢心，而结果终于成为那个资产阶级女子手下的败将。正如恩格斯所说，巴尔扎克描写了贵妇人怎样让位给专为金钱或衣着而不忠于丈夫的资产阶级妇女。在巴尔扎克看来，没有固定不变的所谓“本性”，也没有固定不变的道德观念。对于巴尔扎克，“德行也是一种产品，跟酒和醋没有什么不同”（泰纳：《巴尔扎克论》）。妇女片面贞操的观念，原是封建宗族统治的产物。当银行家、花粉商之流成为社会的支配力量之后，贞操也成了商品。信守封建道德的“圣徒”，在金钱统治的环境中，不是堕落，就是灭亡。

马克思、恩格斯还认为，现实主义的文学作品处理性格与环境的关系，不仅要写出不同的历史时代有不同的性格，还要表现同一社会形态的不同发展阶段，给人物性格染上不同的色彩。巴尔扎克的人物画廊中的资产阶级就是这样。葛朗台开始发财在1789年，那是资产阶级积累资本的时期。这种环境把葛朗台训练得精于计算。吝啬，是葛朗台性格的主导特征。克勒凡，是路易·腓力普的金融家时代的人物。资产阶级事业的迅速发展，使他们的野心大大膨胀，也改变了他们的生活作风。挥霍奢侈，是克勒凡性格的一个重要方面。随着资本主义的发展，资产阶级日益走向荒淫腐化。巴尔扎克写出了资产阶级代表人物的性格随社会环境的发展而变化的这一过程。恩格斯谈到巴尔扎克对法国资产阶级在十九世纪初的上升过程的描写，强调指出用的是编年史的方式。这就告诉我们，再现环绕性格的环境，不能只笼统地写到一个社会形态的时代环境，应该精细地表现每一阶段、各个年代具体的情景和气氛。

马克思、恩格斯还谈到，处理性格与环境的关系，在抓住了一定时代以及一定时代内一定阶段的本质特点的同时，还应注意民族和地域等方面的特点，使性格在这种特殊环境的映衬下，显现其民族的、地方的气质。恩格斯在致敏·考茨基的信中，将伦敦、巴黎、柏林、维也纳四个城市的环境加以比较，指出伦敦的特点是“气候条件所造成的门窗紧闭的室内生活”，“社会生活中的互不往来和等级森严”，说维也纳“具有把南欧和东欧的各种因素混合在一起的独特的国际性质”。恩格斯肯定《旧与新》对盐场工人和对维也纳社交界的描写，说“对于这两种环境里的人物，我认为您都用您平素的鲜明的个性描写手法给刻画出来了”。恩格斯这里所说的环境，首先是指不同发展阶段上不同的社会关系，其次包括民族和地域的特点。巴尔扎克在《幻灭》中写了代表两种不同时期的资产阶级的人物。印刷厂厂主尼古拉·赛夏之所以败在另一家印刷厂厂主兼高利贷商人戈第安兄弟手下，是因为赛夏老头是过时的人物，他的经营方式还是早期资本主义手工工场方式。戈第安兄弟与巴黎的金融资本相勾结，是新时期的人物。但是，安古兰末的戈第安兄弟和巴黎的药材商玛蒂法、绸缎商加缪索也并不一样，他们不会像后者那样拿出几万法郎来养女戏子；他们迅速地聚敛财富而决不放弃祖传的啬刻，他们懂得借用政治局势的风云变幻来进行投机，同时也乐于亲自出马玩弄一些小阴谋。一句话，他们是外省商人而不是巴黎商人，巴尔扎克在他们身上写出了外省环境的特色。

总之，文学作品中的环境描写，不但要以社会关系的再现为中心，而且要力求展开广阔的画面，要提供丰富多彩的风俗画、风景画。恩格斯谈到巴尔扎克对法国阶级斗争情势的真实表现之后说，他“在这幅中心图画的四周，汇集了法国社会的全部历史”（《致玛·哈克奈斯》）。我们对于典型环境的理解，应该更广泛一些。

马克思、恩格斯肯定了巴尔扎克等人处理性格与环境关系的成功经验，在理论上予以阐发，又指出了当时一些作家在这个问题上的错误，以作为反面的鉴戒。马克思、恩格斯一再严厉批判十九世纪前叶喧嚣一时的“真正社会主义者”。恩格斯说，他们“不可能把要叙述的事实同一般的环境联系起来，并从而使这些事实中所包含的一切特出的和意味深长的方面显露出来”，他们只能“枯燥无味地记录个别的不幸事件和社会现象”（《诗歌和散文中的德国社会主义》）。我们看到，巴尔扎克的作品也叙述了许多不幸事件和社会现象，比如高里奥老头被两个女儿遗弃，查理对表姐欧也妮·葛朗台的负心，腓力普对母亲和弟弟忘恩绝义，加缪索小姐和她母亲对邦斯舅舅白眼相加。巴尔扎克把各种人物性格放在特定的环境中，把作品中环绕人物的具体环境同社会一般的环境联系起来，引导读者到社会历史中寻找人物命运的答案，寻找罪恶和不幸的根源，从而引起人们对于资本主义制度永久性的怀疑。这也正是巴尔扎克成为“比过去、现在和未来的一切左拉都要伟大得多的现实主义大师”的原因。

第二，按照马克思、恩格斯的观点，在现实主义的文学作品中，一方面应该表现出环境决定着人物性格；另一方面，社会环境的体现，不能主要依靠作者直接的概述、介绍，而要通过人物性格的描写。离开人物性格、人物关系，无所谓典型环境。巴尔扎克说过，《人间喜剧》中“这些人物是从他们的时代的五脏六腑孕育出来的，全部人类感情都在他们的皮囊底下栗动着，里面往往掩藏着一整套完整的哲学”（《人间喜剧》前言）。所以，这一个个人物本身就是时代的镜子、时代的缩影，就体现着时代环境。《高老头》写到伏盖公寓的主人伏盖太太时说，“她整个的人品足以说明公寓的内容，正如公寓可以暗示她的人品。监狱少不了牢头禁卒，你想象中决不能有此无彼”。这是用文学描写的语言，对于人物性格与所处环境之间的关系所作的一个很好的说明。

拉萨尔的《弗兰茨·封·济金根》不能真实地再现十六世纪德意志的典型环境，首先是因为它对于主人公济金根的性格作了不正确的描写。哈克奈斯的《城市姑娘》不能真实地再现十九世纪八十年代英国的典型环境，首先是因为它对小说中工人的性格作了不正确的描写。马克思、恩格斯批评拉萨尔没有写平民和农民革命分子的代表，恩格斯批评哈克奈斯没有写积极反抗的工人，就是认为他们在人物安排和描写上的缺点，影响到他们对社会环境的正确表现。但是，马克思和恩格斯并没有规定作品中的主人公必须是他们那个时代的先进人物。他们并不认为，在每一具体作品中，占据时代中心地位的阶级的代表，也必须总是占据舞台的中心；他们并没有说过，只有这样才能创造出典型环境。哈克奈斯的错误，并不在于选择了一个消极的工人作小说的主人公，而在于怎样去写这个工人和其他工人，而在于这个形象和整篇作品的倾向。恩格斯特别指出，《城市姑娘》中的人物，“就他们本身而言，是够典型的”，就是说，写这类人物是无可厚非的，问题在于如何通过时代环境的再现显示出人物形象的深刻社会内容。在每一文学作品中，为了通过人物性格和人物关系的描写，体现出一定时代的社会环境，作家有无限多的可能性去选择自己独有的艺术构思、独特的表现方法。所以，恩格斯在对《济金根》的修改提出了十分中肯的意见之后说，“这一切都不过是可以把农民运动和平民运动写入戏剧的一种方法而已；此外至少还有十种同样好的或者更好的其他的方法”。

写好作品的主要人物，写出主要人物的性格的时代内容、阶级本质，就能真实地再现典型环境。拉萨尔如果能按照历史的真实面貌，正确地表现济金根是作为垂死阶级的代表反对皇权、反对诸侯，写出他必然的覆灭，那样他就能真实地表现十六世纪的社会关系。

按照作者的历史观点和艺术构思，特意安排的某些在作品中只占很少篇幅的人物，在体现社会环境上可以起到十分重大的作用。马克思、恩格斯不约而同地要求拉萨尔以农民和平民革命分子的代表构成剧本的背景，也就是这个意思。《高老头》对于荷拉斯·皮安训的描写，《卡迪央王妃的秘密》对于米希尔·克雷斯蒂安的赞颂，《幻灭》对于大尼埃·大丹士的小团体的介绍，都不过寥寥数处，但是在沉湎于声色犬马和筹划恶毒阴谋的资产阶级男女身边，出现这一群高尚的青年知识分子，大大扩展了小说的历史内容，加强了对时代概括的深度。

恩格斯还特别提出福斯泰夫式的背景。恩格斯说，采用这种用人物体现环境的方法，“介绍那时的五光十色的平民社会，会提供完全不同的材料使剧本生动起来，会给在前台表演的贵族的国民运动提供一幅十分宝贵的背景，只有在这种情况下，才会使这个运动本身显出本来的面目”（《致斐·拉萨尔》）。福斯泰夫是在莎士比亚的一组历史剧中反复出现的人物，这组历史剧以王室、大臣为中心，而通过福斯泰夫却又生动揭示了当时下层社会的状况。巴尔扎克在《人间喜剧》的写作中，创造了人物再现的方法，就是让一个人物在几部作品中反复出现，这样的人物每每成为五光十色的社会关系的体现者。例如拉斯蒂涅就是这样一个人物。作者在《高老头》中首次介绍拉斯蒂涅说，“倘没有他对巴黎社交界的有趣的观察，没有他在交际场中无孔不入的本领，我们这故事就要缺乏真实性”。他不但成为小说中高里奥老头和伏脱冷接触社会的中介之一，而且成为读者了解一八一九年前后巴黎社会的中介。在他身上，纠结着错综复杂的社会关系。由于拉斯蒂涅往来于寒碜的伏盖公寓和爵爷们的豪华公馆之间，作品又通过他表现两种具体环境的强烈对比。作者写到，拉斯蒂涅“在雷斯多夫人的蓝客厅与鲍赛昂夫人的粉红客厅之间，他已经读毕了三年的巴黎法”。我们也就跟着他一起读这部

“巴黎法”，了解巴黎的资本主义的社会关系。

在人物性格描写中注进作家的感情和认识，如果这种感情和认识符合客观的社会状况，符合历史的规律，也就能帮助读者通过人物形象正确认识人物所生活的时代的环境。《城市姑娘》中，不仅工人们自己没有作出任何企图以斗争求得自身解放的努力，而且作者也没有在这些形象中表现出希望和相信工人自己解放自己的信念。这也是小说中的人物虽有一定的典型性，整部作品却缺乏高度的时代真实感的原因。左拉许多小说中的人物也有不同程度的典型性，但作者以一种冷漠的态度去描写工人的苦难与愚昧。他给我们看了一些逼真的画像，却像一潭死水被浓重的雾霭笼罩，见不到滚滚向前的历史长河，读者不能从作品中感受历史的运动，更不用说看到前进的方向。恩格斯说，巴尔扎克对于贵族男女给了空前尖刻的嘲笑、空前辛辣的讽刺，对于共和党英雄则毫不掩饰地加以赞赏。这样，巴尔扎克笔下的人物形象本身就能体现上流社会必然崩溃的历史趋势。当然，巴尔扎克也仍然是过于冷静。由于他的思想的矛盾，他很难在人物描写中倾注更热烈的感情。

第三，马克思、恩格斯关于性格与环境关系的一系列论断，不仅是对资产阶级优秀作家经验的深刻概括，更反映了蓬勃发展的无产阶级解放斗争的要求，也是对新型的革命文学的殷切期望。巴尔扎克在认识和处理性格与环境的关系上作了突出的贡献，但他和他那个时代的哲学伙伴、文学伙伴一样，不可能看到改造社会、改造环境的伟大力量。在巴尔扎克所反映的资产阶级给封建势力送葬的历史时期，资产阶级的掘墓人也已经开始试验自己的锄头了。虽然，这个劳苦的阶级在“人间喜剧”的几部作品中投下过淡淡的影子，但是，我们即使不去讨论那类形象的真实程度，仅就他们在巴尔扎克作品中的数量来说，也远远不能与他们的压迫者相比。巴尔扎克真实地写出了十九世纪初法国的历史环境，然而只是写了它的一面。巴尔扎克真实地塑造了许多典型人物，但大都是属于剥削者阵营。他的巨笔无法到达的地方，只能由无产阶级作家来描绘。一八八八年，恩格斯向文学家提出了表现“工人阶级对他们四周的压迫环境所进行的叛逆的反抗”（《致玛·哈克奈斯》）的要求。要求文学作品表现和讴歌人民群众改造社会环境的伟大革命实践，这是马克思、恩格斯关于性格与环境关系的思想的最重要之点，也是革命现实主义区别于旧现实主义的崭新的特点；同时，这又是革命现实主义联系革命浪漫主义的桥梁。历史上的积极浪漫主义者看到了人可以改造环境，他们在总的方向上同人民利益一致，用马克思的话说就是“往往通过无形的纽带同人民的机体联系在一起”（《致弗·阿·左尔格》），但在具体实践上他们同人民是隔绝的。在他们的作品中，改造社会是少数“超人”的伟业。革命现实主义者真实地反映人民群众的革命实践，也就能预示历史发展的方向，所以它的性质本身就要求有革命浪漫主义的因素。只是在十九世纪，社会条件和文学条件都不成熟，马克思、恩格斯还不可能着重强调革命浪漫主义问题，还只能着重于革命现实主义。

二十世纪初，以高尔基的《母亲》为标志，马克思、恩格斯所热烈期望的新型文学举起了自己的旗帜。这种文学的创作方法，后来被定名为社会主义现实主义。高尔基在论述它的原则时，这样说明性格与环境的关系：我们的现实主义……它的主要任务是通过形象地描绘现实、人物以及人们在劳动过程中的相互关系的方法来确定社会主义（《给叶·谢·多宾》）。要描写新的性格，要从社会主义建设时期新型社会关系中塑造新的性格。如果说，批判现实主义与古典主义不同，在于它能从社会关系来研究性格；那么，社会主义现实主义同批判现实主义不同，在于它自觉地用动力学的观点而不是静力学的观点看待性格，看待环境，看待性格与环境的关系。如同卢那察尔斯基所说，“我们接受现实，但是我们不用静止的态度去接受它”，而把它“当作一个发展过程来接受”（《社会主义现实主义》）。

一九五八年，毛泽东同志提出革命现实主义和革命浪漫主义相结合的创作方法。周恩来同志在阐述它的时候精辟地指出，要以革命浪漫主义为主导，以革命现实主义为基础。按照我们的理解，从性格与环境的关系来说，这个创作方法的革命现实主义基础，就是要正确表现革命和建设中人们的相互关系，表现性格产生的社会条件；这个创作方法的革命浪漫主义精神，就是要写出社会关系的发展、变化及其对于人们性格的影响，歌颂人民改造现实、变理想为现实的伟大斗争实践，不仅写出过去的现实和现在的现实，而且写出“第三种现实——未来的现实”（高尔基：《在苏联作家协会理事会第二次全体会议上的演说》）。

高尔基对社会主义现实主义的大量理论阐述，社会主义现实主义的定名，是在恩格斯致哈克奈斯的信发现和发表的时候。高尔基等人的意见，是对恩格斯的再现典型环境中的典型性格的原则的阐释、引申和发挥。毛泽东同志提出革命现实主义和革命浪漫主义相结合，也是在马克思主义哲学和马克思主义美学传统的基础上的一个新的创造。在无产阶级革命事业和革命文学的前进过程中，马克思、恩格斯的这些理论观点，不断地被丰富和发展。与此同时，资产阶级的文学侍从们，修正主义的文学代表们，向着马克思、恩格斯阐述的革命现实主义，向着高尔基在列宁、斯大林支持下奠基与倡导的社会主义现实主义，向着毛泽东同志提出的革命现实主义与革命浪漫主义相结合，一次又一次发动猖狂进攻，在性格与环境关系的问题上，制造一个又一个奇谈怪论。他们经常地变换手法，时而公开打着右的旗号，时而隐蔽在“左”的伪装之下。

“四人帮”把马克思主义经典作家、无产阶级文艺旗手们在美学上的建树一笔抹杀，而捧出他们发现的“伟大的真理”——“三突出”原则。“三突出”原则拾取古典主义的余唾和消极浪漫主义的糟粕，反对在社会关系中刻画人物，反对真实地描写现实关系，“四人帮”鼓吹反动的庸俗的浪漫主义，给我们的文艺创作造成极大伤害。现在，要清除他们的这种影响，只能靠正确阐释和运用革命现实主义和革命浪漫主义相结合的创作方法，绝不能对革命浪漫主义本身有任何动摇，更不能退回到旧现实主义的道路上去。

我们有理由相信，深入研究马克思主义经典作家关于性格与环境的论述，将会促进我们的文艺创作，以一批一批新颖、丰满、深刻地反映时代的文学典型的出现为标志，无产阶级文艺创作的新高潮即将到来！

（1978年10月初稿，1978年除夕修改，载《华中师范学院学报》1979年第1期）

资本主义生产同艺术和诗歌的敌对性

马克思关于资本主义生产同艺术、诗歌相敌对的观点，早已为人们所熟悉，被许多研究者一再提到，但深入的全面探讨，做得似乎并不很充分。今天，重新学习马克思这方面的思想，不仅有着深刻的理论意义，而且有着迫切的现实意义。例如，观察和评论西方发达的资本主义国家当前的文艺现象，是否还可以拿马克思的这个观点作为一个指针呢？一百多年来资本主义国家文学艺术发展的实际情况，究竟是否定了还是不断地检验和证实了马克思的这一论断？近几年来，在对西方现代派的介绍和评论中，有些同志把一个国家文学艺术的发展水平与生产力发展水平直接联系起来，认为西方现代派是工业发展、科学昌达的必然结果。他们说，我国要实现国民经济现代化，也就会产生文学艺术上的现代派。有同志说，在西方发达国家，“生产力随着科学技术的迅猛发展，而急剧地上升，到了一种令人咋舌的高度，也难怪文学艺术随之而变化多端，简直令人眼花缭乱了”。“在它继续发展的进程中，我们可以相信，西方现代派文艺也将创作出有利于人类进步的信心百倍的理想主义的作品，描绘出未来的新世界的新姿。物质文明将推动精神文明前进。”① 可以看到，这些同志对于资本主义制度下物质生产同艺术生产

① 徐迟：《现代化与现代派》，《外国文学研究》1982 年第 1 期。

的关系，提出了一种不同于马克思的观点的见解。这不能不引起人们的关心，也说明了根据实际情况进一步领会和阐述马克思有关论断确有必要。

马克思是在对资产阶级经济学家的批判中提出资本主义同艺术、诗歌相敌对的观点的。他在《剩余价值理论》第四章中分析英国资产阶级古典政治经济学家亚当·斯密关于生产劳动和非生产劳动的理论，其中第十六节则是批判俄国经济学家昂利·施托尔希对物质生产和精神生产相互关系问题的反历史态度。施托尔希认为，一国国民愈文明，该国国民财富就愈能增加；反过来也一样。施托尔希的根本错误在什么地方呢？就在于他离开生产关系的影响和政治制度的影响，离开一定的历史形式，孤立地把物质生产当作一般范畴来考察。马克思嘲讽地指出，按照施托尔希的逻辑，既然资本主义时代人们在力学等等方面已经远远超过了古代人，就应该能够创作出超过荷马史诗的现代史诗了。我们的那些把文学上的现代派看作科学技术和物质生产的现代化的必然产物的同志，不正是重复了施托尔希的错误吗?! 他们划分出蒸汽机时代的文艺和原子、电子时代的文艺，却不重视与社会主义生产方式相适应的文学艺术同建立在资本主义生产方式的基础上并为之服务的文学艺术的根本区别。他们把艺术生产同物质生产的关系看得太简单了。马克思在批判施托尔希时指出，只有从一定的、历史地发展的和特殊的形式来考察物质生产，才能理解与某一社会形态下的物质生产相适应的精神生产的特征以及两种生产的相互关系。例如，与资本主义生产方式相适应的精神生产，就和与中世纪生产方式相适应的精神生产不同。马克思在这里是要强调物质生产同精神生产两者关系中的复杂性，而资本主义生产同艺术和诗歌相敌对的论点正是建立在上述理论的基础之上的。这些理论观点是不是他个别著作中偶尔提到的看法呢？不是。关于物质生产同精神生产、经济因素同意识形态之间关系的复杂性，马克思多次作过阐述；马克思逝世之后，针对一些人以庸俗唯物主义歪曲历史唯物主义的情况，恩格斯对这一点作了突出的强调。马克思和恩格斯谈到经济对意识形态包括文学艺术的支配作用的时候，总是指出：第一，经济因素不仅指生产力，同时还指生产关系。在脑力劳动和体力劳动实行社会分工后，生产关系比较生产力更直接地，并在更大的程度上影响意识形态，影响文学艺术。第二，经济不是唯一的决定因素，除了经济因素之外，决定历史进程也决定文学进程的，还有上层建筑的各种因素，还有阶级斗争的各种政治形式和这个斗争的成果。第三，经济因素只是归根到底起着最终的支配作用，经济在这里并不重新创造出任何东西，它通过政治、法律、道德等中介，间接地对哲学和文学发生作用，哲学和文学都有本身的历史继承性，每一时代、每一民族的哲学和文学都有它由以出发的特定的思想资料作为前提，经济只是决定着现有思想资料的改变和进一步发展的方式。马克思和恩格斯多次指明，把经济因素说成是精神生产、艺术生产唯一的直接的决定因素，就不能超出庸俗的见解，不能超出泛泛的毫无内容的空谈，就是把历史唯物主义的命题变成毫无内容的、抽象的、荒诞无稽的空话。单从经济因素、单从生产力的水平直接分析一个国家文学艺术的兴衰消长，是很容易闹笑话的。党中央提出，在建设物质文明的同时，建立起高度的社会主义精神文明，正是充分估计到生产关系、政治制度对于精神生产的巨大影响。这是对马克思主义的一个重要发展。把精神生产和物质生产的关系看得太简单，就不能正确理解和执行这一战略方针。

马克思关于资本主义生产同艺术和诗歌相敌对的观点，是从马克思对资本主义生产所作的科学的深入分析中必然引出的结论，它是马克思的政治经济学理论和美学理论的一个不可分割的有机组成部分。马克思这一观点没有过时，它的正确性还在被不断发生的事实所证明。事实上，资本主义生产对艺术、诗歌的不利影响十分明显，最先发现这一现象的并不是马克思。例如，席勒在十八世纪末就曾指出，资本主义生产方式下的劳动，使劳动者失去了古代人在劳动中享受到的审美感情。他在《审美教育书简》的第六封信中，拿古希腊社会和近代社会进行对比，说近代文明“分裂一切理智”，使人性发生了分裂；希腊人“把想象的青春性和理性的成年性结合在一种完美的人性里”，而在近代“人性的内在联系也就被割裂开来了，一种致命的冲突就使得本来处在和谐状态的人的各种力量互相矛盾了”。他分析说，在近代社会里，政治与宗教，法律与道德习俗都分裂开来了，欣赏和劳动脱节，手段与目的脱节，努力与报酬脱节。永远束缚在整体中一个孤零零的断片上，人也就把自己变成一个断片了，耳朵里所听到的永远是由他推动的机器轮盘的那种单调无味的嘈杂声音，人就无法发展他的生存的和谐；他不是把人性印刻到他的自然上去，而是变成他的职业和专门知识的一种标志①。

席勒已经看到，生产中分工的精细严密和近代社会生产方式结合在一起，剥夺了工人的审美感情。他找不出根本原因所在，更找不到解决这一致命的冲突的正确途径。这个问题，在马克思关于劳动异化的理论中得到透彻的说明。马克思指出，在资本主义社会里，“劳动所生产的对象，即劳动产品，作为异己的东西，作为不依赖于生产者的独立力量，是同劳动对立的”②。工人创造的东西成了资本家奴役工人的手段。“劳动为富人生产了珍品，却为劳动者生产了赤贫。劳动创造了宫殿，却为劳动者创造了贫民窟。劳动创造了美，却使劳动者成为畸形。劳动用机器代替了手工劳动，同时却把一部分劳动者抛回到野蛮的劳动，而使另一部分劳动者变成机器。劳动生产了智慧，却注定了劳动者的愚钝、痴呆。”③ 马克思从劳动者同劳动产品的关系、劳动者同劳动的关系、劳动者同社会的关系详尽地考察了劳动异化的表现，并从中引出劳动异化的最重要的表现：劳动者作为人与自己本身相对立，从而其他人也与他相对立。马克思通过分析资本主义生产方式下物与物的关系，揭

① 转引自朱光潜：《西方美学史》下卷，人民文学出版社，1963年，第445页。
② 马克思：《1844年经济学—哲学手稿》，刘丕坤译，人民出版社，1979年，第44页。
③ 马克思：《1844年经济学—哲学手稿》，刘丕坤译，人民出版社，1979年，第46页。

示出人与人的关系、资本家与劳动者关系的秘密。

资本主义制度是一种剥削制度，它本身也有一个历史发展过程。当它具有进步性的时候，它对物质生产的发展起过巨大的促进作用，也对某些精神生产部门例如自然科学起过巨大的作用，但它一开始就同艺术和诗歌相敌对。马克思继承和改造了德国古典美学家的思想，揭露了资本主义生产同审美活动的对立，特别是艺术的掌握世界的方式所要求的人的全部感觉的丰富性同异化劳动造成的人的感觉非人化的对立。这是资本主义生产同艺术、诗歌的敌对性的第一个方面。

在《剩余价值理论》中，谈到资本主义生产同艺术和诗歌相敌对的那句话前面，马克思提到了统治阶级的意识形态组成部分同一定社会形态下自由的精神生产，把两者并提显然是加以区分。由于现存的手稿这一部分字迹不十分清晰，对于“自由的精神生产”的文字及含义，存在不同的看法①。我以为，这里，马克思在用语上可能受到德国古典美学家的影响。在康德的美学体系中，“自由”是一个重要概念。他所讲的自由，就是指摆脱了利害的计较和欲念的支配。席勒受到康德的影响，他在美学论著中从不同方面一再谈到自由。他认为，处在自由状态下的人的艺术活动，最能使人成为一个全面的完整的人。马克思借用这个术语，从上下文以及其他地方的论述看来，他的意思是指摆脱了统治阶级狭隘的支配，摆脱了资本家对利润追求的欲念的控制，也摆脱了直接的物质需求的控制，而完全发自内心，成为“天性的能动表现”②。马克思论及人按照美的规律塑造物体的时候就曾指出，“动物的产品直接同它的肉体相联系，而人则自由地与自己的产品相对立”③。人和动物不同，他能欣赏美、创造美，资本主义生产却把工人变成动物。所以，资

① 参见柏拉威尔：《马克思和世界文学》，梅绍武等译，生活·读书·新知三联书店，1980年，第423—424页。

② 马克思：《剩余价值理论》，《马克思恩格斯全集》第二十六卷第一册，人民出版社，1972年，第432页。

③ 马克思：《1844年经济学—哲学手稿》，刘丕坤译，人民出版社，1979年，第50页。

本主义生产是损害自由的精神生产、损害人的美感的。为饥寒和劳累所苦的忧心忡忡的穷人，就是对最美的景物也无动于衷，而狂热的追求高额利润的矿物商人，看不到矿物的美的特性，他只把矿物当作商品。劳动异化从不同方面造成社会审美心理的畸变、社会审美能力的退化和下降。雇佣劳动制度下越来越细密的分工，迫使工人在劳动中长期重复某种单调的活动和同一动作，使得他们某一方面的感觉高度发达（但也可能由于信息过载而钝化），而另一些感觉器官则因长期不使用、信息不足而退化，破坏了有机体同周围环境之间的信息平衡，造成机能障碍。我们知道，美感之不同于快感，就在于它包含着丰富的心理因素，在于它同复杂的社会观念的联系，要求人性的完整性和丰富性的审美同造成人性片面性的资本主义生产始终处于敌对状态。

社会欣赏能力的降低，社会心理的畸变，不能不影响到作家，不能不影响到他们的创作心理。现代资产阶级的某些文学艺术作品，就是病态的社会心理的曲折反映。高尔基在本世纪初谈到现代生活和文学的时候，分析文学界的现代个人主义者的特点说，他的感受能力被提高到病态的程度，但是他的视野是狭隘的，他的综合能力是薄弱的；大概因此便产生他思想上标新立异的特征和爱好诡变的倾向①。这多少概括了西方现代文学中一部分情况。西方现代文学尤其是现代派的有些作品，表现作者或人物的心理，细微入微、委婉曲折，又常常偏执地胶着某一类感情（如性爱）而忽视了人的感情的多样性，并且把感情和理性分裂开来。国外有的研究者认为，现代派的某些作品对于复兴异化理论有作用。这话不是完全没有道理。但是，也应该说，现代派作家没有从根本上揭露资本主义社会的异化及其根源，而且，他们的许多作品本身正是异化的文学，是资本主义生产造成艺术病变的一种例证。

马克思在提到统治阶级意识形态组成部分和自由的精神生产之后，

① 高尔基：《个性的毁灭》，《文艺理论译丛》第1期，人民文学出版社，1957年。

讲资本主义生产同艺术和诗歌的敌对，还有一层意思：文艺创作作为自由的精神生产同作为替资本增值的生产，这两种属性是相敌对的。这是资本主义生产同艺术和诗歌的敌对性的又一个方面。在《剩余价值理论》中，马克思说过，同一种劳动，可以是生产劳动，也可以是非生产劳动，像作家和艺术家的劳动就是这样。所谓生产劳动，本来是指创造物质财富的劳动，诗人、歌唱家的劳动则属于非生产劳动。可是，从资本主义生产的意义上说，从资本家的观点来说，生产劳动乃是能够替资本家生产剩余价值的劳动。对于出版商、剧院老板来说，作家、歌唱家、演员的劳动又可以成为生产劳动。马克思举例说，密尔顿创作《失乐园》，出于春蚕吐丝一样的必要，是他天性的能动表现，他是非生产劳动者；在书商指示下编书的作家或被剧院老板雇用的歌女则是生产劳动者，他们只是为了让资本家赚钱而进行和完成自己的创作。这里，马克思用春蚕吐丝的比喻是意味深长的。这个比喻来自歌德的剧本《托尔夸托·塔索》，其中描述诗人的创作活动说：

在我内心日夜变化的这一冲动，
我无法抑制。
如果我不是在思考或写作，
那么生活对我来说就不再是生活。
当蚕儿把自己织向死亡的时候，
你去禁止它织吧。
它从内心深处想织出这珍贵的网，
而毫不停息，
直到它把自己缠到他的棺材里面。
哦，一位善良的上帝将来也要赐给我们
这值得羡慕的昆虫的命运：
迅速和欢乐地在新的阳光照耀的峡谷里

展开它的翅膀！①

马克思运用这个比喻来表征文艺创作的自由精神生产的性质，强调它同为资本增值而创作两者之间的冲突。文艺应该表现作家对于社会生活的审美的认识，表现作家的审美激情。作家被创作冲动所驱使而写作，如春蚕吐丝般不可抑制，那样才有可能写出有艺术价值的作品。在这种状态下，作家所追求的是真、善、美的境界，作家所遵循的是艺术规律。但是，在资本主义制度下，过去被认为是最高贵劳动的艺术劳动，变成了交易的对象，诗歌和艺术作品成了商品。金钱拜物教毒化了不少本来颇有才气的文艺家的心灵，同时也迫使一些缺乏必需的生活条件和创造条件的作家让艺术的选择屈从于货币的需求。在这种状态下，作家所趋奉的是作品买主的好尚，他所遵循的是市场规律。美国一位剧作家赖斯说过，"剧本只有……在剧作家逝世后，才是艺术品，在当中这段时期是商品"。现代派诗人庞德在他著名的《诗章》里这样诅咒作为资本主义的象征的高利贷：

有了高利贷……
图画不是为了长久保存
而是为了卖钱，快快地卖钱
有了高利贷，人性有了罪……
石匠无暇凿石块
织女不去碰织机……
高利贷好比一场瘟灾，高利贷
让绣花女的钢针变粗
聪明伶俐的织女缺了心机……

---

① 参见柏拉威尔：《马克思和世界文学》，梅绍武等译，生活·读书·新知三联书店，1980年，第213—214页。

高利贷锈蚀了凿子

锈蚀了手艺人和他的手艺

它咬断了织布机上的线

使金线织进图案的绝技失传……①

庞德在这里表现了怀古恋旧情绪。马克思认为，雇佣劳动最不道德的方面也还有积极的一面，艺术劳动失去从前的荣誉，只被从商业价值来估价，这是“巨大的进步”②，因为它使宗法制的东西消失，使封建时代一切关系脱去神圣的外衣。资本主义生产在同封建贵族没落颓废的诗情的敌对上，它是进步的。但资本主义生产同时也破坏了健康的、美的诗情。在一本杰克·伦敦的传记里，描写这位作家未成名之时，为了写作，只有卖掉一切家当来养活自己。他急不可耐地等着稿费，一收到编辑部的信，他的头脑像闪电一般计算数字，用颤抖的手指头撕开信封，正如他那颤抖的想象正在撕开前途的光明面。他当时说，只有富人做得起作家。当编辑部提出来，若是他同意把稿子缩成一半便可寄来几十元稿费时，他立刻表示：“许可！只要他肯立即寄钱来，他可以把那篇小说切成两半！”③ 高尔基早年也曾在信中向契诃夫诉说苦恼：“我总是匆匆忙忙要寄到什么地方去，把自己的东西润色得不好，最糟糕的是，我完全靠稿费生活。”④ 总之，正如列宁同蔡特金谈话时尖锐地揭露的，在私有制社会里，艺术家为市场而生产商品，是一种最无聊的事态。杰出作家的创作还难免受到资本主义法则的损害，至于专靠迎合低级趣味谋生牟利的末流作家的创作，更典型地说明了作品的市场价格如何排斥了审美价值。只要资本主义生产方式没有改变，它所造成的艺术

① 转引自李文俊：《美国现代诗歌 1912—1945》，《外国文学》1982 年第 9 期。

② 马克思：《工资》，《马克思恩格斯全集》第六卷，人民出版社，1961 年，第 659—660 页。

③ 参见爱尔文·斯通：《马背上的水手》，董秋斯译，中国青年出版社，1959 年，第 86—91 页。

④ 高尔基：《致契诃夫》（1898 年 12 月 6 日），《文学书简》，人民文学出版社，1962 年，第 65 页。

和诗歌的艺术价值同商业价值相敌对的情况就不会改变。

《共产党宣言》说："资产阶级在它已经取得了统治的地方把一切封建的、宗法的和田园诗般的关系都破坏了。……它使人和人之间除了赤裸裸的利害关系，除了冷酷无情的'现金交易'，就再也没有任何的联系了。"从艺术在社会生活中的地位和作用看，资本主义生产造成的人与人之间的竞争、对立，造成的社会环境的冷酷化和个人心理的孤独化，同艺术和诗歌所要求的人与人的情感、思想的交流和共鸣又是相敌对的。这也是资本主义生产同艺术和诗歌的敌对性的一个方面。列夫·托尔斯泰在《艺术论》中提出，艺术是人们互相传达感情的手段，艺术活动建立在人们能够受别人感情的感染这一基础之上。他认为，现代资产阶级的上层艺术所传达的感情范围大大缩小，这就引起艺术的退化，几乎导致艺术的毁灭。托尔斯泰的话虽然从理论上看有许多不准确之处，但他所指出的现象确实存在。资本主义社会所流行的哲学是"人人为自己、上帝为大家"。利己主义、唯我主义也侵蚀了美学：主张艺术就是自我表现，排斥对社会生活的再现而单只到自我的内心去寻求"真实"，造成了作品内容的日益狭隘化；强调少数人的趣味标准，以多数人不懂作为作品艺术价值的标志，抛开形象化的基本要求去追求怪诞、诡异、新奇，造成了作品形式的日益晦涩化。普列汉诺夫修正和发挥托尔斯泰的意见，他在《艺术与社会生活》《无产阶级运动和资产阶级艺术》中分析了资产阶级艺术衰落的现象。谈到艺术上的唯我主义，他举了俄国象征主义女诗人吉比乌斯作为例证。吉比乌斯认为，诗是一种祷告的形式，她说："现在每一个'自我'都变成特殊的、孤独的、跟别的'自我'隔离的，因而是别的'自我'所不能理解和不需要的，这难道是我们的过失吗?"她说，我们的诗是我们所需要的，但对另一个人却是不可理解和格格不入的。"意识到这种孤独，会更加使人们互相隔离和孤立，使心灵与外界完全隔绝。"① 资本主义制度下个人主义的发

① 普列汉诺夫：《没有地址的信　艺术与社会生活》，曹葆华等译，人民文学出版社，1962年，第261页。

展和泛滥，使得作为人与人之间交往手段的艺术和诗歌受到损害。一般说来，从宏观的范围来看，社会、民族、阶级和集团的向心力有助于艺术作品的传播，也促进艺术的发展，而社会的涣散、人们之间的对立与隔膜、民族的离心倾向，有碍于艺术的传播。资本主义生产加强了各民族、各国家之间的交往，并给艺术的传播提供了现代手段，但它却在许多方面阻碍着人与人之间心灵的交往。现代派的许多作品在西方被称为贵族的艺术，常常只在狭小的范围流传，这不只是作家风格特点方面的缘故，而且是有着时代的原因的。

对于马克思提出的资本主义生产同艺术和诗歌相敌对的思想，还有另一方面的误解，例如梅林，他就认为在资本主义社会不能产生无产阶级的伟大作品，这种作品只有在社会主义社会才能产生。历史早已证明了梅林的看法的错误。在无产阶级反抗压迫他们的环境的正义斗争中，产生了一大批伟大的革命作家，就是资产阶级中一部分作家，包括现代派中的少数人，也写出了对资本主义制度表示怀疑、愤懑和抗议的优秀作品。当然，我们不能说这些作品是资本主义生产发展的直接结果，更不能说它们同物质生产成正比例地发展。

在研究世界近代和现代文学艺术现象的时候，我们会注意到，资本主义生产关系同艺术、诗歌的敌对性和现代科学技术与神话及古代人在科学知识缺乏的情况下产生的艺术想象之间的冲突，两者常常搅和在一起。这是性质不同的两种矛盾，本文所讨论的只限于前者。就前者来说，我们也只是讨论了敌对性的一面，这是基本的、本质的一面。至于资本主义生产在什么时期、在哪些方面、在何种程度上还有同艺术、文学相谐调的一面，则需要另外专门的探讨，这里不能涉及。

（1983年3月23日改定于昆明，载《云南社会科学》1983年第4期）

文学理论基础的广泛性与本土性问题

一

学术的生命在创新，不仅在具体问题上，而且在观念、方法、材料上，不断开拓新领域、新境界。陈寅恪曾提出，一时代自有其学术之新潮流，“治学之士，得预于此潮流者，谓之预流。其未得预者，谓之未入流。此古今学术史之通义”①。讨论文艺学的建设，最根本的，也是如何认识和如何参与、影响当代学术潮流的问题。王国维《宋元戏曲考》自序说，“凡一代有一代之文学”，如楚骚、汉赋、六朝骈文、唐诗、宋词、元曲，都是“后世莫能继焉者也”。王氏这里说的文学，专指文学创作。有文学创作而后有文学接受，有创作和接受而后有文学理论批评。但是，文学理论批评并不完全依附于文学创作，而是一经产生便具有自身的日渐增强的独立性。它所借以立论和企图诠释的，不限于同时代的创作，它面对的是已经产生的全部文学创作。当然，其取向常常受到同时的文学创作的影响与牵制，当文学创作出现显著的巨大的变化时，原有的理论难以对之适应，不能不作出调整，不能不发生变化。

① 陈寅恪：《陈垣敦煌劫余录序》，《陈寅恪史学论文选集》，上海古籍出版社，1992年，第503页。

文学理论批评更多的要受所处时代文化背景的影响，受到哲学、宗教、道德的影响，文化背景的变化带动着文学理论批评的变化。为社会发展形态和发展程度所决定的文学活动方式、文学传播方式的变化，特别是近代报纸、杂志、网络等传播媒体的变化，出版业的变化，也对文学理论批评有显著的作用。所以，一时代也有一时代之文学理论批评，文学理论批评会随着时代变换而改变其形态、范式。理论家批评家对待文学的态度，他们从事理论批评的目的，研究对象的选择，观察考量角度、切入点的确定，理论批评的方法的运用，理论批评的形式，所乐于使用的文类、文体……都会发生相应的变化。王国维在二十世纪初年，把文学研究的主要对象从诗词转换到小说、戏曲上，《红楼梦评论》的专论形式和哲学化倾向，他所提出的自然说、悲剧说，就是大的创新，就是文学理论批评走向新范式的信号。

文学理论批评，有时是走在时代的前列，为创作开辟新路；有时是跟在创作的后头，被社会所带动、被创作的浪潮所裹挟。最近几十年，无论中国还是世界，都处在一个崭新的时代，社会正在经历大的变革，社会生活方式和人们的价值取向在变化，文学也正在经历大的变革，我们的文学理论批评是不是能够和社会的大变动协调、同步呢？八十年代初期，我们的文学理论批评遇到过一次明显的尴尬，破土而出的朦胧诗、意识流小说，使它一时无所措手足，这类作品不能在它那里得到解释，甚至不能得到承认。几乎同时，大众文学的繁盛又使它遭到同样的尴尬。把这两类作品从“纯”文学领域驱逐出去的努力始终未见明显成效，受挫的不是现代主义文学和大众文学，而是排斥这些文学的理论。对原来几十年一家独尊的文学理论的更沉重打击，是对二十世纪西方文学理论批评的介绍，文学批评的天地竟然是这样纷繁，自成一家的封闭体系既无力抗拒又无法容纳。若干次尴尬和挫折引出的结论是——我们原有的文学理论，最大的弊病是它的偏狭性，它立脚的基础太窄小了！

刘勰在《文心雕龙·序志》篇中提出，“铨序一文为易，弥纶群言为难”，那么，更应该说：说明一个派别的文学创作较为容易，说明多种文学流派的创作则甚为困难；阐明一时代之文学较为容易，概括古往今来各时代之文学甚为困难；解释已成定型的文学史实相对较为容易，说明变动中的文学现状则甚为困难。刘勰自称“按辔文雅之场，环络藻绘之府，亦几乎备矣”，可是，他不可能预知唐代的诗歌和传奇、宋代的诗词和话本，更不可能预知元明的戏曲和小说。他的理论，不足以解释后代的种种文学现象。如果说，以上所说的属于纵向时间轴上的屏障，乃是客观条件所限定，理论家无法逾越；那就还要看到，横向视线轴上的屏障，主要是理论家自己造成的。不少理论家、批评家为自己划定的疆界，只是文学世界的一部分，甚至是一小部分，他们的理论的适用性只在很小范围。而许多理论家却并未自觉意识到这一点，反而以为自己的学说可以放之四海而可用，并且确有或多或少的信奉者把他们的理论奉为普适的圭臬，由此造成理论批评与创作实际的扞格、冲突。故此，我们要强调：阐明某一部分、某一类型的文学较为容易，概括各式各样的文学现象、说明文学整体的性质和规律是很难很难的。刘勰所指斥的“各照隅隙，鲜观衢路”，是批评家个人的缺陷；巴赫金提出，欧洲的诗学基础的合理性和广泛性问题，则是长时期内文学理论批评主流带有普遍性的痼疾。巴赫金在“《拉伯雷》的补充与修改”中说，“我们欧洲的文学理论（诗学），是在很狭窄、很有限的文学现象的材料上产生和发展起来的”①。巴赫金认为，欧洲文学理论形成于文学样式和民族标准语逐渐稳定的时代；一切都稳定下来，积淀在官方化了的文学和语言的上层，而他认为，官方化的文学艺术只是被民间文化的汪洋大海包围的小岛。反过来，从文学现象对理论和评论的要求讲，巴赫金又说，要懂得拉伯雷，“就必须对整个艺术和意识形态的把握方式加以实质性的变革，必须对许多根深蒂固的文学趣味要求加以摒弃，对许多概

---

① 巴赫金：《弗朗索瓦·拉伯雷的创作与中世纪和文艺复兴时期的民间文化》，《巴赫金全集》第六卷，李兆林、夏忠宪等译，河北教育出版社，1998年，第578页。

念加以重新审视”。巴赫金指为狭窄、有限的欧洲文学理论，大体上也就是我们大半个世纪以来所接受和遵循的，其框架至今还在被许多人沿用。今天，为了冷静评价文学在当代的种种变化，为了客观认识新产生的文学现象，对已有的许多文学理论概念、命题更加需要重新审视。

每个文学理论家批评家往往有自己关注和熟悉的专门领域和研究重点，但他的心里要装着文学世界的全部、整体，就是说，要意识到、要承认整体的存在。什么叫作全部文学现象？这并不是一个数量问题，而是一个文学理论观念问题。历来的文学理论家都会遇到的首要难题，是确定文学的边界；而今，这个问题更是十分突出。当今文学理论家遭遇的困境是，文学和非文学界限不清，并且有日益模糊化的倾向。根据传统观念不能进入文学殿堂的文本，如今却在社会文化生活中、在大众的文学接受中占据了显赫的地位；而传统文学观所重视、珍视的文本，则每常受到冷落。这就使固有的文学理论不但感觉窘迫，而且面临自身生存的危机。

另一方面，与上述趋向相反，我们的文学理论批评，无论是所依凭的学术背景，还是研究的对象，又过于宽泛。一百多年来，理论批评学派杂然纷呈，各执一端，不但其中有些彼此对立，而且普遍有非美学化倾向。它们有许多不是从文学现象出发，从中抽象出概念、判断，而是从与文学没有直接关系的某一学科的立场出发，用文学来演绎、论证那些学科的理论。因此，它们彼此之间缺乏切合点，也就缺乏整合为统一的理论的可能性。理论的非美学化，表现为文学批评家热衷于政治批评、文化批评、心理学批评、语言学批评，就是较少把文学当作文学来审视。诸如女性主义文学批评、后殖民主义文学批评，就是意识形态性质强化和审美性质弱化的表现。文学批评的超文本化，不关心对作品的细致审察，乐于把文学批评变为理论的推演，也是经常可以见到的。与之相反，文学批评的唯文本化，完全不理会作者的创作心理和文化背景，把文本孤立起来，使文学批评成为技术操作。社会文化心理的变化，影视和网络的冲击，导致文学创作非文学化，从重虚构、想象到乐于标榜纪实，标榜原生态的生活流；网络和影视的冲击还导致接受的非审美化，文学接受常常成为无所用心的文化消费，沉潜往复、长吟默诵的读者难得见到了，这也不能不对文学批评发生重大影响。这些，是文学批评走向浅俗，“导购”式的书评取代深刻的理性分析和文学批评泛文化产生的原因。

以上所说，是社会整体演进带来的文化生活形态变化的结果。现在看来，这种变化只会继续扩展，而不会逆转。由此我们是否应该得出结论：统一的、无所不包、笼盖一切的文学理论体系不大可能重建了。社会需要的是多种不同取向的文学批评：政治的文学批评、文化的文学批评和审美的文学批评，它们各有其适用范围和存在价值，它们应该相交相切、相互吸纳，不能相互替代也不应该互相排斥。我们需要面对这样的现实，考虑文学理论批评建设的方略。

二

不久前发生的关于金庸作品评价的论争，多少可以说明既有的文学观念如何顽强地对批评起着支配和限制作用，说明文学观念变革的必要性。金庸的批评者说，与“五四”新文学对抗的、博读者一乐的消遣之作，“竟由自命为新派的批评家来大唱赞歌，真可谓咄咄怪事”①；赞扬者则“把金庸小说跟‘五四’新文学挂起钩来”，说金庸作品“已突破了一般通俗文学水准而具有高雅文学的一些特质”②。对同一对象的价值判断截然相反，彼此的理论立脚点却是一样的。赞扬者从五个方面论证：重视性格刻画，西方近代式的网状结构，洗练的语言（“完全是新

① 何满子：《为旧文化续命的言情小说与武侠小说》，《光明日报》1999年10月28日。
② 严家炎：《金庸的“内功”：新文学根柢》，《当代作家评论》1999年第6期。

文学的写法”），有意境，“具有开拓创新的严肃认真的创作态度”①。这五个方面，大体上就是我国“五四”新文学借鉴欧洲十九世纪现实主义、继承本民族文学传统，建立的一套规范。赞扬者和贬斥者都认为，只有遵循这些原则的作品才值得肯定，分歧只是金庸及其他类似作家的创作是符合还是背离此类原则。这样的观念真是合理的吗？

古代的大理论家，并不都无视当时的俗文学，文学视野的宽阔有助于他们理论的丰富性。《文心雕龙》就有《乐府》《谐隐》篇，讲到“匹夫庶妇，讴吟土风”和“怨怒之情不一，欢谑之言无方”；刘勰想把俗文学导入他理想的文学轨范。明代文学理论家胡应麟在《少室山房笔丛·九流绪论》里谈到理论家的文学观念与本人的文学欣赏直感以及社会文学接受趋向冲突的情况，他说，对于白话小说，“至于大雅君子，心知其妄而口竞传之，旦斥其非而暮引用之。犹之淫声丽色，恶之而弗能弗好也。夫好者弥多，传者弥众，则作者日繁，夫何怪焉！”我们知道，明代是白话通俗文学狂飙突起的时代，既有大量思想低下、艺术粗糙的作品，也有代表文学新方向的杰作；这两部分之间有着千丝万缕的联系，难以截然分割。李贽、金圣叹、冯梦龙认真地研读了这些作品，由此出发，开始文学观念以及文学批评方式的变革。李贽和金圣叹分别评点过《水浒传》，冯梦龙选编过《挂枝儿》《山歌》和《夹竹桃》，并作过序言和评注。李贽的“迩言为善”说，提出“唯是街谈巷议，俚言野语，至鄙至俗，极浅极近”之言为善；金圣叹关于人物塑造的“因缘生法”论，关于长篇小说结构技巧（如“贯索奴”论）和叙述角度的理论；冯梦龙的“借男女之真情，发名教之伪药”的主张，他的“宛如口语，却是天地间自然之文，何必胭脂涂牡丹也”的观点……所有这些，都只能是从新的创作现象概括出的新的理论思想。我们今天的理论家，对自己身边至鄙至俗、极浅极近的文学，是否也应给与更充分的注意，

① 严家炎：《金庸的“内功”：新文学根柢》，《当代作家评论》1999年第6期。

努力从中提炼出新的美学原则呢？

王国维改革传统文学理论批评的努力从哪里开始？徐中舒在王国维去世的当年就谈到，王氏31岁至36岁的“五年之间，居北京，专治词曲，标自然，意境二义，其说极透彻精辟，在我国文学史中认识通俗文之价值，当自先生始”①。徐中舒说的其实是两件事，《人间词话》讲境界，《宋元戏曲考》讲自然；前者论的是李煜、欧阳修、苏轼等上层文人的作品，后者论的是“托体稍卑”“皆鄙弃不复道”的作品，两者需用不同的眼光。王国维更大的创造性，体现在后一方面。历史上的论者为什么对元曲鄙弃呢？因为它与传统的以诗文为主体的文学观念不符合，与传统的审美趣味不符合。用传统的理论不能看清更不能说清元曲的价值。境界说由严羽的兴趣说、王士祯的神韵说演化而来，还是原有路子上的推进；自然说则是针对另一类作品而发的理论创见。后来，敦煌藏经洞文献传到北京不久，王国维发表《敦煌发见唐朝之通俗诗及通俗小说》，以极高的学术敏锐性第一个确认这些文献在文学史上的价值，就是根据他的新的理论创见作出的判断。

在王国维开辟的道路上，二十世纪对于中国古代通俗文学的研究，一方面体现出新时代新的理论视角，另一方面却大多把通俗文学研究归入文化研究的范围。闻一多的《诗经》研究，陈寅恪的弹词研究，莫不如此，其成果更多是表现出史家的见微知著、洞幽烛隐，少的是美学的观照。俗文学并不仅仅是文化研究的资料，金圣叹评《水浒》，可是有不少对于文学修辞、艺术结构的细致分析。当然，民间文学与文人的书斋文学，其创作过程、创作心态有很大差异，接受方式和批评方式也往往需要有所区别。例如，《诗·周南·芣苢》，从汉儒到白居易，以解经之法读之，说是“后妃之美”“乐有子”；袁枚说此诗用语重复，“非后人所当效法”。郑樵则指出，“如后人之采菱则为《采菱》之诗，采藕则

① 徐中舒：《王静安先生传》，参见陈平原、王枫：《追忆王国维》，中国广播电视出版社，1977年，第198—199页。

为《采藕》之诗，何他义哉!”而方玉润的《诗经原始》说，“今世南方妇女登山采茶，结伴讴歌，犹有此遗风”。他从当时民歌特性推知古代民歌特性，说道，“读者试平心静气，涵泳此诗，恍听田家妇女，三三五五，于平原绣野、风和日丽中群歌互答，余音袅袅，若远若近，忽断忽续，不知其情之何以移而神之何以旷。则此诗可不必细绎而自得其妙焉”。民歌有民歌的美质，要感受它、体验它，需要转换文学观念。民歌以及变文、话本等民间叙事文体，因为是口耳相传，所以文字不定型是其一大特色。接受者注意的重点首先不是字词，甚至不是句子，而是篇章，是情境。它传达的是集体创作者们艺术的、审美的生存态度，而不是“一吟双泪流”的匠艺劳作。它对于接受和批评的期待是同情、共鸣，而不是细绎，很可能，越是细绎，距离它的意味越远。

旧时民歌，多是老百姓在贫窘中竭力摆脱愁苦的自娱；今世的大众文学，则是老百姓在紧张疲惫之余的放松宣泄。大众文学一般经不起技术性的细读，它的作用在引你去参与联欢，作者与读者、读者与读者同欢共乐。华罗庚说新武侠小说是成人的童话，它给成人营造一个非现实的可供卧游的天地，它有转移和调适心理的功能，消解疲劳和紧张。用读《史记》《汉书》的眼光读《三国演义》不合适，用读鲁迅、茅盾的眼光读金庸、王朔也不太合适。历来作家追求陌生化，语必惊人，让读者的目光在其表现形式上延搁更长的时间。与此相反，大众文学的原则是不给接受者设置障碍，形式的可亲和性是它造成读者迷恋的重要因素。这种可亲和性并不单单是文从字顺、通俗易懂就能够产生的。金庸小说语言富于书卷气而每带诙谐，王朔小说语言俚俗化而不乏机智。他们的作品中的场景，或属虚幻的浪漫故事，使读者得以投射恻隐与向善之心；或属市井风情，使读者得以疏泄其愤嫉之气。他们的叙说都没有故作高深，没有居高临下，没有耳提面命的训诫，没有絮烦唠叨的叮咛，以上种种，都是使读者产生亲和感的因素。联欢性、亲和感，是审美性与商品性的调和，怎样使两者融合起来，是这类作品给文学理论提出的课题。商品性质使得作者细心揣摩读者的喜好，有意地增强作品的亲和感，以便现代忙碌而缺乏耐性的读者乐于接近它。审美性质使得作者抵抗媚俗的诱惑，努力追求作品长久的艺术生命力。如何将具有内在冲突的两者自然融合，这其间大有文章可做。

三

二十世纪初期以来，中国文学理论批评的变革，其推动力的重要来源之一，是欧洲人的哲学、美学和文学理论思想。一百年来，我们本土自生的原创的文学理论观念，甚为罕见，更不必说独到的完整的理论体系了。之所以产生这种现象，背后的深层原因是，中国古代的哲学和美学、文学理论，有非常丰富的遗产，形成了坚牢厚重的传统，但整体上它已经不适应新的时代、新的文学；而近代中国哲学、美学、文学理论又非常薄弱，上不足以与古代，外不足以与西方抗衡。中国的社会现代化属于后发型，是在强大的压力乃至严重威胁下，艰难地向现代社会转轨。观念、理论的转变是社会转型的必要准备，但实际上我们这里思想的清理和建设，学术的清理和建设，一直未能从容地、系统地进行。在文化领域、精神领域，分工没有充分的发展，观念的生产与实务活动没有拉开距离，缺少专业的、独立的、积极的、有概括能力的、以替社会生产观念为生命活动形式的思想家群体①。实务中得失利弊的估量压倒了理论思辨的逻辑要求。毛泽东说，“近代文化，外国比我们高，要承认这一点”②。在人文社会科学的各个学科，改变这种情况都非易事。于是，我们的文学理论批评工作者就常常要背负传统、面向世界，在两间彷徨。不跟随世界潮流则继续落后，不进行民族化的改造则借来的思

---

① 马克思、恩格斯：《德意志意识形态》，《马克思恩格斯全集》第三卷，人民出版社，1960 年，第 43 页。

② 毛泽东：《同音乐工作者的谈话》，《毛泽东著作选读》下册，人民出版社，1986 年，第 751 页。

想无从生根。有的学者描述："旧的忘不了，新的学不会，是我们过渡时代的人们的一个通病。左也不是，右也不是，中也不是，是人们的一种痛苦。"① 王国维深刻地感受到新与旧、中与西文化冲突的痛苦，他的自沉，与此可能有密切关系；还有不少大学者有着类似的感受。在这样的背景上，文学理论的本土化的问题，成为一大难题而突出出来。

陈寅恪总括王国维学术成就三个领域，各有其方法，在文学批评上是"取外来之观念，与固有之材料互相参证"②。几年以后，他更进一步申述：外来思想输入，要经过改造过程，若原样照搬，"性质与环境互相方圆凿枘"，必会"归于消沉歇绝"；"其真能于思想上自成系统，有所创获者，必须一方面吸收输入外来之学说，一方面不忘本来民族之地位"③。前几年有关于失语症的议论，传达出中国学人对边缘化处境的焦虑心理。"语"源于"思"，新的术语、新的话语是新的思维的产物。西方近现代文学理论批评的术语，哲学和美学的术语，是他们在新的处境下思维的创造。海德格尔以"烦"和"畏"、福柯以"疯癫"为其哲学的核心，取代柏拉图至黑格尔历代哲学家的"理念""天赋观念""绝对精神"。"烦""畏""疯癫"这些情绪性的非理性存在凝结了现代西方社会人们的生存体验，触及了时代的特征。这类体验在近百年的西方文学艺术作品中，在诗歌、小说、戏剧、绘画中，都有不少的表现。二十世纪被有的人称为灾变的世纪，战争、动乱，经济的忽起忽落，科学技术进步对既有的伦理规范、价值观以及心理习惯的挑战，人与自然的关系、人类的不同文化的关系，都有严峻化趋势，不稳定性、震荡性在各大洲普遍出现。所以，海德格尔等人的哲学和诗学值得我们认真看待。但是，海德格尔、福柯代表的西方人的处境毕竟不是人类全体共同的处境，处境的某些共通也不注定体验的相同。哲学、文学、美学又和

① 蒋梦麟：《新潮·引言》，《西潮·新潮》，岳麓书社，2000年，第274页。

② 陈寅恪：《王静安先生遗书序》，《陈寅恪史学论文选集》，上海古籍出版社，1992年，第501页。

③ 陈寅恪：《冯友兰中国哲学史下册审查报告》，《陈寅恪史学论文选集》，上海古籍出版社，1992年，第512页。

经济不一样，具有强烈得多的个性色彩。后发型现代化国家里人们的生存体验，恐怕主要不是“畏”“烦”和“疯癫”，而可能是“易”——“变易”之“易”。大约在殷末至战国的那一次社会转型中，中国产生了《周易》。《易系辞》说，“作《易》者其有忧患乎?”“是故其辞危”；“危者，安其位者也；亡者，保其存者也；乱者，有其治者也”。“易：穷则变，变则通，通则久。”过了三千年，普遍的忧患感再次滋生蔓延，求变拯危是鲁迅《狂人日记》以来中国文学不歇的旋律。然而，鸣响于鲁迅作品中的是对于变易的呼唤、期盼和预测，后来在许多作家作品中却成为对短时段里某些变动过程的记叙，实际是以不变的心态摹写现实。缺少对“易”的体验和思索，是它们失去震撼力和启悟力的原因。西方现代派作品中表现的“烦”和“畏”，海德格尔对“烦”和“畏”的讨论，不容易在发展中国家得到深度共鸣，如同陈寅恪所说，是“性质与环境方圆凿枘”。文学理论的本土化，关键是不停止于把外国人的思想翻译为中国式的表述，而要从中国的文化土壤中、从现代中国人的情绪化存在中，提炼出自己的话语，并且融入本民族的语言体系，与本民族精神形式的传统相衔接。能否设想，沿着这样的路径，撰写一部至若干部崭新的“易经”，新的哲学和美学经典?我们的文学理论，在介绍、引进海德格尔、福柯理论的同时，以更多的精力思索、把握本民族的生存状态和生存体验，自然会有话要说、有话可说，可能构建自己独特的观念、独特的理论体系，而不会失语。

当今的世界，文化的各个部分，意识形态性的，大众娱乐性的，专注于审美追求的，既在分化又走向综合；不同民族、不同文明各自的审美系统，既鲜明区别也不断融合。对文学的多种观照角度，各有其合理性和局限性。任何一种理论要在喧闹中生存发展，一是要有自己独具的特色，说自己的话；二是要有可对话性、可沟通性，不只是自说自话。理论基础的广泛性、本土性、合理性，是我们急需正视的大问题。

（2001年4月于武昌桂子山，载《华中师范大学学报》2002年第3期）

向历史题材文艺要求什么?

对于一部历史题材的文艺作品，产生很不相同乃至截然相反的评价，可能有着多种多样的缘由，其中重要的一项，是各人赋予历史题材文艺的使命不一样，因此，各人向历史题材文艺提出的要求也就不一样。读者、评论者打开一部历史小说，观看一部历史题材电视剧，除了娱乐休闲的目的之外，他想要得到的是什么——是要了解某一时期的某些历史事件、某个历史人物是怎样的，还是要了解那些历史事件、历史人物与今天、与自己有什么关系？前一种角度是认识论的角度，后一种角度是价值论的角度。前一种角度偏于客体方面，后一种角度偏于主体方面。执着于认识论视角的评论者，关注的是作品的保真度，他们喜欢诘问作者：你所写的全都符合历史的真相吗？作品的情节、细节，人物的言语、行为都有史料依据，都经得起考证、查核吗？采取后一种视角的评论者，关注的是作品的相关性，他们首先要问：这部作品所要告诉我们的人和事，对我们的时代、对当今的大众有什么意义？读者从里面能够汲取什么？作者对历史的诠释是合理的吗？作者表达的理念与历史前进方向是一致的吗？

现实生活是如此之丰富多彩，已经是文艺创作取之不尽、用之不竭的源泉，为什么作家还要选取既往的历史作题材？为什么历史题材能够为接受者认可？为什么历史上的故事和人物能够引起几十年、几百年、几千年之后众多人们的兴趣？就单个的作者、单个的读者来说，自然是各有各的心理动因，而要解释历史题材文艺的创作和传播近年来在社会文化生活中占据越来越显眼的位置，成为一种不容忽视的文化现象，我们就不能不思索深层的社会根源了。回顾新时期以来的文艺，最初，大家的注意力集中在当下的热点，所谓伤痕文学、反思文学等，都是提出眼前的亟待拨乱反正、关乎千万人生存状况和命运沉浮的重大现实问题，并由此获得广泛而强烈的共鸣。到了 20 世纪 80 年代中期，重心转移，上上下下目光引向国家的发展，思考经济、文化各个方面的现代化的问题，西方当代的哲学和文艺又大量地介绍进来，在这个背景下，出现了寻根文学。寻根文学触及的是，在现代化过程中，在对外开放的环境下，如何对待本土的文化传统。寻根文学在二十世纪九十年代继续散射蔓延，而就在这同时，历史题材的文艺创作形成气候，逐渐兴盛起来。到了跨世纪的这几年，互联网的迅猛扩展，经济上全球化的冲击，超级大国强势文化依恃其经济和技术优势在全球游荡，使世界上许多国家的政府和知识分子，不能不认真考虑国民民族意识的保护和强化，不能不认真考虑国民本土文化传统认同感、归属感的保护与强化，认真考虑自己背负着什么样的精神遗产和应该如何对待这些精神遗产，以求得本民族在新的世界格局下的地位和发展空间。现代化的进程越是深入，全球化的浪潮越是澎湃，各个国家、各个民族如何认识和对待自身的历史传统问题就越是突出。文艺是人们回顾和反思历史的重要途径，历史题材文艺就是在这样的情势下受到青睐。

进一步分析一下，我们这些年历史题材文艺的选材，较多地集中在明清两代，这也不是没有原因的。在颇大程度上，它和下述史实相关——这两个朝代统治的五百多年间（1368—1911 年），西方从中世纪走出来，经历了文艺复兴、启蒙运动，进行了资产阶级革命，实现了工业化，若干国家轮换着先后成为海上和陆上的霸主，而中华帝国则维持秦汉以来的政制，由强盛走向衰落，政治窳败，世风靡敝，终于沦为列强争夺的半殖民地，留下的是屈辱和血泪。被文艺家选作主人公的张居正、洪秀全、张之洞和孙中山等等人物，各有其强国之梦，他们的作为和遭遇、功绩或教训，对正在为振兴中华而奋斗的人们不会没有吸引力。所以，我国近年的历史文艺创作的迅速发展，是与社会现代化进程、与经济全球一体化以及文化的多元化趋向密切相关的。文艺家和读者、观众之回首既往，主要并不是因为闲坐无事发思古之幽情，而正是为着回应当前。十多年来，历史题材文艺的创作者和接受者的大多数，把价值论的取向放在首要的位置，这是一个事实，也是很自然很合理的事情。人们热心关注的不是已经死去的历史，而是依然活着的历史，是还在对现实发生正面或负面作用的历史。不少历史题材文艺的作者对此有坦率的陈述，例如，唐浩明说，“晚清是与中国现代社会关联最大的一个时期，因为有晚清的剧变，才有今日中国之选择。这个历史的转折点现实意义最强，最值得思想家去思索，历史学家去总结，小说家去表现，老百姓去回顾”。唐浩明在《张之洞》写作过程中给自己提出的课题是探索中国在现代化进程中，在与西方接触的过程中的国情和民族心理。是什么原因使得中国现代化进程如此步履维艰？① 熊召政说，他之所以积十年之功来写被忘记了的张居正，是因为“选取这样一个人物并围绕他来描写400多年前的那一场改革，对于今日正在进行中的改革，具有积极的借鉴意义”②。这几部小说引起非常热烈的反响，许多人，其中包括担任重要领导工作的干部，成为这些小说的热心读者，也是站在今朝回看昨日，转从昨日思考今朝。人们需要历史文艺，是要借它们寻求解决现实问题的助力和参照。面对这样的作品，文学评论首先的和主要的是应该分析作者对历史的思索和总结的正当性、正确性，还是应该首先从细节上考较作品与史料的符合度呢？

价值论的取向与认识论取向并不是对立的，不是注定要割裂的。相反，它们应该统一，既然是立足今天而向历史发问，期望从历史得到启

① 尚晓岚：《唐浩明：曾国藩之后走进张之洞》，《北京青年报》2001年8月13日。
② 咸江南：《长篇历史小说创作引人关注》，《中华读书报》2003年8月27日。

迪，就需要真切地深入地了解历史。突出价值论视角绝不意味着可以轻视史实，相反，它对作者在历史资料的准备上提出了更高要求——对今天负责的作者也应该对历史负责。人们之所以对某些戏说的作品，对那些不顾历史的基本事实而妄意编造的作品付之一哂，不仅是由于它们缺乏严谨的求真态度，更由于它们缺乏严肃的价值立场。历史文艺的作者倘若不严肃对待历史，读者大约也很难严肃对待他的作品。优秀的历史文学作品，无论是早先姚雪垠的《李自成》，还是较近的唐浩明的《曾国藩》《张之洞》，凌力的《少年天子》《梦断关河》，熊召政的《张居正》，作者都是在史料的搜集、钻研上下了大气力的。他们都曾得到历史学家的良好评价。历史题材文艺不能回避对历史与艺术关系的处理，历史真实与艺术真实的关系，是历史题材文艺美学中具有根本性、原则性的大问题。以价值论与认识论的关系来说，在历史题材文艺创作中，作者的价值取向起到导航作用，他所掌握的历史事实起到支撑作用。没有明确正当的价值观引路，他的创作是盲的；没有可靠的历史事实支撑，他的创作是跛的。两者缺一不可。

但是，这里有一点有时被人们忽略，就是，历史事实无论是作为历史科学的概念，还是作为文艺美学的概念，人们对它的理解都存在着歧义。历史，有实际发生过的历史和被书写的历史。人们对历史的书写，包括为世人所尊崇的历史书，不等于是曾经发生的历史事实。中国的史书，有相当一部分是官修的，其中不少是后一王朝为了总结统治的经验教训，对前一王朝所作的回顾。至于私人撰写的史书，也是各个作者从各自观察角度和各自的价值观出发对历史的描述。他们都是对历史的主观的反映，是第二性的，不是第一性的。我们判断今天的历史文艺作品是否符合历史真实，当然会要以史书为参照，比如，以张廷玉主持撰修的《明史》为参照评论小说《张居正》，以赵尔巽主编的《清史稿》为参照评论小说《少年天子》。不过，这样做的时候，要非常谨慎。一般地说，不宜要求历史文艺作品忠于这些史书。谨依二十四史来写各个朝代，并不是小说家好的选择。古人所说据史演义，是以俗讲形式把史书通俗化，很多作者心甘情愿地被所依据的史书拘束限制。除了极少数的例外，大多数古代演义小说之不能成为文学巨著，原因盖在于此。和史书贴得最近的，几乎都是枯燥乏味的。史书，即使是好的史书，和实际的历史有并不太小的距离，早已有人反对对史书的膜拜。唐代的刘知幾著《史通》，有专篇旗帜鲜明地疑古、惑经，对被奉为经典的史籍大胆非议。他说："……徒以研寻蠹简，穿凿遗文，菁华久谢，糟粕为偶，遂使理有未达，无由质疑，是用握卷踌躇，挥毫悱愤。"二十世纪西方有的史学家，把某些传统史学讥为"剪刀加糨糊"的史学，也是不愿意安坐在前人对历史的书写的藩篱之内。今天有志向的掌握了新的历史观的文艺家，更不会谨守旧时代史官的疆界，不会谨依他们的抑扬褒贬而抑扬褒贬，不会谨依他们的损益显隐而损益显隐，而必定要突出今人、突出作家本人对历史的新鲜认识。

历史已经过去了，历史事件再也不能复返了，后人再也无法置身其中"亲口尝一尝"，再也无法亲历了。怎样才能把握历史真实呢？史学家提出过各种各样的理论，做过各种各样的实践探索。20世纪前期的中国史学，有实证主义与历史主义两大流脉。胡适、傅斯年大力提倡实证主义，他们甚至宣称"史学就是史料学"，想要使历史学成为与地质学、生物学一样严密的科学门类。与之相反，另一些历史学家，则采纳狄尔泰、克罗齐等人的历史主义，主张把历史学与自然科学区别，重视历史学家的理性的直觉。有些历史学家，把实际发生过的历史叫作"历史1"，把历来对历史的记载叫作"历史2"。他们认为，要认识历史，不能被"历史2"牵着鼻子走，而要努力凭借自己的研究去接近"历史1"。他们认为，自然科学所要研究的，主要是外在的世界；历史学所要研究的，则是人类的内在精神。实证主义和历史主义两派各执一途，各有其深刻的片面性，两者互相矫正、互相补充，各自从不同的侧面推进和加深人们对历史过程本身的认识。陈寅恪被人看作史料派的代表人物之一，但就是这位史学家也说过：对于古人“应具了解之同情”，“必须备艺术家欣赏古代绘画雕刻之眼光及精神……始可以真了解。所谓真了解者，必神游冥想，与立说之古人，处于同一境界”。同时他也指出，“此种同情之态度，最易流于穿凿傅会之恶习”①。很显然，他强调了解的同情，强调内在视角，也就是强调史家的主体性。马克思主义历史观把认识论和价值论统一在一起。马克思把认识活动看作主客体之间双向建构过程，犹如钢片擦击燧石而起火，火既不在钢片里，也不在燧石里，而是一定温度下燧石、钢片、氧气共同作用的结果②。人们对历史的认识也是这样，是价值论与认识论结合的双向的建构过程。

如果历史学家尚且如此重视主体的作用，文艺家就更不待言。文艺作品中的“历史真实”比之历史著作中的“历史真实”，包含更多主体建构的成分。历史题材文艺作者的才华，集中地表现在充分发挥了解之同情而又不落穿凿傅会、戏说影射的陷阱。这正是中国历史文学的优良传统。司马迁就是一位拥有卓越的了解之同情能力的大作家。他写历史人物，常常是“未尝不垂涕，想见其为人”，他以超人的见识和体验能力、推想能力，把前代史籍如《战国策》《国语》作者笔下的梗概记述，把故老口头传闻中的粗线条的故事，铺排成纤微毕现的场景。这也引起过许多人的指责。明代的董份、于慎行、徐孚远，清代的梁玉绳，都曾对“鸿门宴”的描写提出质疑，认为在范增的严密防范之下，刘邦与樊哙不可能从楚军营地轻易脱身，并提出“太史公好奇”之论③。然而，“鸿门宴”把几个历史人物写活了，写出了当时的军事和政治情势，解释了楚汉相争优势劣势转换的契机，至今仍然是读者最喜爱的篇章。一方面，后世的地下发掘反复证实《史记》是可靠的信史；另一方面，

① 陈寅恪：《冯友兰〈中国哲学史〉上册审查报告》，《金明馆丛稿二编》，生活·读书·新知三联书店，2001年。

② 马克思、恩格斯：《马克思恩格斯全集》第三卷，人民出版社，1960年，第495页。

③ 参见金性尧《鸿门宴之谜》一文，泷川龟太郎《史记会注考证》引董份、徐孚远之说，又见梁玉绳《史记志疑》、于慎行《读史漫录》。

《史记》的不少描写出于司马迁的艺术想象，这两方面都是《史记》成功的不可缺少的要素。四库全书载乾隆皇帝《读〈史〉〈汉〉书有感》诗说：“两人促膝语，彼此不浅露。所语竟谁传，而史以为据?”他的解释是，“此皆非常人，卓识有别具”。他认为，在这点上，班固不如司马迁，后人又不如班固。历史主义的史学，认为历史研究主要不是依赖搜录、排比、归纳既有的材料，而还要靠理解、移情、推想，在这一点上，与我国史学传统是有相通之处的。柯林武德说，自然界发生的过程可以确切地被描述为单纯事件的序列，人类历史的过程却不是单纯事件的过程而是行动的过程，它有由思想的过程构成的内在方面。历史学家所要探寻的正是这些思想过程。他们怎样寻求呢?“只有一种方法可以做到，那就是在他自己的心灵中重行思想它们”，“把自己想入事物之中，使它的生命成为自己的生命而领会事物的个体性”①。二十四史的后二十史不如前四史，前四史中后三史不如《史记》，就其作为历史著作的价值而言是如此，就其作为文学作品的价值而言更是如此，原因就是那些史书作者与司马迁相比，少了想见其为人、把自己想入事物之中的功夫。我们的文艺评论，应该支持和鼓励作家在广阅史料的基础上发挥理性的直觉，运用了解之同情，而不应该损伤、破坏作家艺术想象的热情。

小说、电视剧，毕竟不能等同于历史著作，文艺作品中的历史真实和历史著作中的历史真实，也还是可以有区别，也还是应该有区别的。什么是文艺作品中的历史真实呢?这是需要讨论的大问题。我以为，它至少应该包括对历史发展规律的体现、对历史环境的再现和各种细节的真实这三个方面。最后一点最容易引起认真的评论者，尤其是谙熟历史资料的评论者的注意。有人提出，“对于历史学者来说，史实的真确胜过一切，而且在某种程度上讲它们并没有大小之别”。在历史文学写作

① 柯林武德：《历史的观念》，何兆武、张文杰译，中国社会科学出版社，1986年，第244页、第226页。

中，为了细节真实，“即便因此削弱了文学的魅力，似也应当在所不惜”①。这个看法颇需商榷。历史题材文艺无疑应该重视细节的真实性，力求避免历史常识错误。了解小说写作规律的人都知道，比较而言，编故事还要容易一点，逼真的细节描写则要难得多。历史文艺的许多细节，涉及礼仪、职官、服饰、陈设、酒馔、建筑……没有广积博采，没有丰厚的间接的和直接的经验的配合，是难以凭空虚拟的。细节的真实可以把读者引入特定时期的历史氛围，某个细节的失真，有的时候可能使读者、观众对作品的认同片刻之间幻灭。譬如说，描写宋代生活的电视剧，店铺招牌上却用现今的简化字，岂不是叫观众啼笑皆非吗？但是，强调细节真实是为了达到总体真实的目标，也是为了达到增强作品感染力的目标，怎么能用牺牲艺术生动性为代价呢？相反，如果富有审美魅力的细节在个别方面而不是在基本方面与历史的实际不尽吻合，甚至给思想内容带来瑕疵，也不见得就一定不可以给予宽容。还原主义，丝毫不差地再现历史场景，是不可能严格执行的。历史学家、文物专家，对许多细节也并不敢说全都能够精确把握，怎么能过分苛求于文艺家呢？艺术家需要的是能事不受相促迫，历史小说的作者，在创作中时时刻刻提防细节的微小的差错，那种心态下就无法意溢情满、挥毫泼墨，无法沉浸在形象思维中间而驰骋想象了。恩格斯在给拉萨尔的历史题材剧本《济金根》提意见的时候，说它的台词没有严格遵循韵律规范，认为对话应该改写得生动活泼，他说，那样做，“思想内容必然因此受损失，但是这是不可避免的”②。恩格斯绝不是轻视文艺作品思想内容的人，但他又是高度尊重文艺审美特性的行家，他觉得有的时候可以把艺术形式美的追求放在更重要的地位，这个见解出自马克思主义的创始人之一，值得我们今天深长思之。我的看法是，细节真实需要注意，但不必刻舟求剑，庶几乎近之，也就可以了。

---

① 《河南文艺出版社推出二月河〈乾隆皇帝〉》，《中华读书报》2000年9月29日。

② 马克思、恩格斯：《马克思恩格斯选集》第四卷，人民出版社，1972年，第343页。

文艺作品里历史环境的真实，很重要的一点是传达历史的氛围，就是写古代要像是古代，不可以把古代现代化，把古人写成今天的人物。近年相当一部分历史题材电视剧里，缺乏起码的历史环境的真实感，给人不伦不类的感觉。进一步说，写唐代要区别于汉代，写清代要区别于宋代，乃至晚唐不同于盛唐，南宋不同于北宋。这里，关键是把握当时的文化形貌、文化模式[①]。文化形貌和文化模式由许多文化元素组成，例如，风俗是文化形貌的一种成分。陈寅恪讲唐代政治史，开头引朱熹所说唐代王室“闺门失礼之事不以为异”，说这涉及了唐史的“关键之所在”。唐代文化中的性观念、性风俗，与后来宋代、清代大不相同。陈寅恪的著作，在把握文化形貌来叙述历史上给我们很多启示[②]。熊召政的《张居正》，不多的笔墨点到明代宫廷淫乱之风，从一个侧面再现那个时期的特点，有助于读者对历史环境的感知。就历史题材小说而言，还有很重要也很困难的一点是语言，包括叙述语言和人物对话。语言是文化形貌的重要构成因素，语言随时代而变迁。当代的历史题材文艺，只能是用现代的白话，却又要传达几百年前、一两千年前的韵味，实在是不容易。姚雪垠的《李自成》，做得是比较好的。金庸的武侠小说（他的有些小说多少带些历史文学味道，而《鹿鼎记》的开头部分，则有明显的历史小说性质），用的是流畅的白话，普通人看都没有语言障碍，而又带出古风，也属难能可贵。这些作品里都尽量避免碍眼的现代人用词造句的习惯。晚一辈的作家受传统语文训练较少，在这方面有时难免会有力难从心之感。在近期所见诸人之中，我以为，唐浩明和熊召政小说的语言，在点染旧日的时代气息方面，算是差强人意。

体现历史发展规律是历史题材文艺作品的高境界，它要求作者把握

---

① “文化形貌”和“文化模式”是美国人类学家本尼迪克特的用语，参见覃光广等：《文化学辞典》，中央民族学院出版社，1988年，第132—133页、第151—152页。

② 陈寅恪：《隋唐制度渊源略论稿　唐代政治史述论稿》，生活·读书·新知三联书店，2001年，第183页；又见傅璇琮：《陈寅恪思想的几点探讨》，见《中华文化的过去现在和未来》，中华书局，1992年，第377页。

所写时代的社会结构、社会关系。马克思说，雨果的《小拿破仑》把历史事变写成主角个人暴力行为，蒲鲁东的《从十二月二日政变看社会革命》把政变写成以往历史的必然结果而为人物开脱罪责，他的《路易·波拿巴的雾月十八日》“则是说明法国阶级斗争怎样造成了一种条件和局势，使得一个平庸而可笑的人物有可能扮演了英雄的脚色”①。马克思的这部著作，是把握社会关系来叙述历史的范例。对于文艺作品来说，至少要求它的内容不违背历史发展规律，例如说，不要把遏制了中国的经济发展和政治进步的专制暴君当作励精图治的圣明天子来歌赞。

最后，还要提到历史题材文艺的多样性。对于不同类型的历史题材文艺，无论是关于史实的可靠性，还是关于思想的深度，都宜于分别对待，很难用一个尺码去衡量。前面所说是我理想中的历史题材文艺，实际的历史题材文艺的创作和接受，不是理论能够完全规范的。有的作品历史的性质比较弱，只有一个淡淡的背景；有的作品娱乐性很强，有意穿插关公战秦琼之类的小幽默（比如京剧《宰相刘罗锅》）……难道因此就可以把这些作品逐出文艺园地之外吗？事实上，戏曲舞台几百年来大量剧目，其情节关目经不起历史学家严格审查，但依然长久盛行。专家担心“面对流行小说所制造的各种‘混乱’，可怜的历史学家们不知又要付出多少无谓的劳动！”② 澄清这类“混乱”，不能靠历史学家跟在文艺家后面一一说明纠正，而是请大家把历史知识的传授和文学艺术的欣赏区分开来，把小说当小说看，把教科书当教科书读，不用历史的帽子箍套文学的头颅，不削文学的足掌适应历史的鞋履。

（2004年春，载《文学评论》2004年第3期）

① 马克思、恩格斯：《马克思恩格斯选集》第一卷，人民出版社，1972年，第599页。
② 《河南文艺出版社推出二月河〈乾隆皇帝〉》，《中华读书报》2000年9月29日。

中西文学理论对话中的概念可对应性问题

我国现在文艺学研究中的学术通则、惯例或者叫作语法，是近一百年来逐步形成的，并且主要是在欧洲人文学科和社会科学的学科思维习性和学术规范的影响下形成的。冯友兰先生在其二十世纪三十年代初出版的《中国哲学史》的绪论中讲道："哲学本一西洋名词，今欲讲中国哲学史，其主要工作之一，即就中国历史上各种学问中，将其可以西洋所谓哲学名之者，选出而叙述之。"金岳霖先生当时在《审查报告》里评论说，冯友兰是"把中国的哲学当作发现于中国的哲学"，"以中国哲学史为在中国的哲学史"①。同样的，文艺学或美学、诗学，也是从外国输入的名词，在冯友兰所说的那个意义上，所谓中国文艺学、中国美学、中国诗学，也可以说即是中国的某种学问，可以用西方所谓文艺学、美学、诗学名之者，是"在"中国的文艺学。文艺学不能只是"在"中国的，而应该"是"中国的。如何把"在"中国的文艺学，建设成为真正"是"中国的文艺学，这是今天讨论的重要课题。

不过，一般所说西方的这些学科，包括西方的哲学，也包括西方的文艺学，并非单纯的、单一的自足完备体系，无论从历时的演变还是从共时的丛生看，它们都包罗了多种多样彼此不同甚至彼此对立的学说，

① 冯友兰：《中国哲学史》上册，中华书局，1961年，第1页；《中国哲学史》下册，中华书局，1961年，第6—7页。

马克思主义文艺学也是在欧洲诞生而后传播到全世界。这些多种多样的文艺学，彼此的观念、方法可能迥然有别，但从思维形式来看，它们是在一个大的学术传统中产生的，有一套公用的话语系统，彼此具有很强的可对话性。其中某些文艺学理论就是在对别的文艺学理论的批判中建立的，而批判乃是一种特殊的对话。中国古代的可以用西方所谓文艺学名之的文论，原是在与欧洲理论基本隔绝的文化环境中产生，具有自己独特的思维方式和表述方式，建立了自己的一套观念体系和术语群，属于与西方不同的另一套话语系统。中国古代文论用于观察、衡估、评述中国古代文学艺术，是有效的、合适的。一千五百多年前钟嵘的《诗品》，评论一百二十多位诗人，写得多么好呀！近四百年前金圣叹评点《水浒》和《西厢》，也增加了读者的阅读快感，启迪了对作品新的领悟。“五四”新文学兴起，小说、新诗、随笔、话剧、报告文学创作，它们的文体形式和艺术理念，在救亡图存、革故鼎新的背景下，主要是求新声于异邦。因此，用中国古代文论的观念、术语和文学批评文体，用古代那一套话语系统，来评论鲁迅、巴金、郭沫若、徐志摩、冰心、洪深、曹禺、夏衍的作品，就很不适用了。以中国古代的文论语言与西方文艺学、美学、诗学进行理论对话，遭遇着两套话语系统的隔膜，必定甚为困难。于是，中国的文学和中国的文学理论批评，在古代经典与现代实践之间，就出现了一个断裂。先行者们，几代学人，不愿意看到这样的断裂。鲁迅早在《文化偏至论》中就提出：“外之既不后于世界之思潮，内之仍弗失固有之血脉，取今复古，别立新宗。”余英时介绍他的老师钱穆的治学，“分析到最后，是为了解答心中最放不下的一个大问题，即面对西方文化的冲击和中国的变局，中国的文化传统究竟将何去何从”①。我们知道，钱穆提出了民族文化本位的思想。作为引进和宣传马克思主义文艺理论的重要代表，周扬在 1958 年提出过建立中

① 余英时：《钱穆与新儒家》，《现代危机与思想人物》，生活·读书·新知三联书店，2005 年，第 521 页。

国自己的、与本国文艺传统和创作实践结合的马克思主义文学理论批评的口号①。但是，新历史主义有一个说法，叫作社会能量在文学艺术中流通、循环并且增值；反过来说，文化的、学术的民族性成分的量的增加和质的提升，也必须在社会的全面的建设发展中实现。有海外的汉学家认为，近代以来，是“先进的、有活力的”西方，刺激了、带动了“落后的、停滞的”中国向现代社会的转变；他们企图用“刺激→反应”的图式来描述这个过程。这里流露了盲目的种族优越感。事实上，中国社会的发展变化的动力在中国内部，当然也受到外力的强大冲击。中国学术的现代化，虽然外力的作用非常之大，根本的动力同样是在中国内部。中国现代文明的建设是一个长期艰巨的过程，学术的现代化不能脱离社会全面现代化的进程，而只能在这一进程中间逐步实现。所以，不奇怪，中国的现代文艺学，如何处理外来的、西方的学科惯例和本土的资源的关系，如何处理外来的、西方的惯例与本土文学艺术的创作和接受实践的关系，依然是一个没有得到很好解决的问题。

在二十世纪前期和其后的某些阶段，搬用和套用西方文艺学，曾经造成过不少困难和尴尬。由此产生的困难，既有思维方式上的困难，又有表述方式上的困难。我们的文艺理论批评，站在什么样的体系基础上思考，用什么样的学术语言表达？在文艺学的若干分支，这种困难和尴尬还是双重的、多重的。例如，我们看到的女性主义文学批评，既套用西方文艺学框架，还要套用西方女性主义的框架；而西方女性主义理论，无论是白人女性主义、黑人女性主义还是其他，都没有考虑中国几亿女性的生存状况和心理特征，搬用这种理论的视角来分析中国当代文学中的女性问题，怎么能得出真知、新知？再以文艺心理学研究为例，中国古代心理学思想，特别是有关文学艺术心理的思想，与西方的现代心理学理论以及西方文艺心理学理论，其理路相距颇远。前者是实证

① 周扬：《建立中国自己的马克思主义的文艺理论和批评》，《文艺报》1958年第17期。

的，依靠实验室里严密的操作；后者是玄思的，依靠理论家的体验和推想。而我们几十年来的文艺心理学研究，却是以1879年在德国建立，之后在美国、法国、俄罗斯等若干国度得到发展的现代心理学的基础理论为参照和指引。台湾学者杨国枢先生自二十世纪七十年代开始反省：我们所探讨的对象是中国社会与中国社会中的中国人，所采用的理论与方法却几乎全是西方的或西方式的，这是一条正确有效的研究道路吗？他联合一批学者，探讨心理学研究之中国化的可能性，以建立中国人之本土心理学为研究的主旨①。不少的文艺学家，若干年来实际上也在做类似的工作。建立既是现代的、科学的，又是民族的、本土的文艺学，是一项长期的事业。我们不可能完全抛开"五四"以来形成的文学理论的框架、术语、体系，而在当今的世界格局中，随着我们国力的迅速提升，中国人日益觉醒的文化自性，中国的文学艺术家们努力追求的本民族的诗性，都日益紧迫地要求我们处理好文艺学的科学性、时代性和民族性的关系，今天也有了以前所没有的解决这个问题的客观条件。我们不再像前辈那样，因国势颓危，心怀焦虑，而故持偏执之论；也不会再因外敌欺凌而灰心自卑。我们可以把开放的心态和民族的自尊自然结合，探讨理论创新的切实途径和方式。

理论创新的关键之一，是正确认识和恰当对待外来的、西方的概念在中国话语中的可对应性问题。二十世纪八十年代起，我们经历过从西方输入的新名词的轰炸，我们经受过术语的滥译滥用，我们感受了正当的学术论争因对基本术语的不同命意而成为聋子的交谈。学者们共同的心声是：必也正名乎！我们迫切需要对术语、范畴的概念内涵取得共识，迫切需要一种使正常的学术交往得以进行的公用的术语词典。

自从有了不同文化体之间的交往，凡引进外来学说，不同的话语系统要进行对话，就会遇到术语转换的困难。不同民族、不同文化圈形成

① 杨国枢：《中国人的心理》，江苏教育出版社，2006年。

的术语向另外的民族、另外的文化圈传输，一大障碍是许多概念不对等，概念不对等导致误读、误解。找到概念、范畴的对应性，是对话得以进行的关键。佛学进入中国过程中对这个问题的处理，有若干经验值得从学科建设方法论角度重新总结。佛学传到中国，是一种外来的学说，历经几百年的艰难磨合，从东汉、魏晋到唐宋，才渐渐中国化，成为中国文化的重要组成部分，并且使中国佛学在世界佛学中居于领先的位置。佛学家们用很大的精力从事术语的译解，术语译解的核心是概念的传达。东晋的竺法雅把佛经当中的用语和中国道家典籍用语比拟配合，作为讲说的准则。这可以使中国文人产生亲近感，然而中国的经典和佛典各自术语的概念内涵相差极大，比拟的办法大失原意。于是，唐玄奘提出“五种不翻”。现代学术交流中，对含意特殊、微妙的新颖概念，也有时采用不翻的办法，例如，德国心理学家提出的格式塔，各国大多采用音译，中国虽曾译为完形，流行的却是格式塔。然而，不翻，采用音译，毕竟不是解决问题的最好办法。南宋僧人法云有《翻译名义集》，把佛教术语逐一举出异译、出处、释义，并作出解释。他认为，“译之言易也，谓以所有，易其所无”。学术翻译要输入此间本来没有的外民族的新颖的概念，这些新颖的概念本是在放送方的话语系统中存在，却必须在接受方固有的话语系统中寻求对全新概念的表达。最早来到中国的天竺僧人摄摩腾，《高僧传》说他“蕴其深解，无所宣述”，他不具备突破两种话语系统间屏障的能力。鸠摩罗什入长安，见“先译失旨，不与梵本相应”，一针见血地指出了概念的不对应的弊病。他自谦“虽诵其文，未善其理”，推荐佛陀耶舍“深达幽致”，也就是深刻理解概念的深层含义，他们两人合作，“共相征决，辞理方定”，成为佛典翻译大师。译经高僧们翻译术语的重要方法，是把接受方原有的词语改造，注入理论内容。例如，梵语佛经中的若那，汉译为智；般若，汉译为慧。汉语中本有“智慧”一词，《孟子·公孙丑》：“齐人有言曰，虽有智慧，不如乘势。”嵇康《大师箴》：“下逮德衰，大道沉沦，智惠日用，渐私其亲。”智慧本是指聪明或者巧智，而佛经中的智慧，指超越世俗迷幻、物欲蒙蔽，烦恼障断，所知障消，而直接获得的对最高本体的悟解。这样就把一个普通的词语，转化为表达重要哲学概念的术语。周武帝时道安《二教论》说：“曲士不可以辨宗极者，拘于名也。”批评当时的文人以儒家用语去解释佛经，混淆了不同的概念。如“大智度”，有人译为道。但这和道家的道，道名虽同，道义尤异。“菩提大道以智度为体，老氏之道以虚空为状，体用既悬，固难影响。外典无为，以息事为义；内经无为，无三相之为。名同实异，本不相似。故知借此方之称，翻彼域之宗，寄名谈实，何疑之有。”提醒人们，从词语之同辨析概念之异。近人熊十力先生著《佛家名相通释》，在“撰述大意”中说，“于繁琐名相，欲一一而穷其差别意义，则必将论主之经验与思路，在自家脑盖演过一番，始能一一得其实解”。我们现在很需要对文艺学的基本概念术语，作成有权威性的新的“翻译名义集”，新的“名相通释”，弄清术语的提出者赋予的本来意义及其后来的演变，以及不同学派对它的修正，纠正术语使用的混乱和任意性。这样，大家对话会顺畅一些，彼此误解会少一些。

不同的术语概念背后是各自独特的理念。以“移情”（empathy）为例，这是二十世纪引进的西方的心理学和美学概念。“移情”作为一个词，中国古代较少有人使用，更没有形成为术语，但中国人有自己的移情理论。西方心理学中的移情主要是指人与人之间情感的互通，西方美学中的移情，主要是指艺术家注情于物。中国古代讲移情，首先是从教化观出发，讲移易心志，就是用文学艺术的手段，来潜移默化，转变人的情志，使之合于儒家的人格理想。中国古代特别强调了大自然对人的性情的陶冶作用，其哲学思想基础是天人相感的理论，认为：天地之间，六合之内，九州之地，人的九窍、五脏、十二关节，皆通乎天气。这种倾向与道家思想配合，形成中国古代移情理论的最显著特色。同时，它还十分重视人从自然得到形式美的触发、启悟。在中国的传统中，注重心与物的双向互动，所谓情以物兴、物以情观，随物宛转、与心徘徊，就是很精炼的概括。画家、诗人的创作意兴，是在物与心相互激发中迸出火花，这样的观念比之于单独强调我情注物，更符合文学艺术思维的特性。宗白华先生指出，中国古代的移情说比起德国美学家李普斯的情感移入论，“似乎还要深刻些，因为它说出现实生活中的体验和改造是‘移情’的基础”。他还说，考察对象的构成，改造主体的感情使之能够发现美，中国古人叫作“移我情”；改变客观现象使之成为审美对象，中国古人叫作“移世界”。他提到马克思在《神圣家族》中表示赞赏的培根的话：物质以其感觉的诗意的光辉向着整个的人微笑，和表示不满的霍布斯的机械论：感觉失去了光辉变为几何学的抽象，唯物论变为厌世论①。这是在透彻了解中西两种术语背后的思想体系，看准其交切点和歧异处，而后作出的创新的诠释，也是中西文学理论对话的一个很好的范例。

我们还应该对中国古代文论的术语作类似的清理，拟出多数人接受的译名向外国人介绍。例如，气，是中国古代哲学和文论的一个重要范畴。孟子的“知言养气”说，王充和刘勰的“养气”说，曹丕的“文以气为主”，韩愈的“气盛言宜”，等等，贯穿在两千年的文学批评史中。这是中国人独创的一个概念。英国艺术教育家米歇尔·康佩·奥利雷在《非西方艺术》一书中说，对于某些专用词语，在另一种文化中、在另一种语言中，“是永远也找不到一个完全对等的翻译的，来自某种文化的人也是难以理解另一种文化的艺术之全部含义的。中文里有一个字‘气’，在这里可以译作 character 或 disposition，但在不同的上下文环境中，不同的历史时代还会有不同的意思”②。“气”字早已进入日本文

① 宗白华：《美从何处寻》，《美学散步》，上海人民出版社，1981 年，第 14 页、第 16—17 页。

② 米歇尔·康佩·奥利雷：《非西方艺术》，彭海姣、宋婷婷译，广西师范大学出版社，2004 年，第 12 页。

字，已故日本汉学家小野泽精一说，日文“气”的概念虽然与中国很多类似，但最基本的，确实以在日本产生成长起来的人们的生活方式和对于自然、社会的对应方法为核心。到了欧美，“气”得到各自的阐释，在德国，重点是生命力；在法国，重点是能量；在英美，重点是内在力①。虽然其他国家不存在与“气”完全对等的概念，虽然中国古代“气”的概念不断演化，内涵极为复杂，研究者们总是从各个角度力求找到可以在不同程度上与之对应的本国的术语，促成了中国人这一思维成果为各国学者共同享用。

文艺学研究必须充分重视本土资源，但不应也不可能无视西方文艺学相对严密的体系和相对精确的研究方式。我们可以做的，是力求两者的合理的自然的结合。让我们先在基本术语的诠释上，作一番最基础的工作。有了可靠的基石，才能构筑楼舍、大厦。

（2006 年 12 月，载《学术月刊》2007 年第 2 期）

① 小野泽精一、福永光司、山井涌：《气的思想》，李庆译，上海人民出版社，1990 年，第 5—7 页、第 321 页、第 528—537 页。

关于“科学的艺术论丛书”谈片

——鲁迅对普列汉诺夫在马克思主义文论史上地位的论断

1929年至1930年，鲁迅和冯雪峰等翻译出版了一套“科学的艺术论丛书”①，丛书名称中所说的“科学的艺术论”，就是马克思主义的文艺理论②。鲁迅关注马克思主义文艺理论，并不是从编译这套丛书起始，更不止限于这套丛书，但这套丛书是中国较早对马克思主义文艺理论的较为集中、较有系统的介绍，显示了鲁迅精深的眼光以及善于将马克思主义文艺理论与中国实际结合，与文艺创作和文艺批评实践结合的卓越能力。关于鲁迅对马克思主义文艺理论的介绍，关于“科学的艺术论丛书”，都已经有学者发表过研究成果③，我在这里再说一些点滴粗浅的感想。

① 关于这套丛书的选题、所依据的版本和翻译工作，参见日本学者芦田肇的《鲁迅研究的现在》，中文节译题为《鲁迅、冯雪峰对马克思主义文艺理论的接受——水沫版、光华版〈科学的艺术论丛书〉版本、材源考》，《中国现代文学研究丛刊》1993年第2期。

② 丛书中有卢那察尔斯基《文艺与批评》一书，鲁迅在“译者附记”中引日译者藏原惟人的话，说末一篇《苏维埃国家与艺术》“原译者按语中有云：‘这是作者显示了马克思主义文艺批评的基准的重要的论文。我们将苏联和日本的社会底发展阶段之不同，放在念头上之后，能够从这里学得非常之多的物事。我希望关心文艺运动的同人，从这论文中摄取得进向正当的解决的许多的启发。’这是也可以移赠中国的读者们的”。由此可见，丛书的目的很明确，就是向中国输入马克思主义文论。用“科学的”是在当时政治环境下作为“马克思主义”的一个替代词。

③ 参见刘庆福：《普列汉诺夫的文艺论著在中国之回顾》，《学术月刊》1985年第9期；毛剑：《“左联”时期马克思主义文艺理论的引进与发展研究》，山东大学博士学位论文；黄炎：《鲁迅翻译中富有战斗气息的存在意识》，《山东文学》2008年第2期。

1

出版这套丛书的直接起因，与鲁迅同创造社、太阳社在20年代末的论争有关。他在《〈三闲集〉序言》里说：

> 我有一件事要感谢创造社的，是他们“挤”我看了几种科学的文艺论，明白了先前的文学史家们说了一大堆，还是纠缠不清的疑问。并且因此译了一本蒲力汗诺夫的《艺术论》，以救正我——还因我而及于别人——的只信进化论的偏颇。

同时，马克思主义文艺理论又是他在与新月派关于文学阶级性的论争中的锐利武器[①]。我们更应该看到，在时代环境的急剧变化中，鲁迅对自己原来所信奉的理论很不满足，有许多怀疑，他热切地寻求科学的理论，这是他研读和翻译马克思主义文艺理论书籍的深层的原因。看鲁迅日记里的购书记录，从1928年开始，社会科学书籍突然大量增加，其中数量最大、最醒目的是关于唯物史观和辩证法的书籍[②]。他不是仅仅为了在论争中给自己找论据读这些书，而是自觉地追求真理——“我从天国窃得火来，本意却在煮自己的肉”（《“硬译”与“文学的阶级性”》）。他要在文艺理论的哲学基础上下真功夫。可以推断，鲁迅是从相当广泛的阅读中选择翻译的对象。鲁迅和冯雪峰为丛书写了多篇序言、后记，其中涉及的中国的作家和学者学习马克思主义文艺理论应当采取的态度、方式和方法，至今依然有现实意义，值得我们反复体味。

---

① 参见鲁迅：《“硬译”与“文学的阶级性”》，《鲁迅全集》第4卷，人民文学出版社，1981年，第199—227页。

② 参见鲁迅：《鲁迅全集》第10卷，人民文学出版社，1981年，第739—748页、第794—803页。

创造社、太阳社在1927年提出革命文学建设问题，其中有的人对于一批“五四”以来有影响的作家，如鲁迅、胡适、郁达夫、叶圣陶等人用尖刻的语言予以否定。这些人是激进的革命者，他们依据的是据称由苏俄那里接受的革命的文学理论。鲁迅认为，这些论者对于文学和革命的关系、文学与宣传的相同与不同的看法是不对的，鲁迅也到马克思主义文论中寻求依据，于是就策划并参与翻译了“科学的艺术论丛书”。

2

这套丛书所介绍对象的选取，能够反映出鲁迅对当时马克思主义文艺理论的了解和他的判断。丛书原来计划出十二种，包括普列汉诺夫的三种，波格丹诺夫的一种，列什涅夫的一种，卢那察尔斯基的四种，梅林的一种，雅可夫列夫的一种，苏俄文艺政策选编一种。那个计划没有完全实现，从1929年5月到1930年8月，实际刊行的是九种，即波格丹诺夫的《新艺术论》，卢那察尔斯基的《艺术之社会的基础》《文艺与批评》，普列汉诺夫的《艺术与社会生活》《艺术论附〈二十年间〉的序文》，梅林的《文学评论》，沃罗夫斯基的《社会的作家论》，藏原惟人的《文艺政策》，伊可维支的《唯物史观的文学论》。这个名单网罗了当时苏联最主要的马克思主义文艺理论家①，而在其中鲁迅特别看重的是普列汉诺夫和卢那察尔斯基。从那时直到中华人民共和国成立之前，对于普列汉诺夫的翻译、介绍，出力最多的是鲁迅、冯雪峰和瞿秋白。此外，胡秋原也做了一些工作。普列汉诺夫在后期同情孟什维克，与列宁多次发生深刻的政治分歧，为什么还要特别推崇他呢？鲁迅对此有他独立的思考。他在《〈艺术论〉译本序》里说：“蒲力汗诺夫对于无产阶级

① 参见刘宁、程正民：《俄苏文学批评史》，北京师范大学出版社，1992年，第297页；蒋路：《卢那察尔斯基论文学·译后记》，人民文学出版社，1978年，第618页。

的殊勋，最多是在所发表的理论的文字，他本身政治底意见，却不免常有动摇的。”[①] 鲁迅将普列汉诺夫的前期和后期区分开，将他政治上的立场和他在基本理论上的建树分开。鲁迅上述论断发表于 1930 年 6 月，而列宁的《列·尼·托尔斯泰和现代工人运动》1925 年已经由郑超麟译出发表，《论党的出版物与文学》（即《党的组织和党的文学》）中译文 1926 年发表，1930 年冯雪峰又重译发表。有论者认为，这一时期译介马恩经典作家的论著少，译介马克思主义的文艺理论家如梅林、拉法格、李卜克内西、普列汉诺夫、高尔基、卢那察尔斯基、沃罗夫斯基、法捷耶夫、弗里契、藏原惟人的论著多，后者给中国革命文艺家提供了理论武库，“也带来了一些负面的作用，如‘左联’所执行的左倾路线”[②]。这个说法是可以商讨的。左倾路线的提出、执行，是否与译介非经典作家的理论家们的论著多相关，抑或是与提出者、执行者对马克思主义的态度更有关系？在整个 20 年代，苏俄理论界对普列汉诺夫还是很推崇的，列宁本人也对他的理论贡献给予了高度评价，在他办公室的书架上，普列汉诺夫著作与马克思、恩格斯的著作排在一起。他说过，不认真读普列汉诺夫，就不能成为一个好的共产主义者。30 年代，米丁、尤金等人，适应斯大林树立个人权威的需要，重新建构以政治领袖为承传线索的马克思主义理论发展史，马克思主义文艺理论发展史也依样描画，普列汉诺夫被批判、贬低和排斥。

---

① 鲁迅：《〈艺术论〉译本序》，《鲁迅全集》第 4 卷，人民文学出版社，1981 年，第 255 页。序中引用共产国际的《国际通讯》上一篇文章里的评价：“我们毫不迟疑，将蒲力汗诺夫算进俄国劳动者阶级的，不，国际劳动者阶级的最大的恩师们里面去。怎么可以这样说呢？当决定底的阶级战的时候，蒲力汗诺夫不是在防线的那面的么？是的，确是如此。然而他在这些决定战的很以前的活动，他的理论上的诸劳作，在蒲力汗诺夫的遗产中，是盛着贵重的东西的。”鲁迅显然完全同意这一评价，他在序里说，“蒲力汗诺夫不但本身成了伟大的思想家，并且也作了俄国的马克思主义者的先驱和觉醒了的劳动者的教师和指导者了”。《鲁迅全集》第 4 卷，人民文学出版社，1981 年，第 255 页、第 258—261 页。

② 毛剑：《“左联”时期马克思主义文艺理论的引进与发展研究》，山东大学博士学位论文。

3

鲁迅明确地说，普列汉诺夫“是用马克思主义的锄锹，掘通了文艺领域的第一人”①。他认为，普列汉诺夫和列宁“两个人之间，就自然而然地行了未尝商量的分业。他所擅长的是理论方面，对于敌人，便担当了哲学底论战。列宁却从最先的著作以来，即专心于社会政治底问题，党和劳动阶级的组织的”②。列宁从政治原则上规定了党的组织与党的出版物、党的宣传工作的关系，普列汉诺夫是依据历史唯物主义理论阐述文艺的性质和特点。

鲁迅引用共产国际的机关刊物《国际通讯》文章的话说，普氏决不仅是马克思和恩格斯的经济学、历史学，以及哲学的单单的媒介者。他涉及这些全领域，贡献了出色的独自的劳作。马克思主义文艺理论家的历史责任，绝不是停留在复述和阐释马克思、恩格斯以及列宁谈到的文学艺术的文字，而是用马克思主义的立场、观点，全面深入研究人类的文学艺术活动，研究文学艺术的历史和现实，从而构建新的文学艺术理论的体系。苏联30年代之后的一个长时期，理论界忽视了独立创造，而甘心于做亦步亦趋的阐释者，因而在许多方面造成理论的倒退。

《〈艺术论〉译本序》说：“蒲力汗诺夫也给马克思主义艺术理论放下了基础。他的艺术论虽然还未能俨然成一个体系，但所遗留的含有方法和成果的著作，却不只作为后人研究的对象，也不愧称为建立马克斯主义艺术理论，社会学底美学底古典底文献的了。”这就是说，对于普

---

① 鲁迅：《〈论文集《二十年间》第三版序〉译者附记》，《鲁迅全集》第10卷，人民文学出版社，1981年，第313页。

② 鲁迅：《〈艺术论〉译本序》，《鲁迅全集》第4卷，人民文学出版社，1881年，第356页。鲁迅此文写作于1929年6月，发表于1930年6月。1932年，胡秋原出版《唯物史观艺术论——朴列汗诺夫及其艺术理论之研究》，说普列汉诺夫是“世界最初马克思主义艺术学的建设者”，并提出“文艺科学上——朴列汗诺夫的正统”。多年来，不少论者对胡秋原此说大加批判，但并未有理论史的细密论证。

列汉诺夫，也不应仅仅记住他的一些结论，而要学习他的方法论思想。鲁迅本人就是应用这样的方法论，分析中国文学的现实和历史。

鲁迅在卢那察尔斯基《文艺与批评》的译者附记中，强调了学习和应用马克思主义文艺理论的正确态度："要豁然贯通，是仍须致力于社会科学这大源泉的，因为千万言的论文，总不外乎深通学说，而且明白了全世界历来的艺术史之后，应环境之情势，回环曲折地演了出来的支流。"① 学习马克思主义文艺理论，必须和研究文学史、艺术史相结合，从历史事件中抽绎出理论观念，用文学艺术的事实检验理论。普列汉诺夫的长处在这里，鲁迅的长处也在这里。

（载《华中学术》2011 年第 1 期）

① 鲁迅：《〈文艺与批评〉译者附记》，《鲁迅全集》第 10 卷，人民文学出版社，1981 年，第 302 页。

赵树理大众文学思想的特色及其历史命运

以“五四”为开端的中国新文艺，以马克思主义为指导的中国革命文艺，在其发展历程中都有一个从头贯穿的线索，那就是文艺的大众化。在新文艺运动的倡导者和实行者中间，在无产阶级革命文艺队伍内部，对于文艺应该大众化这一点，看法是高度一致的，至于怎样才是大众化，如何实现大众化，则是一个历经长期的反复的探索并不断发生争议的问题。赵树理被认为是文艺大众化的一位卓有成就的实践者，他的作品曾经受到革命文艺的领军者热情赞扬，也受到过来自不同方向的批评、指责以至于嘲笑；在二十世纪五十年代以后，他关于文艺大众化的思想在他所属的体制之内遭受到的更多是冷遇和贬责。为什么一位曾经被树为旗帜的作家，他付出真诚努力所得的却多是挫折和苦恼呢？在我看来，要从外在环境和赵树理思想本身的特点两个方面寻找原因。本文试由“赵树理方向”提出之时他所写的《艺术与农村》和“文革”被审查批判时所写的交代自述《回顾历史，认识自己》这两个前后跨越二十年的文本，对赵树理大众文学思想的独特之点及其深刻性和局限性，作一初步探讨[①]。

1947 年夏，晋冀鲁豫边区文联召开座谈会，提出：“赵树理的创作

---

① 两个文本分别见《赵树理文集》第四卷，工人出版社，1980 年，第 1360—1364 页、第 1825—1844 页，以下引用此两文不再另注。

精神及其成果，实应为边区文艺工作者实践毛泽东文艺思想的具体方向。”① 这是赵树理正式地进入革命文艺主流后的一个辉煌的时刻，座谈会后，《人民日报》特约赵树理撰文，谈农村文艺运动。赵树理文章的题目是《艺术与农村》，这篇文章语调平和，立论平实稳健，只是表达自己对于文艺性质和作用的看法，而没有正面展开对文艺方向、方针的宏观问题的论述，与那些赞誉颂扬他的文章、讲话相比，官方意识形态色彩较为淡薄。一开始，赵树理本人与他的赞扬者之间就有着这样的差别，这个细节，很值得咀嚼品味。1966 年，赵树理已经被当作“文艺黑线干将”审查，失去人身自由，那年冬天他写了一个检查交代性质的自述《回顾历史，认识自己》，重新梳理毕生文学道路和文艺观点，在那样极不正常的气氛中，依然信守历来的基本信念。在自述的末尾，他郑重地声明：“我自参加革命以来，无论思想、创作、工作、生活各方面有何发展变化……始终是自成一个体系的。入京以后，除在戏改方面受了些感染外，其他方面未改变过我的原形。”在这样的时刻，声明他与革命文坛主流的差异，这些话是符合事实的；赵树理的大众文学思想，确是有个性而不雷同于他人的。这一头一尾两个文本，正可以作为我们理解、把握赵树理大众文学思想的切入点和标本。

他在《艺术与农村》文章中说，“农村有艺术活动，也正如有吃饭活动一样，本来是很正常的事”，“农村人们艺术要求之普遍是自古而然的”。他还讲到，一般人都有唱的冲动，如果没有可唱的东西，在实在憋得吃不住的时候，就唱几句地方旧戏来出出气；群众翻身以后有了土地，土地不但能长庄稼，而且还能长艺术，物质食粮可以满足最基本的需要之后，精神食粮的要求也就提高了一步。没有可唱的东西即是审美的匮乏，改变匮乏的责任在关心和热爱群众的文艺家。在这里，值得我们注意的是，赵树理在论证文学艺术工作的出发点的时候，不是像当时

① 参见《人民日报》1947 年 8 月 10 日关于这次座谈会的报道。

其他许多人那样，不是首先讲文艺与革命的关系、文艺作为革命政党宣传和组织工作的一种工具的特性，而是讲文艺欣赏是出自人的本性的一种自然需要。说“憋得吃不住就唱地方旧戏”，很容易使人联想到席勒等人所说的过剩精力是艺术产生的生理基础，虽然那时赵树理很可能没有接触到德国古典美学。

文艺欣赏、文艺活动，不是知识分子的专利品，农民和城里人、知识分子一样，有文艺欣赏的权利，欣赏什么、怎么欣赏，有他们自己的应该尊重的选择。从这点，就显示了赵树理和革命政党领导者，和革命文艺运动主流、权威之间的有意味的一点差别。我们试来比较一下，瞿秋白被称为“中国无产阶级文学和文学大众化的最早的一个倡议者和鼓舞者”①，他主持制定、由中华苏维埃教育人民委员部颁发的《俱乐部纲要》中指出：“俱乐部的一切都应当为着动员群众来响应共产党和苏维埃政府每一号召的，都应当是为着革命战争。”② 他比赵树理早得多就注意到大众文艺要利用旧式体裁以适应不识字和识字很少的民众，但他这样做，是为了让革命政党的主张通过文艺为群众所接受，所以，他说，“革命的大众文艺因此可以有许多不同的题材。最迅速的反映当时的革命斗争和政治事变，可以是‘急就的’，‘草率的’。大众文艺式的报告文学，这种作品也许没有艺术价值，也许只是一种新式的大众化的新闻性质的文章，可是这是在鼓动宣传的斗争之中去创造艺术”③。瞿秋白的看法在“五四”新文艺运动的先驱和革命的领导人中有相当的普遍性，在他们中若干人宣传新思想、新理论、新观念的热情里，除了以政治压倒艺术的偏颇之外，还有时候不自觉地带有对普通民众文化上和审美上的轻视。赵树理不是这样，他认为，农民虽然普遍文化水平较

① 瞿秋白：《瞿秋白文集·序》，《瞿秋白文集》，人民文学出版社，1953年，第2页。

② 刘云：《中央苏区文化艺术史》，百花洲文艺出版社，1998年，第107页。

③ 瞿秋白：《大众文艺的问题》，《瞿秋白文集》第三卷，人民文学出版社，1953年，第19—20页。

低，农村中文盲众多，但农民的艺术欣赏能力未必很低。他说，“一个文盲，在理解高深的事物方面固然有很大限制，但文盲不一定是‘理’盲、‘事’盲，因而也不一定是‘艺’盲”，有的不识字的农民，“甚至精通了某种民间艺术”①。这是一个很精彩的观点，人的艺术感受力、鉴别力，与他的学历及书本知识的多少，不是简单的正相关关系。有些满腹经典的学究，未必能够领悟诗或画的妙趣；许多村妇野老也可能成为音乐家、戏剧家的知音。许多大文学家、大艺术家，都乐于和善于从民间艺术吸收营养，革命的文艺工作者更是有必要了解、学习并努力满足农民的艺术审美兴趣。文艺的大众化，并不必然要求为政治而牺牲艺术，并不必然要求降低作品的艺术品格，相反，它可能为艺术的创造开辟出新的路径。

赵树理可以说是做革命宣传工作出身的，他早年写的那些文字没有保存下来，据他在自述里回忆，那些小作品特点是有战斗性，足见他是充分认同革命文艺的工具性的，他后来的整个创作道路也证明这一点。但与此同时，他又承认并重视文艺还有超越功利的审美功能。他在《〈三里湾〉写作前后》中曾提及，旧时代文艺的欣赏者要求轻松的小趣味，并“不打算接受什么教育”②。这里实际上是指中国曲艺的古老传统，中国的曲艺是由勾栏瓦子、茶楼酒肆里的艺人和农村里的负鼓盲翁创造并不断推进的，《水浒传》里白秀英的父亲白玉乔说，“只凭女儿秀英歌舞吹弹，普天下服侍看官”。文艺家是服侍者，服侍观众、读者。不仅仅是茶馆里的闲人，一般的读者大多也不是首先为了受教育而走进剧场或捧起小说来。恩格斯在《德国的民间故事书》里指出，民间故事的使命，首先是让因艰苦劳动而疲惫不堪的农民得到快乐和慰藉③。西方文学也有类似的传统，菲尔丁在《汤姆·琼斯》中说，作家的写作，

---

① 赵树理：《供应群众更多、更好的作品——在中国共产党第八次全国代表大会的发言》，《赵树理文集》第四卷，工人出版社，1980年，第1522—1523页。

② 赵树理：《〈三里湾〉写作前后》，《赵树理文集》第四卷，工人出版社，1980年，第1490页。

③ 恩格斯：《德国的民间故事》，《马克思恩格斯论艺术》第四卷，人民文学出版社，1966年，第401页。

不应当是阔人施舍粥饭；作家好比饭馆老板，人家出了钱来吃饭，你就要合乎他的口味①。菲尔丁说的是饭馆老板，赵树理经常讲到的是群众艺术需求的供给者，他们应该尊奉读者大众为文艺的主人，以虔敬之心服务，而不应摆出俯就的姿态。

作家应该做的是去体会、揣摩接受者的口味，而不是强制接受者适应他自己的口味；更不应以为只有自己的口味才是纯正的、高雅的，下层接受者的口味都是浅陋的、低俗的。1956 年，在中共第八次代表大会的发言里赵树理指出，群众文化馆和按照文化馆的订单创作的作家都以为，只要有了连他们自己也不认为是艺术的东西，既不艺术又宣传不好政治的东西，群众就足以娱乐了，他认为这是一个极大的误判。赵树理反对的是那种施舍的心理和做法，他一直反感以为群众会满足于简陋的、缺乏艺术性的作品的观点。1943 年，他写过一篇《平凡的残忍》，起因是有同伴嘲笑他把金针海带当作山珍海味，他激愤地说，没有尝过珍馐佳肴而吃南瓜喝酸汤，“并非万古不变的土包子”，“也不是娘胎里带来的贱骨头”，“贫穷和愚昧的深窟中，沉陷的正是我们亲爱的同伴，要不是为了拯救这些同伴出苦海，那还要革什么命?”② 这篇短文显露出终其一生郁积于心的情结，那是一种基于农民本位思想的情绪，是对于任何轻视农村人的言行的强烈愤懑。不理解这一点，就很难理解赵树理的文艺思想。

赵树理提出，不能把普及和通俗混为一谈，他甚至认为，“俗”字是上流社会轻视和侮蔑劳动人民的字眼儿③。他多次提出，中国的文艺界有两个传统，一个是“五四”新文艺运动开创的进步知识分子的新文艺传统，一个是未被新文艺界承认的民间传统④；到了《回忆历史，认识自己》里，则说：“中国现有的文学艺术有三个传统：一是中国古代

① 伍蠡甫：《西方文论选》上册，上海文艺出版社，1963 年，第 512 页。

② 赵树理：《平凡的残忍》，《赵树理文集》第四卷，工人出版社，1980 年，第 1358—1359 页。

③ 赵树理：《彻底面向群众》，《赵树理文集》第四卷，工人出版社，1980 年，第 1617 页。

④ 《普及工作旧话重提》中“两个传统及其关系”“两种艺术境界”“两种普及的前途观”诸节，见《赵树理文集》第四卷，工人出版社，1980 年版，第 1543—1548 页。

士大夫阶级的传统，旧诗赋、文言文、国画、古琴等是。二是‘五四’以来的文化界传统，新诗、新小说、话剧、钢琴等是。三是民间传统，民歌、鼓词、评书、地方戏曲等是。”虽然赵树理在中华人民共和国成立之后的文学界占有重要位置，1956 年，周扬在报告里把他与茅盾、巴金、老舍、曹禺并列，称为“当代语言艺术大师”，但赵树理本人却宁愿自外于这个系列。“我不想上文坛，不想做文坛文学家，我只想上‘文摊’，写些小本子夹在卖小唱本的摊子里去赶庙会，三两个铜板可以买一本，这样一步一步去夺取那些封建小唱本的阵地。做这样一个文摊文学家，这是我的志愿。”“新文学的圈子狭小得可怜……新文学只在极少数人中间转来转去，根本打不进农民中去。”他把大多数作家的创作，称为交换文学①。赵树理觉得，文艺界的多数人是不承认民间传统有延续的价值的，不相信民间传统能产生杰作，民间传统无力争取到文坛上的地位，而他所继承和发扬的正是这个不被承认的传统，他始终不懈地要为这个传统的延续而努力。进城之初，他领头发起成立大众文艺创作研究会，主编《说说唱唱》，接受林庚教授的邀请到燕京大学讲授民间文艺课，这都是一些很有益的工作。但是，在当时的环境下，在政治上的和审美上的错综的矛盾中，他这几个方面的工作不但未能如他所愿，而且难以为继。

赵树理的两个传统或三个传统之说，大体适合文学艺术的整体，且更适合于戏曲和曲艺，而他本人是小说家，就小说而言，三个传统是否能构成平行并列的体系，则是一个问题。在中国古代，抒情文学长期占据正宗地位，文人独立创造的叙事文学作品远不如民间留下的遗产之丰厚。二十世纪中国文学为了启蒙和救亡的目标，急需小说这种文学体式，作家们主要是借鉴欧洲小说，鲁迅、冰心、叶绍钧、巴金、茅盾、郁达夫等莫不如此；即使是乡土文学派的鲁彦、许钦文等人也是自觉借

① 李普：《赵树理印象记》，《长江文艺》创刊号；转引自黄修己：《赵树理研究资料》，北岳文艺出版社，1985 年，第 18—19 页。

鉴俄罗斯、东欧和美国小说，从张爱玲等人的作品里可以看到《红楼梦》的影响，但更多地也还是靠拢十八、十九世纪欧洲小说的范式。在四十年代初的革命根据地，说唱文学拥有数量不小的接受群体，革命根据地有些作家的小说借用了说唱文学的一些叙事方式，但进入五十年代，情况逐步发生变化——看小说的日渐增多，听说书的则日渐减少，而且在国家工业化带来农村文化生活变化的背景下，这是一种持续的趋势。赵树理对这个大趋势很不敏感，这就使他与文学界的多数人始终存在艺术理念上的隔阂。正是有鉴于此，他后来回忆到：1951 年“胡乔木同志批评我写的东西不大（没有接触重大题材），不深，写不出振奋人心的作品来，要我读一些借鉴性作品”。胡乔木、周扬开了书单子，让他读契诃夫、屠格涅夫等人的作品。那时与赵树理过往密切的严文井回忆说：赵树理原来就读过不少“五四”时期的文艺作品和外国作品的译本，“我这才明白，老赵并不是一个‘土包子’，他肚子里装的洋货不少”。但是，赵树理是一位农民本位主义者，他多次明确宣称，他就是为农民而写作，他的作品的艺术形式、艺术风格，目标是适合农民的审美趣味，他心目中的农民，是远离现代城市文化的农民，他的小说创作乃是承续民间说书的渊源。他认定“说唱文学是中国文学的正统。小说要能说，韵文要能唱”①。他并不愿意像欧洲作家那样写小说，周扬在 1962 年大连会议上说：“中国作家中真正熟悉农民、熟悉农村的，没有一个能超过赵树理。他对农村有自己的见解，敢于坚持，你贴大字报也不动摇。”严文井说，“我觉得他坚持自己的艺术主张有些像狂热的宗教徒”。由于这种宗教徒似的坚持和执拗，于是，他和当时中国大多数小说家、与当时文艺界的多数人，在艺术理念上就发生了重要的分歧。

赵树理一方面承认民间的文艺有粗浅的一面，另一方面并不以为民间的文艺就都是低水平，他说，“农村从业者既是靠戏吃饭，其独到之

① 戴光中：《赵树理传》，北京十月文艺出版社，1987 年，第 303—304 页；又见严文井：《赵树理在北京胡同里》，《中国作家》1993 年第 6 期。

处，也有许多值得做戏运工作的同志们重视的，千万不要抱‘放下你的一套来学我的一套’之痛快想法”①。“有些人误以为中国传统只是在普及方面有用，想要提高就得加上点洋味，我以为那是从外来艺术环境中养成的一种门户之见。”② 近年有些论著谈及五十年代初赵树理与丁玲等人的分歧，即所谓“东总布胡同与西总布胡同之争”，其中虽然确有人事纠葛的因素，但更根本的却是艺术理念的差异，如赵树理所说，“两个艺术传统中培育出来的人，在艺术兴趣上往往是不相入的”③。赵树理与丁玲的审美趣味不同，与胡乔木、周扬也不相同。本来，人和人之间审美趣味的差异是十分正常的现象。作为个人，保持自己的趣味、尊重他人的趣味就是。而作为一个以写作为职业，在文艺创作中寄托自身生命价值的人，如果感觉到个人审美趣味与文学界主流趣味、社会主流趣味的相斥，就会产生惶惑和困扰。正是这种艺术趣味上的冲突，使赵树理进城后十几年感受到深深的痛苦。如果是在一个很宽松的环境里，赵树理的艺术追求作为一种风格自有其存在的价值。但他所处的并不是平静宽松的时期，艺术趣味的差异和政治运动中的波澜反复搅在一起，制约了赵树理艺术上的探索。《回忆历史，认识自己》里说：“老的真正民间艺术传统形式事实上已经消灭了，而掌握了文化的学生所学来的那点脱离老一代群众的东西，又不足以补充其缺。”“我在这方面的错误就在于不甘心失败，不承认现实。”赵树理确有片面偏激之处，但也不能说赵树理都错了，别人都是正确的，但他却不能不承受由此带来的苦果。

赵树理说，“能理解知识分子以外的广大群众欣赏艺术的心理状态

---

① 赵树理：《对改革农村戏剧几点建议》，《赵树理文集》第四卷，工人出版社，1980年，第1395页。

② 赵树理：《从曲艺中吸取养料》，《赵树理文集》第四卷，工人出版社，1980年，第1611页。

③ 赵树理：《普及工作旧话重提》，《赵树理文集》第四卷，工人出版社，1980年，第1545页。

的人太少”。其实，真正能够深刻理解他的创作心理的文学批评家也不是太多。极端者，如美籍文学史家夏志清对赵树理的评价，就超越了严谨的学理论述，近于讥嘲，“故事写得很笨拙”，“是一种民间幽默的粗糙尝试”，“完全摆脱欧化的左翼传统，嘻嘻哈哈为党做宣传”，“故意迁就工农兵读者的水准”①。从中可以看出不同文化环境、不同艺术传统中的文人审美上的隔阂如何之深！捷克汉学家普实克说得比较客观：“夏不大能够领会那些娴熟地运用了民间说书传统的作品的特殊魅力。”② 理性的文学研究家，还是应该尊重自己趣味范围之外别种艺术风格存在的权利。

造成赵树理创作道路坎坷、挫折更重要的原因，是他的作品的社会内容。他从来都很明确，他的创作是为革命事业服务的，他把自己的小说叫作问题小说，“我的作品，我自己常常叫它是‘问题小说’。为什么叫这个名字，就因为我写的小说，都是我下乡工作时在工作中所碰到的问题，感到那个问题不解决会妨碍我们工作的进展，应该把它提出来”③。他这样做，是主动地自觉地使自己的创作成为革命工作的一部分，成为革命机器上的齿轮和螺丝钉，这也是他早期受到重视和表扬的原因。可是，问题小说，问题提给谁，作品中提出的解决问题的答案，是站在谁的立场？赵树理在官民之间、执政者与农民之间依违两难，这是他五六十年代困惑的根源之所在。在《回顾历史，认识自己》中，讲到粮食统购，赵树理说过一段话：“在这个问题上，我的思想是矛盾的——在县地两级因任务紧张而发愁的时候，我站在国家方面，可是一见到增了产的地方仍吃不到更多的粮食，我又站到了农民方面。”也就是说，在农民面前他是政府立场，在领导面前他又是农民立场。他在

① 夏志清：《中国现代小说史》，复旦大学出版社，2005 年，第 308 页。

② 普实克：《中国现代文学史的根本问题》，《普实克中国现代文学论文集》，李燕乔等译，湖南文艺出版社，1987 年，第 249 页。

③ 赵树理：《当前创作的问题》，《赵树理文集》第四卷，工人出版社，1980 年，第 1651 页。

几十年中所思所想、所说所写，也都有这样的两个方面。这后一点，就会为领导所不喜，乃至为环境所不容。《回顾历史，认识自己》里说，“检查我自己这几年的世界观，就是小天小地钻在农村找一些问题唧唧喳喳以为是什么塌天大事”。这显然并非由衷之言。关于农村、农民、农业，他曾有一些切中时弊的精当看法。举例来说，1948 年在《人民日报》连载的《邪不压正》，他说，“我写那篇东西的意图是想写出当时土改全部过程中的各种经验教训，使土改中的干部和群众知所趋避”，“土改中最不容易防范的是流氓钻空子。因为流氓是穷人，其身份很容易和贫农相混”①。利用流氓无产者打开局面，加剧了“左倾”偏差对正派干部和群众的伤害，这是从土地革命一直到六十年代社会主义教育运动中都存在而解决得并不好的一个问题，能够看出并在作品中反映这个问题的作家在八十年代以前则极为罕见。又如，1959 年他给中央负责人写了《公社应该如何领导农业生产之我见》，提出的意见与上级大相径庭，信被批转中国作家协会，作家协会找了一些人开会帮助他改变认识。严文井回忆说，“老赵虽然处于孤立的地位，却也坚持自己的观点不让”。历史证明赵树理的意见是正确的。关键还不在于谁正确，而是在于，文艺作品除了向大众宣传上级制定的方针政策之外，是不是还应该向社会、向领导反映下层大众的呼声？这是文学的大众性的一个核心问题。古人谈到文艺的作用也说“上以风化下，下以风刺上”两个方面。赵树理想用他的小说将下情上达，而这种下情不为在上者所乐闻，这是他被冷落的主要原因，也正是他的可贵之处。总之，赵树理的文学观念有不少深刻之处，也有其偏颇之处；赵树理的际遇与五六十年代文艺环境有密切关联，这些，都值得今天冷静科学地予以探讨。

（载《山东师范大学学报》2013 年第 4 期）

---

① 赵树理：《关于〈邪不压正〉》，《赵树理文集》第四卷，工人出版社，1980 年，第 1437 页。

文艺理论研究者的学术视野与理论的品格

李明军、熊元义两位写了一篇文章，刊物编辑对我说：“文章涉及你，是否愿意有所回应?”二位文章的开头把我作为“中国当代文艺批评界不能回避的文艺理论论战”的一方，同时尖锐批评了回避分歧的鸵鸟心态。我一向认为，正常的学术讨论有益，同时，平等对话、相互切磋、取长补短、求同存异还会给参与者带来知性的乐趣。文艺理论界对于不少理论问题持有歧见，我自然也是知道的，无论是怎样重大的问题，只要是学术问题，看法分歧没有什么可怕，所以，对于正常的学术讨论没有理由回避。但是，李、熊文章说学术上的分歧会“影响团结”“阻碍深化”“迷失方向”，我就难有同感；对他们期望的“重大文艺理论分歧彻底解决”，我不抱乐观态度，并且不以为一定是要去追求的目标。学术总是在分歧、讨论、争论中发展，越是具有浓厚理论色彩的学术问题，越是难有彻底的解决，彻底解决了，没有了分歧，理论不仅不能深化，倒是必定会走向停滞。至于他们文章中所说的“论战”，我从来没有感觉到身在其中，甚至不清楚这场“论战”的存在，故此，我很难参与到自己并未意识过的这个“论战”中去。读了他们的文章，我还需要对所谈的问题和各自切入的角度仔细衡估一番，其中许多问题需要今后从容的、专门的讨论。文艺理论的建设需要众多同行持续地努力，其中有的人致力于体系的建构，有的人关心全局的动态、方向，有的人则乐于在不大的领域持续地做具体的课题，各自都有可能作出成果，文艺理论是在大家劳作的合力推动下前进。李、熊文章里说的“深入地认识和科学地解决中国当代文化发展的基本矛盾”那样宏大的题目，不是每个研究者都敢于承当的。这里，我只是借此机会，就文艺理论研究者的视野与理论的品格的关系，申述一下本人的粗浅看法，希望能够得到同行的指教。

在我看来，文艺理论的研究工作要处理好几种关系，第一，是研究者对文学现象的持续关注、对文学文本的直接感受与提高思辨性、与抽象思维加工的关系；第二，是研究者纳入视野的文学实际的广度与其思考的深度的关系；第三，是理论思维过程中事实判断与价值判断的关系；第四，是价值判断的个人取向与社会认同度的关系。这几种关系处理得如何，影响、制约着理论的品格。

理论的建构有归纳和演绎两大途径，但是，归根结底，理论总是从实践中抽象出来的。马克思是从他的完整的思想体系出发阐述对于文学艺术的观点，同时，马克思对于经典的文学文本和他周遭发生的文学现象有广泛深入的把握。即使是如海德格尔这样的哲学家，他的诗学著述也有对具体文本的精细分析。十多年前发生过关于金庸武侠小说的论争，何满子先生关于新武侠小说违反人文精神的犀利分析颇是精辟，但是，他回应没有认真研读武侠小说不能作出有力的批判的质疑说：“没有读过，怎么能凭空批评？这道理似乎很过硬，但也未必放之四海而皆准。打个比方，没有吸过毒的人就不能批评贩毒吸毒？没有卖过淫嫖过娼的人就不能批评卖淫嫖娼？”[①] 那就未免是失言了，违背了唯物认识论的基本原理。文本事实都没有弄清楚，就下判断，就作出结论，怎么能服人呢？离开文本实际、离开文学现象实际凭空作出的结论，无论是从历史的角度还是从审美的角度，对于读者能有多少启迪呢？我很欣赏

① 何满子：《为武侠小说亮底》，《文汇报》1999年6月23日。

宋代吴缜《新唐书纠谬序》中的一段话，他说，“夫为史之要有三，一曰事实，二曰褒贬，三曰文采。有是事而如是书，斯谓事实；因事实而寓惩劝，斯谓褒贬；事实褒贬既得矣，必资文采以行之，夫然后成史。至于事得其实矣，而褒贬、文采则阙焉，虽未能成书，犹不失为史之意。若乃事实未明，而徒以褒贬、文采为事，则是既不成书，而又失为史之意矣”。文学批评、文学史、文学理论的研究者第一要务是把握文学现象的事实。事实没有弄得清楚准确，却气势磅礴地褒贬，不容分辩地抑扬，即使文采焕然，又有多少价值，又怎么经得住实践的检验？多年以来，文学理论研究与当代文学创作实际和大众文学接受的实际存在距离的状况需要进一步改变；对于具体文本细腻敏锐的感受力，还强调得不够，也是很值得注意的薄弱之处。

文学理论关注文学实践，需要处理好点和面的关系。我以为，文艺理论研究依据于实际，既需要了解文学发展的历史过程，还要着重于当前的文学实际；既要关注文人创作，即所谓雅文学，也要关注民间的、大众的文学，即所谓俗文学；既要着重于本土的文学，也必须参照域外的文学；既要关心文学创作的实际，也要了解文学传播和文学接受的实际，了解不同人群的文学接受的复杂情况。这当然不是就单独的研究者而言，不是说要每个研究者都对上述领域作全面的研究，而是就文艺理论研究的全局而言，从全局看，几十年来，我们的文艺理论研究的关注点和覆盖面，在不同时期，曾经有过不同的片面性。

李、熊文章对我的观点的分析判断，依据的只是我十多年前的一篇文章的前半部分，这就是 2002 年发表的《文艺理论基础的广泛性与本土性问题》，那里表达的主要观点是：我们原有的文学理论的立脚点太窄小了。我至今依然坚持这一看法。马克思说，“研究必须充分地占有材料，分析它的各种发展形式，探寻这些形式的内在联系。只有这项工作完成以后，现实的运动才能适当地叙述出来”。马克思在这段话之前引用了当时一个人在书评中对他的研究方法的描述，认为描述得很恰当，那个人说：马克思认为重要的，不仅是现象的完成形式，最重要的是“它们由一种形式过渡到另一种形式，由一种联系过渡到另一种联系的规律”①。理论的品格，理论能够到达的深度，与它据以出发的实际材料是单一还是丰富、片面还是全面关系极大，换句话说，理论的品格对研究者视野的开阔程度具有很大的依赖性。就一个时代的学术来说，理论的进步与研究范围的扩展往往具有相关性。研究者探寻的是对象的各种形式，是不同形式之间的联系和转换，还是只看到、只关心、只承认一种形式？这是文艺理论建设中很关键的问题。

关于文艺理论研究与域外文学、域外文化的关系，从历史上看，文学理论批评的新变、突进，有不少是得力于受到域外文化的激发。魏晋六朝开启了文学自觉的新时期，那时候的许多文论大家对于外来文化怀有浓厚兴趣。例如，曹植被封为东阿王，游览东阿境内的渔山，听到岩洞内有乐声，拟写出梵歌音调，后称“渔山梵呗”。稍后的沈约更是精于佛学。学界的共识是：佛经的唱诵对声律论的提出有很大的启示，拼音文字的梵文文学的声韵之美对独体文字的汉字文学有意识地追求声韵之美，提示了新鲜的路径。声律论的提出，是中国文论史上的一件大事，历来评价不足，这是另一个话题。又如，汤显祖、李贽、袁宏道等文人与利玛窦交往，“碧眼愁胡译字通”，曾任首辅的东林党人叶向高写道，“拘儒徒管窥，达观自一视。我亦与之游，泠然得深旨”，透露了明代新思潮与欧洲文化的联系。“五四”新文化运动前后，鲁迅等人大力翻译、介绍域外文学，文艺理论的巨大创新建立在打开新视野的基础上。二十世纪中期，主要由于当时世界格局的制约，对外文化交流受到很大限制，对于域外文学的剧烈变动难以及时和充分地把握。三十多年前改革开放，文艺理论批评有一个逐渐适应的过程，很快，人们可以冷静地、理性地、客观地对待域外文学和文学理论，这对于我国文艺理论

① 马克思：《〈资本论〉第一卷第二版跋》，《马克思恩格斯文集》第五卷，人民出版社，2009年，第20—22页。

的发展已经产生良好的作用。

对于通俗文学的态度，情况比较复杂。中国传统文论，在许多时段主要阐述研究者心目中的文学经典和评论文人创作，主要论述对象是抒情文学，是诗和散文，这就必然带来较大的局限性。忽视小说和戏剧，使得悲剧理论和喜剧理论，关于人物塑造、情节安排的理论，在很长时期难以得到充分的发展。到了明代，李贽提出“迩言为善”，所谓迩言，即是街谈巷议、俚言野语、至鄙至俗、极浅极近之言。他和同时代的冯梦龙以及稍后的金圣叹、李渔等，下力气评点一般文人所鄙视的小说、戏剧，收集、评论民间情歌俚曲，使得古代文艺理论开了新生面。“五四”时期，新文艺的先行者们把古今民间通俗文学纳入文学研究范围。鲁迅著有《中国小说史略》，胡适出版《白话文学史》。刘半农、沈尹默、钱玄同、周作人等主办《歌谣》周刊，钟敬文回忆说，这个刊物“唤起广大学界对那些原来被忽视乃至蔑视的民族民众文化的新认识和新感情”[①]。胡适1936年在《〈歌谣〉复刊词》中说：“我以为歌谣的收集与保存，最大目的是要替中国文学扩大范围，增添范本。”[②] 通俗文学进入文艺理论研究者视线，是新文学的新气象。不过，整个二十世纪，我国学界对于民间通俗文学的了解和研究还有很大不足。作家赵树理多次提出，中国的文艺界有两个传统，一个是“五四”新文艺运动开创的进步知识分子的新文艺传统，一个是未被新文艺界承认的民间传统[③]；他甚至认为，“俗”字是上流社会轻视和侮蔑劳动人民的字眼儿[④]。“新文学的圈子狭小得可怜……新文学只在极少数人中间转来转去，根本打不进农民中去。”[⑤] 赵树理的话也许有些偏激，但是，轻视

① 钟敬文：《〈歌谣〉周刊·我与她的关系》，《民间文学论坛》1992年第6期。

② 胡适：《〈歌谣〉复刊词》，《胡适全集》第十二卷，安徽教育出版社，2003年，第332页。

③ 赵树理：《普及工作旧话重提》，《赵树理文集》第四卷，工人出版社，1980年，第1543—1548页。

④ 赵树理：《彻底面向群众》，《赵树理文集》第四卷，工人出版社，1980年，第1617页。

⑤ 李普：《赵树理印象记》，《长江文艺》创刊号；转引自黄修己：《赵树理研究资料》，北岳文艺出版社，1985年，第18—19页。

大众的文学创作和忽视大众文学接受的实际，这种倾向在过去和现在的文艺理论研究中，确确实实存在。

理论立脚点狭窄，把民间通俗文学排除在研究视野之外，并不仅仅是二十世纪五六十年代中国文学理论的弊病。我在2002年文章中引用了巴赫金的话，巴赫金认为，不仅是当时的苏联，就是整个欧洲几百年的文艺理论，欧洲的诗学，也是在很狭窄、很有限的文学现象的材料上产生和发展起来的。他说，欧洲文艺理论局限在官方化了的文学和语言之上层，官方化了的文化只是被非官方大洋所包围的一个小岛；现代文艺学的一个主要不足，在于它企图把包括文艺复兴时期在内的整个文学全纳入官方文化的框架内。他的极富特色并有深远影响的狂欢化理论，就是由对民间文化的长期观察和思考中提炼、抽象出来的。他提出的“必须对整个艺术和意识形态的把握方式加以实质性的变革，必须对许多根深蒂固的文学趣味要求加以摒弃，对许多概念加以重新审视，重要的是，必须深入了解过去研究得很少而且肤浅的民间诙谐创作”①，虽然是就拉伯雷研究而说，显然也表达了他的文学理论主张。

不同的文学理论家看到的文学景象可能是很不一样的，文艺理论家的文学理念制约着他心目中文学疆域的范围。元好问《论诗诗》第二十三首说：“曲学虚荒小说欺，俳谐怒骂岂诗宜？今人合笑古人拙，除却雅言都不知。”一个读者和一个文学家把散曲、戏曲、小说排除在文学领域之外②，那是他个人的事；一个文艺理论家如果只爱温柔敦厚、高

① 巴赫金：《弗朗索瓦·拉伯雷的创作与中世纪和文艺复兴时期的民间文化》，《巴赫金全集》第六卷，李兆林、夏忠宪等译，河北教育出版社，1998年，第578页、第554页、第3页；巴赫金：《拉伯雷与果戈理》，《巴赫金全集》第四卷，李兆林、夏忠宪等译，河北教育出版社，1998年，第6页。

② 这首诗中的曲学、小说可有不同训释，此处暂借取王韶生《元遗山论诗三十首笺释》之说，参见刘泽：《元好问论诗三十首集说》，山西人民出版社，1992年，第196页。又，清代钱大昕说：“唐士大夫多浮薄轻佻，所作小说，无非奇诡妖艳之事，任意编造，诳惑后辈。……宋元以后，士之能自立者，皆耻而不为矣。而市井无赖，别有说书一家，演义盲词，日增月益，诲淫劝杀，为风俗人心之害，较之唐人小说，殆有甚焉。”见钱大昕《十驾斋养新录》，陈文和、孙显军校点，江苏古籍出版社，2000年，第394—395页。古代杰出学者对于小说、戏曲藐视和敌视的言论，让我们看到传统主流观念对人的强大禁锢力量。

雅蕴藉的文学作品，也难以深责；倘若有人自己“除却雅言不屑知”，还不赞成、不支持别人了解、研究、分析“雅言”之外的文学世界，能说那不是一个问题吗？

对于需要改变文艺理论研究的立脚点狭窄的状况，对于应该重视民间通俗文学的看法，当然有人可以不同意，可以反驳，可以认为我们的文艺理论的基础并不狭窄，可以主张大众通俗文艺不值得文艺理论去关注，那么，他就应该去论证自己的观点。但是，李、熊不是这样做，而是转换了论题，他们说：“王先霈强调每个文学理论家批评家承认文学世界的整体存在，虽然看到了文艺世界的联系，但却没有看到文艺世界的差别。王先霈所说的文学世界的全部、整体既有好的和真的文艺现象，也有坏的和不真的文艺现象。……文艺批评家如果承认文学世界这个整体的存在，即存在即合理，而不是激浊扬清，就不但放弃了真正的文艺批评，而且不可避免地陷入自相矛盾中。”“文艺批评家对文艺现象不可能不分好坏真伪地照单全收。”我在他们的文章中没有看到两位作者怎样证明上述论断，为什么说承认整体就是没有看到差别、就必定放弃了文艺批评。他们没有举出，我，或者别的哪个研究者，在什么地方说过，文艺理论研究要对文艺现象不分好坏真伪地照单全收。李、熊文章中所说，“王先霈强调每个文学理论家应该充分注意自己身边至鄙至俗、极浅极近的文学并从中提炼出新的美学原则”，更是使我觉得十分讶异！我的那篇文章说，今天的理论家对身边至鄙至俗、极浅极近的文学应给予更充分的注意，是紧接在举出李贽的言论之后。李贽在十六世纪浓厚的崇古非今的氛围中，改变文艺理论的关注点，提出“诗何必古选，文何必先秦”，“变而为传奇，变而为院本，为杂剧，为《西厢曲》，为《水浒传》”。传奇、院本、杂剧、小说，就是他所指的需要下大力气研究的至鄙至俗、极浅极近的文学。历史证明，那些才是最能标志元明文学崭新创造的作品，也因此，李贽等人才实现了他的时代文艺理论的新变。参照古今中外的经验，我们现在的文艺理论也有必要扩展自己的立脚点。我那句话的原意是很明白的，李、熊文章却让读者把至鄙至俗、极浅极近与坏的文学联接上，这样的做法在学术讨论中很不严谨。

这里，不妨进一步说说我在那篇文章里没有展开的意思。我从来没有也不会强调每个研究者都应该研究通俗文学，也不认为每个研究者都必须以高雅文学为研究对象。文学世界极其丰富复杂，每个研究者选择什么题目，别人何苦去指手画脚！个人的精力和能力有限，对于多数研究者来说，集中思力、笔力在较小的题目上，取得有特色的、经得起时间淘洗的成绩的概率更大。我曾在不同场合引用汤用彤先生的话：如果是第二等的天资，就老老实实做第二等的工作，有可能产生第一流成果，勉强去做第一等的工作，则往往第三流的成果也拿不出来①。梁启超《中国近三百年学术史》评说乾嘉学派的代表人物之所以能创造一个学术高峰的缘由："……戴东原一派的学风，专作窄而深的研究，所选的题目或者是很小的，但在这个题目的范围内，务把资料搜齐。类书式的'案而不断'，他们是不肯的，但判断总下得极审慎。所以他们所著虽多属小篇，但大率都极精锐。"② 梁氏这些话，对当前很有些浮躁的学风很有针砭作用。做宏大的题目固然不错，做较小的题目也未必一定输人一筹。我主张的是，手里做小题目，心里不忘大背景。我在那篇文章中说的是："每个文学理论家批评家往往有自己关注和熟悉的专门领域和研究重点，但他的心里要装着文学世界的全部、整体，就是说，要意识到、要承认整体的存在。什么叫作'全部'文学现象？这并不是一个数量问题，而是一个文学理论观念问题。……当今文学理论家遭遇的困境是，文学和非文学界限不清，并且有日益模糊化的倾向。根据传统观念不能进入文学殿堂的文本，如今却在社会文化生活中、在大众的文学接受中占据了显赫的地位，而传统文学观所重视、珍视的文本，则每

① 任继愈：《汤用彤先生治学的态度和方法》，《燕园论学集》，北京大学出版社，1984年，第45—46页。

② 梁启超：《中国近三百年学术史》，东方出版社，1996年，第236页。

常受到冷落。这就使固有的文学理论不但感觉窘迫，而且面临自身生存的危机。”这些话，我现在依然不觉得有什么错误。事实上，十多年来，文艺理论界不少人已经在努力回答当代文化生活实际提出的这个问题，用各自不同的阐述，在争论中推进文艺理论的变革。

文艺理论要想创新，不能不关注文学创作的变化和文学接受的变化。关注并不等于对于新发生的现象的全盘肯定，而是紧紧追踪，客观地分析，然后作出判断，提出超越前人的新鲜见解。理论应该研究各种文学现象，而不是限于某一两类；文学史应该论述各类作家作品，不应只限于著者认为的优秀者，更不应该只是研究某一流派。这里当然说的是理论和史的整体，不是某一位学者的研究范围。对于单个研究者来说，他所选择的研究对象与他想要提倡什么，也是两个问题。一个国家、一个文化圈文学理论的整体，如果长期专注于某一种两种文学现象（比如现实主义，比如所谓雅文学），忽视其他（比如现代诸流派，比如俗文学），则其理论很难避免偏颇狭隘。文学研究者首先是欣赏者，会有自己个人的审美趣味，作为欣赏者偏爱某一类题材、体裁、风格的作品，也在情理之中；作为研究者，就不能不考虑所研究的每部文学作品、每类艺术风格的社会认同度。臧克家谈到，毛泽东虽然不愿看白话诗，但提倡写白话诗。林克回忆：毛泽东曾说，“让我看白话诗，给我一百块大洋我也不看”①。毛泽东给《诗刊》的信中则是说，“诗当然应以新诗为主体，旧诗可以写一些，但是不宜在青年中提倡，因为这种体裁束缚思想，又不易学”。他把个人的趣味与对文学创作和接受的整体判断明确地分开来。至于专业的文艺理论研究者，不论其个人艺术趣味如何，对于数量庞大的社会大众喜爱的风格、类型，最好是知道这种时时变化中的情况的存在，并且对于有人长期关注、认真研究大众审美接受持理解和支持的态度。早在1935年，本雅明就在《技术复制时代的

① 张素华：《访林克：读书伴随了毛泽东一生》，参见张素华、边彦军、吴晓梅：《说不尽的毛泽东》（下），中央文献出版社，2013年，第108页。

艺术作品》里提出，复制技术的发展改造了艺术作品的影响模式，从而影响到了艺术的本质特性。他在那篇打开理论新路的文章末尾说，当时有的理论家紧抓住电影的肤浅性不放，对摄影是否是一门艺术作了许多无谓的探讨，那些人指责大众将看电影作为根本不要求全神贯注、不需要以理解力为前提的打发时间的活动，没有点燃人心灵的火焰，却不去考察摄影、电影是否使艺术的整个特质发生改变。他说，这些人的指责、评论纯属陈词滥调。他的“大众是母体，当今对待艺术作品的各种传统行为都从此生发。量已经突变为质，参与群众的激增引起了参与方式的变化”的论断，“在消遣中接受——这在所有艺术领域中都越来越受到注目”① 的论断，在文学艺术生产被纳入文化产业机制的今天，更加显示出预见性。将近八十年过去了，现代传播技术使大众的文学艺术接受发生了远远超过本雅明时代的变化，文学艺术的性质、特征有没有变化，有怎样的变化，文学创作和文学理论怎样应对这种变化，是不应回避的研究课题。研究者的职责不是指责大众的肤浅，而是探寻文学满足大众娱乐消遣的正当需要的同时，提升作品思想和审美价值的创新之途。

人们常说的通俗文学，是一个笼统的概念，通俗主要是就其形式的易于接受而言。通俗文学包含许多的不同层次，有深入浅出、思想内涵很深刻的，雅俗共赏，成为经典，也有浅俗、低俗的，还有恶俗的。文学写作与文化商业发生联系之后，浅俗作品的大量产生难以避免，它们满足社会较低层次的审美需求，也自可有其认识的和教育的作用，不必也无法禁绝。低俗作品有消极作用，恶俗作品诲淫诲盗，则必须明确反对。对于浅俗、低俗的作品，乃至对于恶俗的作品，都可以也应该作为文艺理论批评的研究对象，对之也应该作全面的科学的分析，有些文学研究大家正是这样做的。钱锺书 1979 年访问美国，指点一个研究《平

---

① 本雅明：《技术复制时代的艺术作品》，胡不适译，浙江文艺出版社，2005 年，第 155 页、第 160 页。

妖传》的美国女博士生，说它是明代最好的一部小说；又向加州大学比较文学的研究生谈《肉蒲团》，说它最成功的地方是文字简洁流畅，隽永风趣，自有其严肃的一面①。这些自是钱先生的一家之言，但他作为严肃学者眼界的宽阔，足以引发我们认真思考。鲁迅曾用心访求《何典》，刘半农校点出版，使他很喜欢。毛泽东在40年代初特地派人送给两个儿子阅读的不算太多的书里，就有《何典》《兰花梦奇传》《峨嵋剑侠传》《小五义》《续小五义》《薛刚反唐》《侠义江湖》等等为诸种文学史所忽略的作品②。鲁迅的《中国小说史略》在“清之人情小说”和“清之狭邪小说”两篇里，评述了不少二三流的小说，这给力求全面、避免单一的文学史的写法树立了一个坐标。鲁迅认为，研究有害的文学作品是学者的职责之一，他说，“青年为了要看虎狼，赤手空拳的跑到深山里去固然是呆子，但因为虎狼可怕，连用铁栅围起来了的动物园里也不敢去，却也不能不说是一位可笑的愚人。有害的文学铁栅是什么呢？批评家就是”。文学批评家要造起这样的铁栅栏，不能不细读精研就下结论，不能不实事求是地作冷静全面的科学分析。鲁迅谈到文学翻译时又说，“我们先前的批评法，是说，这苹果有烂疤了，要不得，一下子抛掉”，他主张的做法是“倘不是穿心烂，就说，这苹果有着烂疤了，然而这几处没有烂，还可以吃得”③。这也适用于对待一部分低俗、恶俗作品的态度，与钱锺书肯定《肉蒲团》的某些可取之处一致。文艺理论研究文学，不是仅仅研究成功之作。多年以来，我们大量的文学史，成为单纯的优秀文学的历史。其实，对于千部一腔、千人一面的才子佳人小说一无所知，对明末清初一些风月小说一无所知，很难对《红楼梦》的出现及其创新有深入的认识。我国古代的史书，既为作者尊崇

---

① 汤晏：《一代才子钱锺书》，上海人民出版社，2005年，第310页、第314页。

② 张铁民：《毛泽东送给儿子的书》，参见金建陵：《随便翻翻》，南方出版社，2005年，第160—162页。

③ 鲁迅：《关于翻译》，《鲁迅全集》第5卷，人民文学出版社，1981年，第296页、第299页。

的明君、忠臣、循吏立传，也为作者贬责的昏君、奸臣、酷吏立传。刘知幾《史通》提出“善恶必书，斯为实录”。是否可以设想，也有这样的文学史，它用相当的篇幅有选择地介绍评述低俗的、恶俗的、有害的作品，给以有说服力的分析，只有这样才能完整地阐述文学发生和发展的规律。

李、熊两位文章中提到“消极的、有害的、异己的文化”“异质文化”对中国当代文化发展的不良影响和侵蚀作用。我想，他们的本意是在维护文学的意识形态的纯洁性，那无疑是应该大力肯定的。不过，讨论文学艺术，我觉得慎将“异己”“异质”一概作为排斥对象为妥。异质文化的碰撞、交流与融合，是现代任何一个民族国家发展都必须面对的问题。我国许多学者从诸多学科视角研究开放时代异质文化的关系，取得可喜的成绩，这是我们略微涉猎近一二十年来的学术出版物和期刊就不难看到的。对本土的主流文化的选择改造能力、消化容纳能力怀有信心，既不要见异思从、见异思迁，也用不着见异思堵、见异思斥。总之，关注多种文学现象，研究者胸襟开阔，文艺理论立足于宽广的实践基础之上，得出的结论更加牢靠，理论更能得到发展与繁荣。

（载《江汉论坛》2014 年第 3 期）

第二辑

论诗体小说《长恨歌》

宋人魏泰《临汉隐居诗话》对于白居易的《长恨歌》颇致不满，责备作者没有像杜甫的《北征》诗那样处理诛杨贵妃一事，而认为其原因应归之于白氏“不晓文章体裁”。近人陈寅恪先生不以魏氏之见为然，斥之曰：“如魏张（张戒）之妄论，真可谓‘不晓文章体裁’”（《元白诗笺证稿》）。我们很同意陈先生这一论断。那么，魏泰以及其他一些人对于《长恨歌》的体裁特点为什么会产生谬误的看法，他们错在哪里？《长恨歌》究竟属于何种体裁，有什么特点？它的出现在文体发展上有何意义？本文试图对这些问题作一粗略的探讨。

也许有人会惊讶地诘问：《长恨歌》的体裁还有什么不清楚的吗？它就是一首诗，一首七言歌行嘛！诚然如此。但它不是一首普通的诗，它具有迥别于此前以及同时的近体、古体诗歌包括一般七言歌行作品的新的特点。《长恨歌》是诗，又是小说，是一篇诗体小说。它不但在中国诗歌史上有重大影响，而且在中国小说史上也有重要地位。

《长恨歌》突破了中国古代对于诗的根深蒂固的正统观念。中国古人写诗，为的是言志与抒情，而且习惯于直接地表达志与情，不太重视叙事。即便在诗中夹有一些叙事因素，也往往只是提出诗人借之言志与抒情的片段的事实材料罢了。中国古代没有荷马式的史诗。在中国这样的诗歌之国，叙事诗显得十分薄弱，抒情诗被认为有正宗、占据压倒优势的地位。这正如中国古代散文的首要功用是议论与抒情，因而哲理散文、政论散文、抒情散文成为散文的正宗一样。除了历史散文之外，如果有人用散文叙写故事，便会使恪守传统者大为骇怪，韩愈写了几篇类似人物故事的散文，像《毛颖传》《石鼎联句诗序》等，他的朋友张籍便几次写信委婉而坚决地给予批评，认为这简直同下棋赌胜一样，是吃饱了没事干的人弄的无聊玩意。白居易与韩愈同时，他写了叙事诗，而且不是韵语的时事纪录，也不是简单的故事诗，乃是前所未有的诗体小说，这就难怪有些人大惑不解，以为是越出常轨，是不懂文章体裁了。胡适《白话文学史》指出，“绅士阶级的文人受了长久的抒情诗的训练，终于跳不出传统的势力，故只能作有断制，有剪裁的叙事诗：虽然也叙述故事，而主旨在于议论或抒情，并不在于敷说故事的本身，注意之点不在于说故事，故终不能产生故事诗”。胡适的话符合中国文学发展前期的实际情况，其主要原因乃在于中国古代的社会条件和中华民族（主要是汉族）特有的心理素质。而一旦形成传统，又成为巨大的习惯势力，强烈地影响后来的文学创作。这些，本文因篇幅所限不能展开讨论。总之，白居易《长恨歌》的写作和中国传统的文学体裁观大相径庭，这是它的艺术形式屡遭非议的主要原因。白居易一反传统偏见，写出了诗体小说，又正是他对文学发展的杰出贡献之一。

白居易能作出这一贡献并非偶然。《长恨歌》的出现同小说艺术在唐代获得空前发展关系极大。《长恨歌》同陈鸿的《长恨歌传》紧密相连，写同一事件，彼此各有侧重，详略互见，合为一个整体。《长恨歌传》是散体传奇小说，《长恨歌》是诗体传奇小说。清代的祝德麟在一首诗中说，“白傅《长恨歌》，实开传奇门”。这是很有道理的。同时，白居易不但与传奇小说创作关系甚深，而且受到民间说书艺术的陶染。元稹记述他曾在新昌白府与白居易共听“一枝花”一事，“自寅至巳，犹未毕词”（《酬翰林白学士代书一百韵》中“光阴听话移”一句句下自注）。“一枝花”即李娃，亦即汧国夫人。白居易的弟弟白行简写有《李娃传》的传奇小说。有人推测白行简是同他的哥哥以及元稹一起听了

"一枝花"，后来在李公佐提议下写成传奇（戴望舒《读〈李娃传〉》）。诗人张祜和白居易初次见面时开玩笑说，"上穷碧落下黄泉，两处茫茫皆不见"是目莲救母变文（孟棨《本事诗》）。由此可见这些人对说唱艺术的喜爱和熟悉。此外，从写作起因与经过来看，《长恨歌》与一般诗歌创作，包括白居易本人的许多诗作也不相同，而与很多传奇小说相似。陈鸿在《长恨歌传》末尾谈到"歌"与"传"的写作缘起说：

> 元和元年冬十二月，太原白乐天自校书郎尉于盩厔。鸿与琅琊王质夫家于是邑，暇日相携游仙游寺，话及此事，相与感叹。质夫举酒于乐天前曰："夫希代之事，非遇出世之才润色之，则与时消没，不闻于世。乐天深于诗，多于情者也。试为歌之如何?"乐天因为《长恨歌》。……歌既成，使鸿传焉。

我们再来看看白行简在《李娃传》的末尾，述其作品之产生的话：

> 贞元中，予与陇西公佐话妇人操烈之品格，因遂述汧国之事。公佐拊掌竦听，命予为传。乃握管濡翰，疏而存之。

元稹述其写作《莺莺传》、李公佐述其写作《庐江冯媪传》，以及沈既济述其写作《任氏传》，大致都是类似情况。这就告诉我们，唐代一些文人，朋友间昼宴夜话，喜欢各征异说以为谈助，或者是唤来艺人说书以佐酒。在当时的风气中，为逞其文才，他们又喜欢将这些谈说的故事加工润色为情致缠绵的作品，于是造成传奇小说的兴盛。作者写作的动因是要记述某一特异的或动人的故事，使其人其事不至于与时消没，所以作品的重点自然就不在议论、抒情，而在具体的描叙。不过，白居易的《长恨歌》是用诗体而不是像当时多数人那样用流行的古文来记述故事。他创造了一种新文体，既突破了诗的传统写法，也不同于文字散行的传奇，而是诗体小说。

诗体小说首先是和传统的抒情诗判然相别。对于《长恨歌》作为诗体小说表现出来的新的文学式样的特点和长处，一千多年以来，历代论者并不是都没有看到。许多评论家感受到了，只是很少有人真正理解它，不能对之作出细致的分析和给予肯定的评价。相反，倒有一些人用传统的偏狭眼光，由此作出完全错误的结论。张戒《岁寒堂诗话》谈到《长恨歌》的时候说："道得人心中事，此固白乐天长处，然情意失之太详，景物失于太露，遂成浅近，略无余蕴。"殊不知这正是诗体小说区别于抒情诗的一大特点。抒情诗中的景物描写，只是表达作者感情的手段，所以，其中一切景语皆是情语。而诗体小说，却要求对景物，对人物及其心理、感情，作客观的如实的表现，要求这些客观事物得到立体的浮雕式的再现。在这个意义上，"详"和"露"可以是抒情诗的缺点，而又可以成为诗体小说的优点。洪迈《容斋随笔》说《长恨歌》"使读之者情性摇荡，如身生其时，亲见其事"。没有将客观对象本来的样子真实地复现出来，没有达到艺术形象的生动的感性和具体性，没有详切细腻的描写，就做不到这样。别林斯基说，"史诗类的诗使用形象和图画来表现自然中的形象和图画；抒情类的诗则使用形象和图画来表现没有具形的、构成人性内质的情感"。"纯抒情的作品看来仿佛是一幅画，但主要之点实则不在画，而在于那幅画在我们心中所引起的感情。"(《诗的分类和类型》)所以抒情诗中的形象只要求抓住对象最突出的特点，它允许甚至要求形象带有作者眼光的主观朦胧性。张戒读惯了这样的抒情诗，他读《长恨歌》时虽然分明看到了诗体小说的长处，却总是不能和固有的欣赏趣味协调，以致把畅达丰满看成浅俗直露。白居易确实有些作品失于太露，但那不是《长恨歌》，也不是《琵琶行》，而是他的讽谕诗中的某些作品。例如，新乐府中有《李夫人》一首，陈寅恪先生《元白诗笺证稿》以为"此篇可以《长恨歌》著者自撰之笺注视之也"，"其旨意实相符同"。《李夫人》以议论为中心，而不愿对人物事件作详悉的描写。所以，它不能使读者如亲见其事，它不能摇荡情性，它缺乏感人的力量，在作者生前既不见重于当时，在其身后亦不见赏于来者。而在唐代即有“童子解吟长恨曲”的说法（见唐宣宗李忱《吊白居易》），就有娼妓以诵得《长恨歌》自夸并确实由此而增价（见白居易《与元九书》）。诗体小说这种新的文学样式一开始就显示了巨大的艺术表现力和艺术吸引力。

诗体小说和在它之前的故事诗相比也有新的特色。在白居易之前，民间创作的叙事诗早已取得辉煌成就。文人也开始了写作故事诗的尝试。尤其是民间作者，不受传统正宗观念的拘束，自由地从表现生活的要求和人民欣赏的需要出发，来选择和创造适合的文学样式，写出《羽林郎》《孔雀东南飞》《木兰诗》等优秀叙事诗。白居易作为一个在艺术上有深厚素养和卓越才能的作家，在学习民间叙事诗的基础上，又加进了自己独特的贡献。隋以前的民间叙事诗多用叙述和对话，如《孔雀东南飞》，约有十分之六强的句子是人物之间的对话。这些叙事诗故事性强，情节推进的速度一般较快。《长恨歌》则大大增加了描写的成分，而且比以前那些叙事诗的描写更为委婉、细致。明人贺贻孙《诗筏》说，《长恨歌》等篇，“描写情事，如泣如诉，从焦仲卿篇得来，而不及焦仲卿篇者，正在描写有意耳……焦仲卿篇之胜，在人略处求详，详处复略，而此则段段求详耳，然其必不可朽者，神气生动，字字从肺肠中流出也”。这又是一个例子，看到了《长恨歌》作为诗体小说具有的一些艺术特点，而不能认识这正是它的优点。叙事诗原来在叙述上常有较大的跳跃性，而小说比较起来则要求更大的连贯性；一个场面、一个细节更要求给人以完整的印象。同时，和以前的叙事诗比较，唐代传奇又要求在故事叙述中突出人物形象，白居易的诗体小说也是这样。高尔基谈到小说的特点时指出，小说家总是用各种手段“一心一意把小说的人物写成艺术上最鲜明和最有说服力的人物”（《论剧本》）。白居易正是这样来描写杨玉环的。写她的眼波和体态，写她的云鬓与花颜，头上戴的、身上穿的，也一一写到。她接见临邛道士，仅从起床到会见就用了上十句。用以前的叙事诗的习惯写法衡量，这种描写似乎太繁了。实际上白居易的诗体小说，同在他之前的民间叙事诗的这种分别，有文与野、细与粗的分别，这是文学发展进化的标志。

《长恨歌》作为诗体小说在描写叙述的方式上也有重大创造。民间叙事诗大体上是由一个固定的叙述者来讲说故事，作品笔触所及基本上是在叙述人对所叙事件耳闻目见的可能范围之内。《长恨歌》是怎么做的呢？王夫之《姜斋诗话》说："元、白起，而后将身化为妖冶女子，备述衾裯中丑态。"一个人一旦为偏见所蔽，有时完全不顾起码的事实，连王夫之这样杰出的唯物主义者也在所难免。如果信了他的话，会以为元、白所写的，近于现代西方之色情小说。幸好原作尚在，不致蒙冤。但王夫之所说的"将身化为妖冶女子"，一语却说明他已看出《长恨歌》等作品一个重要的艺术手法，即除了像一般叙事作品那样客观地摹绘对象的形貌神采之外，又从人物的观察角度来叙述和描写景物与人物。诗的中间"归来池苑皆依旧"以下十几句，是从唐明皇李隆基的眼光这一特殊角度摄写景物。"芙蓉如面柳如眉"，不是一般地用比喻描写美女。试问，在此时此地，是谁见到荷花即联想杨玉环之脸庞，见到柳叶即联想杨玉环之秀眉呢？是李隆基。陈鸿的传中写的是，"每至春之日，冬之夜，池莲夏开，宫槐秋落，梨园弟子，玉琯发音，闻霓裳羽衣一声，则天颜不悦"。这是客观的叙写。而"芙蓉如面柳如眉"，是作者将身化作李隆基，备述思念之苦。下面"春风""秋雨""宫叶满阶"，都是借李隆基眼中之景物写李隆基内心之深情。"孤灯挑尽未成眠"一句，张戒曾提出指责，说"此尤可笑，南内虽凄凉，何此挑孤灯耶"（《岁寒堂诗话》）。如果这是作者的客观描写，张戒问得有理。但他又弄错了，这里写的是唐明皇的幻觉。他见月，月露伤心之色；闻铃，铃作断肠之声。豪华的皇宫在他眼中是一片秋草败叶。所以，即使红烛高烧，他也会看作孤灯欲尽。这种描写丝毫没有什么可笑，而应使我们惊叹：一千多年以前我们的文学家已经如此高明地运用了小说描写技巧，突破从外部客观描写景物或人物的局限，用渲染了人物感情色彩的景物，用人物的幻觉中的景物表现人物的感情过程。这还不值得我们研究和借鉴吗？《长恨歌》运用了多种叙述角度，并且把不同的叙述角度灵活地交错，特别是大胆而自如地运用了全知观点，大大增强了形象的逼真感。

从结构上看，《长恨歌》不像抒情诗那样按照作者感情发展的线索来组织作品，不像新乐府那样系于意而不系于文，它是按照人物性格与命运发展变化的线索来安排材料的。陈寅恪先生极赞说，《长恨歌》"文思贯澈钩结如是精妙。特为标出，以供读者之参考。寅恪于此，虽不免有金人瑞以八股文法评西厢记之嫌疑，然不敢辞也"。陈先生是就首句"汉皇"与后半方士招魂之关系而言，其意见似可商榷。但《长恨歌》作为诗体小说，有完整的情节、严密的结构，则毋庸置疑。全诗紧紧围绕李隆基、杨玉环的爱情选取和运用材料，对杨的美色娇姿以及"归天成仙"之后的音容肤貌，对李隆基怀恋杨玉环的痴情，极力铺陈敷演，而对其他哪怕是十分重大的事件，也只用一两个极凝练的诗句，紧扣其与李、杨爱情的关系，轻轻一点。如用"渔阳鼙鼓动地来，惊破霓裳羽衣曲"写安史乱起。它根本不如贺贻孙所说是"段段求详"，而是当详则泼墨如云，当略则惜墨如金。后段"风吹仙袂飘飘举，犹似霓裳羽衣舞"，与上述两句照应，使人深深感慨时移事变，更觉仙凡路隔之悲。

《长恨歌》作为诗体小说的又一重要特点是，它大胆地虚构出后半虚无缥缈的情节。这以前的叙事诗多是记述事实，或者作者以为是在记述实事。《孔雀东南飞》据诗前小序，是记建安时发生的真事。左延年与傅玄各写了一篇《秦女休行》，似也是记当时有过的真事。正像唐人传奇小说与魏晋以前小说之不同，在于作意好奇、故为幻设语，《长恨歌》与过去的叙事诗不同，也在于有意识地进行了大胆的虚构，从而使情节夭矫富变，缱绻多情，动人心魄。白居易的另一首诗《琵琶行》，我们推想其情节也属虚构，即或有一点真事作由头，作者也是大加发挥了的。元和十年，白居易遭贬自长安赴江州，途经鄂州时写了一篇《夜闻歌者》，述其夜间闻歌，寻声觅人，“一问一沾襟，低眉终不说”。《琵琶行》很可能是在此基础上加工，补充想象而成。对《长恨歌》《琵琶行》的情节，后人提出过疑问。赵翼说，方士访蓬莱，“此盖时俗讹传，本非实事”，“香山竟为诗以实之”（《瓯北诗话》）；洪迈甚至认为《琵琶行》写白居易深夜与妇人谈话，有瓜田李下之疑（《容斋随笔》）。很明显，这只能说是不懂小说体裁的特点，不懂得虚构是小说创作的必要手段。

《长恨歌》既具有小说的基本特点，同时又保持了中国古代诗歌的风格和手法，将小说与诗歌很好地结合起来。它写得有情味，有意境，富于诗美。像“宛转蛾眉马前死”，用宛转形容杨贵妃被绞死时挣扎的情状，既生动传神，又含蓄简练，还保持了人物的形象美。“玉容寂寞泪阑干，梨花一枝春带雨”，写真而极富美感，状杨玉环之貌并且深入她的内心，更是传颂千古、脍炙人口的名句。尤其值得注意的是，白居易把诗歌语言的音乐性用来为叙事作品的情节的转变、结构上的过渡以及意境的创造服务。赵翼在《瓯北诗话》中讲到吴梅村的七言古体叙事诗的时候说过，“古诗擅长处，尤妙在转韵。一转韵，则通首筋脉倍觉灵活”。“……关捩一转，则有往复回环之妙，其秘诀从《长庆集》得来。”赵翼这一看法相当精到。《长恨歌》如同唐代多数七古一样，一般是四句一韵。但到唐玄宗由蜀返都，途经马嵬坡，接连六句都是两句一韵：

> 君臣相顾尽沾衣，东望都门信马归。归来池苑皆依旧，太液芙蓉未央柳。芙蓉如面柳如眉，对此如何不泪垂。

韵脚密了，音调就急促，用以表现李隆基情绪的急剧起伏动荡，表现他见到景物依然如故而念及心上人已永远失去时的痛苦心情。同时，诗人又把这三组句子用连环句式相接。所谓连环句式，就是前句的尾部字与后句首部字相同，便于表现缠绵悠远的感情，在这里表现李隆基对杨玉环的思念不因时间的流逝而淡薄。密韵脚与连环句式同时使用，表现剧烈伤痛中包含的韧长的情爱。全诗最后又用八句一韵：

> 临别殷勤重寄词，词中有誓两心知。七月七日长生殿，夜半无人私语时。在天愿为比翼鸟，在地愿为连理枝。天长地久有时尽，此恨绵绵无绝期。

韵脚疏，音调缓，在结尾处点出“长恨”之题意，造成“篇终接混茫”的无限情思。

白居易的《长恨歌》以及《琵琶行》等篇，在当时和后来产生了很大的影响。《瓯北诗话》说，白氏“即无全集，而二诗已自不朽”。诚如赵翼所说，吴梅村的叙事诗是学元、白，尤其是学白居易的，吴氏的诗体小说如《圆圆曲》《永和宫词》《楚两生行》等，艺术造诣很高，也应进一步深入研究。运用这种文学样式的，还有《红楼梦》第七十八回那首“女娓婳词”。贾政讲了林四娘故事，要众人写诗，贾兰写了七绝，贾环写了五律。贾宝玉说，“这个题目似不称近体，须得古体，或歌或行，长篇一首，方能恳切”。也就是说，他认为正统的抒情诗不足以表现这种题材，非得诗体小说不可。所以清客们接着说，要“拟白乐天《长恨歌》”。当贾政批评诗中多有“堆砌货”时，宝玉辩话“长歌也须得要些词藻点缀点缀，不然便觉萧索”。这又强调了诗体小说不同于抒情作品，描写须更详切，须触及更广阔的生活面。我们提起这些，不只是在说，曹雪芹拟的这一首诗受了《长恨歌》的影响，还在于强调，《长恨歌》的经验既启示人们扩大诗的表现范围，用诗去写小说，同时又启示人们提高小说的艺术境界，把小说写得富于诗情，曹雪芹借贾宝玉之口说的几句话，其中触及的艺术规律对小说创作完全适用。

在世界文学中诗体小说也并不很多，普希金有一部《叶甫盖尼·奥涅金》，别林斯基誉为俄罗斯生活的百科全书和最高级的人民作品，奠定了俄罗斯文学的牢固基础。他说，没有《叶甫盖尼·奥涅金》就不会有莱蒙托夫的《当代英雄》，不会有果戈理的小说。他特别提出，“将小说构思于散文中而又写作于诗歌中的这种大胆”，“是诗人天才的明证”。我们有自己民族的诗体小说的创作传统，社会主义文学的花园也应该有诗体小说这一种鲜花。白居易的《长恨歌》可以提供艺术上的借鉴。

（载湖北文学学会内刊《中国文学研究》1980 年第 1 期，又载《湖南教育学院学报》1984 年第 6 期）

研究中国古代小说理论的意义、途径和方法

中国小说理论批评史是中国文学理论批评史的组成部分。按着文学史的实际情况，按着小说在文学体裁中的地位来说，小说理论批评史应该成为文学理论批评史的一个十分重要的部分；但是，由于历史的原因，从研究的现状来说，在我国，前者却仍是后者最为薄弱的环节。我国的文学评论和艺术评论，在六朝时期就已兴旺起来：论画的有谢赫的《古画品录》，论诗的有钟嵘的《诗品》。“品”就是评，对当时的作者、作品进行评论，同时也提出了影响深远的理论见解。至于刘勰的《文心雕龙》，更是体大思精的理论著作。六朝又是我国古代小说史的重要转折时期，从这时开始，人们才写出了一批独立的小说作品，而不再只是把小说嵌插在哲学、历史著作之中。但是，六朝时期，除了少数小说的序跋之外，没有专门评论小说的著作。《文心雕龙》论及三十五种体裁样式，其中没有小说。《文心雕龙·谐隐》说，“文辞之有谐隐，譬九流之有小说。盖稗官所采，以广视听”。此处的“小说”一词，袭用刘歆《七略》和班固《汉书·艺文志》赋予它的含义，即把它作为一种学术流派。刘勰认为，谐隐在文学中的地位相当于小说在学术中的地位。事实上，《文心雕龙·谐隐》提到的一些文学现象，如淳于髡和优孟、东方朔等人的言辞，从我们现在的文学观念看，就可以算是一种口头的小说创作。刘勰赞扬其中一部分“辞虽倾回，意归义正”，批评另一些

"无所匡正，诋嫚媟弄"，这是发挥和发展了司马迁在《史记·滑稽列传》中的"善为笑言，然合于大道"与"发言陈辞虽不合大道，然令人主和说"的意见。司马迁和刘勰的这些评语，是当时的小说评论文字，在历史上产生了很大影响，而在司马迁和刘勰本人并没有建立小说文体的观念。六朝以前，很少有直接的自觉的小说评论；六朝以后的很长时期，也没有系统的小说理论著作。一直到了小说创作上众卉竞妍的明代，我们可以数出一大批戏曲评论和戏曲理论的专著，如何良俊的《曲论》、王世贞的《曲藻》、徐渭的《南词叙录》、王骥德的《曲律》和凌濛初的《谭曲杂札》，却找不到能和它们并立的小说理论著作。在清代，《四库全书》里专设"诗文评"一类，收集甚富，而其中没有小说评论。

这并不等于说我国古代没有小说理论。我国小说创作既有久远的历史，小说在社会上流传又广，人们必然对它发表各种看法，提出许多理论观点。但是，第一，中国古代学人们有一种习惯，就是满足于提出问题，提出结论，发表直觉式的观感，而并不一定加以详细阐述，更少着力建立理论体系。这种情况在小说理论方面尤为突出。第二，由于在宋代以前抒情作品一直是文坛的宠儿，叙事作品居于次要地位，而小说更为封建正统的文学观念所轻视甚至敌视，因此人们陆续提出的那些对小说的片段评论，没有得到及时的记录整理和广泛的流传。二十世纪初期，鲁迅在大学里讲授小说史，撰写《中国小说史略》，做了一项开创工作。《中国小说史略》的第一篇为"史家对于小说之著录及论述"，评述了汉代人的小说观念；其后各篇，亦有涉及古人小说理论思想之处。然而，《中国小说史略》全书的论列对象毕竟是小说创作，提到小说理论和评论，只是作为了解古代小说家的创作思想的佐证和作为分析古代小说作品的参考。从二十世纪二十年代开始，对中国古代文学批评史的研究开展起来，1927 年，陈钟凡先生的《中国文学批评史》问世，其后，郭绍虞、朱东润、方孝岳、罗根泽、黄海章、刘大杰诸先生的同类著作相继出版，这一领域的研究日臻深入，论述范围也日渐扩展。但是，由于资料与观念的双重限制，这些著作主要都是分析古代的诗论、散文理论，戏曲理论所占的比重较小，小说理论则很少涉及。朱东润先生的《中国文学批评史》第六十三章讲金圣叹的戏曲理论时提到他的小说理论；刘大杰的《中国文学发展史》第二十五、二十七、三十一等章，涉及明清小说理论。1981 年出版的敏泽先生的《中国文学理论批评史》，立有评述小说理论的一个专章和六个专节（其中有两节侧重讲小说理论而兼及其他），显示了著者改变中国文学批评史研究中畸轻畸重现象的意向与实绩。复旦大学的三卷本《中国文学批评史》的情况与此相类。这是一个新的开端。加强文学理论批评史研究中小说理论研究这一薄弱环节，还需要许多人的共同努力。

整理和研究中国古代小说理论批评遗产，可以为建设具有民族特色的马克思主义文艺理论提供思想资料。文艺理论和美学中有某些基本问题，仅仅联系诗歌和散文的创作实践，不能观察得清楚，不能阐述得透彻。例如，文艺创作中的艺术思维不同于科学研究中的抽象思维，它的特殊性通过诗歌的构思、炼句等也可以认识，但在人物形象塑造和情节提炼中，则有更典型的表现。追溯我国古代对于艺术思维的探索，仅限于诗论，仅限于诗论中所说的意、理、情与境、象、物的关系，还显得单纯了一点，还不足以概括文学创作中丰富、多样、复杂的情况，还不能包罗艺术思维的全过程和它的各个侧面的诸种特点。金圣叹评点《水浒》的时候，对作家创作各种不同类型人物时的心理过程进行推断和分析，他指出，小说家在写作时可以“亲动心”而暂为其人，可以化身为人物，写到马的时候就设想自己是一匹马，写到小偷的时候就设想自己是一个小偷。金圣叹把对于艺术思维特点的探讨推进到新的水平，他的论述更为具体、细致，更深刻地总结了文学艺术创作中的规律。他所提出的塑造与作者本人的思想性格相距很远的人物性格时，“文随因缘而起，作者无与”，是一个有丰富理论内涵的命题。西方关于形象思维的论述，在历史上，有相当一部分是由哲学家们作出的，他们往往偏重于乃至局限于从认识论的角度考虑这个问题。我国古代关于艺术思维的论述，虽然常常显得比较琐碎零散而带有较多直感性的缺陷，但同时又多能注意创作心理方面的内容。在小说理论中，上述缺陷有所减弱而长处得以发挥，这是一项很可贵的理论遗产。又如，我国古代小说理论中，不少地方论及如何在创作中处理真实与幻设的关系、人物与时势的关系，对化有为无、由无生有的关系论析尤为精到。这是明清小说理论家谈论最为热烈的题目之一，有关创作方法问题的许多方面都能从中得到阐释。

整理和研究中国古代小说理论遗产，对于今天的小说创作也有助益。从中国古代小说研究的发展历程看，从近几年的实际情形看，忽视民族传统的倾向都值得引起警惕。胡适研究古代小说，作出过某些显著成绩。他对古代小说评论却表示了颇为轻率的态度，把金圣叹等人的小说理论中的技巧论轻蔑地称为八股式的机械文评，这种偏见至今仍为某些论者所承袭。固然，金圣叹和其他小说评点者把古文以至八股文的某些结构和写作方法套到小说创作中来，提出不少迂腐之论，这应该加以剔除。但他们的技巧论中也有许多从创作实践中提炼出来的可贵经验，他们广泛地探讨了结构技巧、语言技巧、人物描写和情节处理的技巧等方面。例如，讲到小说结构的起伏变化、节奏的调节掌握，毛宗岗用了笙箫夹鼓、琴瑟间钟的说法。裕瑞的《〈后红楼梦〉书后》又说，“其次佳处，每回将终，必另引一事相衬，悠然有余音，颇肖雪芹笔意”。刘鹗自己所写的一则《老残游记》评语则说，结构方法有通有变，“疏密相间，大小杂出，此定法也。历来文章家每序一大事，必夹序数小事点缀其间，以歇目力而纾文气。此卷序贾、魏事一大案，热闹极矣，中间应插序一段冷淡事，方合成法。乃忽然火起，热上加热，闹中添闹，文笔具有不可思议之功德”。这几条论述谈到了节奏技巧的几个方面、几种情况，很富有启发性。不仅是对技巧、手法的分析，而且在创作思想上，古代小说理论中也有可供现代作家汲取的营养。古代小说理论家接受了司马迁以来的说法，主张发愤而作，认为不愤而作好比不寒而颤，即使写出作品也没有什么价值。作家对于所描写的生活现象没有真切的体验，没有建立在社会责任感基础之上的高昂的或深沉的激情，写不出好的作品。所谓愤，主要是指作家对自己时代社会生活的情感态度。古代理论家在阐发“发愤以作小说”的观点的时候，把反映有时代特色的社会生活内容同表现作者正义的积极的情感结合起来了。

整理和研究古代小说理论遗产，还有助于文学史的研究和对古代小说作品的欣赏。古代小说家是在一定的小说观的支配下写出他们的作品来的，了解一个时代占主导地位的小说观，了解一个作家的小说观，在理解和分析小说作品时，就可能更准确、更细腻、更亲切。例如，《聊斋志异》和《阅微草堂笔记》是清代笔记小说中最负盛名的，二者在取材和写法上又有不少的相似之处。蒲松龄在《聊斋自志》和他的一些诗里，纪晓岚在《阅微草堂笔记》的正文和序跋里，都陈述过各自的小说观点。蒲松龄写小说，既是抒悲愤，也有供娱乐的一面。“浮白载笔，仅成孤愤之书”是他的创作宣言，“途中寂寞姑言鬼”也是他的自况。纪晓岚则认为：“小说稗官，知无关于著述；街谈巷议，或有益于劝惩。”他要假借小说，作道德的训诫，也就是所谓神道设教。知道了这些，对于两人的小说在思想上和艺术上的高下优劣及其所以如此的原因，也就容易了然。

正如对全部文化遗产必须持分析的态度那样，我们也不能不看到，古代小说理论有不少精华也有很多糟粕，它既是我们的理论建设必须由此出发的前提，也可能成为前进时的包袱。为了不让传统中已经过时的、陈腐的成分阻碍文艺的发展和繁荣，对中国古代小说理论的研究不能搁置不理，而需要深入研究遗产，研究透了才便于扬弃。

由于中国古代小说理论的研究长期以来一直没有得到重视，现在，我们第一步就面临着资料的收集、鉴别、校勘、整理的任务。这项工作十分繁难。中国古代小说理论批评的著述，值得上专史加以介绍、评价的，粗略估计，在一百五十家以上。这些著述中有很大一部分作者不明、写作时间不清，真伪错杂，而且不少著述零碎、分散。许多论述散见于性质迥异的多种书卷之中，需要爬罗剔抉、刮垢磨光的浩繁功夫。古代的许多作者受到轻视小说的风气与传统的影响和辖制，不愿意题署自己的真名实姓，而是变换地使用室名别号，混淆读者的视听。正史和方志本传中对传主与小说的关系也略而不提，认为是白璧之瑕，应该为贤者讳。小说理论的成熟和繁荣在明代以后，明人好作伪书的风气在小说创作和小说理论方面表现得格外突出，这更给今人增加了困难。我们只能依靠许多人的长期共同努力，分辨真伪，考索源流。即使如此，有些文章、书籍的著作权问题要彻底弄清，几乎是不可能的。在这种情况下，我们觉得，不一定要勉强地把著述判到某一个作者的名下，而应尽力确定著作产生的时期和地区，从著述本身提供的线索出发，把它作为一定时代、一定地域出现的理论批评现象来研究，研究它与当时的政治、文化背景的关系，与当时文学的整体、与当时的小说创作的关系，确定它在小说理论批评发展中的地位和作用。例如，“三言”“二拍”的序引，署名为绿天馆主人、无碍居士、可一居士、睡乡居士，他们究竟是什么人，几十年来，学术界有多种说法，但是证据不足，均属推测之辞。这些序引写成于天启至崇祯年间并无疑问，它们的作者活动于南京、苏州、杭州一带，也大致有迹可循。在这种情况下，不纠缠于收效甚微的作者考证，也可以相当清楚地了解它们产生的基本背景情况。对于争议很大的容与堂本和袁无涯本《水浒传》评点的作者的问题，研究者虽可以表示各自看法，但共同的则不妨把它们作为李贽影响下晚明小说理论的一个学术流派来对待。总之，在收集和整理资料时考证工作不能回避，但我们以为，不能沉湎于考证而轻视了著述的理论内容的挖掘与评论。

在我们看来，研究中国古代小说理论，材料来源主要有以下一些方面。

第一，小说和小说集的序跋。中国古代各种体式的小说或小说集的序、引、跋语、书后等，数量很多。我们所见到的，有七百余篇。其中有一些是借题发挥，与所序、所跋之作品内容关系不大，甚至没有触及文学问题；又有一些是介绍成书经过或缕述某书版本，没有理论色彩。值得珍视的是对作品作出分析或提出一两个小说理论问题加以论述的序跋，它们是我国古代小说理论中很重要的一部分。现存的最早的小说序文，是晋代郭璞的《注〈山海经〉叙》和干宝的《〈搜神记〉序》。郭璞是个博学多才的人，好阴阳五行卜筮之术，《山海经》中保存的种种神话故事，他信为真事。他的小说观带有幼稚性，是为当时人们认识发展程度所限，不足为怪。叙中谈到《山海经》的内容的奇特与寻常的关系，其所使用的词语成为后世小说理论的常用术语，而他的论证方法也对后来的理论家有所启发。郭璞在叙中说："世之所谓异，未知其所以异；世之所谓不异，未知其所以不异。何者？物不自异，待我而后异，异果在我，非物异也。故胡人见布而疑黂，越人见罽而骇毳。夫玩所习见而奇所希闻，此人情之常蔽也。"他责备后人不相信穆王西巡见西王母的故事，他把古人的幻想当作实有其事。到了明代，人们希望小说家不要一味到殊方绝域去搜奇志怪，而要从人所共见的生活现象中去发现和提取警醒世人的素材。空观主人的《〈拍案惊奇〉序》、睡乡居士的《〈二刻拍案惊奇〉序》及笑花主人的《〈今古奇观〉序》，讲到世俗之人少所见而多所怪，批评人们不懂得习见之中包含着新奇，显然，这是在新的认识水平上改造了郭璞以来的旧的命题和推论，灌注进新的理论内容。理论的发展并不限于简单的照原样的传接，前人的思想资料可能从不同方向提示后人的理论创造。干宝在《〈搜神记〉序》中自称写这本书是为了"发明神道之不诬"，这对我们研究志异小说作者们各自的创作动因是很重要的可供比较的材料。值得注意的是，小说序跋的价值同小说本身的价值常常是不平衡的。有的小说本身价值很低，而其序跋却不乏警策之语。而一些优秀小说如《水浒传》《红楼梦》的有些序文却不见得怎样高明。明清两代小说序跋渐多，有时一部作品有几篇、十几篇乃至几十篇序跋。为同一本小说所作的多篇序跋，有时彼此有一定关联，共同讨论某一个或几个问题，相互辩难或相互补充，促进了认识的深入，也使后人对那一时期小说理论发展有较为全面的印象。

第二，小说评点。评点是中国文学批评特有的形式，诗文评点盛于宋朝，小说评点盛于明代，其中容与堂本和袁无涯本《水浒传》评点时间较早而影响很大。进入清代，有金圣叹评《水浒》，毛宗岗评《三国演义》，张竹坡评《金瓶梅》，汪澹漪评《西游记》，天目山樵评《儒林外史》和冯远村、但明伦等评《聊斋志异》等，小说评点数量很多。仅《红楼梦》的评点，据《妙复轩评石头记》所载铭东屏《答张新之书》，在道光时已不下数十家。脂砚斋对《红楼梦》的评点有理论的和文学史的多方面的价值，蒙古族哈斯宝对《红楼梦》的评点给人以新鲜之感。评点多数是记录欣赏时的感受，包括由作品内容引起的兴感叹喟和对作品艺术形式的直接感触。评点还向读者指点作品某处用了何种艺术技巧，也有一些地方作理论的阐发，有时并有大段展开的论述，从篇幅和深度看都完全够得上一篇独立的小说理论论文。评点这种形式比较自由，可以把欣赏、作品分析、理论发挥等几个方面自然地结合起来，作得好的话，还能配合读者阅读的心理过程，增强他们欣赏中的快感。因为评点者思想和趣味的不同，也因为所评作品题材和风格的不同，评点有各种不同角度和方式。在张竹坡评本《金瓶梅》的“凡例”中，谈到他批点《金瓶梅》与金圣叹批点《水浒传》的不同之处；冯远村在《读聊斋杂说》中也讲到自己评《聊斋志异》同王渔洋评《聊斋志异》的不同。历来学者对小说评点的理论价值重视不够，往往只用之以资考证。实际上，评点中有不少生动活泼、机智精当的分析文字和若干可取的理论见解。评点比较自觉地充当作者和读者之间的桥梁、创作和欣赏之间的纽带，注意文学批评的群众化、通俗化。这是一种好的传统。

第三，笔记杂著中谈论小说的部分。这里所说的笔记不是指笔记小说，而是指那些学术性笔记，如郎瑛的《七修类稿》、胡应麟的《少室山房笔丛》之类。古代有很多人不屑或不惯于严肃郑重地专论小说，笔记则可以随感而发，灵活自由，拘束较小，用以谈小说颇为便利。所以，笔记杂著中的小说理论虽然大多不成体系，不很严密，不够完整，却常有新颖大胆的议论，也保存一些有关小说理论的史料。有些笔记论及小说的每则虽也多较简略，而一部书中多处有这类议论，合拢起来涉及诸多方面，甚至也有一定系统。只是古代笔记卷帙浩繁、篇章杂沓，从中钩稽小说理论材料颇费功夫。有些观点和说法，许多本笔记辗转传述又不注出处，要判明某一观点的最初提出者殊非易事。对这些观点要加评述，需要尽可能参比提出者的其他著述，溯其渊源所自，寻其影响所及。倘单凭三两句话轻下断语，往往会失去作者本意。

第四，小说。小说中也常直接或间接表达作者的小说理论观点。钱锺书先生《管锥编》第二册“小说中之谈艺”条说：“齐谐志怪，臧否作者，掎摭利病，时复谈言微中。”“只求之诗话、文话之属，隘矣！”他说的是小说中的诗论，至于小说中通过人物对话或叙述语言论及小说创作或小说批评、欣赏的，在中外文学史上也并非罕见。十八世纪英国作家菲尔丁的小说理论，主要见于他的小说《汤姆·琼斯》的每卷第一章。我国古代很多长篇小说的楔子和第一回，讲写书缘起，每有不同程度的理论意义，《红楼梦》第一回就是其中最突出的代表。在小说情节的进展中间，作家跳身书外，发一通对小说创作的议论，那种情况也时有所见。这类议论在小说中有时还可用诗的形式表达。例如李绿园《歧路灯》第二十四回有诗曰：“每怪稗宫例，丑言曲拟之。既存惩欲意，何事导淫辞？《周易》‘金夫’象，《郑风》‘蔓草’诗，尽堪垂戒矣，漫惹教猱嗤。”诗中提出的从教化作用出发反对对女子体态、男女情事作细致描写的观点，在历史上很流行，很有势力。

小说家还可以借人物之口传达某种理论观点。这给今天的阅读和研究造成的麻烦是，我们不容易找到充分的根据来断定，哪些人物说出的哪些看法是作者本人的观点，哪些人物说出的哪些看法是作者并不赞成乃至完全反对的观点。《红楼梦》第四十二回“蘅芜君兰言解疑癖”中所写薛宝钗劝林黛玉不要看小说等杂书的一段话，表示了对小说的歧视和敌视。这一观点很有代表性，但多半不是曹雪芹所同意的。《红楼梦》第五十四回“史太君破陈腐旧套”中贾母所说的一番议论，则很是精彩。贾母当然不是作者心目中的理想人物，她的这一篇言论却未必不是作者自己的观点。证据是它们和第一回里作者以叙述人身份直接披露的看法十分契合。庚辰本在这一回回首总批中说：“首回楔子内云古今小说千部共成一套云云，犹未泄真，今借老太君一写，是劝后来胸中无机轴之诸君子不可动笔作书。”有正本回末总批说：“会读者须另具卓识，单着眼史太君一席话，将普天下不近理之奇文、不近情之妙作一齐抹倒，是作者借他人酒杯浇自己块垒。”可见，当时的评点者已经认为贾母的话传达了曹雪芹的小说观。贾母对于才子佳人小说的人物、情节不合生活情理的批评，切中要害，至今读来仍觉新鲜。

在笔记小说中，夹叙夹议更是一种通例，那中间自然也有谈到对小说的种种看法。纪晓岚的《阅微草堂笔记》就时常在叙述了作者听到的某一传闻之后，对故事的真实与否、编述者的心理和动机发一通议论。

第五，目录学著述。中国古代的目录学著作以辨章学术、考镜源流为自己的重要任务之一。古代目录书常见的体例是，部类之后有小序，书名之下有解题，两者都常包含理论色彩颇浓的分析。目录书既然著录小说，自然少不了对小说作品的说明与评论。从班固的《汉书·艺文志》开始，许多有关目录学的著述，在某一部类的小序中，把小说作为书籍分类中的一种，对它的起源、发展和性质加以论列。班固所指称的小说，虽然和我们所讲的小说不是一回事，但他的论述对后来的小说理论却有很大影响。随着文学和文学理论的发展，目录书中关于小说的评论也逐渐细致而深入。宋代晁公武《郡斋读书志》谈到张华《博物志》时说：“《西京赋》曰：‘小说九百，起自虞初。’虞初，周人也；其小说之来尚矣，然不过志梦卜、纪谲怪、记谈谐之类而已。其后史臣务采异闻，往往取之。故近时为小说者始多及人之善恶，甚者肆喜怒之私，变是非之实，以误后世。至于誉桓温而毁陶侃、褒卢杞而贬陆贽者有之。今以志怪者为上、褒贬者为下云。”① 其最后两句颇堪玩索，褒贬者何以在志怪者之下？——褒贬者多垂训诫，甚至以小说泄私愤，用以攻讦、诬诋，反不如志怪者之可供谈助、玩赏。这里已离开对某部作品的介绍，提出对于小说的概括性看法。清代目录书中有关小说的内容较前更为丰富，如《四库全书总目提要》子部中论及小说的地方就有不少。

第六，史论。史论中有许多内容与小说理论相通，并对小说创作产生过实际影响。中国古代小说与史书有密切关系，讲史小说多取材于史书，有很多还标榜按鉴演义；各种小说曾被称为小史、野史、逸史；史书的纪传本身也可以说是一种传记体小说。所以，讨论如何修著史书的史论，对于小说家的写作具有启迪和参考价值。《中国历代文论选》编者在“说明”中谈及刘知幾的《史通》说，“全书如《言语》《浮词》《叙事》《模拟》等篇，都涉及文学”，这是很对的。我们还要说，除此之外，《疑古》《惑经》等篇关于记叙人物言行的实录精神的论述，作为小说家塑造人物的原则，非常切合。《疑古》篇批评许多史书“美者因其美而美之，虽有其恶，不加毁也；恶者因其恶而恶之，虽有其美，不加誉也”。反对增恶、溢美，要求如实地写出对象的长处和弱点，是很有见地的。清代章学诚《文史通义·古文十弊》中论及第八弊时，指出叙事之文为作者之言，记言之文则应适如其人之言。明确分别叙述语言和人物语言的不同，这是对传记写作经验的总结，同时也可以看作对小说写作的要求。

第七，诗文。唐以前的人的著作中谈到小说的不多，偶有谈到的也没有多少理论意义。韩愈同张籍往还的几封书信中有张籍对韩愈写作驳

① 郭绍虞：《中国历代文论选》第二册，上海古籍出版社，1979 年，第 34 页。

杂之文的批评和韩愈所作的辩白。所谓驳杂之文，是指近乎小说的几篇散文，张、韩的意见代表了当时相互冲突的两种小说观。宋以后诗文中谈论小说的多了起来，其内容随着小说创作的兴盛而日渐丰富。晚清时康有为的《闻菽园居士欲为政变说部诗以速之》，是改良主义者小说观的最早纲领。用诗的形式发表对小说的看法，数量最多的是题咏诗。据《古典文学研究资料汇编·红楼梦卷》"编辑说明"的估计，清人所作《红楼梦》的题咏诗，"把有关《红楼梦》的续书、戏曲、专著、诗词等等的卷首题词，以及追和《红楼梦》原作的诗词剔除不计，至少还有三千首"①。这中间有一部分包含小说理论的内容。

第八，专题论文。关于小说理论的专题论文直到晚清才开始出现，第一批作者是当时的改良派和革命派。这一部分材料较易收集，它们在当时产生了广泛的影响，现在也仍有较高的价值。

以上是我们所设想研究古代小说理论时取材的主要方面。古代典籍极为浩繁，我们涉猎到的十分有限，收集古代小说理论资料的工作有待于长期积累。随着古籍整理工作的进展，过去很难得到的一些古代小说理论的材料正陆续出现在各种出版物中。面对日益增多的资料，改善研究方法的任务也显得突出起来。在这个领域内，我们觉得，应该重申历史观点的特别重要性。一般地说，要从一定的时代条件出发分析古人的思想观点，不应苛求于前人；特殊地说，不能胶着于现代的中国人或者古代和现代的西方人对于小说的某些观念，用以衡量中国古人的论述，凡有不合者便弃置不顾，凡有所取者必纳入既定的框架，以今衡古、以古注今，以洋律中、以中注洋，这样做既不能恰当评价古和中，也不能正确解释今和洋，无助于学术的进步，是一种庸俗化的做法。西方不少学者采用比较方法研究文学史或文学批评史的时候，常常从欧洲中心的成见出发，对于东方的传统文化、对于中国的传统文化，缺乏周密细致

① 一粟：《古典文学研究资料汇编·红楼梦卷》，中华书局，1963年，第2页。

的研究，有人还对之抱有盲目的轻视、鄙视态度。这种偏见对我国文化界也有一定影响，民族虚无主义表现在对小说理论遗产的态度上更为明显。有人在热情评介西方现代小说理论的时候，抹杀我国传统小说理论的借鉴作用，甚至对之采取嘲笑态度，这是不足取的。

中国小说理论的民族特色，在很大程度上体现于它所特有许多范畴之中。解析概念的含义，是不能回避的一项重要任务，也是一项非常困难的任务。这需要辨明不同时期不同论者赋予同一名词的不尽相同乃至全然不同的理解。新概念的提出和原有概念含义的变化是术语革命的不同形式。即如“小说”一词，从语源上说，出于《庄子・外物》，《汉书・艺文志》对它给以目录学上的解释，隋唐时代又用于指称正史以外的轶事记载；宋代的小说，是“说话”的四种形式之一，即短篇的虚拟的“说话”；直到明代，小说才被明确解释为文学体裁之一种。概念不断发展，标志着人们对小说特性认识的不断深化。古代小说理论同史论、哲学理论有时结合在一起，它同画论、诗论关系至为密切，一个概念在这些不同领域中的应用，有同有异，其同异之辨甚为微妙，须得细心体味。由于哲学、宗教等意识形态的强大影响，也由于古代小说理论本身的范畴、命题远不够用，理论家们常借用儒学和佛学的一些术语、命题来表述他们的小说理论思想；这些论者的小说理论观念也同他们的伦理、宗教、哲学思想杂糅在一起。例如，金圣叹在说明作家创作过程中对于描写对象应抱的态度时用了“忠”“恕”这样的词语。“忠”“恕”本是古人表述伦理思想的用语，用以规范人与人之间的关系。金圣叹说明作家创作中的认识过程，又借用了格物致知的命题，这是被宋代理学家大加发挥的认识论命题。金圣叹还用佛教教义中的因缘生法来描述塑造人物时从素材到形象的创作思维的途径。小说理论从其他领域借用术语，往往造成歧义。在这种情况下，我们应力图弄清那些术语、命题在伦理学、认识论和佛学中通常的含义，力图弄清论者本人对术语、命题本来含义的理解，然后再来探析在小说理论中它们被赋予的含义。有时，上述解释、理解和含义彼此错杂夹缠，如有些小说理论家谈论真实与虚幻的关系，他们所说的虚幻既是指艺术上的幻设虚构，又包含了佛家把世事视为虚妄的意思。这些都需要在研究中冷静客观地梳理区分。作为理论史的研究，对于一个古代理论家，重点在评介他在术语革命和新命题提出方面，进而在小说理论推进方面的贡献，与之有关的前此和其后的情况也一并交代。把理论家传承的线索同范畴发展的线索结合起来，更易窥见其间的规律，也是本书写作体例上的一种尝试。

小说理论作为一种社会意识，同整个社会思潮有着或隐或显、或疏或密的关系。明代中后期，在学术领域，一些异端思想相继出现，这些叛逆思想在文学理论上的表现之一，是突破传统的因袭观念，高度重视民间文学、重视小说。以李贽为旗帜的包括焦竑、汤显祖、袁宏道以及冯梦龙等人的理论著述，是明代后期带启蒙性质的社会思潮的重要组成部分。晚清改良派的梁启超等倡导新小说运动，更是自觉地把小说作为改良主义宣传的手段。各个时期小说理论内部存在进步与保守等不同倾向。这些不同倾向的营垒并不总是那么严整，旗帜并不总是那么鲜明；但不同倾向确实存在，它们的根总是伸在时代环境和社会力量或集团的土壤之内。在更高度抽象的一些理论问题，比如关于小说特性的探讨，小说创作中虚实、真假关系的阐述，还有在小说技巧的讨论中，论者的政治、道德倾向一般是不明显的，在这样的情况下也没有必要作牵强附会的社会分析，而可以把重点放在小说理论本身的因革通变。

小说理论的兴起后于诗论、文论，而且长期是在诗论、文论的影响、带动和冲击之下发展。在中国古代，单纯从事小说理论研究的学者几乎可以说是没有。许多小说理论家同时是文论家、诗论家或戏剧理论家，其中相当多数的人首先和主要的是致力于诗文理论的著述。小说理论中有一些术语和论断，是从诗文理论中沿用、援引而来，然后加以发挥、具体化。当然，优秀的小说理论家在承袭诗论、文论中的美学思想时总是将它们加以改造、加以发展。正因如此，我们讨论一个理论家的小说观，常常不免要用一定的篇幅讨论他对诗歌、散文、戏剧的观点；我们讨论某一时期小说理论的发展，常常不免要用一定篇幅讨论当时诗歌、散文、戏剧理论的发展。对象本身的实际规定了今天研究著作的文本叙述方式。

小说理论是对以往小说创作经验的概括、总结，又对其后的小说创作起指导和推动作用。中国古代许多人是在评论作品时提出自己的理论观点，小说序跋、小说评点更直接地同具体作家、具体作品联系着。离开了所评作品，往往不容易透彻理解那些论述的理论内容，不容易准确评价它们的得失。对于清代前期才子佳人小说有了比较丰富的直接感受，就更体会到，曹雪芹所鄙薄的那种千部一腔、千人一面，不仅在写作上是陈陈相因，模仿旧套，而且首先是从某种封建道德观念出发，脱离生活编造故事来宣扬封建礼教，或者单纯从牟利的目的出发，假惩淫之名行宣淫之实。蒲松龄本人关于小说理论的文字留下的很少，他的小说思想体现在他的小说创作中。深入探究《聊斋志异》同前代志异小说相比表现出来的独创性，把他的创作实践同他的少量的然而可贵的理论论述对照和结合起来研究，更能充分发掘这些理论的内容。梁启超在小说理论和创作两方面都付出了大量劳动。他在理论上的贡献已为人们所重视；他的小说创作大体上说是失败的，就其艺术性而言尤其如此。创作失败的原因也和理论观念上的偏颇有密切关系，他把小说的社会作用看得太直接、太伟大了，急功近利走向简单化。把一部小说作为宣传改良主义政治的某项具体措施的传单，这样的小说就远不如他笔端常带感情的政论文能吸引读者。对于前人的理论，不仅要吸收那些对于今天仍有启示的正确观点，还需要力图探究那些理论对历来创作所起的促进或是阻碍的作用，探究所以发生不同作用的原因，从中吸取历史的经验教训，总结历来发展成败得失的规律。

以上是我们对于研究中国古代小说理论的意义、途径和方法的初步想法，也是我们撰写本书的指导思想。

（本文为《明清小说理论批评史》绪论的第一部分，该书由花城出版社 1988 年出版）

“剪灯二种”的序文与明初文人以文为戏的小说观

《剪灯新话》是瞿佑的一本传奇小说集（其中杂有少数他人的作品），是明代传奇小说中最早的也是影响最大的一本集子，共四卷，又附录一卷，计二十一篇。内容多为烟粉灵怪故事，描述中常及元明易代之际社会动乱中人民的苦难，表现了青年男女对爱情、婚姻自由的追求。但其立意往往不是很高，情绪多较低沉。作者的本意似重在文辞，上承唐人之笔致风情，下开《聊斋志异》之先河。卷首有序文四篇，瞿佑自序写作时间最早，在洪武十一年（1378 年），凌云翰序最晚，作于洪武三十年（1397 年）。《剪灯余话》是李昌祺仿效《剪灯新话》写作的传奇小说集，内容、性质与《剪灯新话》相近。卷首有序文六篇，其中四篇（包括李昌祺的自序）作于永乐十八年（1420 年），另两篇作于宣德八年（1433 年）。又，《剪灯余话》内有《至正妓人行》，其序文可视为一则笔记小说，正文则为诗体传奇小说，效法唐代之元和体者。其后有跋语九篇，第一篇曾棨跋作于永乐十八年，其他王英、罗汝敬等人的跋语，亦当是同年与他们为《剪灯余话》所撰序文同时写成。以上两书各篇序跋，还有书中正文里关于小说的议论，例如《剪灯新话》中《鉴湖夜泛记》里仙娥对成令言所说的一大段话，是现存明初小说理论的重要材料①。

---

① 《剪灯新话（外二种）》，包括瞿佑的《剪灯新话》、李昌祺的《剪灯余话》和邵景詹的《觅灯因话》，周楞伽校注，上海古籍出版社，1981 年。本节引用《剪灯新话》《剪灯余话》各篇序言，均据此版本。

这些序文的作者是明初小有名气的文人。瞿佑（1341—1427），字宗吉，钱塘人。《剪灯新话》的序作者吴植、凌云翰和桂衡，都是瞿佑的同里友人。《剪灯余话》的作者和序文作者们官阶地位较高。李昌祺（1376—1452），名祯，庐陵人，曾任广西左布政使。《剪灯余话》的序作者曾棨、王英、罗汝敬为李昌祺同年进士，都有文名。

《剪灯新话》《剪灯余话》各篇序文触及的问题很多，它们着重表述的则是以文为戏的小说观，这在当时是很有时代特色的文学观念。

李昌祺《剪灯余话》自序说，他的书稿被曾棨偶然看到，"乃抚掌曰：'兹所谓以文为戏者非耶？'"王英的《剪灯余话序》也说，"昌祺所作之诗词甚多，此特其游戏耳"。曾棨和王英的话，概括了《剪灯新话》《剪灯余话》多数序文对小说基本的看法。这些序文在讲到传奇小说写作的时候，从以下三个方面阐述了以文为戏的理论：文人创作传奇小说是借以自遣，传奇小说的写作给文人提供了试笔逞才的机会，传奇小说对于读者可以资谈论、供笑语。下面，对这三点分别加以介绍，并追溯明人的这种思想与唐代以来传统的关系。

第一，自我消遣是唐人创作传奇的动因之一，韩愈等人在自述其创作时就明确表达了这种意思。唐人还有一些传奇小说和笔记小说产生于宴会对酌之时，更显出与娱乐的紧密结合。沈既济《任氏传》的末尾说，自己被贬从京城去往东南，与人同道而行，"方舟沿流，昼宴夜话，各征其异说；众君子闻任氏之事，共深叹骇，因请既济传之，以志异云"。宋人陈振孙《直斋书录解题》将唐李商隐所撰《杂纂》入于小说家类，并评述说："俚俗常谈鄙事，可资谈戏。"宋元之际的马端临《文献通考》也引用别人的话说《杂纂》"用诸酒杯流行之际，可谓善谑；其言虽不雅驯，然所诃诮，多中俗病，闻者或足以为戒，不但为笑也"，以为在笑谑之外，还可以发生一些训诫作用，但其出发点和主要的性质是以资谈笑。

进一步考察可以发现，在传奇或志异小说作者中，基本上可以分为两大部分，在下者为落魄穷愁的文人，在上者为遭贬谪受屈抑的闲官，他们感受到人生的不平，而将种种感慨隐于心中，另著新奇诡异之文字以涵养性情。明初传奇小说忽又繁盛，其重要原因之一就在朝代转换，政治巨变，朱元璋、朱棣统治又很严密，文人感觉苦闷，乃于传奇小说的写作中转移自己的心力，求得心理上的闲逸与宁静。刘敬《剪灯余话序》说："此特以泄其暂尔之愤懑，一吐其胸中之新奇，而游戏翰墨云尔。"李昌祺自己更说："矧余两涉忧患，饱食之日少，且性不好博弈，非借楮墨吟弄，则何以豁怀抱、宣郁闷乎？虽知其近于滑稽谐谑，而不遑恤者，亦犹疾痛之不免于呻吟耳，庸何讳哉？""若余者，则负谴无聊，姑假此以自遣，初非平居有意为之，以取讥大雅，较诸饱食、博弈，或者其庶乎？"后来，《四库全书总目提要》论及明代支立的《十处士传》时也说，"仿《毛颖传》例各为之姓名里贯，盖冷官游戏，消遣日月之计"。在这种情况下，传奇小说的写作遂成为与当政的统治者保持距离的文人一种软弱无力的反抗的表示，在这种创作态度的指导之下，作品可能接触到某些社会真实情况，但难以有很高的思想价值。

第二，唐代应进士举的士人通过传奇小说来表现自己的文才，传奇小说的兴旺和当时进士行卷的风气有密切关系，这一点已经为当代许多学者所论证。明初文人虽不再怀有借此追逐功名的心愿，但能抛开八股及诗文形式规程的种种辖制，借传奇小说骋其笔力，展其才思，在他们也是一大快事。瞿佑自序说，写作传奇是"习气所溺，欲罢不能"；李昌祺自序说，"虽奔走埃氛，心荒志落，然犹技痒弗已"。八股文程式化、公式化的要求对作者限制太死，固不必说，诗文在体式、格律、手法、语言上也有较为严格的传统轨范。而传奇如宋代赵彦卫《云麓漫钞》所说，"文备众体，可以见史才、诗笔、议论"。它当然很能吸引有才华的文人。瞿佑幼小时即有才名，作诗俊语迭出。且其人博及群集，诗文写作不足以尽其意兴。桂衡序说，瞿氏"游其耳目于词翰之场，闻见既多，积累益富。恐其久而记忆之或忘也，故取其事之尤可以感发、可以惩创者，汇次成篇，藏之箧笥，以自怡悦，此宗吉之志也”。在这种创作态度的指导之下，又使他们对作品的故事的曲折、语言的清丽、结构的变化等方面的兴趣超过了对作品思想内容的兴趣。清人钱谦益在《列朝诗集》中评述瞿佑的时候说，“宗吉风情丽逸，著《剪灯新话》及乐府歌词，多偎红倚翠之语，为时传诵”。郎瑛《七修续稿》讲到瞿佑的《香台百咏》，那些分析也适合于《剪灯新话》，他说：“或曰，博与敏可也，然其题咏不出闺房，赏玩不过风月，殆非庄人雅士之为。殊不思古人有云：咀灵芝而咽甘露，情动乎中；拔鲸牙而挹天浆，梦游于外，自可与知者道此。布帛菽粟，固人间至宝；而海错蔬菜，亦可少者哉?!”以文为戏，扩展了文学的题材和风格，避免了迂腐，得到了纤巧。

第三，传奇小说作者不仅是把作品用以自娱，而且用以娱人，既然付之刻印，冀其流传，当然是为了别人，为了为数众多的读者。事实上，传奇小说也受到许多人的欢迎。曾棨《剪灯余话序》一开始就说，“近时钱塘瞿氏，著《剪灯新话》，率皆新奇希异之事，人多喜传而乐道之，由是其说盛行于世”。他还说，对于《剪灯余话》“读之者莫不为之喜见须眉而欣然不厌也，又何其快哉”。

传奇小说设定的接受对象是文人学士，它的愉悦作用只是满足文人高雅的趣味，而并不顾及村民和市民的嗜好。刘敬《剪灯余话序》特地强调，“斯岂傅岩之近词，实乃薇垣之佳制也”。薇垣是明清时对布政司的称呼，李昌祺曾任左布政使，傅岩是商代傅说为相之前版筑之地，后以指山林隐逸之处，这两个方面传奇小说都不忽略。他们认为《剪灯余话》是与民间鄙俗的说书不同的有社会地位的知识分子的精心制作，老百姓不配看，只有有学问的人才能欣赏。刘敬甚至说：“伏惟皇上宵旰图治，九重万儿，日昃不遑；异时斯言倘获上闻，一尘圣聪，亦未必不如《太平御览》之一端，以少资五云天畔之怡颜也。”即希望传奇小说能够进入宫廷，给皇帝解闷。

关于传奇小说对于上层阶级的人们所能起的娱乐作用，序文作者们承袭了唐人的说法并作了具体分析。罗汝敬《剪灯余话序》说："且余闻之：昌黎韩公传《毛颖》《革华》，先正谓其珍果中之查梨，特以备品味尔；余于是编亦云。""先正"指的是柳宗元，这个说法同前引郎瑛评瞿佑诗的意见在理论上是一致的。

从以上三点可以看出，以文为戏这个命题，涉及作家的创作态度、创作意图和社会作用，这几个方面同正统的文学思想都不甚相合。中国传统的正宗文学观念主张尚用，主张文道合一，因此，肯定和强调恭谨为文，宣扬教化，文学作品通过道德教育而对政治发生作用。《荀子·乐论》说："夫声乐之入人也深，其化人也速，故先王谨为之文。……乐者，圣人之所乐也，而可以善民心，其感人深，其移风易俗易，故先王导之以礼乐而民和睦。"这是几千年儒家文学观的主调之一。正统的儒家，对于同礼教、同政治没有关系的文辞是不屑为之的。扬雄《法言·吾子》说："或问：吾子少而好赋？曰：然，童子雕虫篆刻。俄而曰：壮夫不为也。"都表示了对于非关实用、无益教化的文辞的轻视。《汉书·扬雄传》记扬雄对司马相如作品的看法："……由是言之，赋劝而不止，明矣。又颇似俳优淳于髡、优孟之徒，非法度所存、贤人君子诗赋之正也，于是辍不复为。"又说："如孔氏之门用赋也，则贾谊升堂，相如入室矣。如其不用何！"这里，很值得我们注意的是，扬雄否定赋的价值时，将赋比之于俳优，即比之于当时的小说和草创中的戏剧，小说只堪供人戏笑，是不合法度、不合诗赋之正的。

唐代古文家重在教化，韩愈之前的柳冕说过："文章本于教化，形于治乱，系于国风。"(《与徐给事论文书》)"文章之道，不根教化，则是一技耳。"(《谢杜相公论房杜二相书》)这种倾向在北宋道学家那里发展到更加片面，周敦颐第一个提出"文以载道"之说，他在《通书·文辞》中写道："文所以载道也……不知务道德而第以文辞为能者，艺焉而已。"程颐更有"作文害道"之说，认为为文不专意则不工，专意则又局于其中，玩物丧志。他说："今为文者专务章句，悦人耳目；既务悦人，非俳优而何!"（《二程语录》卷十一）这里又是用俳优来比况和指责以文为重者，而俳优的罪过正在以悦人为务。到了明代初期，与瞿佑、李昌祺近乎同时的宋濂，继承了宋代道学家重道轻文的观点。宋濂把文人分为三类，他所批评和反对的是第三类，那就是：厌常务新，"好胜之心生，夸多之习炽，务以悦人，惟日不足。纵如张锦绣于庭，列珠贝于道，佳则诚佳，其去道益远矣。此下焉者之事也"（《赠梁建中序》）。宋濂是明代初期文坛领袖人物，他的主张符合儒家正统，又符合当时执政者的利益，得到当权方面的支持，在文学理论上居于支配地位。这也是瞿佑、李昌祺刊刻《剪灯新话》《剪灯余话》的时候感觉压力沉重和两书各篇序言肯定瞿、李作品创作时都采取辩解口气的原因。

在这种情况下，瞿、李等人接过唐人的提法，重新肯定以文为戏，显然是对正统文学思想的偏离，特别是对宋代以来道学家文学思想的背离。从主观方面说，瞿、李等人并不能也没有想到要背离正统的文学思想，他们没有想到要反对道学家的文学思想体系，而只是以软弱的姿态、调和的方式作一些修正。在中国古代，以文为戏的提出者和赞成者，都没有把它作为唯一的或主要的口号，而只是作为一个补充的口号，明初文人也是这样①。他们都同意，作家创作的主要目的应该是言志，言经邦纬国、黼黻皇猷之志，作品的社会作用主要是教化。在反对封建统治阶级短视的狭隘功利主义方面，以文为戏说有它一定的理论意义。在明初，以文为戏说还曲折地表示了对于统治阶级严酷的思想禁锢的某些不满、对于抄袭前人的复古作风的某些不满，这也是有现实意义的。

以文为戏说在小说创作方面比之在诗文创作方面产生了更大的影

① 简安居士《钟情丽集序》说："大丈夫生于世也，达则抽金匮石室之书，大书特书，以备一代之实录；未达则泄思风月湖海之气，长咏短咏，以写一时之情状。是虽有大小之殊，其所以垂后之深意则一而已。"此序作于成化丁未（1487年），这是以文为戏的有代表性的论调。

响，这是因为，在鄙视和排斥小说的观念左右社会舆论的情况下，它能以较为温和的形式替小说争得一席地位。就文学发展的实际来说，小说的起源和繁荣，也确实同人们的休息、娱乐有更密切的关系。鲁迅在《中国小说的历史的变迁》中说，他以为小说起源于休息。“人在劳动时，既用歌吟以自娱，借它忘却劳苦了，则到休息时，亦必要寻一种事情以消遣闲暇。这种事情，就是彼此谈论故事，而这谈论故事，正就是小说的起源。”[1] 恩格斯也早指出：“民间故事书的使命是使一个农民作完艰苦的日间劳动，在晚上拖着疲乏的身子回来的时候，得到快乐、振奋和慰藉，使他忘却自己的劳累，把他的硗瘠的田地变成馥郁的花园。”[2] 我国古代的俳优小说，其主要作用就是供人娱乐。《史记·滑稽列传》中所记东方朔等人，其职事是侍奉皇帝，而他们的手段就是作滑稽诙谐之语，讲说令人发笑的故事。《史记·滑稽列传》说郭舍人“发言陈辞虽不合大道，然令人主和说”；又说东方朔在皇帝侧侍中，“数召至前谈语，人主未尝不说也”。东方朔等人讲故事不只是供帝王调笑解闷，《汉书·东方朔传》赞语说，“朔喜为庸人诵说”，“朔之诙谐，逢占射覆，其事浮浅，行于众庶，童儿牧竖，莫不眩耀，而后世好事者因取奇言怪语附著之朔”。至于宋元的“说话”，既是宫廷里的娱乐，它的繁荣又同城镇市民的娱乐要求密切相关。写作和阅读传奇和志异小说，则是文人豁怀泄闷的一种途径。一般读者欣赏小说，欣赏文学作品的直接目的多半是娱乐。这些本来都是有目共睹的文艺现象，问题是有些人一直不肯承认这种文艺创作和欣赏的目的的正当性。以文为戏说给小说的作者和爱好小说的读者以理论上的支持，虽然这种支持很不充分、不那么理直气壮，但总算对传统的文学观的限制打开了一个缺口。

---

① 鲁迅：《中国小说的历史变迁》，《鲁迅全集》第九卷，人民文学出版社，1981 年，第 302—303 页。

② 恩格斯：《德国民间故事书》，《马克思恩格斯论艺术》（四），人民文学出版社，1966 年，第 401 页。

两书各篇序文观点也有不尽一致之处。如刘敬在谈到《剪灯余话》是李昌祺“游戏翰墨”所作之后接着说：“岂公之至哉？亦岂士之望于公哉！”表达了含蓄的批评。这也说明一些人对以文为戏的肯定是有限的，是以立德、立功和代圣人立言为前提的。瞿佑、李昌祺等用以文为戏来阐说小说创作的时候，讲到劝善惩恶、敦尚人伦，那多半是向正统观念妥协的一种姿态，并没有真的按此进行创作。

两书序文的另一个重要理论内容是对传奇小说特点的探讨与解说。唐人传奇成就很高，而唐人并没有留下关于传奇的独立的评论和理论文字。因此，两书序文这方面论述在文学史和文学批评史研究上都有一定价值。凌云翰把唐人传奇分为两类，他说：“昔陈鸿作《长恨传》并《东城老父传》，时人称其史才，咸推许之。及观牛僧孺之《幽怪录》、刘斧之《青琐集》，则又述奇纪异，其事之有无不必论，而其制作之体，则亦工矣。”第一类以史实为据，第二类则由作者虚构故事。他认为《剪灯新话》近于后者。传奇不但虚构故事，而且要求情节奇特，即曾棨所说的“率皆新奇希异之事”。虚构奇特怪异、吸引读者的故事，是传奇小说的主要特征。正因为这样，唐代传奇把我国的小说艺术向前推进了一大步。序文通过概括传奇的特点而接触到小说的特点，可惜还不够深入，而且有的序作者继续用忠于本来事实的要求来限定传奇小说。如王英说：“言之泛滥无据者置之，事核而其言不诬，有关于世教者录之。”罗汝敬说：“彼其《齐谐》之《记》，《幽冥》之《录》，《搜神》《夷坚》之志述，务为荒唐虚幻者，岂得一经于言议哉！”这说明人们对于艺术虚构的合理性与必要性的认识，是经过许多曲折和反复的。

对于传奇小说的语言特点，序文作者意见比较一致。曾棨说《剪灯余话》“秾丽丰蔚，文采烂然”，王英说，《剪灯余话》“文词制作之工且丽也”，凌云翰称赞《剪灯新话》措辞之妙，李昌祺好像也以此自得。传奇小说是书面文学，作者们把它当文章来做，在唐代曾经使人耳目一新，到了明代则显得过于工巧而有些矫揉。序文的上述说法，还是用古代散文理论来评论小说的语言。

《剪灯新话》卷四《鉴湖夜泛记》，作者借天孙仙娥之口，纵论前代小说，也很值得注意。仙娥说，民间“妄传秋夕之期，指作牵牛之配，致令清洁之操，受此污辱之名。开其源者，《齐谐》多诈之书；鼓其波者，楚俗不经之语；傅会其说而倡之者，柳宗元乞巧之文；铺张其事而和之者，张文潜七夕之咏”。而另一些小说的情节，她又认为是真实可信的：“非若上元之降封陟，云英之遇裴航，兰香之嫁张硕，采鸾之配文箫，情欲易生，事迹难掩者也。”这篇小说本是瞿佑炫其博见多闻，广引各种小说杂书之材料，真真假假，正正反反，而其含义主要还在点明神话传说、小说故事与历史事实的区别。其后仙娥又说：“士君子于名教中自有乐地，何至造述鄙猥，诬谤高明，既以欺其心，又以惑其世，而自处于有过之域哉!”这段话显然来自实际生活，是从封建文人尤其是宋明道学家身上经过提炼而作出的典型概括。对此瞿佑当然并不同意，否则他就不会写出这本《剪灯新话》。人们为什么虚构种种故事呢？仙娥又说：“唐人不敢明斥则天之恶，故假此以讽之耳。”那就是说，在小说故事的后面，还往往有作者对社会现象的讽喻。这里所说的指斥虽嫌过于直接和简单，不一定符合作品实际，但毕竟接触到了小说的虚构与作者思想、观点的关系。

《剪灯新话》《剪灯余话》两书的指导思想、创作实践和序言表达的观点，都同当时正统的文学观不合，因此引起了文学思想上的矛盾和斗争。瞿佑自序说书写成之后，“藏之书笥，不欲传出”；李昌祺也说书稿“不敢示人”。他们害怕什么呢？怕的是统治阶级所制造的反对小说的社会舆论。《剪灯新话》有一篇桂衡的序，桂衡是一位风格绮丽的诗人，作有传奇《柔柔传》，是瞿佑的朋友。他在序中说，韩愈作《毛颖传》，柳宗元读而奇之；柳宗元作《谪龙说》与《河间传》等，“后之人亦未闻有以妄且淫病子厚者”。《剪灯新话》一出，“而或沾沾然置喙于其间”。这就告诉我们，当时有人指责《剪灯新话》“妄且淫”。瞿佑自序说："自以为涉于语怪，近于诲淫。"所谓"自以为"，显然是一种婉辞，借此曲折地转述别人的批评意见。王英的《剪灯余话序》说："或有诘余者曰：'某事幽昧恍惚，君子所未信，子何为而喜耶？'"罗汝敬的序说："或者乃谓所载多神异，吾儒所未信。"总之，两书都受到时人的非议。上述十余篇序跋，就是在这些非议面前所作的解释、说明和辩护。

除了几篇序文里极为概略的转述，当时那些批评意见，我们已看不到文字记载了。但在瞿佑、李昌祺身后，有明一代以至清初，对于二书的责难，则屡见于著述。对于传奇小说的排斥打击，是明英宗的一项政策，若干著述中的责难则是统治者政策思想的一种理论形态。它不但直接障碍、扼杀明代前期小说创作的发展，而且典型地表现了中国封建地主阶级中守旧势力的一种荒谬的小说观念。在此，也对其应略加介绍与剖析。

顾炎武《日知录之余》卷四"禁小说"引《明实录》，正统七年(1442年)，国子祭酒李时勉上言："近有俗儒，假托怪异之事，饰以无根之言，如《剪灯新话》之类，不惟市井轻浮之徒，争相诵习，至于经生儒士，多舍正学不讲，日夜记忆，以资谈论。若不严禁，恐邪说异端，日新月盛，惑乱人心。"朝廷从之。这里，小说的罪名是以怪异无根之事引得经生儒士舍弃正学，小说惑乱了正学的信徒，转移了他们对正学的诵习，而并不是小说内容同当时的政治有什么直接的抵触。叶盛的《水东日记》、陆容的《菽园杂记》、都穆的《听雨纪谈》、徐三重的《牖景录》、黄玮的《蓬轩类纪》等，都对《剪灯余话》提出批评。叶盛首先提到，代宗景泰年间，韩雍巡抚江西，进庐陵故老入先贤祠，李昌祺"独以尝作《剪灯余话》不得与"。叶盛认为，"其《余话》诚谬，而所谓《至正妓人行》亦太袭前人，虽无作可耳"。陆容说，《剪灯新话》和《剪灯余话》"皆无稽之言也"，"李公素怀耿介廉慎之称，特以此书见黜，清议之严，亦可畏矣"。这道出了反对小说的舆论同封建政治力量的结合形成的强大社会压力。叶氏说的"谬"，陆氏说的"无稽"，还有都穆评《剪灯新话》说的“多载鬼怪淫亵之事”，都是用不语怪力乱神、思无邪的传统观念来衡量小说。多记鬼怪是六朝以下小说的固有作风，多写爱情是唐代以来小说的又一特色，都不足为《剪灯新话》《剪灯余话》之病。黄昕所述，稍微具体，他说《剪灯新话》《剪灯余话》“皆无稽之言、不经之说也”，“二公高才博学，不以其余力、发为正大典雅之制，顾乃为此，所谓宫锦制裤，不亦可惜也哉”。黄氏认为，两书寓言外之意，比古人更甚。王圻《稗史汇编》和张萱《疑耀》也取这种说法。王圻说，《剪灯余话》“虽寓言小说，然多讥失节，有为而作也”。张萱说，《剪灯余话》“词虽近亵，而意皆有所指，故一时缙绅，多有心非之者”。这恐怕是求之过深。这也是中国古代小说评论中常见的现象，不问作者原来有无此意，不顾艺术形象的整体，只从个别词句和个别细节断定作品的政治倾向，由之或褒扬或贬责，往往都失其真。《剪灯新话》《剪灯余话》并没有寄托忧民爱国的深心，也不愿追随封建统治者热衷于宣扬教化，不去唱“正大典雅”的迂腐可厌的滥调，它们的弱点和长处都在于并非意有所指和有为而作。小说反映了元末明初社会生活的一些侧影，那也不是作者主要意图所在。徐三重作了更为详细的议论，兹具引于下：

> 李布政昌祺作《剪灯余话》，韩中丞雍以李有此书，不得入乡贤祠。或又谓此公大节高明，不宜以笔墨游戏累之。此语非是。士大夫立言垂世，不能端正风俗，乃作猥亵怪乱之语，以荡人志意，即其人身世无他，而于世教有舛，亦为名实之瑕。庄、列非淫慝污浊人，徒以持论纵浪，为吾道所斥，目为邪说，然其言亦岂如是不典哉？夫论人固不当以晏语掩大节，然大节自端，启口失义，亦安得是。黄鲁直作艳歌小词，法秀惧以福罪，遂不敢作；若吾徒遇此，直当以正言大义力折之耳。又观往日乡贤，一事即玩弄柔翰，空言犹作身后评品，士论严核如此，置身可忽乎哉！

徐氏虽没有对《剪灯新话》《剪灯余话》或其中某篇作什么分析，他似乎也觉得不需要这样的分析；他不是批评这一本或那一本小说的内容或写法，他是根本反对写小说。《庄子》与《列子》被视为中国小说之祖，徐三重肯定庄、列不是淫慝污浊之人，但持论纵浪，也就是没有按照儒家正统准则来规范自己的言论，行文又多说虚道幻、怪怪奇奇，所以要被自视为孔门宗子的理学夫子所斥，被目为邪说。传奇小说，当然更远甚于《庄子》《列子》。小说的错处在于不典，即背离孔孟之典型；小说的坏处在于荡人志意，它太容易吸引人了，它的存在会使学子们更觉理学说教之可憎。小说的描写越是生动详细，对读者的魅力越大，它对理学和礼教的危害也越大。从私塾里的学童到朝廷里的公卿，许多人都因为迷恋小说而把儒家经传抛到一旁。徐三重等人的意见反映出，在明代前期，统治阶级还没有明确意识到小说也可以利用来宣扬封建正统思想，或者他们还不愿意这样做，还想用愚蠢的禁毁的办法来取消小说这一文学体裁的存在。到了明代后期，小说越来越深入各个社会阶层的文化生活，才迫使统治者转换了策略①。

从思想上看，明代上述论者对《剪灯新话》《剪灯余话》以及一切小说的责难，是渊源有自的。他们的一些说法，承袭了唐代张籍等人批评韩愈时的意见。在此，我们不妨回顾一下八世纪末中国文坛上那场颇为有趣的论辩。桂衡等人在为《剪灯新话》辩护的时候，就直接从那场论辩的一方，即从韩愈、柳宗元的论述中寻求支持。大约在唐贞元十一年（公元795年）至十五年（公元799年）之间，韩愈和他的高足张籍同在汴州，两人书信往还，对韩愈的某些近作的是非进行辩难。这究竟

① 朱元璋的孙子朱有燉是明初颇擅才名的戏曲作家，他在宣德八年（1433年）所写的《豹子和尚自还俗传奇引》里也谈到以文为戏，他说："文章之在世……有关于风教者，若《原道》《原鬼》《进学》《种树》《送穷》《乞巧》等文，皆合乎理性，精妙抑扬，无非开悟后学，使知性命之道，故有补于世也。其或有文章而无补于世，不关风教者，若《毛颖》《革华》《天问》《河间》等篇，此乃鸿儒硕士，问学有余，以文为戏，是欲驰骋于笔端之英华，发泄于胸中之藻思耳。"但究其所作，皆点缀升平、丑化下层百姓及起义好汉，与瞿佑等人很不一样。他较早地用戏曲宣扬封建统治阶级的观点，并企图起到娱乐统治者的作用。

是指哪几篇作品，王定保《唐摭言》、李肇《唐国史补》及朱熹的《韩文考异》等，历来有不同说法。《唐摭言》说："韩文公著《毛颖传》，好博塞之戏，张水部以书劝之。"《毛颖传》是一篇古文，俳谐诞幻，带有小说意味。与韩愈同时的李肇所著《唐国史补》有"韩、沈良史才"条，说"沈既济撰《枕中记》，庄生寓言之类；韩愈撰《毛颖传》，其文尤高，不下史迁，二篇真良史才也"。但《毛颖传》为元和年间所作，张籍此时信中所指，当是其他与之相类的近于小说的古文。陈寅恪先生曾指出，所谓唐代小说，起于贞元、元和之世，与古文运动同时，其最佳小说之作者亦即古文运动之中坚人物。韩愈在推动唐代小说创作上起了不小的作用，张籍所讥，当是针对此种情况。他说："执事聪明，文章与孟轲、扬雄相若，盍为一书以兴存圣人之道，使时之人、后之人知其去绝异学之所为乎！""比见执事多尚驳杂无实之说，使人陈之于前以为欢，此有以累于令德。""愿执事绝博塞之好，弃无实之谈，弘广以接天下士，嗣孟轲、扬雄之作，辨扬、墨、老、释之说，使圣人之道复见于唐，岂不尚哉！"韩愈回答说："吾子又讥吾与人人为无实驳杂之说，此吾所以为戏耳。比之酒色，不有间乎？吾子讥之，似同浴而讥裸裎也。"张籍第二信说："君子发言举足，不远于理，未尝闻以驳杂之说为戏也。执事每见其说，亦拊抃呼笑，是挠气害性，不得其正矣。苟正之不得，曷所不至焉。或以为中不失正，将以苟悦于众，是戏人也，是玩人也，非示人以义之道也。"韩愈再答说："昔者夫子犹有所戏，《诗》不云乎：'善戏谑兮，不为虐兮。'《记》曰：'张而不弛，文武不能也。'恶害于道哉？吾子其未之思乎。"看来，韩愈并不想否认他那些近于小说的作品是驳杂无实，他只是申明，那是他的游戏笔墨。张籍以为，正人君子不当作驳杂不实之说以为戏，不当读不实之说而歌呼喜笑，不当以此类作品苟悦于众人。他们争论的是，在兴存圣人之道的著作以外，还允不允许作小说以为戏。韩愈说可以；张籍说不可以。

这场论辩不只是在韩、张两人之间进行，而是传扬开去，把很多人卷了进来。裴度在给韩愈的门人李翱的信中，也断然反对以文为戏，反对作驳杂不实之文。他说："昌黎韩愈，仆识之旧矣，中心爱之，不觉惊赏。然其人信美材也。近或闻诸侪类云：恃其绝足，往往奔放，不以文立志，而以文为戏。可矣乎，可矣乎！今之作者，不及则已；及之者当大为防焉耳。"他生怕韩愈的主张影响了世之作者。这样，柳宗元就写了《读韩愈〈毛颖传〉后题》，出来为韩愈辩护。他说，世人读《毛颖传》一类作品而笑以为怪，那是因为他们习惯于模拟窜窃，抄袭成文，"贪常嗜琐者，犹呫呫然动其喙，彼亦甚劳矣乎！"他说，这正证明了批评者眼光和思想的陈旧。柳宗元指出："世人笑之者，不以其俳乎？而俳又非圣人之所弃者。"接着，柳宗元并对以文为戏说作了一番论证和发挥：

> 学者终日讨说答问，呻吟习复，应对进退，掬溜播洒，则罢惫而废乱，故有"息焉游焉"之说。不学操缦，不能安弦；有所拘者，有所纵也。大羹玄酒，体节之荐，味之至者，而又设以奇异小虫、水草、楂梨、橘柚，苦咸酸辛，虽蜇吻裂鼻，缩舌涩齿，而咸有笃好之者。文王之昌蒲葅，屈到之芰，曾皙之羊枣，然后尽天下之味以足于口。独文异乎？韩子之为也，亦将弛焉而不为虐欤！息焉游焉而有所纵欤！尽六艺之奇味以足其口欤！而不若是，则韩子之辞，若壅大川焉，其必决而放诸陆，不可以不陈也。

柳宗元为小说辩护，讲了两方面的理由：一是小说给人休息。他所论的传奇小说的作者和读者都是文人，所以只就文人情况来说。学者们研读经史，不免疲劳，为了精神有所放松、有所舒展，不妨写作和阅读小说。二是小说增强文学趣味的多样性。经史典籍，犹之乎祭祀所用的酒肉，虽然醇正，但也需楂梨、橘柚加以调剂。这样，既有至味，又有奇味，就更加丰富了。柳宗元肯定小说，就肯定它是疲惫之后的游息，至味之外的奇味。韩柳的以文为戏说，以后一直贯穿着中国古代小说理论发展史，同发愤著书说、有益劝惩说并立，同为关于文学功用的重要观点。明代陈邦俊所编《广谐史》，收有韩愈的《毛颖传》，把它当作物传之祖。其中又有明人卢格的《方君谈子传》，是模仿《毛颖传》的。方君指人的心，谈子指人的口。文末作者附语说："昔韩子作《毛颖传》，君子怪其以文为戏，及高氏作《乌宝传》[1]，又喜其效韩体，而颇留情于世教。传奇云：不关风化体，纵好也徒然。愚也窃不自揆，辄以所闻，组织心口一传，盖欲学者内外交养，动静不违，以造乎成德之域耳。辞虽不及二子，而寓意则向上一等。"这段话写于武宗正德元年(1506年)，显示着从以文为戏向有益风教转变的意向。而在此之前，"剪灯二种"各篇序文，则是继承唐人作传奇小说的写作态度，把以文为戏说作了集中的深入的阐述和发挥。

(本文为《明清小说理论批评史》之第一章第二节，该书由花城出版社1988年出版)

① 高明：《乌宝传》，亦见《广谐史》。

胡应麟和谢肇淛的小说理论

明代万历时期，随着小说创作和刻印的空前繁荣，小说理论有一个突进。在当时，小说理论要进一步发展，要同文论、诗论、剧论并立，一个关键的问题是，对于什么是小说要作出清晰确定的界说，也就是要求得“小说”这一概念的精确化。从战国到明初，“小说”这一词语曾被用来分别指称性质迥不相同的各种文字著述。与此同时，作为文学体裁之一的小说，又先后有传奇、讲史、话本等许多不同的名称。胡应麟《少室山房笔丛·九流绪论》说：“小说，子书流也，然谈说理道，或近于经，又有类注疏者；纪述事迹，或通于史，又有类志传者。他如孟棨《本事》、卢瓌《抒情》，例以诗话文评，附见集类，究其体制，实小说者流也。至于子类杂家，尤相出入。郑氏谓古今书家所不能分有九，而不知最易混淆者小说也。必备见简编，穷究底里，庶几得之。而冗碎迂诞，读者往往涉猎，优伶遇之，故不能精。”这里指出了古来“小说”这一术语含义的纷乱淆杂，也指出了由于人们对小说的鄙视、轻视，未能对它作深入的探究，因而不能达到概念的精确。胡应麟自己就承担起从纷乱淆杂中清理出头绪的工作，而前面提到过的郎瑛和稍后的谢肇淛等，也为小说概念的精确化付出了努力。

胡应麟（1551—1602），字元瑞，号石羊生，又号少室山人，浙江兰溪人，万历举人。后屡试不第，筑室山中，聚书数万卷，以读书著述为业，著有《少室山房类稿》《诗薮》和《少室山房笔丛》等。

胡应麟是明代重要的文学批评家，他和后七子的首领、当时文坛的盟主王世贞来往颇密。他很受王世贞器重，深受王氏的影响，并和屠隆等一起被归为末五子。他在三十八岁时生病积久不愈，自以为将不起，遂请王世贞为之作传。王世贞在《石羊生传》中说："其所游从，皆天下贤豪长者，然所当心，独余兄弟与李观察于鳞、汪司马伯玉、吴参政明卿。"李攀龙、吴国伦是"后七子"成员，汪道昆则是当时著名的诗人和杂剧作家。传中还说："余方谢客昙阳关，闻元瑞来，喜不自胜，力疾启关，与为十日饮。间出所著《少室山房诗》，余得而序焉，所以属元瑞甚重。"汪道昆在《诗薮序》中也说到自己同胡应麟的交往："乘舟接席，相与扬榷古今，核本支，程殿最，旦暮千古，以神遇之。"《石羊生传》记王世懋过兰溪时："即元瑞剧语二夕皆申旦，临别眷眷不忍释，曰：'吾于诗独畏于鳞耳，已矣，今庶几得足下。'"把胡应麟当作绍接李攀龙文学事业的继承人。胡应麟与李攀龙等人有不少共同处，也有一些重要的差别。他既是当时文学创作和文学批评中一个有影响的人物，又是从复古派左右文坛到性灵派踔厉风发这一转变中的过渡人物。他的小说理论，也是在从传统观念向以李贽的思想为代表的带有启蒙色彩的新观念的转变中间产生的。

前后七子文学观的基本点是复古。王世贞《归太仆赞》说："余作《艺苑卮言》时年未四十，方与于鳞是古非今。"他们所说的"古"，是指盛唐以前，特别是汉魏以前。《艺苑卮言》中说："西京之文实，东京之文弱，犹未离实也。六朝之文浮，离实矣；唐之文庸，犹未离浮也；宋之文陋，离浮矣，愈下矣。元无文。"这描画了文学逐渐退化的一幅黯淡图画。胡应麟接受了这种看法，他在《诗薮》中说："文章非末技也，权侔譬辟，功配生成，气运视以盛衰，尘劫同其悠远。语其极至，则源委于六经，澎湃于七国，浩瀚于两都。西京下无文矣，非无文，文之至弗与也。东京后无诗矣，非无诗，诗之至弗与也。"《诗薮》卷一的第一条，就讲"诗之体以代变""诗之格以代降"，明确指出今不如古。

前后七子为了反对台阁体而向古代求法，企图以古人作品矫正当时文坛之弊，实际上宣传了反历史主义的错误观点。“后七子”和“末五子”中的许多人活动在万历年间，这时思想界风气较前已经有所转变。前此不久，王守仁用主观唯心主义来代替程朱的客观唯心主义，夸大人的意识的主观能动作用，主张求之于自己的内心。接着，李贽从对封建礼教的反抗出发，提出“童心说”，要求文学表现绝假纯真的童心；公安派起而呼应，加以发挥，主张文学独抒性灵。所有这些对“后七子”“末五子”产生了程度不同的影响，不仅使他们同前七子相比有了明显的不同，而且使他们自己后期的文学观同前期相比也有了很大的变化。穆文熙《弇州续稿序》说王世贞，“迨其晚年，阅尽天地间盛衰祸福之倚伏，江河陵谷之迁流，与夫国事政体之真是非，才品文章之真脉络，而慨然悟水落石出之旨于纷繁浓盛之时。故其诗若文，尽脱去牙角绳缚，而以恬淡自然为宗”。胡应麟也有与之类似的变化，关于文学的发展变化的观点，他比王世贞的看法要明确和正确一些。这种文学观点进步的迹象，在他的诗论中已经显露出来，而在他的小说理论中尤为突出。对于我们，他的小说理论是比他的诗歌理论更为重要的思想资料，更值得加以总结和介绍。他的小说理论论述，主要见之于他的学术性的笔记《少室山房笔丛》。《石羊生传》说《少室山房笔丛》为十卷，传世本有四十八卷，可见该书大部分是他四十岁以后所写，是他成熟期的成果。

他的诗歌理论每为中国文学批评史的研究者们所提及；他的小说理论虽有片言只语为小说史家所征引，但系统的整理与全面的评价，则迄今似未见进行。“末五子”是“后七子”的支派，认为作诗须以盛唐为楷范，在明代文学思想斗争中，站在复古派的一边。复古派的主张与文学创作、文学发展的实际相抵触，不断地碰钉子之后，它的成员有些也开始觉悟。“后七子”的首领王世贞就是这样。

明代文坛上复古派某些成员开始觉悟的一个重要表现，就是从膜拜古人作品的思想桎梏中解脱，重视当代文学作品和民间文学作品。“前七子”的领袖李梦阳，晚年在诗集自序中惭愧地自评：“予之诗，非真也。”又引别人的话说“真诗乃在民间”。胡应麟则重视一向被视为末技、不入品流的小说。他说，长期以来，对于小说，“读者往往涉猎，优伶遇之，故不能精”。他则下过一番细致的功夫，“必备见简编，穷究底里，庶几得之”。王世贞在《石羊生传》中评价《诗薮》时说：“至勒成一家之言，若所谓《诗薮》者，则不啻迁史之上下千载，而周密无漏胜之，刻精则董狐氏、韩非子也。”胡应麟是一位严谨的学者，周密无漏、刻精是他努力追求的学术作风。晚明文坛的一个重要动向，不独胡应麟为然。比胡应麟年长的李卓吾，比胡应麟年轻的袁宏道、钟惺、冯梦龙、凌濛初，都对小说表示了兴趣，并在小说评论、小说理论以及小说创作上作出过成绩。李卓吾的小说评点有许多进步的社会政治内容；冯梦龙、凌濛初为通俗小说争地位，他们的小说理论联系创作实践较为密切、较为直接。胡应麟的小说理论偏重于冷静的理论研究，偏重于在对古今小说广泛考较的基础上作理论的归纳与阐说，其中比较精彩的，是对于小说特性的认识与说明。

胡应麟很重视各种文学体裁在功能、风格和特性上的细致区别，《诗薮》中就有不少这方面的论述。比如，他说：“骚与赋句语无甚相远，体裁则大不同。骚复杂无伦，赋整蔚有序；骚以含蓄深婉为尚，赋以夸张宏巨为工。”又说：“诗与文判不相入，乐府乃时近之。”他有较为自觉的、细致深入的文学体裁观念，所以他能看出在各种文体中，小说是最容易和其他文体混淆的。为此，就必须辨别“小说”这一术语的含义，进而说明小说的文体特性。

“小说”这一词语，最早出于《庄子·外物》，距胡应麟所处的时代有一千多年，其间它的含义历经种种变化。但是，许多人并没有仔细考较这些变化，只看到字面的相同，而忽视它在不同时代、不同场合里的不同用法。各代目录学专著，例如史书的艺文志，又常常把内容驳杂难以划入他类的各色著作，统统归到小说这一名目的下面。这就使对小说的科学的研究难以进行。胡应麟以考据家的精密眼光，注意到这种疏忽带来的混乱。他在稽考诸子源流的时候，发现了一件他认为是颇为奇怪的事——历代史书的艺文志和诸家目录列入道家的《鬻子》一书，其内容为修身治国之术，同《老子》《庄子》等道家书全不相同。这样的书为什么竟会被放到道家一类里去呢？他又读《汉书·艺文志》，见小说家里也有《鬻子》，“乃释然悟曰，此今所传《鬻子》乎！”于是他推测，原先有两本名为《鬻子》的书，流传下来的应属小说家，至于道家的《鬻子》，汉末即已失传。此后的人们却把小说家的《鬻子》误置于道家类中。人们又为什么会犯这个错误？原因在于用今之小说概念去衡量古之称为小说的作品。他说，《汉书·艺文志》小说家内所列的《伊尹》《成汤》《黄帝》等书，“立义命名，动依圣哲，岂后世所谓小说乎？”其他如《宋子》《务成子》，“皆非后世所谓小说也”；《青史子》“杂论治道”，“殊不类今小说”。胡应麟还提到，南宋文学家叶梦得和明初文学家宋景濂都曾以《鬻子》两见为疑，但叶、宋“不敢定其非道家者，政小说二字所误，执余指以求之，当了然矣”①。胡氏的“指”，就是要分清古今小说概念的差别。

胡应麟提到的汉代的小说概念同后来的小说概念，究竟有什么不同呢？这里有必要作一简单的回顾。“小说”一词最初见于《庄子·外物》，《外物》属《庄子》之“杂篇”，是庄子的后学所作，产生于战国末期，文中说：“夫揭竿累，趣灌渎，守鲵鲋，其于得大鱼难矣。饰小说以干县令，其于大达亦远矣。”大达，即大道，指博大渊深的学说，显然是庄子学派的自诩之词；小说，则是无关大道的辩巧之言，应是指当时庄子以外某些学派的言论。这里的小说，与后世作为文学体裁的小说全然不同。但是，认定小说与大道无关因而价值不高这一种说法，对后来的小说理论一直产生重大影响。到了汉代，桓谭的《新论》中讲到

① 参见《少室山房笔丛·九流绪论》，胡应麟的小说理论主要见之于《少室山房笔丛》，本书引用据中华书局1958年版。

过小说，《文选》卷三十一江文通《拟李都尉从军诗》“袖中有短书，愿寄双飞燕”句下，李善注引桓谭《新论》：“小说家合丛残小语，近取譬论，以作短书，治身理家，有可观之辞。”因为《新论》早已散佚，这一片段的意思不易准确理解，我们可以再参照另外两处相关论述。《太平御览》卷六〇二引《新论》：“扬子云才智闻达，卓绝于众，汉兴已来未有此也。国师子骏曰，何以言之？答曰：通材著书以百数，惟太史公为广大，余皆残丛小论，不能比之。”“庄周寓言，乃云‘尧问孔子’；《淮南子》云‘共工争帝，地维绝’——亦皆为妄作。故世人多云短书不可用。”桓谭所说的“丛残”，是指短小、零碎，他把丛残小论与扬雄的《法言》《太玄》比较，意思是琐屑言论，价值不大，含义与《庄子·外物》的小说相近。他所说的“短书”又指寓言、神话，其中含有后世小说的某些萌芽因素。桓谭认为，小说家讲的是治身理家之事，或用论议，或用故事譬喻，合（连缀）起来；这反映了汉代对先秦诸子寓言和神话传说的性质有了新的认识，他讲的“小说”含义赋予了一点新的因素。胡应麟注意到桓谭的小说概念的这一部分，给出了他的解释，《少室山房笔丛·二酉缀遗》说：“古今志怪小说，率以祖《夷坚》《齐谐》；然《齐谐》即《庄》，《夷坚》即《列》耳。二书固极诙诡，第寓言为近，纪事为远。”桓谭说是“妄作”，胡应麟说是“极诙诡”；桓谭说“短书不可用”，胡应麟说它们本非纪事，而是寓言，小说求文与事之可喜，不必事事皆真。

桓谭与刘歆同时，他曾称刘歆之父刘向为通人，上面引用的片段中有与刘歆（子骏乃刘歆之字）的对话，可以推断他很可能见过刘氏父子的《七略》。《七略》早已失传，《汉书·艺文志》源于《七略》，《汉书·艺文志》说：“小说家者流，盖出于稗官。街谈巷语，道听途说者之所造也。孔子曰：‘虽小道，必有可观者焉，致远恐泥，是以君子弗为。’然亦弗灭也。闾里小知者之所及，亦使缀而不忘，如或一言可采，此亦刍荛狂夫之议也。”《汉书·艺文志》列小说家十五家，著作一千八百一十八卷，到了南朝梁代，仅存《青史子》一卷。《文心雕龙·诸子》说，“《青史》曲缀于街谈”，对其内容的概括与班固的说法相合。现存《青史子》三则[①]，讲的是胎教等，胡应麟已指出它“殊不类今小说”；还说，“《汉艺文志》所谓小说，虽曰街谈巷语，实与后世博物志怪等书迥别，盖亦杂家者流，稍错以事耳”，以为议论中夹有少量纪事成分。颜师古注《汉书》，在“出于稗官”下解释，引如淳之说：“《九章》：‘细米为稗’，街谈巷说，其细碎之言也。王者欲知闾巷风俗，故立稗官使称说之。”由上可知，班固所说的小说，既有言议的部分，即民间的一些意见，又包括纪事的部分；小说家是一种学术流派，是诸子十家中的一家，与儒、道、法、墨等九家并列。小说家的著述内容也是关乎社会政治，只是多有民间的细碎之言，缺乏系统性，不像其他各家著作自具首尾、结构较为完整严密，故不得入于九流，也不是文学作品。他说，“诸子十家，其可观者九家而已”。对他来说，小说可以观小、观近，不能够致远、致大。《隋书·经籍志》承接《汉书·艺文志》的说法并加发挥，把小说同“《传》载舆人之诵，《诗》美询于刍荛”等同并列，认为“以知风俗，过则正之，失则改之，道听途说，靡不毕纪”。按照这种说法，小说就是王者派人到民间收集起来的街谈巷语，以便及时了解社会情况，不断改善和巩固自己的统治。立稗官采小说，恐怕是汉儒的想象之辞。

桓谭《新论》谈到小说时又称之为短书，揣度其意，当是与高文典册相对，言其成书之体式。往后，目录学家用“小说”一词指称内容繁杂而冗烦琐屑同时每条又篇幅短小的作品，约略相当于后代所谓笔记。就这个意义说，小说遂成为一种文体的名称。

东汉文学家张衡《西京赋》里的几句话也常被人们引用，他说：“小说九百，本自《虞初》。从容之求，实俟实储。”《汉书·艺文志》列

① 参见清代马国翰《玉函山房辑佚书》及丁晏《佚礼扶微》；又见鲁迅：《古小说钩沉》，《鲁迅全集》第十卷，人民文学出版社，1981年。

有《虞初周说》，谓虞初是河南人，“武帝时以方士侍郎”。薛综在《西京赋注》中说：“小说，巫医厌祝之术，凡有九四三篇，言‘九百’，举大数也。持此秘术，储以自随，待上所求问，皆常具也。”薛综是三国时吴国人，他说《虞初周说》是巫医厌祝之书，当有所据。不过，巫医书中杂有若干故事成分，也很可能；准备皇上询问各种杂事时回答，同时也就可能设法给皇帝取乐，取乐正是俳优小说的特点。胡应麟《少室山房笔丛》的“九流绪论”谈到《虞初周说》时说：“盖《七略》所称小说，惟此当与后世同。方士务为迂怪，以惑主心，《神异》《十洲》之祖袭，有自来矣。”他认为《七略》《汉书·艺文志》所列小说，只此一种与后世小说概念相合，属于志怪一类，其他的都不属于小说的范围。从古今小说概念的差别出发，讨论《汉书·艺文志》关于小说家的论断，作出细致的分析，这是胡应麟的重要贡献。

这里还应补充说一下，三国和南朝时，小说概念又有变化，从注重小说的内容的实用性向注重娱乐性变化。《三国志·魏书》王粲等七子传末提到邯郸淳，裴松之注引《魏略》，记邯郸淳与曹植之事说：“植初得淳甚喜，延入坐，不先与谈。时天暑热，植因呼常从取水自澡讫，傅粉。遂科头拍袒，胡舞五椎锻，跳丸击剑，诵俳优小说数千言讫，谓淳曰：‘邯郸生何如邪?’”诵俳优小说数千言，那就是有相当长度的故事，还与表演配合。《左传·襄公二十八年》“陈氏鲍氏之圉人为优”。杜预注：“优，俳。”孔颖达《左传正义》：“优者，戏名也。《晋语》有优施，《史记·滑稽传》有优孟、优旃，皆善为优戏而以优著名，史游《急就篇》云‘倡优俳笑’，是优、俳一物而二名也。今之散乐，戏为可笑之语，而令人之笑是也。宋太尉袁淑取古之文章令人笑者，次而题之，名曰《俳谐集》。”俳优主要指表演，小说主要指故事。西汉褚少孙补《史记·滑稽列传》，他说：“臣幸得以经术为郎，而好读外家传语，窃不逊让，复作故事滑稽之语六章，编之于左，可以览观扬意，以示后世好事者读之，以游心骇耳。”他写的六个故事，特别是西门豹治邺，已经可以看作小说了。《文心雕龙·谐隐》说“魏文因俳说以著笑书，薛综凭宴会而发嘲调”，指的也是这类。

此外，以小说为书名的，有梁朝殷芸《小说》十卷；《隋书·经籍志》记有《小说》五卷，不著撰人；《旧唐书·经籍志》和《新唐书·艺文志》都列有刘义庆《小说》十卷；《宋史·艺文志》和《直斋书录解题》有刘餗《小说》八卷。其中更值得注意的是殷芸的那本。刘知幾《史通·杂说》说道：“刘敬叔《异苑》称，晋武库失火，汉高祖斩蛇剑穿屋而飞。其言不经，梁武帝令殷芸编诸《小说》。”清代姚振宗《隋书经籍志考证》说：“案此殆是梁武作通史时，凡不经之说，为通史所不取者，皆令殷芸别集为《小说》，是《小说》因通史而作，犹通史之外乘。”殷芸《小说》编集成功，标志着六朝人小说观念的进化，但在这以后很长的历史时期，原有的《庄子》赋予小说的含义，同发展进化了的小说文学体裁的概念两者并行，没有人像胡应麟这样作判别理析的工作。

以上所说，是文言著述中的小说，到了宋代，小说是民间艺术“说话”的一种。南宋耐得翁《都城纪胜》说，“说话有四家，一者小说”，与小说并列的还有讲史。这里的小说，实际专指讲说白话短篇小说，它与讲史的不同，一则在于篇幅短小，一次讲完一个故事，可以“顷刻间捏合”①；二则在于多为虚构，“随意据事演说”②。

对于“小说”一词的理解和运用，接近于我们今天文学理论中小说的概念的，最早是在绿天馆主人所撰的《古今小说序》和笑花主人所撰的《今古奇观序》这两篇小说理论著作中。它们勾勒的中国小说历史发展的轮廓，从先秦诸子寓言、唐人传奇，到宋人话本、明人演义，没有非文学的杂书羼入，而又把历代各类小说大体上包罗了进去。这两篇著作的出现，距胡应麟去世不过二十余年。

① 吴自牧：《梦粱录》，浙江人民出版社，1980年，第196页；又见耐得翁：《都城纪胜》，古典文学出版社，1956年，第98页，作“顷刻间提破”。

② 罗烨：《醉翁谈录》，古典文学出版社，1957年，第3页。

在明朝后期，对小说概念提出精确化的要求，这不是胡应麟或别个什么人的偶然心血来潮，而是文学发展、小说创作发展的必然要求。在胡氏稍前，郎瑛的《七修类稿》也谈到过："小说起宋仁宗……若夫近时苏刻几十家小说者，乃文章家之一体，诗话、传记之流也，又非如此之小说。"此文指出了记述琐屑言论、作为文章之一体的小说同作为文学体裁之一种的小说，两者性质的迥别。概念是事物的本质属性在人们头脑中反映的产物，事物的发展变化、人类认识的发展变化，必然导致概念的发展变化。小说创作的发展推动着小说概念的发展，为小说概念的精确化提供了前提和基础。研究文学史、小说史的人，不应该用后代的小说概念去套古代的文学史的事实，把滥觞期的小说作品排斥在小说史的研究范围之外；也不应该目光仅及于词语本身，把毫无文学意味的著述拉扯到小说史的研究范围里来。胡应麟不拘泥于前人旧说，不拘于字面的异同，在自己时代的作家、民间艺人和市民群众的小说创作和小说欣赏的实践的影响、推动下，用考据学者的缜密推论，区分古今小说概念的差异，把作为学术流派的小说家同文学作者的小说家，把作为文章之一体的小说同作为文学体裁之一种的小说，初步地区分开来。这在中国小说研究的历史上是很有意义的，是他对小说理论的一个重要的贡献。胡应麟的意见在当时不可能被人们普遍接受，甚至不可能受到足够的注意。所以，直到二十世纪前期，鲁迅还不得不指出对小说概念内涵理解中的混乱，批评论者墨守旧说，他谈到《汉书·艺文志》时说："顾其条最诸子，判列十家，复以为'可观者九'，而小说不与；所录十五家，今又散失，惟《大戴礼》引有青史氏之记，《庄子》举宋钘之言……此其持萌芽以度柯叶乎！"[①] "持萌芽以度柯叶"，是从方法论角度对非历史主义态度的切中要害的批评。

对于概念的说明的清晰程度，标志着人们对于事物认识的精确程度。前人对于小说的概念模糊粗率，对于小说的性质也常生误解。最常

① 鲁迅：《古小说钩沉序》，《鲁迅全集》第十卷，人民文学出版社，1981年，第3页。

见的错误是把小说等同于历史，要求小说言必有据，据实录写。胡应麟在《少室山房笔丛》中对于小说与历史的区别，多次作了辨析，对于前人含糊、错误的说法，作了辩难、批驳。

唐代著名的史论家刘知幾在《史通·书事》中批评魏晋小说道："自魏晋以降，著述多门，《语林》《笑林》《世说》《俗说》，皆喜载调谑小辩，嗤鄙异闻，虽为有识所讥，颇为无知所说。"到了南宋，晁公武《郡斋读书志》论《世说》，又引刘知幾的话说："刘知幾颇言此书非实录，予亦云。"他们的这种看法在中国历史上很有代表性。刘知幾作为史学家，要求历史记载忠于事实，这当然是正确的，这正是他的史论的菁华部分之一。但他在《史通》中对于作为文学作品的《搜神记》《笑林广记》《世说新语》等书多所指摘，指摘它们与历史事实不尽相符，这就不很妥当了。胡应麟对于刘知幾等人的这类正统的然而颇为迂腐的见解持不同看法，他很明确地指出："《世说》以玄韵为宗，非纪事比。刘知幾谓非实录，不足病也。唐人修《晋书》，凡《世说》语尽采之，则似失详慎云。"刘知幾认为的《世说新语》等书的毛病之处，其实正是这些书的特点和长处所在。《世说新语》为什么能对一千多年来的各种读者有那么大的吸引力？胡应麟说它以玄韵为宗，玄远而有气韵，也就是语言微妙而能传神。史书以纪事为本，不容许失实。小说以玄韵为宗，要求传神，不能谨毛而失貌。胡应麟赞叹说："刘义庆《世说》十卷，读其语言，晋人面目气韵，恍忽生动，而简约玄澹，真致不穷，古今绝唱也。"作为小说，《世说》很好地完成了描写人物的任务，但如果把它当作准确的历史实录，则也同样不妥。《晋书》的作者就犯了这种错误。胡应麟反对把小说的描写当作真事来相信，也反对因为小说的情节同作为素材的具体生活事件不相符合而责备作者，他要求根据玄韵的标准给小说以恰当评价。

生活事件本身常常是芜杂碎乱的，要真正达到玄韵，要能传人物之神，传作者精微之意，就需要虚构。深入探讨小说的特性，不可避免地要涉及虚构问题。胡应麟在这方面的论述颇为广泛，有些地方还很细致而有相当的深度。他曾就戏曲发表议论说：“凡传奇以戏文为称也，亡往而非戏也，故其事欲谬悠而亡根也……近为传奇者，若良史焉，古意微矣!”事欲谬悠亡根，这是一个艺术创作的原则，不仅适用于戏剧创作，而且适用于小说创作。就中国文学史的实际情况来说，事欲谬悠亡根还是把小说同古代其他散文文体区别开来的重要特点，是小说体裁的根本性的特点。不懂得这个体裁特点，就不容易写出好小说，也很难正确地欣赏和评价小说。韩愈有一首《石鼎联句诗》，诗序其实是一篇仿魏晋志怪小说的游戏文字，是一篇小说。宋代洪兴祖在《韩公年谱》中却说，诗序中的虚构人物轩辕弥明“必有是人”。朱熹在《韩文考异》中驳洪氏之说，认为韩愈是“故为幻语，以乱其事实，使读者不之觉耳”。陈寅恪先生在《元白诗笺证稿》中肯定了朱熹的观点，他说：“朱子说甚谛，其深识当时文章体裁，殊非一般治唐文者所及。”这篇诗序是什么体裁？陈先生说：“《石鼎联句》序及诗，即当时流行具备众体之小说文也。”① 如果说，朱熹早已感觉出这篇诗序在体裁上自有新的特色，那么，胡应麟则更明确地把问题提到小说体裁特点上来讨论。他说，这篇诗序“明是退之脚手”，那些以为实有其人者，“都缘不解韩公诗体，被其播弄，若真知诗人，一见便当了然”。不懂得小说事欲谬悠亡根，就导致对作品错误理解，就会闹出笑话。胡应麟从这种观点出发，还反对用考证历史的方法研究小说。宋代有人对民间传说和小说里的钟馗进行考证，说钟馗就是晋宋时的终葵，胡应麟批评这种做法，他说：“盖习俗相传鬼神名号，固有不可致诘者，必求其出处以实之，非穿凿则附会耳。”就古典小说研究中存在的某些现象来说，胡应麟的话在今天也不是没有现实意义的。

胡应麟不但指出了小说创作需要虚构，指出了评论家和研究者不应

① 陈寅恪：《元白诗笺证稿》，上海古籍出版社，1978 年，第 7 页。

该用历史考据的眼光来穿凿附会地曲解以玄韵为宗的小说，他还分析了不同时代不同作者的小说创作过程中的几种不同的虚构。胡应麟有一段话，是研究小说史的著作常常引用的：

> 凡变异之谈，盛于六朝，然多是传录舛讹，未必尽幻设语。至唐人乃作意好奇，假小说以寄笔端。如《毛颖》《南柯》之类尚可，若《东阳夜怪录》称成自虚，《玄怪录·元无有》，皆但可付之一笑，其文气亦卑下亡足论。宋人所记乃多有近实者，而文彩无足观。本朝《新》《余》等话，本出名流，以皆幻设，而时益以俚俗，又在数家下，惟《广记》所录唐人闺阁事，咸绰有情致，诗词亦大率可喜。

论者引用胡氏这段话，多半只到“笔端”为止，然后阐发说，这几句话点出了中国小说创作史上的一大飞跃。这种阐发从小说史研究的角度看，是可以说明问题的；从小说理论发展史研究的角度看，则其对胡氏原意的体会尚未为精到、准确。胡氏看到了唐代小说创作的新特点在于作意好奇，但他对作意好奇并非全面肯定，并不认为所有的作意好奇都是小说创作进步的表现。不限于一般地肯定小说创作中的虚构，而是努力把各种虚构区别开来，品评其优劣短长，探讨怎样在小说创作中更好地进行艺术虚构，这是胡应麟的论述给我们的有益的启示，是他的理论中更有价值的内容。

胡应麟在《少室山房笔丛》的《〈双树幻钞〉引》中，谈到道家和佛家的教义时说过一句话：“幻之中厥有等焉。”至于艺术创造、小说创作中的幻设、虚构，在他看来，也有等差，也有不同的发展阶段、不同的级别。上面那段引文中所说的传录舛讹和作意好奇，就是各与不同的社会发展阶段、不同的文学发展阶段相适应的不同发展程度的艺术思维。传录舛讹是不自觉的艺术加工，作意好奇是有意识的艺术创造。魏晋以前，社会生产力发展水平有限，人们对自然和社会的认识受到较大限制。同时，各地区之间人们的交往也不够频繁和密切，不能及时与准确地传递消息。当时的志怪小说，情节奇特怪异，在作者却以为是记录实事。其实，一件事情经过辗转地口耳相传，往往会或大或小地增饰变动，许多人把自己的想象在无意中补充了进去，距离实际可能已经很遥远了。唐人作传奇，用之表现诗才、史笔，借以自荐；传奇所述故事虽或有所本，但总是由作者有意识地作了加工，以使故事完整而富于意趣。

因传录舛讹而产生的小说中有许多优秀作品，蕴含朴素真挚的情思，意象相融，浑然一体。作意好奇写出的小说，对社会生活的概括可以更为深广，再现生活的本来面貌能达到更强烈的生动性。这两类作品都是小说宝库里的珍品。传录舛讹而造成的作品，因为多半带有童稚和天真，从这一角度来说，它们还是难以重复的小说发展少年期的遗迹。至于后来的人对事物明明有了更为清楚正确的认识，偏偏要勉强模仿古人的传录舛讹之作，矫情伪饰，犹如成人之故作小儿语，非但不能令读者怡情快目，反引起厌恶与反感。正是因为这个缘故，胡应麟说，牛僧孺的《玄怪录》和无名氏的《东阳夜怪录》“但可付之一笑”，瞿佑的《剪灯新话》、李昌祺的《剪灯余话》都出于幻设，却更等而下之。汪辟疆先生辑《唐人小说》，在《玄怪录》题下的按语中非难胡应麟的上述论断说：“僧孺于显扬笔妙之余，时露其诡设之迹。……胡元瑞反以此诋之，此又出于卫道之一念，未足语于文学之真谛也。”应该说，汪先生在这个地方是误解了胡应麟。胡氏不满于矫伪至于诞妄的虚构，赞赏自然而有真实成分的虚构，他的艺术鉴赏力是正当而精审的。他最推崇《太平广记》里所收唐人小说中的恋爱故事，这大概是指《霍小玉传》《李娃传》等篇。这些小说，其内容真实地反映着唐代社会生活，其情节显然有颇大的虚构成分。唯其虚构，真实性才愈强，生活实感才愈浓，艺术形象才愈加饱满、具体，带着生动的情态和意趣，使《玄怪录》之类作品相形见绌。对于提出这种见解的胡应麟，我们难道能说未足语于文学之真谛吗？

在《少室山房笔丛》的《玉壶遐览》中，胡应麟提出，按道教的说法，魏太武帝为太平真君，唐玄宗为太阳朱宫仙人，杨贵妃为太上侍女。胡应麟指出："此类皆方士幻惑之说，视诸野史传闻又不侔。"方士幻惑之说，是宗教迷信说法，也是一种虚构，是宗教思维的虚构；野史传闻中的虚构，则是艺术思维的虚构。这两种虚构的性质判然有别，而旧时人们常常将它们相混。宗教迷信以人世间的客观事物为幻，以其虚构的彼岸世界为真，企图诱使人们向神力低头；而不是像民间传说中的许多优秀作品，表现和歌颂人民向自然与社会所进行的斗争。道家鼓吹翀举，佛家宣传轮回。翀举即白日升天，立登仙界；轮回指有生命的东西在天堂、地狱、人间等"六道"中循环转化。胡应麟说："彼其以匪翀举蔑繇鼓天下之羡心，匪轮回蔑繇作天下之畏心。"究其实，都是在兜售进入天国的廉价的入场券，劝说人民向现世的统治者驯服低头。方士幻惑之说欺骗人，把人们引向谬误，妨碍人们达到对现实的正确认识。合理的艺术虚构给人以真、善、美，帮助人们深入地认识社会生活。此外，在宗教的幻惑之说里，思想与形象的结合比较松散，不是像艺术思维那样巧妙自然地把思想隐寓于形象之中。如同黑格尔论及古印度人的宗教思维时说过的："它的主要缺点（这是符合本阶段的本质的）在于既不能掌握本身明晰的意义，又不能就它们所特有的形象和意蕴去掌握当前的现实事物。"① 需要我们注意的是，在中国古代小说理论中，艺术思维的真与幻，同宗教思维，特别是同佛教教义中的真与幻，有时夹缠在一起。如同古代诗论中有以禅喻诗和以禅衡诗的两种情况，在古代小说理论中，也有以禅理譬诸艺术虚构和以禅理混淆艺术虚构的不同做法，需要细心地加以甄别。

---

① 黑格尔：《美学》第二卷，朱光潜译，商务印书馆，1979年，第46页。

胡应麟所论不限于文言小说，他对多种白话小说也曾经给予注意。他能理解白话长篇小说语言和风格的某些特点，对《水浒传》作过一些颇为恰当的分析。比如说“《水浒》余尝戏以拟《琵琶》，谓皆不事文饰而曲尽人情耳”。《水浒传》中的诗词每“不足观”，“第述情叙事，针工密致，亦滑稽之雄也”。他看到了白话长篇小说已不同于文言小说，白话长篇小说不在于文采藻饰而在于叙述描写的生动和情节安排的细密。

《少室山房笔丛》中的史论有不少对小说理论也颇有意义，如说“才、学、识三长，足尽史乎？未也；有公心焉，有直笔焉”，强调作者的创作态度、忠于事实的精神。又如，说“昔人谓诗有别才，吾亦谓史有别才也”，注意到叙事体的创作才能与抒情体的创作才能有所不同。特别是下面这一段：“柳宗元爱《国语》，爱其文也；非《国语》，非其义也。义诡僻则非，文杰异则爱，弗相掩也。好而知恶，宗元于《国语》有焉。论者以柳操戈入室，弗察者又群然和之，然则文之工者，伤理倍道，皆弗论乎！”把作品的内容与形式不平衡的情况指点出来，如实地给予评判，这种科学态度是很可取的。

胡应麟的论述还涉及历史题材作品创作中的虚构同非历史题材作品创作中的虚构的区别，现实主义创作方法的虚构同浪漫主义创作方法的虚构的区别。不过，他的那些方面的论述零星琐碎、很不系统，且又常前后抵牾，自相矛盾，这里就不作介绍了。

谢肇淛（1567—1624）字在杭，福建长乐人，官至广西右布政使，著作有《五杂组》《文海披沙》《小草斋文集》及《小草斋续集》。他属于当时的闽派诗人，先追随李攀龙、王世贞，后又接近公安派。末五子中的李维桢给《五杂组》写过序，袁宏道与他是同年进士。他对小说的看法，颇为后人重视。清嘉庆九年（公元1804年），皇甫氏在《息影偶录》识语中说：“谢在槐云，读书不博览稗官诸家，如啖粱肉而弃海错，坐堂皇而废台沼也。”这其实就是引用《五杂组》卷十八里的话。《五杂俎》反复讨论了小说、戏曲创作中的虚构问题，对胡应麟的意见有所采择，其中写道："胡元瑞曰：'凡传奇以戏文为称也，无往而非戏也，故其事欲谬悠而亡根也，其名欲颠倒而亡实也。'……此语可谓先得我心矣。然元瑞既知为戏，一语道尽，而于《琵琶》、《西厢》、董永、关云长等事，又娓娓引证，辩而不休，岂胸中技痒耶?"他表示赞成胡应麟关于小说、戏曲需要虚构的观点，又批评胡应麟自己的研究中没有把这个原则贯彻到底，有时不免以考据家的眼光去挑剔小说的情节的历史依据。他对艺术虚构的必要性，作了更加清楚确切的表述：

> 凡为小说及杂剧戏文，须是虚实相半，方为游戏三昧之笔，亦要情景造极而止，不必问其有无也。古今小说家，如《西京杂记》《飞燕外传》《天宝遗事》诸书，《虬髯》《红线》《隐娘》《白猿》诸传，杂剧家如《琵琶》《西厢》《荆钗》《蒙正》等词，岂必真有是事哉?近来作小说，稍涉怪诞，人便笑其不经，而新出杂剧，若《浣纱》《青衫》《义乳》《孤儿》等作，必事事考之正史，年月不合，姓字不同，不敢作也。如此，则看史传足矣，何名为戏?

"虚实相半"是一个很重要的命题，我们应弄清楚谢肇淛本来的意思。所谓"实"，在古代小说理论著述中，常常有两种含义：一是指实际发生过的事实，一是指实际生活的情理。谢肇淛也曾在前一种意义上用过它。他曾认为，《三国演义》等历史小说俚而无味，因为事太实则近腐，太拘泥于历史事实。《三国演义》本是三分事实、七分虚构，谢肇淛却不很欣赏在事实的框架内增添虚构细节的写法。在他看来，虚构成分越大，越不受具体事件的限制，对艺术作品越好。他说："戏文如《西厢》《蒙正》《苏秦》之属，犹有所本，至于《琵琶》，则绝无影响，只有蔡中郎一人，而其余事情人物，无非假借者，此其所以为独创之笔也。”虚实相半是游戏三昧之笔，也是独创之笔，要求用虚构的故事表现生活的情理，以达到情景造极。相半，不是各占一半，而是互相渗透，彼此交融。所以，事不必问其有无，不必真有是事，而只要合乎生活的情理。小说艺术的标准不在于是否符合具体的生活事件，而在于因虚实相半而来的情景造极，使读者好像回到了生活情境之中。

胡应麟肯定戏剧、小说作家虚构的权利，说以戏为称，无往非戏，所以事欲谬悠亡根，这里含有以文为戏、不必过于认真的意思。所以，小说之语不能入诗，诗是不能谬悠亡根的。谢肇淛却提出小说、戏剧虚实相半，通过虚构可以达到真实，这就比胡应麟进了一步。谢肇淛还说：“小说野俚诸书，稗官所不载者，虽极幻妄无当，然亦有至理存焉。”他所指的至理，乃所谓求放心之喻、五行生克之理，如把《西游记》等小说解释成宗教寓言，但这并不符合作者本意和作品实际。清代陈士斌《西游真诠》、张书绅《西游正旨》和悟元道人刘一明《西游原旨》，更加推演，已经完全谈不上对小说内容的正常的分析。鲁迅《中国小说史略》说，对于《西游记》假欲勉求大旨，则谢肇淛《五杂俎》中数语已足尽之。鲁迅语气中作了保留，而对刘一明等人的说法则完全否定。

谢肇淛另有一篇重要的小说理论著述，即《金瓶梅跋》，收在《小草斋文集》卷二十四。为白话长篇小说作跋，署真实姓名，并且收进文集，是万历年间才有的事。张凤翼《水浒传序》收在《处实堂续集》卷六，大约作于万历十六年（公元 1588 年）至万历十七年（公元 1589 年），李贽《忠义水浒传序》收在《焚书》卷三，写作时间应在万历十八年（公元 1590 年）之前。谢肇淛在此跋中说，从袁宏道处看到过《金瓶梅》，袁氏万历二十四年（公元 1596 年）致董思白（董其昌）函曰：“《金瓶梅》从何得来？……后段在何处？抄竟当于何处倒换？幸一的示。”则谢氏之跋写作必在万历二十四年（公元 1606 年）之后。又，袁宏道于万历三十四年在《与谢在杭》信中说："《金瓶梅》料已成诵，何久不见还也?"谢跋写作或者在此前后。跋文不长，具引于下：

《金瓶梅》一书，不著作者名代。相传永陵中有金吾戚里，凭怙奢汰，淫纵无度，而其门客病之，采摭日逐行事，汇以成篇，而托之西门庆也。书凡数百万言，为卷二十，始末不过数年事耳。其中朝野之政务，官私之晋接，闺闼之媟语，市里之猥谈，与夫势交利合之态，心输背笑之局，桑中濮上之期，尊罍枕席之语，驵骀之机械意智，粉黛之自媚争妍，狎客之从臾逢迎，奴佁之稽唇淬语，穷极境象，駴意快心。譬之范工抟泥，妍媸老少，人鬼万殊，不徒肖其貌，且并其神传之。信稗官之上乘，炉锤之妙手也。其不及《水浒传》者，以其猥琐淫媟，无关名理。而或以为过之者，彼犹机轴相放，而此之面目各别，聚有自来，散有自去，读者竟想不到，唯恐易尽。此岂可与褒儒俗士见哉！此书向无镂版，钞写流传，参差散失。唯弇州家藏者最为完好。余于袁中郎得其十三，于丘诸城得其十五，稍为厘正，而阙所未备，以俟他日。有嗤余诲淫者，余不敢知。然《溱洧》之音，圣人不删，则亦中郎帐中必不可无之物也。仿此者有《玉娇丽》，然乖彝败度，君子无取焉。

这篇跋文用很生动的语言对小说的内容作了精练的概括，一一点出小说所反映的当时的世态人情，体现了谢肇淛敏锐深刻的眼光。他写这篇跋的时候，《金瓶梅》尚无刻本，而是以稿本在少数文人中流传，而且他又未睹全帙，作出如此判断，实属难能可贵。且其时神魔小说盛行，以家庭日常生活为题材作长篇小说，《金瓶梅》是第一部。谢肇淛从看似平淡琐细的情节中，从包含许多猥亵成分的生活画面中，看出小说所反映的社会性的内容，所反映的社会各阶层人物的性格、心理，这在实际上就接近于肯定了《金瓶梅》的现实主义的性质。这是他比在他前后的许许多多评论者高明的地方。

他用“穷极镜像，骇意快心”来称赞《金瓶梅》的文学成就，这和他在《五杂俎》中对小说提出虚实相半、情景造极的要求是一致的，是指作品虚构的人物故事表现了生活的情理并达到逼真的艺术效果。他把小说创作中的虚实关系同形神关系联系起来，认为艺术虚构的成功使人物描写做到形神兼备。他用笵工和冶工的劳作过程来比喻小说的创作过程，生活的原始材料经过作家揉弄、熔炼，改变了本来的形态，获得新的面貌和性质。

他还把《金瓶梅》和《水浒传》作一比较，首先是肯定《水浒传》的思想价值，批评《金瓶梅》猥琐淫亵，思想格调有严重缺陷，但是他马上接着肯定《金瓶梅》在艺术上自有其特点和长处。“或以为过之者”，是说当时有些文人把两书并称，也有人认为《金瓶梅》胜过了《水浒传》。欣欣子的《金瓶梅词话序》写作时间可能后于谢跋，就是持此看法。欣欣子说，元稹的《莺莺传》，以及《水浒传》《钟情丽集》《如意传》等，“其间语句文确，读者往往不能畅怀，不至终篇而掩弃之矣。此一传者，虽市井之常谈，闺房之碎语，使三尺童子闻之，如饫天浆而拔鲸牙，洞洞然易晓”，主要是说语言的平易。其实，《水浒传》的文辞也是通俗流畅的，谢肇淛强调的则是情节的真实自然。他说《水浒传》机轴相放，机轴指情节发展、转折的契机，相放即相仿，就是说全书情节前后有彼此重复相仿之处。在百回本和一百二十回本中，这个情况确实比较明显。而《金瓶梅》的情节则自然真实，前后很少重复，常常既在读者意外，又在情理之中。他指出两部小说思想和艺术上某些方面的不平衡，这和他在《五杂俎》中提出的非其义而爱其文的观点也是一致的。《金瓶梅》作为第一部由文人独力完成的长篇小说，在情节和结构的完整上超出前人，是一个了不起的进展，谢肇淛已经看到了这一点，而这是那些思想片面、爱作绝对肯定或绝对否定结论的论者无法见到的。他们不但不承认《金瓶梅》内容上的可取之处，也不承认它艺术上的贡献，只是简单地把《金瓶梅》攻击为淫书。所以，谢肇淛感叹说："此岂可与褒儒俗士见哉!"

（本文为《明清小说理论批评史》的第一章第三节，该书由花城出版社 1988 年出版）

椽即是舍

唐代高僧、华严宗的第三位祖师（实际是它的创始人）法藏，奉命给武则天讲解他和别人新译的《华严经》，讲到天帝网，就是天神帝释天的宝网，网上缀满无数的宝珠，每一颗宝珠映现其他所有宝珠的影像，所有那一个个影像又各映现全部宝珠的影像，如此重重交错；又讲到六相圆融，就是总相、别相、同相、异相、成相、坏相，一切诸法都具此六相而互不相碍，全体和部分、部分和全体圆融无碍。这是华严宗理论的核心，理论细密深玄，“帝于此茫然未决”。华严宗的思想，法藏的论述，思辨性很强，逻辑严密，武则天一时不能理解。法藏这位僧人，聪慧而且灵活，他当即改变讲述的方式，“乃指镇殿金狮子为喻，因撰义门，径捷易解，号《金师子章》”。他用宫殿里装饰的金狮子作譬喻，讲解以上的理论，使武则天能够听懂。他的弟子把这些讲述记录下来，就成为《华严金师子章》，是中国佛教史上的重要文献。法藏被赞誉“善巧化诱”，善于运用精巧的比喻阐述抽象的道理，使更多的人接受。这方面的例证很多，我们首先来看看他在讲述六相圆融的义理、讲到总相和别相的关系时所作的譬喻。法藏的另一著述《华严一乘教义分齐章》卷四的第三点说：

缘起法一切处通，今且略就缘成舍辨。问：何者是总相？答：舍是。问：此但椽等诸缘，何者是舍耶？答：椽即是舍。何以故？

为椽全自独能作舍故。若离于椽，舍即不成；若得椽时，即得舍矣。问：若椽全自独作舍者，未有瓦等亦应作舍？答：未有瓦等时，不是椽，故不作；非谓是椽而不能作。今言能作者，但论椽能作，不说非椽作。何以故？椽是因缘，由未成舍时无因缘故，非是缘也。若是椽者，其毕全成，若不全成，不名为椽。

这里拿房子和修建房子的材料来作譬喻。房子是总相，建造房子用的椽、瓦等是别相。同时，也可以说椽就是总相，可以说椽就是房子，就是舍。椽只是建房子必需的多种构件、材料中的一种，怎么可以说椽也是总相，就是舍呢？根据就在缘起说，按照缘起说，别相就是总相，部分就是整体。缘起说，也叫缘起法门，是华严宗所立的两种法门中的一种。从因分（根据对象随应因缘而说）谈万有之现起，即是缘起。如果从果分（诸佛从内证悟）谈万有之现起，则是性起。因分可说，果分不可说。这里所谈，属于因分可说，用造成房屋的各种元素，用椽、瓦等与房屋的关系来说明哲学上整体与部分的关系。

缘起论是佛教全部教义的总根源，佛教认为，缘起可以用来解释一切事物和现象。按照这种理论，一切事物都处在因果关系之中，由一定的原因和条件所产生。佛经以此说明一切都是假有，是空幻。在他们的论证中，触及了一系列具体的哲学的、逻辑的问题。五世纪时印度的世亲所著《俱舍论》卷九引上座部说：“种种缘和合已，令诸行法聚集生起，是缘起义。”缘起的“起”，是生成的意思；“缘”则是形成事物与现象的原因和条件。更进一步说，缘起的“缘”还可以分为因和缘，这两者有什么分别呢？在对《维摩诘所说经·佛国品》的注释中，鸠摩罗什说：“力强为因，力弱为缘。”僧肇说：“前后相生，因也；现相助成，缘也。”对于“果”的生起有着主要的直接的作用的原因和条件叫作因，发生次要的间接的作用的原因和条件叫作缘。缘起论涉及六相，其中总相和别相、同相和异相、成相和坏相也是三对范畴，分别讲的是整体和部分、同一和差异、生成和坏灭三对矛盾。佛教认为，事物之间、现象之间的关系是由六相形成的错综复杂的关系。总相就是事物的全部、全体，别相就是事物的局部、部分；或者说，某一事物具有的所有成分叫作总相，各种有差别的成分是别相。总相不同于别相，别相不同于总相，这是人人都可以接受的常识。法藏和他代表的华严宗要强调的是，一方面别相不同于总相，另一方面别相又可以等同于总相，甚至可以说别相就是总相。在他所举的例子中，舍就是总相，房舍是由砖、瓦、柱、梁、椽等组合而成，而砖、瓦、柱、梁、椽这些一个一个的成分是别相。别相就是总相，椽即是舍。为什么可以说椽即是舍呢？单有椽，没有瓦和砖，没有梁和柱，能够成其为房舍吗？当然不能。但是，法藏说，如果没有砖、瓦、梁、柱，不但不可能成舍，而且也不可能有椽。离开了舍的整体，离开了构成舍的砖、瓦、梁、柱等元素、部件、材料，也就是离开了舍的因缘，所谓椽就只是一段木头，而不成其为椽。人们既然把它叫作椽，就意味着认定它处在因缘之中，认定它是舍的一个组成部分，就意味着已经有了舍的存在了。

法藏的这一思想，从方法论上看，具有相当明显的结构主义哲学的气息。结构主义有一个基本的观点，即整体大于它的各个部分的总和；整体的性质是在各个部分构成整体之时产生的，这种性质依赖于各个部分结合时所形成的关系，不能从各个元素、各个部分独立存在时各自的性质中推算出来。元素作为某一整体的组成部分的元素的性质，与它离开整体独立存在时的性质不是一样的。水的性质不能由氢和氧的性质中推算出来，独立的氢和氧与作为水的元素的氢和氧是完全不一样的。完形心理学认为，人们感知事物总是将其作为整体来感知，这就是知觉的整体性。比如，人们听赏一支乐曲，听到的是旋律而不是若干个连接起来的音符。人们惊异于某个人的美丽，是被他或她的面容、身段以至风度、气质等形成的整体魅力所吸引和征服，而不是把他或她的眼睛、鼻子、嘴巴以及腰、腿、手等各个部分组合然后作出判断。自然界的事物是如此，人类社会中的事物也是如此。一支足球队，由守门员、后卫、前卫、前锋以及在场外的教练等人组合构成。这个球队的性质，它的风格、战斗力，不能由这个那个球员单独的技能和心理素质推算出来，而依赖于这一个团队组合在一起时所形成的关系。离开了球队，原来当守门员的那个人便不再称其为守门员了。没有足球队，哪有什么守门员，什么前锋，什么教练呢？同样道理，没有学校，就没有教师，没有学生，没有校长；没有部队，就没有士兵，没有司令员，没有参谋长……反过来说，只要确认有了参谋长，必定就是有了部队；有了老师，就是有了学校；有了守门员，就是有了足球队。老师即学校，士兵即部队，守门员即足球队。有了已经成为整体的一个不可缺少的组成部分的那个部分，把元素、部分放在因缘之“网”上来看待，就可以说已经有了整体。

缘起论是佛教的各个宗派共同的理论基础，更是法藏思想的重要内容，是华严宗思想的重要内容。所以，他们要详细地、反复地加以解说。《华严金师子章》对缘起论作了深入而生动的论述，其中说道：

> 师子眼、耳、支、节，一一毛处各有金师子；一一毛处师子，同时顿入一毛中。一一毛中皆有无边师子，又复一一毛，带此无边师子，还入一毛中。如是重重叠叠，犹天帝网珠，名因陀罗网境界门。

金狮子是由因缘和合生起，那么，第一，金狮子身体的一切部分，它的眼睛、耳朵、四肢、关节，它的每一根毛，都各有金狮子，有金狮子的整体。金狮子的性质、特点，体现在它全身的所有部分。既然椽即是舍，所以，毛即是金狮子。第二，每一部分中，每一根毛中的许许多多的金狮子，又同时被包容在某一个器官、某一根毛中间。第三，于是，每一个器官，每一根毛中间，带着不计其数的金狮子再又归入一个具体的器官、一根毛中。归结起来，一个整体有许多的部分，每一个部分中有整体，每一个部分中所包含的整体再一起归入一个个的部分，这一个个部分中又包含了无数的整体，无数的整体又归入一个个的部分。你中有我，我中有你，大中有小，小中有大，如此无穷无尽，就像帝释天宫中悬挂的因陀罗网。珠玉的网络，每颗珠子都光明透彻，互相显影，影中又显影，重重叠叠，无穷无尽。就这样论证了大乘佛教的思想，一法以一切法为缘而生起，一法同时又生起一切法，是一切法的生起之缘。武则天到底是智商很高的人，听了法藏这番譬喻，“帝遂开悟其旨”。以后，法藏“又为学不了者设巧便，取鉴十面，八方安排，上下各一，相去一丈余，面面相对，中安一佛像，燃一炬以照之，互影交光。学者因晓刹海涉入无尽之义”（《宋高僧传·法藏传》）。“学不了者”就是领悟能力差的人，法藏为他们设计一种情景，让他们懂得个别、部分与一般、整体的关系，懂得宇宙中有无穷的个别，而个别中也包容了宇宙。刹海就是刹土大海，也就是宇宙。涉入无尽，指由因缘和合而起。法藏用十面镜子，周围四方用八面镜子，上下两方各一面，中间安放一尊佛像，点燃一支大蜡烛。一面镜子映出蜡烛，同时映出其他各面镜子及其中的影像，各面镜子也分别映出这面镜子及其中的影像。经过十面镜子互相映照构成无穷多的影像，看了这样的情景，回过头去再读《华严经·普贤行品》下面的话，就会觉得容易理解了：“一切世界入一毛道，一毛道入一切世界；一切众生身入一身，一身入一切众生身……于一微尘中，悉见诸世界。”和这段话意思相近的论述在佛经中很多，如《楞严经》卷二所说的“于一毛端遍能含受十方国土”。清代刊行的白话小说集《西湖佳话》卷九“南屏醉迹”中借济公和尚之口说：“你一个蠢和尚，怎得知佛家的妙用？岂不闻一粒米要藏大千世界？”这就反映出这种一和一切关系的思想已经进入老百姓的语言和生活。

法藏根据《华严经》提出“一即十”和“十即一”“一即多”和“多即一”“一即一切”和“一切即一”，或者表述为“一微尘中含一切佛土，一念中含无量时间”，将上述思想概括了起来。不同的表述的论证方法都是一样的。需要注意的是，这里不仅仅涉及整体与部分的关系，而且涉及本体与现象的关系。“一”是本体，“十”“多”“一切”是现象。本体体现在现象之中，并不是离开现象而另外独立存在；一切纷纭复杂的现象都是本体的体现。对于法藏来说，本体就是佛性，佛性存在于万事万物之中，万事万物都体现着佛性。法藏在《华严经旨归》中说，佛身“常在此处即在他处，故远在他方恒住此故，身不分异亦非一故。同时异处，一身圆满，皆全现故”。佛性是不可分解、不可分割的，即是不分异；同时，佛性又无处不在，即是非一，好比月印万川。月亮只有一个，河流水面则不计其数，它们各自映出月亮的影像，所以，月亮无所不在，又不可分异。

法藏的上述思想后来被宋代的理学家们吸收并发挥、改造、发展，理学家正是在本体与现象的关系这个意义上来论述一与多，提出了“理一分殊”的命题。从周敦颐开始，经由张载、程颐、程颢，直到朱熹，逐步展开，成为理学理论体系的重要内容。在理学中，“一”不再是佛性，而是理。理学家虽然深受佛学思想的影响，但也对之严重不满，觉得是有体无用，只要求体悟本体，不注意细致研究千差万别的现象。这种不满明确表现在朱熹的老师李侗的《答延平问》的几段话里：“吾儒之学，所以异于异端者，理一分殊也，理不患其不一，所难者分殊耳。”“要见一视同仁气象却是不难，须是理会分殊，虽毫发不可失，方是儒者气象。”朱熹接受老师的教导，改变了先前在佛家的影响下爱作笼统宏阔之言的作风，重视对于分殊的思考探究。他首先肯定了理一，但显然更加强调分殊。他说：“万个是一个，一个是万个。盖体统是一太极，然又一物各具一太极。”“本只是一太极，而万物各有禀受，又自各全具一太极耳。如月在天，只一而已；及散在江湖，则随处而见，不可谓月已分也。‘分’不是割成片去，只如月映万川相似。”（《朱子语类》卷九十四）我们看到，朱熹与法藏、与佛家的重要区别是，在他这里，作为

“一”的太极既具有绝对性，又具有层次性，有作为宇宙本体的太极，还有作为某个具体事物本质的太极，后者是前者的较低层次，而不是前者的组成部分，是前者的具体体现，而不是从前者中分割出来的。人们的认识要由万理进到一理，不能用一理取代万理。朱熹说：“万理虽只是一理，学者且要去万理中千头百绪都理会，四面凑合来，自见得是一理。不去理会那万理……只是空想象。”（《朱子语类》卷一百一十七）

关于一与十、一与万、一与一切的关系的思想，关于整体与部分、本体与现象的关系的思想，对文艺创作有重要的指导作用，因而也为中国古代文论家所重视。《文心雕龙·物色》中说的“以少总多，情貌无遗”，司空图《诗品·含蓄》中说的“浅深聚散，一取万收”（取一与万，收万与一），都表现了对这种关系的比较全面的认识，而刘勰和司空图又都对佛典比较熟悉，这也许不是偶然的吧。

在欧洲，十七世纪的数理科学家和哲学家帕斯卡尔在《思想录》中论述了一与一切的关系，他说：“一切是一，每一个都在另一个之中。”又说：

> 作一个成员也就是除了根据整体的精神并且为着整体而外，便没有生命，也没有存在和运动。
>
> ……因为每一种事物都爱自己胜过爱一切别的。然而在爱整体的时候，他也就是爱自己本身；因为他只是在整体之中，通过整体并且为了整体才得以生存的……
>
> 整体是爱手的；而手假如有意志，就应该以灵魂在爱手的那种同样的方式来爱自己。一切超乎此外的爱，都是不义的。[①]

真正在这个问题上达到哲学高峰的是黑格尔，他在《精神现象学》序言中提出真理是整体，意思是说，最高的完美的思维形式既是系统的又是

---

① 帕斯卡尔：《思想录》，何兆武译，商务印书馆，1995年，第210—219页。

具体的；它是连贯的整体，它所包容的个体在整体中被保存。马克思对黑格尔的这一思想进行了改造，提出了“具体的总体”的范畴。《〈政治经济学批判〉导言》说：“具体之所以具体，因为它是许多规定的综合，因而是多样性的统一。”① 马克思还在《雇佣劳动与资本》中说：“黑人就是黑人。只有在一定的关系下，他才成为奴隶。纺纱机是纺棉花的机器。只有在一定的关系下，它才成为资本。脱离了这种关系，它也就不是资本了，就像黄金本身并不是货币，砂糖并不是砂糖的价格一样。”② 椽只有在一定的关系下，在与砖、瓦、梁、柱的关系中，才是椽，脱离了这种关系，它只是一截木头。华严宗也好，黑格尔也好，他们在深刻地把握整体与部分、本体与现象的辩证关系的时候，以为这只是精神中的、思想中的关系。马克思分析道：“黑格尔陷入幻觉，把实在理解为自我综合、自我深化和自我运动的思维的结果，其实，从抽象上升到具体的方法，只是思维用来掌握具体并把它当作一个精神上的具体再现出来的方式。但决不是具体本身的产生过程。”③ 佛教哲学当然也不免陷入幻觉，在唯物主义理论的前提下，发掘、阐释并且改造“椽即是舍”命题的理论内涵，对于理解自然、理解社会、理解一切物质和精神现象会有帮助。

以相对论和量子力学为开端的现代物理学与以牛顿力学为代表的古典物理学，两者在哲学方法论上的区别是整体有机论与机械论的区别。机械论习惯和擅长于分析方法，总是把事物还原为最基本的元素。整体有机论则强调事物的整体性，整体包含在每一个部分之中，每一个部分可以展开为整体。例如，按照原先建立在机械论基础上的生物学的观点，从受精卵发育成成熟的生命个体，类似一种扩展成形的过程，某个

---

① 马克思：《〈政治经济学批判〉导言》，《马克思恩格斯选集》第2卷，人民出版社，1972年，第103页。

② 马克思：《雇佣劳动与资本》，《马克思恩格斯选集》第1卷，人民出版社，1972年，第362页。

③ 马克思：《〈政治经济学批判〉导言》，《马克思恩格斯选集》第2卷，人民出版社，1972年，第103页。

位置上的细胞最终构成生命体的某一器官。生物学的最新进展否定了这一看法。科学家在青蛙的早期胚胎上切下其肢体的雏形，它依然可能发育出正常的腿。就是说，某一细胞并非注定发育为相应的器官，而是依从于变化和调整中的整体关系、环境来发展，这是由胚胎发育的关键时刻的空间关系决定的。英国的大卫·伯姆用普通的相机摄影与全息摄影的差别来作比喻，很形象，很有助于一般人来理解。在普通相机摄影的照片上的每一个部分、每一个点，与被摄对象的某一部分、某一个点是对应的；对象和照片各自可以被分解为若干部分、若干元素，它们各自的部分、元素又彼此对应。全息摄影却不是这样。全息摄影，按照这个词语的希腊文词义，就是描绘整体。全息摄影的照片的任何一个部分，都可以产生整个物体的形象，整体的信息包含在每一个部分之中。由此，大卫·伯姆说："这一观点的基本要点是，整个宇宙从某种程度上来说是主动地包含于它的每一部分之中的。由于整体包含于每一部分，因此，从某种程度上也可以说是其他部分以某种形式包含于每一部分之中。因而，认为部分只具有外在联系的机械论观点便遭到了否定。"他把这看作科学世界观的根本变化，他说："在我专门论述这一问题的著作（指 1980 年出版的《整体和隐性秩序》）中，我已经力图表明，量子论的数学定律可以被理解为对整体运动的描述，在这一整体运动中，整体包含于每一部分之中，部分被展开成为整体。现代物理学是通过最基本的部分来还原地理解整体的，而我的观点是，后现代物理学应从整体出发。"① 不充分注意科学界世界观的这种深刻变化，便难以真正理解二十世纪和二十一世纪科学的发展。

（本文是《佛语哲思》一书之一节，该书由湖北教育出版社 1997 年出版）

① 大卫·伯姆：《后现代科学和后现代世界》，《国外社会科学》1993 年第 5 期。

兴论新释

中国古代文论中重要的概念“兴”，有两个基本含义：一是“兴、观、群、怨”之兴，是讲文学艺术的社会功能，是讲文学艺术作品对接受者心理的作用；读平声。一是“赋、比、兴”之兴，是讲诗歌创作手法；读去声。后者是汉儒在解说《诗经》时最早提出来的，所谓“六义”，包括了赋、比、兴。赋，是铺陈其事；比，是比方于物，它们是属于写作的方法，两者的意思都比较清楚，比较容易理解。在《诗经》中，哪些地方是赋，哪些地方是比，也比较清楚。唯有兴，历来解说不够明晰。对于《诗经》中哪些地方是兴，学者之间也容易发生争论。其中原因之一在于，兴和比、赋不一样，它保留了原始思维属性和原始文化形态的遗存，因而兴论远远超出写作手法的范围。兴的最基本的特点，是在展开诗的抒情内容或叙事内容之前先言他物，这个“他物”一般即是自然物，是花草树木、鸟兽虫鱼。因此，为什么用兴，怎样用兴，与诗人的自然观密切相关，与原始人的自然观密切相关。兴的手法的发展变化，在很大程度上，又与后来人们的自然观的发展变化有关，含有丰富的艺术心理学思想内容。

一

钱锺书《管锥编》用专门篇幅讨论兴，指出，“兴之义最难定”，又引宋人之语说，“大抵说诗者皆经生，作诗者乃词人，彼初未尝作诗，故多不能得作诗者之意也”。这个论断未必十分允洽。其实，不只是论诗者之中有些人缺乏创作的亲身体验（有创作体验的人解释兴也并不都能切当），更重要的是论诗者绝大多数缺乏原始文化与后世文化性质区别的发展观念，而以一种亘古不变的文学观念看待一切诗歌作品，看待一切诗歌创作手法和各种诗歌创作心理。他们不了解古人以自然物作为兴象，受到其自然观的支配，而人们的自然观也是发展变化的。诗论家以为原始时代的人们以及民间歌谣的作者的自然观，与自己时代的完全一样。用他们不变的观念，解释发生了巨大变化的实际，当然就产生许多抵牾。在不同的文化发展阶段和文学发展阶段，兴具有不同的性质与特色；原始诗歌中的兴是后世诗歌中兴的渊源所自，但兴又随着文化的变化、文学的变化而发生了巨大的变化。

从发生学、发展论的角度看，兴是诗歌史上的“活化石”，它是从原始人的综合性的、混融多种成分与性质（如生产劳动、宗教巫术、仪式、娱乐等）的活动向逐步分离出来的、自觉的艺术活动过渡中，从诗、乐、舞一体的、混合的、整体的原始艺术，向分门别类、各自独立的文学艺术形态的过渡中，形成并留存下来的。原始人的艺术活动，与后代民间的（主要是农业社会的）艺术活动，还多少有些相通相近之处；与文人的专门化的艺术活动相比，与城市的工业社会中书斋的、沙龙的艺术活动相比，即使只是就创作心理这一点而言，差异也是极大的。原始歌谣和后代民歌的创作方式、传播方式是，以吟诵咏歌诉之于听者之耳，闻其声而感其情、会其意；文人诗歌的创作方式和传播方式是，以文字表现而现之于览者之目，睹其字而思其义，再体会其思想感情。越到后来，诗歌中音节和韵律的表情达意作用在写作中，在传播中、在接受时，越容易被置于次要地位。两千年来对兴的研究，常常忽视了两者的这种差别，忽视了以文字为中心的创作与接受，同以口头咏唱为中心的创作与接受的差别。还有，在现代人眼中，鱼就是鱼，鸟就是鸟，树就是树；对于原始人，却并非如此简单。列维·布留尔在《原始思维》中提出："在原始人的思维的集体表象中，客体、存在物、现象能够以我们不可思议的方式同时是他们自身，又是其他什么东西。"布留尔用了一个词叫"互渗"，"人和物之间的互渗"。汉代儒生可以想象关雎"雌雄情意至，然而有别"；原始群婚时代的人，上古时代的人，乃至后代的村姑耕夫，却不会有这样的联想。许多人总要用后世的心理去设想远古歌谣创作心理及接受心理，用文人的心理去设想山野百姓的心理，其结论当然就不符合艺术史的实际，也不可能对兴作出科学的解释。

在文人的诗歌作品中，尤其是在成熟诗人的典范作品中，比和赋用得多，兴是较为罕见的，其出现频率同民歌相距甚远。毛泽东曾明确提出："诗要用形象思维，不能如散文那样直说，所以比兴两法是不能不用的。"① 他把兴作为与比并列的两法之一，又肯定它们都是诗歌必用的手法；这话很有见地，是他在对中国古代诗论的继承、总结中提出的。但是，遍考毛泽东本人的几十首诗词，典型的兴一例也难找到。为什么一方面说兴不可不用，另一方面自己偏偏又从不运用呢？如果考虑到古今之别，考虑到有高度修养与深厚文化承载的文人与民间歌手的区别，这也就并不奇怪了。

二

《说文》解说兴的词义，是"起也"。兴的作用也就是起，引起或起动，因此，又每每被称为起兴。《文心雕龙·比兴》说，"兴者，起也……起情者，依微以拟议。起情，故兴体以立。"刘勰认为，兴就是起，兴的作用是起情，启动情感。起动什么情感？当然应该是诗的情

① 毛泽东：《给陈毅同志谈诗的一封信》，《毛泽东诗词选》，人民文学出版社，1986 年，第 167 页。

感，是起动作诗的情致。比，是主体先已经有了情感，再来表现它，传达它，是主体在创作过程中间对艺术手法的运用；兴，则是起动艺术情感，是主体从非诗的心理走入诗的心理、从非艺术心理走入艺术心理的第一步。用什么来起动，怎样起动？这就正是需要着重研究的问题的关键所在了。孔颖达说，“兴，起也，起发己心，诗文诸草木鸟兽以见意者，皆兴辞也。”他看出，诗人（《诗经》的作者们）是以草木鸟兽来起动诗的情感。朱熹说，“兴，起也，引物以起吾意”；在《诗·周南·桃夭》的传注中，解释首句“桃之夭夭，灼灼其华”时，朱熹又说，“诗人因所见以起兴”，也确认是以自然物事启动诗的情感。

为了探讨兴怎样起动诗的情感，我们不能不提到，兴的众多定义中被引用频率最高的朱熹的定义：“先言他物以引起所咏之词”。这个定义比较明白、显豁、具体而便于应用。还须注意的是，他还说过，“《诗》之兴，全无巴鼻。”同样意思由另一弟子记录为：“多是假他物举起，全不取其义。”[①] 为什么不直接进入所咏之词，为什么要先言他物，要先言与所咏之词毫无关系的他物，而且完全不取其义呢？从源头上探讨，原始时代的人，不可能是有意识地从事艺术创作，不可能先有了构思，再一字一句吟出诗来。他们往往是从对身边的熟悉的密切相关的事物发出感叹，由此开头，而唱出他们的诗。那和后世文人的诗歌写作其实是很不相同的。歌剧《刘三姐》中兰芬所说，“人家三姐开口是歌，见什么唱什么。”这个“什么”就是朱熹所说的“他物”，见什么唱什么就是兴，就是歌谣作者的创作的出发点，就是他们的艺术思维的触发点。后代文人是先有了审美内容，即有了诗情、诗思、诗意，再去寻找适于表达的审美形式，寻找诗句、诗语，其诗句、诗语即是所咏之词，前面没有必要再先言他物。钱锺书一句话，非常精要，抓住了问题的核心，他说，兴是“功同跳板”[②]。所谓跳板，可以理解为从单纯的音乐（以声

① 《朱子语类》，中华书局，1986年，第2070页。
② 《管锥编》第一册，中华书局，1979年，第63—64页。

传情）通向音乐与诗歌结合（以语音曲调传情与以语义传情兼而有之并以后者为主）的人类的、民族的艺术发展的跳板，也可以理解为从日常实务活动与实务心理通向审美心理、艺术心理的个体心理历程的跳板。原始时代的无意识的诗歌创作怎样演化为后来有意识的精心创造呢？这在兴的演变中可以看出一点端倪。主体怎样从日常的功利的实务的思维进入到审美的境界呢？兴，可以帮助他自然地过渡。

兴，是一块跳板，是一座桥梁，它把主体从劳作、从实务引向艺术、引向审美，并从而使主体得到休息、得到愉悦。其中可分两大类型，一是以声音、节奏、韵律为跳板，一是以自然物事蕴含的意义为跳板。前者主要见之于原始歌谣，见之于民歌；后者多见之于文人诗歌，民歌中也有不少兼有两种性质的。关于前者，明代徐渭《青籐书屋文集·奉师季先生书》说，

> 诗之兴体，起句绝无意味，自古乐府亦已然。乐府盖取民俗之谣，正与古国风一类。今之南北东西虽殊方，而妇女、儿童，耕夫、舟子，塞曲、征吟，市歌、巷引，若所谓竹枝词，无不皆然。此真天机自动，触物发声，以启其下段欲写之情，默会亦自有妙处，决不可以意义说者。

“绝无意味”“不可以意义说”，指出兴的诗句其语义与作者要表达的感情毫无关系，有关系的只是语音、节奏、韵律。这正是原始歌谣的突出特点。格罗塞早就讲到，“原始民族用以咏叹他们的悲伤和喜悦的歌谣，通常也不过是用节奏的规律和重复等等最简单的审美的形式作这种简单的表现而已”①。原始人最先只是用声调的变化表达感情，直到现代，各个民族都仍然拥有大量用声音直接表达感情的词汇和短语，这类词汇

① 格罗塞：《艺术的起源》，蔡慕晖译，商务印书馆，1984年，第176页。

和短语反复地有节奏地吟诵，便是歌谣。为婴儿唱催眠曲，不一定需要完整的句子，不一定需要有意义的句子。恋人间表达炽烈情感，也不一定需要有意义的词语，无意义的喃喃之声反而更为传情。格罗塞还说，“每一个原始的抒情诗人，同时也是一个曲调的作者。每一首原始的诗，不仅是诗的作品，也是音乐的作品。”他又引用别的学者的话说，澳洲土人“对于歌的节拍和音段比歌的意义还看得重要些。”“为了要变更和维持节奏，他们甚至将辞句重复转变到毫无意义。”① 诗的兴，原本属于这一类，它们没有意义，但在节奏上、韵律上非常重要，从而在表达情感上非常有效。我们不妨设想，只要将“关关雎鸠，在河之洲”或“桃之夭夭，灼灼其华”反复咏唱，就足以构成一首完整的原始歌谣。至于接上“君子好逑”或“之子于归”等属于赋的内容，则应是诗歌的文学性长足发展以后的事。《诗经·小雅》有两首诗，有着共同的兴句，而其后的赋句的情调却是相反。《鸳鸯》的次章说：“鸳鸯在梁，戢其左翼。君子万年，宜其遐福。”《白华》的第七章说：“鸳鸯在梁，戢其左翼。之子无良，二三其德。”古今注家分别就此作了许多文章，大都不得要领，甚至不能自圆其说。而如果确认兴句可以只在韵律上起作用，绝无意义可言；如果了解到兴句可以是套用现成词组以造成韵律和谐，而并不取兴句的语义内容，注者就不必自寻烦恼去钻牛角尖了。远古诗乐合一，兴句的作用在吟唱中自然显现；而后某一部落、某一地区、某一人群熟悉的曲调流失，辞句却经由文字记载得以流传，而语音也发生了或大或小的变化，兴句在声调上、韵律上的作用随之变得隐晦起来。《诗经·小雅·鹿鸣》说：“呦呦鹿鸣，食野之苹。”毛传说：“鹿得苹，呦呦然鸣而相呼，恳诚发乎中，以兴嘉乐宾客，当有恳诚相招呼以成礼也。”陈奂《〈诗毛氏传〉疏》说：“《鹿鸣》食野草以兴君燕群臣。”这类解释穿凿牵强，因为诠释者弃音乐性关系而讲意义上的关系，在明明

① 格罗塞：《艺术的起源》，蔡慕晖译，商务印书馆，1984年，第188—189页。

不可以意义说的地方偏要以意义说。《鹿鸣》全诗三章，第一章“呦呦鹿鸣，食野之苹。我有嘉宾，鼓瑟吹笙……”；第二章“食野之蒿”，“德音孔昭”；第三章“食野之芩”，“鼓瑟鼓琴”。《鹿鸣》曾是流行很广、流行很久的乐曲，被贵族化之后，在投壶或宴饮时用之，据说在三国时期尚有杜夔能悉其曲[①]，后来曲调虽失传，但直到今天吟诵起来，仍觉声韵回环。把鹿群食草同人群宴会扯在一起，是比而不是兴，且作为比不伦不类，使人觉得索然无味。

在某个民族、某个地区的民间文学中，往往有一些兴句形成现成词组，被前前后后的诗人们、歌谣作者们反复套用。它们都不可以意义说，不该以意义说，读者、听者只要领略它们与后面句子声韵上的关系就足够了。这种情况并不只是在古代民歌中存在，甚至不只是在中国存在。马雅可夫斯基曾经写过一首他自己称为民间快板的作品：

米尔卡送我一件斗篷，/和一双袜子也是送的。/尤登尼奇从彼得堡落荒而逃，/就像怕滚油煎他似的。

他解释说，为了民间快板的效果，“必须有出人意外的押韵，头两行诗和下面两行毫无关系。而且头两行可以叫作辅助句（陪衬句）”[②]。他也是说起句与后面毫无关系。我们完全有理由说，头两句就是兴，它们不可以意义说，与后面的句子“全无巴鼻”，意味只在韵律上。柴科夫斯基以音乐家的身份谈到了同一问题，他说，“话语在诗的形式中已经不再是简单的说话：它们已经变成了音乐。说这一类的诗不是说话而是音乐，最好的例证就是：当你细心的把它当作说话而不当作音乐来诵读时，那些诗句就差不多没有意义。然而实际上它们不仅有意义，还包含

① 参见陈子展：《诗经直解》，复旦大学出版社，1983年，第516—518页；程俊英：《诗经注析》，中华书局，1991年，第437页。

② 马雅可夫斯基：《怎样做诗》，《世界文学》1958年第4—6期。

着深思——不仅文字上的，而且纯粹音乐上的”①。这里说的又是话语在语义上没有意义！从听觉心理效果考察那些“全无巴鼻”的兴的作用，很容易理解，很容易讲清楚；离开听觉心理效果谈这种兴的作用，越讲越糊涂。《古诗为焦仲卿妻作》的开头“孔雀东南飞，五里一徘徊”，就属于这样的兴，就不能以意义说。当作说话，它差不多毫无意义；在音乐性上，它具有幽远的意味。内蒙古有一首爬山调《合作化的道路通天堂》，全文为：

胡麻麻开花一色色兰，/合作化的好处说不完。/种地要种压青地，/合作化就是上天的梯。/大红公鸡抖翅膀叫，/合作化以后咱上民校。/石拐沟的大炭是黑金子，/合作化挖断了穷根子。/山头上唱曲沟底下响，/合作化的道路通天堂。

借用汉儒注释《诗经》的体例，此诗五章，每章的首句都可以说是“兴也”，它们从语义上看与后句绝不相连，把每章的前一句去掉，全诗的内容并没有减少什么，但那将只剩下一些特定时代的政治话语，诗意则消失净尽。诗意是在兴句与赋句的配合上，这种配合完全限于韵律上。谁如果要研究出胡麻开花同当年农业合作化有什么关系，岂不是太离奇可笑了吗！而这首民歌的内容虽然已经时过境迁，但吟诵起来，特别是在兴句与赋句的音调配合上，不是仍然颇有韵味吗！

原始歌谣和民歌中兴的运用很普遍，因为它们多是即兴而作，随口而唱，需要以音乐的美感触动文学的、诗歌的美感。文人之诗较少用兴，则因为它们多是精思久虑而得，作者心力专注于诗情、诗意上，他们更多地是抒写情感形态与叙述情感过程、更多地用得上赋和比。

---

① 柴可夫斯基：《给梅克夫人》，陈原译，参见《我的音乐生活》，人民音乐出版社，1982年，第110—111页。

三

但是，在文学中，在诗歌中，以声传情毕竟是远远不够的。从单纯的以声传情即依赖语言的音乐性传情，向依靠语义、依靠语词的多义性，依靠句式的多变，依靠对于语言的各种微妙感情色彩的利用、发挥来传情发展，后者的成分越来越重；随着这些变化，兴，诗歌中的他物与所咏之词，就从“全无巴鼻”，“全不取其义”，变为有若即若离的关系，变为于其义有所取。汉儒指出《诗经》中有兴而兼比、兴而兼赋的，这也是诗艺发展的必然结果。“关关雎鸠，在河之洲”，“桃之夭夭，灼灼其华”，都是兴而兼比。《诗毛氏传》说《关雎》是“兴也……鸟挚而有别……后妃悦乐君子之德，无不和谐，又不淫其色，慎固幽深，若关雎之有别焉”。《孔子家语·好生》篇，《淮南子·泰族训》都说到“《关雎》兴于鸟，而君子美之”。这里把西周人或更早时期的人汉代化，用汉代的礼教观悬揣西周人的心理，颇有些迂腐可笑；但从鸟儿在河边欢鸣而联系到男女爱悦，却也在情理之中。《牡丹亭》里杜丽娘说：“天呵，春色恼人，信有之乎！常观诗词乐府，古之女子，因春感情，遇秋成恨，诚不谬矣。”唐诗中也早有“忽见陌头杨柳色，悔教夫婿觅封侯”。杨柳之色使人珍惜琴瑟之爱，从自然之春联想人生青春年华，这些都是常人可以体验，易于引起广泛共鸣的。至于《桃夭》诗中，由鲜艳的桃花到青春焕发的新娘，其联想更是自然。清人姚际恒《诗经通论》说：“桃花色最艳，故以取喻女子，开千古词赋咏美人之祖。”这也可能是原始诗歌的兴向脱离音乐而独立的后世诗歌的兴而兼比转变的一个标志吧。

民歌由单纯音乐性的兴向音乐性与文学性相结合的兴而兼比的转化，是在艺术文学的发展中自然而然地发生的，而且常常是不自觉的，是隐隐约约、若有若无的。单纯音乐性的兴和兴而兼比的兴在民歌中长期并存。至于在某一次创作中用哪一种兴，对于民间歌手往往是不经意的。文人的诗歌甚少单纯音乐性的兴，文人用兴每每在音乐效果之外兼取文字的含义；并且，更重要的是，后世文人创作思维在心理运作中采用的符号系统是文字而不是旋律，他们写作冲动的发生大多不是由声入情而是见物生情。他们如果也用到兴，一般不会是仅仅发挥兴句的声调上的作用。宋代胡寅《斐然集・致李叔易书》引李仲蒙语："索物以托情，谓之比；触物以起情，谓之兴；叙物以言情，谓之赋。"钱锺书发挥此义说："触物似无心凑合，信手拈起，复随手放下，与后文附丽而不衔接，非同索物之有意经营。"一个是有意经营，一个是无心凑合，在创作心理上区别甚大，这是用比与用兴之别。文人用兴少而用比、赋多。且文人用兴与民歌用兴又有区别。李仲蒙说的"触物以起情谓之兴"，对文人创作心理规律更有概括性——作家们的着眼点是物象而不是声调。

民歌创作中的起兴，一是借用现成词组，一是见什么唱什么，其作用主要都是以声启情。诗情被启动了，接下去就是用赋或用比了。文人创作，则是触物起情，这物是自然物，自然物以其形态、色彩、声音（自然之声而非文字的读音）、气味等，启动诗人的情感。《礼记・乐记》早说过："凡音之起，由人心生也；人心之动，物使之然也。""乐者，音之所由生也，其本在人心之感于物也。"这些话包含的意思是，外物激发主体的心灵产生情感、思绪，这些情感、思绪又外化为艺术作品，成为有组织的声音（音乐作品）。对于以文字为载体的诗歌，这些话当然也适用。诗人之情也是感于物而生，然后外化为有组织的文字（诗歌作品）。后来，人们认为自然物与人的情感，特别是与人的审美情感，存在对应关系。某种类型的物，某种类型的景观，激发与之相对应的情感。《文心雕龙・物色》说："是以献岁发春，悦豫之情畅；滔滔孟夏，郁陶之心凝；天高气清，阴沉之志远；霰雪无垠，矜肃之虑深。岁有其物，物有其容；情以物迁，辞以情发。"陆机《文赋》说："悲落叶于劲秋，喜柔条于芳春。”这在生理心理学上也可以得到说明。现代环境心理学，研究主体的心理、行为与他周围的自然环境之间的关系。心理学家在实验室里研究声音、光线、颜色、温度、气味的变化，对人的情绪的影响。当创作主体认识到这类规律，运用到诗歌创作上，那么，第一，主体就不限于无意遭遇，而是有意识地寻找自认为有激发力的外物，期待它来启动自己的诗情；第二，为了有效地表达自己的情感，为了有效地诱发接受者的情感，在作品的开头先言他物，先描画不同的景观，不同的自然物，以引起读者与之相对应的情感。兴的手法便这样得到发展。杜甫《和裴迪登蜀州东亭送客逢早梅相忆见寄》有“东阁观梅动诗兴”之句，其《题郑县亭子》有“户牖凭高发兴新”之句，他去观梅，他登高远望，为的就是动兴、发兴，为的就是触动写诗的情思。陆游《即事》诗说：“组绣纷纷炫女工，诗家于此欲途穷。语君白日飞升法，正在焚香听雨中。”焚香听雨，为的是招引飞来诗的灵感。两位诗人的诗句非常明确地表明，主体是有意识地自觉地去寻找、寻求自然景物的激发，以此感发诗情。杜甫和陆游这样做是出于诗人的艺术追求，这样做的依据是自然物能够移易人的感情。宋人葛立方《韵语阳秋》说：“自古工诗者未尝无兴也，观物有感焉，则有兴。”清人袁守定《占毕丛谈》说：“作文必有一段兴致，触景感物，适然相遭，遂造妙境。”这可以看作对杜甫以来的有意识启动诗情的艺术经验的理论概括。

季节时令与气候有关，不同的季节时令会有不同的景观，不同的景观影响人的身体产生不同的状况，又再影响到人的心理，使主体处在不同的情绪、心境之中。在闹市过惯聚居生活的人，一旦直接面对自然壮观，更会有强烈情绪反应。圣奥古斯丁《忏悔录》第十章中说道：“人们到外边，欣赏高山、大海，汹涌的河流和广阔的重洋，以及日月星辰的运行，这时他们会忘掉了自己。”忘掉的是日常俗务中的自己，进入的是审美的境界；自然物就成了从忘掉到进入之间的跳板。

作者把自然物象写在诗中，作为兴，可以造成一种气氛，一种情调。如现代民歌中有“松树开花排对排，湖南来了彭德怀”，“一对喜烛结红花，毛主席几时到我家”。民歌味浓厚的作家诗歌作品如李季的信天游体的《王贵与李香香》，多有此类诗句，如“红瓤子西瓜绿皮包，妹妹的话儿忘不了”，“一阵阵黄风一阵阵沙，香香心里如刀扎”。前句显然不是比，既不是明喻、暗喻，也不是隐喻；它也不是赋，既不是叙述事件，也不是陈述心理。它是兴，它为后面的句子提供情绪、情感上的暗示，或是甜蜜清香的，或是烦躁、忧惧的。

自然物移易主体的情绪、情感，是客体的声、形、色、味等，引起主体的生理的和心理的感应。勃兰兑斯说：“司各特的作品是在空气新鲜的清晨写出的，而拜伦则往往在夜间写作。这一点颇有象征意义。所以，即使在这两位诗人彼此最相似的时候，我们也似乎感觉到了光辉灿烂的清晨和一片黑暗的深夜这两种不同的构思时间对他们的影响。”① 在十八世纪到十九世纪，英国学者先后编纂了英格兰、爱尔兰、苏格兰、威尔士的多种民歌集，而在十九世纪英国诗歌出现了自然主义潮流。两者之间显然不是没有联系的。当时的诗人极力从自然汲取灵感。华兹华斯有一首诗，题目很长，叫作《自然景物对于唤醒并增强童年和少年时期的想象力的影响》，其中说到，“构成我们人类灵魂的激情……是以高尚持久的事物，以生命，以自然，净化我们思想和感情的元素……直到我们能认识心脏搏动中的庄严之处”。他的《写于亭滕寺外数里之遥的诗行》有英语诗歌中经典性的诗句：

> 因为那时的自然，/就是我的一切。我那时的心境/难以说明。喧嚣的瀑布/象激情萦绕在心。巨石、/高山、幽深阴暗的丛林，/它们的色和形，都曾经/使我倾心；一种爱和感情，/不需要用思想赋予它们/深奥的魅力，也无需增添/不凭借视觉直观的情趣。②

① 勃兰兑斯：《十九世纪文学主流》第四分册，徐式谷、江枫、张自谋译，人民文学出版社，1984 年，第 128 页。

② 勃兰兑斯：《十九世纪文学主流》第四分册，徐式谷、江枫、张自谋译，人民文学出版社，1984 年，第 47—50 页。

英国诗人的这些想法和做法建立在泛神论的观念基础上，中国古代诗人触物起兴则建立在仁者民胞物与、儒家天人合一以及道家的道法自然等观念的基础上。然而如果撇开哲学思想基础不谈，他们在有意识地从自然景物寻求诗情则是十分一致的。之所以这样，只能说是对人类普遍的心理规律特别是人类普遍的审美心理规律的体认所致。

四

现代实验心理学研究表明，人对声音、形状、色彩的感受经验与他的情感体验有联系，乃至有某种对应关系。举例来说，一个边在下尖朝上的三角形和边在上尖在下的三角形，使观看者产生的心理反应是很不一样的，可能是相反的。实验心理学家曾发现，彩色灯光对人的肌肉弹力和血液循环的影响，其影响力依蓝色、绿色、黄色、橘红色、红色的顺序而逐渐增大。波长较长的色彩引起扩张性反应，波长较短的色彩引起收缩性反应。现代画家马蒂斯说过，“线条是诉诸于心灵的，色彩是诉诸于感觉的”，它们都影响人的情绪、情感。大漠孤烟，长河落日，它们的直与曲、淡白和艳红，都能产生美的诱惑、诗的灵感。大自然的许多现象，树木的向上生长，河流的向下奔泻，往往具有一种自发的组织性，一种秩序感，使观者得到愉悦。从原始歌谣到后世民歌，其起始点常常就是由自然界的自发组织性、秩序感而来的惊喜，在诗歌写作上，也就是兴。

随着人类文化的进步，在自然景色面前朴素简单的愉悦感中加进了日益增多的联想作用，加进了文化的因素。从红色联想到火、联想到温暖、联想到热情；从绿色联想到水、联想到凉润、联想到温柔……自然景色激发的情感也就日益丰富、深刻。依赖于自然景物的兴的手法，也就有了极广阔的艺术创造的空间。

进入文明社会，自然景物有时被赋予了人类社会的含义。闻一多认为，《诗经》中以鱼为兴象，与生殖、与爱情有关；还有研究者认为，兴的物象与原始部落图腾有关①。而文人诗歌运用兴获得很高艺术效果的，不是那些取其文化象征、宗教隐喻意义的，乃是巧妙利用物象诱导的多重审美联想的作用，以及它与诗句音调韵律作用的配合。历代读李贺诗者为其魅力所吸引，又常以其少理为憾。明人李清《听雨堂刻本余光辑解〈昌谷集〉序》说："……然而之数家者识其幻矣，未免因幻而骛，而为比为兴之理，将无未尽。"② 历代注家对李贺诗中的兴缺乏理解，把兴或者兴而兼比作为赋或者作为单纯的比喻去解释，觉得无理、少理，其实这恰是李贺诗的妙处所在。李贺诗风格风格上的突出特征是其跳跃性，前后相接的诗句，其意象似乎毫无关涉，尤其是起兴之句，如孤峰峙立，如飞瀑远挂。《浩歌》篇首四句云："南风吹山作平地，帝遣天吴移海水。王母桃花千遍红，彭祖巫咸几回死？"这几句之间，作为起兴的这几句与下面各句之间，时空跨度大，情调转换急。清人乔亿说，"昌谷歌行，不必可解，而幽新奇涩，妙处难言"，其妙处之一就是兴的运用。即如《苏小小墓》："幽兰露，如啼眼。无物结同心，烟花不堪剪。"首句是一个比喻，对于全诗，又是一个起兴。此诗郭茂倩《乐府诗集》收入，置之古辞《苏小小歌》之后，李贺的朋友沈亚之说他"善择南北朝乐府故词"，明代诗论家胡震亨说他"深于南北朝乐府古词"，宋代刘辰翁评《苏小小墓》是"本于乐章，而以近体变化之"，显然李贺是受到乐府善用起兴的影响，而其似比、似赋、似兴，使人玩味不尽。明代赵宧光说："予谓贺诗妙在兴，其次是韵逸。"③ 其兴味之兴，部分地来源于起兴之兴。李贺"未始先立题然后为诗"，而是每天外出游览，有所得即书，这种写作方式也与一般文人有别；且李贺乐府

① 参见赵沛霖：《兴的源起》，中国社会科学出版社，1987 年。
② 吴企明：《李贺资料汇编》，中华书局，1994 年，第 208 页。
③ 吴企明：《李贺资料汇编》，中华书局，1994 年，第 204 页。

注意诗的音乐性。创作过程、创作心理的特色，导致对古乐府兴的手法的吸取。欣赏者在默诵低吟中，在无意识中体会到原始思维的人与物的互渗，还有音与义的若即若离，因而产生神妙的快感。

欧美象征主义诗歌受到神秘主义哲学的对应论影响，认为自然万物与人的精神存在对应和契合，因而可以用物象暗示人的微妙心理。有趣的是这派诗人也刻意追求诗歌的音乐效果，其中有人下大力气向中国古典诗歌学习借用表现手法。在二十世纪末以来的西方现代派诗歌中，我们不难发现类似于中国古诗的起兴手法的运用。兴论研究不限于中国文学批评史的意义，它于现代以至未来的诗歌发展，与艺术心理学的新的开拓，都可能有些关系。

（1997 年，载《华中师范大学学报》1998 年第 2 期）

中国古代文学思想的几个特点

文学思想是针对文学创作和文学的传播、接受现象而发的，它自然只能是后于文学创作而发生，并且为其后的作者和欣赏者提供思维的坐标。考察文学思想不能不联系到它所由以出发的和它影响所及的文学创作、传播和欣赏的状况。这是文学思想史的第一方面的背景。文学之树在社会的土壤中萌生，在社会的气候中发育、成长，文学思想也必然植根于社会历史。了解中国文学思想的性质、特色，要到中国社会里寻找它的根源。中国人的生活方式和思维方式，中国文学的性质和特点，规定和制约了中国文学思想的性质和特点。这是文学思想史的第二方面的背景。我们先就从这两个方面，寻绎中国文学思想史迥异于其他国家文学思想史的地方，以及所以如此的原因。

一、宗法制度下以伦理为社会意识的核心，文学思想注重教化

中国几千年间的正统的主导的思想体系，是在春秋战国时期建立框架和打下基础的。文学思想也是这样。那个时代里提出的文学思想，如《尚书》记舜帝所说的“诗言志”，《论语》记孔子所说的“思无邪”，《孟子》记孟子所说的“吾养吾浩然之气”，在后世长期被奉为根本的原则。这些思想是在怎样的环境里形成的呢？孔子很明白地说：“周监于二代，郁郁乎文哉，吾从周。”(《论语·八佾》)他还感慨过：“甚矣吾衰也，久矣吾不复梦见周公!”(《论语·述而》)孔子的思想以周代的制度为轨范，孟子则继承着孔子的信念，“诗言志”也是经儒家阐释而流传

的。这些思想都是周代意识形态上层建筑的构成部件。

周武王讨伐殷商的纣王，夺取政权之后，进行了大变革。这个变革对于此后中国社会的影响实在是太深远了。王国维 1917 年所作的《殷周制度论》[①] 开头说："中国政治与文化之变革，莫剧于殷周之际。""殷、周间之大变革，自其表言之，不过一姓一家之兴亡与都邑之移转；自其里言之，则旧制度废而新制度兴，旧文化废而新文化兴；又自其表言之，则古圣人之所以取天下及所以守之者，若无以异于后世之帝王；而自其里言之，则其制度文物与其立制之本意，乃出于万世治安之大计，其心术与规摹迥非后世帝王所能梦见也。"姬姓王室虽不能绵延万世，周代制度却为历代王朝所沿用。周代制度大不同于殷商，按王国维所说，首先是立子立嫡之制。商朝的承袭制度主要是兄终弟及，哥哥去世传给弟弟，无弟可传才传给儿子。周公姬旦是武王姬发的弟弟，开国、建国的功劳又最大，武王死后周公没有自立，而是立武王的儿子成王姬诵，自己先摄政然后还政[②]。"自是以后，子继之法，遂为百王不易之制矣。""商人无嫡庶之制，故不能有宗法……周人嫡庶之制，本为天子诸侯继统法而设，复以此制通之大夫以下，则不为君统而为宗统，于是宗法生焉。"[③] 在王位的传承、爵位名号的传承、财产的传承上，都通行嫡长子继承制。重视和强调的是父方的亲属关系，确认男性最长的后裔享有继承权。长子繁衍的家族称为大宗，他的弟弟们繁衍的家族称为小宗，大宗为百世不迁之宗。以父子关系为主干建立起社会关系的纲目，依靠这些关系维系社会制度的运作和稳定。在这个体制中，家庭是基本的单元。《礼记·大学》说："古之欲明明德于天下者，先治其

---

① 此文见《观堂集林》第二册，中华书局，1959 年，第 451—480 页。

② 《荀子·儒效》说：武王崩，周公屏成王而及武王，履天子之籍。"及"就是兄终弟及。后来，周公归周，反籍于成王。这又是一种说法。

③ 王国维在后面补充说明："周人以尊尊、亲亲二义，上治祖祢，下治子孙，旁治昆弟，而以贤贤之义治官。故天子诸侯世，而天子诸侯之卿大夫皆不世。"本节所谈是中国古代社会制度的基本的、主要的方面，除了这一方面之外，它还有扩大统治基础的措施，那些方面此处不可能讨论。

国；欲治其国者，先齐其家；欲齐其家者，先修其身；欲修其身者，先治其心。”《孟子·离娄》说：“人有恒言，皆曰‘天下国家’，天下之本在国，国之本在家，家之本在身。”既然家庭是基本的单元，孝就是道德的核心。《孝经》说：“夫孝，德之本也。”《论语·学而》记有子说：“其为人也孝弟（悌）而好犯上者鲜矣；不好犯上而好作乱者，未之有也。君子务本，本立而道生 。孝弟也者，其为仁之本与!”孝和它导致的忠是宗法制的伦理基石，是规范和指导其他意识形态的根本准则。

《仪礼》《礼记》中的大量材料表明，周代的宗法制度相当细密，与宗族组织结合，构成社会的基本的政治秩序。因此，血统在社会生活中便至关重要，血统观念也就成为至为重要的观念。于是，伦理关系成为社会政治制度的基础，伦理思想成为社会意识的核心。说到伦理或人伦，古代多称五伦。《孟子·滕文公》说，圣人忧虑百姓没有共同的准则：“使契为司徒，教以人伦：父子有亲，君臣有义，夫妇有别，长幼有序，朋友有信。”《礼记·中庸》说：“君臣也，父子也，夫妇也，昆弟也，朋友之交也，五者天下之达道也。”关于五伦的具体内容，历史上有不尽相同的说法，最先是指家庭内部的关系，如《左传·文公十八年》称五教，指父义、母慈、兄友、弟共、子孝。孔子则强调了君臣关系，《论语·颜渊》记齐景公问政于孔子，孔子对答说：“君君，臣臣，父父，子子。”这正是五伦的核心。《管子》称六亲、八礼，《礼记·王制》称七教，《礼运》称十义等。名目不同，但彼此间的根本原则都是一致的。后来，《白虎通》称其为三纲六纪，“三纲者何谓也？谓君臣、父子、夫妇也”。“故《含文嘉》曰：‘君为臣纲，父为子纲，夫为妻纲。’”“人皆怀五常之性，有亲爱之心，是以纲纪为化，若罗网之有纪纲而万目张也。”《吕氏春秋·处方》说：“凡为治，必先定分，君臣、父子、夫妇六者当位，则下不逾节而上不苟为矣，少不悍辟而长不简慢矣。”即此确立了中国古代意识形态的基本准则。西周建立的这种制度，到“五四”新文化运动之前，虽然发生了多种变化，但基本原则一直是被强化、被维护，成为占统治地位的意识形态的主干。这些足以说明，伦理原则是古代社会意识的核心，社会秩序建立在血缘关系的基础上，靠五常的伦理来维持。这便和古希腊、古印度等民族的情况有了很大的区别，而对文学和文学思想产生决定性的影响。

在这样的精神气候下，中国文学思想的第一个突出之点是把伦理价值作为判断作品的最重要的标准。《论语·为政》记孔子之言说："《诗三百》，一言以蔽之，曰：'思无邪。'""思无邪"本是《诗·鲁颂·駉》中的一句，原是赞颂马的主人即僖公的，孔子按当时的风气"断章取义"，将其用以表示对《诗经》的赞颂。对于孔子这句话，对于《诗经》的这句诗，历来有很多种解释。南宋项安世《项氏家说》认为，这里的"思"是句首助词，没有实在的意义；清代陈奂《诗毛氏传疏》亦持此说。又有学者认为，"无邪"的"邪"，不是邪恶而是虚徐、伪托的意思，"无邪"即心无他骛、专诚一志①。这样的解释用于《駉》可以讨论商榷，用于《论语·为政》则显然不对。道理很简单，不可能用"专心而不他骛"来概括《诗》中全部作品的内容或品格。郑玄笺《诗》，谓"思无邪"是"专心无复邪意"；朱熹注《论语》，谓"凡《诗》之言善者，可以感发人之善心；恶者，可以惩创人之逸志，其用归于使人得其情性之正而已"。李中孚《四书反身录》说："六经皆古圣贤救世之言，凡一字一句，无非为后人身心性命而设。"明代焦竑《焦氏笔乘》引人之语云："道无邪正。自正人视之，天下万物未始不正；自邪人视之，天下万物未始不邪。如《桑中》《墙有茨》《东门之枌》之诗，具道闺房淫泆之事，圣人存而不削者，以其一念自正也。"更推论到读《诗》者的思无邪。这些，才是两千多年来广泛流行的被奉为正宗的解释。思无邪，就是思虑、心理中没有邪曲，合于五伦，合于三纲六纪②。这正是以伦理标准定取舍和褒贬的文艺观。孔子的思无邪的文艺观，在《礼

① 参见郑浩：《论语集注述要》。今人程树德据此发挥："夫子盖言《诗》三百篇，无论孝子、忠臣、怨男、愁女皆出于至情流溢，直写衷曲，毫无伪托虚徐之意"，"若夫《诗》之是非得失，则在乎知人论世，而非此章论《诗》之本旨矣"。见《论语集释》，中华书局，1990年，第67页。

② 参见王先谦：《诗三家义集疏》："思无邪者，思之真正无有邪曲。"王氏认为此诗八处连用"思"字，"上'思'，思虑；下'思'，语词"。

记·乐记》《毛诗序》中得到系统的阐释和发挥。《乐记》说："乐者，通于伦理者也。""知乐，则几于礼矣。""乐也者，圣人之所乐也，而可以善民心，其感人深，其移风易俗易，故先王著其教焉。""先王……使亲疏、贵贱、长幼、男女之理，皆形见于乐。"音乐、诗歌，它们本来就是礼制的一个方面，是与宗法等级制度相为表里的；它们的主要作用是使人民甘于接受三纲五常，从乐于接受传统的伦理秩序，进而自然地乐于接受现存的政治秩序。中国古代的庙堂音乐深深渗透着宗法等级制度的伦理精神，古代的文学理论也极力提倡这种精神。《毛诗序》说："《关雎》，后妃之德也，风之始也，所以风天下而正夫妇也。故用之乡人焉，用之邦国焉。风，风也，教也；风以动之，教以化之。""故正得失，动天地，感鬼神，莫近于诗。先王以是经夫妇，成孝敬，厚人伦，美教化，移风俗。"中国文学和中国文学思想的高度重视文学的伦理作用的特性，从孔子的时代一直到"五四"之前，一直占据着主导地位。正是这种特性，引起歌德的注意。他对爱克曼说："我看贝朗瑞的诗歌和这部中国传奇形成了极可注意的对比。贝朗瑞的诗歌几乎每一首都根据一种不道德的淫荡题材，假使这种题材不是由贝朗瑞那样具有大才能的人来写的话，就会引起我的高度反感。贝朗瑞用这种题材却不但不引起反感，而且引人入胜。请你说一说，中国诗人那样彻底遵守道德，而现代法国第一流诗人却正相反，这不是极可注意吗？"[①] 歌德从一部二三流的作品中准确地捕捉到中国文学的一种特质，除了因为他具有敏锐的感受能力、精细的观察能力和深刻的思辨能力，很可能还因为他以欧洲启蒙时代以后的文学为背景，在强烈对比中较易抓住不同之点，他对中国小说如此重视伦理感到特别新奇。中国现代学者陈寅恪也做过类似的工作。他在 1934 年所作《王静安先生遗书序》中指出，"吾中国文化之定义，具见《白虎通》三纲六纪之说"。他在 1932 年写了《莲花色尼

① 歌德：《歌德谈话录》，朱光潜译，人民文学出版社，1978 年，第 112—113 页。

出家因缘跋》，从对比中看中国和印度古代文化的差别。他发现印度佛教的若干观念主要涉及男女之间的关系，涉及性的问题的观念，与中国"民族传统之伦理观念绝不相容"。他在1943年所作的《唐代政治史略稿》中指出，种族和文化问题是唐史关键所在，而朱熹说"唐源流出于夷狄，故闺门失礼之事不以为异"具有深刻意义，即是说唐人因汉族以外文化的影响，对男女关系有与传统不同的观念。这就抓住了至少是触及了中国文学和中国文学思想的文化精神。他的《元白诗笺证稿》提出许多独到观点，就在于不是就文学看文学，而是从文化背景出发看文学。

由于三纲六纪对文学的规范和制约，文学家写作中就要求保持对君父的尊崇，即令他们有过失、有恶行也不能照实反映。《春秋公羊传·闵公元年》阐释《春秋》的撰写原则："《春秋》为尊者讳，为亲者讳，为贤者讳。"这种原则被普遍应用到历史和文学著作当中。对尊者、亲者、贤者不书其恶，同时，对贱者、疏者、不肖者也就不言其善。确如唐代刘知幾《史通·疑古》所说："美者因其美而美之，虽有其恶，不加毁也；恶者因其恶而恶之，虽有其美，不加誉也。"他认为不仅《春秋》如此，六经都是这样。例如，国风都有怨刺，鲁国独无，"鲁多淫僻，岂无刺诗？盖夫子删去而不录"。后来的小说戏曲，写好人不写缺点错误，写反面人物不写长处，使人物形象脸谱化，也是这种遗风所及。当然，出现过反对的意见，《史通·惑经》要求"爱而知其丑，憎而知其善；善恶必书"。在封建制度下，这种意见很难占到上风，"为尊者讳"的教条对文学的压抑，一直是存在的。

古代一些人把伦理要求贯彻到文学的各个方面，不仅是作品内容，而且包括作家修养。习用的赞辞"道德文章"，道德总是放在前面。孔子说："有德者必有言，有言者不必有德。"孟子说知言养气，养气方能知言。章学诚《文史通义·文德》说："古人所言，皆兼本末，包内外，犹合道德文章而一之。"不但以道德统率、支配文章，而且以道德代替文章，视文章为末事，在理学家那里达于极致，出现“为文害道”之说。虽然古代论者多数并不这样主张，但它却是从重德轻言的立场逻辑地引申出来的结论。

文学作为精神产品，会受到伦理观念的影响，也每每会表现出一定的伦理观念。人们常说文学应有真善美三性，善就是伦理的要求。只是，文学不仅限于伦理性，还有审美性，不是每件文学作品都必须和能够牵涉到伦理。伦理观念随着人们生活方式的变化而较快地变化，文学的审美性却是较为稳定的。文学家常被当作社会的良心，当作民族之魂，人们对他们的品德期望很高。但作品的思想艺术水平与作家的道德水平，毕竟不总是均衡的，更不是等同的。文学史上优秀的作家和理论家对文学与伦理关系的处理和看法，大多比较通达，注意到两者关系的各个方面。偏狭的道学家把文学的伦理性强调到绝对化的程度，而他们的伦理观念本身极为狭隘迂腐，起着戕害文学审美性的作用。

从歌德的上述谈话到现在过去了一百九十多年，从陈寅恪提出上述见解到现在也过去了半个多世纪。今天，世界各国之间的交流远比以前频繁、广泛和深入，各种文明之间的冲突和融合同时发生。西方现代文学与中国古代文学之间极可注意的对比，更加突出地摆在人们眼前。用文化的眼光看中国古代文学和文学思想，能够看得更深透，能够更客观地分析其长处和弱点，认识它在不同情势下的不同作用和不同命运。从这里出发，中国文学史上的一些现象可以得到深入一步的理解。比如，唯美主义、为艺术而艺术的思潮，为什么在中国极少形成规模，即使露头也总是受到普遍的指责？又比如，传奇小说在唐代是那么深婉绰约，为什么到宋代却那么枯燥板滞？从这里出发，可以客观地分析自家的遗产，对文学的性质和作用作出全面的解释。

二、以抒情文学为正宗，轻视模仿艺术，叙事理论发展滞后

各个民族初始的文学都是抒情文学，是同舞蹈、音乐结合在一起的歌谣，是诗。中国文学也是这样。不同的是，中国的叙事文学和戏剧文学发展得很迟。古希腊的荷马史诗，大约产生于公元前九世纪到公元前

八世纪；悲剧之父埃斯库罗斯、索福克勒斯和喜剧之父阿里斯托芬，生活于公元前五世纪到公元前四世纪。中国的严格意义上的短篇小说，应从唐人传奇算起，在公元八世纪前后；长篇小说则成型于元明之间，约在公元十四世纪；戏剧的成熟在元代，即公元十三世纪。和诗歌、散文的发展相比，都已经是很晚很晚了。刘知幾《史通·疑古》早就指出："记事之史不行，而记言之书见重，断可知矣。"更可诧异的是，汉族竟然没有严格意义的史诗。世界著名的史诗，除古希腊的《伊利亚特》和《奥德赛》之外，还有很多，如印度的《摩诃婆罗多》《罗摩衍那》，古日耳曼人的《希尔德布兰特之歌》，冰岛的《埃达》，亚美尼亚的《萨逊的大卫》，芬兰的《卡勒瓦拉》，法国的《罗兰之歌》，稍晚的有俄罗斯的《伊戈尔远征记》，德国的《尼贝龙根之歌》。可是中国古代却没有史诗。鲁迅的《中国小说史略》指出，神异之说，"自古以来终不闻有荟萃融铸为巨制，如希腊史诗者"，并转述日本的盐谷温的《中国文学概论讲话》第六章所解释的两个原因：一者自然条件恶劣，华土之民，其生也勤，故重实际而黜玄想；二者孔子出，以修身齐家治国平天下等实用为教，不欲言鬼神①。胡适也注意到这个问题，他说："故事诗(Epic)在中国起来的很迟，这是世界文学史上一个很少见的现象。要解释这个现象，却也不容易。"② 他还是作了解释，大抵仍是采用盐谷温的说法："古代的中国民族是一种朴实而不富于想象力的民族。他们生在温带与寒带之间，天然的供给远没有南方民族的丰厚，他们须要时时对天然奋斗，不能像热带民族那样懒洋洋地睡在棕榈树下白日见鬼，白昼做梦。"③ 这种说法经不起推敲。希腊的气候固然比中国为优，冰岛的气候却更为严酷，为什么冰岛有人移居不久就产生了史诗《埃达》呢？于是，沈雁冰乃另造新说，他认为，"……原因有二：一为神话的

① 鲁迅：《鲁迅全集》第9卷，人民文学出版社，1981年，第21—22页。
② 胡适：《白话文学史》，东方出版社，1996年，第54页。
③ 胡适：《白话文学史》，东方出版社，1996年，第55页。

历史化，二为当时社会上没有激动全民族心灵的大事件以诱引‘神代诗人’产生”①。前一点与上面所说的宗法制有关，后代统治者为证明其统治的合理性而将神话历史化，将神奉为其家族的祖先，或将其祖先奉为神；后一点所谓大事件在当时主要指战争，中国古代的战争不少于别的国家民族，传说时代，殷周之际，都有过大战；春秋战国战争不断，有许多规模也不小。倒是胡适提出而不拟采用的“也许是古代本有故事诗，而因为文字的困难，不曾有记录，故不得流传于后代”② 的说法，似乎有些道理。史诗都是经过长期的传说阶段逐步积累，而后由若干人或者一两个人整理而成。中国的文字的特点和古代的书写方式，阻滞了对神话传说的搜集整理。我们看现在博物馆里的刻了文字的甲骨，铸了文字的钟鼎，写了文字的竹简，要用它们抄写史诗，确实太难。但最主要的原因恐怕还并不在文字，史诗往往经过长期传唱，最后才被用文字记录，如果本来确有史诗，应该能够传下哪怕是某些部分，到书写工具进步后还来得及记录。中国没有史诗的原因主要是社会生活方式，是社会政治制度。

如上节所说，西周以后的几千年实行嫡长子继承的宗法制度，统治者要证明世袭的君权的合理性，便将自己的家族史神话化或将神话变成家族史。其结果是历史记载中掺进了虚构和附会，而神话则被篡改而消亡，史诗也就没有了原料。

更深一层剖析，宗法制下的血统观，要保证血统的纯正，必然导致片面地对女子贞操的极度重视，这是确保江山和家财不致落入异姓之手的生死攸关的大事。倘若男女关系自由，尤其是倘若女性婚嫁自由，可与异性自由交往，则强调血统便失去了意义。王国维《殷周制度论》说：“男女之别，周亦较前代为严。”应该说以后是愈来愈严，至宋明理

① 茅盾：《中国神话研究初探》，百花文艺出版社，1997 年，第 132 页。

② 胡适：《白话文学史》，东方出版社，1996 年，第 53 页。

学作为统治思想的时代，男女之大防被强调到无以复加。这和叙事、戏剧文学的发展有什么关系呢？盖因叙事文学、戏剧文学是模仿的艺术，它们都要把人生的故事搬演到艺术之中，复现于读者眼前。爱情、婚姻，男女之间的悲欢离合，是人类生活的最常见的内容。小说、戏剧繁荣而不涉及爱情题材，是难以想象的。小说、戏剧大量表现爱情婚姻，而与礼教没有妨碍，也是极为困难的。中国古人以史传代替史诗和小说，加上一点志人、志怪小品；以俳优代替戏剧；至于绘画、雕刻中，也竭力避免表现人体，统统都是为了确保人们的思无邪，是担心三纲六纪受到冲击和侵蚀。

胡适《白话文学史》又说："小百姓是爱听故事又爱说故事的。他们不赋《两京》，不赋《三都》，他们有时歌唱恋情，有时发泄苦痛，但平时最爱说故事。""绅士阶级的文人受了长久的抒情诗的训练，终于跳不出传统的势力，故只能作有断制、有剪裁的叙事诗：虽然也叙述故事，而主旨在于议论或抒情，并不在于敷说故事的本身。"文人受正统思想熏陶较深，但他们全都不乐意歌唱恋情吗？不是。问题在于，具体描写恋情，即会受到指责、压制。这种指责和压制逐渐精致化，融进关于技巧的理论中。例如，白居易的《长恨歌》，是一篇优美的诗体小说，他自己也十分得意。但杜牧责以"纤艳不逞"，"淫词媟语，入人肌骨"（《唐故平卢军节度巡官陇西李府君墓志铭》），李飞"以粉黛为乐天之罪"（见唐代黄滔《答陈磻隐论诗书》），宋代魏泰说白氏"不晓文章体裁"（《临汉隐居诗话》）。《长恨歌》的作者怎样不晓文章体裁？清初的王夫之论之较详，《姜斋诗话》说："艳歌有述欢好者，有述怨情者，《三百篇》亦所不废。顾皆流览而达其定情，非沉迷不反，以身为妖冶之媒也。嗣是作者，如'荷叶罗裙一色裁''昨夜风开露井桃'，皆艳极而有所止。至如太白《乌栖曲》诸篇，则又寓意高远，尤为雅奏。其述怨情者，在汉人则有'青青河畔草，郁郁园中柳'，唐人则有'闺中少妇不知愁''西风夜静百花香'，婉娈中自矜风轨。迨元白起而后将身化作妖冶女子，备述衾裯中丑态，杜牧之恶其蛊人心、败风俗，欲施以典刑，非已甚也。”① 说白居易不晓体裁的理由有两点：一是写艳情，没有稍稍点到便及时而止；二是不该将身化为人物，化为妖冶女子。对情节的铺叙和对人物、环境的细致描写，是叙事文学的基本要素。如果只是轻轻一点即止，哪里还有叙事文学？至于设身处地、化身为人物，是小说创作思维、戏剧创作思维的必然要求，只有这样，才能体贴入微，生动地描绘出人物的性格特征。这些人讥笑白居易不晓体裁，正暴露出中国古代大多数文人不晓体裁，不懂得抒情诗之外还可以有别的文学类型，还可以有小说和戏剧文学。而他们所以如此，又显然是受到三纲六纪、男女大防的伦理观念的拘束。清代平步青《霞外捃屑》卷八“唐人咏马嵬事皆大不敬”条引祝德麟《悦亲楼集》卷十一《读白诗偶有所触因韵成篇》云：“玉环工狐媚，天子困蒙尘。诗家本忠爱，各各歌咏繁。特著色荒戒，以明丧乱原。不拘《春秋》例，隐讳为尊亲。白傅《长恨歌》，实开传奇门。一笑百媚生，七字无穷春。侍儿扶出浴，形容更温存。既非杨白花，飘荡感红巾。又非长发尼，秽迹彰金轮。后妃妖冶态，臣下岂宜云？原其立言体，滥觞三百篇。《卫风·硕人》章，所颂君夫人。脂肤蝤蛴领，细腻如手扪。倩盼光合离，阿堵能传神。一幅佳丽图，千载犹销魂。小君处宫闱，出则乘翟輧（四面有衣蔽的车子，多供妇人乘用）。谁曾亲见来，写此婵娟真？文章妙绝世，礼教恐未安。倘令触忌讳，谓是媟狎言。律以大不敬，夫何辞罪愆。文人兴会到，好骋词藻妍。六经不敢议，圣人偶未删。”平步青进而议论说：“冯孟亭《玉谿生诗详注》云，杜公《北征》，援引褒妲，出于忠愤，正得《小雅》之遗。若义山《华清宫》云，‘未免被他褒女笑，只教天子暂蒙尘’；与《骊山有感》云，‘平明每幸长生殿，不从金舆唯寿王’；《龙池》云，‘夜半宴归宫漏永，薛王沉醉寿王醒’，皆大伤名教。《渔隐丛话》曰，‘用事失体，在当时非所宜言’，是也。《唐阙史》，郑相国荥阳公畋，为凤翔从事日，《题马嵬》诗曰：‘肃宗回马杨妃死，云雨虽亡日月新。终是圣明天子事，景阳宫井又何人？’观者以为真辅相之句，冯

① 《姜斋诗话笺注》，人民文学出版社，1981年，第149页。

谓超然杰作，非义山辈可及。林文忠公《云左山房诗集》中《过马嵬题杨太真墓八绝》末章云：‘籍甚才名《长恨》篇，先皇惭德老臣宣，诗家解识君亲义，杜老而还只郑虔。’一时传诵，为咏马嵬绝唱，其实本孟亭评与芷塘诗也。”[①] 这里提供了非常典型的个案，让我们清楚地看到，伦理观怎样制约古人对文学体裁、文学技巧的认识。祝德麟诗说《长恨歌》文章虽妙而礼教未安，证明史诗、小说和戏剧很容易与宗法制的礼教冲突。又问谁曾亲见后妃妖冶之态，否定了小说家想象、虚构的权利。陈寅恪说：“宋人论诗，如魏泰临汉隐居诗话，张戒岁寒堂诗话之类，俱推崇杜少陵而贬斥白香山。谓乐天长恨歌详写燕昵之私，不晓文章体裁……殊不知长恨歌本为当时小说文中之歌诗部分，其史才议论已别见于陈鸿传文之内，歌中自不涉及。而详悉叙写燕昵之私，正是言情小说文体所应尔，而为元白所长者。(见拙著读莺莺传。) 如魏张之妄论，真可谓‘不晓文章体裁，造语蠢拙’也。”[②] 不晓小说体裁，尤其是不懂言情小说文体特性，在古代文人中是普遍的。这不仅是少数人认识的局限，而且是中国古代制度文化造成的根深蒂固的文学观念的局限。

古人并非不懂想象对于艺术的重要，但想象只能用于山水花木，不宜用于人事，更绝不可用于女子妖冶之态，绝不可用于男女之私情。戏曲繁荣于礼教相对松弛的元代，小说繁荣于新思潮兴起的明代中后期，而且一直没有摆脱被歧视乃至被禁毁的命运。家训、家规多有禁看小说、戏曲的戒律。《红楼梦》第四十二回“蘅芜君兰言解疑癖”，薛宝钗教训林黛玉的一番“兰言”，主旨是不要看小说剧本：“既认得了字，不过拣那正经的看也罢了，最怕见了些杂书，移了性情，就不可救了。”所说的性情，即指忠孝节义等五伦之性情。清代李绿园的《歧路灯》第二十四回插入一诗说：“每怪稗官例，丑言曲拟之。既存劝惩意，何事导淫辞？”“曲拟”即细致生动地模拟。他把小说的详悉描述视作导淫之

① 平步青：《霞外捃屑》，上海古籍出版社，1982年版，第572—573页。祝德麟，乾隆年间进士，官至御史。

② 陈寅恪：《元白诗笺证稿》，上海古籍出版社，1978年，第11页。

辞。以上种种证明了，封建礼教的性质，与小说艺术、与戏剧艺术是相敌对的。

由于小说、戏剧发展迟缓，叙事理论、戏剧理论到明代、清代，才有系统的著述。又因为诗歌和散文理论发育早、著作多、成就大，叙事理论、戏曲理论常常把诗论、文论现成套用。另外，叙事理论也借用史论的成果。中国的史论中有一些与叙事艺术有关的内容，如唐代刘知幾的《史通》，有相当精彩的篇章和段落，但毕竟不是直接就文学而发。“五四”后的新小说，在很长时间里，更多地受西方和俄苏的小说和文学理论的影响，因为本土的思想资源在这方面相对薄弱。我们研究中国古代文学思想史，对于这一点应该有清醒的认识。

三、独体、表意的文字带来的对文学形式美的特殊追求

汉语是中国主要的语言，除了汉族之外，回、满、壮、黎等许多少数民族也有使用汉语的。在全世界几千种语言当中，汉语是很特殊的一种语言[①]。它的词汇以单音节和双音节的为多，没有形态变化。记录汉语的汉字，不是拼音文字，而是独体文字，一字一音。在一般情况下，每个汉字表示一定的词义。这样的文字有助于减少方音差异和古今语音差异造成的交流障碍，超越空间和时间的限制，被称为“第二语言”。汉字作为符号是象征性的，它从象形文字演变而来，而早已脱离象形文字（图画文字）的范围；汉字本身不能直接表示读音，即使假借字和形声字，也只是表示在某个时期、某个地区，此字与彼字的读音的相同或者近似。汉字的读音，形声字的声符，同时还有一定程度的表意作用，在这个字里作为声符的，到那个字里可能成为意符。虽然至少在汉代就有了对汉语的专门的深入的研究，但关于汉语的性质、特点，学者们至今仍有很不相同的见解。

---

① 关于汉语和汉字的特性，参见张世禄：《中国音韵学史》导言和第二章第一节，1938年出版，1984年经作者校阅，上海书店重印；又见裘锡圭：《文字学概要·汉字的性质》，商务印书馆，1988年。

汉语的性质和特点与汉语文学的性质、特点，关系非常密切。比如说，古代汉语尤其是上古汉语中，单音节词比复音词多出几倍，且使用频率也高出多倍。与此相关的是，词的多义、歧义现象极为突出，一个单音词有二十、三十个义项，并不罕见。汉字在词义发展中多通过引申和假借来拓展词义。由本义产生几个引申义，由一个引申义再产生若干新的引申义。因此，字与字同音不同形是普遍的，同形不同音、不同义也常出现。词义模糊，在句子里，对一个词作不同的解释，有时都可以讲得通。词的能产性强，以一个单音词为核心，可以构成许多的复音词。这就使诗人、使文学家施展语言技巧，有了广阔的天地。词的歧义和词义的模糊，使得中国古代诗文多具朦胧、含蓄之美，并为欣赏者的再创造预留充分的余地。

汉字具有音、形、义三项，汉语文学作品也就具有声文之美、形文之美和意义之美三个方面。鲁迅说："诵习一字，当识形音义三：口诵耳闻其音，目察其形，心通其义，三识并用，一字之功乃全……故其所函，遂具三美：意美以感心，一也；音美以感耳，二也；形美以感目，三也。"① 意美是一切语种的文学所共同的，形美和音美则各与其文字的特性紧密相依。汉字比之拼音文字更易于造成多样的形文之美。《文心雕龙》有《练字》篇，主要就是讲汉语文学的形文之美。它提出："缀字属篇，必须练（拣）择。一避诡异，二省联边，三权重出，四调单复。"诡异，是指字体瑰怪；联边，指半字同文；重出，指同字相犯；单复，指字形肥瘠。拿最后这类来说，"瘠字累句，则纤疏而行劣；肥字积文，则黯黕而篇暗"。笔画稀少的字连在一起或者笔画繁多的字连在一起，都很难看，应该把它们交错，"善酌字者，参伍单复，磊落如珠矣"。例如，楹联是中国古代文学中由汉字的特点而生成的特别种类，就很需要讲究字形肥瘠，如果一边都是笔画少的字，另一边都是笔画繁的字；一边都是上下结构的字，一边都是左右结构的字，就很不相称。

---

① 鲁迅：《汉文学史纲要》，《鲁迅全集》第9卷，人民文学出版社，1981年，第344页。

修辞中的对偶，诗歌散文尤其是律诗和骈文中的对仗，是古代最基本的写作技巧，也是建立在汉字特性的基础之上。王力说："中国古典文论中谈到的语言形式美，主要是两件事，第一是对偶，第二是声律。""惟有以单音节为主（即使是双音词，而词素也是单音节）的语言，才能形成整齐的对偶。在西洋语言中，即使有意地排成平行的句子，也很难做到音节相同。那样只是排比，不是对偶。"① 对偶除了声律的变化外，外形的整齐也给人美感。古代有宝塔诗、盘中诗②，是用文字排列成图形，虽然带有较浓厚的游戏意味，也不乏审美价值。对形文之美的追求并没有完全过时，现代诗人也有注意诗行的排列外观的。这方面的理论思想依然值得进一步去发掘和择取③。

至于声文之美，更是诗歌的普遍要求。原始诗歌本来和音乐密不可分，《诗经》里的诗也不离开乐，但文字的音乐性不同于乐曲的音乐性，它是独立于乐曲之外的声文之美。刘勰《文心雕龙·声律》谈到两者的区别说："今操琴不调，必知改张，摛文乖张，而不识所调。响在彼弦，乃得克谐，声萌我心，更失和律，其故何哉？良由外听易为巧，而内听难为聪也。故外听之易，弦以手定；内听之难，声与心纷，可以数求，难以辞逐。"刘勰把听音乐之声叫作外听，听诗文字句之声叫作内听，他看出了其间难易之别的现象，对其内在原因的分析却未中肯綮。在音乐上，周代就创造了十二律理论，并且有了命名系统（如以黄钟、大吕作律名），对音阶的音级、音高等可以准确描写、记录。而汉字不是拼音文字。汉代以前，大体上用直音的方法注音，用汉字注汉字，字体的音值难以确定。加上方音的差异和语音的时代变化，以及实际言语活动

---

① 王力：《王力文集》第19卷，山东教育出版社，1990年，第280页。

② 参见《玉台新咏》及宋代桑世昌编《回文类聚》。回文诗也是凭借汉字特性而创制的一种诗体。

③ 徐丽霞：《文心雕龙练字篇之修辞学考察》："《练字》篇所讨论的重点，即是这文字形象于文章修辞所造成的视觉美感效果。"日本学者户田浩晓《文心雕龙练字篇之现代意义》："《声律》是就听觉的立场，去讨论文学的音乐性，《练字》篇则就视觉的立场，去讨论文学美术的问题。"并见詹锳：《文心雕龙义证》，上海古籍出版社，1989年，第1444—1445页。

中音色、音量的差异，同一个字可能出现很不相同的读音，准确描写和说明诗歌散文的声律，当然就不容易。中国音韵学的研究，历史很长，只是在借用了外国的音标体系作工具以后，才逐渐精确。汉字包括声、韵、调三种元素，对于声和韵的认识很早，对于调的认识则较晚，四声是南朝梁代的发现。所以，东汉以前诗文的声律是作者们凭着自己的感觉来调整的，齐梁以后按照音韵学的理论建立起格律，有了规则作依据。中国诗文的声律同汉语汉字的特性关系更加密切。王力说："西洋语言的复音词很多，每一个复音词都是长短音相间或者是轻重音相间的，便于构成长短律或轻重律；汉语的特点不容许有跟西洋语言一样的节奏。那么，汉语的诗是否也有节奏呢？从传统的汉语诗律学上说，平仄的格式就是汉语的节奏。"[①] 诗人、骈文家和散文家从长期实践中体会到汉语的特性，摸索出平仄的格式，能够有效地体现汉语的音乐性。汉语里元音占优势，有声调的区分，运用得当，便可造成句子的抑扬顿挫。《文心雕龙·声律》说："异音相从谓之和，同声相应谓之韵。韵气一定，故余声易遣；和体抑扬，故遗响难契。"异音相从，是指一句之中平仄相间；同声相应，指句末押韵，所谓押韵，也就是同一元音在对称位置的重现。刘勰认为，同声相应不难做到，异音相从则颇为困难。从技术上说，句子既要意思顺畅、精微，又要调整好各个位置上字的平仄，比较复杂；所以刘勰要专门指出抑扬变化之难契。从审美追求上说，中国人主张和而不同，差异、对立造成的和谐，是最佳的和谐。《左传·昭公二十年》记晏婴论"和与同异"，"声亦如味"，"清浊，小大，短长，疾徐，哀乐，刚柔，迟速，高下，出入，周疏，以相济也"。晏子的这番话，对音乐和诗文都适用。不但诗词曲讲求声律，骈文讲求声律，散文也要讲求声律。韩愈就很注重文章的声律之美，清代古文家还提出"因声求气"之说，认为文章的声调可以寄寓作者的思想和人

① 王力：《略论语言形式美》，《王力文集》第19卷，山东教育出版社，1990年，第309—310页。

格。总之，汉语、汉字的特性，给中国文学形式美的创造提供了特别的工具。二十世纪以来，新文学的作者和读者对中国古典文学的形式美的技巧甚少注意，中小学和大学中文系的文学教学对这方面也颇为忽视。有位诗人兼诗评家提出："作为语言的一种特殊形式，汉语文言文在语法之灵活、信息量之超常、文本间内容的异常丰富、隐喻与感性象形的突出诸方面，都证明其是一种十分优越的语言形式。作为汉文化的继承者，为什么不敢向它索取我们在发展现代汉语时所需要的启示和智慧呢？"①了解古人在这方面的思考、研究和实践，会大大增强我们欣赏古典文学时的快感，也会拓宽我们在文学形式创造上的新天地。

（本文为《国学举要·文卷》第一章第一节，该书由湖北教育出版社 2002 年出版）

① 郑敏：《如何评价"五四"白话文运动》和《关于〈如何评价"五四"白话文运动〉商榷之商榷》，《文学评论》1993 年第 3 期、1994 年第 2 期。

中国古人对文学的几种基本态度

中国古代的人们提出过的、论证过的、实践过的文学观多种多样。人们所处的时代不同，面对的情势不同，自身的处境不同，其文学观也就千差万别。同一个人，文学观常常可能前后变化，或者同时容纳不同的甚至是对立的成分。但是，截至“五四”以前，社会的体制，人们的生活方式，文人可能有的选择，保持着基本的模式；通行的、常见的文学观，也保持着基本的模式。文人的遭际，无非是“穷”和“达”，达则兼济天下，穷则独善其身。文学，或者是兼济的舟楫，或者是独善的伴侣。归纳起来，主要有以文为用、以文为哭和以文为戏三种态度。

一、以文为用

以文为用的文学观，主要是所谓社会的“积极成员”① 所持有和维护的。刘邦在与项羽争夺天下之时，郦食其着儒衣由侍从通报求见，刘邦说：“我方以天下为事，未暇见儒人也。”郦生“瞋目按剑”闯进，对刘邦说：“吾高阳酒徒也，非儒人也。”其实，他所起的作用，还是儒人的作用。刘邦得天下，有儒人的一份功劳。几年后，汉初的文臣陆贾时

① 马克思、恩格斯的《德意志意识形态》说到，统治阶级中的思想家是“这一阶级的积极的、有概括能力的思想家，他们把编造这一阶级关于自身的幻想当作谋生的主要泉源”，“另一些人对于这些思想和幻想则采取比较消极的态度”，见该书第43页，人民出版社，1961年。普列汉诺夫说，“功利主义的艺术观不论与保守的情绪或革命的情绪都能很好地适应”，对某种社会制度或社会理想怀有强烈的兴趣，就会倾向这种观点，见《艺术与社会生活》，《普列汉诺夫美学论文集》，人民出版社，1983年，第834页。

时在刘邦跟前“说称《诗》《书》”，刘邦很不耐烦地骂道：“乃公居马上而得之，安事《诗》《书》!”陆贾回复说：“居马上得之，宁可以马上治之乎？……文武并用，长久之术也。”他这里说的“文”，是广义的文，是文化，其中自然包括了艺术文学。文和武一样，是统治阶级长治久安的不可缺一的两手中的一手。司马迁把以上刘邦创建汉朝前后的两件事，一起写进《史记·郦生陆贾列传》，这篇传记反复强调了开国之君对“儒”和对“文”的态度重要性。从历史记载不难看出，刘邦之得天下，也借助过艺术文学的力量。垓下之战，汉军四面作楚歌，使项羽军心动摇，就是一个成功的范例。“楚歌”不就是“文”，不就是音乐和诗歌吗？在刘邦看来，在各个朝代的帝王将相们看来，文学和艺术的价值，就在对他们夺取政权和维护政权能够有多少帮助。在他们没有意识到“文”和“儒”的重要的时候，竟然“解来人之儒冠溲溺其中”；一旦认识了“文”和“儒”对夺天下、保天下的用处，便立即“辍洗，起摄衣”，“延之上座”。他们对文学艺术采取的是实用的态度，这种态度，我们称为以文为用。

中国古代的统治者和他们的思想家把“文”同“化”连在一起，“文”和“化”最初不是一个词，“文”是主词，“化”是动词。“文”的用处首先是“化”，主要也是“化”。西汉刘向的《说苑》说：“凡武之为兴，为不服也；文化不改，然后加诛。”“武”用来对付不肯服从的人，次序在后，先用“文”去“化”，不接受“化”的，再用武去强制、去消灭。南齐王融的《曲水诗序》说：“设神理以景俗，敷文化以怀远。”“文”和“神”即宗教一样，都是统治的手段。用武力镇压，用神力威慑和感召，用文学教化。《易·贲卦·彖传》说：“观乎人文，以化成天下。”孔颖达《正义》阐释：“观乎人文以化成天下者，言圣人观察人文，则诗、书、礼、乐之谓，当法此教而化成天下也。”所谓“化”，就是将被统治者的思想转变到统治者拟定、构筑的意识形态系统中来。以文为用的“用”，就是“化”的作用。儒家的文学思想中，教化是重要的基本的方面，本书在前面已经提到，后面还要论及。以文为用，对“用”的理解宽泛，一般较为合理；对“用”的理解狭隘，则必致否定审美、否定文学。《旧唐书·郑覃传》载郑覃对文宗的进言称，除“三百篇”之外，“降此，五言、七言，辞非雅正，不足帝王赏咏”，“陈后主、隋炀帝皆能章句，不知王者大端，终有季年之失。章句小道，愿陛下不取也”。这类议论在各朝代曾屡次出现，并因其依托政治的势力，所以对文学的性质、品位，起到扭曲、拘束的作用。

“化”的施动者是统治阶级，受动者是被统治的老百姓。但是，从统治阶级的整体的、根本的、长远的利益着想，不能局限于此。统治者要避免和化解政治危机，需要顾及老百姓的起码的生存权利，顾及老百姓能承受的极限，需要及时掌握老百姓的思想、情绪，以改善其政策措施和统治方式，这也用得着文学艺术。“文”可以作为统治者掌握民情的工具，又可以帮助在上者和在下者之间沟通。《毛诗序》说：“上以风化下，下以风刺上，主文而谲谏，言之者无罪，闻之者足以戒，故曰风。”它在“上化下”的主导方向之外，补充了“下刺上”的反向互动。“下刺上”同样有很高政治实用价值，《毛诗序》所谓“……风其上，达于事变而怀其旧俗”，同样为着统治的长治久安。清儒程廷祚《诗论》说：“若夫《诗》之有刺，非苟而已也。盖先王之遗泽，而贤人君子弗忍置君国于度外，故发为吟咏，动有所关。……岂若后世之为诗者，于朝廷则功德祥瑞，于草野则月露风云，而甘出于无用者哉!”“然则刺诗之作，亦何往而非忠爱之所流播乎?”他认为一味宣扬功德祥瑞的作品没有多大用处，“刺上”的作品则是忠爱的表现，它能规劝统治者不越出祖宗法度的范围。文学创作的实践表明，“上化下”的文学作品，大抵是些迂腐的训诫，读之令人生厌，它们的生命多很短促；而“下刺上”的作品，则有相当一部分深刻地揭示了社会的矛盾，表达了真挚的情感。《汉书·艺文志》记载了采诗的传说，谓“古有采诗之官，王者所以观风俗，知得失，自考正也”。这在史实上未必可信，但这一传说给后世文人甚多启示。白居易的“新乐府”即效法于此，“唯歌生民病，愿得天子知”。许许多多了解并且同情民生疾苦的文人，揭露社会政治的弊端，他们的苦心，虽多不被统治阶级所理解，他们的作品却为世世代代所传诵。

“下刺上”的作品，除了有提醒、警醒执政者和在客观上反映社会真实面貌的作用之外，更为现实的，是对写作者和他所代表的群体，有宣泄的作用，这在客观上具有缓解社会异动压力的作用。写刺诗的人，看到社会的不公，心怀愤懑。愤懑的情绪驱使他和他所代表的人们要作出反应，写作文学作品是反应的方式之一。对于统治者来说，用“言”反应总比用“行”反应要好一些。当然，大多数统治者不喜欢听到这类不满的声音，很可能采取压制的手段。郑覃甚至提出“夫《诗》之雅、颂，皆下刺上所为，非上化下而作”。这个反审美、反文学的官员，以古喻今，想要取消文学以防止不满情绪的流露。但是，古代明智的思想家认为，让愤懑的情绪表达出来，对维护统治秩序的稳定、防止颠覆性思想的爆发，有不可忽视的功用，这是文学的又一种“用”。《国语·周语》有邵公谏厉王弭谤的记事，厉王为政暴虐，国内民众对他有许多非议指责，厉王派专人监督，发现了就处死，于是人们沉默了，厉王因而很得意。邵公进谏道：“是障之也。防民之口，甚于防川。川壅而溃，伤人必多，民亦如之。是故为川者决之使导，为民者宣之使言。故天子听政，使公卿至于列士献诗，瞽献曲，史献书，师箴，瞍赋，矇诵，百工谏，庶人传语，近臣尽规，亲戚补察；瞽、史教诲，耆、艾修之，而后王斟酌焉，是以事行而不悖。……夫民虑之于心而宣之于口，成而行之，胡可壅也？若壅其口，其与能几何？”“为川者”，是治理河道的人；“为民者”，是国君大臣，是治理国家的人；瞽、史、师以至百工等是各类官吏，掌管音乐或告诫等各种事项。邵公的一篇话，建议国君从各种渠道，其中包括从诗和乐曲中了解下情，全面地了解社会情况，使其政治措施较为符合实际。他还有一层意思，是说把诗人的口堵住，把文人的口堵住，把老百姓的口堵住，好比是把汹涌奔腾的大江大河堵住，结果必定是决口伤人。文学和艺术，可以当作泄洪闸、减压阀，释放一部分动摇社会秩序的心理驱力，降低了政治上层建筑所承受的压力。当然，如何使这类作品不是传播和强化反抗情绪，而是弱化它们，那就看政治家的能力和水平了。站在被统治者的立场，以文为用，是用文学艺术揭露统治阶级的残暴，揭露统治秩序的不合理，鼓动人民起而反抗。这种思想，在过去时代不可能得到系统的理论阐述。

以文为用的文艺观，注重文学艺术的社会性、伦理性、政治性，比较容易导致对文学艺术审美性的忽视；注重体现阶级、集团的利益和意志，比较容易导致对个体独有的思想情感的忽视。传统文艺观的这一面，二十世纪三十年代以来，与现代庸俗社会学结合，滋生偏执倾向，需要澄清和纠正。

二、以文为哭

马克思和恩格斯在《德意志意识形态》中说过，统治阶级内部也可能发生两部分人之间的分裂、对立和敌视。这种情况在中国古代很是普遍。那些遭受当朝权臣打击的文人，往往是对统治阶级特别忠诚的人。他们忠诚而不被信任，而受到贬斥，而遭到拘禁、放逐；他们的政治主张、他们的抱负得不到实行、施展的机会。这些人中有很多思想深邃、才华富赡，被压抑的思想和才华便向文学创作的渠道流泄奔涌。他们以文学创作诉说委屈，抒发愤慨，寄托悲伤；他们的作品里，回响着哭声，哭自己怀才不遇，哭王朝的危殆，哭生灵的苦难。高度评价这类作品、概括这类创作实践的理论，可以称之为以文为哭。

以文为哭因为是作者情不自禁的自然流露，其历史也许比以文为用更加久远。而且，有的人不仅用文学的审美的方式哭，还要在作品里面道出为什么用文来代哭，这就是以文为哭的理论的滥觞。《诗·魏风·园有桃》首章说："园有桃，其实之肴。心之忧矣，我歌且谣。不知我者，谓我士也骄，彼人是哉，子曰何其。心之忧矣，其谁知之？其谁知之，盖亦勿思。”《毛传》说，“大夫忧其君……故作是诗”，应该说是忧其君而更伤自己。作者郑重声明，他是由于心忧才作歌。《小雅·正月》全篇弥漫“忧心愈愈”，尤其是第六章：“谓天盖高，不敢不局（弯腰缩身）。谓地盖厚，不敢不蹐（提心吊胆地小步侧行）。维号斯言，有伦有脊（“脊”通“迹”）。哀今之人，胡为虺蜴！”他在行动上避让、退缩，而用诗，倾诉他的委屈和痛哭，他的诗，就是他的哭号。

“心忧而歌且谣”，从个体的角度说，从较低的也是最自然的层次说，是一种自我排遣。因为忧伤、哀怨、悲愤，都属于消极心理，对主体的心理和生理都会有损伤，所以，为了自我保护，主体便会经由转移、宣泄或者替代来淡化、减弱消极心理，从愁苦中自拔。《乐府诗集》卷六十二《悲歌》说：“悲歌可以当泣，远望可以当归。”“当”，是抵当，也就是替代。回不了故乡，远望也可以聊慰乡愁，“心思不能言，肠中车轮转”，平常的话语诉不出的悲哀，用艺术文学的方式宣泄，吟诗可以抵当哭泣。后来有“长歌当哭”的成语，“长”，是说诗歌的声调徐缓悠曼；“长歌”，也可以理解为哀戚凄怆的文学作品。用文学的方式来表达哀思，比之痛哭，更富于感染性，并且又加入了美质。在多数情况下，这类作品比之以文为用的思想指导下的作品，艺术价值要更高。明代汪砢玉《珊瑚网·苏子瞻书武昌西山赠邓圣求诗迹》有句云：“我为长歌吊此老，恸哭未抵长歌哀。”生活中的恸哭，在情感的深切上，也比不上抒发哀情的诗文。

这种悲歌宣泄，固然一般不以政治上的功利为直接目标，还是可能招致嫌憎。苏轼屡屡以言获罪，而这些“言”，很多就是他的文学作品。其《思堂记》称：“言发于心而冲于口，吐之则逆人，茹之则逆余。以为：宁逆人也，故卒吐之。”吐出来，也就是“悲歌”“长歌”。由此可以看出，苏轼在长期的贬谪中，有意识地长歌当哭。然而，由于诗歌创作中艺术思维的情感性，作者完全沉浸在悲哀之中，也有可能不但没有由转移而弱化，反而增强了悲哀的烈度。洪迈《容斋随笔·长歌之哀》

说："嬉笑之怒，甚于裂眦；长歌之哀，过于恸哭。"苏轼《读孟郊诗》云："诗从肺腑出，出辄愁肺腑。有如黄河鱼，出膏以自煮。"其结果是，诗人用自己的平安、幸福以至生命，换得了传之永久的佳作。

再进一步，有的人"以文为哭"是哭诉，是让激烈的社会性的政治性的怨愤情绪喷涌而出。屈原的《九章》以《惜诵》为首章，此诗的开头为"惜诵以致愍兮，发愤以抒情。所在忠而言之兮，指苍天以为正"。有人认为这是他的全部作品"二十五篇之首也"[①]，概括了屈原所有作品的创作动机和性质；又有人认为这是他的"临绝之音"，"倔强疏卤，尤愤懑而极悲哀"[②]，总结了屈原的创作心理。司马迁在为屈原作传时说："'离骚'者，犹离忧也。夫天者，人之始也；父母者，人之本也。人穷则反本。故劳苦倦极，未尝不呼天也；疾痛惨怛，未尝不呼父母也。屈平正道直行，竭忠尽智以事其君，谗人间之，可谓穷矣。信而见疑，忠而被谤，能无怨乎？屈平之作《离骚》，盖自怨生也。"《离骚》中"长太息以掩涕兮，哀民生之多艰"；《悲回风》中"涕泣交而凄凄兮，思不眠以至曙。终长夜之漫漫兮，掩此哀而不去"，都明确表示屈原是自觉地以文为哭，用诗歌倾诉他在政治实践中未能施行的政治理念。他的哭，远远超过个人之哀，主要是家国之恨、社稷之悲。这是最受尊崇的一种以文为哭。刘鹗的《老残游记·自叙》历数中国文学史上的杰作，认为都属以文为哭："《离骚》为屈大夫之哭泣，《庄子》为蒙叟之哭泣，《史记》为太史公之哭泣，《草堂诗集》为杜工部之哭泣，李后主以词哭，王实甫寄哭泣于《西厢》，曹雪芹寄哭泣于《红楼梦》。"他的《老残游记》当然也是哭泣。他把哭泣区分为"有力"和"无力"两类，"有力"类又区分为以哭泣为哭泣和不以哭泣为哭泣。后者就是以文为哭了。在以文为哭中，并不一定是字面上直接呼天抢地，如《红楼梦》之从"醒酒喷饭"的故事中深隐着辛酸泪。这类作品，动摇统治

① 蒋骥：《山带阁注楚辞》。
② 朱熹：《楚辞集注》。

阶级的乐观主义，“不可避免地引起对于现存事物的永世长存的怀疑”①，并且由情生文，深挚动人。

三、以文为戏

文学和游戏，本来就有某种血缘关系。对于原始人，艺术和游戏难以区分开来。游戏，是为了获得愉快，而不是为了获得利益；艺术以及文学，它们的一个方面，也是给主体以快感、愉悦。孔子认可艺术文学的愉悦作用，《论语·述而》说：“志于道，据于德，依于仁，游于艺。”朱熹《四书集注》说，“游者，玩物适情之谓”，近似于今之所谓游戏。但孔子的这一思想，没有被后世儒家发挥，反而一再被狭窄化和曲解。朱熹认为“游于艺”比前三项低一个层次，有轻重之别，只是志道、据德、依仁的手段，为的是使心不放失而违仁。清代李中孚《四书反身录》说：“今之所谓艺，诗文字画而已，究何关于日用耶？”又引人言曰：“诗文是一厄……若谓此是正业，是指寻花问柳与力穑同也。”② 这些人视诗文为末事，认为，以文为用尚且无大用，若以文为戏就更加不可容忍了。唐代韩愈写过《毛颖传》《石鼎联句诗序》等颇富小说意味的文章，五代王定保《唐摭言》说：“韩文公著《毛颖传》，好博塞之戏，张水部以书劝之。”张水部即张籍，他致信韩愈说：“执事聪明，文章与孟轲、扬雄相若，盍为一书以兴存圣人之道，使时之人、后之人知其去绝异学之所为乎！”“比见执事多尚驳杂无实之说，使人陈之于前以为欢，此有以累于令德。”“兴存圣人之道”是以文为用，“陈之于前以为欢”是以文为戏，以文为戏会成为德行之瑕疵。韩愈回信辩解说：“吾子又讥吾与人人为无实驳杂之说，此吾所以为戏耳，比之酒色，不有间乎？”张籍不同意这一辩解，又批评道：“君子发言举足，不远于理，未尝闻以驳杂无实之说为戏也。”韩愈再答：“昔者夫子犹有所戏，

① 恩格斯：《致敏·考茨基》（1885年11月26日），《马克思恩格斯选集》第四卷，人民出版社，1972年，第454页。

② 转引自程树德：《论语集释》，上海古籍出版社，1990年，第445页。

《诗》不云乎：‘善戏谑兮，不为虐兮。’《记》曰：‘张而不弛，文武不能也。’恶害于道哉！”同时，裴度写信给韩愈的门人李翱，非议韩愈，“不以文立制，而以文为戏，可矣乎，可矣乎?!”足见，能不能够以文为戏，在古代文人中间，有着激烈的争论。张籍、裴度的指责声色俱厉，韩愈的辩护则颇乏自信。柳宗元是韩愈的同情者，他在《答杨诲之书》中说：“足下所持韩生《毛颖传》来，仆甚奇其书，恐世人非之，今作数百言，知前圣不必罪俳也。”“俳”，也就是戏，以作文为戏。他的《读韩愈所著〈毛颖传〉后题》，主旨是说，在太羹玄酒之外，还需要奇异小虫、水草、楂梨橘柚：“韩子之为也，亦将弛焉而不为虐欤，息焉游焉而有所纵欤，尽六艺之奇味以足其口欤?”息、游、弛、纵，是暂时抛开社会身份所规定的面具，抛开功利的追求，使自己完全地放松。中国古代诗作中，有一些就是文字游戏。小说写作，很多人也是以游戏心理进行的。明代李昌祺《剪灯余话》的书稿被曾棨偶然看到，“乃抚掌曰：‘兹所谓以文为戏者非耶?’”以文为戏，有不少是在形式上“戏”，在修辞、音韵、结构的技巧运用上别出心裁，如诗钟、藏头诗、顶针续麻之类；也有在内容上“戏”，即诙谐滑稽、轻松闲适的抒情或叙事，如打油诗，特别是小说。小说原本起于人们休息时讲谈故事以相娱乐，《淮南子·缪称》所谓“侏儒瞽师，人之困慰者也，人主以备乐”。不过，游戏，并非就是毫无意思的消遣，更不等于无所用心。关于《毛颖传》，曾国藩说，东坡诗云：“退之仙人也，游戏于斯文。”凡韩文无不狡狯变化，具大神通，此尤作剧耳。张裕钊也说，游戏之文，借以抒其胸中之奇，洸洋自恣，而部勒一丝不乱，后人无从追步①。所以，以文为戏，有粗鄙的、低俗的、浅薄的戏，也有精细的、高雅的、优美的戏。有的人仅限于用作文或观文来打发时光，在平庸乏味的生活中得到一点刺激；另一些人是追求感性和理性的协调，使被抑

① 转引自马其昶：《韩昌黎文集校注》，上海古籍出版社，1986年，第566页。

制的心理能力得到伸展的机会。席勒曾经分辨两种休息。他说，休息即是从强制的状态转到自然的状态。第一种，如果把理性对感性的制约看作强制，那么，休息就是精神的完全安静。第二种，“如果我们把我们的自然状态理解为以各种方式表现我们的人性的无限可能性以及以同样的自由处理我们的力量的能力，那么这些能力的任何分离和孤立都将是强制的状态，而休息的理想则在于，经过能力单方面发展之后，我们个人作为自然的整体得到恢复”。所以，以文为戏的理想的状况，不是“在平庸的软枕上尽情享受空洞的虚无”，而是“人的全部力量必须集中在一个焦点上，而那些把心分散在抽象思想上，为日常生活琐碎公式弄成气量狭小，或者被脑力劳动弄得筋疲力尽的人们的情况则不是这样”① 以文为戏的戏，相应也有两种，其高境界是人性与能力的自由舒展所带来的快乐。陆机《文赋》说：“伊兹事之可乐，固圣贤之所钦。课虚无以责有，叩寂寞而求音。函绵邈于尺素，吐滂沛乎寸心。”他描述的是想象力的纵横驰骋和从遵循形式规则（音韵格律等）中达到的创造的自由，从而自证作者的才华智力，获得高度的快感。曹植《与丁敬礼书》说：“故乘兴为书，含欣而秉笔，大笑而吐辞，亦欢之极也。”苏籀《栾城遗言》记苏轼的话：“某平生无快意事，惟作文章，意之所到，则笔力曲折无不尽意，自谓世间乐事无逾此者。”以文为戏，搁置外在的实用的目的，撇开利益得失的考量，突出了审美的非功利性、超功利性。

以文为戏，包括自遣和娱众两个方面或两种类型。上面列举的主要是作者在文学创作过程中获得欢乐。曹雪芹绳床瓦灶，举家食粥，写作不辍，“况那晨风夕月，堦柳庭花，更觉得润人笔墨”。金圣叹《第六才子书》序言说：“我今日天清日朗，窗明几净，笔良砚精，心撰手写，伏承蜂蚁来相照证，此不世之奇缘，难得之胜乐也。”一些位高权重者，

① 席勒：《论素朴的诗与感伤的诗》，《古典文艺理论译丛》第二册，人民文学出版社，1961年，第44页。

则借文学创作，消除公务的烦劳。纪昀《姑妄听之序》说：“时拈纸墨，追录旧闻，姑以消遣岁月而已。”《滦阳续录序》说：“时作杂记，聊以消闲。”他的所有笔记小说，“皆弄笔遣日者也”。以上两者都属自遣。《红楼梦》的作者又说，“只愿世人当那醉余睡醒之时，或避事消愁之际，把此一玩”，便兼有娱众的功能。

以文为用和以文为哭，都不能完全离开以文为戏，毫无戏的成分与效果的文，索然无味，别的功能也无从发挥。

（本文为《国学举要·文卷》一书第一章第二节，该书由湖北教育出版社 2002 年出版）

第三辑

批评家的困惑和文学批评的出路

——倡导开放性的社会历史批评

进入80年代以来，中国的文学批评家们审视自己的工具箱、武器架，每每生出感慨和惶惑，很少有人还能像50、60年代他们的同行那样，对自己的工具、武器的性能充满信心，而不免或多或少地觉得它们有些陈旧，觉得它们的品种样式太过单调因而适用范围受到很大限制。50年代之初，一篇短篇小说《不能走那条路》，一首诗《祖国我回来了》，引起全国性强烈反响，主要都是因为它们的思想内容；围绕作品所发表的许多文学批评文章，大家的视线都集中在它们的社会性。并没有哪位批评家着重在小说中寻绎什么特别的叙述技巧，在诗歌中寻觅什么意象的迭合。《组织部新来的年轻人》发表之初，评论者或誉或毁，接着是一边倒的粗暴批判，70年代末又被当成了“重放的鲜花”，几十年间评论者所下的判断可以截然不同，但大都为政治判断，着眼的大都在它的社会内容。前几十年的文学评论当然有相当出色的，但整体看来，文学批评的路子确实不宽，而且在60年代中期之后越走越窄。到了80年代，这样的文学评论渐渐不能使人满足，甚至使不少创作者、接受者以及文学批评工作者自己感到厌烦。其时，哲学界和史学界率先进行方法论上革新的讨论和实践，给文学理论界和文学批评界以震动和启发。在前几十年时间，不一定全由于自身的原因，我们的文学批评家对政治高度关切，对自然科学的进展则相对淡漠。这种态度给文学理论、文学批评的形态带来很大影响，使它具有较重的古典意味而较少的现代风格。早在1914年，列宁就已经写道，“大家知道，从自然科学奔向社会科学的强大潮流，不仅在配第时代存在，在马克思时代也是存在的。在20世纪，这个潮流是同样强大，甚至可说更加强大了”①。列宁的这段话描述了历史，预见了未来。从19世纪末期起，自然科学中原有学科的革命性变化，新兴学科的创立，给社会科学和人文学科越来越直接的推动，也越来越迅速、越来越深入地渗透到文学理论批评之中。心理学原先是附属于哲学之下的，现代心理学则是在物理学、生物学、医学的基础上建立和发展的。史家把冯特1879年在莱比锡建立世界上第一个心理学实验室，作为现代心理学的开端。这具有超越心理学范围之外的象征意义，它标明了自然科学和社会科学和人文学科发展的新的潮流。相对论、量子力学……给予当代哲学的影响，比任何一个职业的哲学家、任何一个哲学流派的影响更深切巨大。自然科学中的革命，40年代以来系统论、信息论、控制论的创立和发展，改变了世界的科学图景，改变了自然科学家的思维方式，也改变了社会科学家以及所有的知识人群的思维方式。各门科学都越来越多元化了。西方文学批评的变化，在21世纪以来并不是单向地推进，而是多向地、曲折地、回环地发展。一个新的批评学派初出时，锐气夺人，放射炫目的光彩，但其风靡天下的局面不可能长久维持，而且其理论主张与批评实践也不易完全合榫。因此，热心者在开始时对它的厚望落空之后，热情也不能不较快地低落。往后，这一学派常常与其他批评学派的思想或隐或显地有所交汇。从20世纪50年代到70年代，中国大陆与西方的哲学社会科学以及文学创作和文学批评，彼此隔膜、隔绝。80年代初期，在改革、开放的形势下，西方的哲学、社会学、心理学等多种学科的多种学派的著作和观点，在很短的时间里集中地被翻译、介绍，西方的自然科学的研

① 列宁：《又一次消灭社会主义》，《列宁全集》第20卷，人民出版社，1958年，第189页。

究方法、哲学社会科学的研究方法，西方现代文学批评的观念和方法，得到广泛的传播。在当时，许多人觉得耳目一新，思路大开；当然，也有人以犹豫和怀疑的眼光观望，对那些过高估计西方学说价值的偏颇说法表示反感和忧虑。不管怎么说，学术领域里的风气变了，文学批评领域里的风气变了，有了不同的声音，有了讨论、争论，总归是好事情。

80 年代中期文学研究和文学批评中的“新方法热”，是对长期以来文学批评的观念和方法的单一化、僵硬化的反拨。这时的追新逐异，有着积极的意义。只是，那几年为人们津津乐道的新理论、新方法，并不真的全都是新的。有些方法年龄已在百岁上下，还有不少过了“知天命”或者“耳顺”之年。只是由于有 30 多年在中国大陆不太常见，一旦复现，便使有些人觉得新奇。其实，翻开商务印书馆在 20、30 年代出版的现在已经开始发黄的书册，其中就有对某些今天称之为“新”方法、“新”理论的不算简略的介绍。把这些方法应用到对中国文学作品的分析之中，也早有人尝试过；它们既不是万应的灵药，也不是荒唐的呓语。我们应该了解它们，了解它们近几十年的变化、发展、创新，从中有所采撷、汲取。我们不会以简单照搬为满足。事实上，80 年代以来对西方文学批评方法的引进，起了开风气、拓思路的良好作用，但从具体操作的实践看，却并没有多少经得起时间检验的成果留存史册。严格的、符合或接近创立者本意的文体学批评、符号学批评、精神分析批评、原型批评……的文章在哪里？介绍一种学派的发展源流、学说要点的论著日渐增多，日渐提高了质量，面对国内文艺现象而作的实际演练则乏善可陈。比如，结构主义文学批评方法注重系统内部关系而拒绝考虑系统外部的联系，我们看到的以这种方法分析大陆作家新近发表的短篇小说和诗歌的评论文章，却把对具体作品的结构和作家的结构意识的分析同社会历史因素的分析联结起来。之所以如此，并不仅仅是因为我们的批评家对结构主义批评方法还不熟悉，还没有完全掌握，还谈不上运用自如，更重要的原因是，我们的批评家对“纯粹的”结构主义方法并不是无条件地完全地接受，他们还有若干的保留。中国的批评家、作家和读者们的文化心理和审美心态，同西方现代的文学批评方法，有时会有若干的抵牾之处。我们的文学批评要和本国的文学创作及读者接受保持血肉联系，就不能现成地照搬别人的东西。

谈到文学批评的建设，除了面对西方现代潮流之外，我们还背负本国的传统，传统中间有死亡了的，有仍然蕴含强大生命力的，要靠我们去择取。中国专门的文学批评著作，以南朝齐梁时钟嵘的《诗品》为最早。《诗品》对每个诗人的评语不过数十字、百来字，十分精炼，判断多，分析少，主观性强。说它主观性强，并不是说这样就一定不好，文学批评要求批评家敏锐的审美直觉和独到的艺术眼光，要求见出批评家的个性。但限于判词式的寥寥数语，毕竟不能满足现代人对细密论证的要求。在古人则可，现代文学批评则不能都停留在这种形态。《诗品》还每每用优美的文学语言、生动的比喻形容诗人的风格，魏晋南北朝士大夫品评人物，也都喜欢这样，后来便成为中国文学批评的一个特点。批评家必须准确地把握作品，有高度的概括力，并能用生动的语言传达自己的审美感受。而过于精简又容易走到另一面，落入空泛。直到19世纪中期和晚期，中国文学批评仍然缺乏精密性、系统性，缺乏专业的文学批评家，文学批评还没有完全地充分地从文学整体中独立出来。从梁启超、王国维开始，文学批评的理论和实践有了重大变革，瞿秋白、李健吾、梁实秋从不同方向为中国现代文学批评建设做了许多工作。以创作为主要贡献的鲁迅、茅盾在文学批评上也有卓越建树。只是，始终还没有形成独立的文学批评学派，没有形成完整的学术个性鲜明的文学批评体系。从30年代开始，中国革命的文学批评家自觉地以马克思主义作为指导思想，鲁迅、冯雪峰、胡风、周扬、何其芳在翻译介绍、阐释发挥和应用实践上都有显著的成绩。毛泽东在民族革命战争环境中，结合中国实际，对文学批评的性质、标准等重大问题，提出了指导的原则。他们和在他们领导、影响下的文学批评，有半个世纪的时间成为我国文学批评的主流。

马克思主义的文学批评是科学的文学批评，但是，它需要随着时代不断发展变化，在跨世纪的时刻，更加迫切地需要有进一步的发展变化。不应该把马克思主义经典作家的文学批评理论与实践当作不能变动的框框，对非马克思主义文学批评采取完全否定和一概排斥的态度，也不应该把非马克思主义的文学批评观念与方法解释成马克思主义文学批评理论早已包容的原则下的一种新的实例。

文学批评的观念和方法的革新、创造与发展，应该是越来越丰富、越来越多样，绝不是要走向新的单一化。这其中自然应该有社会历史批评的一席地位，而没有理由排斥它。从较长的时段看，社会历史方法应用范围更广，对其他方法渗透力更强。这里想要倡导的是开放性的社会历史批评，希望借此开拓文学批评宽阔的新路。本文拟说明，当代的社会历史批评需要具有开放性，当代的革新的文学批评需要社会历史方法。

社会历史的文学批评古已有之。孟子提出的知人论世的方法贯穿于中国文学批评史，社会历史方法在中国古代的多数时间占着主流地位。当然，古人也有沉迷于音韵之和谐、对仗之工切的，讲究四声八病之说、评骘文眼诗眼之妙、解析起承转合之势，总之，把批评的目光指向文学文本自身，指向文本的形式因素。但在常见的情况下，这类批评也往往是或自然贴切地或牵强附会地同社会性的考察和评价联系、结合。除了知人论世以外，孟子还提出了以意逆志。如果说知人论世是社会历史方法之滥觞，那么，以意逆志就是心理学方法之雏形，而这两种方法正是配合使用的。王国维说，“是故由其世以知其人，由其人以逆其志，则古诗虽有不能解者，寡矣”。在西方，古希腊的柏拉图和亚里士多德谈论神话、史诗和戏剧，都很重视社会功用的考量。18 世纪的维柯则将社会历史批评方法明确化，他的《新科学》第一卷第四部分专论方法，其中说道：“我们的各种神话和我们所要研究的各种制度符合一致……这些神话将会显出的就是最初各族人民的民政历史。”① 他从荷马史诗复现荷马所处的时代环境，见之于《新科学》第三卷“发现真正的荷马”，这一卷的许多分析树立了社会历史的文学批评的成功范例。近代科学意义上的社会历史的文学批评的创立者，是法国文学批评家丹纳，他认为，种族、环境和时代，是决定文艺作品性质、特点的三个要素。对于丹纳所说的三个要素不应该分割开来各自孤立地审视，他注意到生理的、地理的等先天的、天然的因素的作用，但认为起核心贯穿作用的还是社会的历史的要素。西方古代和近代的文学批评，也以社会历史批评影响最大、最广、最深。只是到了 20 世纪，非社会历史的文学批评才大量涌现，并且居于十分显赫的地位。

20 世纪马克思主义文学批评也很活跃，在广阔的范围存在与发展。马克思主义文学批评有多方面的内涵，其基本性质则属于社会历史批评，是社会历史的文学批评的新的高峰。但是，它并没有终止人类在这方面的探索。几十年的实际是，马克思主义文学批评的社会历史分析方法，被某些人片面化、狭隘化。直到最近，在 1985 年下半年以来的文学批评方法的讨论中，还有人把马克思主义经典作家的文学批评的理论和实践当作不能变动的框框。这显然是不正确的。社会历史的文学批评需要进一步发展，需要创新、变革，需要开放而不能将它封闭起来，不能停止在一个水平上，不能局限于原有的模式和手段。为什么说社会历史的文学批评需要有重大的变革，应该具有广阔的开放性呢？下面从几个方面作简要说明。

第一，随着自然科学的发展，作为文学批评方法的理论根基的哲学近几十年来有了惊人的重大发展。从 1985 年以来，有关文学研究方法与文学批评方法的讨论，归根结底，分歧总是哲学观念上的差异。这里有必要简略谈谈主体性的问题。马克思、恩格斯在创立和发展辩证唯物

---

① 维柯：《新科学》，朱光潜译，人民文学出版社，1986 年，第 147 页。

主义与历史唯物主义的时候，由于当时的政治环境和理论环境的需要，着重强调的多是存在决定意识、经济基础决定上层建筑这个方面，而对于问题的另一方面，对于上层建筑、社会意识的能动作用，相比之下，谈得不是那么充分。正如恩格斯早已讲过的，“青年们有时过分看重经济方面，这有一部分是马克思和我应当负责的。我们在反驳我们的论敌时，常常不得不强调被他们否认的主要原则，并且不是始终都有时间、地点和机会来给其他参预交互作用的因素以应有的重视”①。事实上，马克思、恩格斯并不低估主体的作用，而是一个多世纪以来，相当数量的马克思主义信奉者，在斗争、论争的情景中，每每表现出这种偏向。匈牙利的卢卡契，是被“正统”的马克思主义者视为异端的理论家。韦勒克在《西方四大批评家》中说，使卢卡契着迷的中心警句是：文学是现实的反映。这条警句在卢卡契《美学》的第一卷里就重复了1032次，至于在第二卷里用了多少次，统计者已经没有耐心去细数了，这句话中的“反映”一词出自列宁②。被不少人看成“修正主义代表人物”的卢卡契，如此执着于列宁的反映论，其他马克思主义者就更不待言了。在文学理论批评中，在很长的时间、在一批国家，许多力图以马克思主义为指针的人，乐于强调真实地反映现实，而吝于谈论表现主体内心，对于文学批评活动中主体的作用谈得就更少。这是理论思维中的一种偏向、一种弱点。而在西方现代哲学和西方现代文学批评中，恰恰与此相反，把创作主体、批评主体的作用摆在极为突出的位置。20世纪以来，由于自然科学中革命性变化的影响，也由于一战、二战和经济发展不平衡等多种因素的影响，人，个人的内心世界受到高度重视，哲学研究逐渐向以主体为中心转移，主体和客体的关系成为现代哲学的基本问题。

---

① 恩格斯：《致约·布洛赫》(1890年9月21—22日)，《马克思恩格斯选集》第四卷，人民出版社，1972年，第479页。

② 雷纳·威莱克（韦勒克）：《西方四大批评家》，林骧华译，复旦大学出版社，1983年，第71页。

比如说，爱因斯坦在1905年、德布罗意在1924年先后提出光的波粒二象性，光既具有电磁波的性质，又必须被看作粒子状的客体。观察的结果不仅决定于客体的性质，也依赖主体观察的角度和观察的方法、手段。若要离开观察的主体、离开人，而问光到底是粒子还是波，这样的问题是没有意义的。从以客体为中心向以主体为中心的转变，不但在西方哲学如皮亚杰的发生认识论中得到更细密的论证阐发，在70年代以后的苏联、东欧的哲学社会科学研究中也显露类似迹象。哲学的变化必然给文学理论、文学批评的变化带来推动力。文学批评不再满足于只是指出作品反映生活的深度和广度，而是还要着重研究人对世界的审美把握中的主体性，研究审美活动中主体与客体作用的双向互逆性。对自然科学和哲学观念变革反应迟钝，会延缓、阻滞文学批评变革的进程。能否关注、理解哲学观念上的这一重大变革，是能否使社会历史文学批评具有开放性的关键所在。近百年来，原有学科的革命性变化和层出不穷的新学科的创立，对人们不断产生启发和冲击，文学批评中的社会历史批评也不能对此熟视无睹，不能不对之作出反应。例如，现代心理学陆续出现的精神分析学派、格式塔学派等，其影响远远超出心理学专业范围。40年代创立的系统论、信息论、控制论，其方法论渗透到各种学科之中，文学批评也不例外。停滞在19世纪以前自然科学的框架，停滞在与那种科学水平适应的哲学框架，不可能使社会历史文学批评产生蓬勃的生机。

第二，从19世纪末期开始，文学创作、艺术创作发生了重大变化。被人们笼统地称为现代派的多种文学艺术流派同现实主义文学艺术流派共存和竞争，当今的现实主义与前代的现实主义之间差别甚大，它们彼此之间也往往形质各异，具有多种形态并且不断萌生新质。马克思、恩格斯评论过巴尔扎克，列宁深入分析过列夫·托尔斯泰，普列汉诺夫评论过易卜生和高尔基，还有梅林、卢那察尔斯基、卢卡契等人，他们的评论对象主要都是现实主义的作家作品，而且多半是19世纪的批判现实主义文学。普列汉诺夫、高尔基、卢卡契接触到现代派，但他们都对之采取否定态度，并少有深入细致的探究。两次世界大战以来，世界上最有特色、最有成就，并且经过数十年时间之流的冲洗淘汰已经得到广泛承认的作家，与巴尔扎克和托尔斯泰有了很大的区别。评论对象变了，我们这里的批评家的思维模式、观念方法的变动幅度太小，于是就出现了矛盾、产生了困惑。在20世纪80年代初期的中国，文学艺术创作上的新变也先于理论批评上的新变，出现了不像小说的小说，连老诗人也声称看不懂的诗歌，美术、音乐、戏剧、电影中新潮迭起。人们刚刚容忍、适应了某一种变化，新的更为大胆、更为“出格”的变化又扑面而来，这就给文艺学家、美学家和批评家以强烈的刺激，也给予了有力的推动。应用评论《组织部新来的年轻人》和评论《青春万岁》的方法来评论《春之声》《海的梦》还行不行得通？应用评论《槐树庄》《霓虹灯下的哨兵》的方法来评论《狗儿爷涅槃》和《绝对信号》还有没有人要听？这时就都成了大问题。评论对象发生了巨大的变化，批评家的思维模式却依然故态，于是就产生了困惑。我们许多人都曾在文学批评写作的实践中亲身体验过这类困惑。最好的解脱之路不是固守原有的方法，也不是轻易地抛弃原有的方法；探索开放性的社会历史批评，至少是可行的道路之一。

第三，同以上几种因素同时发生和彼此关联的是，由于科学技术的空前进步，世界格局和各个国家社会格局的空前变化，人们文化生活、文学艺术接受活动的内容、方式以及审美选择的集中点，也发生了和继续发生着重大变化。欣赏者的心态，一辈人与一辈人之间相差悬殊。对文学与社会的关系，出现了一些新的态度、新的处理方式。拿中国50年代和80年代的情况相比较，过去不少读者、观众文化水平偏低，知识面较窄，集体认同意识较强，文学艺术欣赏中较多的是被动接受。现今的读者、观众常有较强的求异倾向，欣赏中有了更多的主动选择，而在选择时对作品的社会内容、艺术风格、形式技巧有了多元的取向。文学批评面对这样的接受群体，不能不是更丰满的、更多向的，不能不追求变化、创新。

第四，当今的世界，存在多种社会历史批评，西方文学批评甚至又有从内向外，从关注形式到关注作品的社会性的趋势。新历史主义、女权主义、后殖民主义和社会学的文学批评，都把社会、历史作为观察文学的出发点。这些学派在观念、方法上，在分析与叙述的技巧上，都有所创新。这些学派正对我国文学批评发生影响，可能还将发生更大的影响。

社会历史的文学批评需要向其他各种文学批评学派吸收营养，同样，其他各种文学批评学派也需要向社会历史的文学批评寻求思想的支撑，实际上，许多批评家早就自觉或不自觉地这样做了。精神分析的学说算是离经叛道的色彩最浓，而遭受指责最多的，弗洛伊德把人的初级的、原始的、自发的本能，主要是性本能，看作人的最深刻的本质，并据此解释文学创作，分析和评论文学作品。他的学生荣格不满于此，提出“集体无意识”的概念，指的是种族的原始意象和精神，这就扩大了无意识的内涵，使这个核心概念具有了一定的社会性、历史性。弗洛伊德的另一个学生阿德勒，认为人的行为不是由他们的生物本能决定，而要从他们所处的社会关系来解释。至于弗洛姆，更是明确地把解释分析理论引向社会学。也有研究者认为，弗洛伊德本人预先提供了这种转变的根据，“弗洛伊德著作的目的之一就在于帮助我们从社会的历史的角度去探讨个人的成长”①。可见，精神分析方法也容纳着社会历史方法的成分。

社会历史的价值标准与社会历史的研究方法，两者并不能完全等同。俄国形式主义文学批评的观点非常激进，它力图把对文学作品的社会历史内容的评估排除在文学研究、文学批评之外。这派批评家的基本

---

① 特雷·伊格尔顿：《二十世纪西方文学理论》，伍晓明译，陕西师范大学出版社，1986年，第203页。

工作是确定作品陌生化的程度，他们认为，文学，尤其是诗歌，就是使语言变得扭曲、陌生。显然，差异、扭曲、陌生，都是相对于公认的规范而言。没有规范，无所谓陌生化。规范正是传统和历史的凝结物，陌生化只能在一定的历史过程中发生。对形式的研究，离不开形式构成和发展、变化的历史，因此，不能不用到历史的方法。

研究的思维方式与研究对象密切相关，文学的特质制约着文学批评的思维。自然科学面对的是自然界，文学批评面对的是人类的精神产品，这种精神产品又是表现、反映人的生活和情感的。研究和评论文学作品、文学现象，无论重点是在创作主体，还是在创作成果或是在接受者，无论瞩目于艺术生产过程或是传播过程和艺术欣赏，都需要研究人，都离不开对人的生存环境、人的社会性的考虑。总之，社会历史的文学批评的存在价值，不取决于这部分或那部分人群的好恶，不取决于一时一地的风习，而是由文学的本性规定了的。

（载《湖北社会科学》1988 年第 7 期）

建设“圆形”的文学批评

雷纳·韦勒克在《近代文学批评史》第一卷导论中说，从 16 世纪中叶到 18 世纪中叶，欧洲国家的文学批评，可以划分为三个阶段，分别是：权威的支配、理性的支配和趣味的支配。各个阶段不管存在多大的差别，有一点却是共同的——各自都有占支配地位的一种力量。后来的发展却不再沿着这样的形态继续。20 世纪被称为文学批评的世纪，文学批评空前活跃，进入 20 世纪之后，文学批评领域的图景发生了很大的变化，人们看到的不再是一种支配力量取代另一种支配力量盘踞在批评家的头脑，不再是一种文学批评主潮取代另一种文学批评主潮占据独尊的地位，人们看到的是不同学派的共存和竞争，是不同力量彼此的冲撞和互补。这就大大促进了文学批评的丰富、繁荣。然而，文学主张、研究方法与表达方式各不相同的现代批评学派，在不甚宽敞的地盘上推来挤去，谁都希望能有更广阔的生存空间和影响范围，谁都不愿意自己的声音在嘈杂喧闹中被淹没，谁都期望自己的风姿给作家、读者乃至整个社会造成强烈印象，因而，有意识地或者无意识地，全自觉地或者半自觉地，都容易趋向把自己的观点推向尖锐化、极端化，所谓“深刻的片面性”成了不少文学理论家、文学评论家奉行的原则。确实，当各色旗帜翻飞飘舞而相互绞缠、相互遮掩的时候，尖新之说比较持平之论更易于为他人注目。另一方面，求异之风增加和强化了学派之间的辩难、论争，也可能激发思维的创造性，更多地提供新的思路。但是，从思想方法论的角度来说，各执一端、各偏一隅的文学批评学派、文学批评理论，把文学的性质的某一个侧面孤立起来、凝固起来，故意无视其他侧面的存在，终于造成若干种直线型的文学批评。

西方文学批评中新的学派的产生，近几十年来，在许多情况下，常常导源于对文艺学、美学以外的其他学科理论的移植、搬用。这些文学批评学派的身后，分别站着一位外学科的教师、导演或者护身人，他或者是哲学家，或者是心理学家，或者是语言学家，或者是人类学家，或者是社会学家，有时还是自然科学家，是横向学科如系统论、信息论、控制论的专家。那些学科的这种那种新的学说、新的观念，被当作某个文学批评学派立论的根基、理论的框架、思想的源泉。也有的时候，外学科的专家们闯进文学批评的领域，原在身后的导演走向前台，直接参与文学批评活动。他们把文学批评作为检测自己的理论新说的一个中试场所，作为向社会广泛传输自己的理论新说的一种重要渠道。他们不但在观念、内容方面，而且在形式、风格方面，使得现代文学批评具有浓厚的非传统、反传统的色彩。文学批评与文艺学、美学疏离了，与精神病学、模糊数学、符号学倒接近了。文学批评著作有时变得像是心理医生的病案、社会学家的调查统计报告，甚至，如韦勒克所说，文学批评家“已不能称之为批评家，而成了一个为某种晦涩艰奥的哲学发布神谕的人”①。各个学科本来具有专门的确切含义的术语涌进文学批评领域，由于不同学科研究对象性质的巨大差异，也由于使用这些术语的文学批评家们、众多的文学批评论著的阅读者们对术语本来含义理解的巨大差异，使这些术语进入新的领域之后含义变得模糊、空泛或者晦涩。为了标新立异，许多批评学派还“生造出一整套个人的概念和术语”②，其

---

① R. 韦勒克：《哲学与第二次世界大战以后的美国文学批评》，《批评的诸种概念》，丁泓等译，四川文艺出版社，1988年，第307页。

② R. 韦勒克：《哲学与第二次世界大战以后的美国文学批评》，《批评的诸种概念》，丁泓等译，四川文艺出版社，1988年，第307页。

意义更加不容易捉摸，在文学批评家与作家、读者之间，也在批评家与批评家之间构成屏障，使得交流、对话变得甚为困难。

热衷于向外学科寻求创新动力和借鉴思维技巧，也使得文学批评向操作主义倾斜。文学批评家像数学家一样，努力去做定量分析，努力建立模型，以服从于解析的规则。数学模型的精密性与文学的不可重复的个性、与独一无二的创造难以彼此融洽，于是文学的审美特质便被许多批评学派不同程度地忽略了、抛开了。

我们赞成文学批评的多种角度、多种方法的共存，这有其必要性与合理性。从作品政治、道德意识形态内容的挖掘，到韵律、词汇、句式等语言形式的剖析，都需要专门的研究，也都可以独立地进行，都可能取得新颖的、精细的、深刻的成果。对于西方现代诸种文学批评学派的移植，对于中国古典文学批评遗产的继承，都有助于拓宽视野，拓宽文路。同时，我们又认为，各种文学批评角度与方法都应当追求用优越的文学批评观来统率。特别需要强调的是，正当的文学批评总是要以审美为中心，总是要有助于文学接受者审美观照的深化和审美快感的强化。那种空泛抽象的、不着边际的笼统议论只会造成接受者的迷乱，那种机械琐碎、技术化程式化的解剖只会破坏接受者的审美快感。相对于以偏取胜的孤立的、僵硬的、片面的、直线型思维支配下的文学批评，相对于片断直感的、缺乏确定内涵的散点型思维支配下的文学批评，我们期盼的是感性与理性融合的、适合文学的审美特性的文学批评，我们称之为圆形批评。

这里所说的“圆形”，是一种批评观念，是对文学批评的感悟性与思辨性的一种体认，对文学批评的对象的审美性质的体认；它又是一种批评原则和一种阐释方式，贯穿在批评活动之中，贯穿在文学批评主体对批评对象的把握过程之中，贯穿在主体思维活动的形态之中。它是文学批评主体确认自己在文学批评的纵向的历史发展之中，在横向的同时代文学批评的多样展开之中的位置的学术心态，即追求着主体内部各要素间的自谐及与其他文学批评学派的互谐的心态。

无论是在抽象思维的领域还是在具象的审美领域，对“圆形”的崇尚都有着久远深厚的传统。古代的哲人常常凝视高远的天空。《尔雅·释天》郭璞注说“天形穹隆”，《敕勒歌》说“天似穹庐”，天空是圆形的。也许最初就是因为这个缘故，圆形成了神秘、奥妙、完整、丰满、周全的象征？不同的几何图形，激起观者不同的心理。如果说竖立的锐角三角形引起紧张和冲动，那么，圆形则对应着安详和沉静。也许因为这个缘故，圆形使人联想起成熟的智慧？在哲学和美学中，中国人对圆的自觉的尊崇、向往与追求，是魏晋六朝时代升华为理论形态的。我们知道，这个时候，正是哲学、文学理论、绘画理论从政治的伦理的议论中独立出来，取得辉煌发展的时代。论者谈到古人贵圆，每引《易·系辞上》“蓍之德，圆而神”之语。但《系辞》不过是将蓍“圆”与卦“方”对举，描写物之形状，并没有对“圆”特别的珍视、喜爱的意味在内。曹魏时王弼注《易》，才发挥说，“圆者，运而不穷”，认为“圆”是形容蓍的占卜功能的神灵性。《论语》中本来找不到尚圆的直接依据，而南朝梁代皇侃著《论语义疏》，在叙中说解书名道，“论者，轮也，言此书义旨周备，圆转无穷，如车之轮也”。他还援引晋人蔡谟《论语注》说，“蔡公为此书，为圆通之喻曰：物有大而不普、小而兼通者，譬如巨镜百寻，所照必偏；明珠一寸，鉴包六合。《论语》小而圆通，有如明珠”。在先秦，儒家以外的诸子，也有的或多或少表露了尚圆的倾向。《庄子·盗跖》说，“若是若非，执而圆机，独成而意，与道徘徊”。按照成玄英的疏解，此处的“圆”是转变无穷的意思。同书《齐物论》说“得其环中，以应无穷”，《寓言》说“始卒若环，莫得其伦”，环也是圆。《管子》中说，“圣人用心，怆怆乎博而圆”，“博”是形容广远、丰硕，而“圆”则是称誉圣人思维的高妙、精美。道家思想色彩浓厚的《淮南子》承续以上的旨趣，《精神训》说，“终始若环，莫得其伦，此精神之所以能假于道也”；而《主术训》更概括出“智欲圆而行欲方”

的命题："智欲圆者，环复转运，终始无端，旁流四达，渊泉而不竭，万物并兴，莫不响应也。"《淮南子》对"圆"所赋予的含义，不再只是静态的对思维品格的评断，而更多的是对思维运转的特征、对思维的动力学的描述。这种根源于先秦道家哲学的"圆智"观念，并没有为古代文论家们直接推演，但它对古代文人的审美思想、对古代文学批评的渗透，其实是很深很深的。

《主术训》的一段话，本之于《老子》《庄子》对待有与无、虚与实及各种对立两端的转化的辩证的方法论。《老子》第十一章说，"三十辐共一毂，当其无，有车之用"。毂，是车轮正中容承车轴的圆环，有了中空的圆环，车轮才能滚动，才能发挥作用。所以《考工记》说，"利转者，以无有为用也"。"无有"，即把"无"（中空）和"有"（毂的实体）相配合①。蒋锡昌释《庄子·齐物论》"……彼是莫得其偶，谓之道枢。枢始得其环中，以应无穷"说，"'环'者，乃门上下两横槛之洞，圆空如环，所以承受枢之旋转者也。枢一得环中，便可旋转自如，而应无穷"②。劳思光说，"'环中'乃喻语，表心灵在一切流转中，独居中心不变之地；'以应无穷'则言心灵顺应一切流转之事象观念"③。在《老子》《庄子》那里，中空的圆环是道的枢纽，把握了枢纽，足以应对任何变化。这种对待宇宙、对待万物的哲学态度，很容易转化成诗人观照外界的审美态度，又可以转化成批评家观照文艺作品的态度。《文心雕龙·体性》中说，"得其环中，则辐辏相成"。这里谈的是风格的学习和追求的具体问题，但也已经有了方法论的色调。《二十四诗品》说，"超以象外，得其环中，持之非强，来之无穷"，造语直接取自《庄子》。郭绍虞《诗品集解》说："一方面超出乎迹象之外，纯以空运，一

① 蒋锡昌：《老子校诂》，商务印书馆，1937年，第63—64页。

② 蒋锡昌：《庄子哲学·齐物论校释》，转引自陈鼓应：《庄子今注今译》，中华书局，1983年，第58页。

③ 劳思光：《中国哲学史·道家学说》，转引自陈鼓应：《庄子今注今译》，中华书局，1983年，第58页。

方面适得环中之妙，仍不失乎其中，这即是所谓‘返虚入浑’。”《诗品》还说，“若纳水輨，如转丸珠……荒荒坤轴，悠悠天枢”，“超超神明，返返冥无。来往千载，是之谓乎！”它所描述和赞颂的，仍是审美思维的“圆形”境界。郭绍虞《诗品集解》说：“流动既不可以迹象求，所以只有一任自然，如坤轴天枢之循环往复，千载不停，差为近似。”司空图这一派的文学批评，以虚驭实，以无得有，不执著于文字迹象，而是“筑室松下，脱帽看诗”，于自然遇合中领略韵外之致、味外之旨，这是具有素朴辩证思维而空灵太过的古代素朴的圆形批评。

佛教传入中国带来了较为细密的逻辑推理与较为深入的心理分析，加强了理论思维的思辨性；佛教徒极为推崇圆智，经过无数佛教学者的阐发，圆智成为高度发达的一整套思维活动的步骤与方式。在佛教用语中，举凡圆极、圆觉、圆成、圆音、圆常、圆明，都是很高的赞辞；而最为重要的、居于核心地位的术语是圆通、圆融。圆是周遍，无所不包，融是无碍，和谐贯穿。这被认为是“性宗之枢机”“大乘之极谈”。圆融、圆通与分别、妄执之见相对，它标志着见到事理万法融通无碍，对立两端本无差别。所谓烦恼即是菩提、生死即是涅槃、众生即是本觉、娑婆即是寂光，都是圆融所得的“理趣”。圆通还有一层含义，是说主体的各种感觉与悟性相融通。这是宗教徒通入法性的门径，对文学艺术的创作家、批评家通入美感的门径，大有启示。《楞严经》对此多有解说。经中叙述二十五位大士，各陈圆通之法门。《楞严正脉疏》说：“六根互用，周遍圆融，成兹妙果。其修入方法最为方便者，即从耳根修入。耳根闻性，人人本自圆通，如十方击鼓，一时并闻，是圆也；隔墙听音，远近能悉，是通也。声有动静，循环代谢，而闻性湛然常住，了无生灭，若不寻声流转，而能反闻自性，渐至动静双除，根尘迥脱，寂灭现前，六根互相为用，遂得圆通。”六根互用而得圆通，说的是人的各个感受器和感觉系统互相沟联，从而产生妙用，达到妙智。由听觉而产生视象，由味觉而产生触感，如此等等，最后都能超越具体刺激物和刺激信号，而反闻自性，也就是得闻佛性。中国文学艺术批评对视觉艺术如绘画、听觉艺术如音乐及语言艺术的文学，重视它们的相通，在鉴赏、评论中，实际也是努力“六根互用”。

宋代理学家吸收了道家的某些思想，更吸收了佛家的思想，因而宋儒也显现了对圆的尊崇。著名的《太极图》原本出于道教，后由周敦颐改造定型。《太极图》用圆来象征世界的本原、道的本体。朱熹《太极图说解》说：“〇者，无极而太极也。”他在《〈周易〉本义》中又说：“太极只是一个浑沦底道理。”浑沦正是圆形的一种性质和状态。汉语中“圆”字的本义是全，《说文》释圆为全。从先秦到六朝再到两宋，它从形而下被提升到形而上，被思想家们赋予了日益幽邃的思辨色彩和日益绵远的哲学意味。

文化和哲学中尚圆的倾向向着文学批评渗透，有一个漫长的过程，最早自觉接受和运用圆形观念的文学理论家是南朝梁代的刘勰。刘勰从多个渠道接受前人的和外来的思想，而在尚圆这点上，对他影响最直接的是佛家。《弘明集》所载刘勰的《灭惑论》说，“大乘圆极，穷理尽妙”。这是刘勰倾服于佛家圆智的明证。与他以前或他同时的文论比较，《文心雕龙》用“圆”字之多，显得甚为突出。曹丕《典论·论文》和钟嵘《诗品》无“圆”字。陆机《文赋》“虽离方而遁员”，“员”即“圆”，方圆指规矩，也就是作文的体制与法度，与尚圆倾向无关。《文心雕龙》全书中“圆”字凡十七见，除开《原道》《定势》《隐秀》三处为方圆之圆，系指形状而言，没有什么感情色彩，其他各处分别有周全、完整、丰满、成熟等含义，全都明确无误地用作褒美之辞。其中，《论说》篇讲的义贵圆通，《封禅》篇讲的辞贯圆通，《知音》篇讲的圆该，《总术》篇讲的圆鉴，《明诗》篇讲的通圆，《体性》篇讲的思转自圆，都是涉及思维的方式方法和思维达到的境界；都有甚深的理论含义，而非一般的修饰用语。还有《比兴》篇讲的“诗人比兴，触物圆览”，钱锺书曾给以高度评价。他论及中国文学批评之特点，认为最重要的是文评的人化，与西方偶用人体比喻文学作品性质不同。从比喻，推想出的是平行的二元性。“超越对称的比喻以达到兼融的化合，当然是文艺创造最妙的境界……刘勰《文心雕龙·比兴篇》论诗人‘触物圆览’，那个‘圆’字体会得精当无比。”① 这大约是现代学者触及刘勰圆形批评观念最早的论断。不过，更值得我们深入探讨的，是《知音》篇“圆照之象，务先博观”一语。《知音》篇专论文学批评，而“圆照”是刘勰对文学批评家思维与心理的要求和期望，“圆照”一词在标示中国古代圆形的文学批评观的形成上，有着特殊的意义。

圆照本为佛家用语。《文心雕龙》数用佛家词语。范文澜《中国通史简编》修订本第二编中说，《文心雕龙》“全书只有《论说》篇偶用‘般若’‘圆通’二词，是佛书中语”②。这个说法有疏漏。张少康《文心雕龙新探》和兴膳宏《〈文心雕龙〉论文集》就此作了校正与补充。但论者对“圆照”一语的思想渊源及深刻含义似重视不够，而注家多认字面上诠释，把“圆照”解为“全面的观察、理解”③，未能寻绎其中的深蕴厚韵。刘勰在《梁建安王造剡山石城寺石像碑》中有“种智圆照，等觉遍知”一句④，显然是在佛家原义上使用“圆照”一词。而在齐梁时代，随着佛学的兴盛，“圆照”已为文人名士频繁使用。南齐竟陵王萧子良，作为皇室成员，与文士、高僧交游很广，是个影响很大的佛教信奉者和宣扬者，其所著《净住子净行法门》第十五条《出三界外乐门》中，有“大圣圆照，三达洞了”之句⑤。律学名师、佛教文献学家僧祐，在所编《弘明集》的序文中也用了“圆照”：“夫觉海无涯，慧

① 钱锺书：《中国固有的文学批评的一个特点》，原载1937年《文学杂志》，转引自周振甫、冀勤：《钱锺书〈谈艺录〉读本》，上海教育出版社，1992年，第397页。

② 范文澜：《中国通史简编》第二编，人民出版社，1965年，第419页。

③ 例如，陆侃如、牟世金《文心雕龙选译》（山东人民出版社，1963年）说，“‘圆’是周遍；‘照’是察看、理解，‘圆照之象’是‘全面评价作品的方法’”。周振甫《文心雕龙选译》（中华书局，1980年）译“圆照”为全面观察。

④ 《全梁文》卷六十。

⑤ 《汉魏六朝百三家集·竟陵王集》。

镜圆照。”[①] 刘勰寄居定林寺依从僧祐，相处十余年；萧子良常到定林寺中，与僧祐往来密切。这些谙熟佛典的人都使用“圆照”一词，不应视为偶然现象，而是思想史上的一种痕迹。追溯起来，“圆照”一词还有更早的历史。《世说新语・假谲》记西晋名僧支愍度过江创说新义之事，刘孝标注中说，“旧义者曰：‘种智有是，而能圆照’”。既称旧义，可见此语早已见于佛教经籍。从晋代（或者更早）到梁代，数百年间，“圆照”一词聚合、沉积了更丰厚的内涵，也更广泛地楔入思想者的心理。刘勰、僧祐、萧子良把“圆照”与“种智”“大圣”“等觉”联系在一起，表明他们认定“圆照”是佛的智慧，是佛家最高智慧所体现出来的感应能力、体悟能力和心理上的统摄能力。这种极高的智慧，与通常所说的全面的观察、认识是有质的区别的，它们分别隶属于不同的思维系统，隶属于不同的把握世界的方式。

“圆照”的“照”，汉语中本为知晓之义，也用以指称明晰精确的认识能力。例如《韩非子・难三》：“明能照远奸而见隐微”。《三国志・魏书・陈思王植传》：“臣闻骐骥长鸣，则伯乐照其能；卢狗悲号；则韩国知其才。”而在佛家，“照”也成了穿透现象、脱绝欲念的特殊的宗教思维能力。所谓“真如之妙用照十方曰照”，“真智之用云照”是也。《魏书・释老志》说，“佛道阶次非一，皆缘浅以至深，借微而为著，率在于积仁顺、蠲嗜欲、习虚静而成通照也”。《文心雕龙》一书“照”字凡十三见，分别有照耀、理解、洞明等含义，许多地方是具有佛家思想意味的。《知音》篇中“圆照”一词，表明刘勰对文学批评高度理性智慧的追求。刘勰一再对文学批评中“碎乱”“疏略”“偏好”“各执一隅之解”表示强烈不满。他吸收了儒家、道家特别是佛学的思想资料，努力于理论思维水平的突破。“圆照”这个术语所标示的文学批评观，涵融了玄学家对哲学思维的贯通自如境界的期望与要求，涵融了佛学家对宗

① 《全梁文》卷七二。

教思维的空明朗彻境界的要求。术语中的“圆”字，还寄托了刘勰对文学批评特性的一种理解，即主张把审美活动的具体感悟性与理论思维的抽象思辨性恰当地、自然地结合起来，由此做到，把握对象周延而又洞达，思考推论缜密而又玄远。所有这些，指向文学批评思维活动的极高境界。在公元5世纪至6世纪，关于文学批评的理论达到这样的水平，是很可自豪的。

但是，在后继的发展中，中国文学批评在理论上较少进一步体现对圆智的深入探求，并没有加强相关理论的思辨性与体系性，在实践上仍又偏向感性颖悟的一面，文学批评中的“圆”往往落实在、局限在字句与篇章。与刘勰同时的沈约，曾向王志夸奖他的儿子王筠说，“贤弟子文章之美可谓后来独步。谢朓常见语云，‘好诗圆美流转如弹丸’。近见其数首，方知此言为实”。沈约与谢朓写诗论诗特重声律，此语见于《南史·王昙首传》附《王筠传》，其上文提到王筠“能用强韵”，“辞必妍靡”。足见圆美是就声调、辞藻来说的。宋代《王直方诗话》也引此语：“谢朓尝语沈约曰，‘好诗圆美流转如弹丸’。故东坡《答王巩》云，‘新诗如弹丸’，及《送欧阳弼》云，‘中有清圆句，铜丸飞柘弹’。——盖谓诗贵圆熟也。余以谓圆熟多失之平易，老硬多失之干枯，能不失于二者之间，可与古之作者并驱。”[①] 他把圆美与圆熟等同，这似乎不是谢朓，也不是沈约的原意。王直方所说的圆熟，是诗歌的语言风格。宋代以来，凡以“圆”评诗者，大体都是揄扬声律调协、用语流转妥帖、风格灵动。如宋罗大经《鹤林玉露》说欧阳修“作四六，便一洗昆体，圆活有理致”。圆活指不同于西昆体的绮艳，而能以理趣启人之思。明代李东阳《诗话》说，“律诗起承转合不为无法，但不可泥，泥于法而为之，则撑拄对待，四方八角，无圆活生动之意”。这里的圆活又是指结构技巧带来的整体效果。这和俄国作家列夫·托尔斯泰对长篇小说结

① 《诗人玉屑》卷十。

构的看法很为近似。托尔斯泰在为《安娜·卡列尼娜》辩护时说："我恰巧正就是为建筑学而感到自豪——圆拱衔接得使人觉察不出什么地方是拱顶。而这正就是我致力以求的东西。这所建筑物的联接不靠情节和人物之间的关系（交往），而是靠一种内在的联系。"① "圆"是自然天成，是内容与形式的融合无间，在这一点上中外作家是相通的。苏籀《双溪集》附《栾城遗言》记苏辙之语说，"余少作文，要使心如旋床，大事大圆成，小事小圆转，每句如珠圆"。他所说的文心之圆，是指细密周到。他并不以为这是为文极致，所以还说了"余少年苦不达为文之节度"②。宋代吴可的《学诗诗》写道："学诗浑似学参禅，自古圆成有几联?""圆成"明用佛家语，即《楞严经》"发意圆成"之"圆成"，但却不是说参禅参到圆满成就，显示真如实性，而仅指作诗造语自然，也就是后面两句说的"池塘春草一句子，惊天动地万古传"。金代张建论诗说："作诗不论长篇短韵，须要词理具足，不欠不余，如荷上洒水，散为露珠，大者如豆，小者如粟，细者如尘，看之，无不圆成。"③ 也与吴可诗意相近。至于严羽《沧浪诗话》说"造语贵圆"，明李东阳《马石田文集序》，"又称其文章精赡，尤致力于诗，圆密清丽，无不可传者，信一代之杰作也"；清王士祯《四溟诗话序》，"茂秦诗有两种，其声律圆稳，持择矜慎者，弘正之遗响也"；以上这些地方对"圆"字含义的理解和用法，都未出前人范围。况周颐《蕙风词话》说"词中转折须圆"，说的是技巧风格，"圆"与"方"相对，各擅其美。他主张"一落笔圆，通首皆圆；一落笔方，通首皆方"。而何绍基论"圆"不仅在字句格调音，更在"理"和"气"，他的见解比较独到深刻。他说："落笔要面面圆，字字圆，所谓圆者，非专讲格调也。一在理，一在气。理何以圆：文以载道，或大悖于理，或微碍于理，便于理不圆。气何以

① 转引自贝奇柯夫：《托尔斯泰评传》，吴钧燮译，人民文学出版社，1959年，第358页。
② 苏籀：《双溪集》，商务印书馆，1935年，第216页。
③ 元好问：《中州集》，中华书局，1959年，第334页。

圆：直起直落可也，旁起旁落可也，千回万折可也，一戛即止可也，气贯其中则圆。”① 他的意思可能是要求作者人格与作品风格的统一，摹仿依傍他人不能圆，而“直起直落，独往独来，有感则通，见义则赴，是谓不俗”，乃作诗“用力之要”②。可惜，何绍基的“气贯其中则圆”的思想未发生大的影响，甚至知道他这一论述的人也不多。

以“圆”论书法、绘画的，多指用笔。宋代姜夔《续书谱》说，“圆劲古淡，则出于虫篆”，又说“笔欲锋长劲而圆……圆则妍美”。胡仔《苕溪渔隐丛话》说，“前朝翰林侍书王著，笔法圆劲……所乏者韵耳”，东坡“中年书，圆劲而有韵”；又引黄庭坚赞唐代徐浩的书法长处，“正是用笔劲正而心圆”③。“笔劲心圆”，是很难得的功夫了。元代夏文彦《图绘宝鉴》：“盖古人笔法圆熟，用意精到，初若率易，愈玩愈佳。”明代王世贞《艺苑卮言》卷三用“清澈圆丽”形容名家法帖。一般说来，古人谈艺用“圆”字，或指音质、音色，或指字的结体、笔的收束，是很具体的技术问题。

中国古代的圆形批评，最有代表性的两大类：一是司空图式的得环中而超象外，依恃主体接触作品的瞬时觉态和其后的沉潜涵泳，突出一种味觉美感，而将自己的印象与感受用美妙的文字传达出来。一是刘勰式的圆照之象，要求广博的学识、丰厚的鉴赏经验和深邃的理性智慧，而将自己的沉思细究所得用清晰缜密的文字叙述出来。如上文所说，刘勰的有系统性、逻辑性的文学批评理论没有得到进一步的深化，没有得到全面的很好的继承。中国古代的圆形批评观念，有待于发育完善，有待于在新的基础上重新建构。

西方古代也从哲学上对“圆”作过思考。活跃于公元前 4 世纪中期

---

① 何绍基：《东洲草堂文钞》卷五，家刻本，转引自钱锺书：《谈艺录》，中华书局，1984 年，第 113 页。

② 何绍基：《东洲草堂文钞》卷二《〈使黔草〉自叙》，家刻本，转引自张舜徽：《清人文集别录》，中华书局，1963 年，第 448 页。

③ 胡仔：《苕溪渔隐丛话》后集，人民文学出版社，廖德明校点，1962 年，第 240—241 页。

的古希腊哲学家恩培多克勒，认为世界是一个球，它存在于无穷的循环之中——在黄金时代，“爱”居于球内，“斗争”被驱逐到球外；其后，“斗争”进入球内，而“爱”被排挤到球外①。钱锺书《谈艺录》引巴斯卡尔《思辨录》论“宙合真宰”，“譬若圆然，其中心无所不在，其外缘不知所在”，并指出，注者“考是说所由来，上溯至恩培多克勒”②。可见这一思想源远流长。《谈艺录》还提到柏拉图“比至人自足于宇宙之圆而无外”③；罗素介绍柏拉图的思想说，“世界的全体是一个看得见的动物，它里面包罗着一切其他的动物。它是一个球，因为象比不象要好，而只有球才是处处都相象的。它是旋转的，因为圆的运动是最完美的”④。西方历史上对圆的观念论述最深刻的，可能要推黑格尔。黑格尔谈的不是几何学上的圆，他甚至说，“圆还只是一种不大能引起兴趣的曲线”⑤。他是从哲学上来阐述圆，“圆”是事物的运动、思维的运动所造成的一种轨迹。他说：

> 哲学的每一部分都是一个哲学全体，一个自身完整的圆圈。但哲学的理念在每一部分里只表达出一个特殊的规定性或因素。每个单一的圆圈，因它自身也是整体，就要打破它的特殊因素所给它的限制，从而建立一个较大的圆圈。因此全体便有如许多圆圈所构成的大圆圈。这里面每一圆圈都是一个必然的环节，这些特殊因素的体系构成了整个理念，理念也同样表现在每一个别环节之中。⑥

黑格尔还谈到哲学无所谓起点，这对我们更加具有启发性。一切哲学的

① 罗素：《西方哲学史》上册，何兆武、李约瑟译，商务印书馆，1963年，第86—87页。
② 钱锺书：《谈艺录》，中华书局，1984年，第111页。
③ 钱锺书：《谈艺录》，中华书局，1984年，第113页。
④ 罗素：《西方哲学史》上册，商务印书馆，1963年，第190页。
⑤ 黑格尔：《美学》第一卷，朱光潜译，人民文学出版社，1958年，第175页。
⑥ 参见北京大学哲学系外国哲学史教研室编译：《西方哲学原著选读》下卷，商务印书馆，1982年，第376页。

辩证的思维，一切有深度的文学批评的思维，也是无所谓起点——它们的起点又是终点，经过若干次循环往复。黑格尔说，所有的科学都须从某一个假定开始，哲学似乎也须假定思维的存在，以之作为哲学家思维的对象。而哲学是思维的自由活动，是独立自为的，“因而自己创造自己的对象，自己提供自己的对象。而且哲学开端所采取的直接的观点，必须在哲学体系发挥的过程里，转变成为终点，亦即成为最后的结论。当哲学达到这个终点时，也就是哲学重新达到其起点而回归到它自身之时。这样一来，哲学就俨然是一个自己返回到自己的圆圈，因而哲学便没有与别的科学同样意义的起点”①。作为出发点的概念（思维）须与哲学思考的主体分离，这样，它才能成为对象；思考的结果，概念（思维）又返回自身，被把握，得到满足。在《小逻辑》中，黑格尔区别了辩证法与形而上学两种思维的图式，他说道，“……那种由因到果和由果到因向外伸展直线式的无穷进程，已得到真正的扬弃，而绕回转变为圆圈式的过程，因而返回到自身来了。直线式的无穷进程的圆圈化而绕圆为一自成起结的关系也如一般随处皆有的简单返回一样，即上面所说的那种无思想性的重复之中，只是一和同一的东西，也就是此一因与另一因以及两者彼此的联系”②。在黑格尔的所有这些言论里，包含一个重要的意思，就是个别（原素）和整体的关系，个别在整体中不是消失了，而是因为与各个部分的和谐关系而得到更充分的实在性；一个整体，在更大的范围里又成为原素，成为更大的圆圈的组成部分。恰当地处理这两个方面的关系，思维才能既精密又完整。这些意思，对于文学批评都是很适用的，文学批评论可以从中吸取智慧。

到了 20 世纪，现代解释学的开创者海德格尔改造了狄尔泰著名的

① 参见北京大学哲学系外国哲学史教研室编译：《西方哲学原著选读》下卷，商务印书馆，1982 年，第 385 页。

② 黑格尔：《小逻辑》，贺麟译，商务印书馆，1980 年，第 319 页。中译者贺麟对此句注释说：“自成起结的关系是由克服了形而上学的直线式的无穷递进，经过曲折发展过程而达到的关系。也就是指终点绕回到与起点相结合，首尾相应的圆圈或全体。”

理论“解释学循环”或者叫解释圈，也就是解释的圆圈。这一命题所要说明的是，理解与解释过程中局部与全体的关系。海德格尔认为，解释者对于解释对象的“认识预期”是有待解释的意义的一个部分，一切解释都活动于“先在结构”（或称“前结构”）之中。然而，“如果这种设为前提的领悟又活动在对人和世界的普通认识之中，那么，解释怎样才能使科学的结果成熟，而又免于循环论证?”海德格尔在这里体现了他的解释学的新质，即不再是从方法论上研究而是从本体论上研究。他说：

> 决定性的事情不是从循环中脱身，而是依照正确的方式进入这个循环。领会的循环不是一个由任意的认识方式活动于其间的圆圈，这个词表达的乃是此在本身的生存论上的“先”结构。把这个循环降低为一种恶性循环是不行的，即使降低为一种可以容忍的恶性循环也不行。在这一循环中包藏着最源始的认识的一种积极的可能性。……就领会的生存论意义说，领会就是此在本身的能在，所以，历史学认识的存在论前提在原则上超越于最精密的科学的严格性观念。①

我们知道，海德格尔的一大特点是对诗与思、文学与哲学的沟通，他曾在弗赖堡大学的哲学讲座上讲授18—19世纪德国诗人荷尔德林的作品，他在专门谈论荷尔德林的文章《追忆诗人》中说，“德国人是写与思的民族。对现在说来，思者必须先行存在，这样，写者的话才可能被聆听”②。所以，对于他，文学批评就是思与诗的对话。加达默尔援引了上述文字之后指出，“海德格尔这里所说的，首先不是要求一种理解的

① 海德格尔：《存在与时间》，陈嘉映、王庆节译，生活·读书·新知三联书店，1987年，第187—188页。

② 海德格尔：《海德格尔诗学文集》，成穷等译，华中师范大学出版社，1992年，第244页。

实践，而是描述那种理解性的解释得以完成的方式。海德格尔的诠释学反思的最终目的与其说是证明这里存在循环，毋宁说指明这种循环具有一种本体论的积极意义”①。这段话很值得深思，解释学循环不能只从技术的层面理解，它与一种哲学立场紧密相依，它具有本体论的意义。我们现在讲圆形批评，也是意图对文学批评作深一层的超越技术操作层面的思考。

西方现代文学批评学派中的原型批评，主要不是从哲学的本体论的角度提出问题，而是受到文化人类学的启发，具有文化研究的性质。原型批评家对新批评注意局部、微观，流于琐细不满，弗莱在《文学的原型》中说，“除非在文学里有一种能使批评系统化的品质，即一种与自然科学中的自然规律相应的语言规律，否则，批评不可能具有系统性”。他用“原型”把各种不同的作品、各种不同的文学现象，把整个文学联结起来。“一种原型应该不仅是能统一批评的一种类型，它本身也是一个整体的一部分，此外，它还把我们引向这样一个问题，即批评在文学里能够看到什么样的整体形式。”② 他分析了形象的原型、体裁的原型，都是在历史上反复出现的。探索、归纳原型，就是文学批评要做的工作，这有助于把我们的文学经验统一成一个整体。原型批评注重综合，注意宏观研究，以此区别于文体学等注重微观的文学批评；它又注重模式，想使文学批评成为一门科学，这和海德格尔等人不一样。所以说，圆形批评，有技术的层次，有哲学的层次。钱锺书曾引歌德之语并与谢朓之语比较：“歌德言：‘诗人赋物，如水掬在手，自作圆球之形’，乃谓意兵心将，万物随其挥斥模范，非宣城‘弹丸圆转’之意。”③ 谢朓说的是修辞造成的效果，歌德说的是思维达到的境界。我们现在要讨论

① 加达默尔：《真理与方法》，洪汉鼎译，上海译文出版社，1992年，第342页。

② 弗莱：《文学的原型》，参见戴维·洛奇：《二十世纪文学评论》下册，葛林等译，上海译文出版社，1993年，第107页。

③ 钱锺书：《谈艺录》，中华书局，1984年，第114页。

的，主要是思维的圆形及圆形思维指导下的圆形批评。

列宁的《谈谈辩证法问题》接过黑格尔的思想加以发挥："人的认识不是直线（也就是说，不是沿着直线进行的），而是无限地近似于一串圆圈、近似于螺旋的曲线。这一曲线的任何一个片断、碎片、小段都能被变成（被片面地变成）独立的完整的直线，而这条直线能把人们（如果只见树木不见森林的话）引到泥坑里去。""从粗陋的、简单的、形而上学的唯物主义的观点看来，哲学唯心主义不过是胡说。相反地，从辩证唯物主义的观点看来，哲学唯心主义是把认识的某一特征、某一方面、某一侧面，片面地、夸大地、überschwengliches（狄慈根）发展（膨胀、扩大）为脱离了物质、脱离了自然的、神化了的绝对。"① 从这种认识出发，我们也可以去思考，那些直线型思维支配下的文学批评是怎样把无限的圆圈上的一小段独立起来，膨胀、夸大，走向绝对、死板和僵化的。

圆形文学批评的"圆"，体现在对客体的把握程度和主体思维活动的运转形态两个方面。客体，就是文学批评的对象，主要是文学文本。对于文学文本，批评者要作全面的了解。但是，观察的多角度和广泛性不等于认识的全面性，认识的全面性也不等于达到了批评思维的"圆"的境界。批评家不只是要发现、了解文本的各个方面、各种联系，还要把所有的要素、成分、关系构成一个整体，构成自成起结、首尾相应的、螺旋上升的链环、圆圈。这才是关节之点、困难之点。对于文学批评写作中主体思维活动的运转状态，那些把文学批评工作视同于自然科学研究的人，按照逻辑思维的程式去规范它；而印象主义者则过分夸大直觉和体悟。文学批评家究竟是应该从生动的具体现象蒸馏出抽象的观念，还是应该以细腻敏锐的艺术直觉捕捉一瞬间对文本的感悟？哪样才是文学批评家正当的合理的思维方式，才能够达到对文本比较完满、深

① 列宁：《列宁全集》第55卷，人民出版社，1990年，第311页。

入、精细的把握，才能够作出有价值、有意义的审美判断呢？二值逻辑在这里同样不能解决问题。解开困惑的途径仍然在于，把思维方式由直线递进的单向延伸改变为圆圈环绕的螺旋上升。如果把批评家的艺术直觉作为思维活动的起点，那么，它一开始就具有向理性提升的动势，而深刻的理性洞见总是与精细的艺术直觉如影随形。如果把某种理论见解作为思维活动的起点，那么，理论见解一开始就努力吸取艺术直觉的充实和修正，活跃微妙的审美感受总是与清朗缜密的理性互融互渗。

文学批评的发展以及文学批评的理论的发展，也不是直线推进，也是螺旋环绕地前进。古代的圆形批评，偏重于思维的综合，偏重于整体把握，对局部的精细解剖往往较为忽略，即使作局部的细节的分析，手段也较单调。现代文学批评，如前文所说，有许多又走入另一极端，以致缺乏整体感，缺乏灵气，缺乏审美的韵味。现代的圆形批评期望两者在更高层次上的综合。这种综合不但可以体现在某个批评文本、体现在某一批评家的批评活动中，而且，一个民族、一个时代的文学批评也可能是多种文学批评的圆形组合。文学批评不但在史的纵向发展上近似一串圆圈，在横向上，现代文学批评可以是许多圆环连结而成的圆圈。我们期望的，就是这样无限丰富的圆形批评。

（载《华中师范大学学报》1992 年第 1 期，1994 年收入《圆形批评论》一书时有少量修改，该书由华中师范大学出版社 1994 年出版）

中国古代文学批评的解码方式

元好问《论诗绝句》第十二首说："诗家总爱西昆好，独恨无人作郑笺。"前代注家曾指责元遗山以"西昆"称李商隐诗有误①，郭绍虞先生则为之辩解②。其实，此句中之"西昆"并非专指之名词，而可看作泛指之代词，即不仅仅是指李商隐的作品，更不是专指西昆派的作品，而是泛指所有诗意朦胧的诗篇。"郑笺"当然不是指郑玄的笺释，也不是指郑玄所代表的汉儒的笺释方式，而是元好问心目中理想的精当切至的文学批评。这两句诗说的是文学文本的艺术特色、表达方式同文学批评的阐释方式的关系。有两类风格和艺术品格很不相同的作品，给文学批评提出相同的或近似的难题，一类是作者在作品文字之外的确另有政治的或有关个人身世遭际的寄托，一类则只是语言微婉幽深、风格含蓄。作家在编制艺术符号体系、创造作品的时候，或者出于对艺术规律的认识，出于对某种艺术风格的偏好，或者出于政治上避讳的需要，或者是不愿暴露自己与他人的隐私，或者出于攻讦的目的又不敢或不能明言，凡此种种，都使他们把想要表达、寄寓的本意隐蔽起来。作家生

① 翁方纲：《石洲诗话》卷七，"元遗山论诗三十首"，见郭绍虞：《清诗话续编》，上海古籍出版社，1983年，第1495页。

② 郭绍虞《元好问论诗三十首小笺》谓："以李商隐诗为西昆体，始见惠洪《冷斋夜话》，其后胡仔《苕溪渔隐丛话》、严羽《沧浪诗话》亦沿其误，不得以此为元好问之失。"又说："李商隐《锦瑟》一诗寓意甚晦，后之解者，言人人殊。"见郭绍虞：《杜甫戏为六绝句集解　元好问论诗三十首小笺》，人民文学出版社，1978年，第68页。

活在现实社会中，社会政治境况若不容许他直陈所欲言，他既无法明言、直言胸中郁结，而又情不能已，于是便曲折言之、委婉言之。晋代阮籍的《咏怀》诗就是如此。颜延年为他的诗作注，感到十分困难，李善《文选》注说，“嗣宗身仕乱朝，常恐罹谤遇祸，因兹发咏，故每有忧生之嗟。虽志在刺讥，而文多隐避。百代之下，难以情测，故粗明大意，略其幽旨也”①。其实，李善距离阮籍远没有百代，再往后的人更不易窥见阮诗背后的“幽旨”了。钟嵘《诗品》说，阮籍“……颇多感慨之词，厥旨渊放，归趣难求，颜延年注解，怯言其志”②。钟嵘本人大约也未见得就“敢言”其志。到了明代，王夫之又说，“此诗以浅求之，若一无所怀，而字后言前，眉端吻外，有无尽藏之怀，令人循声测影而得之”。“步兵《咏怀》……意固径庭，而言皆一致，信其但然而又不徒然，疑其必然而彼固不然。不但当时雄猜之渠长，无可施其怨忌，且使千秋以还，了无觅脚根处。盖诗之为教，相求于性情，固不当容浅人以耳目荐取。”③ 一方面让并世专制奸险的当权者抓不到把柄，另一方面也让后世的欣赏者、阐释者不能透彻地理解。另一类作者是追求艺术上的隐蔚，刘勰论文，倡导“深文隐蔚，余味曲包”，“隐也者，文外之重旨也”。旨在文外，所以才会感叹知音其难，接受者难以得到真解；其后，唐人提出的远调、用晦、重意、含蓄、味外之味、韵外之致，宋人提出的不落言筌、无迹可寻，直到明清之际，小说理论上的注彼写此、真事隐去，继承与发挥了此一传统。尚隐，不仅是人类的文学共同规律的要求，也不仅是中国古代文论家的主张，它又是中国文化的一种特色。孔子作《春秋》，微言大义，其褒贬存于字词的微小差别的背后，让后人煞费苦心去揣度，为中国史学建立了一种叙事范型。《周易》作为占卜之书，语略而意隐，而它的大传则阐幽烛微，引导人们钩深致

① 萧统编、李善注：《文选》卷23，中华书局，1977年，第322页。
② 钟嵘：《诗品》卷上，人民文学出版社，1961年，第23页。
③ 王夫之：《古诗评选》卷四，《船山全书》第十四册，岳麓书社，1996年，第677页。

远，从而成为“哲人之骊渊”，对古代文人的思维运作方式和表达方式，产生很大的影响。著文者崇尚隐蔚，披文者便要探求隐曲、品评余味。以上两类作者、两类作品也并不总是截然分开。优秀的作家因为政治原因或其他个人原因而求隐避也就会求隐蔚，他们总是遵循艺术规律，把思想情感隐化在艺术形象中间。

于是，似乎有了这样一个规律——越是微婉幽深的文学文本，越有长久的艺术魅力，也越难于评析解说，其各个层次的意义都不易给予确切的阐释，批评家以及众多的接受者不易对它的意义取得共识。文笔委曲、含义悠远的作品，吸引一个又一个、一群又一群、一代又一代的爱好者以及阐释者，他们不厌其烦地作出各种各样的解读。这样的作品给欣赏和批评造成重重险阻，同时，也就使批评家有事可做，他们可以逞才，可以炫技，可以驰骋推理力、想象力和猜测能力，可以表现他们的智慧、才思，可以由此获得无穷的乐趣。文学批评史、文学阐释史上聚讼纷纭的作品，多数是艺术性高、蕴含深邃的作品。质直浅露的作品，免除了接受者深钻细揣的麻烦，也就剥夺了接受者特别是其中主体表现欲强烈的文学批评家，精神劳动二度加工的工作权利。老妪能解，专家袖手，难免扫却部分人的兴致①。老妪能解易解，而得解之后是否喜欢，也还成为问题。艺术就是克服困难。创作是克服困难，无困难不容易产生佳构。欣赏和批评也是克服困难，无困难便难有畅快淋漓、别致悠长的享受。艺术给人带来的愉悦，同它对困难的设置有密切关系。艺术设置困难的最主要途径便是藏意，作者把真意、深意包藏起来，不直接说出。某人对宇宙、对社会、对人生有所触悟，将之转化，审美化、艺术化，寄寓在语言符号系统中间；他人（读者）接受此符号系统时产生感应，也便有所触悟。这是一个社会的精神、心理的传送过程。符号是传送信息的手段，又往往在不同程度上成为遮蔽信息的屏障。艺术符

---

① 王夫之在讲了阮籍的《咏怀》“不当容浅人以耳目荐取”之后说，“人固自有分际，求知音于老妪，必白居易而后可尔”。王夫之：《古诗评选》卷四，《船山全书》第十四册，岳麓书社，1996年，第677页。

号与许多其他符号相比较，其遮蔽效应尤为突出。组织安排得新颖巧妙的艺术符号具有较大的遮蔽性，浓厚、深密的遮蔽性造成良好的审美信息传送。

文学批评如何探求文学文本的深层隐奥？有人强调艺术符号的不可分解性，强调语境对符码的决定作用，要求从对作品整体的艺术感受出发去体悟。这就是辨味批评或印象批评。有人着重于符码的独立的、确定的含义，用破译密码办法，全力寻找密钥，由之推出作品的含义，这就是索隐批评。

索隐起于古代对史籍的研究和阐释。唐代司马贞有《〈史记〉索隐》，其序言说："今止探求异闻、采摭典故，解其所未解、申其所未申者，释文演注，又为述赞，凡三十卷，号曰《〈史记〉索隐》。""未解""未申"的，便是原来文本中难以发现、难以理解的意义，把它揭示出来、加以阐发，就是索隐。更早的思想渊源可以联系到上古以来卜筮活动中对符象的解说。《易·系辞上》说："探赜索隐，钩深致远，以定天下之吉凶，成天下之亹亹者，莫大于蓍龟。"孔颖达诠释说："索谓求索，隐为隐藏。"通过蓍草，通过龟甲，通过各种占卜工具，去测知某人未来的命运，这就是索隐。

文学上的索隐批评怎样以符码对译来阐释作品的意义呢？让我们来看例证。例如，《诗经》中以鱼类为"他物"起兴，引起的多为情偶欢爱之词。鱼的形象联系着生殖崇拜观念。某一诗人起兴时可能是无意，从文化传统追溯则又有因。因为兴象的蕴含的意义，有相当部分是沉积在集体无意识之中的。闻一多说，"隐在六经中相当于《易》的'象'和《诗》的'兴'"，"隐语的作用，不仅是消极的解决困难，而且是积极的增加兴趣，困难愈大，活动愈秘密，兴趣愈浓厚，这里便是隐语的，也便是《易》与《诗》的魔力的泉源"。他还具体说明，为什么用鱼来象征配偶呢？这除了它的繁殖功能，似乎没有更好的解释①。类似

① 闻一多：《说鱼》，《闻一多全集》，生活·读书·新知三联书店，1982年，第118页、第134页。

的还有以鸟类为兴象、以树木为兴象，它们都各联系着特定的生活领域与观念内容。同一兴象经长期反复运用，含义稳定化，在民族的文化共同体中，在诗歌作者和诗歌欣赏者、评论者的语言共同体中，兴象便逐渐向符码转化。一个一个作者的密钥，变成了在共同体中通行的代码。评论者掌握了通行的代码本，就能够据以说诗。东汉王逸断定《离骚》是依《诗》取兴，他提供了解读《离骚》的代码本——“善鸟香草，以配忠贞；恶禽臭物，以比谗佞；灵修美人，以媲于君；宓妃佚女，以譬贤臣；虬龙鸾凤，以托君子；飘风云霓，以为小人”[①]。王逸的这个代码本，对于理解《离骚》，对于理解古代若干诗赋文词，颇具有实效性。实在说，也并不是王逸破译了什么密码，而是如上所说，长期以来，兴象早向符码转化，《离骚》本文更已指示了明码。这种代码本经过《诗经》的毛氏传到朱熹集传，经过历代骚学家、诗评家的应用，有人把它极力扩张。清屈复《玉谿生诗意》说：“自《三百篇》，汉、魏、三唐，男女慕悦之词，皆寄托也。”在许多诗歌文本意义的解说者看来，凡写禽鸟花树都是暗指男女恋情，凡写男女恋情又都暗指君臣遇合。于是，文学文本意义的发掘阐释，成为符码对译的技术操作程序。

阮籍的《咏怀》诗，吕延济、吕向是一词一句地坐实，认为都有所隐射。如注第一首，说“夜中不能寐”的“夜中”是“喻昏乱”；“孤鸿号外野”的“孤鸿”是“喻贤臣孤独在外”。李商隐的诗，辛文房说是“辞隐事难”，注李者以“楚雨含情俱有托”为作者自下之笺解，断定诗中意象都有政治意义的寄托。何焯解“相见时难”一首说，“‘东风无力’，上无明主也；‘百花残’，已且老至也”。苏轼的《卜算子（缺月挂疏桐）》，了解他的黄庭坚分明指出是“非吃烟火食人语”，即是说所写纯为个人之深情，非关国事朝政，但依然有人按着索隐派的阐释模式去细加诠解。宋代鲖阳居士说，“缺月，刺明微也；漏断，暗时也；幽人，

---

① 王逸：《〈离骚〉章句序》，参见洪兴祖：《楚辞补注》，中华书局，1957年，第2—3页。

不得志也；独往来，无助也；惊鸿，贤人不安也；回头，爱君不忘也；无人省，君不察也；拣尽寒枝不肯栖，不偷安于高位也；寂寞吴江（沙洲）冷，非所安也”①。对于长篇小说《红楼梦》的阐释，更是形成了一个索隐派，他们视此书为“康熙朝政治小说”，“书中红字多影朱字，朱者明也，汉也”，“宝玉有爱红之癖，言以满人而爱汉族文化也；好吃人口上胭脂，‘言拾汉人唾余也’”。在中国文学批评的上述阐释方式中，以君臣关系为符号系统的基本坐标轴，父子关系、夫妻关系、上司与下属关系分别与之对应，若干自然景象、动植物构成的兴象、意象也可与之对应。男女爱悦之情和自然界的阴阳惨舒，本来就是文学创作永恒的题材，而在这种阐释方式中则一律被纳入政治价值体系。

应该如何看待古代这种阐释方式及其对现代批评思维的影响呢？第一，有一部分文学作品，叙写男女情爱，描绘山光水色，的确寄寓着家国之恨、兴亡之感，对黑暗政治的抗议，贤人才士不能见用的伤惋。评论者由对写作背景、作者身世的了解出发，将这种情感和思想剖露出来，是有客观依据的；对读者是一个提醒，使人们对作品的社会政治内容给予足够的重视。退一步说，即令这种社会政治内容并不是或不完全是文本原来具有，而是由评论者所注入的，如果它能体现一定时期历史文化对意义的增殖，也自具有其独立的价值。例如，苏曼殊 1903 年提出《红楼梦》是“愤满人之作”的“种族小说”。从今天学术界掌握的资料来看，这种说法可视为对作者家世生平鲜有所知时的臆说；但另一方面，在 20 世纪初的时代背景下，苏曼殊的这一言论本身，又是民族民主革命情绪的曲折反映。中国的文学批评偏重于为人生的社会批评，在这里得到过分的，有时是畸形的体现。第二，索隐批评把一篇具有审美性、艺术性的文学作品的内容局限于或者过分突出在政治方面，无论如何，总是显得狭隘。从方法论上说，索隐批评极端夸大文学符号的可

---

① 鲖阳居士：《复雅歌词》，参见唐圭璋：《词话丛编》，中华书局，1986 年，第 60 页。

分解性，把一篇作品分割成许多独立的符码单元，把一个个兴象、一个个喻体等价地置换成一个个政治观念、政治人物或事件。这样，他们就使文学的创作、传播和接受的过程，也即是诗的通讯，完全等同于科学通讯。科学信息的传递以发讯者为中心，主要依靠代码，即依靠传递所用的符号及关于符号联结方式的规则，追求等值传递。艺术信息、文学信息的传递，诗的信息的传递，是不等值传递。在这里，符形和符义、能指和所指的关系很不确定；一个符形可能载有多种歧义，一种符义可能经由不同的符形传达；符号之间的结合也有更多的排列方式，排列方式的微小变化，可能产生意义的重大差别。正因为艺术信息、文学信息中不确定因素很多，收讯者的接受态度便具有更重要得多的意义，有时是关键的意义。索隐派批评家拿一个固定不变的单义性的代码本，去套用体现各自独特个性的各种文本，抹杀了文学家创造新的艺术符号、创造符号组合新方式的艰苦劳作的成果，也抹杀了作为审美快感必备条件的接受者解读中的主动性、创造性。王世贞《艺苑卮言》谈到对李商隐《锦瑟》诗的各种评论时说，“不解则涉无谓，既解则意味都尽”，道中了索隐派批评的痼疾和窘态。它不但把文学文本的审美意味消解掉了，也把作品的社会的、历史的、心理的意义简单化、单一化，使之枯索。第三，索隐批评不但因消解作品的诗性而干扰、妨损文学欣赏，而且因顽强、偏执的政治情结使文学批评活动直接卷入政坛纷争，常常被政客当作工具而给文学家带来厄运。谢灵运由于《登池上楼》一诗而得名于后世。元好问称誉过：“池塘春草谢家春，万古千秋五字新。”罗织“罪证”者关注的也正是元好问最叹赏的“池塘生春草，园柳变鸣禽”两句。他们用索隐批评方法推论：“池塘者，泉川潴溉之地；今曰‘生春草’，是王泽竭也。《豳风》所纪，一虫鸣则一候变；今曰‘变鸣禽’者，候将变也。”① 这首诗流露了作者幽居抑郁、忧谗惧祸的心绪，但

① 陈应行：《吟窗杂录》，转引自黄节：《谢康乐诗注》，人民文学出版社，1958年，第36页。这段话见于《吟窗杂录》中“历代吟谱·评品”，托在权德舆和王安石名下。

其心理已经充分地审美化了。“池塘”两句是久病卧床之后，登楼远眺，“猝然与景相遇，借以成章，不假绳削，故非常情所能到。诗家妙处，当须以此为根本”①。把诗的优美意象整个地变成政治概念的代码，即使不是有意诬陷，而是对作者政治上的肯定、颂扬，这类解读也是可笑的、荒唐的。王士祯《花草蒙拾》驳鲖阳居士对苏轼《卜算子》的诠释说：“村夫子强作解事，令人欲呕……仆尝戏谓坡公命宫磨蝎，湖州诗案，生前为王珪、舒亶辈所苦，身后又硬受此差排耶!”② 索隐批评的推论，是强加于作者的。索隐批评的解码方式，经过千百年反复运用，沉入了不少文人的意识和无意识之中，原型化了，它在一定的文化气候、政治气候下便会滋生，便会蔓延。近几十年中我们曾看到过它的现代演化型式。姚文元的文学批评就是其中的突出代表。他解读廖沫沙的短文中引用的“腊鼓鸣，春草生”两句，说“这是‘三家村’的早春气候……腊鼓既鸣，他们这一伙要‘大干’的时机到了”。姚文元所使用的代码本，同前人所记的那种以“王泽竭”“候将变”阐释谢灵运的“池塘生春草”的评论者所使用的代码本基本相同，两者的解码思路也一样。这种解码方式与恶势力配合，为政治迫害制造口实，对创作心理乃至对创作者人身造成威胁，不仅破坏文学，而且破坏文化、破坏社会。

索隐批评在历史上产生、存在有其必然性；某些时候也有一定的客观的独立的文化价值。但整个说来，这种文学批评既是非科学的，又是非审美的。从文学批评学理论的角度看，索隐批评对文本意义的阐释，没有多少可取之处，它是一种畸形的文学批评。

辨味批评在中国文学批评史上使用的范围比索隐批评广泛得多，而且有更长久的历史。辨味，就是领会文学文本的审美意味。“味”或

① 叶梦得：《石林诗话》卷中，参见何文焕：《历代诗话》，中华书局，1981年，第426页。

② 王士祯：《花草蒙拾》“鲖阳居士释坡词”条，见唐圭璋：《词话丛编》，中华书局，1986年，第678页。

“诗味”是指文学艺术作品应具的审美特质，辨味本是一切正当的、顾及文艺审美性的文学批评必做的工作。不过，本文所说的辨味批评并不是泛指一切审美的批评，而是专指中国古代的一种文学批评主张、一种文学批评传统。辨味批评的主张，简单说来，就是要求体会、探寻“味外之味”。《老子》所说的“为无为，事无事，味无味”，是这种主张最早的哲学依据①。按照《老子》的逻辑，以“无为”的态度、方式去行事、处世，最有成效，是最好的办事方式；从“无味”的地方去体味，能得到最深厚的味。汉代道家的代表著作《淮南鸿烈》的第一篇《原道训》说，“无形而有形生焉，无声而五音鸣焉，无味而五味形焉，无色而五色成焉；是故有生于无，实出于虚……”道家认为，“有”生于“无”，“无”是天地之始、万物之母，是宇宙的本体。这种思想影响到文学，一是看重冲淡、空灵的风格，二是追求语言文字之外的深层含义。后一方面对于文学批评，有更重要、直接得多的意义。

司空图发挥的主要就是上述第二种意思。他说：“江岭之南，凡足资于适口者，若醯，非不酸也，止于酸而已；若鹾，非不咸也，止于咸而已。华之人以充饥而遽辍者，知其咸酸之外，醇美者有所乏耳。”“近而不浮，远而不尽，然后可以言韵外之致耳。”“……倘复以全美为工，即知味外之旨矣。”② 所谓“咸酸之外”的“味外之味”，言词之外的“韵外之致”，是指经由文学作品的语言文字符号系统而更超越这个符号系统，沉浸于作品诗性的空间，不固着于文本上特定符形的规范的确定的意义，而是与所指遥遥相对的，“遇之匪深，即之愈希。脱有形似，握手已违”，那样一个开放性的意义域。金圣叹评点唐诗，虽然有许多技术性分析，他所竭力追踪的，也是味外之味。他在致友人信里以他惯

① 语出《老子》第63章。《文子·道原篇》《后汉书·荀爽传》李贤注，并引作“知不知”；当代学者高亨、朱谦之均认为“味无味”应为“知不知”。但晋王弼《老子注》解释这几句时说，“以无为为居，以不言为教，以恬淡为味，治之极也”。见楼宇烈：《王弼集校释》，中华书局，1980年，第164页。

② 《与李生论诗书》，《司空表圣文集》卷二，《四部丛刊》本。

用的夸张语言说，“弟因而思苍帝造字，自是后天人工。若诗，乃更生天生地。设使澒洞之初，竟复无诗，则是天地或久已其已歇也……弟比者实曾尽出有唐诸大家名家，反复根切读之，见其为诗，悉不在字，悉复离字别有其诗”①。辨味批评家对语言，对所有约定的、制度化的符号系统，当然不能摆脱，却又很不信赖，而是突出它们的屏障性。他们充分体验到作为诗人和作为批评家的语言的痛苦。他们苦心地挑选文字，费力地抓住文字，又尽量地抛开文字。在哲学思维的交流、宗教思维的交流和艺术思维的交流中，发讯者借助于文字是不得已而为之，收讯者借助于文字也是不得已而为之。《列子·说符》记载伯乐赞扬九方皋相马才能的话：“若皋之所观，天机也；得其精而忘其粗，在其内而忘其外；见其所见，不见其所不见；视其所视，而遗其所不视。”② 无须辨识马的性别、毛色，连马的雌雄、黄黑也没弄清楚，却能发现“天下马”之所以为“天下马”的神气。《列子》同时还拟有楚国的白公与孔子的对话。白公问：“人可与微言乎?”“人固不可与微言乎?”孔子先是不回答，后来才说：“何为不可？唯知言之谓者乎！夫知言之谓者，不以言言也。争鱼者濡，逐兽者趋，非乐之也。故至言去言，夫浅知之所争者末矣。”③ “微言”，依晋人、唐人之注乃密谋之言，我们却也不妨在此理解为诗性语言。“不以言言”，“至言去言”，都是说发讯者与收讯者共同在语言符号之外来表达、来接受、来交流。《淮南子·说林训》甚至说：“听有音之音者聋，听无音之音者聪。”张怀瓘《书断》论书法赏鉴，也说：“深识书者，惟见神采，不见字形。”陶渊明所说的“好读书，不求甚解”，所“好”、所追踪的是诗意、诗性、诗味；“不求甚解”是不拘执于一字一句，不让语言符号遮蔽了诗美。况周颐《蕙风词话》

① 金圣叹：《与许之溥》，见金圣叹著，钟来因整理：《杜诗解》，上海古籍出版社，1984年，第297页。

② 杨伯峻：《列子·说符》，《列子集释》，中华书局，1979年，第257—258页。

③ 杨伯峻：《列子·说符》，《列子集释》，中华书局，1979年，第249—250页。

说，“诵佛经不必求甚解，多诵可也。读前人佳词亦然”。“此旨至微，盖其所专注、在于甚解之外矣。”① 他还说过：“填词固以可解不可解，所谓烟水迷离之致，为无上乘耶?”“夫其人必待吾句勒而后能知吾词之意，即亦何妨任其不知矣。”② 这就涉及了宗教信息接受和诗的信息接受的交切点。一般说来，科学通讯（符号学意义上的通讯）是一个关闭型线路，收讯者力求准确、完整地接受发讯者传送出来的讯息，其理想状态是现代以电脑作为发讯者和收讯者的那种情形。宗教通讯、哲学通讯、诗的通讯是开放型线路，发讯者和收讯者都是充满创造性的主体。宗教讯息的发送者是神（或者神的代言人——布道者），神意是极难捉摸的，无法全知。怎样领悟神发出的信息，全在信徒各人。与陶渊明交往颇深的晋代高僧慧远，在《大智论钞序》中说，“圣人依方设训，文质殊体。若以文应质，则疑者众；以质应文，则悦者寡。是以化行天竺，辞朴而义微，音近而旨远。义微，则隐昧无象；旨远，则幽绪莫寻。故令玩习常训者，牵于近习；束名教者，惑于未闻”③。他告诫，对佛教圣人的教导，不能依“常训”“名教”，不能按既有的语言规范去理解，收讯者必须离言而辨味。对于读者，对于诗美的追求者，诗人也是“神”，诗意也类乎“神意”，很难捉摸。刘梦得《董氏武陵集纪》说，“诗者，其文章之蕴耶？义得而言丧，故微而难能；境生于象外，故精而寡和”④。于是，诗的收讯者，文学艺术的收讯者也只得谋求离言而辨味。倘若真正离言，就没有了佛教的经典，更没有了任何文学，没有了文学欣赏、文学批评。得意忘言的老庄并不能完全离言，不立文字的禅宗并不能完全离言。文学创作和文学批评更不能离言。离言的文学批评，在实际上也是根本无法施行的。辨味批评所强调、所想突出

① 况周颐：《蕙风词话》卷五，中华书局，1962年，第127—128页。
② 况周颐：《蕙风词话》卷一，中华书局，1962年，第11页。
③ 石峻等：《中国佛教思想资料选编》第一卷，中华书局，1981年，第95页。
④ 刘禹锡：《董氏武陵集纪》，《刘宾客文集》，上海古籍出版社，1993年，第121页。

的，无非是言外之言、味外之味，无非是诗的通讯中语境的极端重要性，无非是收讯者发挥审美的主动性、由内省体验而与发讯者心印神合的重要性。

诗的通讯同哲学通讯、宗教通讯在对待语言符号的态度上，除了上述共同点之外，又有着原则的区别。元好问《陶然集诗序》说："诗家所以异于方外者，渠辈谈道，不在文字、不离文字；诗家圣处，不离文字、不在文字。唐贤所为情性之外不知有文字云尔。"哲学家、宗教家关心的只是道，对文字本身的独立价值，他们毫不关心，并无兴趣。诗的通讯的特点集中表现为能指优势。诗人不是只把语言当作工具，同时还把语言当作目的。元好问在同一篇序中引用杜甫的"新诗改罢自长吟""语不惊人死不休"等语，想要说明的正是诗人在语言技巧上殚精竭虑、乐而不疲，正是诗人对能指本身的极度关注。在文学作品中，语言符号带有自指性，能指可以在不同程度内与所指疏远、脱节，独立地炫耀自己。它不是尽快把读者的注意力（认知力或感悟力）引向所指，而是设法迟延读者的目光在能指上面停留的时间。宗教信徒们得意即可以忘言，文学批评家、辨味批评家，则是得意而赏言。辨味批评包括领受作品的语言之味，声文、形文之美，并且常常把辨语言之味作为入门之径。诗人是改罢诗句之后长吟，读者是长吟诗句而后会心。清代古文家有因声求气之法，"必讽诵之深且久，使我之心与古人䜣合于无间"，"心凝形释，冥合于言议之表"[1]。"求气"，是求文气，这和辨味是紧密联系、相互交错和重叠的，由讽诵而感受作品的声文之美，从语言形式而领略作品的审美意味，再进而在更高层次上，与作品整体的意境、滋味相通。这时，说不复知有文字，其实是语言文字退到意识的背景上去了。

---

① 张裕钊：《与吴质父书》，《濂亭文集》卷四。又，《清史稿·张裕钊传》："尝言：……欲学古人之文，其始在因声以求气，得其气则意与辞往往因之而益显，而法不外是矣。世以为知言。"

辨味批评特别强调欣赏活动、批评活动的过程性，以及过程的渐进性、反复性，任何一个具体对象（如一篇作品）的欣赏、批评都应该是一个过程，一个非直线的、曲折的、趋近于圆形的过程，期待在此过程中自然滋生真切的精深的感知。清人刘开说："然则读诗之法奈何？曰：从容讽诵以习其辞，优游浸润以绎其旨，涵咏默会以得其归，往复低徊以尽其致，抑扬曲折以寻其节，温厚深婉以合诗人之性情，和平庄敬以味先王之德意。"① 诗论家沈德潜说："读诗者心平气和，涵泳浸渍，则意味自出。"② 这也就是朱熹早讲过的，"须是沉潜讽诵，玩味义理，咀嚼滋味，方有所益"③。辨味批评不切割作品，不按既有的某种理性模式、技术模式切割作品，不拼接若干符码的意义以探求作品的意义，它努力面对作品的整体语境、整体意境，在反复体验中一层深一层地接近作品的诗意。

在辨味批评中，收讯者解读时不求助于时代背景与作者传记的材料，不求助于文化传统的或某一学派的固有的标准代码本，而以收讯者——批评家内心的自然的审美反应为依据。文学作品传达作家对外界刺激的审美感应，文学批评传达批评家对作品讯息的审美感应；如果两者都超出私人的情感的狭隘性，都能体现人类审美情感的共通性，则彼此自然冥合。每一个收讯者与发讯者之间、收讯者彼此之间，审美情感冥合的范围大小、程度深浅千差万别。只要在某一点上冥合了，就有所得，就能生出快感；有助于这种冥合的实现，便是辨味批评的目标。浦起龙《读杜心解·发凡》说："吾读杜十年，索杜于杜，弗得；索杜于百氏诠释之杜，愈益弗得。既乃摄吾之心印杜之心，吾之心闷闷然而往，杜之心活活然而来，邂逅于无何有之乡，而吾之解出焉。吾还杜以

① 《刘孟涂文集》卷一，檗山草堂刊本。
② 沈德潜：《唐诗别裁·凡例》。
③ 黎靖德：《朱子语类》第一册，王星贤点校，中华书局，1986年，第2086页。

诗，还杜之诗以心。”① 这里说的就是辨味批评典型的收讯方式。梁启超说：“义山的《锦瑟》《碧城》《圣女祠》等诗，讲的什么事，我理会不着。……但我觉得它美，读起来令我精神上得一种新鲜的愉快。须知美是多方面的，美是包有神秘性的，我们若还承认美的价值，对于此种文字，便不容轻轻抹煞。”② 他所说的，正是中国辨味批评的特色。

辨味批评高度重视收讯者的接受态度、解释态度，高度估价收讯者心理的作用，所以，往往带有很浓的印象批评的色彩。又因为它以探求诗味、诗美，而不是以探求发讯者的本意为最高目的，所以，带有颇强的唯美主义气息。他们以不解为解，似乎是推卸了批评家诠释作品意义的责任，与言必有据，搜罗、排列繁密材料的索隐批评相比，使人感觉亲切，能起到触媒、中介作用，诱导人们进入诗境。

索隐批评多陷于穿凿附会，辨味批评易流于空疏恍惚。现代文学批评可以从不同角度对它们有所借鉴和汲取。

（载《文学评论》1993 年第 1 期）

① 浦起龙：《读杜心解》，中华书局，1961 年，第 5 页。

② 梁启超：《中国韵文内所表现的情感》，转引自刘学锴、余恕诚：《李商隐诗歌集解》第三册，中华书局，1988 年，第 1432 页。

文学批评的有效性漫议

借用言语行为理论的术语来说，文学批评不仅仅是以言述事，即不仅仅是要告诉人们，某部文学作品或者某种文学现象是怎样，更重要的，它是以言行事和以言成事，也就是说，文学批评通过对某件文学作品、某种文学现象的分析评判，最终是想要告诉读者应该怎样读，想要告诉作家应该怎样写，文学批评是要对文学、对社会发生实实在在的影响。文学批评真能发挥这样的作用吗？读者真的可以从文学批评论著中学到怎样读，作家果真可以从文学批评论著中学到怎样写吗？于是，就产生了文学批评的有效性问题。

若干年来，我们听到对于文学批评现状不满的声音，那也就是对于文学批评有效性的怀疑。这种声音，来自读者，来自文学界，也有来自文学批评界自身。这类不满，常常是拿当前的文学批评与心目中理想的文学批评，与历史上曾经有过的为人们所钦佩、所赞赏的文学批评比较之后产生的。这类不满，在我看来，很多是有道理的，是有事实依据的。不过，与以往的文学批评比较，需要作历史的分析。在不同的历史环境中，文学批评有很不相同的处境、地位；决定文学批评发生的社会效应大或小、快或慢、显或隐的，不仅在它自身，还会受制于，甚至是更要受制于客观条件。

文学批评最风光的时候，要算是 19 世纪中叶的俄罗斯。涅克拉索夫有一部中篇小说《铁石心肠》，很写实地描述文学青年陀思妥耶夫斯基第一次与大批评家别林斯基见面的情景。陀思妥耶夫斯基开初执意不肯去见作为文坛领袖的大批评家，别林斯基听到几位朋友对陀氏处女作的赞扬也还颇为怀疑，是热心的涅克拉索夫从两个方面大力撮合推动，才促成了那次会面。此前，涅克拉索夫激动地向别林斯基推荐说又一个果戈里将要出现时，别林斯基还没有看到《穷人》的手稿，不以为然地回答："你以为果戈里是能够像蘑菇一样，几个晚上就能培育出来的吗!"他犹豫地拿起手稿，读了第一页就放不下，一口气读完马上说，"只有天才，才能在二十五岁写出这样的作品"。这样的看法被转告给陀思妥耶夫斯基，"年轻小说家沉思的脸上，顿时闪耀着幸福的光辉"。随后他被带去见了别林斯基，当面听到对他作品的激情的评论、细致的分析。陀思妥耶夫斯基说："这是我一生中最隆重的时刻，此时发生了决定着我终生命运的大转变。"在那几十年里，别林斯基对普希金、对果戈里、对莱蒙托夫的评论，车尔尼雪夫斯基对谢德林、对列夫·托尔斯泰的评论，杜勃罗留波夫对冈察洛夫、对屠格涅夫、对奥斯特洛夫斯基的评论，发生了多么及时、多么巨大、多么深远的作用呀！那个时候，有谁还会否认文学批评的有效性呢！俄罗斯的革命民主主义时期，从贵族知识分子主导转变为平民知识分子主导，列宁说，"别林斯基是在我国解放运动中完全代替贵族的平民知识分子的先驱"，"达到当代最伟大的思想家的水平"。要知道，社会智力的分布，在不同的历史环境中很不一样，因之，民族的先驱者在不同时期集中地出现在不同的精神生产领域。19世纪中期，站在时代前列的平民知识分子，通过文学批评来推动社会变革，如别林斯基所说，"批评早已成为我们公众迫切的需要了，任何一份杂志，任何一张报纸，如果不辟出批评和书报评述的专栏，就不能够继续存在"。所以，才会有许多睿智的而学识渊博的，富有人格魅力和献身精神的天才，把全副精力放在文学批评事业上，觉得这样做会使自己的人生价值得到最好的实现。这在世界各国的历史上，是一特例，并不是任何时期都能有类似的环境。国家不幸诗家幸，文学批评地位的突出，是苦难的俄罗斯酝酿大变革时期历史的选择和安排。

有人认为，中国20世纪前半叶的文学批评胜于后半叶。21世纪之初，人民文学出版社出了一本《中华文学评论百年精华》，选文五十九篇，作者五十四人。本来，百年前半与后半时间基本相等，但“出版说明”中说，该书的编选，重在“理性之态度、独到之眼光、精妙之见解”，“以此为尺度，本书多选现代文章，少选或慎选当代文章就是顺理成章的事情”。此书所收当代批评家对当代作品的评论确实很少。这里，首先，我们可以说，五六十年代也有不少对创作发生了正面良好效应的评论文章。例如，茹志鹃的《百合花》先后两次被退稿，发表之后，茅盾对这一新人新作很快作出热情而精当的评论。茹志鹃后来回忆说：“已蔫到头的百合，重新滋润生长，一个失去信心的、疲惫的灵魂又重新获得了勇气、希望，重新站立起来，而且立定了一个主意，不管今后道路千难万险，我要走下去，我要挟着那个小小的卷幅，走进那长长的文学行列中去。”（《说迟了的话》）几十年过去了，《百合花》依然散发芬芳，茅盾对它的评论依然闪烁温煦的智慧之光。欧阳文彬等评论家也及时地给予茹志鹃恳切的评论。1979年《保卫延安》重新出版的时候，杜鹏程将已故的冯雪峰1954年所写的长文印在卷首，那篇文章原题《〈保卫延安〉的地位和重要性》，向文学界和全国读者介绍了这部小说。80年代以后，文学批评与文学创作有了更多更好的合作互动。总之，在当代文学史上，发生良好效应的文学评论还是可以举出很多的。

也不能不承认，在我国，五六十年代，文学批评的社会关注度远比现在要高，惟其关注度高，在那个时候，批评家下笔之时受到的约束牵扯就多，那不是高质量的文学批评丰产的时期。老资格的批评家张光年先生在他的文集评论卷的“引言”中说，从新中国成立到“文革”前，“这期间文坛多事，我的笔杆随头脑而左右摇摆”，所以，有一些文章就不能收进文集了。那些文章不能只说是无效，而是发生了后来写作者回想起来也不愿意看到的负面的效应；另一些应时之作也只是产生短期效应，时过境迁，就成了明日黄花。张光年先生是优秀的诗人，有多方面的学养，他在1959年发表的《谁说“托尔斯泰没得用”》、1961年发表的《题材问题》，在当时很有震动、安抚和鼓舞作用；但客观的环境使他在那时难以有很多有效的、值得本人和读者珍惜的批评文章。

至于当前的文学批评，去年，我从《光明日报》一篇文章上读到的说法是“乱象纷呈”，主要指的是：资本势力入侵、权力干预、圈子化，表现出来有廉价吹捧、文风晦涩或者空话套话连篇，等等。我想，对于这类不满之声，在表达同感的同时，不必停留于情绪化地加以谴责，而要冷静地探讨其滋生的因由和矫治的方策。

如今的文学比之过去，是大大地丰富了，大大地复杂化了。文学批评也需要相应地作出调整，用一种类型、一种标准、一套思维方式的文学批评来应对各色各类文学，已经很不适宜，已经是无法胜任了。实际上，存在性质上有差异的文学批评，它们有高下之别、雅俗之别、深浅之别、精粗之别，但其中很多各有其存在的合理性，我们只能在其适用范围之内，对它们的有效性提出各不相同的要求。

现今与过去的重要区别之一，是文学生产与文化产业建立了密切的关系。文学出版社是企业，要按照企业的规律运作。文学作品在出版社印制出来，在作为精神生产果实的同时，还具有了商品的性质。海德格尔在《林中路》里说，贝多芬的四重奏的乐谱放在出版社的仓库里，和地窖里的土豆没有两样。此语似乎是对缪斯的大不敬，却是一个无法否定的冷冰冰的事实。出版商要把这些书，包括最优美最高雅的诗歌、乐谱卖出去，兑换成金钱，收回成本，并且还要收获利润。所以，出版商要努力推销，希望能有文学批评参与帮助推销，也在情理之中，从商业上可以说是正当的。只要出版商和愿意与出版商配合的文学批评家不违背商业道德，不将劣质作品、平庸作品冒充精品，社会就要对此容忍和接受，甚至也可以是欢迎。现在的问题是，文化产业和别的利益方起主导作用的，与营销运作相联系的文学批评，和不与商业营销粘连在一起的、独立的文学批评，如何区分开来。这就好比是商家做广告是合法的、正当的，而质量检查机构的认证报告与商业广告必须截然分开。此外，广告法规也有规定，报纸上刊登的广告和刊载的新闻必须明显地区别开来。软性广告隐匿其广告性质，目的是增强读者的信任度和认同感，但结果却往往使作为载体的报刊权威性降低、丧失。如今被人们诟病的，是近一二十年越来越常见的，在带有明显促销色彩的新书发布会、作品研讨会上发表的那些口头评论和随后的集束的、整版的文学批评，隐性广告在里面占了很大的比重。是否可以设想，坦率地让这类评论以广告的面目出现，让广告作为广告，评论作为评论，各自显现真实面貌？鲁迅就为他自己翻译的《苦闷的象征》、为自己翻译的《毁灭》和曹靖华翻译的《铁流》撰写过广告，刊载于当时的报刊。在《鲁迅全集》里，文学书籍广告远不止这两则。我们的文学批评家为什么不可以实名做广告？这样，作者不必摆出论道衡文的郑重、庄严的架势，读者也不会对它们的学理深度有过高的期待，对它们多讲优点、少讲弱点可以有所会心，读后不会产生失望的感觉。出版商看重这类评论在拉升销售码洋上的有效性，而广告写得好，同样会对读者起到引导作用，帮助读者选择自己所需要、所喜爱的作品。对于怀有更高要求的读者，可以从作为严密科学思维和敏锐艺术感受的成果的严肃的文学批评论著里，满足自己的需要。

文学批评需要区分评论对象，区分接受对象。传播学强调分众传播的必要性，文学批评家执笔之时，不能不考虑为谁而写，目标受众模糊不清，其有效性就大受限制。比如说网络文学，它的生产方式、写作目的和写作态度，与传统的作家创作迥然有异。能够对《白鹿原》《尘埃落定》作出引人入胜的评论的批评家，面对《盗墓笔记》《千年泪》很可能捉襟见肘、无从置喙。老实说，我对把网络文学纳入茅盾文学奖和鲁迅文学奖的评奖范围，有些不解。很难想象一种奖项无所不包，囊括全部文学。日本有直木文学奖和芥川文学奖，一个专评大众的、以故事情节取胜的，一个专评纯文学的、以艺术探索见长的。纯文学作家有的自视很高，但如果参评直木文学奖，多半是会落选的。这样不同的文学作品放在一起，如何比较？文学批评对几类不同作品，有不同的视角、不同的尺度，批评家发表的见解，在各自的范围里发生不可彼此取代的效果。

本文前面提到《光明日报》关于文艺批评乱象纷呈的综述，那里说到，某些文学作品研讨会的参加者很少有能将作品认真研读完的，却依然能作出“精彩发言”。这是阻碍文学批评有效性的一个大敌。第八届茅盾文学奖结果公布之后，我看到，有几位富有才华和学力的批评家发表谈话说，评审时的阅读不一定非得一字一字阅读，凭借丰富的阅读经验，部分地浏览对作品的文学艺术价值也可以作出考量。对此，我很感惊讶。一次评奖的短时间，不可能把所有参评作品都细读细品，这是实情，完全可以理解，但解决之道是改进评审办法。不能以此认定，大略翻阅便作出褒贬取舍的判断为正常的文学批评工作方式。我们都听说过，阎立本看张僧繇的绘画，第一次说“定虚得名”，自己不放心第二天再看，说：“犹是近代佳手。”第三天再看，感叹：“名下无虚士。”欧阳询偶见路旁晋代索靖所书古碑，揣摩良久，离去数百步又返回，卧宿其旁，三日方去。在这生活节奏急速的时代，格外要提倡宗白华式的美学散步，宗先生自述在西洋名画前一坐就是一个小时，心里不断默诵中国古代诗词，忘情于艺术天地。批评家对文学文本沉潜往复，而不要为快餐式的速读辩护。普列汉诺夫说，好的文学批评可以使得优秀作品给读者快感大大增加，并且有深刻的理解。倘若批评家本人都没有深入作品的境界，如何引导读者体味作品的精髓思想和新颖创造呢？

文学批评产生乱象还有一个原因，就是我们处在众声喧哗的时代，平实之论很容易被淹没、被遮盖、被忽略，于是，文学批评为了引起反响，走偏锋，发怪论，故作惊人之语，还有似乎是故意要惹怒评论对象而用语尖刻的“酷评”，就一再出现了。戴维·洛奇的新作长篇小说

《失聪宣判》的开头提到所谓“朗巴德效应”，就是在嘈杂的环境中，为了使自己的话语能被听见，引起更多人的注意，说话者会提高音量，而许多人同时提高音量的结果是噪声越发加大，每个人自己都成为一个噪声源。网络和若干平面媒体为了增强人气，对如此这般的新奇之论很有火上浇油的兴致。专业的、有自身明确文学信念和职业操守的报刊的作用，就是坚持科学的理性的声音，让愿意追求真相和真理的读者及时找到可靠的信息源。《文艺报》讨论文学批评的有效性，我想，可以是实践这种使命的一个具体措施。

（2012 年 3 月 11 日于武昌桂子山，载《文艺报》2012 年 3 月 16 日）

第四辑

“非自觉性”与艺术规律

深入探讨艺术规律，特别是深入探讨艺术创作的规律，有时就要接触到艺术思维中特有的一种现象，即艺术创作的非自觉性。怎样说明这类现象，它同艺术的特性、艺术的规律有什么关系？这个话题曾经为不同的论者所谈到，并且产生过纷异的看法。直到今天，这仍然是一个可以引发人们的理论兴趣并且也有实践意义的题目。

然而，过去不少的理论家、创作家曾经在各不相同的意义上使用“非自觉性”这一词语，近年来有些论者间的分歧也牵涉对“非自觉性”概念的理解。比如，有一种说法是：别林斯基认为文艺创作中的非自觉性很重要，高尔基和法捷耶夫则不是很赞成这种观点。其实，我们不妨考察一下，高尔基和法捷耶夫所不赞成的非自觉性，是否恰好正是别林斯基所主张的非自觉性呢？人们举出的是高尔基在《我国文学是世界上影响最大的文学》中讲的一段话。在那段话里，高尔基指出，“根本不能说有什么不自觉的工作”。同时，他又指出，创作中的直觉十分重要。他所说的直觉，是指“从还没有被思想定形下来、没有被意识定形下来、没有体现成思想和形象的丰富印象中产生的”，“虽然还没有包括到意识里去，但在经验里是已经有了的”。高尔基在另一个地方又说过，“直觉的东西不能理解为某种先于知识的、‘预言的’东西，当经验组织成为假设或形象而缺乏某些环节和细节的情况下，它能够使经验得到完成”①。高尔基所说的直觉主要是指创作中的形象推想力。有时，创作

① 高尔基：《致亚·谢·谢尔巴科夫》，转引自古典文艺理论译丛编辑委员会编：《古典文艺理论译丛》第11辑，人民文学出版社，1966年，第153页。

中感到缺乏某个环节，对于情节怎样向前发展，人物应有什么样的行动、什么样的对话，发生什么样的纠葛，等等，作者一时想不出来，不知怎样继续往下写；后来，忽然地，不是由于作了理智的分析，而是凭借直觉，凭借形象的推想力，想出一个个生动的画面，很顺畅地写下去了，作者“仅仅凭着嗅觉想到它正是这个样子，而结果居然是对的”①。高尔基否认有不自觉的工作，只是否认有人鼓吹过的那种先于知识、先于经验的东西，他并不否认敏锐的艺术感觉可以到达作家的清晰的思想和理智未能到达的地方，起着清晰的思想和理智未能产生的作用。至于别林斯基对于非自觉性的理解，普列汉诺夫有一个很明确的解说。他在介绍别林斯基“美学法典”的第五个规律时写道，“因为诗人是用形象来思考的，而不是用三段论来思考的，所以很自然，他清楚地看到形象，而并不经常清楚地看到形象中所表现的观念。就这个方面讲来，可以把诗人的创作叫作是不自觉的”②。据此可知，别林斯基是在强调形象思维的特殊性这个意义上讲述创作中的非自觉性。他并不否定艺术要反映生活；相反，他很重视文学的真实性——普列汉诺夫说，“诗人应当按照生活本来的面目来描绘生活”是别林斯基“美学法典”的第二个规律。别林斯基也不否定创作需要自觉的思想，不否定创作的倾向性，他只是说，倾向首先要是一种感情，一种本能，“然后恐怕才是一种自觉的思想”③。所以，文艺创作中的非自觉性，如果是指反对世界观的指导作用，把文艺创作神秘化，走向反理性主义，那么，就其理论整体说来，别林斯基也不主张这样的非自觉性：如果提出非自觉性，是在承认文艺作品是现实生活的反映，承认世界观对创作的重要意义的前提下，强调形象思维不同于逻辑思维的特殊性，那么，高尔基实际上也并

---

① 高尔基：《我国文学是世界上影响最大的文学》，转引自古典文艺理论译丛编辑委员会编：《古典文艺理论译丛》第 11 辑，人民文学出版社，1966 年，第 151 页。

② 普列汉诺夫：《别林斯基的文学观》，转引自古典文艺理论译丛编辑委员会编：《古典文艺理论译丛》第 11 辑，人民文学出版社，1966 年，第 127 页。

③ 别林斯基：《一八四七年俄国文学一瞥》，转引自古典文艺理论译丛编辑委员会编：《古典文艺理论译丛》第 11 辑，人民文学出版社，1966 年，第 79 页。

不否认这个意义上的非自觉性在文艺创作中的存在。如果说，在今天提出文艺创作中的非自觉性来讨论，对于全面认识诸如艺术同政治的关系，创作同世界观的关系等重大问题，不是没有好处，那么，首先要强调指出，我们所说的文艺创作中的非自觉性，其含义不是反理性，而仅仅是指非理论的。在有的同志看来，只有用理论方式才能达到理性认识，他们根本否认形象思维的存在，当然也就不会承认创作中会有和应有非自觉性。就是主张形象思维存在的人们中间，也有很多同志，否认非自觉性的存在是创作的正常现象。从当前的争论来说，分歧主要还不在于是否承认文艺创作中有非自觉性存在，而在于如何估计这种非自觉性在创作过程中的地位和作用。有的同志以鲁迅的创作为例说明，作家从为什么写到写什么、怎么写，以至于一个细节的描写，一个字、一句话的修改，总之，在文学创作全过程的各个阶段上，都是自觉的。他所说的自觉，是指有“意思”、有“目的”。他说，“日常生活中打一件家具，还要先有所设计，画个图形呢”。这样来解释文艺创作中的自觉性，恐怕被认为反对非自觉性的高尔基和法捷耶夫也并不赞成。高尔基曾经被询问在写作中是否做过预定计划，他答复说，“计划从来没有做过。计划是在工作过程中自己造成的。我以为不能暗地里告诉主人公叫他该如何做的。他们每一个都有自己的生物学上的意志”①。当然并不是说，每个作家动笔写作之前，都不曾拟订计划、大纲。各个作家有不同的写作习惯，每篇作品的创作也有各自的具体情况。在高尔基的话里值得我们注意的是，计划是自己做成的，作家头脑中的人物有自己的意志。也就是说，他们独立于作家自觉的意识之外。《夏伯阳》的作者富曼诺夫说，“在创作过程里，许多场面会自动产生的，用不着我事先准备和揣摩”②。往前一点，历史上的作家，例如巴尔扎克，泰纳曾描述他的创

① 高尔基：《我的创作经验》，《苏联作家谈创作经验》，中国青年出版社，1959 年，第 5 页。

② 富曼诺夫：《〈夏伯阳〉和〈叛乱〉的写作经过》，《论写作》，人民文学出版社，1955 年，第 233 页。

作情况说，“虚构的人物脱离艺术家而独立存在，左右著作者的笔锋”①。往后一点，现代的艺术家，如我国优秀舞蹈《快乐的罗嗦》的作者，讲述创作经过时说“舞蹈形象在这个过程中像一个司令官似的指挥着自己”②。法捷耶夫的写作是有计划的，他多次指出，作家预定的计划在写作中很难完全实现，因为“人物和形象一旦可以触摸得到，那时人物和形象本身就会给最初的计划以修正”。“当有了这种情形，在你自己没有懂得，‘这是主人公改正了我’之前，起先你会觉得奇怪，甚至想抵抗它。”“在作者用最初几笔勾画出主人公们的行为、他们的心理、外表、姿态等等之后，随着小说的发展，这个或那个主人公就仿佛自己来修正原来的构思——在形象的发展中仿佛出现了自身的逻辑。”③有的同志的文章说到，高尔基、法捷耶夫对于非自觉性有着很好的批评意见。不知这位同志可曾注意过，高尔基、法捷耶夫对于那种认为文学创作的全过程都是完全自觉的观点，也有着很好的批评意见，例如上面所引的几处就是。人物和形象自身、人物自己造成计划和修改计划，作家还没有弄清是怎么回事就想出来、写出来了，作家甚至想抵抗这种修改——这些话是什么意思呢？难道不应该理解为形象离开了作家的自觉意识，作者是靠着直觉、靠着形象思维的推想力在继续他们的创作吗？

许多文艺家还指出，完全按照作者预定计划写出的，常常是平庸之作，替某一自觉的政治讽喻观念作诠释的细节，常常游离于作品的艺术整体之外；人物和形象起来突破计划，修改计划，指挥作者，结果往往出现神来之笔，产生得意的杰作。屠格涅夫说，“能够受预定的题目的约束或者按计划写作的，只有那些不会写别的优秀的东西的人们”④。阿·托尔斯泰说，当作家“笔下的人物开始过着独立自主的生活的时

① 泰纳：《巴尔扎克论》，《文艺理论译丛》第2期，人民文学出版社，1957年，第62页。
② 《生活·题材·舞蹈语汇》，《舞蹈》1962年第2期。
③ 法捷耶夫：《论作家的劳动》，《论写作》，人民文学出版社，1955年，第164页。
④ 古典文艺理论译丛编辑委员会编：《古典文艺理论译丛》第11辑，人民文学出版社，1966年，第104页。

候，开始过着活生生的人的生活的时候——这就是创作的最高境界”①。

有的同志为了说明鲁迅创作中一个细节的增加也都是有所为的自觉行动，举了《补天》里有一个古衣冠的小丈夫出现于女娲两腿之间作例证。的确，鲁迅在这里是有意识、有目的地讽刺伪善的道德家，但是从艺术上说，这不能说是成功的经验，它恰恰说明有目的的政治讽刺有时会损害艺术形象的完满、谐和。鲁迅自己讲到这个细节的增入，他说：“这就是从认真陷入了油滑的开端。油滑是创作的大敌，我对于自己很不满。”② 事实上，鲁迅并不曾主张一句话、一个字全都要出于有所为的自觉。他对于命意匡世而辞气浮露的作品，对于不安于仅为小说而欲求有益人心，以至多所训诫而少有人情的作者，多次表示了严重的不满。我们何必拿鲁迅自己表示不满的写法当作创作规律来宣传呢？

有的同志认为，曹禺同志说提笔写《雷雨》时没有明显地意识着自己要匡正、讽刺或攻击什么的那些话，不能证明非自觉性的效用，倒证明了非自觉性的缺点和无力。他大胆地假设说，如果曹禺同志当时能以马克思主义世界观和理论探索自觉地指导创作，《雷雨》的成就会更高。作家思想水平高些，对创作会有好处。但我们无须假设，实践已给我们提供了足够的供比较的材料。说到用马克思主义指导创作的自觉程度，当时的左翼作家比曹禺高得多了。周恩来同志拿他们同曹禺相比，说，“那时还有左翼作家的更革命的作品，但带有宣传味道，成为艺术品的很少”③。解放之后，曹禺入了党，树立了马克思主义世界观。周恩来同志在同一个讲话中又说，“入了党应该对他有好处，要求严格一些，但写作上好像反而有了束缚”。他写《胆剑篇》时比较自觉地表现时代精神，比较自觉地用革命理论作指导，但《胆剑篇》的艺术成就并没有超过《雷雨》。这些当然并不表明马克思主义会妨碍文艺创作，正确的

① 阿·托尔斯泰：《向工人作家谈谈我的创作经验》，程代熙译，《世界文学》1961年第7期。

② 鲁迅：《〈故事新编〉序言》，《鲁迅全集》第2卷，人民文学出版社，1981年，第341页。

③ 周恩来：《对在京的话剧、歌剧、儿童剧作家的讲话》，《文艺研究》1979年第1期。

理论是创作的指南，这是毫无疑义的。周恩来同志讲话的意思是强调艺术的规律，反对把理论当成框子。我们想补充说明，没有饱含作家感情的理论观点，不宜直接进入创作过程；在有些情况下，作家虽然缺乏高度的理论自觉，而进步的倾向和信念以非自觉方式发挥指导作用，更合乎形象思维的规律，这样的倾向和信念在作家那里有更深厚的感情和人生经验作根基。

从历史上看，只有皮萨列夫这样很少数的理论家，才认为应该排斥创作中不自觉的成分，而用“强大的智能”贯彻始终；至于作家，尤其是写出了艺术性很高的作品的有经验的作家，讲到创作体会的时候，大都承认直觉、非自觉性在创作中的重要作用，他们都不曾告诉初学者，像按图纸做房子、按图样打家具那样，根据自己的思想意图去“想”与之相适应的“象”。他们认为，全自觉的按图施工法在文艺上只是匠艺。固然，工程建设、作战指挥也常常不能完全按预定方案实施，也常常会有改变，但那是人们发现原来的认识同实际情况不相符合，对于出现的新情况、了解到的新材料进行分析，作出新的判断的结果。文艺创作中改变预定的计划，按照上述作家的经验，则是作家直觉到的人物和形象自身的意志，起来修正作家自觉的理智的认识。有才能的优秀作家，不把这看作偶然的逸出常轨的现象，而认为是应该尽力追求的创作的最高境界。为什么如此呢？因为这种情况正是形象思维的规律性的重要表现；从这里，我们可以窥见形象思维的主要特征。为了科学地说明这种情况，我们需要从作家创造作品时的思维过程和心理过程的实际出发，对作家思维运动所包含的矛盾作一些分析。

从作家创造作品时思维运动的起点出发，有助于我们迅速抓住作家思维运动包含的矛盾的特殊性。文艺作品的创作过程从哪里开始？生活积累是文艺创作的基础，但生活积累阶段还不属于创作过程。从生活素材向艺术形象转化，需要有一个突变点。这个突变点就是人们常说的触发，它就是创作过程的起点。王汶石同志说，作家在生活中见到了数不清的人和事，经验了各种感情，产生和积累了丰富的生活思想，这些像燃料似的保存在作家的记忆和感情里，到了某一天，由于某一偶然机遇忽然得到启发，“它就像一支擦亮了的火柴投到油库里，一切需用的生活记忆都燃烧起来”，互不相关的事物，在一条红线上联系了起来，分散的细节向一个焦点集中凝结①。李准同志说，在生活积累阶段，弄了一大堆材料，但理丝无绪，而后豁然开朗，“所有的素材都像长了腿似地活起来，而且它们自己跑着去站好它们的队”②。触发并不是文艺家思维独有的现象。从心理学上说，触发是大脑皮层上原有的几个兴奋点，由于某一刺激物的影响，并且常常是在偶然的、意外的情况下，忽然建立了新的联系，从而使思维产生飞跃，获得新的成果。科学家提出新原理，发现新规律，在他的科学研究的逻辑思维过程中就常常有触发。阿基米德洗澡时感觉身体变轻，受到启发，兴奋得光着身子跑到房子外面，因为他发现了浮力原理。牛顿看见成熟的苹果从树上掉下来，受到启发，提出了万有引力定律。在科学家的思维运动中，触发是一个转折点，它的作用是“当头脑中充斥着一大堆有关的但却无紧密联系的材料，以及一大堆模糊概念的时候，一件小事可能有助于形成某种使之清澈的概念，将它们联系起来”。在这里，触发的直接结果是概念的澄清，得出明确的判断。在文艺创作中，触发的结果却不是概念和判断的产生，而是原来分散细节的凝聚和净化，是素材的自动组合，是素材获得一种延伸和发展的内在动力，是鲜明生动的艺术形象的萌生。形象思维一开始就显示同逻辑思维迥然相异的特色。

文艺创作中的触发是一种颇为复杂的思维现象，要对它深入剖析很不容易。法捷耶夫说，“要说明材料是怎样从这一大堆素材里形成和提炼出来，主题和情节的最初草图是怎样勾画出来，是很困难的。这件事我办不到。我只知道，全部积聚起来的材料在一定的时候会和一些主要

---

① 王汶石：《关于构思》，《延河》1961年第5期。

② 李准：《〈大河奔流〉创作札记》，《河南文艺》1978年第1期。

的思想与概念起一种有机化合”①。法捷耶夫的话不十分精确，但他指明了，第一，作家的思维运动包含着两个侧面、两个因素，即他所说的材料同思想；第二，创作过程的开始是这两个因素的“有机化合”。应该说，任何人的思维运动，都包含对思维对象的反映即材料，和对思维对象的认识即思想这两个侧面。但是，在不同类型的思维运动中，这两个侧面的内容、形态，它们相互作用的情况、方式是很不相同的。在科学家的逻辑思维中，这两个侧面最初表现为反映各门科学所专门研究的对象某方面属性的客观材料，同研究者从材料中得出的“越来越简单的概念”，“越来越稀薄的抽象”②。文艺家酝酿作品的时候，这两个侧面表现为，作家记忆中贮存的生活印象、生活事件、生活中的文学艺术的原始材料，和创作者观察生活时美的感受、他对社会生活的认识和评价，这两个侧面在思维的前进运动中不断变化，科学家把材料改制成为概念，他的思维表现为概念的矛盾运动。文艺家把生活形象改制成为艺术形象，他的思维运动表现为形象的因素同作家的立意、情感的相互转化和交融。

在中国古代的文学理论批评著作中，把作家创造作品的思维运动中属于反映生活的客观内容的这一方面，称为物，称为象，称为境，称为景；而把创作者对生活现象的美感态度、他的情感和认识、他对生活的评价这一方面，称为意，称为理，称为情，称为志。这些用来描述文艺创造中思维运动的美学概念，显然有别于用来描述哲学思维的形、器、心、道等概念，也有别于用来描述宗教思维的色、相、法、心等概念。我们的古人对这些概念的解释和运用并不精确，并不严密，但他们毕竟注意到了各种思维方式的区别。倒是现代有些研究文艺作品的创作过程的人，不肯正视这种确乎存在的区别。反对形象思维理论的同志，只用

① 法捷耶夫：《和初学写作者谈谈我的创作经验》，《论写作》，人民文学出版社，1955年，第176页。

② 马克思：《〈政治经济学批判〉导言》，《马克思恩格斯选集》第二卷，人民出版社，1972年，第103页。

表象、概念的相互转化来描述作家的思维运动；有些主张形象思维理论的同志，也往往只是着重于说明形象思维中不应有抽象的概念，而较少注意研究形象思维中的表象同逻辑思维中的表象有何不同，较少注意到作家的主观认识以何种形态在形象思维中出现并发生作用。就拿表象来说，作家、艺术家形象思维中的表象，同科学家逻辑思维中的表象有什么不同呢？在科学家逻辑思维的起点上，表象是具体事物在科学家头脑中重现的形象，即记忆表象，它力图准确地反映具体事物的原貌，是对象切近的映象。科学家观察对象所得的表象，如果不能足够准确地反映事物的本来面目，他由此出发的研究工作就会出现偏差以致走向谬误。列宁说："我们表象的对象和我们的表象有区别，自在之物和为我之物有区别，因为后者只是前者的一部分或一方面，正象人自己也只是他的表象所反映的自然界的一小部分一样。"① 列宁讲的就是记忆表象。马克思论述科学研究方法时说的表象，则是指反映某一类事物的共同特征的一般表象。他谈到研究政治经济学的时候说，如果从人口着手，那么这就是一个浑沌的关于整体的表象②。马克思说的表象，不全是现代心理学的含义，而带有西欧古典哲学家习用的意义，即是指概括反映对象共同特征的知觉和观念。作家、艺术家在生活积累阶段产生的表象，一般也是记忆表象。可是，一旦踏入创作过程，作为形象思维一个侧面的物、象、境、景，就不再是记忆表象，不只是对象的一部分或一方面，它保持着记忆表象的鲜明性、生动性、具体性，同时又起了一种质变，被意念化、情感化了。这就是黑格尔说的，"艺术作品中的感性事物，比起自然物的直接存在，是被提升了一层，成为纯粹的显现"；"艺术作品中的感性事物本身就同时是一种理念性的东西"；"在艺术里，感性的

① 列宁：《唯物主义和经验批判主义》，《列宁选集》第二卷，人民出版社，1972 年，第 117 页。

② 马克思：《〈政治经济学批判〉导言》，《马克思恩格斯选集》第二卷，人民出版社，1972 年，第 103 页。

东西是经过心灵化了"[①]。举例来说，李准谈到《李双双》的创作说，他在一位妇女队长家里看到墙上贴满了许多小纸条，写了一些很有趣的话，他又向村里人们询问这位妇女队长的若干情况，受到启示，激起了艺术表现的强烈愿望。他说，"这是我孕育李双双这个人物的开始"，"我几乎连她的声音笑貌都想出来了。但我始终没有见到她"[②]。很明显，作者脑中人物的声音笑貌不可能是记忆表象，因为作者没直接见到过她。同时，这也不只是作者对农村新人的一般观念，因为形象是那么生动活跃并开始具有独特的个性。它是生活形象的升华，是作为形象思维一个侧面的意念化的物象。从描绘自然景物的文艺作品的创作看，还可以更清楚地说明形象思维中的物、象、境、景的这种性质。山水诗、花鸟画的作者，在构思的时候如果脑子里只有这个或那个具体的真实的山、水、花、鸟的记忆表象，那就很难创造真正的艺术作品，而只能成为诗匠、画工。有创造力的画家就是在写生时也并不这样。郑板桥题画竹图说："江馆清秋，晨起看竹……胸中勃勃，遂有画意。其实胸中之竹，并不是眼中之竹也。"眼中之竹，是对竹的视觉感觉，可以转化为视觉表象。胸中之竹，则是经过画家美感眼光筛洗、熔铸之后产生的美感形象。胸中之竹是形象思维中竹的物象，不是对具体的竹的记忆表象，也不是伴随着竹这一具体概念而产生的概括性表象。中国古人早就要求在绘画中把景物象形同气韵生动结合起来。单靠记忆表象，只能摹写对象的某些部分，只是摹写对象已提供的景象，"纵得形似而气韵不生"[③]。艺术家观察山水、花鸟、虫鱼，应在细致的观察中发现自然美，进而加进自己的感受、情趣，把自然美加工成为艺术美。艺术家不但不必求似于这一个或者那一个实际存在的客体，而且一开始就要求构思中的物象不同于这样的实体，要求把自己独特的美的感受灌注于物象之

---

① 黑格尔：《美学》第一卷，人民文学出版社，朱光潜译，1958年，第45—46页。

② 李准：《我喜爱农村新人》，《情节、性格和语言》，河南人民出版社，1963年，第73页。

③ 张彦远：《历代名画记》，见俞剑华：《中国画论类编》，人民美术出版社，1957年，第32页。

中。我国当代画家吴作人同志论日本东山魁夷的画说，“他的画，已经远远超出了再现自然的表象，而是能说出自然内部蕴藏的真实和阳明阴晦所赋予的诗情”①。这是说已成的作品、形象思维的果实，而要达到这一点，在开始就不能停留于自然的表象。艾青同志咏东山魁夷的诗里写道：

人和自然得到谅解，
自然赋有人的心灵；
无论是林间的瀑布，
湖沼中的倒影，
初春的月夜、山峦的黎明，
都浸透了画家的爱情。②

就是说，瀑布、倒影和月夜、黎明的景象，都不是记忆表象，都是心灵化了的感性形象。唐人诗句说，“江山清谢朓，花木媚丘迟”③。宋人词句说，“我见青山多妩媚，料青山见我应如是。情与貌，略相似”④。这些都说明，江山、草木不是以它们的本来面目进入作家的美感视象，不是以它们的本来面目进入作家的形象思维，它们的美姿娇态中显现着诗人性格、心理的自我反视。高尔基曾经说过，一般人不善于提炼自己的主观的印象，常常屈从于现成的画面，而艺术家则善于提炼自己个人的（主观的）印象，并从中找出具有普遍意义的（客观的）东西⑤。从生活中提炼形象，把记忆表象提炼、改制为艺术形象，这是形象思维把握现实的特殊方式，正如从表象结晶出概念，是逻辑思维把握现实的特殊

① 吴作人：《巨匠的伟构》，《世界文学》1978年第1期。
② 艾青：《致日本文化使者·东山魁夷》，《战地》增刊1978年第1期。
③ 张了容：《赠司勋萧郎中》，《全唐诗》卷一一六。
④ 辛弃疾：《贺新郎（甚矣吾衰矣）》，《稼轩词编年笺注》卷四。
⑤ 高尔基：《给康·谢·斯坦尼斯拉夫斯基》，《文学书简》，人民文学出版社，1962年。

方式一样。文艺家思维运动中的物、象、境、景既然被赋予了人的品质、感觉和意图，既然已经意念化、情感化，既然已经不只是记忆表象，它也就不只是停留在对象的现象方面，不只是对具体事物的直观，它已经带有程度不等的理性认识的成分。形象经过反复酝酿、孕育最后被创造出来，也就达到了理性的认识。阿Q的影像在鲁迅脑中孕育好多年，这影像不是对绍兴乡下哪个阿贵或阿桂的记忆表象，它凝聚着鲁迅对中国农民问题的极为深刻的认识。在当时的中国，除了为数极少的几位先觉者之外，有谁对农民问题的认识能达到或超过鲁迅在阿Q的影像中包含的认识的水平呢？所以，认为用形象思维的方式把握世界，不能达到理性认识，认为在形象思维的物、象、境、景中不包含理性认识，是没有根据的。

文艺家思维中的物、象、境、景，作为艺术概括现实的形式，与记忆表象相区别。它的一个突出特点是它的生命力、生长力。它不是静止的映像，而是生气充溢的活体；它不是靠药液浸泡以保持形状的标本，而是长着胚芽的种子；它不是供解剖用的尸体，而是在母腹中发育着的婴儿。它的生长力、生命力来源于它所概括的现实生活的规律性，来源于它从内容到形式忠实于生活的真实性。这些，是记忆表象不可能具有的品格。

作家形象思维的另一个侧面，即标示作家对对象的主观认识和评价的意、理、情、志，也不同于逻辑思维中的概念、判断或推理的结论。它们的特点，首先在于同形象结合的可溶性，与形象相伴的依附性。它们只有在美感形象中才能形成和发展，只有通过美感形象才能完满地呈现出来。郑季翘同志认为，人们从具体事物中抽象出概念，也就能够让概念再回到感性形象上去。固然，对于具有必要的实践经验的人，概念和表达概念的语词，一般地可以引起相应的表象。例如，提起树、鱼、苹果、方桌这些具体概念，人们脑子里就会产生与之相适应的这几类事物的概括性表象。但一些抽象概念，例如劳动生产率、生产关系等，就很难直接让人们产生什么具体形象。就是那些具体概念引起的表象，也不是具有美感意义的表象。费尔巴哈说："对于彼岸事物的信仰，是一种绝对没有诗意的信仰。"① 我们也可以说，逻辑思维的概念，是没有美学意味的概念，不能再生美感形象的概念。概念、观念、思想不能以它们的哲学面目、逻辑面目在作家的形象思维中发挥能动作用。黑格尔说："凡是有关真理的教条、信念和见解都不能成为可供艺术表现的真正的情致，因为它们的基本要求在于认识。属于这一类的有科学的认识和真理。"② 别林斯基大大发挥了黑格尔的这一思路，他说过："艺术不能容忍掺入抽象的哲学观念，尤其是理性观念：它只能容受诗情观念。"③ 别林斯基反复地在许多地方阐述过这一点，这个思想对别林斯基的理论体系是如此重要，以至于普列汉诺夫说，"作为艺术作品基础的观念应当是具体的观念——这种看法构成了别林斯基美学法典的第三个规律"。费尔巴哈不赞成黑格尔的美学体系，他在《关于哲学改造的临时纲要》中指出，黑格尔说艺术和哲学都是绝对精神的显现，但是，不能把艺术同人的感觉、幻想和直观分离开来，不能把哲学与人的思想分离开来。他在《未来哲学原理》中批判黑格尔时又说，"'艺术在感性事物中表现真理'这句话正确地理解和表达出来，就是说：艺术表现感性事物的真理"。费尔巴哈和黑格尔对艺术本源的看法截然相反，对艺术和艺术思维的特点的看法却很接近。在我国文学理论批评史上，许多人反对过理缚、理障，而要求讲究理趣。理之所以会成为诗之缚、诗之障，就因为它还是哲学观念形态的理、政治观念形态的理，没有成为形象思维所要求的理。

逻辑思维中的理——自然科学中的概念、原理，哲学社会科学中的

---

① 费尔巴哈：《关于哲学改造的临时纲要》，《十八世纪末—十九世纪初德国哲学》，商务印书馆，1975 年，第 590 页。

② 黑格尔：《美学》第一卷，朱光潜译，人民文学出版社，1958 年，第 89 页。

③ 转引自古典文艺理论译丛编辑委员会编：《古典文艺理论译丛》第 11 辑，人民文学出版社，1966 年，第 70 页。

范畴、规律，都是从各门学科的专门角度对于对象的某一方面进行抽象的结果。例如，在政治经济学中，马克思说，“这里涉及到的人，只是经济范畴的人格化，是一定的阶级关系和利益的承担者”①。经济学对物质资料的生产和分配规律进行研究，对人们之间其他关系它就舍弃不管了。文学艺术创作却是整体地把握以人为中心的社会生活，形象思维中涉及的人，是各种社会关系的总和，是一个个活生生的具有独特性格的具体的人，文艺作品是生活的百科全书。所以，在文艺创作过程中，在形象思维过程中，支配和影响作者的意和理，也应该是对于以人为中心的社会生活整体的感受和认识，而不应该是从某一角度对生活进行抽象得出的概念。有时，政治观念、经济学观念可以成为触发创作欲望的重要因素。例如，胡万春学习了马克思的剩余价值学说，引起了内心的激动，终于写出了他的第一篇小说《骨肉》。但在小说创作过程中，是否就是剩余价值理论这一政治经济学的观点在起统率作用呢？胡万春说，当时，“我的心情就像煮沸了的开水，一种比我个人的爱与恨更大的爱与恨在折磨着我。在我的脑子里，已经过去了的生活，全都翻腾起来了”，“过去了的生活，它们都复活了。就像电影似地，一幕一幕地在我脑子里映现”②。由于科学理论的启示，胡万春用一种全新的眼光看过去经历的生活，他并不是去分析人们的经济关系，他脑中呈现的不是经济学概念，而是以人为中心的完整的社会生活画面；他对生活的新认识，不是以经济学原理的形式，而是以灌注在生活画面中的意、理、情、志的形式活跃于自己的形象思维过程之中。意大利的汤密达诺说，“想象是应用在个体事物上的理智，而理智就是应用在普遍性概念上的

① 马克思：《〈资本论〉第一卷第一版序言》，《马克思恩格斯选集》第二卷，人民出版社，1972年，第208页。

② 胡万春：《土壤和种子》，见赵树理、刘白羽等：《作家谈创作经验》，中国青年出版社，1959年，第167页。

想象”①。中国的皎然说“诗情缘境生”。所谓艺术想象，所谓诗情观念，就是应用在具体事物上的理性，就是充实在、流动在、融渗在生活图画中的理性。

形象思维中的意、理、情、志，同逻辑思维中的概念、观念、判断、思想，各有其自身的质的规定性，它们属于人类把握世界的不同方式。当它们互相对应的时候也可能互相转换，但这需要一定的条件。我们在前边说到，并不是任何概念都可以唤起相应的表象，更不是任何概念都可以转化为艺术形象，这是就概念的一方而言。就思维者一方来说，从优美的艺术形象中领悟它的思想意义，把艺术作品中包含的意、理、情、志转化为概念、思想，用明确的理论语言阐释它，这需要有敏锐细致的美的感受力；而把深刻的理论观点运用到指导文艺创作上，把概念、观念转化为创作中的意、理、情、志，也不只是凭作家的自觉要求就能办到。在形象思维中消化理论观念，要有比较厚实的相关的生活积累，要能调动足够强烈的相关的情绪记忆，要对理论本身有比较透彻的理解。有着浓烈政治热情的革命作家可以努力去创造这些条件，使自己适应阶级、集团的要求。今天的许多作家努力提高逻辑思维能力，提高马克思主义理论水平，这是源于他们的自觉愿望。但在条件尚不具备或尚不充分具备的条件下，勉强地把对自己还很生涩的理论观念用于创作，其指导思想虽“高”，作品的思想深度却往往令人失望，艺术形象的完美程度更谈不上。周恩来同志论述文艺创作的时代精神和作家的认识水平时提到，“我在重庆时对曹禺说过，我欣赏你的，就是你的剧本是合乎你的思想水平的”②。这话在重庆讲过，解放后在北京又讲，而且在大会上讲，因为这涉及艺术创作的规律，周恩来同志正是为了纠正那种违反艺术规律，硬要作家按照理论观念创作的做法而强调这点的。

---

① 转引自古典文艺理论译丛编辑委员会编：《古典文艺理论译丛》第11辑，人民文学出版社，1966年，第9—10页。

② 周恩来：《对在京的话剧、歌剧、儿童剧作家的讲话》，《文艺研究》1979年第1期。

我们主张，作家写自己熟悉的，同时也根据条件努力去熟悉该写的；我们还应呼吁，作家写适合自己思想水平的，同时努力提高觉悟程度和理论修养。俗话说得好：教的言语不会说，有钱难买自主张。按照作家形象思维的消化能力，把适合的、有进步意义的思想自如地转化为创作的意、理、情、志，就较有可能达到倾向性与艺术性的高度统一。

形象思维过程中，意、理、情、志常常难以各自独立地表述出来，它们隐没在作家对人物的爱憎、对人物言行和故事情节发展趋向的推测、对人物关系与命运变化的构想之中。在形象思维中，还有这样一种现象：越是微妙的情思，越不容易用语言直接表达。言不尽意、文不逮意是古来创作家常有的共同苦恼。高尔基说："有些感觉和思想是语言所不能捉摸和表现的。"① 这些感觉和思想在形象思维中确实存在，并发挥了作用；读者在欣赏作品的过程中，从形象的画面里也完全可以体味到作者的这种未能直接说出的感觉和思想。"此中有真意，欲辨已忘言"，这也是文艺创作和欣赏中常有的情况。也并不是说那些真意就绝对不能直接表达，而是说，当人们离开物、象、境、景，用几句话来说明它们的时候，它们就失却原有的韵味，减退了色泽，多少有些变形了。

形象思维中的意和理同逻辑思维中的概念、判断、观念不同，还在于它们本身就融合了美感的激情与深情。在形象思维过程中，意、理和情、志是不可分的。科学家不能让自己的感情掺进他的逻辑思维之中，感情的掺入只能对逻辑思维起干扰作用。恩格斯说，道义上的愤怒，无论多么入情入理，经济科学总不能把它看作证据，而只能看作象征②。高尚的感情可以成为科学家工作的动力，帮助他克服困难，顽强工作，但这种感情不能成为他科学研究中逻辑思维运动的一个侧面，他提出的科学概念中不能含有他个人感情的成分。在形象思维过程中，没有感情便不会有美的创造，不会有艺术的独创。南宋道学家邵雍高谈义理，强

① 高尔基：《谈谈我怎样学习写作》，《论文学》，人民文学出版社，1958 年，第 189 页。
② 恩格斯：《反杜林论》，《马克思恩格斯选集》第三卷，人民出版社，1972 年，第 189 页。

调诗歌要表现天下大义，认为“情之溺人也甚于水”，甚至说“情则蔽，蔽则昏”[①]，按照他的排斥情感的创作理论写出来诗，如同在他稍后的刘克庄所说，“是语录讲义之押韵者”。形象思维要包含强烈的感情活动，关于这点很多同志已经讲得比较充分。我想补充强调的是，不是任何感情都可以成为形象思维的要素。明末清初的黄宗羲说过，干啼湿哭，总为肤受，琐屑凡庸的感情不足以入诗。他要求诗人情意真挚，要求具备至情，他说，“以不及之情与情至之情，较其离合于长吟高啸之间，以为同出于情也；窃恐似之而非矣”[②]。人们日常生活中的感情活动，不少是随事迁转，在思维者心中缺乏深厚的根基，来不及找到稳定的明确的形式，就淡隐、消失了。在形象思维中，这类感情就缺乏团聚力，很难灌注到作家构思的物象之中。就是对思维者本人说来是真挚深切的感情，也还不一定都适于艺术表现。普列汉诺夫引用洛斯金的话说，“问问你自己，任何一种能把你深深控制住的感情，是否都能够为诗人所歌唱，是否都能够真正激起他的灵感”？洛斯金认为不能。他说得很风趣也很深刻：一个少女可以歌唱她所失去的爱情，但是一个守财奴却不能歌唱他所失去的钱财[③]。少女为失恋而伤惋，是一种纯洁的感情。吝啬鬼为破财而痛心，是一种卑劣的贪欲。只有崇高的、纯洁的、合情理、合于生活规律的感情，才能成为催动艺术创造的诗的激情。而夹杂狭隘的功利观念的感情，充满私欲的感情，缺乏打动旁人的力量，也难以在形象思维中产生积极作用。此外，实际生活中的种种感情，要经过美感的过滤，要同意、理恰当地调配，才能更好地融入诗境。鲁迅说，长歌当哭要在痛定之后，又说感情太烈会杀掉诗美，就是这个意思。在形象思维中，意和理不能离开情，情和志也不能脱离理，它们要

① 郭绍虞：《中国历代文论选》中册，中华书局，1962年，第52页、第56页。

② 《黄孚先诗序》，《南雷文案》卷二。

③ 普列汉诺夫：《艺术与社会生活》，《没有地址的信 艺术与社会生活》，曹葆华等译，人民文学出版社，1962年，第226—228页。

在美感、诗意中统一起来。

形象思维和逻辑思维各由一对特殊的矛盾组成，它们所包含的矛盾的两个侧面彼此对立和相互转化的方式各不一样，因此，两种思维运动的发展形式也不一样。逻辑思维过程表现为概念的矛盾运动。毛泽东同志说，"客观矛盾反映入主观的思想，组成了概念的矛盾运动，推动了思想的发展，不断地解决了人们的思想问题"①。一个简单判断就是思维在两个概念之间的推移运动；演绎推理中的三段论，就是思维在三个概念之间的推移运动。文艺家创造作品时的思维运动又是怎样的呢？艺术的任务是再现客观世界的画面并通过这些画面传达作者的感情和思想。如前所述，形象思维运动的基本矛盾是生动画面的物、象、境、景同思想意蕴即意、理、情、志的矛盾。形象思维的过程既不是从表象到概念再到表象，也不只是形象画面的推移变换。它是物、象、境、景同意、理、情、志的互相激发、互相融渗、不断提炼、发展、升华以互相适应、互相结合、互相转化的过程。在这个过程中，套用前人的话来说，心既随物以宛转，物亦与心而徘徊。作家在生活积累阶段储备的生活记忆、自然形态的生活印象逐步被情志所陶冶，被意理所提炼，成为纯美的诗境。作家长期形成的世界观，他所接受和形成的哲学观念、政治观念逐步被形象所吸附、融化，成为醇美的诗情。艺术创作中的触发，是刚萌发的物、象、境、景同酝酿中的意、理、情、志第一次接触闪耀的火花。这时的物象还难免有些模糊、粗糙，这时的意理也难免生硬、囫囵。在思维运动中，"情曈昽而弥鲜，物昭晰而互进"；物象越明晰就越饱含意蕴，情志越充沛，意理越深厚，就越流注到形象内部。形象思维的成品，则是物、象、境、景同意、理、情、志达到作者最满意的融合。

现在应该回到开头的话题上——为什么说非自觉的创作会成为艺术

① 毛泽东：《矛盾论》，《毛泽东选集》第一卷，人民出版社，1966年，第281页。

创作中的最高境界呢？因为在这种状态中，理论形态的观念、概念和原始形态的真实客体都从作家思维的头脑中消逝、隐去，意、理、情、志融化到物、象、境、景之中，物、象、境、景被意、理、情、志所灌注，脱胎换骨，面目一新，这是形象思维规律所要求的最佳状态。思想不再浮现于形象之上，形象不是被概念唤来的图样。非自觉的状态也是最富于灵感的时刻，它是长期观察生活，认真思考探索和刻苦磨炼技巧的结果。要进入这种状态，只能养根以俟实，不能揠苗而助长。到了进入创作过程之后再来求助于理论指导，自觉地拔高作品的主题，这不是对于革命的科学的理论的尊重，它损害了创作也损害了理论——败坏了马克思主义理论的声誉。认真研究非自觉性问题，能帮助我们进一步认识形象思维的特性，也能促进作家逐步将马克思主义化为自己的血肉。那种要把非自觉性的研究从马克思主义美学中除出去的说法，是缺乏充足根据的。

（载《马列文论研究》第三集，1982 年）

形式感和形式情绪

社会性的创作情绪，对于文学艺术创作是必要的，但它们能否构成文学艺术创作充分的、足够的推动力量呢？一个文学家、艺术家，积累了丰富的生活经验、生活印象，对社会生活有了比较深入的认识，也掌握了必要的技巧，并且，他也积蓄了愤怒情绪，是不是就能够进入创作过程了呢？

我们认为，还不够。

文艺创作需要形式情绪的推动　由对自身处境与社会状况的态度而发生的愤怒情绪，以及与之相类的忧愁、悲伤、痛苦的情绪，还有因同类原因发生的喜悦的情绪，都属于社会性情绪，它们是与社会功利考虑相联系的情绪，是与作家对社会生活的态度相联系的情绪，是主体对描写对象的政治态度、伦理态度的体验，是这种体验过程进行的具体形式。这种情绪通常是创作情绪中最核心、最基本的部分，是创作行为发生的必要前提。但是，它还不是创作行为的充分的完全的条件。人有了社会性的情绪，可能通过多种多样各不相同的途径发散出来。比如，用某种反常规的、暴烈的行为动作——拍桌子、摔东西、打人、骂人——来发散愤怒情绪的方式就经常可以见到。上节曾提到，车夫姚纳和农妇祥林嫂用向人反复诉说的方式发散悲伤的情绪，他们并没有因悲伤而作画、谱曲或写小说。主体所以采取文学艺术的方式来宣泄和表现其社会性的情绪，他的社会性情绪所以能最终演化成文艺创作情绪，推动主体伏案执笔进入创作过程，除了这种情绪本身的品格，即主体所产生的社会情绪的真挚、强烈、深厚、持久程度，这种情绪的纯洁性、正义性之外，还需要在同时有另外一种情绪相伴随、相配合，这另一种情绪我们称为形式情绪。社会性的创作情绪容易为人们所感知和认识，而有没有远离社会价值判断的、独立的形式情绪存在，则需要证明。同时，由于艺术活动中的形式情绪在绝大多数情况下是与社会情绪紧密结合在一起的，要证明它的存在，需要用思辨推理加以剥离。在本文中，我们且先找出一些与社会情绪很少直接联系的形式情绪的例证，通过它们来证明形式情绪确实存在。

形式感　形式情绪建立在形式感的基础之上，形式感对于文学艺术，对于创作者和接受者，都是极其重要的。阿恩海姆在《艺术与视知觉》的引言中感叹，现代的人们忽视了通过感觉到的经验去理解事物的天赋，丧失了“从所见事物的外观中发现意义的能力”。他所谓事物的“外观”，就是指纯形式的方面。克莱夫·贝尔在提出艺术是“有意味的形式”这个著名定义时说道：“在各个不同的作品中，线条、色彩以某种特殊方式组成某种形式或形式间的关系，激起我们的审美感情。”[①]强调形式感、形式情绪在艺术活动中的决定性的意义。在20世纪，文学艺术研究者们把对文艺活动中的形式感的研究，大大深入和细化了。

在形式因素引起的情绪中，生理唤起占据突出的地位。阿恩海姆反对用联想、拟人来解释此类心理现象，他认为：“造成表现性的基础是一种力的结构。”[②] 这和他的异质同构论是相关的。主张这种异质同构论的美学家还有不少。苏珊·朗格说：“我们叫做‘音乐’的音调结构，与人类的情感形式——增强与减弱，流动与休止，冲突与解决，以及加速、抑制、极度兴奋、平缓和微妙的激发，梦的消失等形式——在逻辑

① 克莱夫·贝尔：《艺术》，周金环、马钟元译，中国文联出版公司，1984年，第4页。
② 阿恩海姆：《艺术与视知觉》，滕守尧、朱疆源译，中国社会科学出版社，1984年，第625页。

上惊人的一致……这是一种感觉的样式或逻辑形式，音乐的样式正是用纯粹的、精确的声音和寂静组成的相同形式。音乐是情感生活的音调摹写。”① 这就是说，刺激物之所以能够引发主体的情感，是因为两者形式上相似，结构上相应。既然形式相似、结构相应可以使音乐激发人的情感，那么，听觉、视觉和触觉如果彼此形式相似、结构相应，就可能相通，对音乐的感觉和对绘画、舞蹈、雕塑以及书法的感觉就可以相通。美国动画片《风中奇缘》的主题歌叫作《风的色彩》（*Colors of the Wind*），风是空气的流动，空气本身是无色的，风怎么会有色彩？而且，音乐诉之于听觉，又怎么能表现色彩？只有用联觉，用联觉中的形式感，才能解释“风之色彩”这一类心理现象和艺术现象。春风和秋风使我们感觉到不同的色彩，春风和秋风各自带有丰富的色彩。“当你绘出风中的七彩，才可以真正拥有地球。”歌曲以多种感觉的相通比喻多种文化的共存，受到人们的欢迎，获得 1995 年第 68 届奥斯卡最佳电影歌曲奖，在全球广泛传唱。

拿上述理论来解释我国古代书法家常见的创作体验，颇为适合。唐代“草圣”张旭，见公孙大娘舞剑而笔法大进。宋代雷简夫在《江声帖》中说：闻平羌江暴涨声，想其波涛迅駃掀搕之状，遽起作书，则心中之想尽出笔下。苏轼反对他的这一说法，在《书张少公判状》里说：“古人得笔法有所自，张以剑器，容有是理。雷太简乃云闻江声而笔法进，文与可亦言见蛇斗而草书长，此殆谬矣。”② 为什么观舞剑能够帮助书法长进，而听江声和见蛇斗就不可以呢？苏轼可能以为，舞剑和书法都属艺术，而江流之声与蛇斗之状是自然现象；但是，自然现象也具有形式和结构，其形式与结构和艺术的形式与结构也可能相似、相应。把观察自然物时产生的形式感，引进书法创作的结体、布局，引进艺术创作，是因为它们确有内在的相通性。

---

① 苏珊·朗格：《情感与形式》，中国社会科学出版社，1986 年，第 36 页。
② 苏轼：《苏轼文集》第五册，中华书局，1986 年，第 2178 页。

不只是书法家、画家、舞蹈家和音乐家从自然美产生联觉，促成其艺术形式感和形式情绪的滋生，从而进入艺术的创造，文学家也是同样。罗曼·罗兰 24 岁时在罗马城郊姜尼克仑山，看夕阳西下，深红色的城市在脚下燃烧，心灵震动，约翰·克利斯朵夫的形象顿时跃上心头。列夫·托尔斯泰散步时看见一朵被马车碾压过的牛蒡花，顽强地开出新的花蕾，由此动笔写出晚年的重要作品《哈泽·穆拉特》，歌颂至死不屈的高加索英雄。鲁迅在《野草》中写过："野蓟经了几乎致命的摧折，还要开一朵小花，我记得托尔斯泰曾受了很大的感动，因此写出一篇小说来。"① 在这些例子里，都可以见出刺激物和艺术作品形式结构的类似，都可以见出艺术家对于形式的敏感，善于从外界汲取形式创造的动力。

情绪与形式 客观物的形式在引起主体感觉的同时，还引起主体的情绪。阿恩海姆说："色彩能够表现感情，这是一个无可辩驳的事实。"② 形式的因素能够激起人的情绪反应，关于这一点，心理学家的实验报告已经提供了大量的材料，我们每个人的心理生活经验也提出了若干例证。歌德一生花了很多时间研究颜色学，他还把所得的认识用于自身的实践，有意识地利用色彩这种形式因素来促进和调整自己的创作情绪。据说，他要写优美的激情的诗歌，就戴上红色眼镜；他要写忧郁悲怆的诗歌，就戴上蓝色眼镜。纯粹形式因素对人的情绪的影响有一部分是生理的。有人在实验中发现，彩色灯光的照射使人肌肉的弹力增强，血液循环加快，而其增强和加快的程度，因灯光的颜色按蓝、绿、黄、红次序排列，红色的影响最大。文学艺术创作的心理过程中的形式情绪，与这类生理性反应也有关系，但其主要部分并不在此。人们在文学艺术创作或欣赏过程中的形式情绪，主要不是对任何一种自然状态的

① 鲁迅：《野草·一觉》，《鲁迅全集》第 2 卷，人民文学出版社，1981 年，第 224 页。

② 阿恩海姆：《艺术与视知觉》，滕守尧、朱疆源译，中国社会科学出版社，1984 年，第 460 页。

形式因素的刺激的反应，而是对已经或者将要构成艺术形象的形式因素的情绪反应。因此，这种情绪是审美情绪，是艺术活动中的审美情绪，不是一般的情绪。

色彩表现感情，除了不同光波产生不同生理刺激之外，更重要的在于颜色感觉与人的情感和情绪存在对应关系，这中间有文化的因素。颜色感觉和听觉、触觉，也可以彼此沟通，并且都可能表达情感。冷和暖属于温度感觉，本来与颜色并无关联，但人们普遍地把颜色分为冷色和暖色，冷色和暖色分别对应于平缓的和热切的情绪。早在阿恩海姆之前，俄罗斯抽象派画家康定斯基对于色彩感觉与情感的关系，就有了很细致的论述。他说，主体感受色彩，首先产生的是纯感官的效果，也就是生理的印象，而更重要的则是色彩的心理效果。对于绘画艺术来说，“生理印象只有在作为通往这种心理振荡的一个阶段时才有重要性”。“色彩直接地影响着精神。色彩好比琴键，眼睛好比音槌，心灵仿佛是绷满弦的钢琴，艺术家就是弹琴的手，他有目的地弹奏各个琴键来使人的精神产生各种波澜和反响。”① 艺术家的目的是要影响接受者的情感，而他所能直接做到的是影响人的感觉和知觉，通过影响人的视觉、听觉而影响人的情感、情绪。为了做到这一点，他必须探索各种感觉、知觉与情感、情绪对应的规律，不仅是色彩、线条、形状，还有音调、音色等，都可能引起情感、情绪的反应。

文学艺术的每个门类各有自己特具的形式要素，画家所说的形式指的是线条和色彩及其组合方式等等，音乐家所说的形式指的是音高、音色、节奏、力度及其组合方式等等。对形式的感觉叫作形式感，形式感的强弱影响到由形式产生联觉能力的强弱，影响到由形式激发情感的敏锐或迟钝。在艺术心理中，形式感以及与形式感相联结的形式情绪，对于创作者和欣赏者都十分重要，而它们又相当微妙，不容易确切把握。

---

① 康定斯基：《论艺术的精神》，查立译，中国社会科学出版社，1987年，第32—35页。

关于形式情绪，现代心理学理论还没有深入涉及，本文试图提出一些初步看法。

颜色、光线、形状、声音等形式因素，都可能会对人的情绪产生影响。康定斯基说，蓝色给人的感觉是宁静，黑色的基调是沉寂，黄色显出急躁粗鲁。阿恩海姆举例说，垂柳的形状、方向和柔软性本身就传递了一种被动下垂的表现性，传递悲伤的情感。阿恩海姆的意见很难精确证明，不同感觉之间的挪移以及由不同的形式因素引起的情感，既具有全人类的或某个人群的普遍性，也具有个体的差异性。即如垂柳，引起的也可以不是悲伤，我国唐代诗人贺知章在“万条垂下绿丝绦”的咏柳诗句中所表露的，就是与悲伤相反的愉悦之情。但是，形式的因素可以引起人的情绪变化，则是可以肯定的。

形式情绪的独立价值　在日常生活中，纯粹形式的刺激可能引起快适或不快的反应，例如强光刺眼、噪声刺耳使人烦躁，一片草地的绿色使人觉得恬然，欹侧的锐角三角形给人不安定感，浑圆的球形给人平和的感觉。在文学艺术活动中，审美的形式则是要给人美感，它的情感蕴含应该更加丰富，情感效应应该更加持久。

审美活动，文学艺术活动，要求主体具有对于形式的敏感。柏拉图的《斐利布斯篇》说：“真正的快感来自所谓美的颜色、美的形式，它们之中很有一大部分来自气味和声音。”① 康德说：“在素描里，对于鉴赏重要的不是直觉的快感，而是单纯经由它的形式给人的愉快。”② 形式感觉敏锐的人，才能够充分享受到这种愉快。康德认为，只有由单纯形式给予的愉快才是纯粹的审美感受，如果夹带了社会的功利的因素，那就是粗俗的。康德的这种见解对后世产生了深远的影响，20 世纪出现了一些形式主义美学学派，认为艺术的本质在于形式。英国的罗杰·弗莱说，“艺术作品的形式是其最基本的性质”，“人类积累和继承下来

① 柏拉图：《柏拉图文艺对话集》，朱光潜译，人民文学出版社，1963 年，第 298 页。
② 康德：《判断力批判》上册，宗白华译，商务印书馆，1965 年，第 63 页。

的艺术珍品，几乎全是那些以形式结构为主要因素的作品”①。他们的这类说法，显然是片面性的、被极端化的。事实上，在不同的文学艺术门类中，形式感的地位和作用不一样。在大多数情况下，文学艺术的珍品，并不以形式结构为主要因素。但是，也要承认，确实有一些艺术门类，形式是其基本性质，比如书法。书法艺术形式和书写的内容也可能有重要关系，我们在后面讲到无意识的那一章，会用实例具体讨论这一点。但是，在更多情况下，书写的内容和书法艺术形式也可以没有什么关系。比如，清代书法家傅山偏好罕见的异体字，甚至自造过一些字，这些字就是他特有的书法符号。这些字的形体与它们的书写内容有没有什么必然的联系呢？没有，但是它们作为书法艺术品，自有其特别的韵味和价值。陆机的《平复帖》，是一直流传到今天的我国古代最早的名家书法作品，因为纸墨受损，也因为是章草，有的字已经难于辨识，但却没有妨碍历代人们对它的欣赏。除了这些特例外，其他的许多书法作品，也可以离开它们所书写的内容来欣赏它们的形式美。

形式情绪对于文艺的重要性　在人们的文学艺术活动中，形式情绪和社会性创作情绪常常交织融汇在一起。在这个领域内，形式情绪多半会有哪怕是比较淡薄的难以把捉的某种社会性，多半是与一定的社会文化环境有哪怕是十分间接的某种关系。正因为这样，社会性创作情绪常常掩盖了形式情绪，形式情绪往往被人们忽视，以至于许多人不肯承认它。但形式情绪在文学艺术活动中确实存在，并且在成功的文学艺术创作中起着重要作用。

文艺家在创作中不仅歌颂美好的事物，还要揭露罪恶、控诉残暴、讥嘲卑劣、讽刺丑鄙。他带着欢快的情绪歌颂美好，带着愤怒的情绪鞭笞邪恶，在许多情况下，他对欢快的歌颂也是建立在对邪恶憎恨的情绪基础上。除此之外，许多人的切身体验表明，当文艺家成功地、自己感

① 朱立元、张德新等：《西方美学通史》第七卷，上海文艺出版社，1999年，第218—219页。

觉如意地描绘他所憎恶的事物，舒泄他的愤怒和憎恶的感情的时候，他从创作行为中也同样获得快感，也会由此而感到惬意、愉悦、欢喜。这是什么原因呢？有人说过，少女可以歌唱失去的爱情，守财奴却不能歌唱失去的金钱。守财奴失去金钱的痛苦是鄙陋猥琐的，不能引起同情，不好公开诉说。但是，文艺家却可以描写守财奴失去金钱的痛苦，从而给人以审美享受的愉悦，他本人也从中得到审美的愉悦。如何解释这种大量存在的心理现象呢？一个文艺家，对于那些从社会政治、道德方面引起他的反感的对象的兴趣，有时会大大超过从社会道德方面引起他的好感的对象，如果那些引起他反感的对象适合于艺术的描绘，能让他加工成富有魅力的艺术形象的话。英国小说家毛姆在其名作《月亮和六便士》中离开故事情节发了一通议论，他说："一个恶棍的性格如果刻画得完美而又合乎逻辑，对于创作者是具有一种魅惑力量的，尽管从法律和秩序的角度看，他决不该对恶棍有任何欣赏的态度。我猜想莎士比亚在创作埃古时可能比他借助月光和幻想构思苔丝德梦娜怀着更大的兴味。"① 文学家塑造一个恶棍形象的时候，他所怀有的兴味是什么性质的兴味呢？难道是伦理道德的吗？难道是社会性的情绪吗？当然不是，它只能是形式情绪。那么，在艺术中描绘丑，又为什么会获得形式情绪的快感呢？法国雕塑家罗丹说得很对：艺术所认为美的，在于有特性的事物，"自然中被认为丑的事物，较之被认为美的事物，呈露着更多的特性。……既然只有性格的力量能成就艺术之美，故我们常见愈是在自然中丑的东西，在艺术上愈是美"②。

文艺家塑造恶棍形象时怀有的只能是形式情绪，只能是那些同形式因素相联系的情绪，是因艺术材料被顺利地运用、聚合成艺术形式而生的快乐。对恶棍性格的伦理内涵的感受，产生社会情绪和社会性创作情绪；对完美地刻画恶棍性格的创作行为的感受、对恶棍性格的艺术形象

---

① 毛姆：《月亮和六便士》，傅惟慈译，外国文学出版社，1981 年，第 187 页。埃古和苔丝德梦娜是《奥赛罗》中的人物。

② 葛赛尔：《罗丹艺术论》，傅雷译，中国社会科学出版社，1999 年，第 51 页。

的形式美的感受，产生形式情绪。两者实际是融汇在一起的，但运用理论思维的抽象力可以将它们分开。

文学作品，尤其是诗歌，要讲求韵律，诗歌的韵律美引起的愉悦情绪，与诗歌的内容可以是相配合的，也可以是自身独立的。这种与内容无直接关系的愉悦情绪，属于形式情绪。马雅可夫斯基在《怎样作诗》中说："我走着，挥着手，嘴里嘟哝着，几乎还没有一个字，时而缩短步子，为了不妨碍嘟噜，时而念得快些，和脚步合拍。是这样创造出来和形成着节拍（韵律）——一切诗歌创作的基础，它如同一种喧嚣杂乱的轰响贯穿着诗歌，逐渐地从这个轰响里挤出一些个别的字来。"① 席勒说得更加明确："作诗灵感，每非由于已得题材，新意勃生；乃是情怀怦然有动，无端莫状，而郁怒喷勃，遂觅取题材，以资陶写。故吾欲赋诗，谋篇命意，常未具灼知定见，而音节声调已先荡漾于心魂间。"② 两位诗人说诗歌的音节声调是在题材还没有确定，命意、结构还没有确定的时候，先在创作者心灵荡漾，这个时候的情怀显然缺少社会的政治、道德色彩，而只与形式因素相关。

以上是创作过程中的形式情绪，就接受者而言，也有同样的情形。德国女革命家罗莎·卢森堡自述，她在监狱里的小路上漫步，歌德的诗句在心中低回："这首诗跟我的心情，跟我内心所思虑的当然毫无关系，只是那首诗的诗句的音韵和奇异的魔力使我沉湎在恬静之中。我自己也不知道这是怎么一回事，为什么一首美丽的诗，每值我感情激动或遇到强烈震撼之际，会使我感受如此之深。这几乎已经成为一种生理作用，似乎我干渴的嘴唇啜饮了琼浆玉液，使我肺腑清凉，身心都健壮起来。"③ 歌德诗的内容与卢森堡当时的心情无关，音韵却使她沉湎在恬静之中，那恬静当然也只能说是形式情绪。有人讲述过，在意大利的一

① 马雅可夫斯基：《怎样作诗》，《世界文学》1969年第10—12期合刊。

② 转引自钱锺书：《谈艺录》，中华书局，1984年，第607页。

③ 罗莎·卢森堡：《狱中书简》，邱崇仁、傅惟慈译，人民文学出版社，1959年，第17—18页。

次宴会上，一位悲剧演员朗诵一份菜单使听者落泪，而一位喜剧演员朗诵电话号码本使听者捧腹大笑，又有人念复数表也让听者伤心①。中国古代早有类似的传说，《列子·汤问》记述，秦国著名的歌唱家秦青讲了一个音乐故事，说是韩国善歌者韩娥，“过逆旅，逆旅人辱之。韩娥因曼声哀哭，一里老幼悲愁垂涕相对，三日不食。遽而追之，娥还，复为曼声长歌，一里老幼喜跃抃舞，弗能自禁，忘向之悲也，乃厚赂发之”②。韩娥不是因为受辱悲伤而哀哭，她是炫示自己的发声技巧，以纯粹形式因素使里人忽悲忽喜。里人之悲，完全是由于她发出的音调。

现代西方有的学者，提出“为听的语文学”（Ohrenphilologie）与“为看的语文学”（Augenphilologie）的区别，认为这对研究诗语有十分重要的意义。“因为在诗语里，音不仅是对内容的‘本能的补充’，而且常常具有独立的，或者甚至是主导的艺术意义。”语音是深蕴艺术表现力的极重要的工具，“音的独特选词和独特配置把诗歌语言与散文语言相区别”③，“艺术印象的源泉是音的质量方面，是元音、辅音的特殊选择与安排，亦即词语的选音问题”④。在优秀的作品里，诗歌的词句含义所表达的意味和它的音韵所传达的意味，两者不可分离。柴可夫斯基说过：“话语在诗的形式中已经不再是简单的话语，它们已经变（成）了音乐。说这一类的诗不是说话而是音乐，最好的例证就是：当你细心地把它当作说话而不当作音乐来诵读时，那些诗句就差不多没有意义。然而实际上它们不仅有意义，还包含着深思——不仅文字上的，而且纯粹音乐上的。”⑤ 柴可夫斯基这里所说的“纯粹音乐上的”，不是指谱曲

① 山海客：《何必喊戏》，《北京晚报》1986年5月10日。

② 杨伯峻：《列子集注》，中华书局，1979年，第177页。

③ 维克托·日尔蒙斯基：《诗的旋律构造》，什克洛夫斯基等：《俄国形式主义文论选》，方珊等译，生活·读书·新知三联书店，1989年，第307页。

④ 维克托·日尔蒙斯基：《诗学的任务》，什克洛夫斯基等：《俄国形式主义文论选》，方珊等译，生活·读书·新知三联书店，1989年，第226页。

⑤ C. 波汶、B. 冯·梅克等编：《我的音乐生活：柴可夫斯基与梅克夫人通讯集》，陈原译，人民音乐出版社，1982年，第110—111页。

之后的曲调，而是指诗歌本身的音韵。诗人不仅通过语词的词义、句子的含义来表达感情，还通过语音的低昂顿挫来表达感情，所表达的就是形式情绪。接受者通过诗歌的音韵，领会到诗人的感情，生发起自己的形式情绪。按照清代桐城派的说法，这就叫作“因声求气”。张裕钊在给吴汝纶的信里说：“夫作者之亡也久矣，而吾欲求至乎其域，则务通乎其微，以其无意为之，而莫不至也。故必讽诵之深且久，使我之心与古人䜣合于无间，然后能深契自然之妙，而究极其能事。若夫专以沉思力索为事者，固时亦可以得其意，然与夫心凝形释，冥合于言议之表者，则或有间矣。故姚氏暨诸家因声求气之说，为不可易也。”① 读者和作者通过音韵而达至形式情绪的共鸣，这是文学欣赏的美妙境界。

欣赏文学艺术作品，只注意到作品的内容，没有领略到它的形式美，那还不是完整的欣赏。文艺创作主体不能缺少形式情绪，接受主体也不应该忽视形式情绪。

所谓文学艺术活动中的形式情绪，指的是同创作主体对一定的艺术材料（如语词与句式、线条与色彩、音调与旋律等等）以及材料的结构趋势的感受相联系的情绪，是同主体对形式因素的感知与想象相联系的情绪，是主体对描写对象的审美态度的体验，是主体对艺术的形式因素的审美态度的体验。它同社会功利考虑不发生直接的关系。形式情绪的存在，在很大程度上决定着文艺创作和欣赏的质量。文艺家在创作过程中，在社会性情绪的推动和支配下，力图把自己对社会生活的态度和立场表达出来，宣泄出来；而在形式情绪的引导和推动下，力图把自己的审美感受完满地组织起来，并且把自己的审美感受对象化、物化在文本之中。文艺创作中的形式情绪不是单纯对于自然状态下的形式因素的反应，而是对于正在或者已经构成艺术形象的形式因素的反应。人在日常生活中有许多由单纯形式因素引起的情绪，但它们大多是短暂的、凌乱

① 张裕钊：《濂亭文集·答吴挚甫书》，转引自周振甫：《文章例话》，中国青年出版社，1983年，第68—69页。

的；而在艺术活动中的形式情绪，则往往是稳定的、有序的，它不是若干要素的断片，不是若干要素的简单相加，而是一个整体，一个格式塔。

文艺作品中无限小的因素 我们再从另外一个角度来推断形式情绪的存在和它的作用。平庸的文学作品、中间状态的文学作品，同流播遐迩、传之后世的杰作之间的区别，有的时候，也并不是很大，也可能只差那么一点点。列夫·托尔斯泰在他的著名的《艺术论》中，讲过俄国画家勃留洛夫的故事。勃留洛夫给他的学生修改作品，只动了几笔，就把一幅拙劣的毫无生气的画变活了。学生惊异地赞叹："看！只动了一点点，就整个改观了。"勃留洛夫回答道："艺术就开始于一点点开始的地方。"托尔斯泰在他的日记里和著作里一再引证过勃留洛夫的话，认为这是"关于艺术的一句意义深长的箴言"，"这句话正好说出了艺术的特征"①。托尔斯泰对此作了详尽的发挥，他说，在艺术创作中，无限小的因素决定着作品质量的高低，决定着创作的成败。在绘画中，稍微明亮一点或者稍微暗淡一点，稍微高一点或者稍微低一点，偏右一点或者偏左一点；在戏剧表演中，道白或唱腔音调稍微减弱一点或者稍微加强一点，稍微提早一点或者稍微延迟一点；在文学中，稍微说得不够一点或者稍微过分一点……只要是比应该做的多了一点点或者少了一点点，就可能丧失掉全部的感染力。托尔斯泰描述的情况在文学艺术中确实广泛存在。比如说，由两位指挥家分别指挥同一支乐队演奏同一部交响曲，如果乐队比较成熟的话，即令两个指挥家水平相距很远，演出的差别在外表上也并不会特别大——某个地方节奏的快慢，某个地方音的高低，音量大小的控制，都只差那么一点点，外行人甚至不大听得出来，而这一点点却体现了两种艺术层次，一个是天才的，另一个是一般的甚或平庸的。又比如在书法比赛中，获第一名的作品同落选的作品，

① 列夫·托尔斯泰：《艺术论》，丰陈宝译，人民文学出版社，1958年，第123—124页。

它们字的点画、牵引和结构安排，不也是只差一点点吗？所谓“一画之间，变起伏于峰杪；一点之内，殊衄挫于毫芒”。所以，一个不甘于平庸的文学家、艺术家，在做好了创作的准备工作之后，在生活、思想、技术方面具备了基本的素养之后，他的关键，就是要找到那构成优秀作品的无限小的因素。

怎样才能找到这种因素呢？

托尔斯泰说：“要用外表的方式教人找到这无限小的因素，那是绝对不可能的：这些因素只有当一个人沉醉于感情中才能找到。无论怎样的教导都不可能使舞蹈者正好合乎音乐的节拍，使歌唱者或小提琴演奏者正好抓住音的无限小的中心，使作画的人从所有可能画出的线条中选中唯一正确的一条，使诗人找到关于那几个唯一正确的字词的唯一正确的安排方式。所有这些只有感情才找得到。”① 他说要靠创作者的感情去抓住那无限小的因素，这是一种什么样的心理能力呢？这种能够找到使天才与庸才相区别的无限小的因素的心理能力，不可能是社会性的情绪，而只能跟形式情绪相关。

形式情绪的作用 形式情绪在文学艺术活动中能够起到哪些作用呢？

首先，它有利于从日常心理过渡到文艺活动的审美心理。在文学创作进行的过程中，形式情绪帮助主体滋生、保持和强化创作的热情。要想取得文学创作工作的高效率和创作成果的高质量，就要求主体对创作行为持积极态度，并对此产生强烈的情绪体验。文学家从创作行为所得到的快感，不只是由于心中郁积的情绪的宣泄、抒发而产生，也由于他挥洒自如地驱遣各种艺术材料以恰如其分地表现内容并造成形式美而产生。这后一点更是文学家、艺术家所特有的，与一般人以各种社会实践行为的方式发散其情绪所得到的快感不同的快感。艺术材料的恰当安

① 列夫·托尔斯泰：《艺术论》，丰陈宝译，人民文学出版社，1958 年，第 124 页。

排，材料组织形式上的均匀、对称、整齐、变化，思想、情感的完美表现，恰如颜之推《颜氏家训·文章》讲到文学家写作心理状态时所说的："一事惬当，一句清巧，神厉九霄，志凌千载，自吟自赏，不觉更有傍人。"他所说的就是形式情绪高扬对创作思维的鼓舞。清代戏曲作家李渔在《闲情偶寄》中说："作文之最乐者莫如填词，其最苦者亦莫如填词。""填词一道，则句之长短，字之多寡，声之平、上、去、入，韵之清浊、阴阳，皆有一定不移之格。长者短一线不能，少者增一字不得，又复忽长忽短，时少时多，令人把握不定。……令人搅断肺肠，烦苦欲绝。此等苛法，尽勾磨人。""作者能于此种艰难文字显出奇能，字字在声音律法之中，言言无资格拘挛之苦，如莲花生在火上，仙叟弈于橘中，始为盘根错节之才，八面玲珑之笔。"① 这里所说的苦与乐，正是文学家形式情绪的苦与乐。

文学家、艺术家的创作活动要受到许多限制：戏剧表演受到舞台的限制，诗歌写作受到格律的限制，雕塑家受到大理石或别的材料的限制等。文艺家们在限制中显示自己的身手。艺术在于克服困难，驾驭材料，在规则和规律中求得自由，便使创作主体能将自己的力量对象化于作品将成和已成的形式之中。文学家、艺术家从自己创造的艺术形式、形象世界中直观自身，看到人的力量的自我确证，由此他便得到极大的快乐和满足。这便是形式情绪的实质。当然，如果主体驾驭不了材料，笔不达意，声不达情，他便感到困惑和苦恼，那也是一种形式情绪，是消极的否定性的形式情绪，它是创作低潮的伴生物。

其次，形式情绪帮助创作主体保持作品构思的完整、风格的统一。一部作品可能涉及多方面的生活内容，因之，文学家在写作中必定伴随有多种社会性情绪，有悲有嗔，或歌或哭，这些情绪在作品中都会有所体现。但不论写到何种场面，表现何种社会性的情绪，优秀作品又总能

① 《中国古典戏曲论著集成》第七集，中国戏剧出版社，1959年，第31—32页。

让我们感受到一贯的东西。列夫·托尔斯泰说："如果近视的批评家们以为我只想描写我所喜爱的东西……那他们就错了。"他要描写一切，而又要把整个作品贯穿起来。"这种贯穿本身不是由思想（我想），而是由某种别的东西造成的。"① 这种贯穿的因素就是作为形式情绪的审美愉悦，就是作家对创作行为积极态度的体验。艺术创作要求内容与形式的融合，形象和意蕴的融合。为了取得这种理想的结果，在主体方面，先就要有社会性创作情绪与形式情绪的融合。社会性创作情绪单独作为推动力量，容易导致作品情急于文，气过其辞，一心想着向读者倾诉什么、描述什么，而没有悠游从容的余裕去讲究怎样倾诉、怎样描述。形式情绪和社会性创作情绪的碰撞、啮合，互相融渗而结为一体，乃是创作触发时的最佳状态，是灵感迸发的标志之一。没有形式情绪与社会性创作情绪的结合，没有因此而来的创作激情的高涨，就不会有神来之笔，就不能有第一流作品的诞生。

形式情绪的苦乐及其利弊　谈社会性创作情绪，我们认为常见的、对创作发挥促进作用的多是愤怒、悲哀、忧伤一类情绪；但谈到形式情绪，情况就不大一样了。古代诗人自述其创作情绪，有两种情况。有人深锁双眉、捻须搔首，把创作说成大苦事；有人悠游从容、陶然自得，把创作看成大乐事。前一类诗人的代表有中唐时期的"寒酸孟夫子"孟郊，他在诗中说："夜学晓不休，苦吟神鬼愁；如何不自闲，心与身为仇。"按他这样说，写诗的人是自己同自己过不去。金代评论家兼诗人元好问描绘孟郊的形象是："东野穷愁死不休，高天厚地一诗囚。"诗人既然可称为囚徒，那么作诗即是囚犯的苦役了。苏轼有《读孟郊诗二首》，其一说："诗从肺腑出，出辄愁肺腑。有如黄河鱼，出膏以自煮。"形容孟郊写诗像是挤出自己的膏脂来煎煮自己的肉。其实，孟郊生当唐王朝衰落颓败之时，一生潦倒孤苦，他能替织妇作歌，替寒地百姓呼号，许多诗含有饱满的社会性情绪，思想性很强。但就诗的写作本身

① 列夫·托尔斯泰：《艺术论》，丰陈宝译，人民文学出版社，1958年，第124页。

看，似乎不大挥洒得开，时显拘缩之病，郊寒岛瘦，作品有欠丰腴，有时缺乏气势。这可能是缺乏恰当的形式情绪，束缚了才气的发挥。

苏轼是后一类诗人的代表，他与孟郊相反，诗歌佳作往往是闲中所得。他在《思堂记》里说："余，天下之无思虑者也，遇事则发，不暇思也。"苏轼并非庸庸碌碌的凡夫俗子，他是一个政治家，一个有社会责任感的大文学家，他对很多重大社会问题有独到见解，也关心民生疾苦，写了不少有深刻社会内容的作品。但是，他不仅以旷达的态度处世，而且以欢悦的心情作文，写诗的时候总是情绪饱满，并无艰涩辛苦之态。他自己说："某平生无快意事，惟作文章，意之所到，则笔力曲折无不尽意，自谓世间乐事，无逾此者。"① 苏轼在坎坷人生中难得享受社会性的愉快情绪，而在文学创作中却随时可以有形式情绪的愉快。所以，他乐此不疲，为我们留下丰硕的优秀的诗文。苏轼的诗文磅礴浩瀚，才气横溢，前人所谓"韩潮苏海"，用奔腾呼啸、茫无涯际的大海来形容苏轼的散文和诗歌，确实很切当。可见，豪放的艺术风格出于奔泻的创作激情。

文艺活动之中的形式情绪与当时主体的社会性情绪，有时候并不一致，甚至性质相反。苏联导演梅耶荷德说："为了在舞台上哭出真正的眼泪来，演员需要感受到创作的欢乐、内心的振奋。这和为了在舞台上发出阵阵的欢笑所需要的完全一样。舞台眼泪和舞台欢笑的心理形体本质（Психофизическая природа）是一致的。在这些眼泪和欢笑的背后，乃是艺术家的欢乐，他的表演情绪的振奋，一切其他的挤眼泪的方法，都是违背艺术的病态。""一个演员表演正在死去的鲍利斯·戈都诺夫时，应该感受到欢乐。他的创作情绪可以给他提供足以使他的表演熠熠发光的电压。"② 演员把人物遭遇、命运的悲伤和形式创造的欢乐，分

---

① 参见苏籀：《栾城遗言》，四川大学中文系唐宋文学研究室编：《苏轼资料汇编》，中华书局，1994 年，第 285 页。

② A. 格拉特柯夫辑录：《梅耶荷德谈话录》，童道明译编，中国戏剧出版社，1986 年，第 20 页。

别投向不同的对象，这也是形式情绪独立性的有力证明。

文艺创作是美的创造，文艺作品不但要给人真的认知、善的感化，还要给人美的愉悦。倘若作者本人写作时捉襟见肘、苦不堪言，怎么能给人审美的愉悦呢！诗神喜欢同笑容可掬的人交朋友，不大愿意收愁眉苦脸的人做徒弟。当然，不用说，进入创作过程以后的笑容可掬，要用创作准备阶段的汗水和泪水换来，所以形式情绪也是有喜悦又有苦恼的。

形式情绪的产生、形式情绪同社会性情绪的碰撞，有颇大的随机性、偶合性，但归根结底，它来自主体的审美素养。文学家、艺术家从对本民族和全人类审美趣味的接受和继承中，从对文学艺术作品的揣摩领会中，逐渐形成的形式感，平时积存于心中，一旦被触动，同文艺家对创作行为的态度的体验相联系，便成为形式情绪。从大的范围来看，在社会矛盾尖锐、激烈的时期，在社会危机层出不穷的时期，文艺家和接受者普遍地倾向于更注重作品的社会内容，社会性情绪和社会性创作情绪掩盖甚至排斥了形式情绪，粗豪的作品较多地出现并引起大的反响。相反，在社会生活相对平静、社会矛盾比较和缓的时期，文艺家和接受者中有很多人注重作品的审美性质，形式情绪的作用凸显出来，艺术上精致的作品得以较多地生产出来。这是社会心理在文艺创作中规律性的体现。

（本文为《文艺心理学读本》一书之第三章第二节，该书由华中师范大学出版社 2009 年出版；本文基本内容见于《形式情绪初议》一文，载《长江文艺》1986 年第 10 期）

试说“诗人兴会”

毛泽东的《浣溪沙·和柳亚子先生》词写道：“一唱雄鸡天下白，万方乐奏有于阗，诗人兴会更无前。”其中的“兴会”，从文艺创作心理学的角度来看，是一个很重要的概念。它最先是在公元5世纪前后由当时中国的文论家提出，在以后的长时间里被不断沿用、阐释和发挥。在今天中国的马克思主义文艺学中，这一概念也有它的位置。正像中国古代文论中的许多术语一样，作为文艺心理学学科的概念的“兴会”，很难用几句话来准确界说，需要考察它的意义。在文艺创作心理学中，它具有以下三个层次的含义。

第一，兴会是一种情绪状态。“诗人兴会”，即是文艺家的创作情绪，也就是文艺家对于自己的文艺创作行为所持的态度的体验。长期以来，心理学不太注重情绪的研究①。不少流行的心理学教科书把情绪说成完全是动物性的，只和主体的生物需要相联系；有的著名的心理学家把情绪只看成破坏性的，认为情绪是主体失去理性控制的结果②。这些看法是不全面、不科学的。事实上，人的情绪既有否定性的、发生消极

① 参见克雷奇等：《心理学纲要》下册，周先庚等译，文化教育出版社，1981年，第392页；其中说：“情绪的研究长期被排斥于心理学研究的主流之外，而且许多心理学家几乎把它看作干扰合乎规律的行为的额外现象。”

② 参见查普林，克拉威克：《心理学的体系和理论》下册，林方译，商务印书馆，1984年，第119页；其中说：“有人曾说过，代表西方文明特征的对待情绪的基本哲学态度一直是一种压抑的态度。在过时的哲学与道德学文献中，情绪往往被描绘为‘卑劣的’，或认为是构成人的‘动物’本性的。”显然，这种偏颇并不只是在西方存在过。

作用的，也有肯定性的、发生积极作用的；既有与理智相对抗的情绪，也有与理智相谐和的情绪。诗人兴会，就是肯定性的、积极的创作情绪，它是由文艺家对创作行为的欢迎、热爱和趋近的态度产生的愉悦、畅快的情绪状态。

汉语中的“兴会”一词，最先出于《世说新语》①，它是一个合成词。其中的“兴”，意思是喜悦的情绪；“会”，意思是时候、时机；创作之“兴”，并非招之即来，它的发生带有偶合性，要有若干因素的会合，“兴会”即喜悦情绪产生的时候。最早把“兴会”一词直接用之于说明文艺创作现象的，是沈约的《宋书·谢灵运传论》，那里面说，“爰逮宋氏，颜、谢腾声，灵运之兴会标举，延年之体裁明密，并方轨前秀，垂范后昆”。萧统《文选》收了这篇传论，李善注释说，“兴会，情兴所会也”。情兴，是审美化了的创作情绪。这种情绪被诗人用文词表现出来，在作品中飘逸流荡，就叫作“兴会标举”。六朝人提出和重视兴会问题不是偶然的。这一时期的知识分子崇尚清谈，故为疏放，纵情任性。《世说新语》中有“雪夜访戴”的故事：王羲之的儿子王子猷乘船经宿，造访戴逵，到了门前却又折返。人问其故，他说：“吾本乘兴而行，兴尽而返，何必见戴?”愿意让自己的行动受变动不居的情绪支配，而不愿约束自己的情绪，这是一种打上很深时代烙痕的性格特征。对于这种性格特征从伦理上的褒贬臧否，应当另论。就文艺创作而言，足够强烈的创作情绪则与创作行为的进行及其成果有重要关系。六朝成为文学的自觉时代，或者与此有一点小关系。《南史·颜延之传》说，延之与谢灵运以辞采齐名，而文思之迟速悬绝。延之曾问鲍照：自己与灵运相比优劣如何？鲍照回答说，谢五言如初发芙蓉，自然可爱；君诗若铺锦列绣，亦雕绘满眼。颜延之深密过于谢灵运，缺的就是兴会，也就是纵横俊发的创作情绪，所以写诗雕凿补缀。由南朝而梁而到北齐的

① 《世说新语·赏誉》：“王恭始与王建武甚有情，后遇袁悦之间，遂致疑隙，然每至兴会，故有相思。”

颜之推，在这一点上与南方知识分子持不同意见，他不赞成任凭兴之所至，还专门指出，任情适性会使作家产生职业性的性格弱点。《颜氏家训·文章》说，自古文人，多陷轻薄，“每常思之，原其所积，文章之体，标举兴会，发引性灵，使人矜伐，故忽于持操，果于进取。今世文士，此患弥切。一事惬当，一句清巧，神厉九霄，志凌千载，自吟自赏，不觉更有傍人”。文艺创作要求文艺家不断酝酿、激发和强化自己的情绪，这也就是“标举兴会，发引性灵”。没有足够强度的创作情绪，就不会有发自内心的创作欲望。强烈的创作情绪产生之后，往往又反过来控制了主体，以致“使人矜伐”而“忽于持操”。这就造成作文和立身处世的矛盾。

我们虽然不同意情绪是反理性的这一说法，却承认情绪是非名理的。巴甫洛夫说，“情绪激动乃是在皮质的控制力减弱的条件下极其复杂的无条件反射的优势和暴乱”[①]。在指出情绪与理智的不一致、相对待、相矛盾的一面上，这话是有道理的。特别是当文艺家的创作情绪成为创作激情的时候，在大脑中形成有关创作的某个问题（例如，从构思到炼字等）的兴奋中心。这个时候，他可能手之舞之、足之蹈之，忘乎所以；而与此无关的神经活动则被抑制，对于与当前创作问题无关的事物视而不见、听而不闻。颜之推看到了兴会作为一种情绪状态的性质——它的冲动性，他指出兴会可能冲淡习俗对主体的轨范作用，也指出兴会可能加强行动的果决。兴会可能鼓舞文艺家勇敢地冲破旧的格局，作出新的独特的创造。这就是说，兴会对于主体作为一个文艺家和作为一般社会成员（例如，当时封建王朝的一个官员），它的作用是不一样的。相应地，这就要求人们有区别地对待它——在文艺创作范围内予以鼓励，在政治、道德行为方面则加以约束。《宋书·谢灵运传》说，“灵运为性褊激，多愆礼度。朝廷唯以文义处之，不以应实相许”。朝廷

① 巴甫洛夫：《巴甫洛夫全集》第3卷第6册，转引自杨清：《心理学概论》，吉林人民出版社，1981年，第420页。

疑忌谢灵运另有原因。这里，暂时撇开其他各种因素，仅从文艺创作心理学的观点来评价，我们似乎可以对刘宋王朝这一做法表示欣赏。

心理学告诉我们，情绪是情感体验的心理过程进行的具体形式。它具有冲动性、不稳定性的特点，它的强度比一般情感的强度大，它是支持人的行为的一种重要的心理动力。肯定性的积极的情绪强化人的意志和动机，否定性的消极的情绪弱化人的意志和动机，从而影响人的行为，影响行为效率和效果。“生物的内驱力只有经过感情体系的放大才具有动机的作用。”① 积极的情绪可以提高大脑的兴奋性和感受的敏锐性，加强大脑对行为的调节作用，充分发挥人的体力与智能。

对于严密的推理过程，过于强烈的情绪可能起到一些干扰作用；对于生动的想象，情绪则可以产生推动作用，因而是必不可少的。西方有“想象力是从人身的热度里产生的”的说法②，所谓热度就是指强烈的情绪。“愤怒出诗人”这句名言，也是指情绪推动艺术想象。

文艺创作不但需要能够构成视觉和听觉形象的想象，还需要主体努力调动情绪和对情绪的想象。文艺家要使自己进入并保持创作所需要的情绪。创作激情产生的力量，不仅会加快写作的速度，而且在保持作品意境和风格的统一、完整，促使作品艺术质量的提高上，也有很大作用。

第二，兴会又是心境。所谓心境，是一种持续性、弥散性的情绪状态和情感状态；和情绪比较，它的强度较小，但能在一段较长时间里影响人的行为。文艺家的情绪成为一种心境，对于创作才更为有益。古人早已认识到这点，《文心雕龙·物色》说，“四序纷回，而入兴贵闲”，就是说四季景物变化激起诗人的不同情绪。这种情绪积蓄而成的心境，

---

① 查普林、克拉威克：《心理学的体系和理论》下册，林方译，商务印书馆，1984年，第443页。

② 中国社会科学院外国文学研究所、外国文学研究资料丛刊编辑委员会编：《外国理论家、作家论形象思维》，中国社会科学出版社，1979年，第10页。

冲和而明净，那也就是兴会了。鲁迅指出，创作政见意气太盛，缺乏永久性，及至情随事迁，再读这样的作品，便味如嚼蜡。“我以为感情正烈的时候，不宜作诗，否则锋芒太露，能将‘诗美’杀掉。”① 又要保持饱满的情绪，又不能令它锋芒太露，怎么办呢？那就要培养心境。与情绪的冲动性不同，心境具有稳定性，它经过澄清、凝结，更符合艺术思维的要求。

心境的指向性没有情绪那样明确具体，人的爱和恨的情绪多是针对确定的人和事，而愉快的心境和烦闷的心境却常常没有具体的对象。人对于自己形成某种心境的原因往往不甚了了，因为心境不是由一个现存性刺激所引起，而是由一种或多种痕迹性刺激所引起。某个或某些刺激对主体产生了强大深刻的作用，当主体脱离了与刺激物的接触，甚至将它们遗忘之后，它们所引起的情绪状态却继续保留下来。同时，心境具有弥散性，主体的某一神经过程向兴奋中心的四周扩散，这样，他的各种心理过程或浓或淡地染上某种特定的情绪色彩；在这种情况下，特别容易发生移情作用。一个人处在愉快的心境中，就会把愉快的情绪移入知觉对象或者想象对象之中。如果他处在悲苦的心境中，就会把悲苦的情绪移入知觉对象或想象对象之中。杜甫《春望》诗中“感时花溅泪，恨别鸟惊心”，“感时”和“恨别”是作者的心境，“花溅泪”和“鸟惊心”则是由于此种心境而产生的移情现象。我们知道，移情作用对于文艺创作具有相当大的重要性。

移情作用具有双向性，主体的心境给对象染上色彩，对象又加深和强化主体的某种心境，如此反复，在意识中对象与情绪紧密结合。对于文艺家来说，这就成为艺术思维中心物交融的过程，客观的对象情感化了，主体的情感对象化了，艺术形象由此产生。

心境的形成利于文艺家情绪的美感化，同时，在审美观照中，使对

① 鲁迅：《两地书之三二》，《鲁迅全集》第11卷，人民文学出版社，1981年，第97页。

象意象化。所以，文艺家在创作中应努力使自己的情绪得到梳理，自然形成创作心境。《文心雕龙·养气》说，“学业在勤，功庸弗怠……志于文也，则申写郁滞，故宜从容率情，优柔适会”。不要沉迷于一种情绪中，而要恰当地控制情绪，让它弥散开来，舒展开来。

文艺创作行为本身也具有使主体情绪舒散的作用，使主体因宣泄而获得快感，保持心理的健康。在创作过程中，情绪舒展开来自动地凝为心境。长歌当哭，就是使痛苦的激情在艺术活动中沉积为悲哀的心境。美国机能主义心理学家哈维·卡尔认为，情绪趋向于随行动而消失，这是由于机体反应的特性方面的变化。“得到适当的运动出路，这些机体活动逐渐适应于行动的迫切需要，因而失去它们始发的骚扰而又冲动的特性，这样的经验也就不再被称为一种情绪。”① 这里可以尝试用《水浒传》中“浔阳楼宋江吟反诗”里的描写作为例子，说明创作行为对于主体情绪的反作用。宋江在江楼上临风触目，感恨伤怀，由物景引起创作情绪，忽然写了一首“西江月”词。乘着酒兴，题于壁上，自己看了，不觉欣喜，狂荡起来，手舞足蹈。这是在诗歌创作过程中，在艺术思维中情绪得到增强，充分宣泄。接着他又写了一首七绝，掷笔桌上，自歌一回，拂袖下楼，回到住处倒床便睡。第二天醒来，全然不记得昨日楼上题诗一节。因为经过一番宣泄之后，他已经进入十分宁静的心理状态。袁无涯本《水浒传》眉批说，“吟饮情事，写得稠叠生动”。小说的作者很可能是根据自己的经验，这样细腻准确地把握和再现了文艺创作中的心理过程及其特点。作家有意识地控制情绪，同在创作过程中让激烈的情绪自然而然地舒散，两者互相诱发、核心强化，导致良好心境的滋生。

第三，兴会最终表现为文艺创作中的灵感。灵感是情绪高涨思路大开从而获得高涨的创造能力的心理过程。清代诗论家王士祯倡导“兴会

① 转引自查普林、克拉威克：《心理学的体系和理论》，林方译，商务印书馆，1984 年，第 127 页。

神到”之说，认为“古人诗只取兴会超妙”，“大抵古人诗画只取兴会神到”。袁守定更是明显地把兴会理解为灵感，他在《占毕丛谈·谈文》中说：“文章之道，遭际兴会，摅发性灵，生于临文之顷者也。然须平日餐经馈史，霍然有怀，对景感物，旷然有会，尝有欲吐之言，难遏之意，然后拈题泚笔，忽忽相遭；得之俄顷，积之在平日，昌黎所谓有诸其中是也。”这个思想最早由陆机提出，但陆机并没有用“兴会”一词，他讲的是“应感之会”和“天机”。沈约在《答陆厥书》中也是讲“天机”。灵感的出现把创作激情所具有的强大的冲动性和创作心境所具有的弥散性以及在一定时间里的持续性结合，并集中到当时所面临的创作关键问题上，这是“诗人兴会”的最美妙的时刻。对于作为灵感的兴会，研究者们提出过许多很好的意见，兹不具论。下面谈谈兴会产生的主客观条件。

兴会是人的主观方面的东西，是人的心理状态，归根到底，它是人对外界刺激的反应。在什么样的条件下，“诗人兴会”较易于出现呢？这是我们需要深入探究的问题。

兴会的产生同一定的客观条件有关。人的情绪带有情境性，一定的情境有利于诱发一定的情绪。一定的情绪与一定的情境有着对应关系。自然环境、气候就对人的情绪和心境，对人的审美情绪和文艺家的创作心境有影响，甚至有很大的影响。《文心雕龙·物色》说：“物色相召，人谁获安？是以献岁发春，悦豫之情畅；滔滔孟夏，郁陶之心凝；天高气清，阴沉之志远；霰雪无垠，矜肃之虑深。岁有其物，物有其容；情以物迁，辞以情发。”曹雪芹具体再现过物色召唤诗情的过程，《红楼梦》第四十五回“风雨夕闷制风雨词”描写道，“秋脉霖霖，阴晴不定，那天渐渐的黄昏，且阴的沉黑，兼着那雨滴竹梢，更觉凄凉。黛玉不觉心有所感，亦不禁发于章句”，遂成《秋窗风雨夕》一首。自然环境不只影响作品的情调，而且影响作者的工作情绪。普希金觉得秋天最适宜写作。一八三〇年秋天，他在波尔金诺村写出了四出小悲剧、全部《别尔金小说集》、三十首短诗、一首长诗和长诗《叶甫盖尼·奥涅金》的最后两章。“波尔金诺的秋天”成为俄罗斯文学史上的美谈，成为适合的环境里创作高产的代名词。

自然环境对人的情绪、心境的影响，总是在社会生活条件制约之下发生和实现。林黛玉悲秋，实质上是悲叹自己的身世：“泪烛强摇爇短檠，牵愁照恨动离情。”同样的秋景，对大观园里别的女子的作用就不一样，更不用说大观园外的各种人们。前面说到，移情作用具有双向性。主体怀有怎样的社会情感，影响着规定着自然景物对他从哪个方向上发生作用和产生怎样的作用。叶梦得《石林诗话》载，王安石编《百家诗选》时向宋敏求借书，书中“暝色赴春愁”一句，宋敏求改“赴”为“起”，王安石复定为“赴”，并说，“若是‘起’字，人谁不能到？”宋敏求也以为然。不能说是暝色引起愁思，而是对于暝色的视觉感受溶渗到惆怅忧愁的心境中间。“赴”字准确细致地描绘了诗人的心理状态和心理过程，同时，它也告诉我们，“愁”的根本起因不在自然界。社会环境对人的情绪和心境起着最终的决定作用。社会环境与诗人兴会不存在简单的对应关系，而是有着十分复杂的情况。相同的社会环境对于不同的人，对于不同性质的创作情绪、心境，对于灵感，起着不同的乃至相反的作用。毛泽东同志说“诗人兴会更无前”，是说中华人民共和国成立之后，随着经济的繁荣，人民生活的安定，社会环境将愈来愈有利于文艺家良好的创作情绪的产生，有利于诗人兴会的产生。至少他自己作为诗人，是有了空前的兴会。

兴会又受到主体自身状况的影响。人的情绪和心境，与人的健康状况有密切关系。神经生理学和医学证明，人的情绪同躯体疾患之间有密切关系。精神分析学派从他们关于情绪的机体动力学的观点出发，开创了一个新的医学分支——心身医学。他们这方面的成绩是不容忽略的。还有人据此来分析某些作家的创作，提出了若干饶有趣味的看法。当然，毫无疑问，人的思想状况、人的世界观，同他的情绪、心境，同文艺家的兴会的关系，更为重要得多。新的信息、新的刺激同原有心理状态、思想状态的关系，是情绪和心境产生的重要原因。人脑接受外界刺激，引起一定的神经过程。在此之前，他的脑中已经发生过和正在发生某些神经过程，并且形成了若干动力定型。新发生的神经过程与原有的神经过程以及有关的动力定型之间，必然形成这种或那种关系，或相互加强，或相互削弱，或彼此协调，或尖锐冲突。巴甫洛夫说："人常常所体验到的苦痛的情感的生理基础，多半就在于旧的动力定型受到改变，受到破坏，而新的动力定型却又难于建立。"① 如果这个人是一位文艺家，新的信息、新的刺激与原有观念的冲突便可能破坏他的创作情绪、创作心境，使兴会无由发生。当然，也可能相反，反而激发他的写作的强烈欲望。但是，人们的政治观念、哲学观念、伦理观念的形成或改变，不是一朝一夕的事；人的动力定型的形成要经过多次练习、反复实践。因此，在文艺家的创作过程中，观念与创作情绪、创作心境的关系，世界观与兴会的关系，存在许多十分复杂的情况。

处在转变时期的文艺家，他愿意摆脱旧的观念，努力学习和把握新的进步的世界观，但他的作品的艺术质量在这种时候可能降低，甚至他的创作欲望大为减弱，提不起兴会。这是因为，新观念的灌输与原有的动力定型发生冲突，使他体验到痛苦的情绪和惶惑的心境，他既不愿一往情深地缅怀旧的，也不能毫无犹豫地讴歌新的。文艺家不能因此而停止对新的世界观的追求。这种情况只是提醒我们，要十分注意向文艺家灌输正确的科学的新的观念的方式与步骤，尽量不要让这种灌输破坏作家的审美感受以及正常的创作情绪和创作心境。即使对工人阶级作家，也不是只能用无产阶级世界观指导创作，因为这在实际上是很难完全做到的。条件不具备，做不到，而强制性地要这样去做，其结果，马克思主义所破坏的便不只是非人民大众非无产阶级的创作情绪。这种做法本

① 转引自杨清：《心理学概论》，吉林人民出版社，1981 年，第 414 页。

身，不符合马克思主义，不符合无产阶级和人民大众的利益，不利于革命文艺的发展。至少，它不符合列宁的下述意见，列宁1908年在致高尔基的一封信中说，我认为艺术家可以在任何哲学里汲取许多对自己有益的东西。最后，我完全地、绝对地相信，在艺术创作问题上你是权威，你从自己的艺术经验里，从即使是唯心主义的哲学里汲取这种观点，你一定会作出大大有利于工人政党的结论。从这里并不能引申出以什么样的世界观为指导无关紧要的结论，而是说明对于现实主义作家的创作，生活积累和来自生活的激情与兴会，比某个理论观点（即使是重要的观点）能发挥更直接更深刻的作用。列宁当然愿意高尔基更全面更准确地用马克思主义指导创作。然而，列宁绝不愿强制，他尊重高尔基在艺术上的权威，极为细心地帮助高尔基保持心理的健康，几次提醒说，“无论如何您绝不要被国外斗争的枝节问题所引起的沉重心情压倒”，同时，又直率地劝告高尔基不要“搞政治”。

在这里，有一个非常重要的问题，就是促进文艺家在艺术思维过程中自信心的树立、保持和加强。文艺家的兴会离不开自信心，而与惶惑是不相容的。当文艺家获得兴会，特别是当他获得灵感的时候，也就是精神高度集中的时候。既然是高度集中，就要求主体不为别的东西分心，不让心理转移到与此无关的方面。如果文艺家对于在创作中起主导作用的观念缺乏自信，这种转移便会时常发生，使本人难以控制。文艺家怀有充分的自信并做好创作准备之后，他对写作环境便不再挑剔。巴金曾在一个出版社的办公室里写作，谈话声、算盘珠子的拨动声，甚至有时还有来客的哗笑声，这些声音，都没能打扰他、影响他。他听而不闻，沉浸在小说的创作里①。果戈理前期在旅馆或驿站随便找张桌子就可以写作。到了后来，他的生活条件、写作条件大大改善，果戈理占有一座兵舰式的大房子的整个底层，写作时任何人都不许进入他的房间，

① 田一文：《忆巴金写〈憩园〉》，《长江文艺》1982年第6期。

也不能在他的门口谈话。可是，果戈理“写每一行都感到非常吃力”。原因在什么地方呢？果戈理对寂静感到恼火，难道寂静不是专心写作所需要的吗？其实，根本的原因在于，果戈理“对自己也在怀疑着，同时这种怀疑又使他害怕”①。过去的信仰动摇了，新的信仰又没有，怀疑摧折了他的创作兴会。

回顾我们国家文艺的发展，工作中某些“左”的失误和干扰对创作的妨害，突出地表现在搅乱了文艺家的思想，损伤了他们的自信，进而破坏了他们的创作兴会。写过许多优秀诗作的冯至，六十年代以后不写诗了。他追述说，“当时，自己的思想乱了，对外界事物没有准确的看法，时而肯定，时而否定。写诗需要自信力，无论是对光明或黑暗，都是如此。没有确定的认识，是写不出诗来的”②。葛洛在回忆文章中说，周立波在延安时常在各种会议上慷慨发言，1957 年以后，无论参加党内党外会议，都发言不多，“发起言来也不容易说到点子上”，“过去他曾对我说，他每到一地深入生活，一年以后就可以开始写长篇。有一次他来北京，我向他提起这话，问他从事写作的习惯规律为什么改变了？他回答说：现在生活变化太快，我看不准，怎么敢写长篇呵”③。这里说的“没有准确的看法”“看不准”，并不是指探索新事物过程中那种正常的过程性，而是一种自我怀疑。在这样的情况下怎么可能保持情绪高涨、精神高度集中呢?!

文艺家的兴会还离不开自适感、自如感。契诃夫表示不同意“才能和朝气能征服一切”的说法，他认为，在文艺创作中，“除了丰富的素材和才能以外，还需要些别的同样重要的东西。需要成熟，这是一；第

---

① 伊·佐洛图斯基：《果戈理传》卷六第三章“焚稿和逝世”，刘伦振等译，天津人民出版社，1982 年。

② 刘士杰：《诗人冯至》，《文艺报》1983 年第 4 期。

③ 葛洛：《悼念周立波同志》，参见李华盛、胡光凡：《周立波研究资料》，湖南人民出版社，1983 年，第 149—150 页。

二，个人自由的感觉也是不能缺少的”①。他对剧作家、小说家亚·谢·拉扎烈夫-格鲁津斯基谈到要让自己的天赋尽情发挥的时候说，“您在描写女人的时候应当让读者觉着您的坎肩敞开着，您没有系领带；关于描写风景，也应当这样。要让自己自由自在”。为了使更多的文艺家有“个人自由的感觉”，让他们能够“自由自在”，也需要适合的社会环境，具体说，需要适合的社会心理环境。一些文艺家在1957年以后的一段时期里，创作兴会明显减弱，可以看作过火的扩大化的不恰当的斗争所造成的后继抑制作用。兴奋和抑制是两种基本的神经过程，它们彼此可以相互诱导。频繁的政治运动造成的时刻悚惧、极度敏感的兴奋心情，会抑制创作兴会，这是心理学上所说的负诱导。作家不知道自己出于善良愿望的创作行为可能产生何种社会后果，对此感到担心。担心的情绪成为艺术思维中的心理干扰因素，阻遏文思，扼制灵感。甚至纯粹形式和技术性的限制，规定得太死，强调得太狠，也会干扰作家的创作情绪。契诃夫描述过作家产生负诱导的心理现象。他给杂志主编写的信说，“您不认可一篇文章超过一百行，这自有您的理由。……我呢，有了一个题材，我就坐下来写。可是‘一百行’和‘别超过’这种念头从我写第一行起就不住的搅惑我。我极力压缩，过滤，删削；有的时候（我那作者的感觉告诉我）这样做损害了题材和形式（主要的是形式）”。他说，他写了一小部分，心里就起疑，“最常发生的，是只好草草收场，把不想寄出去的东西也寄出去了”。“因此就产生了一个请求：请您把我的权利扩大到一百二十行吧。……我相信我难得利用这权利，只是心里有了底，知道自己有这种权利，那我就不至于缩手缩脚了。”②字数的限制尚且使作家缩手缩脚，政治上的挑剔与苛求对文艺家更往往成为心理上一种威胁。这种心理威胁出现在创作兴会引起的大脑兴奋中心四周，阻止兴奋过程的扩散。解决这个问题的办法是解除文艺家的顾

① 契诃夫：《契诃夫论文学》，人民文学出版社，汝龙译，1958年，第141页。
② 契诃夫：《契诃夫论文学》，人民文学出版社，汝龙译，1958年，第6—7页。

虑，给他们必要的权利，包括失误的权利；让他们不再缩手缩脚，而敢于放开手脚去创作。列宁在《远方来信》中说，“笔者有一次在喀普里岛同高尔基会晤时，曾经警告过他，并且责备过他在政治上所犯的错误。高尔基用他无比和蔼的微笑和坦率的声明挡回了这种责难，他说：‘我知道，我是一个不好的马克思主义者。并且，所有我们这些艺术家，都是负不了多大责任的人。’要反驳这种话是不容易的”[①]。给予诚恳的正直的文艺家犯错误的权利，其结果会使他们少犯错误，并能促进创作兴会的发生和持续高涨，从而促进文艺的繁荣。

（载《文学评论》1985年第5期）

① 列宁著，尼·伊·克鲁奇科娃编：《列宁论文学与艺术》，人民文学出版社，1960年，第443—444页。

创造性思维中“有意义的空白”

宋代黄州人潘大临有一封《致谢无逸》书，其中说道：“秋来景物，件件是诗意，恨为俗气所蔽翳。昨日清卧，闻搅林风雨声，遂起题壁曰：满城风雨近重阳……忽催税人至，遂败意；止此一句，奉寄。”这个有名的故事，揭示出一种规律——诗人、小说家、作曲家和书画家，在他们创造性思维过程的关键时刻，如果受到打扰，思维过程被中断，破坏了兴会，往往再也没有办法接续；一篇本来即将诞生的佳作伟构，永远地成为残章断简。这类事情，在文学艺术史的记载中，在实际生活中，都并不罕见。从文艺心理学理论上分析，产生这种现象的根源何在？其心理机制又是如何呢？

作为欣赏把玩对象的书法和绘画作品，最精致的摹本也赶不上最朴拙的真迹，后者所具有的自然灵气是精工巧匠和先进技术所无法复制的。正因为这种自然灵气的存在，优秀的文学艺术作品对于它的知音，每一次欣赏都能提供新的乐趣，正如唐代李德裕所言：“譬诸日月，虽终古常见而光景常新——此所以为灵物也。”对于这种现象，怎样从文艺心理学上给以深入的解释呢？

为了合理地充分地回答类似的问题，需要注意创造性思维中的“有意义的空白”。在艺术创造中，在科学研究中，一个新颖而深刻的构思的萌生，一个开创性观点之闪露端倪，常常有着或长或短的将出而又隐的微妙曲折的历程。在这个过程中间，思维的主体感觉到有什么东西在胸中骚动涌起，在那里探头探脑，在那里挣扎折腾。在某个时刻，他感觉到自己已经瞥见一个非常重要的目标，好像是只要稍微伸伸手就可以采撷到一颗最硕美的思维之果。可是，当他热情亢奋、兴高采烈地抬手举足有所动作，想要把心之所思确定下来，物化为可传达可交流的实体，物化为让他人可视可闻的实体，物化为雕塑、绘画、诗歌的文本，物化为公式、模型和论文的文本的时候，忽然又觉得身躯绵软、视界模糊。他这才发现，自己所看到的，只不过是一个淡淡的影子，一个缥缈恍惚、迷离闪烁的影子。那个影子的存在是如此之真确，正以不可抗拒的强大磁力吸引着他，使他梦魂牵绕、寝食不安。那个影子的存在又是如此虚幻，他一次又一次地抓握，却总是两手空空。这时的思维者的处境，很像希腊神话中被罚入冥界的宙斯原先的宠儿坦塔洛斯。坦塔洛斯被拘锁在湖的中央，口干舌燥，若要低头喝水，水立即从他面前退走。他饥肠辘辘，头上的树枝挂满果实，若要伸手摘取，树枝马上抬高。进行创造性的探索性的思维活动的主体的痛苦，便是西方成语中所谓的“坦塔洛斯式的痛苦”。主体所正在进行的是十分紧张、十分艰苦、十分有价值的脑力劳动，看上去却似乎神情木然、无所用心。若问他：“你正在想些什么?”他道不清、说不明，自己也觉得并没有想任何确定的具体的东西。这种似有而无、似无而有，若实而幻、若幻而实的心理状态，由于其不稳定、不确定的性质而极容易被一般人所忽视，甚至，也容易被思维的主体自己所忽视，以为是非生产性的、没有用处的，顶多是一朵不能结出果实的空花，以为是脑力活动的中断、停顿，是疏懒、怠惰的人的特征，因此，是应该尽快摆脱的一种心理状态。当他真的这样做了，脱离了这一状态，回到清晰的确切的思维方式之中，那种模糊的飘忽的心理状态中所蕴藏的天才思想的胚胎、新颖创造的火种，就将在他人和思维主体自身的漠视、轻慢中被扼杀，被摧折。

当然，从古以来也有人并不忽略、不轻视而是珍重和赞美这种心理状态，提醒和嘱咐人们努力去寻求它，一旦遇到就要小心翼翼地保有它。在中国，《庄子》最早对这种心理状态作出描述，给予很高评价。其外篇《知北游》中的“知”，是代表常规理性思维的虚拟人物，他向许多人提出同样的问题：“何思何虑则知道？何处何服则安道？何从何道则得道？”“道”是最高的真理；他想要弄清的是：为了掌握道，应该怎样思维、怎样行动、采用什么样的方法和途径？“狂屈”是代表身如槁木、不拘形迹的，惯于非常规思维的虚拟人物，他回答说，“唉！予知之。中欲言而忘其所欲言”。“中欲言”就是内心正在进行积极的紧张的思维活动，滋生着有所表达的冲动，正在进行的心理运作是以语言追踪晃动的思维目标，要想用语言之网把心理的内容牢牢套住、确定下来；“忘其所欲言”，就是所追踪的目标一次再次从语言的网眼里溜掉，主体对于所要表达的究竟是什么并不清楚。按说，这种捉摸不定的思维，是很不成熟的思维，是有待加工的思维。《庄子》的作者却认为，这种“忘”是比较高的心理境界，远远胜过了常人在常态下的“知”，即胜过了清醒的知性的意识。模糊的淡隐的变幻不定的心理状态，远远胜过了确切的明晰的稳定的心理状态，它更接近于神妙的“道”。所以，在《知北游》中，黄帝向知感叹说，“……狂屈似之，我与汝终不近也”。知仍然不能理解，请教黄帝：“吾问狂屈，狂屈中欲告我而不我告，非不我告，中欲告而忘之也。今予问乎若，若知之，奚故不近？”能够明白回答的，说他是远离于道；不能回答的，反而说他接近于道。这种评判有悖于常情、常理。其实，这个道理也是难以说清的。黄帝所能反复申说的只是：“此其似之也，以其忘之也；予与若终不近也，以其知之也。”在《庄子》的作者看来，迷离的“忘”比之精确的“知”具有更高的智慧品格。

在西方，现代心理学家中有一些人注意到这种心理状态，从不同角度进行过探究，并对之持有好感。其中，机能主义心理学的先辈威廉·詹姆斯的论述，最为生动而富于情趣。他用一个浅近常见的实例引发深奥的理论问题——人在追忆一个遗忘了的熟人的姓名而没有回想起来以前，意识里出现一个缺口；“缺口”（absence）是詹姆斯心理学中独有的重要名词，对于“缺口”的论述是他的著作中非常精彩的部分，同《庄子》的类似议论一样，给读者带来思维的活力，而且文笔也相当优美。人们追想一个曾经记得、曾经熟悉的姓氏，无论是追想这个姓（比如说“詹姆斯”），还是追想那个姓（比如说“欧阳”），在没有想起来以前，意识里出现一个缺口，像是空无所有；关于要想的姓，任何线索也找不出来。然而，它是否真的完全是空无，里面什么也没有，任何痕迹都不存在呢？问题的关键正在这里。我们先把问题稍稍变动一下，换一个提法：这一个姓留下的缺口，同那一个姓留下的缺口是否完全一样，没有区别呢？粗粗一想，大多数人可能会回答说一样。想不起来“詹姆斯”和想不起来“欧阳”，脑子里都是同样一片空白。詹姆斯却说，“不！不是一样”。他在自己的名著《心理学原理》中写道：

> 空的意识不可胜数，其中没有一个本身有名字，而却个个彼此不同。通常都假定这些意识都是意识的空隙，因而都是一个状态。可是，不存在的觉态与觉态的不存在完全不同。不存在的觉态是个强烈的觉态。一个忘掉的字的节奏会挂在心上，虽则没有包含这个节奏的声音；或是，对于似乎是一个字的字头的元音或辅音的模糊感觉会往来飘忽地作弄我们，而始终不变成更分明。有时候，有一句诗忘记了，只剩下空的音节，这音节在心上跳来跳去，想找字补上，这种空音节会撩乱心思，一定是人人都知道的。①

詹姆斯所说的缺口、空的意识和不存在的觉态，都是一个意思，都是指的同样一种心理状态。把它叫作觉态，即是一种感觉、知觉状态。觉态的不存在，是没有任何感觉、知觉；不存在的觉态，则是对于不存在的

① 威廉·詹姆斯：《心理学原理》，唐钺译，商务印书馆，1963年，第99页。

感觉、知觉。两者可能形式上有一点相似，实质上却是心理活动中品格悬殊的两极。不存在的觉态是一种很特殊的心理状态，它是主体对其内心状态的一种自我觉知，是找不到确定对象的觉知，是对于空、对于不存在、对于缺口的觉知；同时，又是强烈的具有很大能量的心理之流。我们把这种心理状态称为有意义的空白。

有意义和空白，岂不是互相抵触、互不相容吗？既然说是空白，哪里还有什么意义？既然有意义，怎么还能说是空白？从常情、常识上说，二者确实不能相容。但是，我们只要作点反省、作点回顾、作点推论，便很容易明白，这种似乎是停顿、中断而其实是活跃地进行着的，似乎空乏而其实内涵丰富的心理状态的确存在，许多人都经历过；在这种状态下，空白和有意义的确并列存在，相依相连，结为一体。而且，正因为意义存在于空白之中，才具有特殊的重要性、特殊的价值。它的重要性不容易被一般人所认识，一般人常常忽略它的特殊价值。所以，威廉·詹姆斯强调："我切望读者注意的，就是要把这些模糊状态恢复到它在我们心理生活内应占的位置。"①

他指的是非常突出的重要的位置。

詹姆斯所说的追忆忘掉的姓，使我们马上联想到诗人在创作过程中苦苦寻思合适的词语。忘掉的姓是早先曾经输入而存储在大脑皮层之中，遇到障碍一时无法提取；诗人的觅字、炼字是新颖的创造，在大脑中没有任何痕迹可以作为线索、依据，两者的区别十分显然。之所以把两者并提，是因为在这两种情况下，主体的意识中都出现缺口，都会产生有意义的空白。席勒描述诗人的这种心理状态说：

> 作诗灵感……乃是情怀怦然有动，无端莫状，而郁怒喷勃，遂觅取题材，以资陶写。故吾欲赋诗，谋篇命意，常未具灼知定见，

① 威廉·詹姆斯：《心理学原理》，唐钺译，商务印书馆，1963年，第102页。

音节声调已先荡漾于心魂间。①

你看，詹姆斯描写那忘掉的姓，说字的音节在心上跳来跳去；席勒描写将要吟出的诗句，说它的音节声调已先荡漾于心魂间”，彼此多么地相似呀！所谓“情怀怦然”，也就是“中欲言”；所谓“无端莫状”，所谓“模糊感觉会往来飘忽地作弄我们，而始终不变成更分明”，所谓“未具灼知定见”，也就是“忘其所欲言”。总之，是有意义的空白。

有意义的空白之所以显得神秘难解、难以把捉，之所以那么娇嫩脆弱、那么容易夭折，主要是由于它徘徊游弋在主体的意识和无意识的交接处。在追忆遗忘的姓名的情况下，姓名原是从意识消退、沉落到无意识之中，需要做的是，从无意识把它引回到意识中来。在诗人觅字、炼字的情况下，主体在无意识中已经有了发现，已经抓住了诗情、诗意的鳞爪，已经抓住了诗歌意象的裙裾，需要做的是，在意识中找到对应点，使无意识中的诗情、诗意、诗歌意象浮升上来，给它镶上语言的外壳。上述两种情况下，主体的心理都是在意识与无意识的结合部飘移沉浮。陆机《文赋》中的“浮天渊以安流，濯下泉而潜浸”，他用华美的诗歌语言所摹状的，正是我们所要研究的特殊心理活动。“天渊”就是意识，“下泉”就是无意识。诗思在无意识的浓酽泉液中浸泡，再升腾到意识的天河遨游。这是一个艰难曲折的过程。在这个过程结束之前，主体的心理便常处于有意义的空白之中。对于意识来说，它是空白，没有确定的内容，无端莫状，往来飘忽，抓不住，道不出；对于无意识来说，它有意义，具有强烈的动势，翻腾奔跃，郁怒喷勃，深蕴着丰富的内涵并急于求得表露。

有意义的空白是任何人都可能有的心理现象，那么，诗人的觅字、炼字同常人的回想一个遗忘的名字，有没有区别呢？天才在创作中的苦

① 转引自钱锺书：《谈艺录》，中华书局，1984年，第607页。

恼，同常人在记忆中的麻烦，有没有差异呢？当然有。形式的近似不能改变性质的不同。

第一，不同的人的空缺的感觉、不存在的觉态的强度，有很大的差别。对于自己内心的空缺的感觉的敏锐程度、强烈程度，以及突破空缺的愿望的强烈程度，与此相关的欲言而忘言时的苦恼程度，凡此种种，与思维的创造性的大小高低相关联、相对应。很少有空缺的感觉的人，很少被空缺所困扰的人，对这种苦恼无所谓、不经心的人，只适宜于做重复性的机械性的工作，难以作出新颖独创的成果。贝多芬把自己在音乐创作中对某种意念的抓握，称为对魔鬼的追逐。曾经和贝多芬住在一起对他有细致观察的赛弗烈特形容他创作时的状态说："精神活动是内在的；但躯壳只像一块没有灵魂的大理石。"翻译《贝多芬传》的傅雷就此发挥和解释说，"心灵必须在静止中作疾如闪电的动作"。他们三个人所共同强调和描述的，是那种在从空白中追索意义的时刻，心灵表面沉静而深处奔突、腾涌的状况。中国古代诗论家所谓"险觅天应闷，狂搜海亦枯"，不但画出了胶着于有意义的空白的诗人的迷狂，也画出了他们追逐那能够填充空白的合适目标的坚韧超常的意志。陆机说得更为生动、更为从容、更富于文采："沈辞怫悦，若游鱼衔钩而出重渊之深；浮藻联翩，若翰鸟缨缴而坠曾云之峻。"在这里，重渊和曾（层）云是意识未能到达的处所，是意识与无意识争夺的地盘，是意识的缺口和空白；游鱼和翰鸟是藏在深渊底下、云朵后面的意义。鱼儿深藏于重渊之下，它就在钓饵边游来游去，却并不轻易吞下钓钩；鸟儿盘旋于云朵之间，射手刚刚瞄准，它又飞离视界。当鱼儿咬钩而尚未上钩之时，当箭镞对准飞鸟的身躯又被它闪避之时，钓翁、猎人何其紧张、何其亢奋！

心理活动中的有意义的空白，犹如宇宙中的黑洞，不可观察，却有着巨大无比的吸力。它焦灼地发出呼唤，寻求相称的形式和明确的内容，使自己具象化，使自己能在意识中逐渐清晰地显现，产生内心视象，能为主体自我省察。空白即缺口中的意义越是富于独创性，它所具有的吸力也就越大，在它被填充之前，主体将一直处于躁动不安之中。作为文学家，他就急切地欲言；作为美术家，他就急切地欲画；作为音乐家，他就急切地欲唱。总而言之，主体不能自已地要寻找、要探索、要创造。

第二，不同的人对于某类具体的空白即缺口的个体独特性的敏感程度，以及与此紧密相连的对于不完全合适的填充物的鉴别能力和排斥能力的大小，可以有很大差别。前面已经提到过，对于清醒的意识而言，各种各样的空白好像都是彼此近似的。一个普通人在回想起某个遗忘了的名字之前，一个数学家在解开某道难题之前，一个诗人在写出某个佳句之前，苦思冥想而尚未能有所获，他们的心理好像是处在同一状态。玛丽·居里叙述过自己在作出重大发现以前内心的疑虑："在这些日子里，仿佛得不出任何的结果，物质本身也似乎与你作对，于是这时候就应当与绝望进行斗争。"列夫·托尔斯泰则说到文学创作中常有的一个阶段："我心里犯愁，什么也没有写，而工作却折磨人。"折磨思维者、折磨科学家和文学家的是什么呢？是空缺的感觉，是由空缺的感觉带来的坦塔洛斯式的痛苦。居里夫人疑虑的，是如何说明铀、钚、镭、钍的共同性状，她后来用放射性的概念填充了这个空缺。托尔斯泰疑虑的，是如何从可能发生的一切情况中抓住唯一最合适的，来安排安娜·卡列尼娜的结局，他后来用卧轨自杀填充了这个空缺。假如设想，把这两位伟大的思想者请到一张条椅上坐下，一同度过那创造的关键时刻，同时地与绝望作斗争；让他们各自陈述，都只能说"什么也没有想"，"什么也想不出"，"没有任何结果"；由一位精明细致的观察者看来，两张面孔都充满睿智的痛苦；而在两人的无意识之中，却是截然不同的两个世界，滚动着完全不同的波涛，翻卷着完全不同的云烟。在所有的思维者中间，文艺家创作心理中的有意义的空白，其个体独特性最为突出。这一个文艺家的空白与那一个文艺家的空白，同一个文艺家这一次的空白与那一次的空白，都迥然相异。而且，其相异的重要性在质不在量。极细微的一丁儿差别，便可能标志着全新的艺术创造的诞生。文艺创作心理中有意义的空白对于应它的召唤而纷至沓来的意象和形式（音调旋律、线条色彩、词语句式……）的选择弃取十分严格。列夫·托尔斯泰多次强调指出，在艺术创作中，无限小的因素可以决定作品质量的高低，甚至可能造成极大的悬隔。一幅绝妙的绘画与一幅拙劣的绘画，一首让人陶醉的歌曲与一首让人厌恶的歌曲，一篇世代传诵的诗歌与一篇不堪卒读的诗歌，它们之间的区别可能仅仅是那么一点点。托尔斯泰说，“……考虑从百万种可能的组合中择取其一种，即百万分之一，这困难得可怕！而我正在干这件事”。百万种方案中有许多彼此很是接近。当一百万种可能同时挤挤撞撞，在创作者脑海里争先恐后，想引起主人的重视，想从嘈杂混乱的群落中凸现出来；思维主体的“空缺的感觉”正紧张地接受所有的信号并且努力作出反应。这个时候，意识中还是空白，是缺口，所以主体无力正面陈述自己想要的是什么，但是，他却能够拥有毋庸置疑的否定能力，足以充满信心地断然判定哪些不是自己所需要的。威廉·詹姆斯还是以追忆被遗忘的姓氏为例说明这一点：

> 我们的意识里有个缺口；但却不只是缺口。这缺口是个极端活跃的缺口。这缺口里好像有个姓的魂魄指挥我们朝某方向去……假如想起来的姓是错的，这个非常特别的缺口就立刻排斥它；因为这些姓与这个缺口的模型不相配。

在文艺家的创作过程中，他们的意识的缺口里也有个魂魄，而且比较平常人回忆姓氏的时候意识缺口里的魂魄，要灵敏得多、精明得多、狡黠得多。越是才气高的文艺家，越是有能力进行卓绝的艺术创新的文艺家，他的意识的空白、意识的缺口越是挑剔，只肯接纳那独一无二的合适的填充物，而毫无通融余地地把与之极为近似的替代者拒之门外。天才的和严谨的、以宗教般的虔诚对待艺术的文艺家，对于艺术形式的构成要素，对于语言、线条色彩、音调旋律等等，有一种近乎神经质的过敏。在创作中，填充物与意识的缺口有一丝一毫不相吻合，便会使他烦躁不安、浑身难受。“吟安一个字，捻断数根须。”“安”与“不安”就在于与“缺口”吻合还是不吻合。对于大多数写作者来说，想出“春风又满江南岸”这样的句子已经可以心安了，然而王安石并不以此为安，他先后换了十来个字，最后才在“绿”字上“安”下来。对于一般写作者来说，写出“高蝉正抱一枝鸣”这样的句子已经可以心安了，然而黄庭坚并不以此为安，他先后把“抱”改成“占”“在”“带”“要”，又陆续否定，直到改成“用”字才觉得安稳。可见，诗人意识的缺口里那个字的魂魄多么活跃而敏锐。敏感和挑剔，使得他们到达艺术的精美之境。

第三，不同的人，对于自己意识中的缺口的价值判断，对于缺口的情感态度，可以有很大的不同；进而，他们各自惯常采用的填充缺口的途径与方法，也可以有很大的不同。这一项不同，对于思维的成果的大小高低更有决定的影响。

一般人每每不重视意识中的缺口，不相信它在精神生产中的价值；在许多情况下，还没有来得及明确察觉到自己意识中有意义的空白的存在，就让它逃遁了、消失了。科学的艺术的天才不是这样，他们特别珍视有意义的空白，期盼它的莅临，一旦露头绝不容它轻易溜走。有探索精神的创造者，都是富于内省体验的人；以塑造灵魂为己任的文艺家，随时注意审视自己内心世界里的每一道波纹、每一朵浪花。他们像初孕的母亲关心腹中的胎儿那样，小心翼翼地努力捕捉他的每一点动静。

有意义的空白既然如此珍贵，既然蕴含着杰出创造的胚胎，人们就都应该充分重视它，首先是体验它，尽可能清楚地了解它。然而，有意义的空白动荡浮沉在意识与无意识的分界线上下，这就决定了对它进行内省体验的极大困难。前代诗人说，“一句坐中得，寸心天外来”；又说，“句向深夜得，心从天外来”。“天外”，其实是意识之外；“天外来”，是从意识把握不到的去处来到意识之中。当着妙句还在“天外”或“天边”的时候，诗人所具有的，是对于妙句的可望而不可握的感觉，用威廉·詹姆斯的术语，叫作“趋势之觉”或者“关系之感”。此时思维者怎样向前进展？他处在两难境地。如果用高度清醒的理智去追逐抓握空白，很可能丢掉“缺口”中的魂魄，得到一具僵尸。詹姆斯说：

> 假如我们够敏捷，真把思想停止了，那末，这个思想就立刻变了，不是我们所要内省的思想了。承在热手上的雪花并不是雪花了，只是一滴水；同样，我们要捉住正要飞到它的终结的关系之感的时候，我们并没有捉住它，所捉到的只是一个实体部分，通常只是我们正说的最后一个字，硬板板的，它的功用，趋势，和在句内的特别意义通通烟消火灭了。

这就是说，用劲费力去抓，抓不着，越抓离你越远，能抓到的并不是所需要的。如果放弃理智的态度，任随心理之流自由地滑动，又会使有意义的空白瞬间消逝，那极珍贵极脆弱极富独创性的意义与你失之交臂，永难重逢。对于这种两难处境，有经验的思维者的办法是，把心理的放松与警觉巧妙地调整到最佳配合。就是说，注意力不是聚焦于一个点，而是舒缓地散流到较为宽广的平面上，意识的某一根神经不事声张地警觉地谛听着无意识从空白的什么地方释放的任何微弱的信号。有人称之为，使自己的头脑回到原始思维状态而又不失去自我控制。奥地利现代音乐家、画家、心理学家埃伦茨维希择取威廉·詹姆斯和弗洛伊德学说的若干成分，结合本人艺术实践的体会，对这一问题进行了别开生面的深入细致的研究，提出了许多精辟的见解，他说：

> 在创造性的头脑中，无意识的散漫的意象以及它的梦幻似的弥

散的目光被利用来进行高度技术性的工作，协助建立艺术的复杂次序。

在作画的过程中，当画稿已经按意图大体完成，画家却觉得什么地方不对劲，但又找不到毛病之所在，怎么办呢？一代代传下来的经验是，从画幅跟前后退几步，眼睛眯起缝，无目的地漫视整个画面。他的脑子里似乎是空空荡荡，无所思、无所忆，处于半梦幻、半清醒之中，处于意识与无意识之间的游移状态。在这种状态下，他可以绕过理性意识的种种管辖限制，让无意识有机会直接作出反应，让无意识有机会躲过重重关卡升浮到意识中来。无意识向意识的渗透和楔入，驱使艺术家半自动地在画幅上作出一些细小的变更，这里抹掉一点，那里添加一点，作品因此突然焕发出原来没有的光彩。画家们的这一经验，具有普泛的深远的文艺心理学上的含义，它启示人们，如何去捕捉有意义的空白。被模式化的思维习惯拘束久了，丧失了创造力，甚至丧失了创造愿望的人，不愿意和不能够这样来进行心理运作，不愿意和不能够这样来进行文艺创作。埃伦茨维希说："要叫一位呆板的学生放弃集中审视，让一切在弥散的、几乎是消极的注意状态中产生，以便正确地使他的构图融为一体，几乎是徒劳的。"这些人总是谨毛而失貌，笔笔工整而韵致全无。他们只相信清醒的意识，而忽视和轻视灵变的无意识，从不想到从空白处寻找意义。

回到本文的开头，催税人成为刽子手，把一首好诗的大半，堵杀在诗人腹中。为什么会有那种结局，为什么诗人不能续写呢？就因为，在创造性思维的某个关键阶段、关键时刻，意义正在空白中挣脱脐带，主体正在从空白中艰难地呼引意义。非艺术非审美的搅扰挤压，把意义压抑到深层无意识之中，切断了它与意识的联系。

才气横溢的文学艺术作品，为什么常读不厌、光景常新呢？在这样的作品中，意义虽然从空白中腾逸出来，却并不是完全意识化了，它们留有许多的从无意识走向意识的痕迹，从天外降落地上的痕迹，从空白走向具象的痕迹。这些痕迹，出之自然，出之偶然，绝非力强而致，绝非有意为之，不可以复制，不可以仿造。这些地方，正是作品最动人之处。埃伦茨维希说，“由于艺术的形式是在半意识状态下产生的，所以显示了无意识地创造出来的非具象结构的全部典型特征”。他举出莎士比亚剧本最初版本中有不少不规范的语句，产生了深长的戏剧性魅力；后来的整理者费九牛二虎之力作了校订，每一句都完整、通顺，却失去了情感的激发力和想象的激发力。创作过程中的无意识在作品上刻下痕迹，激发接受者心理的有意义的空白，它是欣赏中无穷乐趣的不竭之源。中国书法理论中有“纤微向背，毫发死生”之说。纤微、毫发是创作无意识的痕迹，是意识与无意识连接的隐约难辨的线索，是可遇不可求的自然流露。“理不可尽之于词，妙不可穷之于笔，非夫通玄达微，何可至于此乎!”“非有独闻之听、独见之明，不可议无声之音、无形之相。”

书法艺术尤其是草书艺术中，无意识的作用表现得最为突出，一幅的布置、一字的结体、一笔的提按，传神达妙都在极微细之处，这极微细之处，又总有很大的偶然。“幽思入于毫间，逸气弥于宇内，鬼出神入，追虚捕微，则非言象筌蹄所能存亡也。”草书不能一笔笔描摹，没有无意识的作用，没有有意义的空白，怎么能有绝妙的草书？绘画、音乐、文学创作其实也是这样，只不过不像草书创作那么明显罢了。

（1994年，载《文学评论》1996年第3期）

第五辑

中国古代文学中的“绿色”观念

最近二三十年来，在各种传媒和许多学科的论著中，“绿色”成为使用频率很高的词汇，传达地球的各个地区人们对人类的现在和未来处境的高度关注。然而，“绿色”意识并不是现代人的新发现新创造，更不是环境科学的专门术语，文学家和文学的研究者有着对“绿色”的职业的亲近与敏感，文学作品和文学理论饱含“绿色”思想的资源。即以中国古代诗文和文论来说，就随处可以见到对“绿”的咏赞，字里行间流露着无限的欣悦与向往之情，流露着对一切生命的尊重与珍爱，比如：“苔痕上阶绿，草色入帘青”（刘禹锡）；“一水护田将绿绕，两山排闼送青来”（王安石）；“芭蕉分绿与窗纱”（杨万里）；“庭竹无人绿满窗”（王恽）；“绿玉（指芭蕉）窗前好写书”（吴伟业）……这类诗句，在各种集子里，可以信手拈来，真是不计其数。

如果说，以上诗句还是从书房里面远眺窗外的绿色，那么，诗人们更盼望的是，远离市廛，全身融入绿色的大自然。陶渊明的“少无适俗韵，性本爱丘山……久在樊笼里，复得返自然”，表达了浊乱政治下相当多的知识分子的选择，即厌弃污浊的城市官场，向往回归朴素清静的田园，这样的价值判断给后世与之境遇近似的文人以启示。陶渊明的作品即使不直接写出“绿”字，但“鸟弄欢新节，泠风送余善”，“平畴交远风，良苗亦怀新”，不是饱含浓郁的绿意么?！陆机的“翳绿叶而弄音”（《行思赋》）与上引陶诗的前一联相近，不过一个直接描出色彩，一个让读者想象出色彩；而苏轼谓后两句“非世之老农，不能识此语之妙”（《东坡题跋》），证明人们早从陶诗感受了绿意。李白写过，“春草如有情，山中尚含绿”；梅尧臣则更进一步：“寒草才变枯，陈根已含绿”，在初冬的萧瑟中就由地下的微绿遥想明春蓬勃的大片的新绿。王维诗：“雨中草色绿堪染，水上桃花红欲燃”；张说诗：“雨洗亭皋千亩绿”；白居易诗：“风吹新绿草芽坼，雨洒轻黄柳条湿”，“江南九月未摇落，柳青蒲绿稻穗香”；苏轼诗：“一年好景君须记，最是橙黄橘绿时”；辛弃疾诗：“泥融无块水初浑，雨细有痕秧正绿”——都充溢着绿色所逗引起的怡然陶然的恬美情绪。除了叶色之绿，还有水色之绿，水色与草、树、天空相映之绿。李白倾心于剡中之景：“竹色溪下绿，荷花镜（水平如镜）里香”；苏舜钦诗：“池中绿满鱼留子，庭下荫多燕引雏”；陆游诗：“瓦屋螺青披雾出，锦江鸭绿抱山来”；戴表元诗：“晴霞冠领朝红洁，新涨连空晚绿酣”。绿水，是明净清澈之水，是得到人们善待、未纳污垢，也以洁净之躯回报人类的水。对绿色的喜爱是许多人的共同心理，赞美绿色的诗容易引起共鸣，哪怕是断章残简，也可能得以留传。《苕溪渔隐丛话》：“古今诗人以诗名世者，或只一句，或只一联，夫岂在多哉？如‘庭草无人随意绿’，则王胄也。”这么普通的一句诗为什么能被记住？应是受惠于众人对那自然存在、未受践踏、充满蓬勃生机的绿色的珍爱吧？“无人”“随意”，是把草儿当作了具有独立品格的朋友，不去打搅她，更不去伤害她，让她自在自如地伸枝展叶。

爱绿色，就是爱一切生命，愿与一切生命体为朋侣，就是爱生命的摇篮——大自然。王维《别辋川别业》中“忍别青山去，其如绿水何”之句，多么情深意切！他的《戏赠张五弟諲》说，“入鸟不相乱，见兽皆相亲”，更是直接表达了万类平等的思想。古语所谓鸥鹭忘机，是要摆脱世俗功利之机心，不加害于各种动物、植物。《列子·黄帝》：“海上之人有好沤（‘鸥’的假借字）鸟者，每旦至海上，从沤鸟游，沤鸟之至者百住（‘住’，当作‘数’）而不止。其父曰，吾闻沤鸟皆从汝游，汝取来吾玩之。明日之海上，沤鸟舞而不下也。”《三国志·魏志·高柔传注》引孙盛之语：“机心内萌，则沤鸟不下。”黄庭坚《登快阁》：“此心吾与鸥鹭盟”；陆游《杂兴》：“得意鸥波外，忘归雁浦边”；余靖《留题澄虚亭》：“鱼戏应同乐，鸥闲亦自来。”人以友善之心待裸毛鳞介，裸毛鳞介才能用信任的态度待人。辛弃疾的《水调歌头·盟鸥》全面地表现了爱绿树、绿水和爱鸥鹭鱼鹤的心情：“带湖吾甚爱，千丈翠奁开。先生丈屦无事，一日走千回。凡我同盟鸥鹭，今日既盟之后，来往莫相猜。白鹤在何处，尝试与偕来。破青萍，排翠藻，立苍苔。窥鱼笑汝痴计，不解举吾杯。废沼荒丘畴昔，明月清风此夜，人世几欢哀。东岸绿阴少，杨柳更须栽。”综观以上诗词可见，古人之赞咏绿色，乃是广义的绿色，其中深含着尊重生命、尊重自然的而非人为扭曲的生命形态、尊重人与其他生命体的和谐关系的思想。

地球上经长期演化形成的生命秩序，在近两三百年工业化进程中被人类大幅度地改变，由此造成人们原先不曾预料的严重后果。现代的诸种技术的令人惊讶的进步，造成人的思维、人的心理在很多方面和很大程度上的数码化、格式化，这固然带来效率的提高，也产生某些令人忧虑的负面影响。现代传播技术的飞速发展极大地改变着人们的生活方式，先是电视，后是互联网，使地球变得很“小”，千里万里不能再阻隔人们的交往；地理上的隔绝少了，心理上的隔绝在某些领域却加重了，人与人隔绝，人与自然隔绝，小小荧屏使人越来越孤独化。文字写作和工艺制作便捷了，文化也在变得工业化，大量地复制，成批地生产。文化、文艺快餐化，快节奏，大音量，浓色彩。文学艺术的刺激性越来越强烈，而人们的接受感觉越来越迟钝，两者互为因果。谈到此类现象，我们要问：这些究竟是高技术为表征的新生产力带来的，还是制度，即现代资本主义生产关系和社会生活范式带来的？答案显然是后者。制度上的弊端带来观念上的偏差与心理上的误区。人类以大自然的主人自居，把大自然当作仆役，甚至当作敌人，要征服大自然，同自然界斗争，向自然界索取，而较少考虑养护大自然。针对这一偏向，从1970年代以来，生态主义思潮兴起，并且已经成为世纪交接之际最具规模的社会运动，这就是所谓“绿色运动”。经过20多年，生态运动中发生了“由红到绿”（社会主义者加入绿色运动，传统社会主义向生态社会主义转变，出现生态社会主义思潮）和“绿色红化”（绿色运动向社会主义靠拢）。此种动向表明，绿色运动在寻求更深刻的思想资源。生态运动中分化出越来越多的派别，但是，各类生态主义者们都还没有注意到东方的绿色思想传统、中国的绿色思想传统。生态运动是一种社会运动、政治运动，也有文化运动的性质，而从审美角度阐释“绿色思想”，似乎尚未获得高度重视。因此，可以尝试谈论一个话题：中国古代文学中的绿色观念。

前引诗文中体现的爱悦和咏赞绿色的传统，有着哲学思想的根基。中国古代哲学和古代文学理论，有很强的心理学倾向、人生价值论的倾向，思考人的存在问题、人的存在的意义问题，思考人在宇宙中的位置问题，这也正是当前世纪交接时期的人们所关切的。自西周开始，即有人提出天人合一的命题。天人合一，被从不同角度给予很不相同的阐释。先秦时期的天人合一与两汉时期的天人合一不同，道家的天人合一与儒家的天人合一不同，政治及伦理意义上的天人合一与艺术审美意义上的天人合一不同。老子、彭蒙、田骈、慎到、惠施和庄子对天人合一的阐释，对诗歌、散文、绘画等方面的创作和理论产生了深远而较为有益的影响。惠施说“泛爱万物，天地一体也”。庄子说“天地与我并生，而万物与我为一”，《庄子》书中还描述世人对自然的热爱：“山林欤，皋壤欤，使我欣欣然而乐焉。”他们不是用“天”即自然界的秩序去证明人间某种政治秩序的合理，而是主张摈弃人为、保持天然。天人合一的思想与向大自然索取、征服自然的思想，有明显的区别，后者近几百年曾被世界各地的人们普遍遵奉。眼下，20世纪结束，新的千年来临，人类面临的重大而紧迫的问题之一，是人与自然的失衡。为了从根本上有效地解决这个问题，关键是端正人们的观念，人要恰当地认识、正确地处理好与自然界的关系。由哲学史和文学艺术史两条线索，我们都可能发掘出中国古代“绿色思想”的传统，这是一种主张人与自然协调相处的思想传统。

中国古代文化传统整体上是主张人与自然的互养互惠，而各家各派的论证阐释又有所区别。道家向往的自然，是自然的本体；儒家赞赏的自然，是人化的自然。自古儒家一向乐山、乐水，鼓励艺术家表现人化的自然。儒家虽倾向于维护现存政治伦理秩序，以象德的方式，建立为其社会观服务的自然观，但他们对自然也持有亲近、爱护的态度。《孟子》说，“数罟（细密之网）不入洿池”，“斧斤以时入山林”。董仲舒《春秋繁露》有《山川颂》，谓山似仁人志士，“多其功而不言”；水则勇敢、智慧，不清而入，洁清而出，善化万物。《说苑·杂言》说，山为“万民之所观仰，草木生焉，万物立焉，飞禽萃焉，走兽休焉，宝藏殖焉”。董氏所说的山川是拟人的，但他对山川的歌颂、崇仰，对后世哲学、美学影响甚大。宋代理学家张载说：“乾称父，坤称母……天地之塞吾其体，天地之帅吾其性。民吾同胞，物吾与也。”民胞物与，是极有价值的命题，是可以同后现代相通的前现代思想。《老子》早已指出，“人法地，地法天，天法道，道法自然”。按照许多哲学家的看法，天、地、人、万物，都是气所凝聚；天地之性就是人之性，就是物之性。所以，世间万物都是人类的朋友。从比喻的意义上说，先秦道家可以说是最早的“绿党”，老子和庄子甚至可以说是“绿党”中的极端派即所谓深绿派。他们崇尚原始生活方式，否定人改造和支配自然界的一切努力，属于一种向后看的消极浪漫主义，具有神秘主义、非理性主义倾向。但是，他们倡导人亲近自然、善待自然，批判人对自然物的虐待和扭曲，则颇为深刻。道家对待自然，倾向于审美的态度；或者说，道家的自然观容易孕育、引导审美心理的发生和保持，并在文人的艺术心理中得到较好的体现。

“天”，在中国古代有多重意义，既指客观存在的自然界，也指一切事物以及人类的本性。我们现代所说的“自然”，也有这两重意义。陶渊明诗“复得返自然”句中“自然”一词，颇富意味。它与“樊笼”相对，既可以是指诗人自己的心理，是不再受拘束捆缚，返归天然本性，又可以是指丘山田园，“返自然”就是重新靠拢自然界。这里的“自然”与近代才有的“自然界”的含义相类。人爱丘山，处于丘山之中，则其性也自然；人背离丘山而落尘网，其性也拳曲。现代发达国家或发达地区的人们，不是常常力图到远郊、到农庄、到戈壁大漠、到原始丛林，去求得心灵的和平与净化吗？他们对“久在樊笼里，复得返自然”应该是有深刻强烈的共鸣的。郑板桥说：“平生最不喜笼中养鸟：我图娱悦，彼在囚牢，何情何理，而必屈物之性以适吾之性乎！”他主张要养鸟就多种树，绕屋百株，为鸟国鸟家，天尚未亮，听一片啁啾，如聆清歌；起身后观其扬翚振彩，如观曼舞，总之，“各适其天，斯为大快”。博大的胸怀与精细的审美感觉多么融洽地结合在一起！

人对待自然，应该尊重它的本性，循着它的本性来利用它，享有它，与它和谐相处。这就是《庄子·秋水》说的“无以人灭天”，即不要任随人的主观意志而破坏自然物的本性。例如，“牛马四足，是谓天。落马首，穿牛鼻，是谓人”。《庄子》的这一思想，不是道家独有的思想。柳宗元的名篇《种树郭橐驼传》和龚自珍的名篇《病梅馆记》所要鼓吹的，也是同一思想：“顺之以天，以致其性”，“纵之，顺之”，“解其棕缚”。对牛、对马、对树、对花，都要尊重它们的禀性，不要用人的强力拘禁它们。

绿色思想不仅仅表现在文学创作里面，也表现在文学理论中间。中国古代文论中的绿色思想，主要有感应论和移情论以及虚静论和境界论两大方面，试作简略说明。

先说感应论和移情论。感应论认为，人与自然对应，人类群体的社会构成及其兴衰隆替，人类个体的身体构成及其强弱健衰，人的精神、性格和品德及其刚柔清浊，都与天象、山川相对应。《淮南子·要略》说人与天的关系，“其形骸九窍取象与天合同，其血气与雷霆风雨比类，其喜怒与昼宵寒暑并明”。《春秋繁露·阴阳尊卑》说，“夫喜怒哀乐之发，与清暖寒暑，其实一贯也”。刘勰《文心雕龙·物色》说，“岁有其物，物有其容，情以物迁，辞以情发”。郭熙的画论《山水训》说，“春山烟云连绵，人欣欣；夏山佳木繁阴，人坦坦；秋山明净摇落，人肃肃；冬山昏霾翳塞，人寂寂”。这是文学艺术创作中感应论的运用。人的情感与自然界的阴晴明晦、寒暑炎凉相对应。春风催燃快乐和希望，秋霜引发哀伤和沮丧。大漠孤烟激起壮烈情怀，晓风杨柳带动缠绵思绪。物色之动，心亦摇焉。在中国古代的移情论中，人们理解的移情是双向的：“我见青山多妩媚，料青山见我应如是。”“青山见我”乃诗人的比拟之词，“我”可以把人类的情感注入青山绿水的自然景色之中，“青山”（这里是作为一切自然景象的代称）又可以激发、改变、酿造“我”的情感，可以对人的审美性格和伦理性格产生重大作用。人是自然之子，自然不但生成和养育人的肉身，也生成和养育人的心灵、人的精神。之所以发生感应和移情，是因为天和人由同样的性和道所支配。性和道的本质，它的运行、变化，从天、地、人几个方面分别体现。天道和人道，其实是一个道。违背天道，最终必然伤害人道，人的个体或群体要因此承受灾难性的后果；顺乎天道，保护大自然，人类的生存有保障，人类的精神也能健康发展。

哲学家努力参悟天道，文学家敏锐地感受天道；倒过来说，奥秘的天象诱发深沉的哲学思考，优美的自然景观培育诗情画意。《世说新语·言语》：“王司州至吴兴印渚中看，叹曰：‘非唯使人情开涤，亦觉日月清朗。’”那里说的就是大自然陶冶人的审美情操，培育人对美的感受力。古人所谓钟灵毓秀，元代王恽诗云：“河山两界夏西分，孕秀钟灵产异人”，意思就是不同的环境造就不同的个性，崇峻或清幽的自然美孕育美好的心灵、超拔的性格。当人还在蒙昧、幼稚阶段，大自然启示人逐渐懂得对称、均衡，懂得美的最基本最普遍的规律。一个爱护自然、能够从自然景致获得快乐的人，是懂得美的人，有创造美的潜力的人；一个与大自然隔膜，忽视、蔑视、肆意斫杀生命的人，不可能真正懂得美、懂得艺术。早期的艺术直接来源于自然。《易·系辞上》说：包羲氏“仰则观象于天，俯则观法于地，近取诸身，远取诸物，于是始作八卦”；又说，“《易》与天地准，故能弥纶天地之道”。《文心雕龙·原道》根据《周易》的这一论断发挥说，圣人“观天文以极变，察人文以成化，然后能经纬区宇，弥纶彝宪，发挥事业，彪炳辞义”，于是才有了文学。刘勰进而指出：“若乃山林皋壤，实文思之奥府”；屈原的杰出创造，得到了“江山之助”。文章江山助，这一说法为中国古代文论家普遍接受。《能改斋漫录》卷七记唐张说至岳阳，诗益凄婉，“人以为得江山之助”；杨亿《许洞归吴中》：“骚人已得江山助”；宋祁《江山宴集序》：“江山之助，出楚人之多才。”哲学和文学艺术的产生和发展，最初都来源于对自然的感应。可是，进入文明社会之后，人与自然却日渐疏远，人们从书籍上学习哲学和文学，却不再重视从大自然去学习哲学和文学。宋代林光世《水村易镜·序》说，“古之君子，天地、日月、星辰，阴阳造化、鸟兽草木，无所不知，不必读卦辞、爻辞，眼前皆自然之《易》也”。日月星辰、鸟兽草木，即是眼前之《易》，也即是眼前之《诗》。从哲学书学习哲学，从文学书学习文学，已落第二义，用林光世的说法是世道衰微的结果，是离源而逐流，离本而逐末。今天，人们应该重新从自然去读出哲学与文学的意蕴。

当人在社会生活中，为口腹之需而屈心抑志，在彼此的冲突杀伐中备受伤损，大自然以母亲的怀抱，为人们本性复归提供最安适的栖居之地。陶渊明的归田园居，“既窈窕以寻壑，亦崎岖而经丘。木欣欣以向荣，泉涓涓而始流”，是身体回归乡村田野，更是心灵回归到自由纯洁的本性：“引壶觞以自酌，眄庭柯以怡颜”，“悦亲戚之情话，乐琴书以消忧”。他的眄庭柯、观云鸟与悦亲戚，与他的委心、寄傲，是互为条件、互相促进的。李白经历了长安三年对皇帝的期望、幻想破灭之后，便散发弄舟、梦游天姥；李商隐“向晚意不适”，便要“驱车登古原”；欧阳修被贬滁州，远离政治中心，然后意在山水之间，观四时之景不同而其乐无穷。自然是永恒的，人事是瞬息变化的。人远离自然，也就远离了“道”，也就迷失了“性”。当人滥伐林木、滥杀鸟兽的时候，不仅在毁坏自己的家园，而且在戕害自己的天性。人与自然亲和，彼此和谐发展；人与自然对立，彼此都受损伤，那时，人受损的不只是生态环境，而且还有心灵、本性。蒲松龄的《聊斋志异》写狐犬花木虽以喻人，也表达了万类同根的观点。《九山王》一篇，写李生杀狐之全族而遭灭族之报，就是一例。但明伦评此篇说，“物虽异类，不当有众生见存于中，即不能到得万物育尽物性境地，两不相妨，奚不可者?”又引别人的话说，“君子视六合飞、潜、动、植，纤细毫末之物，见其得所，则油然而喜，与自家得所一般；见其失所，则闵然而戚，与自家失所一般”。这正是蒲松龄要告诉读者的思想，这种思想存在于《聊斋志异》的许多地方。现代画家、文学家丰子恺在其师李叔同的启示下，积四十余年之力作《护生画集》，其序文说，“护生就是护心……救护禽兽鱼虫是手段，倡导仁爱和平是目的”。集中收录了大量古人关于爱护动物生灵的诗文，与画相映相配。中国文学中的这一思想，从古至今一脉相承，绵延不绝。

虚静论和境界论并不是专门讨论美感与自然、艺术与自然关系的理论，但是它们却包含了关于自然可能给予人的精神何种影响、人应该如何对待自然的内容，特别是包含了对待自然的态度关系着人在审美上到达的层次的思想。大自然是一本打开的书，是一本打开的哲学书，是一本打开的诗集，是一本打开的画册，是一本打开的乐谱。但是，并不是任何人随时都能够读懂它。读这本书，需要虚静；读了它，能给人以美好的宁静。所谓虚静，首先就是要去掉争竞心、占有之欲；所谓境界，其要义是思与境偕，是情与景的融合，人作为自然的一分子而融入自然之中。境界之“境”，首先是指物境，是王昌龄《诗格》中所说“泉石云峰之境，极丽绝秀者”。欲使诗有境界，写诗时心须虚静；欲使心虚静，最好的办法是寄情于山水。谢灵运说，“山水含清晖，清晖能娱人”（《石壁精舍还湖中作》）；白居易说，“闲中得诗境，此境幽难说”（《秋池二首》之二）；司空图诗中“更无尘事心头起，还有诗情象外来”（《山中寄梁判官》）；李山甫“溪风满袖吹骚雅”（《山中览刘书记新诗》）之类诗句，说明良辰美景产佳诗。辛弃疾《贺新郎》词序称“水声山色，竞来相娱”，词中说的“一尊搔首乐窗里，想渊明停云诗就，此时风味”，描画出了景中得静、静中得诗的过程。苏轼《前赤壁赋》说，天地间之物，“苟非吾之所有，虽一毫而莫取。唯江上之清风，与山间之明月，耳得之而为声，目遇之而成色，取之无禁，用之不竭，是造物者之无尽藏也，而吾与子之所共适”。清风明月，自然景致，不同于酒肉、金钱、衣饰，不需要争夺和占有，并且也是不能占有的。有钱有势的人可以独占一座花园、一处别业乃至一个海岛，却并不意味着可以享受景物之美。《牡丹亭》里的西席先生陈最良对丫头说，“你师父靠天也六十来岁，从不晓得伤个春，从不曾游个花园。为甚？你不知圣人千言万语，则要‘收其放心’。但如常，着甚春伤？要甚春游？”剧作者安排这几句唱词，显然是为杜丽娘的游园这一极平常的行为提供不平常的背景。当时的思想环境和前此的意识传统，是教导人们“收其放心”，反对人们听任其天然本性的召唤，而要用礼教约束它，要人们拒绝读自然这本大书。被那主流意识驯化、腐蚀的人，闭塞了观看自然美色的眼睛和聆听自然妙音的耳朵，因此也阉割了自己人性的真纯。杜丽娘长到青春时期才第一次游自家花园，惊叹它的美景，同时也就会怪异“恁般景致，我老爷和奶奶再不提起……锦屏人忒看的这韶光贱！”“锦屏人”的心被厚厚的功利之膜裹住，失去了对自然美的感受力。中国明代新兴思潮活跃时期，汤显祖的这种情调，与美国文艺复兴的哲学家和散文家爱默生构成呼应。爱默生在《论自然》中说，米勒拥有这片土地，洛克拥有那片土地，曼宁拥有远处的林地，“但他们谁也不能拥有这片风景。在这片视野中，有一种唯有那种能把各部分整合为一的人才可能拥有的一份财产。这样的人就是诗人。这份财产是所有这些人的农场中最珍贵的。然而，在他们的清单上却没有此项财产”①。清风明月，耳得之而为声，目遇之而成色，却不是随便什么样的耳目都能够“得”。耳目受心的支配，心虚静了，没有机巧之心，没有贪欲之心，才可能滋生对自然的亲近感，才能够凝神谛听大自然的美妙音乐，才能够注目观赏大自然的绰约风姿。五色令人目盲，五音令人耳聋。沉湎于声色犬马之乐，不可能领略自然之美。马克思对此作了深刻的分析，他指出，私有财产使人们变得愚蠢而片面，“一切肉体的和精神的感觉为这一切感觉的简单的异化即拥有感所代替”，“贩卖矿物的商人只看到矿物的商业价值，而看不到矿物的美和特性”②。对自然的破坏，对生态环境的破坏，归根结底，不是来自科学技术的高度发展，而是来自人类社会组织方面的弊病，尤其是来自刺激人的恶性的病态的消费欲的机制。人被煽动得竭力去占有最多最新的、其实他并不需要的商品，以此推动和维持经济的高速增长。人们急速膨胀的物欲导致人与自然的进一步严重对立。为了制造塞进千家万户的垃圾广告，一片片的森林被砍伐；被霓虹灯刺伤眼睛的人们，怎么还能敏锐地观察树叶色彩每日每时的微妙变化？古今中外那么多诗人对着无垠的星空神驰意往，而今大城市整年里天天彻夜灯火辉煌，孩子们再也不能卧看牵牛织女星，甚至看不清银河③。晋朝的陆机慨叹“京洛多风尘，素衣化为缁”，而到了现代，煤烟、汽车尾气

① R. W. 爱默生：《自然沉思录》，博凡译，上海社会科学院出版社，1993年，第5页。

② 马克思：《1844年经济学—哲学手稿》，刘丕坤译，人民出版社，1979年，第77—80页。

③ 法国《问题》杂志不久前报道，“今天，100个孩子中几乎没有一个孩子会说他看见过银河”。它又说，一个世纪以前，天文学家在巴黎市内能够用肉眼为行星和恒星编制索引，而现在，至少要离开城区100公里，才可以指望看到同样的星空。这个问题已经严重到如此的程度，以致联合国教科文组织1992年就促成所有成员国签署了一份协议，共同承担保护夜间天空的义务。

的危害超过尘土的危害许多倍。生态主义者们批判异化消费，资本主义制度注定了必然要不停地追求利润最大化和市场持续不断的扩大，追求消费的持续不断的增长，它导致过度生产和过度消费，这与生态合理性的要求根本不相容。生态危机的根源在资本主义积累的逻辑之中。

生态的保护要求现代化范式的转换，要求恢复人与自然的协调关系，而这也就必然要求人们观念上的澄清，观念上的拨乱反正，要求人对自然关爱与亲近。《世说新语·尤悔》载，陆机卷入政治纷争，事败被诛，临刑时叹道："欲闻华亭鹤唳，可复得乎！"华亭是陆机的故乡，有清泉茂林，鸥鹭莺鹤逍遥乎其中，他和弟弟陆云，多年共游于此。《语林》中记述，陆机作河北都督时，闻警角之声，对身边人说，"闻此不如闻华亭鹤唳"。可是，他终于远离了鸥鹤，最终不免于杀身之祸。这很可以当作富有教益的寓言来读：人类疏远了自然，伤害了自然，悔尤往往来不及了。风吹草低见牛羊，清风明月不用一钱买，这些曾经是极平常的事，可复得乎？我们永远不要忘记前人的警示。

（载《文学评论》1999 年第 6 期）

陶渊明的人文生态观

陶渊明的《归去来兮辞》，是中国古人生态观的诗化的陈述，它所表达的归田园、归乡的意向，不仅在一千多年的岁月里产生过深远的影响，而且在21世纪具有一种新的借喻和象征意味。作品的开头说："归去来兮，田园将芜胡不归？既自以心为形役，奚惆怅而独悲？悟已往之不谏，知来者之可追。实迷途其未远，觉今是而昨非。"这似乎是在代替今天的人类做一番反省，重新审视对待田园的态度，重新审视对待心和形即精神提升与肉欲享受两者关系的处理方式。"田园将芜"，这不正是1972年斯德哥尔摩会议的《只有一个地球》和1992年里约热内卢会议的《21世纪议程》向全世界发出的警告吗？陶渊明同时还在《归园田居》诗里把丘山和尘网作为对立的两极列举，说自己本性爱恋丘山，却为了生计而误落尘网。尘网，是官场，是熙熙攘攘沽名争利的都市生活；丘山，是远离城市的农村，是没有或较少受到人类伤害的大自然。身在尘网如处樊笼，不能自由地遵循和展现自己的心性；闲居于丘山之间，乃能任其真情，发乎天然。陶渊明所说的，实际上涉及了人所处的环境和他的心理状态的关系，进而深入环境和人的精神品格、精神境界的关系，涉及了人看待环境的价值标准问题。在诗人的笔下，车马喧嚣、举袂成幕、嘘气成云的都市是可厌的，南山、飞鸟、秋菊、云彩、松林、田畴是可亲的，后者不但是人类的朋友，而且是人的精神的园圃。曾有人说，"生态学"（ecology）一词是由美国作家梭罗在1858年创造的。梭罗认为，嘈杂喧闹的城市不好，而树林和溪流的世界十分美妙。梭罗用优美的文笔把田园生态学的观念撒向四面八方，不过，那是在陶渊明之后一千四五百年了。东西方生态思想史的事实都告诉我们：对于生态问题的思考，和文学、和艺术、和美学早就结下不解之缘。谈论生态文艺学的构建，古代文学家，例如陶渊明，留下的许多关于人与自然关系的思想，值得我们重温。

作为研究生物与生物、生物与环境之间相互作用以及这些作用的机理的学科，生态学有自己的学科体系，它的研究者原先主要是生物学家、自然科学学者。属于人文学科的文艺学要介入生态问题的讨论，应该采取怎样的视角呢？我们可以搜集并解读古往今来以大自然为描写对象的诗文，可以推动文学创作者用生动的艺术形象揭示当代的生态危机，用文学艺术作品培育国民大众特别是青少年的环境保护意识。这些，都是必要的、有益的，但对于文艺学、美学来说，却还不是关键所在。依我看来，建设生态文艺学、生态美学，思考的重点要放在推动精神生态与自然生态的良性互动，要放在推动国民健康的生态观和有利于生态环境改善的消费观、人生观的建设上面。

人的生态观以及与生态问题有关的消费观，主要是由他的现实生存境况决定，但同时也是由教育和传统所塑造。生态学研究不应该不理会前人留下的遗产，而应该吸收它合理的内核，剔除其落后的错误的成分。美国学者艾伦·杜宁在他的《多少算够》里引用了纽约世界观察研究所的一个表格，列出世界各宗教和文化对消费的教导，其中包括中国儒家和道家①。表格所列儒家关于消费的教导是过犹不及，道家的教导是知足常乐。孔子在《论语·先进》里讲的过犹不及，是论子张和子夏哪个更贤，与消费问题无关。看来，西方人对中国这方面思想的了解是浮面和零星的。中国古来生态思想的传统，等待我们继续深入发掘、整

---

① 艾伦·杜宁：《多少算够——消费社会与地球的未来》，毕聿等译，吉林人民出版社，1997年。

理。在中国古代卓越的诗人中间，陶渊明的生态思想和他的行为实践，最富有启迪意义。

陶渊明生态思想的第一个可堪注意之点，是在关于物质生活和精神生活的关系方面。孔子说过，“饭疏食（‘疏食’是指杂粮或糙米），饮水，曲肱而枕之，乐亦在其中矣”。他的意思是宁愿固守穷困，也不接受以不正当手段得来的钱财、享乐，主旨是宣讲“义”的原则。孔子另外还说过“食不厌精，脍不厌细”。当子贡建议减省祭祖仪式上用的活羊时，孔子很不高兴地说，“尔爱其羊，我爱其礼”。为了礼仪排场，他毫不吝惜。总之，先秦儒家并没有很注意人的消费观问题。道家则不同，他们可以说是消费主义的最早批判者，他们大声疾呼“五色令人目盲，五音令人耳聋”，然后强调“是以圣人为腹不为目”。有研究者诠释说，这里的“腹”指内在自我，“目”指外在自我。那么，道家早就关注到人的物质欲望与精神需求的关系，主张物质生活上的简朴和精神世界的丰富，并且认为前者是后者的一个重要条件。但是，道家在社会发展问题上，有倒退的倾向。比起先秦到东汉的儒家和道家，陶渊明的生态思想形式上较为平和，内里却更为深邃。他处在南北文化和中外文化碰撞交融的时期，既不把立德立功奉为鹄的，也不寄望于身后去到西方极乐世界，不热衷于服药求仙以期飞升于不老之境。陈寅恪把陶渊明的思想叫作“新自然说”，认为：“新自然说不似旧自然说之养此有形之生命，或别学神仙，惟求融合精神于运化之中，即与大自然为一体。”①陶渊明的《形影神·神释》说，“大钧无私力，万理自森罗”。承认造化即大自然有自身的规律，对自然的规律怀有敬畏之心。诗中说，三皇五帝的功业，早已烟消云散；希求长生不老，也是无望；及时行乐，沉湎于饮酒，徒伤身体；追求善名，亦为虚幻。那么，到底应该怎样？答复是：“甚念伤吾生，正宜委运去。纵浪大化中，不喜亦不惧。”这就是

① 陈寅恪：《陶渊明之思想与清谈之关系》，《金明馆丛稿初编》，生活·读书·新知三联书店，2001年，第229页。

说，让自己的生活、生命顺应大自然的规律。陶渊明奉行了通达的人生观，同时也就提出了当时最合理的生态观。

他看重的是个人精神的自由，是不以心为形役，不让精神需求服从于物质需求，看重的是人在与自然的和谐相处中得到的宁静、恬适。陶渊明不讳言他在精神追求与物质保障两者难以兼得时的困惑和苦恼，反复表达过他在艰难中的选择。他曾经“饥来驱我去，不知竟何之”，“倾壶绝余沥，窥灶不见烟”。他不是一个苦行主义者，决不矫情地在物质生活中自虐；也不是像《老子》第80章所鼓吹，有什百之器而不用，有舟舆而不乘，使人民回返到结绳记事的时代。他的《归园田居》五首末尾颇为自得地描叙：“山涧清且浅，可以濯我足。漉我新熟酒，只鸡招近局（近局即近邻）。日入室中暗，荆薪代明烛。”足见，他并不排斥物质生活的享乐。但是，他决不把物质生活享乐放在最高地位，决不愿为了物质的享乐而牺牲精神的独立和自由。《咏贫士》七首集中描写了穷窘生活中利与害的考量，叙述了他在思想斗争后的价值取向：“刍藁有常温，采莒足朝餐。岂不实辛苦，所惧非饥寒。贫富常交战，道胜无戚颜。”他遵奉的“道”并不是孔孟之道，而是自然之道。《癸卯岁始春怀古田舍》说，“先师有遗训，忧道不忧贫。瞻望邈难逮，转欲志长勤……平畴交远风，良苗亦怀新。虽未量岁功，即事多所欣”。孔子所忧的“道”离他太远，他是“乐道忘其贫”，他所欣乐的是田野上春景体现的自然之道。《归去来兮辞》的序里说，“质性自然，非矫厉所得。饥冻虽切，违己交病”。饥饿和寒冷只使身体难受；违背本心，违背自然的本性，那才是大患！

他的诗歌展示一种审美性的、人情化的生活范式：“营己良有极，过足非所欲”；“耕织称其用，过此奚所需”；“倚南窗以寄傲，审容膝之易安……悦亲戚之情话，乐琴书以消忧”。《移居二首之一》让我们看得更清楚些：“弊庐何必广，取足蔽床席。邻曲时时来，抗言谈在昔。奇文共欣赏，疑义相与析。”他觉得欣赏奇文所得的愉快，悠然望山所得的愉快，远胜于华屋、美服、珍馐给人的满足。陶渊明所读的书，可以使他欣然忘食，忘记饥寒的处境；陶渊明本人的诗文，则使得后代千千万万读者欣然忘食，获得审美的愉悦而淡化物欲的追逐。把他的思想归结为知足常乐不很准确，甚至很不准确。这不是量的“足”或“过”的问题，而是人要不要有精神追求的问题，是生活哲学的方向问题，是个人精神境界以至社会精神生态的高下、雅俗、清浊的问题。

人的物质生活和他的精神生活，既是相互依存的，也会有矛盾，也可能发生冲突。没有起码的物质生活保证，何来良好的精神状态？对单个人是这样，对群体和人类整体也是这样。反对消费主义，倡导“绿色”的生活方式，并不是要人类回到山洞里茹毛饮血，相反，是要建设有更多的快乐、更多的幸福的生活方式。在这种生活方式中，艺术、诗歌和以审美的心态投身于大自然的怀抱，占着很大的比重。这正是生态文艺学可以发挥长处的课题。

造成近几十年全球环境空前恶化的原因，是对自然资源的过度开发。为什么会过度开发并且愈来愈过度呢？因为资本主义工业化以来，社会经济结构中消费对再生产的保障和促进作用日益彰显，消费引导着生产，只有急速扩张的消费才能带来扩大再生产的动力，由此产生了消费型的文化。消费文化利用新的技术手段武装的传播媒介，利用铺天盖地无孔不入的广告，催生永无止境的商品占有欲，催生人们不断膨胀的物质上的需求。消费文化推动消费经济，刺激超量的生产，必定使自然生态受到前所未有的摧残，也给传统的精神生态以极大的冲击。这种消费文化，造成了人的生活目标的变异，人的精神的变异，人性的变异。购买者看重的不再是商品的使用价值，而是它的符号意义，是那些使人目迷神乱的象征身份的能指的炫耀作用。有一则广告词说得非常形象：“女人对男人的要求，就是男人对西服的要求。”人的价值体现于他能够占有的商品——一条项链、一双皮鞋、一顶帽子，就是一个人的身份、品位。于是，循此继进，人就成了无须心灵、丧失个性的躯壳。购物狂是现代消费社会的流行病，一旦染上这种病，就欲壑难填，无止境地企求拥有房子、车子、电器、时装、家具……每季、每月、每天、每时、每刻都有新款式出现，召唤追逐新潮的人去购买换代产品。分期付款、超前消费，预支和透支了购物者的未来。多处兼职，日夜忙碌着赚钱偿债，缺少了余暇，缺少了从容，缺少了审美的享受。消费拉动生产，必定也就预支和透支了自然资源的未来，预支和透支了地球的未来。穷人为了生存的最低的必需，商人为了谋取最大的利润，都不能顾及自然生态的维护。这就逻辑地注定了，资本主义的工业化必然地要和自然生态为敌，同时，它也必然地和诗歌、和艺术为敌，和美感的发展与培育为敌。梭罗曾经愤激地质问道："为什么史书尽是对政界小人物歌功颂德，对一座历尽沧桑却依然挺拔宏伟的森林，反而只字不提?"同样，人们也在质问：为什么黄色的、恐怖的文化垃圾四处泛滥，而精纯优雅之作受到冷遇？答案是同一个，资本主义的市场经济既破坏自然生态，也破坏文艺生态和精神生态。

生态文艺学要探讨，怎样通过审美活动，利用优秀的文学艺术作品，克服消费文化造成的人的"愚蠢和片面"（马克思巴黎手稿语），不让不断膨胀的物质占有欲压制精神提升的美好愿望，降低、抑制人们物质上量的追求，激发他们精神上质的追求，以此作为改善当代精神生态、进而改善自然生态的良方。

陶渊明思想的另一可贵之点，是关于人的同情心、共鸣感对于维护和改善生态环境的重要性。儒家伦理有一个基本原则叫作恕。恕，就是推己及人，就是己欲立则立人、己欲达则达人，就是己所不欲、勿施于人。对于陶渊明来说，这个"人"，既可以是主体以外的他人，也可以是主体所属群体以外的其他群体，还可以包括人类以外的生物。强势的个人、强势的群体、强势的物种，要细心体会居于弱势者的处境，尊重弱势者的权益。陶渊明嘱咐儿子善待佣工："此亦人子也，可善遇之。"他本人不愿损害自尊去迎候上级官吏："我岂能为五斗米，折腰向乡里小儿!”他对上对下两方面表现出来的人格，历来为人们所钦佩。他还有第三个方面：《与子俨等疏》说，“见树木交荫，时鸟变声，亦复欢然有喜”；《咏贫士》说，“万物各有托”；《读山海经》的第一首说，“孟夏草木长，绕屋树扶疏。众鸟欣有托，吾亦爱吾庐。既耕亦已种，时还读我书……俯仰终宇宙，不乐复何如”！他对于鸟儿、鸡犬、草木，也能发生共鸣，发生同情。他所理想的社会和自然，是《桃花源诗》里构想的“草荣识节和，木衰知风厉”那种一切依顺自然规律的世界，是各种成员平等相处的共同体。后来宋代张载概括的“民我同胞，物我与也”，更明确地站在人类的立场上，肯定人与人、人与万物的平等（当然，张载构想的，只是在帝王统治下的平等）。万物有托，万物共存，是古代山水诗、山水画所贯穿的主题。那些美不胜收的作品证明，良好的自然生态，是人类美感的源泉，是诗和艺术的源泉。

人们对自然的态度与他们对社会的态度密切地关联在一起，不能分割开来。我们判断某个人在生态问题上的立场，不能与他在社会问题上的立场脱离。道家不是一般地倡导节制消费欲望，他们以强烈的情感谴责社会的不公。《老子》第77章说：“天之道，损有余而补不足。人之道，则不然，损不足以奉有余。”地球在亿万年里形成了生态平衡系统，一种生态因子数量过多，会由环境压力而使它减少，数量过少则会使它增多。人类原是在大自然的摇篮里诞生的，对自然界戕害性的征服和改造，是随着文明的进步才逐渐剧烈起来。人类是地球生物大家庭里一个晚到的成员，在人类出现之前，地球上的生物早已在不断地演化、繁荣。人类这个特殊的成员出现了，成为地球生态系统的重要的一环，他对自然的态度，对于自然界、反过来对当代及后代人类整体，都有重大的影响。人类发掘大自然的潜力，创造了辉煌的文化，物极而反，又造成荒芜和枯竭，用人为的力量改变了天道的平衡作用。在阶级社会里，社会的法则与天道相反，富者愈富，贫者愈贫，挤榨贫者的血汗充实富者的库藏。《桃花源记》是对社会不公的批判和对公平制度的期望，“春蚕收长丝，秋熟靡王税”是作者设计的乌托邦。今天，生态问题有全球普遍性的一面，也有地域和民族特殊性的一面；生态观念与民族的生存现状以及历史传统有千丝万缕的联系。我们谈论一个国家保护和改善生态的方针，不能与它解决社会问题的方针脱离。为了优越的物质生活而奢侈地挥霍能源的富人，要求挣扎在贫困线的穷人放弃谋生的必须来保护环境，是缺乏说服力的，是不公正和可笑的。生态保护应以公平之心、同情之心，以互谅互惠的恕道来统筹解决。

艾伦·杜宁在《多少算够》里说："消费主义有着浅薄的历史根基。对于消费者阶层的成员来说，抛弃消费主义不是从他们的文化遗产中抛弃任何有持久意义的东西。相反，它是重新肯定他们文化中最古老的教诲。"陶渊明的生态思想，也算是一种古老的教诲，可是，仅靠古老的教诲并不能完满回答当今复杂的环境伦理问题；那些教诲中有睿智的闪光，也有不少惰性的教条。例如，中国古代不少贤哲把人与人的冲突、人与环境的冲突内化为心理问题而加以消解，以清除心理的垃圾、心理的不洁代替社会环境和自然环境的改善。佛家所谓"境由心生"，"心净则国土净"，陶渊明的最被人们赏爱的"心远地自偏"等等，都属于这一类。这类的精神状态，不会与自然生态发生互动，相反，倒是可能姑息、纵容了践踏自然的恶行。生态文艺学，作为它的实践形态的生态批评，应有锐利的批判锋芒，对反生态的行为大张挞伐。精神生态与自然生态的良性互动，有许多的课题需要研究。社会的发展，科学技术的进步，给哲学、伦理学，给文艺学、美学提出了全新的问题，也开辟了创新的天地，生态文艺学是值得大力开垦的新领域。

（载《文艺研究》2002年第5期）

丰子恺《护生画集》对现代生态文艺学的启示

1927年，丰子恺在李叔同的指导下开始创作《护生画集》，于1929年出版，是为第一集。其后，在广洽法师等人支持下，陆续创作出版第二、三、四、五集；二十世纪七十年代创作的第六集，身后也由广洽法师筹资出版。这六集《护生画集》起初主要由佛教界人士推向社会，受到以佛教信众为主体的受众的欢迎。近年来，大陆几家出版社重新出版这套画集[①]，人们重视它在绘画、书法上的价值，并且注意到它的生态思想的现实意义。想当初，《护生画集》受到过柔石、曹聚仁等人的颇为尖锐的批评，丰子恺直接或间接地对这些批评作了回应[②]。丰子恺与批评者的争论，涉及他的护生思想内部深层的悖论。这种悖论，在当代生态思潮中，尤其是在生态伦理学中，同样存在。了解和分析丰子恺怎样应对批评意见，怎样面对护生理论逻辑上的困境和实践上的困难，来论证他的护生思想的合理性，这对建设当代生态伦理学和生态文艺学，很有借鉴作用。生态学在最近五十多年，大量吸收数理学科和工程技术

① 计有：《护生画集》（全六册），丰子恺绘画，弘一法师等书写，海天出版社，1993年；《护生画集》，弘一法师、许士中书，丰子恺绘，上海人民出版社，2005年；《护生画集》（上、下），中国友谊出版公司，1999年；《丰子恺护生画集选》，丰子恺编绘，葛兆光选评，中华书局，1999年。本文引《护生画集》均据海天出版社本。

② 参见陈星：《护生画集出版前言》，《护生画集》第一集，海天出版社，1993年，第6—9页；陈星：《功德圆满——评丰子恺〈护生画集〉》，《读书》1993年第4期。

的成果，不断更新精密的仪器，运用电脑，对纷繁的生态现象作精确的定量分析。近十多年在我国，生态文艺学、生态美学、生态批评得到长足发展，它借助生态学的基本理念。现在，我们需要认真思考，生态文艺学的根本任务是什么？是亦步亦趋地追踪生态学，力图直接回答经济社会发展与环境保护的种种具体问题，还是诉诸人的心灵，帮助人们领悟万物自得之趣，增强人与天地万物感应之同情。生态学，归根结底，要研究的是生命体、生命过程与环境条件的关系。古代的文学家和人文学者早就重视和探讨过这个问题。我国古代生态思想源远流长，许多优美的古代文学作品体现了深刻的生态思想，今天应该加以充分的继承和利用。《护生画集》配图的诗文，利用了大量古代诗文中表达生态意识的作品，举凡杜甫、白居易、陆龟蒙、苏轼、范成大、黄庭坚等人的诗歌，还有史书、笔记中的轶闻，许多都有很高的文学韵味。《护生画集》的绘画和书法，是现代艺术的精品。丰子恺、李叔同有意识地借助精湛的艺术，通过引发受众的审美乐趣，来传达护生思想，这对我们的生态文艺学研究，更是树立了一个很好的范例。

丰子恺护生思想立论的根基，首先是佛教众生平等的理念。众生，又称有情。狭义的众生，指的是人和动物；广义的众生，除了人和动物之外，不但包括了植物，而且包括了自然界的山川金石等等。从《护生画集》看，丰子恺是把树木花草也当作众生看待的，也就是说，他心目中的众生，他所提倡保护其生命的众生，涵盖了世间一切生命体。平等，梵文本义为“舍”，就是舍去了一切差别相。宋代和尚清远说过：“若论平等，无过佛法，唯佛法最平等。”（《古尊宿语录》卷三十三）所谓众生平等，首先是指，万事万物都由因缘和合而生，都在不停地生灭流转，在这根本的一点上，它们是没有差别的。《证契大乘经》里记载，有人问佛祖，“众生者是何义？”佛说，“众生者，是有性想众和合故，所谓地、水、火、风，空、识、名、色，界入缘起及因业果，会对而生。”在佛家看来，色即是空，一切皆空，因而一切无差别——这是本体论意义上的平等。第二，众生都有佛性，都可能成佛，在这一点上是平等的。只要是人，都有相同的人性，即使是一阐提（断尽善根者）也不例外；只要是生物，都有相同的生命体的品性，禽兽草木均无例外。佛性就在人性和生物品性之中。这是人性论意义上的平等，也是佛性论意义上的平等。人人都有佛性，人人都可能成佛。动物乃至于草木也有佛性，也可能成佛，在成佛的可能性上无有差别。第三，从以上两点推导出来，一切生命体的生命权是同样的，是平等的。这可以说是生态伦理学意义上的平等。关于第一点，空论是佛教的理论基础，却不是非佛教的人们所认同的。关于第二点，人性论者主张一切人有共同的人性，但另外有很多人则强调不同群体（民族、阶级）人性的差异。至于人和人以外的生物，多数人认为更有性质的极大差别。关于第三点，在社会契约（主要是法律）范围内，一切人拥有同等的生命权，则应该是文明社会人们的共识。但若从这一共识向前再跨进一步，扩大为一切生命体拥有同等的生命权，动物、植物也和人拥有同等的生命权，问题就复杂化了。丰子恺在这里遇到了困难。

《护生画集》第二集有一幅《鸡护狗子》，用的是韩愈《嗟哉董生行》诗意，说的是母狗外出求食，母鸡代哺其儿。李叔同书写时，把原诗中母鸡“啄啄庭中拾虫蚁”[①] 改为“啄啄庭中觅草子”。这一句历来各种韩集版本均无异文，李叔同刻意要加以改动，显然是因为，他觉得虫蚁也是生命，用虫蚁来喂乳狗是罪过，啄虫蚁的那只鸡就不值得表彰，反而要给以谴责。但是，人们会要问：草子难道不也是生命吗？李叔同、丰子恺的护生，本来也要求保护植物。第二集有一幅画，是妈妈阻止女儿折柳枝，李叔同题诗道：“道旁杨柳枝，青青不可攀。回看攀折处，伤痕如泪潸。古人爱生物，人德至今传。草木未摇落，斧斤不入山。”画集里反复劝人不要踩压青草，不要剪断冬青枝，不要弯曲小松

① 《五百家注昌黎文集》卷二。

树。所以，让他们所赞扬的母鸡啄草子喂乳狗，违背了他们所信奉、宣扬的护生原则。他们劝人吃素菜，但素菜也是生命。所以，丰子恺和李叔同的护生思想遭到有人的批驳，就在所难免了。在《护生画三集自序》中丰子恺复述别人的质问："对植物也要护生，那么，菜也不可割，豆也不可采，米麦都不可吃，人只得吃泥土沙石了！泥土沙石中也许有小动植物，人只得饿死了!"要对这类质问做出有说服力的回答，是很不容易的。

近几十年建立起来的生态伦理学，学者们论证"动物的权利"，论证一切生命都应该受到保护，还出现了生态中心主义。生态中心主义学者从哲学、伦理学以及环境科学等诸多方面，做了学理性颇强的深入探索，但也未能逃脱逻辑上自相矛盾的困境。现代生态主义者，遭遇和丰子恺他们同样的两难①。那么，我们不妨回过头去，看看丰子恺是怎样回答他人的批评、试图摆脱理论上的困境的，看看他的论证策略有哪些可资借鉴之处。

《护生画集》讲护生，反对杀生。杀生是佛家十恶业之一，《大智度论》说："若实是众生，知是众生，发心欲杀而夺其命。生身业，有作色，是名杀生罪。"《护生画集》第一集第一幅画题为《众生》，点明这个贯穿全部六集的总主题。画面上两个人赶一群猪，向屠宰场去。李叔同题诗道："是亦众生，与我体同。应起悲心，怜彼昏蒙。""与我体同"就是说，猪牛狗马，昆虫蝼蚁，花草树木，和人一样，均有同等的生命权。近代科学发展之后，了解到地球生物链的存在，肉食动物、草食动物各自以某些植物或动物来维持它们的生存。还有某些特殊的植物能够"吃"掉小动物，例如捕蝇草、狸藻等，据说已经查明全世界有五百多

① 参见刘福森：《自然中心主义生态伦理观的理论困境》，《中国社会科学》1997年第3期；杨通进：《动物拥有权利吗》，《河南社会科学》2004年第6期；王海明：《论生态伦理学根本问题》，《天津社会科学》2008年第5期。杨通进引用美国著名学者汤姆·雷根的意见：动物权利理论是一个既具有自身的相对优势，也具有自身难以克服的弱点的话语体系。这句话点出了众多生态伦理学者、护生论者共同的困局。

种食虫植物。各种昆虫、鼠类以植物为食物；黄鼠狼、蛇，以鼠类为食物；老鹰以蛇为食物。从植物到食草动物，到一级食肉动物，到二级、三级食肉动物，构成相互依存的生物链。生物链维持自然界中的往复循环，维持物种间的数量平衡。如果斩断生物链，戒绝它们相互为食，生物界以及整个世界将会解体。比如说，由于蛇、狼、狐狸、老鹰的明显减少，就正在加剧草原的鼠害。再者，狼的存在，对于黄羊、鹿的种群素质改善，强存劣汰，有不可忽视的作用。所以，绝对的戒杀，不但是实践上行不通，而且对地球环境的整体、地球生物的整体，并不有利，反而有害。

丰子恺意识到了绝对的戒杀实际之不可行，个人做不到，全社会更不可能普遍推行。他在第三集自序中说，人为了维持生命的必需，就不能不割稻、采豆、掘菜，只要不是无端的，而是不得已的，“这就似乎不觉得残忍。只要不觉得残忍，不伤慈悲，我们护生的主要目的便已达到了，故我在这画集中劝人素食，同时又劝人勿伤害植物，并不冲突，并不矛盾”。甚至说，假如动物毫无痛苦而死，人吃了它的三净肉①，其实并不残忍，并不妨害慈悲。这样的辩解当然是很不完满的，丰子恺自己也承认，以严肃的佛法理论来衡量，这种说法是浅薄的。他深感佛教教义太过严肃，社会大众难于接受，故作此通融之说。他的辩解在逻辑上是极不严谨的。但是，我们不能因此而否定丰子恺护生思想的正当性。首先，在他的这种看似有些牵强的说法背后，有着深邃的观念作支撑，那就是尊重天然，尊重客观世界本有的秩序。第四集《收养》，演述北周张元事迹，题词摘抄了《周书·孝义传·张元传》。张元收养他人所抛弃的流浪犬，叔父责骂他，他说，“若天生天杀，自然之理；今为人所弃而死，非其道也”。同集《天地好生》题词用朱熹的话：“天地别无勾当，只以生物为心。如此看来，天地全是一团生意，覆载万物，

① 佛教所说的“三净肉”是：眼不见其杀者，不闻为我而杀者，没有为我而杀之疑者。小乘戒不禁食，大乘经则禁之。

人若爱惜物命，也是替天行道的善事。”第五集又有题诗说：“有生必有死，何人得灵长。当其未死时，切勿加杀伤。自生复自死，天地之恒常。万物尽天年，盛世之嘉祥。”护生，从根本上说即是遵循自然之理。自然本身有生也有杀，自然规律造成的“天杀”不是罪过，人为的杀生才是罪过。第二集《绿满窗前草不除》引明代刘宗周《人谱类记》卷下：“程明道窗前茂草覆砌，或劝之删。明道曰，不可，欲常见造化生意。又置盆池，蓄小鱼数尾，时时观之。或问其故，曰，欲观万物自得意。”① 护生就是依天理而行，天造地设原来如此，让它们自生自灭，不去强力改变。我们也可以把这理解为，尊重地球、宇宙自身的完整性，尊重它的整体，尊重它运行的客观规律。事实上，并没有单一的、确定的天理。地球的生态环境，关乎地球上每一个生命体。地球长期的整体的环境优劣，可以说就是天理。但是，人类总是从自身利害来看天理，各国在这上面有激烈的利益之争，这代人和下代人的利益需要均衡协调。至于对其他生物，往往是把它们的盛衰生灭与人类的整体的长期的利害联系来才加以考虑②。

其次，更值得我们思考的是，丰子恺、李叔同他们本来的目的就不是建立一种科学的生态学的理论，不追求数学般的精确、逻辑上的严密；《护生画集》主要是从人学的角度，伦理的角度，审美的角度，从建立健全、完善、美好人格的角度，来建立他们的生态观的。丰子恺和李叔同都是接受了现代教育的知识分子，具备现代科学常识，他们想要把现代科学知识和佛家的慈悲之心调和。因此，他们承认他们的护生理论确实在逻辑上有自相矛盾之处，第一集里李叔同有一处题诗道：“既

---

① 《护生画集》在这个问题上立场前后不尽一致。有时候略退一步，不是无条件保护一切植物，而是主张遵循自然固有秩序，以保证人类生活秩序为前提。第二集《春草》一幅，题词是司马光的一段话：“草妨步则薙之，木碍冠则芟之。其他任其自然，相与同生天地之间，亦各欲遂其生耳。”（出于《困学纪闻》卷二十）这里前半部分严格说来与护生原则是有冲突的，按照护生思想的逻辑，应该是：草妨步则绕而过，木碍冠则俯而过。

② 参见孙美堂：《环境伦理的三层境界》，《自然辩证法研究》2007 年第 6 期。

勿故杀，亦勿误伤。长我慈心，存我天良。”强调的重点在主体对一切生命的态度。丰子恺更有明确的阐说：“护生是护自己的心，并不是护动植物。再详言之，残杀动植物这种举动，足以养成人的残忍心，而把这残忍心移用于同类的人。故护生实在是为人生，不是为动植物。”由此可知，丰子恺和李叔同的护生，主要地是一种人学观，而不是环境科学的一种学说，不是作为自然科学的生态学的一种学说。这种人学的护生思想，绕开了在人类中心主义和生态中心主义之间徘徊彳亍的困局。丰子恺的护生，是向心灵呼吁，将护生当作一种修炼方式，通过宗教和审美来养成同情力，期望人和人、人和动物、人和一切生物，融洽相处，没有疑猜。通过护生，保护动物和植物，养成和发扬同情之心。第三集章锡琛的序言说：“护生的意义，就在培养个人的同情心，要他们脱离野蛮的兽性，成为仁慈的文明人。倘使大家对于‘众生平等’的一点都有真切的认识，并且能够抱着我佛‘我不入地狱谁入地狱’的牺牲博爱精神，为拥护和平一致作艰苦的奋斗，那么，胜残去杀的果实，一定可以收获的。”显然，这种人学的生态思想，有着科学的生态学无法取代的作用。

还有一点特别值得我们注意，那就是，李叔同、丰子恺认为，绘画、音乐、诗歌，一切文艺，一切审美活动，本质上与护生相通，用审美方式把世人引入护生是最有效的，同时，护生的思想也给艺术带来平和意境，纯美意境。在第一集的末尾，李叔同题词说，“李（李圆净）丰（丰子恺）二居士发愿流布护生画集，盖以艺术作方便，人道主义为宗趣。”第六集广洽法师序言引李叔同的话说，“此画集为通俗之艺术品，应以优美柔和之情调，令阅者生起凄凉悲悯之感想，乃可不失艺术之价值。”“须多注重于未信佛之新学家一方面……表纸与装订，应注意新颖醒目，俾阅者一见表纸，即知其为新式之艺术品，非是旧式的劝善书。”劝善书是说教，是宣传品；生态文学艺术是审美心理的外化。在“旧式的劝善书”里，宗教内容和艺术形式相互游离。“新式的艺术品”

是将护生思想审美化，渗透到绘画的构图、笔法里面。李叔同提出的这一指导思想，后来得到了更好的贯彻。正如夏丏尊在第二集序言里指出的，“初集取境，多有令人触目惊心不忍卒睹者。续集则一无凄惨罪过之场面，所表现者，皆万物自得之趣与彼我之感应同情，开卷诗趣盎然，几使阅者不信此乃劝善之书。盖初集多着眼于斥妄即戒杀，续集多著眼於显正即护生。戒杀与护生，乃一善行之两面。戒杀是方便，护生始为究竟也。”画集的很多地方，超越了佛教的护生信条，而达至人与自然界和谐相处的境界。我们今天的生态文艺，也不必直接地演述某种生态理念，讨论某一具体生态问题的解决方案，而是要表达人在自然中诗意的栖居。

生态文艺学，基本属性是文艺学，它当然必须高度关注当代生态学的进展，但它必须保持自身人文学科的性质，从人的角度，从精神世界的层面，从审美的立场，来探讨生态问题——这是《护生画集》给我们的重要启示。

（载《河南社会科学》2010 年第 4 期）

胡先骕的生态思想

胡先骕（1894—1968），字步曾，号忏庵，是我国现代知名植物学家，中国植物分类学的奠基者。他的突出功绩之一，是发现“植物活化石”水杉，使这种珍稀树木得以广为人知并被引种到世界各地。他有《水杉歌》一诗纪其事，诗中写道：“亿年远裔今幸存，绝域闻风剧惊异。群求珍植遍遐疆，地无南北争传扬，春风广被国五十，到处孙枝郁莽苍。”[①] 他不仅是一位科学家，也是一位诗人，晚年曾请钱锺书替他编定诗集《忏庵诗稿》，他还是一位诗歌评论家和文学研究者，发表过大量相关文章；他力主在提倡科学的同时必须大力建设人文，反对单纯追求物质功效的功利主义。胡先骕生命的最后二十来年，未得尽展怀抱，去世以后，其植物学以外的贡献，更少进入学界研究视野。近年幸有《胡先骕文存》和《胡先骕先生年谱长编》问世[②]，对于胡先骕学术思想的研讨亦有所启动[③]。但是，胡先骕的生态思想，似尚未引起应有的重视。他在这方面的论述虽然不是很多，却很有特色，对于当今生态学和生态文艺学研究很有参考价值。

中国古人给我们留下了丰厚的生态思想资源，胡先骕重视发掘、继

---

① 胡先骕：《水杉歌》，《人民日报》1962年2月17日。

② 《胡先骕文存》上卷，江西高校出版社，1995年；下卷，中正大学校友会，1996年。胡宗刚：《胡先骕先生年谱长编》，江西教育出版社，2008年。本文引胡先骕论述，凡未另注出处者，均出自《胡先骕文存》。

③ 《南昌日报》2009年5月25日报道，“胡先骕学术研讨会昨在新建举行”。研讨会发言涉及胡氏“植物学与实践”“文化与文学”“教育、政治、经济”“人格、家族、生平与交往”等方面。

承、光大这一民族文化遗产。早在1938年他就与合作者商定，以枚乘《七发》中“原本山川，极命草木”作为新成立的云南农林植物所的所训，刻石镶在研究所墙上。不过，作为中国20世纪生态意识的先觉者之一，胡先骕的生态思想的最大特色在于，它是建立在现代科学的理性思考的基础之上，胡先骕首先和主要的是作为一个科学家，特别是作为一个植物学家来认识生态问题的；在这一点上，他和李叔同、丰子恺等人从佛家众生平等观念出发的生态立场有重大区别。在《三民主义与自然科学》一文中，他说，“自拉马克、达尔文诸人发表他们的天演论名著以后，我们乃知道人类并不是上帝在创造世界第六天所创造的，而是由下等动物经过千百万年的长期演进而成的。因此人类过分的自尊心便消失了，而人类乃能明确了其在宇宙中的地位”。“民权主义基于人类平等互助的观念，不承认有优越的民族，亦不承认有优越的阶级——无论是贵族阶级或无产阶级，这种深切的体认人生必须以生物学研究所得的真理为基础。”以生物学研究的结论为基础，来认识人在生物界、在整个宇宙中的地位，那就是要确认，一切生物是在极其漫长的进化过程中产生，人类是生命进化的结果之一，而进化之所以可能，根源在地球的大环境。人类是地球生物大家庭里的成员之一，因此，人类没有理由蔑视、轻视其他生物的生命权。进而，人类有义务，为了自身的利益也有必要，维护使生命得以产生、繁衍、进化、发展的环境。维护这一环境，就是维护生物大家庭的存在和延续；破坏这一环境，就会危及生物大家庭的存在和延续。胡先骕在《生命之起源与生命之特征》中说：“以天地间由简趋繁之自然趋势观之，则环境既至与某物适应之时，某物即能出现。故生命自然发生实为可能之事，甚且自然发生之现象，在今日犹在进行中。”地球环境是一个大系统，保护环境，必须从环境的整体出发。为此，他十分赞赏南非斯末资的“整体主义”，在斯末资的《整体主义与进化论》出版之后不久，他第一个在中国予以介绍[①]，还

① 斯氏之书出版于1926年，1930年胡先骕在《东方杂志》发表《斯末资将军之全化论》。斯末资（Jan Smuts）又译为司麦兹，“全化论”（holism）今通译整体主义。参见张忠祥：《史末资的整体论及其实践》，《亚非论坛》2000年第4期；赵白生：《生态主义的理性基础》，《国外文学》2005年第3期。

称赞此书为“近代三大伟大著作”之一①。斯末资的整体主义在生态学中影响至今依然存在，他明确提出，“生态学隐含的整体主义原理”是：“有机体本身并不孤立。作为一个单元，它不只是一个静态的抽象。这个真正充满活力的单元是一个在环境中起作用的有机体。……生命是活着的，活着就是有机体与环境之间的互动关系。这是生态学的中心概念，它已经引发了我们生物科学的一场革命。”② 由此观之，胡先骕的环境保护的思想，他的生态思想，是从现代生物学逻辑地引出的结论。地球上的所有生物结为一个庞大的生命共同体，从长远来说，祸福相依，存亡与共。人类要做的，主要还不在于戒杀护生，而是维护地球整体环境的良性。但在实际上，人类却往往不能认识这一点，只顾眼前之利，做出许多蠢事。《三民主义与自然科学》说：“由于人类滥伐森林、滥用土地，许多的肥沃土壤都变为不毛之地，文化为之灭绝。古来的埃及巴比伦文化之灭亡，都是这种缘故。”作为科学家，胡先骕不但不反对开发自然，还要设计许多方案，利用自然资源为人类造福，但他同时认为，这种开发必须有利于自然环境的优化而不是恶化。比之同时代其他学者的生态思想，胡先骕的上述观念是宏观的、理性的、逻辑上较为严密的，并且是具有操作性而可以为社会施行的。

他主张中国要研究欧美国家工业化的经验教训，促使社会全面的而不是片面的发展。他说，“我国在抗战之后，工业建国即将开始。将全盘接受欧美之工艺文明乎？抑有鉴于欧美文明之覆辙，而有条件的接受，或力谋改造我之政治经济教育与社会制度，俾我国能接受欧美之工艺文明而不蒙其害乎？此则我国有识者所宜深思熟虑者”。这是一个科学家对社会治理者的呼吁，现在看来，是很有先见之明的。他还提出一些环境保护方面的具体建议，1926 年参加在日本举行的学术会议之后，

① 胡先骕：《〈未了知之人类〉译序》，《观察》1946 年第 1 卷第 3 期。

② Jan Smuts，“Introduction”，Human Ecology. Natal：Natal University Press，1935；转引自赵白生：《生态主义的理性基础》，《国外文学》2005 年第 3 期。

发表《第四次太平洋科学会议之经过及植物机关之视察》，转述国外环境保护研究成果，“盖在昔日吾国人不知保护天然物之重要，外国学者来中国采集，皆与取来毫无限制，其中不乏稀有之动植物或因之而绝种……如果因之而绝迹，则此珍贵美观之种已逃数千年国人之滥伐斤斧，今乃因国民政府办建设事业而灭种，于是可知保护天然纪念物运动不可漠视也”。三十年之后，1957 年又发表短论《应该设立保护天然纪念物的机构》，指出：“世界各国动植物被灭种的报道已屡见不鲜”，我国“急宜保护的种类亦有很多”；“保护稀少的动植物，是一个颇早便有的运动。……我也曾写文章宣传此事，但是当时的反动政府不知重视此类科学事业，所以未发生任何影响”。“现在在政府向科学进军、大规模造林与保持水土的号召之下，建立保护天然纪念物的机构的时候已经到了。由于建设事业的突飞猛进，各地森林正在大量开发，原始森林消失，而次生森林一时又不能恢复，林区的环境将有强烈的变化，许多的林间草木植物将不能生存，而许多动物亦将受到影响。”① 可惜，他的及时的呼声没有得到本来应有的回应和重视。

作为生物学家的胡先骕的生态思想，又迥然不同于某些技术型专家的立场，而且，他强烈反对众多实用科学家的功利主义立场。在他看来，理想的是，不按物理学家的思维方式，而按生物学家的思维方式，来确立人类社会对待自然的态度。他曾在《〈未了知之人类〉译者序》中说：“怀特赫德教授在其《科学与近代世界》书中尝谓，若十六七两世纪诸大科学家非研究数理科学而为研究生物科学者，则近代文明决不呈今日之状貌。”“因生物与心理科学之幼稚，遂使人类违反自然律而滥用数理科学所发明之结果，至自食其报。”“人类对于生物学之法则知之极浅，仅知竞求控制物质以增加日新月异之物质享受而不知止，其政治经济社会思想之生活，皆受工艺文明与唯物主义之影响，于是发生资本

① 胡先骕：《应该设立保护天然纪念物的机构》，《科学通报》1957 年第 9 期。

主义、帝国主义、弱肉强食之人生观与今日之惨酷战争，而人类最可宝贵之宗教感与道德感，乃渐就澌灭。”从他的许多类似的议论不难看出，胡先骕是由对于地球生命共同体各成员相互依存的论证，逻辑地跨进到整体论倾向的生态观，并再作出生态伦理情感的论述。这种思想形成的轨迹，对于今天生态理论的建设，对于生态思想的普及，都颇有启示。保护环境，要求人类树立对于自然秩序的尊重，抑制人类的妄自尊大，遏制人类嗜欲的无限制的膨胀而向自然界予取予求。总之，胡先骕的生态思想大体接近于近年兴起的生态整体主义的观点，不仅没有过时，而且随时间之流逝而愈益显示其重要价值①。

胡先骕自幼深受中国传统文化熏陶，在他身上，现代科学的理性认知，民族传统文化的浸染和诗人的感性体验融合在一起，使他对于大自然抱有亲切深挚的情感。他在1923年再度赴美留学途中所写的《旅程杂述》中，记述在海轮上看飞鱼的感触，表现了对现代技术理性的批判意识："吾人既为陆上之骄子矣，乃复侵凌入海、横渡大洋如适莽苍，近复与飞鸟争天空矣。物质文明日进，嗜欲日多，聚彼千百科学家呕心绞脑，以为种种与天行抗之机械。即使他日飞机贱如自行车，今日伦敦，明日纽约，舍肉体之快乐增进外，人生之意义能多明了毫发耶？喜怒哀乐生老病死之与生俱来者，宁能稍变？则在此电光石火之一刹那间，又何必多此一哄为也。”他这是第二次去美国留学，怀着喜悦的心情去学习先进的自然科学，为什么竟然对于技术的进步似乎是采取消极乃至否定的心态呢？深入思之，他并不是反感先进的科学技术，而是反感用不断发展的科学技术手段“与天行抗”的人类的骄横。这里我们隐约看到老庄思想影响的痕迹，《老子》说，“祸莫大于不知足，咎莫大于

① 王诺：《“生态整体主义”辨》，《读书》2004年第2期；雷毅：《环境整体主义的生态学基础》，《清华大学学报（哲学社会科学版）》2006年第4期；范冬萍：《复杂整体论视野下的生态中心主义》，《学术研究》2009年第2期；王慕镇：《试论生态整体主义》，《新视野》2009年第2期。

欲得”；“人多伎巧，奇物滋起”；“见素抱朴，少私寡欲”。《庄子》说：“为机械者，必有机事；有机事者，必有机心。机心存于胸中，则纯白不备。纯白不备，则神生不定。神生不定者，道之所不载也。”身处现代科学前沿的胡先骕，已经具有某种程度的后现代思想，不过他对技术理性的批判没有趋于极端，在自己学科范围里，他还是赞成控制自然以为人类造福祉的观念。

胡先骕把自己的生态思想用之于文学评论，或者说，在他的文学评论中也体现出他的生态思想。他认为山水诗的高境界是：“不仅刻画山水，要多独往独来超然物表之概。”（《评陈仁先苍虬阁诗存》）1922 年，他在《学衡》发表《读阮大铖咏怀堂诗集》，论及中国自来文学家对待自然的态度说，“中国诗自周秦以降，即分人文与自然两派”，前派以人事为重，以家国盛衰、人民疾苦为念；后派则忽视人事，常禀冰雪之质，冲旷之怀。在他所说的自然派里，历来备受推崇的陶渊明、王维、孟浩然、韦应物、柳宗元，他觉得还有所不足，“闲适有余，然稍欠崇拜自然之热诚。如英诗人威至威斯之‘最微末之花皆能动泪’之精神，在陶韦诸贤人集中未尝一见也。……皆静胜有余，玄骛不足。且时为人事所牵率，未能摆落一切，冥心孤往也。唯咏怀堂诗，始时能窥自然之秘藏，为绝诣之冥赏”。“必爱好自然、崇拜自然如宗教者，始克为之；且不能日日为之，必幽探有日，神悟偶会，‘形释’‘神愉’，‘百情有触’时，始能间作此超世之语也”（阮大铖诗中有“息影入春烟，形释神亦愉”，“卧起春风中，百情皆有触”之句）。胡氏对于阮大铖的评价，显然很失分寸。钱锺书《谈艺录》谈阮诗：“听其言则淡泊宁静，得天机而造自然，观其态则挤眉弄眼，龋齿折腰，通身不安详自在。”[①] 钱氏之语也是大多数文人的共识，朱彝尊编《明诗综》，不收阮作，认为

① 钱锺书：《谈艺录》，中华书局，1984 年，第 422 页。又，《容安馆札记》有云：“陈（三立）章（太炎）二老诗学不精，胡丈（先骕）识既未高，强作解事，又于晚明诗体了无所知，遂少所见而多所怪耳。”参见该书第 1549—1567 页，商务印书馆，2004 年。

“佥壬反复，真同鬼蜮，虽有《咏怀堂诗》，吾不屑录之”。朱氏说“虽有”，隐含了对于阮诗艺术水准的部分认可；钱锺书之论，能切中要害，但未留余地。人性是复杂的，阮大铖在若干方面大节有亏，但其对山水之美的领悟和在诗歌中的表达，也并非一无可取。阮氏山水诗大多作于失意避居乡野之十六七年里，叶灿在《咏怀堂诗序》中载阮氏自述：“吾里居八年以来，萧然无一事，惟日读书作诗，以此为生活耳。”长时间离开权力中心，在自然美的欣赏中有所领悟，也不足为怪。例如，《秋夕平等庵赋得山空月色深》：“香台钟定后，群动肃秋林。视听一归月，幽喧莫辨心。影开潭底藻，曙袭叶中禽。是际山阿客，谁堪薜荔吟。”写出自初夜至清晨深山里声音和光线的变化，写出主体对此微妙变化的细腻感受，其中颔联被钱锺书作为一个例证纳入《通感》文中。可贵的是，此诗所体现的人心向自然的融入。陈三立、章太炎以及吴梅等，要扭转道德文章合一的文学批评惯例，主张不以人废言，因而收集阮大铖的诗作，并给以好评，自可备一说。至胡先骕贬低陶渊明等人以抬高阮大铖，则悖于实事和情理。胡先骕本人不是没有看到这一点，他在同一篇文章中说，“咏怀堂诗实质上乃有根本大缺点，即天性不足是也”。“阮氏虽酷爱自然，然非甘于栖遁者”；“不立其诚，精彩已失”。这也就把他自己在前文的评价颠覆了。他的好友王浩在给他的信中说，此文“末数段（按即指‘根本大缺点’等语）尤惬鄙怀，盖此等诗人大缺点正坐无性灵”[①]，是委婉地批评他，也是点到文章本身的前后抵牾。那么，胡先骕为什么不顾自相矛盾，而出此说？也许可以推测，是文人出语必欲惊人的积习；从另一方面说，“崇拜自然如宗教”用之于阮大铖虽极不当，却是胡先骕心目中的高标鹄的，也是富有深刻内涵的重要思想；而且这也确实是中国传统文化中有所欠缺的质素。所以，由文学史研究和文学批评角度言之，钱锺书的意见较为确当，而由生态思想角

① 胡宗刚：《胡先骕先生年谱长编》，江西教育出版社，2008年，第91—92页。

度言之，则胡先骕的说法亦未可忽视，其中包含的对于中西生态思想传统的异同的理解，尤可深长思之。

这里提到华兹华斯，应是中国较早对于华兹华斯的介绍。“最微末之花皆能动泪”为华氏代表作之一《永生的信息》最后一句，完整的句子是：

> 对于我，最平淡的野花也能启发
> 最深沉的思绪——眼泪所不能表达。①

华兹华斯的诗作最早在 1914 年传进中国，而从对自然地崇敬这一角度认识华兹华斯的，胡先骕应属先行，须知这正是华兹华斯的精彩和神髓，是华氏在 19 世纪欧洲文坛树立起的旗帜，影响于当时及后代极为深巨。勃兰兑斯论华兹华斯，指出其最为独特之处，乃“强烈而真挚的对自然之爱”，“人在自我忘却和近乎无意识的状态下，作为宇宙伟大和声中的一个音符和自然融为一体”②。以华兹华斯为代表的英国浪漫主义文学运动，是对于工业化带来的环境破坏的抗议，这种尖锐的批判性，当然是中国古代山水诗所不具有的。胡先骕对于华兹华斯的推许，出于诗人而兼生物学家的敏锐深刻的感受，是领时代风气之先的。

（2010 年 8 月于武昌桂子山，载《云梦学刊》2011 年第 3 期）

① 华兹华斯：《华兹华斯抒情诗选》，杨德豫译，湖南文艺出版社，1996 年。同一句有人译为：“最微小的花朵对于我，能激起非泪水所能表现的深思。”参见余光中散文《猛虎与蔷薇》。

② 勃兰兑斯：《十九世纪文学主流·英国的自然主义》，徐式谷等译，人民文学出版社，1984 年，第 42—59 页。

第六辑

《文心雕龙·史传》篇“传体”说发微

《文心雕龙·史传》篇评述中国古代历史书写的开创情形时指出，孔子所修《春秋》，“睿旨幽隐，经文婉约，丘明同时，实得微言，乃原始要终，创为传体”。他在这里提出，左丘明开创了中国历史书写的范式——以后成为基本的范式——传体。那么，什么是传体，从刘勰《史传》篇的论述看，从古人对《左传》的论述看，更重要的，从《左传》以及其后的《史记》和两《汉书》、《三国志》等等富有文学性的史书文本的实际看，传体有哪些基本的书写原则，有哪些叙事学上的特征，究竟构成了怎样的叙事范式？刘勰《史传》篇对传体的论述，蕴含了哪些叙事学的思想？这些，是值得深入探讨的问题。

一、“史传”的传体非“经传”的传体

在中国古代很长的时期，“传”作为一个名词有两个主要的不同的意指，一是史传之传，一是经传之传。在上面所引那句话的后面，刘勰接着解释说，“传者，转也，转受经旨，以授于后”。这是刘勰对传体的第一个解释，说“传”就是“转”，《左传》之作，为的是转述、阐发孔子编定的《春秋》里面蕴含的意旨。这一解释，不会是左丘明著书的原意。因为，《左传》并不是它的作者自拟的书名，后世流行的书名中那

个“传”字，是后人加上去的，很可能是汉代学者刘歆定下《左氏春秋传》之名，继之被简缩为《左传》。至于左丘明本人，则并不是要给孔子的《春秋》作“传”，即写一本诠释经书句意、词义的著作，而是要继续孔子的史书著述事业，撰写他自己的“春秋”，即一部新的史书，因此，《史记·十二诸侯年表》把它叫作《左氏春秋》。在左丘明生活和写作的时代，在战国时期，百家争鸣，异说纷起，没有哪一家可以成为被独尊之宗，那个时候还没有形成“宗经”的观念，当然也不会有与“经”对应的“传”的概念。《文心雕龙·宗经》说：“三极彝训，其书言经。经也者，恒久之至道，不刊之鸿教也。”《文心雕龙·论说》说：“圣哲彝训曰经，述经叙理曰论。”那都是汉武帝之后才逐渐形成的观念，不是左丘明及其同时和以前人的观念。

考秦以前载籍，“经”的含义、用法略近于后世的，有《荀子·劝学》中的“学恶乎始？恶乎终？曰，其数则始乎诵经，终乎读礼”。唐代杨倞注：“经，谓《诗》《书》。”杨倞的解说为历来许多学者采纳，其实他并没有提出任何根据，而是把后代的理解附会到荀子的言论。荀子把“经”和“礼”对举、并列，应是指处世实用的书籍。《国语·吴语》中的“建旌提鼓，挟经秉枹”，“载常建鼓，挟经秉枹”，说的是军伍中将士所执持的几样东西。三国时代吴人韦昭注：“经，兵书也。”清人俞樾《群经评议》质疑：“世无临阵而读兵书者，‘经’当读为‘茎’，谓剑茎也。”俞樾的解释只是一种猜测，缺少版本学、训诂学的证明，用的是改字解经的方法，难成定论。而韦昭的注释则说明，即使在三国时期，人们对“经”的理解也不限于圣哲彝训，还把“经”理解为某一个领域的重要典籍，不同行业的人需要随时查阅的书籍。所以，没有充足理由确定《劝学》说的“经”指的是《诗》《书》《春秋》，也没有理由确定左丘明认为《春秋》的价值在于内涵“恒久之至道”，需要他来发现、阐说。

至于“传”，在先秦当然也就不会是作为对于经旨的转受，倒是有过作为传世典籍的含义。据《孟子·梁惠王下》，孟子回答齐宣王之问，关于“文王之囿方七十里”的说法有何依据，说：“于传有之。”“传”在这里指的是可靠的文献。《墨子·尚贤中》：“且以尚贤为政之本者，亦岂独子墨子之言哉？此圣王之道，先王之书，距年之言也。传曰，求圣君哲人，以裨辅而身。”《荀子·修身》以及《不苟》《非相》《王制》等篇也有同样用法。在这些地方，“传”里面的话，被当作权威的论断或记述而引用，“传”是独立的典籍，它的地位，不比《荀子·劝学》里说的应当诵习的“经”低。只是在《公羊传·定公元年》里可以看到：“主人习其经而问其传”，这里的“传”，才是指对经文的解释，但显然已经是汉代经学家的设想之辞，而不是《左传》写作时代人们的说法。

刘勰说“传”是“转受经旨”，符合于《春秋公羊传》和《春秋穀梁传》，那两本书是“转受经旨”的。所以，浦起龙说，“《公》《谷》主释义，《左传》主载事。《公》《谷》非史法，《左》具史法也”。《公》《谷》是解经之“传”，《左传》乃独立之“史”。《公羊》和《穀梁》先是口耳相传，继而在汉代用今文写成，两者先后在汉景帝和汉宣帝时立于学官。《左传》是用战国的古文写成，汉武帝时在孔子故宅里被发现，长期不被立于学官。刘歆要求立《左传》于学官，遭到强烈反对，分歧、争议的关键之点在哪里？在《移让太常博士书》中，他指责当时那些掌握经学大权的人，“谓《左氏》为不传《春秋》”。那些人排斥《左传》，因为《左传》和《公羊传》《穀梁传》性质完全不同，它不是“转受经旨”之作，不是诠释经书的微言大义，而是一部具有独立性的史书。那些人如刘歆所言是“保残守缺”，但他们认定《左传》不是按照他们的期望“转受经旨”，岂不正是事实吗？

不过，“转受经旨”并不是刘勰对传体的唯一的阐释，更不是他对传体性质的认定。刘勰没有在《征圣》《宗经》中去谈《左传》如何诠释圣人经典，而是在《史传》篇论述“史传”写作的发展过程时，讲左丘明“创为传体”，他说的不是经传之传，而是史传之传。在《史传》篇他没有提及《公羊》《穀梁》，单只说《左传》。因此，我们可以认为，刘勰虽然未能摆脱汉代以来独尊儒术的强大的习惯思维，提到了转受经旨，但是，作为一位艺术感觉敏锐的文体学家，实际上，他所说的传体，其性质、特征并不在于转受经旨。那么，传体的特质在哪里呢？这正是下面要讨论的。

二、《左传》开创的传体，重要特征不是转受经旨，而是原始要终

刘勰说，左丘明“乃原始要终，创为传体”，这才是《史传》篇立论的要义和精髓。“原始要终”一语最早出于《易·系辞下》：“《易》之为书也，原始要终，以为质也。”又，《系辞上》：“《易》与天地准，故能弥纶天地之道，仰以观于天文，俯以察于地理，是故知幽明之故，原始反终，故知死生之说。”其后，原始要终被历代许多学人反复运用，还变化出原始察终、原始见终、原始要末、要终原始、睹终原始等大同小异的说法。

原始要终有哪些含义呢？在古代学者的言语实际中，原始要终主要有以下几项含义。第一，就《周易》来说，指的是卦象的始终。魏王弼解释《系辞下》“原始要终，以为质也”：“质，体也；卦兼终始之义也。”宋项安世《周易玩辞·原始要终章第八》：“凡画卦之法，必始于初爻，终于上爻，然后成一卦之体。”清张兴仲《周易玩辞困学记》：“《易》之为书，纲纪在卦，卦必合爻之全而后成，一不肖似，又成他局。圣人之系卦也，原其何以始，要其何以终，弥纶包举，而成其体质，未尝遗于纤微也。”《周易》用卦来占卜，每一个卦由三个爻组成，共八卦；八卦里的单个卦两两相连或自己重叠，每卦六爻，组成六十四卦。卦有卦辞，爻有爻辞。解卦的人要从始至终掌握卦爻的整体，从而据此掌握要占卜的事情的整体。这是狭义的、“易学”的原始要终，《文心雕龙·史传》“原始要终”一语虽由此出，讲的却不是这个。

第二，从词义上理解，原始是推原其本始、源头；要终是究察其后果、结局。宋司马光《温公易说》：“《易》以穷物之终始为本质。”这是学术研究、历史著述应该有的，在全过程中把握对象整体、本质的思维方法。每一个民族到了文明成熟的时代，思维周密严谨，就会自觉地原始要终，这是广义的原始要终。每一个具体的事物、事件有始有终，进而，更高的、最高的本质是什么呢？那就是要追寻人生、宇宙的终极意义。三国孙吴学者虞翻解释《系辞下》那句话说：“质，本也；以乾原始，以坤要终，谓原始反终，以知死生之说。”原始要终就是对终极意义的追寻，这是哲学思维的高境界。我们可以认为，《春秋》《左传》《史记》的作者，中国史学的传统，逐渐明确地追求思维的严密性，并且立意高远，究天人之际，通古今之变，探问终极意义。但是，《史传》篇谈论的重点也不在这里。

第三，从早期的史官到左丘明，再到司马迁，有一个重大的转换，就是把“原始要终”引进到历史研究和史书撰著中，《史记·太史公自序》明确地说：“罔（网）罗天下放失旧闻，王迹所兴，原始察终，见盛观衰，论考之行事。”这简单的几句话，包含了历史叙事学的丰富内容。司马迁认为，考察历史，要考察它的全过程，要尽可能搜罗被遗漏的各种细节，严格地审核对历史人物行为的各种记载，揭示历史发展的趋势。晋代杜预《春秋左传集解序》指出，《左传》不同于之前的史书是在于它的记述的广和备，既有主干还有枝叶：“身为国史，躬览载集，必广记而备言之，其文缓，其旨远，将令学者原始要终，寻其枝叶，究其所穷。”唐代孔颖达《正义》从而发挥说：“将令学者本原其事之始，要截其事之终，寻其枝叶，尽其根本。”刘勰从理论上综括了司马迁和杜预的论断，并把原始要终视为历史叙述方式，这也就是《史传》篇着重讨论的，为左丘明所新创的传体的特征所在。于是，“原始要终”成了中国叙事学的一个重要命题。

刘勰对“原始要终”十分重视，在《文心雕龙》中，“原始要终”

不止出现于《史传》篇一处，此外还有三处。《章句》篇："章句在篇，如茧之抽绪，原始要终，体必鳞次，启行之辞逆萌中篇之意，绝笔之言追媵前句之旨，故能外文绮交，内义脉注，跗蕚相衔，首尾一体，若辞失其朋，则羁旅而无友，事乖其次，则飘寓而不安。"《附会》篇："赞曰，篇统间关，情素稠叠，原始要终，疏条布叶，道味相附，悬绪自接，如乐之和，心声克协。"这两处是讲写作中必须时刻具有结构意识、全局观念，全盘结构在胸，方始着笔；每个词、每一句、每一段不再是单独的存在，而是相互关联，共同构成血脉贯注的整体。后来李渔《闲情偶寄》把结构列在作剧的第一位，提出"当其精血初凝、胞胎未就，先为制定全形，使点血而具五官百骸之势"，他这些说法显然是从战国以至汉唐宋明文章写作经验引发出来，是从古代文论家的论述中引申出来。古人作文，讲究起承转合，评点派喜欢卖弄的草蛇灰线、琴瑟间钟、隔年下种、先时伏着等，也是把文章的结构技巧挪移到小说和戏曲创作。《章句》《附会》里这两段论述中提出的结构思想、结构理论，是中国古代叙事理念逐渐自觉的体现。

另一处是《时序》篇所讲："故知文变染乎世情，兴废系乎时序，原始以要终，虽百世可知也。"那是讲寻究文学的盛衰、兴废的规律，要把它放在历史长过程里面来观察，不可单看一人、一篇、一个小时段，是指文学研究者历史的意识、历史的眼光。文学史的研究者，是文学领域里的历史学家，也少不了原始要终的思维方式。

《史传》篇里的原始要终，更主要还是从文学叙事的角度，从理论上总结古代历史叙事的宝贵经验。刘勰说《左传》"创为传体"，为什么要说"创"呢？因为，传体的产生意味着历史书写从记事进到叙事，这是中国历史书写的一个大飞跃。在春秋以前的中国，从甲骨文的记录开始，到各诸侯国史官所作的各种历史书写，直到孔子所修的《春秋》，都只是记事。所谓记事，就是记录下重要事件的名目。记事只有事件的名目，叙事才有事件的过程，而叙述事件过程的第一条就是原始要终，讲述事件的开头、中间和结局。杜预在《春秋左传集解序》中说到《左传》之于《春秋》的新创，“故传或先经以始事，或后经以终义”，把《春秋》里干巴巴的一个个名目，变成有头有尾的事件全过程的叙述。例如，《春秋》在隐公元年记有“夏五月，郑伯克段于鄢”。记下了事件发生的时间——当年五月，事件的主体——郑伯，他所做的事情——攻伐他的弟弟共叔段，事件发生的地点——鄢。九个字是记事的全部，记事的要素全都有了，但却完全没有过程，没有讲起因，没有讲酝酿发展、起伏波澜，没有讲后果和影响，更没有讲到参与其事的人物在整个过程中的行为、心理和言语。《左传》叙此事用了541个字，是《春秋》的六十倍。开头第一个字，就是“初”。有人统计，《左传》为了追溯事件之原，共计用过86个“初”字①。这类“初”字的使用，是历史叙事的原其始的一种重要方式，是作者原始要终叙事意识鲜明的表现。《左传》从郑庄公和共叔段的父母讲起，庄公为难产，取名寤生，母亲不喜欢寤生，希望立段为太子，父亲武公不答应。家庭里母亲对小儿子的偏爱，演变为长期而激烈的宫廷权力斗争。下面，“及庄公即位”的“及”，“既而大叔命西鄙北鄙贰于己”的“既而”，都是“始”和“终”之间的事件发展的不同阶段。“既而悔之”那个“既而”，则是一点余波。五百多字的描述，对于寤生和段之间发生的故事来说，是有始有终，完满俱足了。孔颖达《春秋左传正义》说，“杜（预）以为凡倒本其事者，皆言‘初’也。贾逵云，凡言‘初’者，隔其年后有祸福将终之，乃言‘初’也。”杜预、贾逵所说其实是一个意思。什么是倒本其事？就是现代叙事学所说的倒叙或者叫作追叙、前史、回顾。

到了20世纪初，林纾把《左传》定为自觉的叙事意识的开端，对于传体的倒本其事他也有新的解说，他说，“《左传》为文家叙事祖庭，每到插叙处，辄用一‘初’字领起。……史家全循此例，用为插补之

① 参见傅修延：《先秦叙事研究》，东方出版社，1999年，第201页。

法，而《史记》用之尤极自然”①。《左传》是历史著述，并且是编年体，这就使它的原始要终有着先天的特殊困难。历史事件的始和终大多数并不在一年之内，往往前前后后经历若干年。《春秋》只记事件的名目，“郑伯克段于鄢”系于隐公元年，很准确。《左传》原始要终，讲述事件的来龙去脉，不能局限在一年、两年，这才使得“倒本其事”非有不可。据《史记·十二诸侯年表》，郑武公十年（公元前761年）娶武姜，十四年（公元前757年）生庄公，十七年生共叔段。武公娶姜到庄公克段于鄢的郑庄公二十二年（公元前722年），前后近四十年，而庄公即位、封段于京、大叔完聚等，是在这中间若干年里陆续发生的。《左传》既要遵循历史事实，又要保持编年体的框架，它的原始要终要做到篇统间关而疏条布叶，就需要在叙事技巧上做多种创新，倒本其事只是其中之一。正是在前人历史叙事实践的基础上，刘勰对传体叙事艺术的丰富性，作了理论概括和扼要的述评。

三、“传体”之“传”非“纪传”之“传”，传体是优秀的纪传体与编年体史著共有的叙事范式

中国古代的历史书写，主要有编年体和纪传体。刘知幾《史通·二体》说，有了《左传》和《史记》，史书的体式就全备了，“后来继作，孰能逾此”？《左传》一直是被当作编年体的代表，刘勰说《左传》“创为传体”，当然就不是指纪传体了；刘勰所说的传体不但不是经传之传，也不是纪传之传，而是由《左传》开创的中国古代历史叙事成熟的书写范式，其后的纪传体和编年体的优秀之作，都继承、借鉴了左丘明开创的传体，并且不断丰富它。

《史传》篇说，“然纪传为式，编年缀事，文非泛论，按实而书，岁远则同异难密，事积则起讫易疏，斯固总会之为难也。或有同归一事，

① 刘大櫆、吴德旋、林纾：《论文偶记　初月楼古文绪论　春觉斋论文》，人民文学出版社，1962年，第122页。

而数人分功，两记则失于复重，偏举则病于不周，此又铨配之未易也”。这一段话是刘勰对传体的具体解说，如何理解这段话非常重要。许多学者认为这里讲的是编年和纪传两种体式，范文澜先生《文心雕龙注》说“纪以编年，传以缀事”，金毓黻先生在《〈文心雕龙·史传〉篇疏证》[①]一文中说，刘勰在这里肯定纪传体是撰史的正轨，编年体重于记事，并由此引出总会是就编年体而言、铨配是对纪传体而言的结论——这些说法值得商榷。《文心雕龙》书中“纪传”多是总指所有史著，如《征圣》“纪传铭檄，则《春秋》为根”。《史传》篇说“左氏缀事”，可见缀事也适用编年体。刘勰是从诸多优秀史著中概括出总会、铨配这两种叙事方法，不能说总会只适用于编年体，铨配只适用于纪传体。《史记》等纪传体的写作也离不开总会，《左传》等编年体的写作也有需要铨配。如果对这一点存在误解，就难以认识《史传》篇的论述在中国叙事学上的巨大价值。

林纾《春觉斋论文·流别论》第七节，先对《文心雕龙·史传》之“传”作出三种解释，即史传、经传和人物传记，接着提出：“化编年为列传，成正史之传体，其例实创自史迁。”[②] 林纾在这里说到传体，和刘勰《史传》讲的传体是很接近的。他翻译多种近代西方小说，对于西方作家积累起来的叙事技巧多所体悟，由此反观中国古代叙事，就有了异于前人的细腻的新体会，从而对《左传》和《文心雕龙·史传》篇，对中国古代叙事的实际与理论能作出新的阐发。

所谓总会，是说在叙事中，对于具有或近或远关系的大的和小的事件，间隔久远和间隔短暂的事件，密集发生的和单个流传的事件，先叙还是后叙，详叙还是略叙，要有总体周到安排。所谓铨配，是说叙事中，一个事件涉及若干人，或与若干其他事件相关联，放在哪里叙述，

---

① 朱东润、李俊民、罗竹风：《中华文史论丛》（第一辑），上海古籍出版社，1979年。

② 刘大櫆、吴德旋、林纾：《论文偶记　初月楼古文绪论　春觉斋论文》，人民文学出版社，1962年，第58页。

如果几次提到怎样不至于重复而能彼此照应，要有细密的布置。两者都是讲的叙事方法和技巧。金毓黻引刘知幾之言，说《左传》对宣公、成公以前的史事，“三纪而成一卷”，昭公、襄公以下，“数年而占一篇”，推论出“此非所谓‘岁远则同异难密’乎”？这完全不符合刘知幾的原意。《史通·烦省》列举三纪一卷、数年一篇之后，得出的结论是，“此丘明随闻见而成传，何有故为简约者哉”！史料缺少，需要的是搜集、鉴别、考证、整理的工作，实在找不到材料，只好简约或省略。史料的欠缺，难道是“总会”所能弥补的吗？史料丰富就叙述翔实，史料缺少就从简略，这里也不存在什么写作上的困难，不需要文论家加以深入讨论。理解刘勰这一段话关键在于，这里的“岁远”，说的不是史事发生距离撰史年代之长久，而是指插进来叙述的事件与正在叙述的事件的时间间隔很长，不同时期发生的事件，在同一文本中叙述起来如何衔接得紧密；“岁远”与“事积”对应，“事积”是指连续插叙到一起的事件不止一件，而是有两件以上，每个事件从哪里开始到哪里截止，如何处理得法。以上叙事中的困难，适宜于用总会的办法来处理。

为了把问题谈得清楚，不妨引进现代叙事学的理论，做一比较。西方现代叙事学家把插叙、倒叙所叙的事件与插入前所叙的当下事件之间的时间距离称为跨度，而把所倒叙的事件经历的时间称为幅度。法国热奈特《叙事话语》举例说，荷马的《奥德修纪》第19章，欧律克勒亚给奥德修斯洗脚，看到脚上的疤痕，回忆他在少年时受伤。受伤距洗脚有几十年，是为跨度；受伤的经历则只有几天，是为幅度。在这里，“幅度大大小于跨度”，“倒叙在此……讲述以往悠悠岁月中一个孤立的时刻，并且不求与现在的时刻衔接”①。跨度大也就是刘勰所说的岁远，不求衔接也就是难密。岁远为什么就同异难密呢？叙述学讲叙述层次，那是指，作为叙述对象的人物，也可以讲述故事；人物讲述的故事里

① 热拉尔·热奈特：《叙事话语　新叙事话语》，王文融译，中国社会科学出版社，1990年，第34页。

面，又可以有人物在讲述故事，故事里套故事，就构成层次。后面的故事依赖于前面的故事而存在，最前面的故事叫作第一叙事，接在后面的是第二叙事。倒叙提供的如果是正在讲述的人物或故事的过去的情况，称为同故事倒叙；倘若提供的是关于另一个人物或另一事件的情况，称为异故事倒叙。同故事倒叙和异故事倒叙，处理起来自然有所区别。刘勰当然没有关于同故事倒叙与异故事倒叙的理性观念。但在他所熟悉的《左传》《史记》等诸多史籍中，第一叙事和第二叙事客观上是存在的，是多次出现过的。在若干叙事层次中，叙事主人公的变换，第二叙事的事件与第一叙事的事件没有直接关联的情况也是存在的，这样就有了同异的问题。意识到叙事中同异难密的问题，说明刘勰的叙事思想已经很深入、很细致了。

林纾对同异难密做过解释，他说，《史记》有前后矛盾之处，如一处说某人某年已死，另一处却又记在那以后此人活动；还有分一人为二人、合二人为一人的，“即所谓同异难密者也”①。这也说错了，他说的是史书记载史实的正误问题，而刘勰讲的是叙事技巧的高下问题。插叙的故事与插叙前的故事，跨度很大，在内容上和艺术上如何做到结合自然，不重复、不疏漏、不抵牾，这才是“岁远则同异难密”的问题。如果史料很多，则插叙在何处，怎么将事件的幅度与插叙篇幅的多寡掌握好，就是起讫易疏的问题。本文前面提到《左传》里用“初”字提起的倒叙，还有另一种，就是用“昔”字提起的倒叙，也有很多。当君主与臣下讨论重大决策，臣下借前朝、他国事例表达自己的看法，于是就插进一段，相当于今人所谓“异故事倒叙”。例如，襄公四年，魏绛说服晋悼公与戎人各部讲和，任用贤人，不要沉溺于美色、田猎，引用了两个故事：“昔有夏之方衰也”“昔周辛甲之为太史也”。这是很典型的异故事插叙，插叙的故事是很久以前发生的，但很能打动晋悼公。当魏绛

① 刘大櫆、吴德旋、林纾：《论文偶记　初月楼古文绪论　春觉斋论文》，人民文学出版社，1962年，第59页。

刚刚说出"《夏训》有之曰'有穷后羿'"那半句话，悼公急不可待地打断他追问："后羿何如?"魏绛要帮助晋悼公重振国威，恢复霸主地位，以古之君主的教训启发悼公，插进的故事与当下的决策密切相关。《左传》用很大的篇幅记录魏绛说的故事，有助于读者了解当时各国强弱盛衰转化的规律，也有助于表现当时的具体场景，表现魏绛和晋悼公的神情和性格，还有助于文章的节奏变化造成的美感。这就是传体发挥总会叙事技巧产生的功效。

热奈特还讲到叙事中的重复，"同一事件可以讲述好几次，不仅文体上有变异……而且'视点'有变化"①。这和刘勰讲的两记则复重，偏举则不周也有些近似。晋文公重耳的故事，在《左传》里占有重要位置。《左传》把他流亡十九年里的故事与他在位九年里的故事，分别集中在两处，两者中间有间隔，而两者又有许多是相呼应、相映衬的。流亡十九年的故事在晋惠公去世、晋国政局不稳之时集中追叙，在狄十二年，接着先后到卫、齐、曹、宋、郑、楚、秦诸国。可以想见，发生的事情很多很多，《左传》记载的，是最能表现重耳的性格，对重耳的命运影响最大的，也是和后面发生的重要事件紧密相关的。如何相关，就属于铨配。比如，曹共公对重耳不礼，僖负羁按照妻子的建议给重耳赠送食品和玉璧，此事在僖公十六年（公元前 644 年）。后来，重耳在晋国即位之后，带兵攻进曹国，责备曹国不重用僖负羁，命令部下保护僖负羁宅邸。那个事件在所发生的僖公二十八年（公元前 632 年）叙述，事件相隔十多年，《左传》的叙述分别放在僖公二十二年（公元前 638 年）和二十八年，相隔也有六年。又如，楚成王宴请重耳，问他将来何以为报，重耳回答，如果晋楚发生军事冲突，会退避三舍。这个对话是在僖公二十三年（公元前 637 年），到了僖公二十八年，晋楚成濮之战，重耳果然实践诺言，那是僖公二十八年了。这些地方，都可以看出作者

① 热拉尔·热奈特：《叙事话语　新叙事话语》，王文融译，中国社会科学出版社，1990 年，第 75 页。

叙事的文心。

《春觉斋论文》几次讲到《史记》在叙事艺术上对《左传》的继承，其实就是对传体的完善。林纾说，《史记》讲述近似的故事，“此着似存史公专长，能于复中见单，令眉目皎然，不至于淆乱”[①]。他举出《史记·樊郦滕灌列传》为例，说司马迁“于四传中各异其书法以别之”。《左传》中已经有过，司马迁加以创新。《左传》写重耳在狄娶季隗，在齐娶姜氏，在秦娶文嬴、怀嬴，也是各异其书法，复中见单，这也就是热奈特所说的文体和视点的变化。林纾说左氏“能于百忙中紧紧穿插”，“以琐碎事熔成整片，唯其善于穿插，故神闲气定，初不着力。而善学者厥唯史公。迁文或一传而数事，或从中变，或自旁人。今试问一传数事，如何安置？……故知非穿插不为功。所云，从中变，自旁人，真道得穿插之妙”[②]。这些都属于总会和铨配的范围。

“同异难密”和“起讫易疏”这两句是骈体文中常见的互文见义，都是讲如何处理好“第一叙事”与“第二叙事”的关系，理解时不应把前后句割裂开来。

刘熙载《艺概·文概》对《左传》的叙事艺术给予高度评价：“左氏叙事，纷者整之，孤者辅之，板者活之，直者婉之，枯者腴之，剪裁运化，斯为大备。”[③] 这几句话有些夸张，历史叙事不是文学叙事，必须严格遵循历史事实，如实反映事件的发展变化，不能任意剪裁，更不能随意增添没有根据的情节。如何把实际发生的杂乱的事实，叙述得清

---

① 刘大櫆、吴德旋、林纾：《论文偶记　初月楼古文绪论　春觉斋论文》，人民文学出版社，1962 年，第 59 页。

② 刘大櫆、吴德旋、林纾：《论文偶记　初月楼古文绪论　春觉斋论文》，人民文学出版社，1962 年，第 123 页。

③ 刘熙载：《艺概·文概》，上海古籍出版社，1978 年，第 1—2 页。

增补：《吕思勉读史札记》上册谓“与经相辅而行者，大略有三：传、说、记是也。……传、说二者，实即一物；不过其出较先，久著竹帛者，则谓之传；其出较后，犹存口耳者，则谓之说耳”（上海古籍出版社，1982 年，第 684 页）。《荀子 大略》引《国风》之传，则周时《国风》已有传。参见陈澧的《东塾读书记》六。

楚明白而富有阅读趣味？常常遇到的困难是，历史事件在时间之流里面环环相套，往往难以截然划分出始和终。一个事件的终，可能是另一个事件的始。“纷者整之”，怎么把不同年份里的事整在一起？在编年体的大框架下，《左传》的作者尽力建立合理的叙述层次，当有密切关联的事件分隔在不同的年份，就设法交代出它们的承续关系，让它们遥遥呼应。《史传》篇讲过：“至于寻繁领杂之术，务信弃奇之要，明白头讫之序，品酌事理之条，晓其大纲，则众理可贯。”这些，都是传体叙事范式的具体内容。对于后世的小说，尤其是长篇小说创作，具有直接的指导作用。

总之，刘勰的传体说对于中国叙事学的贡献，需要我们进一步去探究。

（2011年9月28日于武昌桂子山，载《文艺理论研究》2012年第2期）

善意误读的弊与功

——从《管锥编》对《春秋》"五例"的解读与阐发说起

晋代杜预在《春秋左传正义序》中提出《春秋》"五例"之说，钱锺书先生《管锥编》对其说解甚详，并对前人关于"春秋书法"之论作如下评骘："古人论《春秋》者，多美其辞约义隐"，"春秋著作，其事繁剧"，"文不得不省，辞不得不约，势使然尔"，"古人不得不然，后人不识其所以然，乃视为当然，又从而为之词。于是《春秋》书法遂成史家模楷，而言史笔几与言诗笔莫辨"。钱先生认为，前人关于"春秋书法"之论，实为误读；而他自己所作出的论断，"窃谓五者乃古人作史时心向神往之模楷，殚精竭力，以求或合者也"，"五例之一、二、三、四示载笔之体，而其五示载笔之用"，以及说刘知幾《史通・叙事》即"微""晦"二例之发挥，亦即《文心雕龙・隐秀》之所谓"隐"，也给我们留下了讨论商榷的余地。中国文学理论批评的建设，从传统资源汲取营养，其中一项重要工作，是对前人常用的术语的本义，对其概念、范畴的内涵，先有客观如实的了解探究，并梳理其演化历程，辨别各种误读，而不宜以今例古，牵古就今。本文拟以对"春秋书法"的释解和应用为例，做一最初步之尝试。

"五例"说所称道的"微而显，志而晦，婉而成章，尽而不污，劝善而惩恶"，确实在中国古代史学理论史上占有相当之位置，在文学理论史上更有深远的影响，由之导出了中国文论民族特色的重要方面，而各家对此说之诠解差异甚大，其中包含大量的误读。古代的误读多半由于对《春秋》景仰推崇太过，现代的误读不少则是由于忽略了对于“春秋书法”的微、婉在齐梁乃至唐代以后的新解，与春秋时期本义的质的演变。今天，要如实理解此说的理论蕴含，评议它在历史上和在当今的作用，似宜首先对其发生和演变的过程作一综合探讨分析，辨析其本义与引申、推演之论的巨大差别，并从各种诠说产生的历史环境，以理解之同情，衡议其得失，即使对那些远离本义的引申发挥之说，其价值亦当客观地予以估量。

“五例”一语出于杜预，“五例”说的内容却非杜预所自创，而是早见于《左传》成公十四年（公元前577年）和昭公三十一年（公元前511年）的本文。“五例”说中提出的论断最初既然发生在春秋时期，它的本义，只能在春秋时期史学、文学和整个社会文化背景和语言习惯上去了解。所以，我们需要先来细读《左传》与“五例”之说直接相关的两处原文：

> 《左传·成公十四年》：“君子曰：‘《春秋》之称，微而显，志而晦，婉而成章，尽而不污，惩恶而劝善。非圣人孰能修之！’”
>
> 《左传·昭公三十一年》：“《春秋》之称，微而显，婉而辨，上之人能使昭明。善人劝焉，淫人惧焉，是以君子贵之。”

这两处文字被许多人征引，然而，众多论者没有深究的是，在这两处，“微而显，志而晦”等等，并不是泛指《春秋》的文笔，而都是明确地特指《春秋》中的“称”而言。那么，什么是“称”呢？杨伯峻《春秋左传注》在两处分别注释说，“称，言也，说也。此谓《春秋》之用词造句”。“《晋语》八韦注：‘称，述也。’谓叙述史事。”这种训释和《左传》两处上下文并不很吻合，不能帮助读者准确领会言语主体命意的指向。成公十四年说的是，《春秋》记载，同一个人受命到齐国为鲁成公迎娶夫人，先称呼为“叔孙侨如”，后称呼为“侨如”，前后对他用了两种“称”。“君子”认为，两个“称”的区别，显示了《春秋》作者的深心，显示了《春秋》的谨严、高明。“微而显”等指的就是《春秋》作者对这类“称”的精心选择。为什么对做同一件事的同一个人前后的“称”有两种呢？《左传》的解释是，称族名“叔孙”，表示对国君的尊重，因为他是奉国君的命令；后来但称其名而不称族名，则是因为要表示对先君宣公的夫人穆姜的尊重，她是新国君夫人的长辈，其时还在世。昭公三十一年《春秋》记载“黑肱以滥来奔”，为什么《春秋》要称举黑肱的名字呢？《左传》解释，“贱而书名，重地故也”。这是对土地疆域的看重，更重要的，是为了“惩肆而去贪”，警戒后人。黑肱之类人本来是“求食而已，不求其名”，结果却“欲盖而名彰”。在这里，在《左传》的许多地方，“称”的意思都是称呼、命名或称举其名，并不是指一般用词造句，不是指叙述史事。隐公元年《春秋》记“郑伯克段于鄢”，《左传》解释“称郑伯，讥失教也”。隐公七年（公元前716年）《春秋》记“滕侯卒”，《左传》解释说，“不书名，未同盟也。凡诸侯同盟，于是称名”。除了称人名，还有对事件的称说、命名。桓公十年（公元前702年）《春秋》记“齐侯、卫侯、郑伯来战于郎”，三国挑衅鲁国，鲁国不愿与之交锋，这四个国家本是联合帮助齐国抵御北戎，《左传》解释发生纠纷的起因是，“鲁以周班后郑，郑人怒，请师于齐，齐人以卫师助之，故不称侵伐”，《春秋》“称”这次军事行动为“战”。凡这类地方，“称”要解决的都是如何命名的问题，而不是如何叙述、如何描写的问题。

《春秋》如此重视“称”，是因为孔子非常重视“名”，他认为，为政的第一要务“必也正名乎！”《论语集解义疏》引马融：“正名者，正百事之名也。”正名，就是给人和事以正确的“称”。“名不正，则言不顺；言不顺，则事不成。事不成，则礼乐不兴；礼乐不兴，则刑罚不中；刑罚不中，则民无所措手足。”所以，在《春秋》里，对人和事怎样“称”，是至关重要的。《春秋》记述简略，不讲文采，但它的“称”精心推究，每每存有深意。所以，对于“五例”之说，把它理解为叙述历史的范例，甚至把它理解为文学的叙述和描写范例，则确如《管锥编》所言，“《春秋》实不足语此”；而按照“称”的本义，从正名去理解，则《春秋》又确实树立了典范。历来人们常说《春秋》一字以褒贬，就是这个缘故。

《春秋》只是记事，它没有叙述历史，只是记下历史事件的名目而不展开叙述事件的过程。这部书的最高目的，就是给历史人物和事件定名，用定名来定性，区分忠奸善恶，达到劝善惩恶的目的。因此，“称”，就是《春秋》的著述者要做的基本的、关键的工作，也可以说，它所做的，就是命名的工作。

确认了“称”是称名，则“五例”的含义也要据此来辨析。对“称”理解不正确，对“五例”的各个词语和各例内容也难以正确理解。把“称”解释为叙述史事，必然使前四例被解释得彼此错叠，如《管锥编》所说，“一意重申，骈枝叠架”。“五例”不是平列，最后一例是讲根本目的，前四例讲为达到目的的方式方法。如何命名，根据在于惩恶扬善的原则，判别善与恶，根据的是礼。《管锥编》说，“‘微’‘晦’‘不污’，意义临近，犹‘显’‘志’‘成章’‘尽’也。‘微’之与‘显’，‘志’之与‘晦’，‘婉’之与‘成章’，均相反以相成，不同而能和”。这些说法需要再具体细致地分析。四句都用“而”连接，两端的意思相反，属于所谓连词逆接；四句中的一和二、三和四，即“微而显”与“志而晦”，“婉而成章”与“尽而不污”，各有其独立含义，彼此不重复，并且也是相反相成。

日本《左传》学家竹添光鸿说，“微者，文字希少之谓也”，“一字而义著”，“一字二字而义则广涉”。把“微”说成文字稀少，十分牵强，因为人所共知，“春秋书法”的要义不是以少字替代多字。把人物称为叔孙侨如，比单称侨如多了两个字，那样才能微而显，显出对国君的尊重。至于“一字二字而义则广涉”，正证明“称”讲究的不是叙述，而是正名。与杨伯峻《春秋左传注》配套的沈玉成的《左传译文》，把“微而显”译为用词细密而意义显明，记载隐微而意义显著，这与叔孙侨如、黑肱等等许多例句对照，也不能相合，那些文字都并不是细密、隐微。还有很多论者把“微”理解为微妙、精微，其实，就“称”而言，无所谓微妙、精微。“微”在这里是隐匿、遮掩的意思。《左传·哀公十六年》：“白公奔山而缢，其徒微之。”杜预注：“微，匿也。”晦，是隐藏、掩蔽的意思。《易·明夷》：“利艰贞，晦其明也。”其卦象为日入地中，隐晦光明。“微”也就是“不书”，“志”是“书”。微而显，是说不书而能显露；志而晦，是说书而能隐晦。

婉，是婉语；尽，是直言。章，是典章制度。《左传·僖公二十五年》：“王章也”，又哀公三年（公元前492年）：“旧章不可亡也”，“章”都是指典章制度。污，是污秽，引申为加以恶名。《左传·宣公十五年》：“川泽纳污，山薮藏疾。”《楚辞·九辩》：“窃不自聊而愿忠兮，或黕点而污之。”王逸注：“谗人诬谤，被以恶名也。”婉而成章是说婉语称名而符合礼制。尽而不污，是说直言称名而不构成诬谤。前者如僖公十七年（公元前643年）《春秋》记载“公至自会”，实际不是两方会见，而是僖公被齐国扣留而后释放，《左传》解释说，“书曰‘至自会’，犹有诸侯之事，且讳之也”。把扣留说成是“会”，是婉语，为的是符合礼制。又如僖公二十八年（公元前632年）《春秋》记载，“天王狩于河阳”，实际是晋文公召周襄王到河阳去，《左传》说明，“是会也，晋侯召王，以诸侯见，且使王狩。仲尼曰：‘以臣召君，不可以训，故书曰：天王狩于河阳，言非其地也，且明德也。’”清代方苞《春秋直解》说：“其以‘狩’书，属辞之体然耳……册书之体，则舍‘狩’无以为辞。”“属辞之体”就是“春秋书法”。后者如桓公十五年（公元前697年）《春秋》记载“天王使家父来求车”，直言“求”，《左传》指出，“非礼也，诸侯不贡车服”。周桓王违背了礼制，如实记载不是诬谤。

总之，微而显，志而晦，婉而成章，尽而不污，说的不是文学修辞、文学描写或文学叙事，说的不是一般的用词造句，它说的是《春秋》如何称名，如何称人物之名、事件之名，以引导世人和后人维护礼制秩序，对违背礼制秩序提出批评和谴责。这是“五例”在春秋时期的本义。

《春秋》的语言极为简约，为什么简约？《管锥编》引前人之言，强调了“古人无纸，汗青刻简，为力不易”，简约是“不得不然”。这固然有些道理，但不足以为充分的证明。《尚书》里保存的文献早于《春秋》，其文字与《春秋》比，远非俭省。汉代的《尚书璇玑钤》说：“孔子求书，得黄帝玄孙帝魁之书，迄于秦穆公，凡三千二百四十篇。”其说不可尽信，但孔子可以看到的前代历史文献远多于《尚书》里现存的，则应无疑问，那些文献都是在无纸时代刻写的，文字不像《春秋》那样简约。《管锥编》提到而未具论的还有“寡辞远祸”之说，认为简约是避免因文字而受到迫害，那也是不足以服人的。《春秋》襄公二十五年记“齐崔杼弑其君光”，《左传》更详记齐太史书其事，所用不过五个字，即为崔杼所杀，其弟前仆后继，这成为历代良史的典范，直到文天祥《正气歌》还要举出“在齐太史简”。寡辞也可能贾祸，繁辞也可能毫不犯忌。在春秋时代，秉笔直书、为尽良史之责不惜生命的史官并不罕见。足见，在那个时代，寡辞与远祸没有必然关系。

这里的症结在于，《春秋》的作者和《春秋》之前的史官，他们的心目中，记载历史事件第一要紧的不是如何反映真相，而是如何有利于劝善惩恶。《史记·太史公自序》说：“昔孔子何为而作《春秋》哉？夫《春秋》，上明三王之道，下辨人事之纪，别嫌疑，明是非，定犹豫，善善、恶恶、贤贤、贱不肖，存亡国，继绝世，补敝起废，王道之大者也。”很典型的一个例子，宣公二年（公元前607年）《春秋》记载“秋九月乙丑，晋赵盾弑其君夷皋”。历史事件的真相是赵穿杀晋灵公，可是太史董狐却记载为“赵盾弑其君”。孔子赞扬说，“董狐，古之良史也，书法不隐”。显然，在孔子看来，这也属于尽而不污，也就是直笔而无诬谤。为了劝善惩恶的目的，对于晋灵公被杀的过程就不能够周详地记载，只能简约地用短短的一句话定谳。按照《左传》的叙述，赵盾是一个忠于职守、很有人格魅力的大臣，晋灵公一再加害于他，使他无法在朝中立足，只好出逃。后来的学者聚讼纷纭，甚至有人说《左传》的详细记载不可靠。刘知幾《史通·惑经》则不满于对孔子的虚美，他指出，“此则春秋之世有识之士莫不微婉其辞，隐晦其说，斯盖当时之恒事，习俗所常行”。孔子不会在意说《春秋》若干记载不尽合史实，《春秋》隐匿了晋灵公被杀的实际情况，它要显示的是臣下必须无条件地忠于国君的政治伦理准则。在这一点上，中国古代的史官与后现代历史学家颇为相通。海登·怀特在《形式的内容：叙事话语与历史再现》的前言中说，“许多现代历史学家认为，叙事话语远不是用来再现历史事件和过程的中性媒介，而恰恰是填充关于实在的神话观点的材料，是一种概念或伪概念的‘内容’。”这里要讨论的不是《春秋》如此记事的对或错，而是要由此证明，春秋时代的史官，不在意史实的精确性，也不在意文辞的生动、形象性，他们追求的微、婉，与后世深谙文学特性的文人追求的微婉是两回事。

无论如何，文约意深，逐渐成为古代著述者心中的一种准则，文人们努力去追求，而对微、婉的含义各自赋予它新的理解。司马迁在《史记·屈原列传》中评价《离骚》说，“其文约，其辞微，其志洁，其行廉，其称文小而其指极大，举类迩而见义远。”这和他在《孔子世家》中说《春秋》“约其文辞而指博”完全一致。可见，司马迁认为，“文约辞微”不仅是《春秋》树立的标尺，也是优秀的诗歌、优秀的文学作品应有的品格；司马迁让诗笔向史笔看齐，开了把“文约辞微”应用到文学领域的先河。本来，《春秋》的文辞偏于艰深，宋代富弼说过：《春秋》“隐奥微婉，使后人传之、注之尚未能通。疏之又疏之，尚未能尽，以之为说、为解、为训释、为议论，经千余年而学者至今终不能贯彻晓了”。而唐人却多美称《春秋》之微婉，司马贞《史记索隐》说，“《春秋》有微婉之辞”；李翰《殷太师比干碑》说：“俾后之人优柔而自得焉，盖《春秋》微婉之义也”；李白《泽畔吟序》说：“至于微而彰，婉而丽，悲不自我，兴成他人，岂不云怨者之流乎？”白居易《哭刘尚书梦得》说：“杯酒英雄君与操，文章微婉我知丘。”以微婉自诩，并以之为文学的最高品位。宋代人把微婉用于解说具体作品的修辞，《彦周诗话》说：“东坡作《妙喜师写御容》诗，美甚美矣，然不若《丹青引》云‘将军下笔开生面’，又云‘褒公鄂公毛发动，英姿飒爽来酣战’。后说画玉花骢马而曰‘至尊含笑催赐金，圉人太仆皆惆怅’，此语微而显，《春秋》法也。”杨万里《诚斋诗话》：“《左氏传》曰：‘《春秋》之称，微而显，志而晦，婉而成章，尽而不污。’此《诗》与《春秋》纪事之妙也。……近世陈克咏李伯时画《宁王进史图》云：‘汗简不知天上事，至尊新纳寿王妃’，是得谓为微、为晦、为婉、为不污秽乎？惟李义山云：‘侍宴归来宫漏永，薛王沈醉寿王醒’，可谓微、婉、显、晦、尽而不污矣。”直到清代，《四库总目提要》评述宋代汪元量的作品也说，“其诗多慷慨悲歌，有故宫离黍之感，于宋末诸事皆可据以征信……微而显、隐而彰、哀而不怨”。这众多的人把后世对文学特性的认识放进对春秋书法的理解，又把微言大义搬进文学阐释里，往往混淆诗笔与史笔的差异。事实上，只有在对于文学审美特性的自觉，在六朝以后，微、婉才被赋予新义，才有可能成为文学理论的范畴，这个转变是由刘勰完成的。刘勰《文心雕龙》把“五例”之说，把“春秋书法”，袭其辞而改其义，移用到文学理论领域，建立全新的话语体系。他是经由对微、婉在春秋时代原义的误读和创建性的阐释来实现这一转换。

《春秋》之所以微、婉，所以文字简约，除了书写技术条件的限制之外，另有一个重要原因，是孔子本人以及当时的史官，都有强烈的使命感，要使史书成为当世和后世君主为政的教科书，成为士大夫立身处世的教科书。这就要求史书的语句具有对多种情况的适用性，给后人以开阔的释解空间。历史的记述，越是简略后来的阐释者越容易赋予多种含义，越是详尽阐释者越难添加新的内涵，在这一点上，《春秋》和《周易》异曲而同工。本来，当时的史官就与占卜有密切联系，史官往往同时也是占卜之官，记录史事与解说天象或解说卦象可以密切相关，其职业语言风格相互影响而彼此有很多相近之处。《周易·系辞下》说："夫易，彰往而察来，而微显阐幽，开而当名辨物，正言断辞则备矣，其称名也小，其取类也大，其旨远，其辞文，其言曲而中，其事肆而隐，因贰以济民行，以明失得之报。"这些话，与"五例"颇有相互交合之处，用之于《春秋》也大体适合。《周易》和《春秋》各自建立起一套符号系统，在这两套系统里，符号和编码方式之微、婉，都不是为了获得和强化文学性，而是为了暗示天意、昭示纲常，为了使后人从这两套符号系统，可以寻求诸多千变万化的现实问题的解决方案。

《文心雕龙》要建立一个有体系的文论，为了实现这一前无古人的目标，刘勰认为，首先必须征于圣、宗于经。从圣人那里，从经书中间，他"征"得什么、"宗"到什么呢？他在"论文必征于圣"之后紧接着说，他所"征"、所"宗"的是辨物正言和辞尚体要。这样说，符合圣的原意、经的原貌，但还未能回应齐梁时期文学观念进展的需要。黄侃《文心雕龙札记》释《征圣》篇"精义曲隐"句时，不能不确认，"《易》理邃微，自不能如《诗》《书》之明葝，《春秋》简约，自不能如传记之周详……不然，视《易》为卜筮之庾辞，谓《春秋》为断烂之朝报，惑经疑孔之弊，滋多于是矣。"所以，还要让魏晋以下逐渐意识到的文学需有的丰赡、华美，与《春秋》《周易》的简约、邃微，人工地建立承传关系。于是，《征圣》篇笔锋一转，说，"然则圣文之雅丽，固衔华而佩实者也"。可是，圣人经典，《春秋》和《周易》，怎么是"衔华"呢？这就是刘勰的一个有意的、善意的误读。黄侃《札记》释"衔华佩实"说："此彦和《征圣》篇之本意。……文多者固孔子所讥，奈之何后人欲去其华辞而专崇朴陋哉?”《春秋》原本无华可言,“五例”原非文学修饰,不是后人要去其华辞,而是刘勰要美之为华辞。刘勰把它们连接起来,他也不是没有论证的依据,他机智地抓住了《春秋》《周易》符号系统与文学符号系统的一个深层的极其重要的相关性,把《春秋》《周易》的复义性、多解性,嫁接到文学理论,提出了“隐”这一重要的古典美学范畴,在中国文论史上第一次深入细致地论述了文学的复义性、多解性,这是他的一大功劳。

《隐秀》篇的立论依据,在《征圣》《宗经》两篇已经预先提示,《征圣》篇说:“四象精义以曲隐,五例微辞以婉晦,此隐义以藏用也。”《宗经》篇说:“自夫子删述,而大宝咸耀。于是《易》张《十翼》……《春秋》五例,义既极乎性情,辞亦匠于文理。” “四象”指的是《周易·系辞上》所说“《易》有太极,是生两仪,两仪生四象,四象生八卦”。“五例”就是杜预所说《春秋》五例。《春秋》微而显,《周易》微显阐幽,文学则需要精微幽隐,各自运用自己的符号,运用自己的编码方式,力图传达多重的、丰富的,甚至是难以穷尽的含义,在这一点上,三套符号系统确实具有共通性。《隐秀》篇说,“故知繁略殊形,隐显异术;抑引随时,变通会适。征之周、孔,则文有师矣。”刘勰以《周易》《春秋》为师,把《周易》的卜辞之隐和《春秋》的一字褒贬之隐接过来,提出文学创作中的隐,实现了一个重大的跨领域的理论转换。

“隐”的最重要的特性是复意和重旨。“隐也者,文外之重旨者也”,“隐以复意为工”。《周易》的卦象和卦辞都是有复义、重旨的,《春秋》在《公羊》《穀梁》《左传》的不同阐释中,显示了多重意旨。《春秋》的复意、重旨,是语句的一望可知的含义与深层的微言大义两重,例如“称郑伯”是表示“讥失教”,“克”是表示“如二君”。这类微言大义,不经“三传”作者等后人解说,读者无法了解。《周易》的复意、重旨,是以卦辞解说卦象,比如乾卦第一“初九,潜龙勿用”,“初”是卦的自下而上的第一爻，“九”是指这是阳爻；阳爻在最下面，表示龙潜藏深水，蓄势待发。“既济”卦：“九三，高宗伐鬼方，三年克之，小人勿用。”孔颖达解释：“势既衰弱，君子处之能建功立德，故兴而复之；小人居之日就危乱，必丧邦也。”凡此之类，对于不掌握《周易》符号编码规则的人，无法从卦象得出卦辞的意义，也难以从卦辞引出更多的含义，找到自己问题的答案。文学作品的复意、重旨，则是有语言和文学素养的读者，经过思索体会，都可以感受的。《隐秀》篇列举了古诗十九首、曹植的《野田黄雀行》、阮籍的《咏怀》等，调远旨深，都有从表层到深层的多重含义，这些含义读者从文本可以慢慢体会出来。《周易》《春秋》的复意、重旨，一旦解开，就稳定、凝固；文学作品的复意、重旨具有自身的生长力，“使玩之者无穷，味之者不厌”，“余味曲包”是文学符号系统特有的效果。因此，《隐秀》篇说的复意、重旨，与《春秋》的微而显，《周易》的微显阐幽，是不同的符号体系的编码规律，性质上有着原则的区别。

词是史书和文学作品最小的意义单位，上面说到，《春秋》之隐，多于一字二字见之，文学作品的隐，却不是单个词语的隐晦。刘勰反对在文学作品里用生僻艰奥的词语，《练字》篇说：“及魏代缀藻，则字有常检，追观汉作，翻成阻奥。故陈思称扬、马之作，趣幽旨深，读者非师传不能析其辞，非博学不能综其理。岂直才悬，抑亦字隐。自晋来用字，率从简易，时并习易，人谁取难？今一字诡异，则群句震惊；三人弗识，则将成字妖矣。后世所同晓者，虽难斯易；时所共废，虽易斯难：趣舍之间，不可不察。”所以，隐，不在于识字、解词之难，而在于词句背后的深层意味。

用《周易》进行占卜，要观象系辞，以卦象、爻象联系到卦辞做出解释，但在具体操作中要使对卦象、爻象以及卦辞的阐发切合每一实际具体情况，是不可能的。于是，解卦者采用多种取象方法。刘勰对《周易》和易学有深入研究，他精心选择多种取象方法中的互体，借之生发出新意。《隐秀》篇反复讲到互体：“夫隐之为体，义生文外，秘响旁通，伏采潜发。譬爻象之变互体，川渎之蕴珠玉也。”“故互体变爻，而化成四象”，“辞生互体，有似变爻”。什么是互体，刘勰为何如此看重互体，易学里的互体和文学上的“隐”怎么会发生联系呢？互体是易学术语，指的是将一卦的六爻重新组合，主要是将中间的四爻重新组合，产生出新的卦；阴爻、阳爻的组合变化就叫作爻变或变爻。用互体解说《周易》占卜得到的卦象，渊源很远。《左传·庄公二十二年》记成周的史官用《周易》为陈厉公占卜，由“观”卦变到“否”卦，杜预认为卜者解说用的就是互体。杜预注释这个地方时指出，“《易》之为书，六爻皆有变象，又有互体，圣人随其义而论之”。孔颖达疏：“二至四、三至五两体交互，各成一卦，先儒谓之互体。圣人随其义而论之，或取互体，言其取义为无常也。”[①]《周易》的卦，由阴阳二爻排列组合而成。阴阳两爻是两个基本符号，它们分别是两短画或一长画。画本身还不是爻，只有在组合成了卦，作为卦的构成元素，画才成为爻，才有了象征的意义。每个卦里的每一爻，各有其象征意义，整个卦又有其象征意义。爻的含义取决于它在卦里的位置，反过来说，爻的位置变化必定带来卦的含义的变化。这和语词在文学作品中的地位、作用非常相似。一件文学作品有许多句子，每个句子由若干词语组成。文学作品里词语的含义只能在具体语境中去理解。例如，《春秋》里“郑伯克段于鄢”一句，“段”“克”“郑伯”三个很普通的词，放进这个句子里，《左传》认为，它们就都具有了很深刻的含义。一个词语在句子里位置的变动，往往也会使得句子的含义发生变化，有时会发生很大的变化。这就是“辞生互体，有似变爻”。“秘响旁通”是讲词句变化的效果，“旁通”出于《周易》乾卦卦辞“六爻发挥，旁通情也”。孔颖达解释：“‘六爻发挥，旁通情’者，发谓发越也，挥谓挥散也，言六爻发越挥散，旁通万物之情也。”朱熹《周易本义》解“旁通”谓“犹言曲尽”，旁通的意思是普遍通达，说的是符号具有广泛的表意适用性。

---

① 孔疏原文传本《春秋左传正义》，此处漏“无”字，引文据黄叔琳《文心雕龙辑注》。

刘勰借用互体、变爻，强调符号的构成要素与符号整体的不可分割。单独一个词，无所谓诗意、文意，它还不是文学符号，只有经过作家把它与其他词语组合，成为文学作品的构成要素，它才获得了文学意义。接受者、阐释者取义无常，不再局限于词的词典上的含义，而是在文学作品的语句、篇章中，随其义而论之，领会到其复意、重旨，旁通多种境象，就可以体会到韵外之致、味外之旨。

董仲舒在《春秋繁露·精华》里说："所闻《诗》无达诂，《易》无达占，《春秋》无达辞，从变从义，而一以奉人。"他只肯定三套符号系统的共同性，而不关心文学符号的特殊性。在这种思想背景下，汉儒阐释《诗》和阐释《周易》《春秋》运用同样的方法。他们的这种阐释方式，成为传统，对中国文学批评产生了消极影响。《毛诗》解释周代民歌，"思贤才而无伤善之心焉，是《关雎》之义也"；"《葛覃》，后妃之本也"；"《桃夭》后妃之所致也，不妒忌，则男女以正，婚姻以时，国无鳏民也"……他们就这样在诗歌里寻找微言大义。所以，胡适说，"汉儒解经之谬，未有如诗笺之甚者矣。……汉儒寻章摘句，天趣尽湮，安可言诗？而数千年来，率因其说，坐令千古至文，尽成糟粕，可不痛哉？"① 忽略古代文学理论中的"隐蔚"与春秋书法中"五例"的区别的弊端，也就是以非审美的心态，用破译密码办法，穿凿附会，把文学作品的内涵归结为某种政治的道德的教条。追溯源头，乃在对春秋书法的误读、过度阐释和扩张应用。

总之，理解"春秋书法"，理解"五例"，应该回到历史语境，先确认其本义，对于后世的解读，则应区分董仲舒等人的以天意为依归寻求微言大义的路径与刘勰等人的向审美理论的转换加以区分，客观评价其对于文学有益和有碍的两个方面。

（载《山东师范大学学报》2012年第5期）

---

① 胡适：《胡适留学日记》，岳麓书社，2000年，第11页。

从“谨严”到“浮夸”

——古代叙事艺术的跃进

历史叙事在中国古代叙事艺术中占有最重要的地位，《左传》为中国的历史叙事确立了基本的范式，如何认识《左传》在中国叙事艺术发展中的开创作用，是一个值得深入探究的问题。韩愈在《进学解》中有一个论断：“《春秋》谨严，《左氏》浮夸”，这一论断常被后世经学家、史学家和文论家称引和发挥，成为这几个领域中被反复讨论的重要话题之一。以今人眼光视之，《春秋》和《左传》都是历史著作，它们算得上是中国历史叙事的开山之作，为后来两千年中国的历史叙事，同时也为后来的文学叙事，树立了两种理念、两种规范、两种风格。这两种叙事理念、叙事规范、叙事风格彼此关系如何，各自主要特征有哪些，它们在中国古代的历史叙事和文学叙事发展中的影响应该如何估量评价？这是中国古代叙事史上具有深长意义的饶有趣味的问题，本文尝试对此作一考察。

一、韩愈所说“谨严”与“浮夸”的本意

历来论者对韩氏“谨严”与“浮夸”两个词语的诠释甚为繁夥，不少人还大加推演，别求词语外的深意，其中有不少远离韩氏原旨；而要推求韩氏原意，就必须审视当时的语境，审视这句话的上下文，并且联

系韩愈本人的文学理念及其文学创作实践。韩愈在《答刘正夫书》里回答“为文宜何师”的问题说，“宜师古圣贤人”。具体说来，他师法的是哪些古代圣贤呢？《进学解》中间一段，假借学生之口描述其读书作文的历程和心得，正是交代其文学创作的渊源所自：“沉浸醲郁，含英咀华，作为文章，其书满家。上规姚、姒，浑浑无涯；周《诰》、殷《盘》，佶屈聱牙；《春秋》谨严，《左氏》浮夸；《易》奇而法，《诗》正而葩；下逮《庄》《骚》，太史所录；子云、相如，同工异曲。先生之于文，可谓闳其中而肆其外矣。”读这一段，我们首先要关注的是，他所列举的自己一贯沉浸、含咀的是哪些作品。韩氏选择的对象，粗粗一看，似乎不过是言人之所共知，并无新异之处，其实不然，其中有一不寻常之点，两位宋人早已看出来了。王炎《双溪类稿》说，韩愈在《进学解》里“惟以文章求道，故为之说曰：《易》奇而《诗》葩，《盘》《诰》聱牙，而《春秋》谨严，与《庄》《骚》、太史，一概而论之，而六经之旨晦矣”。陆游有《雨霰作雪不成，大风散云，月色皎然》诗，在“安得人间掣鲸手，共提笔阵法《庄》《骚》”句下自注说：“韩文公以《骚》配《庄》，古人论文所未尝及也。”王炎对韩愈把《左传》《庄子》《离骚》《史记》与《诗》《书》《易》《春秋》等几部儒家奉为神圣的经典同列，一概而论之，有所非议，而陆游则正是叹赏这一点，赞赏韩愈对《庄》《骚》所给的崇高地位。两人臧否相异，却都看出韩愈此处是在论文，是在讲文学写作，是在谈论从哪里学习写文章，在这里，对圣贤经典他也是当作文章来看待，认为它们的文学价值和《庄》《骚》各有其长，或者也还各有其短。因此，“谨严”“浮夸”“奇而法”“正而葩”，在韩氏的本意里，是对上述著作作为文学作品的特点的概括，是文章学、修辞学、叙事学的论断，而不是经学的论断。这是推求韩愈本意的出发点，明确这一点才能够与大量误读、曲解划清界限。

接下来的问题是，“谨严”和“浮夸”在韩愈的本意中，是褒还是贬呢？“谨严”比较好说，乃是正面肯定之词，麻烦在“浮夸”，不少注家为此颇为犹疑纠结。讲清楚这个问题，关键在于将字面意义与实际意指分开讨论。清代李扶九、黄仁黼《古文笔法百篇》评语说，“浮夸”二字“见《左氏》之浩博，非贬词也”；朱东润主编《中国历代文学作品选》把“浮夸”训释为“铺张华美”。他们认为韩愈对于《左传》没有轻贬之意，这是对的，但是从训诂上讲，以上的释义缺乏相关书证的支持也缺乏权威字书词典的依据，在韩愈时代以前及以后的著述中，找不出“浮夸”表达褒义的例句。吴楚材、吴调侯《古文观止》注“浮夸”说：“《左传》释经，浮虚夸大”；清代朱轼《左绣序》里释“浮夸”说：《左氏》好怪、喜乱。他们从《左传》的叙事内容上去讲说“浮夸”，认为是贬义，这更限于浮表，也缺乏说服力。《左传》与《公羊》《穀梁》不同，并不是释经的，它原本是一部独立的历史著作。《左传》记怪、乱，反映了所叙时代社会习俗风气。有的现代论者袭承这类说法，又认为“浮”和“夸”在这里是两个词，可以从中引出某些褒义①。“浮夸”与“谨严”对举，是一个词而不是两个词，拆开来一个字一个字训释，显得生硬甚至是穿凿。合理的做法是从全段语境看“谨严”“浮夸”两个词语的实际意指，显然，韩愈这里所列出的著作，都是他所认为的文章轨范，他的态度是肯定而不可能是否定的。说《左传》浮夸与说《尚书》佶屈聱牙一样，并非贬责，如果有轻视、不满这两部书的意思，韩愈就不会把它们放在这个书单里面。“浮夸”实际要指明的并不是贬义，但是，如何解释字面意义与实际意指的出入、矛盾呢？须知，《进学解》并非一篇常规的论学之文，乃是一篇抒发牢愁之作，用了排比和对偶，句式整齐且押韵，用词遣字有时候需要内容服从形式，照顾格式、韵脚的要求，其中并有某些调侃、自嘲、反讽意味。因之，我们应做的是会其意，而不要自陷在对一个词语的字面意思无谓的穷究之中。韩愈不仅是文论家，更是一位大散文家，从韩愈的创作实

① 参见李永祥：《“〈左氏〉浮夸”辨正》，《山西师大学报（社会科学版）》2012年第1期；何新文：《“左氏浮夸”辨析》，《武汉师范学院学报（哲学社会科学版）》1984年第2期。

践来了解韩愈在文章风格的“谨严”与“浮夸”二者中偏向哪一面，从而领会“浮夸”的实际意指，更能够接近其本意。作为古文运动的倡导者和实践者，韩愈理想的散文风格是怎样的呢？在《南阳樊绍述墓志铭》里，他说，“海含地负，放恣纵横，无所统纪，然而不烦于绳削而自合也”。樊宗师存世作品极少，他的文章以苦涩见称于唐代。“放恣纵横”与其说是对樊氏文风的描述，不如说是韩愈自设的标的。我们可以举出大量与韩氏同时和稍后论文大家对韩文风格的感受来支持这一判断。比如，柳宗元《答韦珩示韩愈相推以文墨事书》说：韩愈推重扬雄，其实“过扬雄远甚。雄文遣言措意，颇短局滞涩，不若退之猖狂恣睢，肆意有所作”。李翱《祭吏部韩侍郎文》说，“建武以还，文卑质丧……及兄之为，思动鬼神，拨去其华，得其本根，开合怪骸，驱涛涌云”。皇甫湜《韩文公墓铭》说，“茹古涵今，无有端涯，浑浑灏灏，不可窥校。及其酣放，豪曲快字，凌纸怪发，鲸铿春丽，惊耀天下”。他又在《谕业》中说：“韩吏部之文，如长江大注，千里一道，冲飚激浪，瀚流不滞。”苏洵《上欧阳内翰第一书》也说，“韩子之文，如长江大河，浑浩流转，鱼鼋蛟龙，万怪惶惑”。所有这些——“猖狂恣肆”“开合怪骇”“酣放”“冲飚激浪”“浑浩流转”，岂不就是用不同的词语对“放恣纵横”的描述？对韩愈文章风格的这些描述是较近于谨严还是较近于浮夸，岂不是显而易见的吗？所以，可以有充足理由认定，《进学解》的本意当是说，《春秋》文风谨严，《左传》文风浮夸，两者各有所长，学习两种文风各有其用；而韩愈本人倾慕《左传》文章的浮夸，自己下笔作文更趋向于浮夸。如此理解，这一段文字才能读得顺畅通达，理解得更接近于实际。

二、“谨严”将政治与道德置于真实之上

“谨严”曾经被当作历史叙事的根本原则，许多重要学者从复礼、

正名的角度出发对它加以阐释。如明代邱濬《大学衍义补》卷七十五引宋儒程颐之语说："礼一失则为夷狄，再失则为禽兽。圣人恐人之入夷狄也，故《春秋》之法极谨严，所以谨严者，华夷之辨尤切切也。"宋代李明复《春秋集义纲领》引理学家胡安国的话进一步申说，"韩愈氏言'《春秋》谨严'，君子以为深得其旨，所谓'谨严'者何？'谨'乎莫'谨'于华夷之辨矣"。清代张英《文端集·韩愈深得〈春秋〉之旨论》说："盖《春秋》一书，以防天下之肆，则立说不得不谨；以止天下之僭，则持义不得不严。以一言立百世之经，以一事立万事之则，将以挽天命民彝于既泯，使复与闻乎古先哲王之教也。……圣人之作《春秋》，一以礼为断；先儒之论《春秋》，一以礼为归。盖将为持世之大防，而不得不出于此也——非即韩子谨严之说哉！"程颐、胡安国和张英的理解有很大的代表性，是从正统的历史叙事观念对韩愈的话的具有普遍性误读的典型。所谓华夷之辨，是一个笼统的说法，包括对华夏的礼制秩序与夷狄的没有礼制的区分，以及华夏内部信守礼制与背离礼制的区分。他们认为，历史书就是要彰显和颂扬前者而批判、贬责后者。他们认为，所谓谨严与浮夸，讲的是历史叙事（以及文学叙事）教化立场的严肃性问题，以今日之用语来说，也就是叙事的政治正确性和道德正当性问题。这种解说虽是误读，却长期居于主流地位，对于历史叙事和文学叙事，发生着实际的巨大的支配性作用。

这种历史叙事原则的核心内容是，历史书写的根本在于"一以礼为归"，用历史记载证明礼的合理性，历史记载不得与礼发生冲突。这就引出一个重大的问题，就是，叙事的真实性与叙事的道德正当性及政治正确性，谁服从谁？古今中外历史叙事的实践和历史学理论对此给出过不同答案。海登·怀特《后现代历史叙事学》说："对传统历史话语来说，在对'事实'的'阐释'与关于事实所讲述的'故事'之间存在着极其重要的差别。'现实的'（与'想象的'相对）故事和'真实的'（与'虚假的'相对）故事等概念的广泛使用就表明了这一差别。虽然阐释尤其被认为是对'事实'的评论，但是，叙事性历史讲述的故事被认为是事件本身所固有的（‘现实故事’的概念），或内在于通过对证明与那些事件有关的资料进行批评性研究所得出的事实之中（即‘真实’故事的概念）。”① 他所说的传统历史话语，在西方史学史上有深厚的根基。修昔底德《伯罗奔尼撒战争史》说：“关于战争事件的叙述，我确定了一个原则：不要偶然听到一个故事就写下来，甚至也不单凭我自己的一般印象作为根据；我所描述的事件，不是我亲自看见的，就是我从那些亲自看见这些事情的人那里听到后，经过我仔细考核过了的。”② 兰克在其代表作《拉丁和条顿民族史》中有一句名言：“历史学向来被认为有评判过去、以利于将来的职能。对于这样的重任，本书不敢企望。它只不过是说明事情的本来面目而已。”③ 他们都确认，历史叙事第一要义是真实，至于叙事者的道德的政治的立场，则是第二位的。在中国古代，明确提出真实性高于叙事者的伦理政治观念表达的有宋代吴缜，他在《新唐书纠谬序》中说，“夫为史之要有三，一曰事实，二曰褒贬，三曰文采。有是事而如是书，斯谓事实。因事实而寓惩劝，斯谓褒贬。事实褒贬既得矣，必资文采以行之，夫然后成史。至于事得其实矣，而褒贬、文采则阙焉，虽未能成书，犹不失为史之意。若乃事实未明，而徒以褒贬、文采为事，则是既不成书，而又失为史之意矣”。《春秋》的叙事之谨严，显然与吴缜、修昔底德和兰克所说属于不同的甚至是相反的原则，是宁可损害真实性也要保障历史书写维护礼制的功用的原则。这个原则长期起到主导作用，20 世纪初期，中国新的历史学树立新的历史观，傅斯年说，史的观念之进步，在于由主观的哲学及伦理价值论变作客观的史料学④。傅斯年的说法是对中国传统主流史学的矫

① 海登·怀特：《后现代历史叙事学》，陈永国、张万娟译，中国社会科学出版社，2003 年，第 326—327 页。

② 修昔底德：《伯罗奔尼撒战争史》，谢德风译，商务印书馆，1960 年，第 20 页。

③ 转引自古奇：《十九世纪历史学与历史学家》上册，耿淡如译，商务印书馆，1989 年，第 178—179 页。

④ 傅斯年：《史学方法导论》，《中国现代学术经典·傅斯年卷》，河北教育出版社，1996 年，第 242 页。

枉过正，但在20世纪的历史叙事实际中效果甚微。

“一以礼为归”意义上的谨严，政治正确性压倒叙事真实性的谨严，在《春秋》里最典型的例子是宣公二年的一条记载：“秋七月乙丑，晋赵盾弑其君夷皋。”如果只从《春秋》这一记载看，后人只能认为是赵盾本人或者他所指派的刺客杀死了夷皋；而《左传》详细地记述了晋灵公夷皋如何暴虐，赵盾如何谏劝，晋灵公如何一再阴谋杀害赵盾而未遂，赵盾如何被迫出逃，最后是赵穿杀了夷皋。《左传》写道：“乙丑，赵穿攻灵公于桃园，宣子（赵盾）未出山而复。太史书曰，‘赵盾弑其君’，以示于朝。宣子曰：‘不然。’对曰：‘子为正卿，亡不越竟，反不讨贼，非子而谁！’……孔子曰：‘董狐，古之良史也，书法不隐。赵宣子，古之良大夫也，为法受恶，惜也，越竟乃免。’”从事件的实际情况来说，赵盾和夷皋的被杀本来并无直接的关系，只是执掌历史叙事权力的史官认为，他作为正卿，逃亡还没有出国境，回到国都又没有惩罚杀死国君的人，应该承当此事的责任，就要记载为“赵盾弑其君”。这位史官把自己对事件的阐释直接当作事件本身来记载。

什么是书法不隐？就是史官不为被叙述者隐藏恶行，不隐瞒自己对被叙述者恶行的批判态度，即使被叙述者是当朝手握生杀大权的君主或大臣。董狐被尊为千古良史的最高典范，文天祥的《正气歌》就把“在晋董狐笔”列为中华正气的崇高样板。当代不少研究者也依然承袭这一看法，如蔡尚思《中国文化史要论》说，“齐太史兄弟、晋董狐这些人就史德或历史学家的大无畏精神而论，真足为后代历史学家的祖师”①。中国古代史官有监督当政者的职责和权力，后来的皇帝也不能调阅更不能要求修改“起居注”对自己言行的记录，这样可以使他们对身后的声誉有所顾忌。所以，董狐得到肯定、受到尊敬，表现了人们对历史书写不受权力左右的愿望。但是，从历史叙事的立场说，叙述者的权力是有

① 蔡尚思：《中国文化史要论》，湖南人民出版社，1979年，第22页。

边界的，是要受到约制的。历史叙述者的不隐，最重要的还不在于不隐瞒自己对历史事件的态度，更必须不隐瞒、扭曲事件的本来面目，必须把事件本身与叙事者的阐释、评论区分开。在这个意义上，董狐也被奉为历史家的祖师，应该说，并不是历史叙事的幸事。

从《左传》的记载看，“赵盾弑其君”的叙述是晋国史官董狐的原创，孔子肯定这种叙述，《春秋》采用了它。孔子说赵盾是良大夫，又说谴责赵盾的董狐是良史，这就留下了历史叙事理论的困惑和难题。《春秋》中“赵盾弑其君”的“书法”，后人也有感觉到其不合理至少是不周全之处，清代叶酉《春秋究遗》为之辩解说，“圣人因史作经，原欲垂教于天下万世，非为鲁国修史也。故凡事之无关于劝惩者，辄削而不录。其所削之事非必尽一事而削之也，或录其前而削其后，或录其后而削其前，其事之首尾圣人以为不必备者，以有鲁史在耳。其后鲁史不传，必三家恶其害己而去其籍，固圣人之所不及料者也”。叶酉说历史叙述第一位的是垂教，历史事件实际记载的去取和详略，服从于其垂教功用的有无大小。他说《春秋》删改历史事实因为有鲁国史书可以保存事件真相，是《左传》和《公羊》《穀梁》的作者销毁了鲁史，这只是他的想象，没有任何依据。即使其他史书保存了事件的另一种记述，一部独立的史书，也必须把史实和自己对史实的理解、阐释明确区分，而不能扭曲史实。春秋战国，各国确有多种史册并存。《左传》关于赵盾的记叙，采纳了鲁国保存的史料以外的多种史料，它详细记叙了事件的过程，记叙了晋灵公和赵盾的种种行为，也记叙了赵盾与董狐关于事件真实性如何确定的对立立场，并提供了孔子的评论，就是说，它叙述了事件的真实情况，介绍了当时对应该如何记载的不同看法，这是历史叙述者对史实及关于史实的不同阐释的正确处理方式。从这个意义上说，《左传》的“浮夸”突破了《春秋》“谨严”的限制，实现了史学观的一大进步。依现代史学观念，《春秋》有关这个事件的记载是不谨严的，《左传》的叙述则是细致、生动而又客观的，是谨严的。但是，《春秋》

的历史叙事却成为秦汉之后的正统，而《左传》的做法反被看成惑乱视听的，不谨严的，浮夸的，这是中国传统历史叙事观念的一大弊病。

“赵盾弑其君”的“书法”不是一个特例，而是当时有颇大普遍性的做法。刘知幾《史通·惑经》说：“赵穿杀君，而称宣子之弑……此则《春秋》之世，有识之士莫不微婉其辞，隐晦其说，斯盖当时之恒事，习俗所常行。”吕本中《春秋集解》：“春秋弑君多矣，不必其身弑之，他人弑之而已受其福者，孔子皆以弑贼诛之，不论其同谋不同谋也。”欧阳修《春秋论》说：“其于晋灵公之事，孔子书曰，‘赵盾弑其君夷皋’，三子者曰，‘非赵盾也，是赵穿也’，学者不从孔子信为赵盾，而从三子信为赵穿……其舍经而从传者何哉？经简而直、传新而奇，简直无悦耳之言，而新奇多可喜之论，是以学者乐闻而易惑也。予非敢曰不惑，然信于孔子而笃者也，经之所书予所信也，经所不言予不知也。”在“赵盾弑其君”这样真实性并不难判断的事情上，他们宁愿信《春秋》不愿信《左传》，足见“一以礼为归”，政治正确性高于史料真实性，成为强大的意识形态，牢牢控制着包括优秀史学家和文学家在内的叙事者的思维。在这样的传统中，抹杀事件真相与阐释之间的界限，历史叙事者被认为可以径直以自己的政治和伦理立场改变事件的本来面目，这样的史书就难免会造成后世的混乱。

对“谨严”还有另一种解说，是理解为修辞意义上的谨严。如明代薛瑄《读书录》：“《春秋》谨严不止于谨华夷之辨，字字谨严，句句谨严，全篇谨严。”明王樵《方麓集·戊申笔记》说：“韩子曰《春秋》谨严，吾非谓特《春秋》也，六经之文，皆谨严之矣。凡辞，皆意所摄也，意不摄辞，皆不谨严也。”这些论者认为，谨严与浮夸讲的是意与辞的关系，俭省精约与繁缛铺张的关系，也就是说，讨论的是叙事的艺术水平之高下的问题。这一种解说可能更切近韩愈本意，但未得到系统的阐述。从修辞学上看，《春秋》文字十分简略，本是古代叙事幼年期难免的，但是因为《春秋》被神化，把因发展不成熟而来的简略看成是极度精炼，故而有一字褒贬之说。晋代范甯《春秋穀梁传序》说：《春秋》“一字之褒，宠逾华衮之赠；片言之贬，辱过市朝之挞”。《文心雕龙》一再引用这个说法，但值得注意的是，刘勰是在《征圣》和《宗经》篇引用，而不是在《章句》《练字》篇引用。《春秋》在用字精准上固然有若干成功之处，但“一字褒贬”却不是从一般修辞艺术角度考察，而是指一个字、一个词的选择，都表示了从礼制出发评价的深意。《左传》多次阐释《春秋》的这种微言大义，《公羊》《穀梁》则更是把主要精力放在这方面。例如，“郑伯克段于鄢”，为什么不写成兄和弟，而写成“郑伯”和“段”，为什么用“克”？这些，从叙事艺术上看，都没有很高价值。在词语的锤炼上，《左传》整体上要胜于《春秋》。

三、从“谨严”到“浮夸”实现了古代叙事艺术的跃进

《左传》在许多地方突破了《春秋》的“一以礼为归”，不以作者的伦理评价篡改历史事实，这是叙事理念的重大进步。那么，在叙事技巧、叙事艺术上，《左传》与《春秋》相比，孰高孰下呢？我们先看韩愈对此一问题的态度，《进学解》里“《春秋》谨严，《左氏》浮夸”与“《易》奇而法，《诗》正而葩”等句子不是相同的结构，后者是并列的对两部经典艺术风格的评述论断，被评的两部书没有紧密的内在关联；前者说的是密切相关的两本书的比较，可以看作对中国历史叙事艺术发展的一个最简要的动态描述，在这个描述中，字面上是推崇《春秋》，实际上韩愈更钟情于《左传》。从“谨严”到“浮夸”，《左传》的叙事艺术相对于《春秋》是前进了还是后退了？它们建立的叙事范式哪个才是优越的？古来不少论者颂扬《春秋》而贬抑《左传》。宋代李明复《春秋集义》说：“尹焞曰……尝闻先生（程颢）云，圣人文章，载在六经，自左丘作传，文章始坏，文胜质也。”程颢认为历史叙事应该“质”而不能“文”，即应该如《春秋》之“谨严”，不能如《左传》之“浮夸”。杨慎《升庵集·辞尚简要》说，“古今文章，《春秋》无以加矣，《公》《谷》之明白，其亚也，左氏浮夸繁冗，乃圣门之荆棘，而后人实

以为珍宝，文弊之始也”。杨慎认为浮夸繁冗是历史叙事之弊，以上两人都把《左传》的叙事范式视为坏的开端。实际的情况又是如何呢？王安石称《春秋》为“断烂朝报”，朝报是后世由朝廷门下省定期编定昭告各方的大事记，《春秋》据各国档案编辑而成，那些档案主要是其时的朝报和赴告，正是大事记体式，只是记下事件的名目，并不叙述事件过程和具体内容。当然，《春秋》对史料经过慎重选择，是第一部完整的编年史，其开创之功不可否认，但在技术和艺术上尚在草创时期，《左传》与《春秋》比较，在叙事艺术上有三点显著的跨越性进步。

第一，历史叙事和文学叙事的繁与简、文与质，要视具体情况而论，当繁则繁，当简则简，当文则文，当质则质。一味地尚简尚质，一概地否定繁与文，是中国古代史学理论中存在的一种片面倾向。从任何国家的历史叙事和文学叙事的发展历程看，最初必定是简陋的、粗略的、质朴的，经过漫长时间经验的积累，逐渐丰富，才出现了详尽丰赡的叙事。《史通》说：“近古之史也，言唯详备，事罕甄择，使夫学者睹一邦之政则善恶相参，观一主之才而贤愚殆半。至于远古则不然，夫其所录也，略举纲维，务存褒讳，寻其终始，隐没者多。”他指出《左传》的长处之一是“每事皆详”，“述远古则委曲如存，征近代则循环可复”。《春秋》是记事体，《左传》是叙事体，刘知幾说，“左氏为书，叙事之最”，《左传》记叙事件，包含了《春秋》所缺乏的叙事的各个元素。在现代叙事学看来，“叙事被视为因果相接的一串事件。若借用亨利·詹姆斯的比喻，这些事件就如同一串珠子，有开头、中部和结尾”。“叙述沿着一条现成的路径从头到尾重新追溯事件。”① 记事是系了若干结子的绳，叙事是熠熠生辉的一串珍珠。杜预说《左传》或先经以始事，或后经以终义，使读者得以原始要终，寻其枝叶，究其所穷，就是把《春秋》里事件的名目，完善为有原因、过程和结果的完整的故事。有枝有叶，细致生动；所谓浮夸，乃是叙事艺术趋向成熟的标志，没有《左

① 希利斯·米勒：《解读叙事》，申丹译，北京大学出版社，2002年，第43页、第45页。

传》就很难有《史记》和《汉书》,《左传》是良好的新开端,不是囿于经学的古人所认为的文弊之始。

第二,《左传》叙事的更加突出贡献是,不仅写出了许多完整的故事,而且写出了人,写出了人心、人性。元代陈则通《春秋提纲·论左氏》说:"论圣人之谨严,则左氏于《春秋》为有过,论《公羊》之俗、《穀梁》之短,则左氏于《春秋》为有功。……郑伯克段,二传未有以发祭仲、子封之言者,左氏独详之,吾是以知郑伯之心。此类有功于天下后世者不少,微左氏,吾何以知《春秋》哉!"以"郑伯克段于鄢"为例,如陈则通所说,写出了郑伯之心,同时还写出了姜氏之心、共叔段之心、祭仲之心。庄公即位,姜氏立刻出面为小儿子挑选封地,暴露出她心怀异志;郑庄公察觉了他们母子的用心,却不说破,而以爱护的姿态让他们另行挑选封地。杜预注说,"谓之京城大叔,言宠异于众臣也";日本学者竹添光鸿《左氏会笺》说,"'谓之京城大叔'一句,极有神采,叔而曰大……隆重尊严、威仪逼人之状如见,以为祭仲谏首引"。竹添还说,"子姑待之","一'待'字露出本心"。庄公表面软弱,其实深藏杀心。"祭仲闻'子姑待之'一语,全局已透,故任段肆逼,不必更发一言,但坐待其逐而已矣。""'闻其期'三字,可知平日窥伺之密。"姜氏母子一直是在庄公的严密监视之下。清代魏禧《左传经世钞》说,祭仲说的"姜氏何厌之有?不如早为之所,无使滋蔓","'早为之所'四字,正理、权术俱尽。祭仲老奸,却说得浑然无病。凡谋人骨肉之间、言人亲昵之事,最要做事有次第,安身向间稳处,若稍一鲁莽,则必生疑忌,而祸反中其身,古今如此者不可胜数"。故事尾声是又一场戏,颍考叔和郑庄公戴着面具一本正经地做戏。"考叔故非孝子,庄公亦非孝感之人,君臣机诈相投,以欺一世。"这些都是《左传》用描写暗示出来的。真德秀《文章正宗》引吕祖谦之语说,"左氏序郑庄公之事,极有笔力。写其怨端之所以萌,良心之所以回,皆可见。始言'亟请于武公','亟'之一字,母子之相仇疾,病源在此。后面言'姜氏欲之，焉避害’，此全无母子之心。盖庄公材略尽高，叔段已在他掌握中，故祭仲之徒愈急，而庄公之心愈缓。待共段先发而后应之，前面命西鄙北鄙贰于己与收贰为己邑，庄公都不管，且只是放他去，到后来罪恶贯盈，乃遽绝之，略不假借。命子封帅师伐京，段奔鄢，公又亲帅师伐鄢，于其未发，待之甚缓，于其已发，追之甚急。公之于段，始如处女，敌人开户，后如脱兔，敌不及拒者也。然庄公此等计术，施于敌国则为巧，施于骨肉则为忍。此左氏铺叙好处，以十分笔力，写十分人情”。《左传》“郑伯克段于鄢”，把《春秋》的六个字扩充到五百余字，写出事件的曲折历程，写出母子君臣至少六个人的性格心理，这样的“浮夸”，难道不是远胜于“谨严”，不是十分了不起的成就吗！

历史叙事记叙的人物一般离世已久，与记述者有很大的时空距离，其内心活动如何为记叙者所知晓？其一言一行，在时过境迁之后如何能详悉再现？《左传》里有大量对话，钱锺书《管锥编》说：“吾国史籍工于记言者，莫先乎《左传》……上古既无录音之具，又乏速记之方，驷不及舌，而何其口角亲切，如聆謦欬欤？或为密勿之谈，或乃心口相语，属垣烛隐，何所据依？”这类质疑前人早已多次提出，清初的方中通是一位数学家，他问道：“《左》《国》所载，文过其实者强半，即如苏张之游说、范蔡之共谈，何当时一出诸口即成文章？而又谁为记忆其字句若此其纤细不遗也？”① 这个难题是所有要求自己的记述既要具体、详悉、丰富、生动，又要言之有据、尽可能还原本相的历史家都会遇到的。负责任的历史家总是竭尽其能广泛搜集文字的材料和故老传闻，排比、归纳、鉴别，然后，十分重要而难得的是，还需要加上推想、推论。狄尔泰、克罗齐等历史主义学派的史学家强调理性的直觉，陈寅恪说，对于古人“应具了解之同情”，“必须备艺术家欣赏古代绘画雕刻之眼光及精神……始可以真了解。所谓真了解者，必神游冥想，与立说之

① 钱锺书：《管锥编》第一册，中华书局，1979年，第164—165页。

古人，处于同一境界”；同时他也指出，“此种同情之态度，最易流于穿凿傅会之恶习”①。东西方历来的大历史家都高度重视对原始材料的考辨，同时又重视敏锐的直觉和对叙事对象具有深切的了解之同情。司马迁写历史人物，常常是“未尝不垂涕，想见其为人”，以推想把前代留下的粗线条的故事铺排成纤微毕现的场景。这也引起过许多人的苛责，提出“太史公好奇”之论。修昔底德说：历史人物的一些演说词，我听过但很难记得，那些告诉我的人也会是这样，“所以我的方法是这样的：一方面尽量保持实际上所讲的话的大意，同时使演说者说出我认为每个场合所要求他们说出的话来”。“如果那些想要清楚地了解过去所发生的事件和将来也会发生的类似的事件（因为人性总是人性）的人，认为我的著作还有一点益处的话，那么，我就心满意足了。”② 推想、推论的依据是什么？是人性，是在各种社会环境下的具体的人性、人情。柯林武德说，自然界发生的过程可以确切地被描述为单纯事件的序列，人类历史的过程却不是单纯事件的过程而是行动的过程，它有由思想的过程构成的内在方面，历史学家所要探寻的正是这些思想过程。他们怎样寻求呢？“只有一种方法可以做到，那就是在他自己的心灵中重行思想它们”，“把自己想入事物之中，使它的生命成为自己的生命而领会事物的个体性”③。《左传》敢于运用合理的推想，如果把这类推想叫作浮夸，这也是它对中国历史叙事的巨大贡献。

第三，《春秋》文辞的特色是简，简要，简练，确实当得起谨严的评语。《左传》的文辞，西汉扬雄称之为“品藻”，近人汪荣宝《法言义疏》说，“品藻，犹云多文采”；东晋范甯《春秋穀梁传集解序》的说法是“艳而富”，艳是华美，富是丰满，意思比扬雄所说更为显豁，扬雄

① 陈寅恪：《隋唐制度渊源略论稿　唐代政治史述论稿》，生活·读书·新知三联书店，2001 年，第 183 页。

② 修昔底德：《伯罗奔尼撒战争史》，谢德风译，商务印书馆，1960 年，第 19 页。

③ 柯林武德：《历史的观念》，何兆武、张文杰译，中国社会科学出版社，1986 年，第 244 页、第 226 页。

与范甯的评价可以用来作为对韩愈的“浮夸”的正面的积极的说明，文辞从简要到华美、丰满，这也是古代历史叙事的一个重要进展。《左传》的文采，一是叙述语言的文采，一是人物辞令的文采。关于前者，《史通·杂说》赞扬道：“《左氏》之叙事也……或腴辞润简牍，或美句入咏歌，跌宕而不群，纵横而自得，若斯才者，殆将工侔造化，思涉鬼神，著述罕闻，古今之卓绝。”正是对《左传》“浮夸”之文的极高赞美。关于后者，刘知幾说，“左氏载诸大夫词令、行人应答，其文典而美，其语博而奥”。对比一下《穀梁》和《公羊》，如刘知幾所说，“其录人言也，语乃龃龉，文皆琐碎”，同样的人物的言论，到它们那里文风就与《左传》完全不一样。再对比《国语》，不少地方与《左传》文字大体相同，显然是依据了相同的原有文本，只是《左传》的加工明显地较《国语》要精细。《左传》中各种各类人物的言语与作者的叙述语言有着甚高的一致性，可见它不是简单地照录原始材料里的文字。梁启超《要籍解题及其读法》说，“《左传》文章优美……其文虽时代甚古，然无佶屈聱牙之病”，显然作者对于他所依据的成文是做了颇大幅度的琢磨润色。例如成公二年（公元前589年）齐晋鞌之战，郤克受伤，给他驾车的解张激励他坚持，《国语·晋语》的记载为解张的独白：“郤献子伤，曰：‘余病喙。’张侯御曰：‘三军之心，在此车矣，其耳目在于旗鼓，车无退表，鼓无退声，军事集矣。吾子忍之，不可以言病。受命于庙，受脤于社，甲胄而效死，戎之政也。病未若死，只以解志。’乃左并辔、右援枹而鼓之，马逸不能止，三军从之。”《左传》则记为两人的对话：“郤克伤于矢，流血及屦，未绝鼓音，曰‘余病矣！’张侯曰：‘自始合，而矢贯余手及肘，余折以御，左轮朱殷，岂敢言病？吾子忍之。’缓曰：‘自始合，苟有险，余必下推车，子岂识之？然子病矣。’张侯曰：‘师之耳目，在吾旗鼓，进退从之，此车，一人殿之，可以集事。若之何其以病败君之大事也！擐甲执兵，固即死也，病未及死，吾子勉之！’左并辔，右援枹而鼓，马逸不能止，师从之。”激烈战斗中两人的对话，谁能听到？处理成这样的对话更有现场感，需要记述者很强的想象力，这给后来的史书乃至小说提供了宝贵的经验。《左传》里人物的言辞，成为后世一些文体最早的雏形，例如，僖公四年（公元前 656 年）楚成王的使者与代表齐桓公的管仲的对话，成公十三年（公元前 578 年）吕相代表晋厉公宣说的《绝秦书》，被《文心雕龙·檄移》当作用于征讨的檄文之先声："齐桓征楚，诘苞茅之阙；晋厉伐秦，责箕部之焚；管仲吕相，奉辞先路，详其意义，即今之檄文。"僖公三十年（公元前 630 年）烛之武说秦穆公，《文心雕龙·论说》说，"说之善者……烛武行而纾郑"，那都是经由《左传》由口头话语变为精整的书面文字。

《左传》与《春秋》相比，实现了叙事艺术的飞跃，《文心雕龙·史传》篇说《左传》"创为传体"，即创立了成熟的叙事范式，在全世界古代的史学经典和文学经典中，《左传》闪耀着灿烂的光辉。

（载《华中师范大学学报》2014 年第 1 期）

《左传》和《历史》的人物在伦理困境中的选择

一

《左传》和希罗多德的《历史》分别是中国和西方历史著作中最早的经典，同时也都是世界早期的文学经典。在这两部著作产生的时期，中国和希腊、波斯等还处于彼此隔绝的状态，两书所叙述的对象不同，作者的认知框架不同，但是，它们却有一个共同的突出特点，就是不仅记录了国家兴亡、政权更迭、疆域变动，不仅记述了重要战争的历程，还都写到大大小小许多国家、不同文化体的不同习俗，传达出众多族群、人群不同的伦理观念。它们这样做，凸显出一种历史学的理念，即伦理习俗对民族和国家的命运具有重要作用；同时，也凸显出一种文学观念，即文学能够反映、传播并不同程度地改变伦理习俗。在《历史》第三卷第 38 节，希罗多德引述前人的诗句说，“习俗乃是万物的主宰”。在古希腊，“伦理”和“习俗”两个词语含义相互交切，从上下文来看，希罗多德这里要表达的正是他对伦理问题的极度重视①。研读这两部著作，可以思考如何认识不同的自然的和社会的环境怎样滋育出不同的伦理习俗，人们应该如何对待不同国家伦理习俗之间以及同一国家内部各群体伦理习俗之间的差异和矛盾，应该如何评判伦理在社会历史发展中的作用；可以思考一个国家的主流社会，尤其是它的当政者如何认识和处理不同伦理习俗观念之间的关系，对他们社会成员的凝聚力或离散力、对他们国家的稳定和发展会起到怎样的影响。文学，是人们了解彼此伦理习俗的重要渠道，可以促进不同习俗、不同伦理观念的接近和融合，也可能加深它们的隔阂和对立，这就要看作者的理念和立场，也和接受者本来持有的理念、立场相关。《历史》和《左传》在客观描述多种习俗、多种伦理观念的同时，也表达了作者的伦理观念。两千多年来，东方西方对于这两部经典有非常繁多的解说，我们今天如何认识这两部经典所表达的伦理观念，怎样认识它们之间的区别和这种区别对两千多年中西伦理文化的深远影响，如何认识历史著述和文学著述在民族国家国民伦理传统形成和发展演化上的作用，无疑也是一个值得继续探讨的题目。

伦理习俗随时代和族群而异，一个民族的伦理习俗，不应由另外的民族判定其是非优劣，一个时代对另一个时代也是这样。但是，可以相互比较，也应该相互吸收。因伦理习俗冲突而引发悲剧乃至引发大战，历史屡有记载。希罗多德对于以骄矜和轻浮的态度嘲笑异族习俗的君主

① 《历史》："因此我以为，品达洛斯的诗句说得很对，'习惯乃是万物的主宰'。"关于习惯或习俗概念的内涵及其在西方历史上的流变，参见《西方大观念》"习俗与约定（Custom and Convention）"条，陈嘉映等译，华夏出版社，2008年，第212—221页。其中说道，"习俗是一种约束力量，它减少个人彼此相异的倾向，具有把他们塑造得大致相似并且编排他们的生活的效果"，"任何人只要像希罗多德那样在不同民族之间周游，观察他们的制度并收集他们的传说，就会为自己发现这种关于人类信仰和实践的巨大多样性的知识"。又说道，"既然在各种对立的习俗之上不存在可以说出谁对谁错的裁决者，那么，某个特定的习俗就仅仅对它流行的那个群体才有效"，"但习俗的这种多样性和变异性并不必然意味着人的行为根本不存在一致性"。又，《中国大百科全书·哲学卷》"伦理学"条说，源出于希腊文 ετησσs 的"伦理"一词含有风俗、习惯、气质和性格等意义，中国大百科全书出版社，1987年，第515页。

持严肃的批判态度。他称波斯国王冈比西斯二世“是一个疯狂程度甚深的人物”，因为他做出嘲弄其他国家宗教和习俗的事情①。统治者的这类言行，往往成为巨大灾难的起因。这是因为，如希罗多德所说，每个人都认为自己民族的风俗是最好的，而此一民族的风俗在彼一民族看来，有的时候会以为是荒诞不经、不可思议。希罗多德举例说，在冈比西斯之后继任波斯国王的大流士问希腊人，会不会吃父亲的尸体，又问吃双亲尸体的印度人会不会火葬父亲，他们各自的回答都是说那不可想象；而对于古希腊人来说火葬父母，对于一部分古印度人来说吃父亲的尸体，都是合乎他们伦理观念的行为。在历史上的若干时期，许多国家、族群，“对于异邦人的任何风俗，都是极其不愿意采纳的”（希罗多德，294）。不同地域不同历史时期的习俗和伦理观念，各自建立在不同的物质生产发展水平上，产生于不同的经济和政治体制下，各有其形成的根由，我们要从现代科学尽可能给予合理的解释。

《左传》提到“土宜”这个概念，社会学家潘光旦注意到了这点，他在《演化论与几个当代的问题》一文里说：“一部《左传》里有过不少次关于土宜的话。”②《左传·文公六年》载，君子曰，古之王者“使毋失其土宜，众隶赖之，而后即命，圣王同之”③。宋代林尧叟解释，所谓土宜就是“使民任之，无失其土地之所宜、众民之宜，于官，于士，于农、工、贾者，皆依赖其法而后就用”。土宜，意为各国、各族、各文化体，其伦理习俗应适合各自环境和传统，不能强求其彼此一样。《左传·成公二年》载，齐国使者宾媚人（即国佐）回应晋国提出的无理要求时说：“先王疆理天下，物（考察）土之宜，而布其利。故《诗》曰：我疆我理，南东其亩。今吾子疆理诸侯，而曰‘尽东其亩’而已，

① 希罗多德：《历史》，王以铸译，商务印书馆，1997年，第211—212页。本文以下引《历史》均据这一版本。

② 潘光旦：《寻求中国人位育之道》，国际文化出版公司，1997年，第3页。

③ 《春秋左氏传正义》，《十三经注疏》本，中华书局，1980年，第142页。本文以下引《左传》均据这一版本。

唯吾子戎车是利，无顾土宜，其无乃非先王之命也乎！”《庄子·天运》记鲁太师金在子贡面前批评孔子的话：“今蕲行周于鲁，是犹推舟于陆也，劳而无功，身必有殃。”可见，尊重各个国家、各个地域伦理习俗的特殊性，也是春秋战国时期中国许多思想家持有的立场。

总之，《历史》和《左传》的作者倡导人们，特别是居于强势地位的君主，对于异于自己的伦理观，首先应该努力去理解、尊重其他群体的选择。这一点，在当今世界各国的文化共处中，仍然具有启导意义。

二

尤其能够引起今天人们探索兴趣的是，《左传》和《历史》展示了一些人物在重大关头遭遇的伦理困境，展示了主人公在困境中最终做出的出乎很多人意料的选择，揭示或暗示了这些选择对他们本人和对他们所属的群体，对国家命运和对后世的影响，这些记述，对于常被多元伦理所困扰的现代人类，具有很大的启迪作用和警诫作用①。

在现代伦理哲学上有重要建树和巨大影响的哲学家麦金泰尔在《道德困境》一文中指出，现代学者对伦理困境的关注远过于前人，却没有对摆脱、超越伦理困境做出有效的理论建构，也就是说，未能对困境中的人们如何合理的正当的选择作出有效的指导，他的结论是回到古人，回到亚里斯多德的德性传统。麦金泰尔把伦理困境分为三种：一是人总要被分派一个以上的社会角色，有时履行这一角色的责任可能阻止他履行另一个角色的责任；二是相关伦理道德规范的异质性，遵守这一信条就违背那一戒律；三是一种品行的理想德性与另一种品行的理想德性彼

---

① “伦理困境”这一术语，或指个人伦理行为的两难处境，或指社会伦理规范的混乱，本文取前一意义，参见聂珍钊“文学伦理学批评术语解释”的“伦理困境”条，见聂珍钊：《文学伦理学批评导论》附录，北京大学出版社，2014年，第258页；另参见麦金泰尔：《道德困境》，莫伟民译，《哲学译丛》1992年第2期。伦理和道德是有区别的，但伦理困境与道德困境在当前学界使用中，含义多有重合、交叉。

此冲突①。参考麦金泰尔的说法，针对《历史》和《左传》的相关内容，也考虑到现代社会的普遍现象，本文把伦理困境分为两种，一是外在强力逼迫下造成的选择的艰难，二是主体内心冲突造成的难以自拔的纠结和内疚。

先来讨论第一种。《左传·桓公十五年》记载：郑国执政大臣祭仲专权，郑厉公密令祭仲的女婿雍纠谋杀祭仲，雍纠把这件事告诉了妻子雍姬，雍姬回娘家找母亲商量，问道，“父与夫孰亲?”母亲回答：“人尽夫也，父一而已，胡可比也?”母女把事情告知了祭仲，祭仲抢先动手杀死雍纠，郑厉公出逃去了蔡国。当雍姬听到丈夫透露的密谋，就给她提出了一个尖锐的伦理难题，把她置于一个艰难的伦理困境，父亲、丈夫以及指使丈夫的君王生死搏斗，她只能选择一边。元代许谦《白云集·雍姬论》说：“君臣也，父子也，夫妇也，人之大伦也。一事而三者预焉，此君子所难言也。”雍姬和母亲没有去考虑国君，只在丈夫与父亲中间掂量。许谦和后世大多数讲释《左传》的文人，激烈地批评指责雍姬母亲的主张。这些批评者比雍姬母女更接近于正确吗?未必。许谦说：“使姬而知义，其处此也如之何?谏其夫，使辞于君，不得命而先仰药以死，不忍见其父与夫之相残也，庶乎其可也。”凡是认真读了《左传》在此前后叙述的人都能够分析出，“辞于君”的后果只能是祭仲甚至连及雍纠的灭亡。残酷的权斗你死我活，许谦叫雍姬以及她丈夫、父亲都死，国君的地位权力则不可动摇。他的话表明，三纲五常、君权至上的伦理观念，对于士人和百姓的控制，在秦汉至清代，比之春秋战国时代更为深入和严密。直到20世纪，成为民主革命思潮反对的主要目标。

希罗多德《历史》中有一个女子，也遭遇与雍姬同样的伦理困境。第三卷第119节记载，波斯国王大流士逮捕了原来和他一起发动政变夺

① 麦金泰尔：《道德困境》，莫伟民译，《哲学译丛》1992年第2期。

取王位的音塔普列涅斯全家，音氏的妻子每天到王宫门前哭泣，大流士于是说可以赦免其中一个人，要她选择，她选择了弟弟。国王问，为什么放弃儿子和丈夫呢？她回答说："国王啊，如果上天垂怜的话，我可以有另一个丈夫，而假如我失掉子女的话，我能够有另一些子女。可是我的父母都死去了，因此我绝不能够再有一个兄弟了。"这番话和雍姬母亲的意见不谋而合。

今天文学伦理学批评应做的，主要不是像两千年来不少文人做过的那样，判定雍姬母女和音氏之妻在伦理困境中所做出的选择的对错，更应该是揭示出她们何以这样选择而不是那样选择的原因，揭示古代作家、史家这种描述的深层意义，供今人摆脱伦理困境时参考。

人在伦理困境中做出选择，可以有三个方面的权衡，就是感情、理智和利害，其中理智是主体从本人伦理观念的基本原则出发所作的理性分析。雍姬和她的母亲没有讨论到涉事双方孰善孰恶，没有从伦理原则作谁是谁非的推理；音塔普列涅斯的妻子则根本没有得到考虑善恶、对错的机会和权利。以上两例中首先错的是君王，《左传》和《历史》记述君王强加于人物的伦理困境，引导读者达到的结论首先是谴责外力之恶，大流士之恶，郑厉公（也包括他的政敌祭仲）之恶，是他们制造了几个女子的困境。这一点，类似于现代文学中"苏菲的选择"，那是揭露德国法西斯之恶，这正是优秀文学作品的伦理价值所在[①]。而在后来，专制极权的皇权至上、君王至上观念辖制下，有的文人认为即便是君王错了，即便是对恶的君王的荒唐无理的命令，也应该绝对服从。明代方孝孺指责《左传》的伦理观，提出：若君臣父子之分，天下之大经也。父暴而违道，子乌可行权而谇（责骂）父乎？纣之暴可谓甚矣，箕

① 作为对比，可以举出小说《东周列国志》第11回《郑祭足杀婿逐主》，祭足即祭仲，那里把雍纠写成谋杀方案最早的策动者，小说里所有人物的行动都没有内心的斗争。小说的写作距离历史事件的发生已有两千年，作者的皇权意识、男权意识十分浓重，这就使得小说遮蔽、削弱了《左传》叙述所蕴含的悲剧性，反衬出《左传》的思想高度，其文学性也远不如《左传》。

子、微子事暴君而不敢失人臣之礼，知君臣之大经重于社稷也①。他把君王个人看得比整个国家还要重要，这样似乎是跳出伦理困境了，同时也就把极权体制下伦理的反理性、反人性暴露出来了。

除了确认外力乃是上述困境的根源之外，当事人在被强制的境遇下，为什么作出这种而不是那种选择，仍然蕴含值得我们探究的历史内容。雍姬母女讨论的是夫与父孰亲，可是，雍姬之母要求女儿牺牲丈夫而保护父亲，她自己却是保护丈夫，她的逻辑并不一贯。音氏之妻说丈夫和儿子可以再有，但那已经不是原来的丈夫和儿子了，其理由也经不起过细推敲。她们选择的根据不是感情或理智，而是利益。雍姬和音塔普列涅斯的妻子所面临的，用当代学者的术语来说，是一个“差序格局”。她们被迫在父亲、丈夫、儿子、兄弟之间做出选择；这些都是她们的亲人，但是，在特殊的境遇下，其中只有一人可以继续生存，而女子被迫要决定谁生谁死，于是只能排序选择。雍姬和音妻的选择考虑的是娘家的家族利害，这是根源于各自所处的社会制度。“人尽夫也”，并非是说随便一个男人都可以做丈夫，而是说，对于贵族女子，丈夫可以选择，可以二次以至多次选择。《左传》中记有很多王公贵族女性的再婚，并不以为奇怪或耻辱，并不受到谴责。《历史》中多次介绍到与后代一夫一妻制迥异的性风俗，应看作群婚制的遗迹。上古中国和希腊、波斯人听到“人尽夫也”都不会像宋代以后的文人那样大惊失色。

婚姻选择的最重要的依据是家族利益，婚姻是家族政治利益的结盟。那时的中国，各诸侯国普遍实行的是世族制度，即是《左传·桓公二年》里说的“天子建国，诸侯立家，卿置侧室，大夫有贰宗”。统治阶级由若干家族组成，各个家族的权位世代相传，家族与家族之间用错综的婚姻关系链接，家族成员的命运，他们的荣损存亡，紧密联系在一起，女子出嫁后有不少仍然把她父母家族的利益置于夫家利益之上。波

① 方孝孺：《逊志斋集·卷五·鬻拳》。

斯的情况与此类似，《历史》第一卷第74节记载吕底亚与美狄亚两国多年战争之后议和，为了保障协议有效，吕底亚的公主嫁给美狄亚的王子，联姻的唯一原因是政治的需要。在男权社会里，女子维护父亲或兄弟的安全，为的是维护家族的权势，在不利情势下保存家族重新振兴的希望。清代学者段玉裁说，“人尽夫也”是一个传写的失误，“夫”字本应该是“天”字：“人即禽兽其心，未有肯云‘人尽夫’者，此乃《开成石经》一误而莫之正，是以名儒不窥也。”“祭仲之妻之意谓人尽天之所覆也……父为生我之天，至亲一人而已。夫则为所适之天，其亲不比生我者也。”① 段玉裁是一位严谨的考据学者，他的这一说法却是完全不能成立的，是从陈腐的伦理观念出发作出的牵强附会的解释。“人尽夫也”，说的是为了父母家族利益可以改变婚姻状况，选择另外的政治同盟者；“父一而已”，说的是本身原有的家族是不可选择的，不可改变的，如果父亲被杀，家族将从此衰败。为了家族的利益甚至可以与君主斗争，祭仲前后经历四任国君，实权凌驾于国君之上。到了许谦和段玉裁的时代，士人习惯了一姓的江山千秋万代不容篡夺的观念，君权、父权、夫权只应叠合统一而不应对立冲突，如有冲突，只能是君在前，父次之，夫再次，而当事人的利益乃至生命都不在计较之中。如果这些论者懂得从经济和政治制度出发，去研判古人伦理选择的根源，就会得出完全不同的结论。我们也不必过分嘲笑段玉裁，肃清封建伦理流毒，至今还是需要高度重视的工作。

三

再来说第二种困境，即主体本来有主动选择的可能，但由于自身具有互不相容的伦理观念，内心冲突造成自责和内疚。《左传·宣公二年》

① 段玉裁：《与严厚民杰论〈左传〉一则》，《经韵楼集》，钟敬华校点，上海古籍出版社，2008年，第73—74页。

记载，晋灵公因为赵盾经常谏阻他的暴虐行径，派钮麑刺杀赵盾，钮麑凌晨前往，看见赵盾已经穿好朝服，合眼休息等待，叹息地说道：“不忘恭敬，民之主也。贼民之主，不忠；弃君之命，不信。有一于此，不如死也！”于是触槐而死。并没有什么力量强制钮麑必须去死，他可以执行晋灵公的命令回去请功，也可以放弃执行命令远走逃遁。钮麑之所以选择自杀，是因为他内心认定，刺杀一个好官是违背伦理的，背弃对君王的诺言也是违背伦理的。正如麦金泰尔所说，主体发现自己持有两个前提，推导出两个结论，他既没有理由怀疑任何一个前提，也没有理由怀疑推导模式，这种困境的特征是“当事人或有关诸当事人方面的一种持续地确信：即与现象相反，存在着将被辨认出的某种正确的行为方向，发现和采取这一正确行为正是他、她或他们的义不容辞的责任。请注意，如果不存在这一确信，困境就不会那样使人感到痛苦”①。在这种情形下，主体的痛苦以致死亡，是由于他摆脱不了自己所同时确信的两种伦理原则的尖锐对立。

《左传·庄公十九年》记载，楚国臣子鬻拳纠正楚文王的错误，楚文王不听，鬻拳用兵器威胁，楚文王只好接受。鬻拳说，“吾惧君以兵，罪莫大焉，遂自刖也”，用截肢惩罚自己。楚文王出征大败回师，鬻拳紧闭城门不让楚文王进城，迫使楚文王再出战，取得胜利。楚文王随后病死，鬻拳也自杀。《左传》写道：“君子曰，鬻拳可谓爱君矣，谏以自纳于刑，刑犹不忘纳君于善。”明代方孝孺反对《左传》的意见，他说，“刼君而谓之曰爱君，将使奸臣乱贼欲行篡弑之事者皆挟爱君之名以自文，其祸后世可胜道哉，然固左氏启之也”。这里至少有两个层次的问题，首先是，君主的命令他的下属是否必须遵从？《左传》于此先叙述了晋灵公的一些骇人听闻的暴行和赵盾对此的批评，读者可以作出判断，晋灵公杀害赵盾的谋划是一件新的恶行，他的这个命令不必、不应执行。鬻拳所做是为了楚国的国家利益，其结果也确实对楚国有利，他

① 麦金泰尔：《道德困境》，莫伟民译，《哲学译丛》1992年第2期。

做的并没有错。拒绝君主和上司违背国家和人民的利益，甚至也违背统治集团整体的长久利益的命令，不是错误，更不是罪恶。第二个层次的问题是，对于钮麑和鬻拳的自杀怎样评价？钮麑、鬻拳在困境中考虑的不是感情更不是利益，而是他们信奉的伦理准则。他们的自杀，是由于所确信的两种伦理原则的剧烈冲突，其中必定有一个是错的。他们已经意识到君主的言行的非正义性，可还是相信君命不该违抗。我们今天当然很清楚，为了不负发出错误的罪恶的命令的君主而死，太不明智、太不值得。但是，钮麑、鬻拳为了自己所确信的伦理观念，不惜放弃生的权利，却引起后世很多人的惋惜和同情。这是因为，在一个民族国家内部，伦理道德有很强大的传递力量，是构成民族文化的重要成分。哪怕后代对于先代伦理的原有内容已经不再赞成，也仍然保留其中所传导的一种精神以及誓死坚持所确信原则的态度。比如中华民族早期建立的忠孝仁义的伦理观，儒家赋予它们特定时代的狭隘的含义，“五四”以来已被扬弃，但是，以其中的“忠”为例，不是忠于一姓一人，而是忠于正义的事业，永远是绝大多数人所崇敬的美德。钮麑、鬻拳之死，引起后人惋惜中的同情，表明伦理道德继承的复杂性。

《历史》中也有类似的例子，美狄亚国王阿斯杜阿该斯做梦，占梦者告诉他女儿的后代会接替他成为国王，于是，为了消除隐患，他命令大臣哈尔帕哥斯把外孙杀死，这让哈尔帕哥斯陷入了伦理困境。他一不愿意违抗国王，二不愿意亲手杀害无辜的婴儿。但是，他和钮麑不同，他首先考虑的既不是情也不是理，而是本人的安全和利益。他不想替国王干杀人的阴谋，绞尽脑汁，想出办法既不违反国王的旨意，又不被看成是一名凶手。他找到牧人米特拉达铁斯，说，假如你不杀死这个孩子，将会遭到最可怕的灭亡，这样，把伦理困境转嫁到牧人头上。牧人怎么处置呢？他和妻子商量，把他们自己的死婴抛到山谷，而把国王的外孙当作儿子抚养，这样就不会因为对自己主人的不忠诚而受惩罚，也不做有伤天理的杀婴之事。他们一方面拒绝了恶的王命，一方面保全自己。牧人和大臣在困境中的选择，既有那一时代共同之点，又有平民的善良朴实与大臣的狡诈诡谲的区别。作为历史人物，钼麑和鬻拳得到后人的同情，牧人夫妇受到尊敬，哈尔帕哥斯没有一个他所确信的伦理准则，更不准备为了自己赞成的伦理准则牺牲生命，后来希罗多德记下阿斯杜阿该斯被外孙居鲁士打败之后对哈尔帕哥斯的怒斥，似乎也有作者的鄙薄之意在其中。

要求所有的古人直接对抗君王的错误的、罪恶的命令是不现实的，颂扬对于错的恶的命令的屈服也不是文学家和历史学家应有的正当做法。伦理困境中，主体焦虑的是应该如何和如何有利两者不能兼顾。遇到外力强加的伦理困境，怎样既不违背自己确信的伦理原则，又保护自身的和整体的长久利益，这也是《左传》《历史》所探讨的问题，它们给后世提供了若干正面的示例或反面的鉴戒。《左传》中晋献公听信骊姬的谗言，让申生和重耳受到迫害和死亡威胁。申生不听身边诸人的劝告，既不辩解也不外逃，在伦理困境中自缢。重耳则虽不反抗也不送死，而是出亡十九载，回国后成为晋文公，使晋国得以强盛。后来三国时期刘表的儿子刘琦处境与申生、重耳一样，他请教诸葛亮，诸葛亮指点他说："申生在内而危，重耳居外而安。"这件事情在《后汉书·刘表传》《三国志·蜀书·诸葛亮传》和《资治通鉴》等许多正史中一再讲述，历代诗文中更多有涉及①，说明《左传》提供的应对伦理困境的不同策略的成败教训，受到后人高度重视。

由主体内心理念冲突导致的伦理困境与人物对其身份的自我认知关系密切②，这给文学伦理学批评提供了巨大的阐释空间。人的伦理身份总是具有多重性，悲剧性作品中的主要人物往往是对自己多重伦理身份及这些身份之间的关系缺乏合理的认识。《左传》和《历史》中的人物，

① 蔡清《四书蒙引》卷十四引此事作"申生在内而亡，重耳在外而伯"。

② 身份问题是中外社会学、心理学和文学理论中热点问题之一，学者们对身份的定义不尽一致，参看钱超英：《身份概念与身份意识》，《深圳大学学报》2000年第4期；吴小勇等《身份及其相关研究进展》，《西南大学学报》2008年第3期。关于伦理身份，聂珍钊"文学伦理学批评术语解释"的"伦理身份"条作了详细阐释，见聂珍钊：《文学伦理学批评导论》附录，北京大学出版社，2014年，第263—264页。

不懂得人是世上第一尊贵的，专制君王如大流士、郑厉公视人命如草芥，其他许多人也没有足够珍惜自己和亲人的生命。人的价值是随着社会的进步被逐渐认识的。康德在《道德形而上学原理》中提出“人是目的”的命题，他说，“你的行动，要把你自己人身中的人性，和其他人身中的人性，在任何时候都同样看作是目的，永远不能只看作是手段”。又说，“人，一般来说，每个理性存在者，都自在地作为目的而实存着，他不单纯是这个或那个意志所随意使用的工具。在他的一切行为中，不论对于自己还是对其他理性存在者，任何时候都必须被当作目的”①。人在伦理困境中，需要考虑到感情和利益，但一定不能缺少基于理性的缜密思维，这种理性思维，既超越于生理的欲求，也不盲目地被动地服从一时一地的律条，而是如康德所说：凡在实践上堪称善的事情，总是在不受主观的影响下，以理性的观念来决定意志；以人为目的就是以人性为自在目的，而德性义务就是丰富和完善自己的人性。

无论什么时代，人们都常有可能遇到伦理困境，比如，女人难产，家属被问保母亲还是保婴儿？又比如，突发灾害，多人在危险中，先抢救谁？再比如，忠孝不能两全，尽忠还是尽孝？伦理困惑既然是经常存在的，也就是文学上悲剧的一个重要题材，哲学上的一个重要话题，作者们对此一题材、话题做出各种各样的表现、阐释。就《历史》和《左传》而言，希罗多德更注意伦理观念的差异性和变动性，《左传》更注意伦理观念的持续性、继承性。今天，通过对于文学经典、历史学经典的比较研究，吸收那些正义的理性的精神，抛弃暴虐的愚昧的意识，不断强化和丰富我们时代的新的伦理原则，是研究者应做的工作。

（载《外国文学研究》2015 年第 6 期）

---

① 康德：《道德形而上学原理》，苗力田译，上海人民出版社，2002 年，第 48 页、第 47 页。

古代叙事理论的一对范畴
——实录与微隐

中国古代叙事理论有一对范畴——实录和微隐，是构成中国叙事理论鲜明特色的两个重要支点。实录和微隐开始是从历史叙事领域产生，同时也被文学叙事所采纳，并有所发挥和创革。

一

作为叙事理论术语，实录最早见于班固在《汉书·司马迁传》里对《史记》的一段评述中："自刘向、扬雄，博极群书，皆称迁有良史之材，服其善序事理，辨而不华，质而不俚，其文直，其事核，不虚美，不隐恶，故谓之实录。"这段话为历代史家和史论家以及文论家屡屡称引。应劭《汉书集解》释实录为"言其录事实"，其实，远不是这么简单，实录不能仅从词义上去理解，而应探索、领会其丰富深刻的内涵。班固这一评述原是采自他父亲班彪的《略论》，而班彪的思想又可溯源于孔子。《左传·宣公二年》在记晋国史官董狐书"赵盾弑其君"之后引孔子的话："孔子曰，董狐，古之良史也，书法不隐。"孔子所说的不隐，涵盖了上引班固数语，不隐，既不隐善，也不隐恶。不隐善相对容易做到，叙事而不隐恶，要更加困难得多，直书恶与丑，往往会引起怨憎而遭遇强大的压力。从孔子到司马迁、班固以至其后，实录的第一层意思是，叙事者依自己所认定的理念和所掌握的事实来叙述事件，不因外界的胁迫或利诱而改变。这种实录精神的榜样有春秋时代的两位史官——齐国的太史和晋国的董狐。《左传·襄公二十五年》载，“大史书曰，‘崔杼弑其君’，崔子杀之，其弟嗣书而死者，二人，其弟又书，乃舍之。南史氏闻大史尽死，执简以往，闻既书矣，乃还”。这些史家为了坚持自己的叙事理念，不惜牺牲生命。所以，文天祥《正气歌》将“在齐太史简，在晋董狐笔”作为古今正气的范例，这种正气乃是实录精神的灵魂。

实录为什么需要勇气甚至于需要以命相搏？因为历来许多的权势者害怕实录。《孟子》谓孔子作《春秋》而乱臣贼子惧，《春秋》和上古大多史官之文，其著作主要目的是要使当政者心存戒惧。当政者既有所惧，便想要干预历史和文学的叙事，便要阻挠实录，实录常是在与权势的对抗中进行。《吕思勉读史札记》“毁誉褒贬”条举出若干例证说，当春秋之时，已有掩其实而不书者，有曲笔而乱其实者[①]。例如，《左传·文公十八年》记襄仲杀惠伯埋于马矢之中，而《春秋》不记此事，隐去了。杜预在注文里说：“惠伯死不书者，史畏襄仲，不敢书。”政治的强权掩盖某些人的恶行，千方百计不让它形之于文字，是很常见的带有普遍性的。春秋时期，诸侯并立，每一诸侯的势力主要限于各自境内，此国史官不记，还有可能为他国史官记之。《左传·襄公二十年》记，卫国宁惠子临死之前，把儿子悼子叫到跟前说：“吾得罪于君，悔而无及也。名藏在诸侯之策，曰：‘孙林父、宁殖出其君’，君入，则掩之；若能掩之，则吾子也。”这是明白而直接地要求儿子替他掩恶，《春秋》在襄公十四年只记下“己未，卫侯出奔齐”，表明宁殖父子的掩盖行为确有效果。不过《左传》则是详细记述卫献公羞辱孙文子、宁惠子，他们发动政变赶走了卫献公，《左传》所依据的可能就是卫国以外

① 吕思勉：《吕思勉读史札记》，上海古籍出版社，2005年，第218—220页。

的诸侯之策，或者也可能是得之于故老口述。

到了秦汉以后一统天下，史官对皇帝、对统治集团主要成员的记述忌惮更多，后代史家要认真做到实录，比春秋战国时期更加艰难得多。唐太宗想要亲览当朝国史，谏议大夫朱子奢上表云：“史官所述，义归尽善，若……庸君饰非护短，见极陈善恶，致怨史官，何地逃刑?”他劝皇帝不要干预史官对本朝的叙事。稍后，魏謩对唐文宗也表示了同样的意思：“臣以自古置此以为圣王鉴戒，陛下但为善，勿畏臣不书。如陛下所行错误，臣不书之，天下之人皆得书之。”“若陛下一览之后，自此文字须有回避，如此则善恶不直，如何遗后代取信?”① 大多数皇帝不像唐太宗和唐文宗那样有所收敛，不肯给予史官较大的自主。但是，历代史家、文学家中都不乏具有董狐精神的人。白居易写讽喻诗，众口籍籍，众面脉脉，权豪贵近相目而变色，执政柄者扼腕，握军要者切齿，他依然不管不顾地连续写作了几十篇刺时之作。曹雪芹自述在严酷的文字狱背景下《红楼梦》的创作主旨为，“至若离合悲欢，兴衰际遇，则又追踪蹑迹，不敢稍加穿凿，徒为供人之目而反失其真传者”。二知道人说：“盲左、班马之书，实事传神也；雪芹之书，虚事传神也。然其意中，自有实事，罪花业果，欲言难言，不得已而托诸空中楼阁耳。”② 他们在文学领域实践实录，凡是在文学叙事和历史叙事上留下辉煌成果的，大多是富有实录精神的作者。

二

那么，历来受到高度赞赏的实录，是否就是对于实际发生过的事件

① 李昉等：《太平御览》，中华书局，1960年，第2718页；王钦若等：《册府元龟》，中华书局，1989年，第1555—1556页。

② 二知道人：《红楼梦说梦》，参见一粟：《古典文学研究资料汇编·红楼梦卷》，中华书局，1963年，第83—84页。

的如实叙写呢？这就引出了一个理论问题——叙事中主体性与客观性的关系，或者叫作真实与阐释的关系问题。以“赵盾弑其君”为例，《左传》记述道：董狐把“赵盾弑其君”的简文在朝会中向官员们宣示，赵盾说，你这样记载不符合实际，董狐回答，“子为正卿，亡不越竟，反不讨贼，非子而谁！”孔子后来评论说：“董狐，古之良史也，书法不隐；赵宣子，古之良大夫也，为法受恶，惜也，越竟乃免。”同样一个事件，董狐、赵盾和孔子各有不同的叙述方案，各人有其所理解的实录。赵盾心目中的实录和董狐心目中的实录彼此对立，孔子想要加以调和，他既肯定董狐是良史，又肯定赵盾是良大夫，却更突出了叙事中隐藏的深层的内在矛盾，即主体评价与客观事实的矛盾。三个人都知道不是赵盾杀了晋献公，也没有任何根据说他指使别人杀晋献公。但是，董狐认为，赵盾身为正卿，在伦理上要为晋献公被弑负责。《春秋》很可能沿袭了董狐对这件事的记载，其全文是：“秋七月乙丑，晋赵盾弑其君夷皋。”这样的叙述，用叙事者对人物行为的伦理评价，代替了对实际发生的历史事件的如实记录。在他们那里，实录，第一位的是如实地表达叙事者对于事件性质的观点、理解和阐释。《孟子·离娄下》说，《春秋》“其事则齐桓、晋文，其文则史，孔子曰，其义，则丘窃取之矣”。可见，孔子修史，把“义”，即他从历史记录中发现和注入的意义，放在最重要的地位。康有为《春秋笔削大义微言考》谓：“《春秋》之义不在事”，事，是第二位的①。胡适《中国哲学史大纲》云：“历史的宗旨在于‘说真话，记实事’。《春秋》的宗旨，不在记实事，只在写个人心中对于实事的评判。”② 这样一种对于实录的理解，历来有很大的影响力，并且产生出一些长久的弊端。

唐代刘知幾对《春秋》这种做法提出质疑，《史通·惑经》批评《春秋》说，“赵穿杀君而称宣子（赵盾）之弑”。以追责性的评价代替

① 康有为：《康有为全集》第二集，中国人民大学出版社，2007 年，第 324 页。
② 胡适：《中国哲学史大纲》卷上，商务印书馆，1987 年，第 105 页。

事实是对实录原则的背离，无论其伦理评价正当和准确与否，都丧失了叙事的可信性。后世为此聚讼纷纭，欧阳修是一位大史家，也是一位大文学家，他作《新五代史》效法《春秋》。胡适说，"《春秋》的余毒就使中国只有主观的历史"①，在这种叙事观念体系里，儒家伦理判断可以压倒对事实的尊重。

在历史叙事中，事实应该居于怎样的地位，史家对历史的评价和阐释又应该居于怎样的地位，修史者的主观评价与客观的史实应该是怎样的关系，这是中外史学关注的大论题，也是文学理论关注的大问题，二十世纪以来西方史学就此发展出彼此对立的学派。"历史"这个词语（包括汉语的"史"和西文的"history"）具有两重含义，其一是实际发生过的历史事件，或称历史 1；其二是叙事者对于此种事件的叙述，或称历史 2。历史 1 一经发生随即消逝，史家和文学家所直接依据的只能是历史 2。历史 2 以及人类所有各种对于客观世界的叙写、记录、描述，都包含有主观和客观两个方面。黑格尔在《历史哲学》的导论中说："在我们德国语言文字里，历史这一名词联合了客观的和主观的两方面，而且意思是指拉丁文所谓'发生的事情'本身，又指那'发生的事情的历史'；同时，这一名词固然包括发生的事情，也并没有不包括发生的事情的叙述。"② 柯林伍德在《历史的观念》中说，古希腊学者区分两种思想类型，即"真知"（ἐπιστήμη）和"意见"（δόξα），后者"是我们关于世界的不断流变着的现实之不断流变着的认识"，是不可能被证明的；真知则是永远有效的，"它根据可以证明的推理并且可能通过辩证批评的武器来找出错误和扬弃错误"③。晋献公被弑杀，这是确实发生过的客观事实，怎样描述、怎样看待这件事则会有多种角度、多

① 胡适：《中国哲学史大纲》卷上，商务印书馆，1987 年，第 105 页。

② 黑格尔：《历史哲学》，王造时译，生活·读书·新知三联书店，1956 年，第 101 页。

③ 柯林伍德：《历史的观念》（增补版），何兆武、张文杰、陈新译，北京大学出版社，2010 年，第 22 页。

种结果。董狐注意的重心在表达意见，孔子赞扬董狐是良史，因为他主张历史的作用就是训诫，董狐的“书法”警戒所有的大臣负起保护国君生命以维护王权的全责。对于晋献公被弑，对于各种各样的事件，总是存在多种不同的意见。史家和作家如果只表达一种意见，而抹杀、回避其他的意见，并且还抹杀、回避与其他意见相关的事实，即令他坚持自己理念的精神颇为可敬，他的叙事的真实性必定大大降低，从而他的历史的或文学的叙事的价值也就有了重大的缺陷。

叙事不应把意见与事实混淆，更不能以意见篡改事实。清代学者皮锡瑞严辨经史之异，正是这个意思，他说：“故‘春秋’一也，鲁人记之则为史，仲尼修之则为经。经出于史，而史非经也；史以为经，而经非史也。”又说：“经史体例，判然不同，经所以垂世立教，有一字褒贬之文。史止是据事直书，无特立褒贬之义。”这番话切中儒家叙事观之弊，尊经轻史、重意见而轻事实，是长期存在的偏向。

作为“史”的《左传》，实际上不露声色地纠正了被当作“经”的《春秋》叙事的若干错谬失实，它的做法就是提供事实，提供多个角度叙述的事实，有时也提供两种以上不同的对于事实的意见。关于“赵盾弑其君”，它叙写了晋献公的残暴，讲述了晋献公一次再次要谋害赵盾，更明确记叙是赵穿而不是赵盾杀了献公，此外，它也留下孔子对董狐的赞许和对赵盾的惋惜。《史通·惑经》说：“盖君子以博闻多识为工，良史以实录直书为贵。而《春秋》记他国之事，必凭来者之辞；而来者所言，多非其实。……皆承其所说而书，遂使真伪莫分，是非相乱。”他又在《申左》篇里说：“丘明既躬为太史，博总群书，至如《梼杌》《纪年》之流，《郑书》《晋志》之类，凡此诸籍，莫不毕睹。其《传》广包它国，每事皆详。”“上询夫子，下访其徒，凡所采摭，实广闻见。”①这就是说，《左传》取材有多个来源，反映了多重视角，考察了对事实

① 浦起龙：《史通通释·外篇》卷十四，江苏广陵古籍刻印社，1991年，第7页、第12页。

的多种说法，甚至也反映了对事件的不同评价。这是比《春秋》更好的实录。恩格斯在《致布洛赫》信中说，历史“是从许多单个的意志的相互冲突中产生出来的”，无数互相交错的力量构成合力，产生出一个总的结果①。恩格斯说的是历史本身，即历史 1，对于历史 2，对于努力追求靠近历史 1 的历史 2，我们同样也可以这样说。综合多种记载，细密考察，详尽分析，对比、推论和核查，构成一种合力，求得逼近真相，那是更好的历史叙事和文学叙事。

比较一下，古希腊的两部史书，他们的做法与《左传》甚为相似。希罗多德说，“我通过各种渠道得到确切的知识”，对于所记叙的事“我能够提出很多证据来”。介绍了对于事件不同的说法，他说，“哪一种说法更接近真实，我不打算去论述”，“我叙述时一视同仁”②。修昔底德说：“关于战争事件的叙述，我确定了一个原则：不要偶然听到一个故事就写下来，甚至也不单凭我自己的一般印象作为依据；我所描述的事件，不是我亲自看见的，就是我从那些亲自看见这些事情的人那里听到后，经过我仔细考核过了的。”③ 《左传》的做法，应该也是大致相似的，只是希罗多德常说出他的史料来源，记下了口述者的名字，而《左传》则没有留下史料来源。继承《左传》和希罗多德《历史》的优良传统，中外历史学在其发展历程中，各自形成了搜集、甄别、考核史料的方法，中外文学各自形成从社会生活实际出发创造艺术真实的方法，用不同的方式把实录推向一个又一个新的高度。

三

《春秋》重视叙事主体意见的表达，那么，它是怎样表达著者的意

① 恩格斯：《致约·布洛赫》，《马克思恩格斯选集》第四卷，人民出版社，1995 年，第 697 页。

② 希罗多德：《历史》，王以铸译，商务印书馆，1997 年，第 3 页。

③ 修昔底德：《伯罗奔尼撒战争史》，谢德风译，商务印书馆，2008 年，第 20 页。

见，用怎样的语言风格来表达意见的呢？《左传》在“成公十四年”和“昭公三十一年”先后提到：“《春秋》之称，微而显，志而晦，婉而成章，尽而不污”，“婉而辨”。《荀子·儒效》说，“《春秋》言是，其微也”[①]；董仲舒说，“《春秋》无通辞”“《春秋》无达辞”，又说《春秋》“好微”[②]；刘知幾说，《春秋》“微婉其说，隐（一作‘志’）晦其文”[③]。总之，《春秋》文辞的特点就是微和隐，这也就使得《春秋》文辞背后的本意不好理解，离开了《左传》《公羊传》《穀梁传》，《春秋》本文传达的信息在一些地方就不明晰、不确定。桓谭《新论》说：“经而无传，使圣人闭门思之十年，不能知也。”[④] 撰著者为什么要采用这样的表达方式？研究者认为可能有两种原因：一是史官要及时记录时事，在当时的书写条件下，只好力求简约；二是在险恶的政治环境下，史官有意让语意模糊些，避免直言招祸。《春秋》记述两百多年的历史，董仲舒分之为三个时期，一是作者同时代他所见的，二是上一代他所闻的，三是再上一代他所传闻的。《春秋》所记，都是朝廷大事，直言褒贬，很容易惹祸。专制极权不容许据实记事，崔杼接连杀死几个史官，就是明证。于是，作者用微隐的方式来保存有限的真实。所以，《春秋》写的三个时期，“世愈近而言愈谨”，“此定、哀之所以微其辞”；其他两个时期写的是所见时期当权者的祖先，也还只能多为微隐。《史记·十二诸侯年表序》说：孔子作《春秋》，很多重要内容只是口授给身边学生，“为有所刺讥、褒讳、挹损之文辞，不可以书见也”[⑤]。《汉书·艺文志》说：“《春秋》所贬损大人，当世有威权势力，其事实皆形于传，是以隐其书而不宣，所以免时难也。”[⑥]《春秋》修辞风格的微和隐是历

---

① 王先谦：《荀子集注》，中华书局，1988 年，第 133 页。杨倞注：“微，谓儒之微旨，一字为褒贬，微其文，隐其义之类是也。”

② 苏舆：《春秋繁露义证》，中华书局，1992 年，第 46 页、第 95 页、第 38 页。

③ 浦起龙：《史通通释·内篇》卷一，江苏广陵古籍刻印社，1991 年，第 7 页。

④ 桓谭：《新辑本桓谭新论》，朱谦之校辑，中华书局，2009 年，第 39 页。

⑤ 韩兆琦：《史记笺证》，江西人民出版社，2004 年，第 980 页。

⑥ 张烈：《汉书注译》，南方出版社，1997 年，第 1900 页。

来公认的，这也就留下了巨大的阐释空间。

后世对于《春秋》的微隐之文有两种理解路径和阐释路径，两者的性质有很大差异。一者极力挖掘阐释者所认为的政治的、伦理的微言大义，是为索隐，这一派的代表就是《公羊传》和董仲舒的《春秋繁露》。一者也注意到所谓《春秋》书法一词一字背后的意指，但更主要的是展开《春秋》条目下的历史情节，让读者从具体、丰满的叙事体会原作文本对社会人生的再现和体验，代表就是《左传》。《文心雕龙·史传》说《春秋》"睿旨幽隐，经文婉约，丘明同时，实得微言"①。《史通·叙事》说，"丘明受经，师范尼父……言近而旨远，辞浅而义深，虽发语已殚，而含意未尽"②。《左传》作者所得的微言，不是圣人密授的，而是来之于在大量的史料的背景上领会《春秋》语言的意味。《公羊传》把《春秋》的语言，历史叙事的语言，当作传递道德训诫的符号；《左传》《文心雕龙》和《史通》把《春秋》的语言看成传达世相人情的艺术符号。艺术符号不是概念的替代物，不专指唯一的对象，而是含有无尽的韵味。《文心雕龙·隐秀》篇说，"隐也者，文外之重旨者也……隐以复意为工"，艺术符号的隐，其最大特色正在于"余味曲包"③。

《公羊传》作者好像手里拿了一个密码本，一字一句破解、对译《春秋》。郑樵、朱熹等学者反对这样的阐释。朱熹说："人道《春秋》难晓，据某理会来，无难晓处。……而今却要去一字半字上理会褒贬，却要去求圣人之意，你如何知得他肚里事！""今只眼前朝报差除，尚未知朝廷意思如何，况生乎千百载之下，欲逆推乎千百载上圣人之心！况自家之心又未如得圣人，如何知得圣人肚里事！"④ 问题还不只在《公羊传》的阐释是否接近《春秋》的本意，而更在于它把《春秋》当成了

① 刘勰：《文心雕龙注》，范文澜注，人民文学出版社，1958 年，第 284 页。
② 浦起龙：《史通通释·内篇》卷六，江苏广陵古籍刻印社，1991 年，第 13 页。
③ 刘勰：《文心雕龙注》，范文澜注，人民文学出版社，1962 年，第 632—633 页。
④ 黎靖德：《朱子语类》，王星贤点校，中华书局，1986 年，第 2144—2158 页。

宣示政治伦理的著作，远离叙事著作的本来性质，这样做造成了叙事中影射的作风，造成了文学和史学批评中深文周纳、穿凿附会的风气。

董仲舒在《春秋繁露·王道》里提出，《春秋》“诛意不诛辞”，就是叙事者推断人物的动机，“诛”人物之“意”，以之为据而对人物作出褒贬。《左传·襄公二十三年》记臧孙纥向鲁襄公请求立其子臧为继承其家族爵位，《论语·宪问》记孔子对这件事的评论，说臧孙纥是以封地要挟国君。有人进一步说：“武仲（臧孙纥）卑辞请后，其迹非要君者，而意实要之。夫子之言，亦《春秋》诛意之法也。”① 日本学者竹添光鸿《左氏会笺》引清代陈迁鹤的话反驳此说：“《春秋》无诛意之法也……盖《鲁论》(《论语》)者，论人之书也，《春秋》者，治人之书也。论人者可原其心而抉其恶，治人者必罪状昭彰，然后可以加刑。如舍罪状而专论意，何人不可以意中伤之哉？自传经者创为此说，后世暴君酷吏，借此行虐，于是有觖望之律，有腹诽之条，有见知故纵之科，皆诛意之说启之也。”② 论说之书，自可表达论者个人的看法，叙事之书，贵在冷静客观，不可以叙事者的推测强加在人物身上。

《公羊传》在僖公二年（公元前 658 年）和僖公十四年（公元前 646 年）又提出“实与而文不与”。这是说，叙事遇到复杂的对象，要赞扬它，它却存在逾越叙事者基本信念的一面，要指责它，它又产生、发挥了正面的作用。于是，文辞上不给它表彰，也不贬斥它，而让细心的读者体会到叙事者对它是褒多于贬。例如，《春秋·鲁僖公二十八年》载：“天王狩于河阳。”“狩”，是天子出猎，事实上，周天子已经式微，他并不是远道出狩，而是被晋文公叫过去的。《左传》叙述这同一件事说：“会于温……是会也，晋侯召王，以诸侯见，且使王狩。仲尼曰：‘以臣召君，不可以训，故书曰：天王狩于河阳，言非其地也，且明德也。’”诸侯是周天子的臣下，以下召上，违反礼制，但晋侯此举有助

① 程树德：《论语集释》，中华书局，1990 年，第 977—978 页。

② 竹添光鸿：《左氏会笺》，巴蜀书社，2008 年，第 1399 页。

于保持天子尚存的面子和利益，《春秋》不责备他。后来欧阳修谈到北魏的历史地位，援引此说，“圣人于书齐、晋，实与而文不与之，以为功虽可褒，而道不可以与也”①。对于这一例，元代赵汸《春秋师说》从文学修辞上来发挥，他说：“天王狩于河阳，于史当曰：晋侯召王。今《史记》书晋侯召王于温，此所谓直笔也。然则厉声色以骂人，人未必服。何则？忿戾讳过者恒多，则严督责之说有时而穷矣。圣人顺天理之正，明君臣之义，为之改书曰：天王狩于河阳，岂非遏恶扬善、成人之美哉。虽使晋文公复生，亲见夫子书法，亦将帖焉心服，可以坐消其彊猛之气，而迁善远罪之不暇矣，此其比于直笔，岂不百倍其功哉。”②《公羊传》、欧阳修和赵汸都有过度阐释的嫌疑，不过，赵汸把“狩”理解为婉辞，他力避索隐，而从文学审美的立场来感受。

《春秋》文字的俭省，有值得肯定的地方，至于行文隐晦，是出于不得已，不值得后来的叙事者师法，值得师法的是微婉，那更多地体现在《左传》。历代文章家、诗人、小说家，往往以微婉为艺术的高境界，白居易讲到与文学挚友的相知是“文章微婉我知丘”③。戚蓼生《石头记序》说曹雪芹的文笔：“第观其蕴于心而抒于手也，注彼而写此，目送而手挥，似谲而正，似则而淫，如《春秋》之有微词，史家之多曲笔。……其殆稗官野史中之盲左、腐迁乎！”④ 可见，早期史家的微婉，启发小说家和诗人舍弃直露肤浅、追求含蓄蕴藉。《左传》里有很多这样足以垂范的篇章，例如“郑伯克段于鄢”，写出郑庄公的老谋深算，耐心等待政敌自己一步步踏入危境，等待政敌“自毙”“将崩”。直到共叔段马上要起兵袭击：“公闻其期，曰：‘可矣。’”表明他对弟弟和母

① 欧阳修：《欧阳修全集》，中华书局，2001 年，第 284 页。

② 赵汸：《春秋师说·卷下·经旨举略》，四库全书本。

③ 白居易：《哭刘尚书梦得二首之一》，《白氏长庆集》，上海古籍出版社，1994 年，第 424 页。

④ 戚蓼生：《石头记序》，《古典文学研究资料汇编·红楼梦卷》，中华书局，1963 年，第 27 页。

亲一直在密切监视，而对方则对他的策略毫无所知。此节末尾，还有郑庄公与颍考叔以及姜氏一本正经上演的喜剧——掘地及泉，为母子如初。做到了“无一贬词，而情伪毕现”，置之于后世成熟的小说也属上品。

实录关乎叙事内容，微婉关乎叙事形式，中国古人就此留下了丰厚的理论遗产和文本典范，需要我们深入挖掘提炼。

（载《华中师范大学学报》2016年第3期）

《管锥编》的体式、成就及其局限平议

——读《管锥编·左传正义》札记

《管锥编》以十部中国古代典籍为论说的对象和线索，《左传正义》是其中之一，这一部分计 67 则，约占全书的十分之一。本文拟通过这一部分，来讨论对于《管锥编》的体式性质和它所体现的钱锺书先生的治学风格如何体认，对于它的学术价值如何作出切合实际、恰如其分的判断，借以进一步思考《管锥编》对于今天的文史研究可以有哪些启示。

一、关于《左传》的史学价值与文学价值

《左传》被有些学者视为我国史学最早的经典之作，刘勰《文心雕龙·史传》称左丘明“创为传体”；刘知幾《史通》说它是“述者之冠冕”，东汉以后“每代国史皆有斯作，大抵皆依《左传》以为准的”。《管锥编·史记会注考证·五帝本纪》则说，“有史书未遽即有史学，吾国之有史学，逮肇端于马迁欤”①。钱锺书看重的是《左传》的文学价

① 钱锺书：《管锥编》第二版，生活·读书·新知三联书店，2007 年，第 418 页。又，《管锥编·史记会注考证·五帝本纪》：“《左传》中之史识已如雨中萤焰，明灭几微。马迁奋笔，乃以哲人析理之真通于史家求事之实。”本文以下引《管锥编》均据这一版本，其中出自“左传正义”部分只注明出于哪一则。

值，《管锥编》是着重从修辞技巧和叙述技巧的角度来评论《左传》。这并不是说钱锺书就忽视《左传》的史学地位，《管锥编》这一部分从杜预所谓《春秋》“五例”说起，认为，“五例”是中国古人对于史书理想的楷模，《春秋》并不足以当之，言下之意“五例”用之于《左传》方才合适。他把“五例”与德国历史学家伯伦汉的名著《史学方法论》关于史书目标境界树立的标杆对比，说“五例”之说认识到历史著作要纪事传人、垂戒致用，但尚未能通观古今因革沿变之理。我们由此推论，司马迁的“究天人之际，通古今之变，成一家之言”显然进到更高层次的史家自觉，这也是钱氏和许多学者把《史记》尊为中国史学之肇端的原因；而《左传》与类乎今世报纸新闻标题的《春秋》迥然相别，使春秋时代几百年之行事后人得而详之，这就已经是非常重大的史学贡献了。

钱氏认为，“五例”前四条讲的是文体，后一条讲的是社会作用，那也就是说，“五例”讲的主要是文学叙述的技巧。“五例”的核心和精髓是微、隐。对于微、隐的理解和阐释，古来有很不相同的取向，汉代经学家论《春秋》，一味地美其辞约义隐，解读时牵强附会地求索一字一词背后的微言大义；刘勰和刘知幾则赋予微、隐以文学意义，《文心雕龙》说“隐秀”，《史通》说“用晦”，他们讲“余味曲包”，“情在词外”，“发语已殚而含意未尽”，以诗笔的含蓄取代了史笔的简要。微、隐也成为中国古代文学以及多种艺术门类的一个最重要的特色，成为中国古代诗学家最钟爱的一种审美取向。《管锥编》说，“刘（知幾）氏直视史如诗，求诗于史乎？惜其跬步即止，未能致远入深”（第 1 则）。《管锥编·左传正义》所要继续做的一项工作，正是对微、隐的诗学意义的深入发掘和发挥。

首先，钱氏提出，微、隐、《春秋》书法，是修辞学的概念，所谓《春秋》书法，“正即修词学之朔”（第 13 则）。《管锥编·全上古三代秦汉三国六朝文》第 31 则更说：“《春秋》美刺‘微词’，实吾国修词学最古之发凡起例。”“《春秋》之‘书法’，实即文章之修词。……‘内词’

'未毕词' '讳词'之类皆文家笔法，剖析精细处骎骎入于风格学(stylistics)。"《史通·叙事》一篇，就是讲修辞炼字，其基本观点是，"叙事之工者，以简要为主……叙事之省，其流有二，一曰省句，二曰省字"①。所举最佳例证多出于《左传》。《管锥编》沿着刘知幾的思路举出更多例证，发现更多种简约修辞的技法。如省去主词，"定公四年"："楚人为食，吴人及之，奔，食而从之"，意思是，楚军正做饭，吴军追来，楚人逃跑，吴军遂食楚军之食而后继续追赶，"奔""食"前面是两个不同的主体，左氏把它们全都省略掉了，《管锥编》把这叫作"文不足而意足"，"意申不待词备"（第62则）。又如，"吞言咽意，不尽其词"，"闵公元年"记士芀谏晋献公，句尾"与其及也"，完整地说应该是"与其及也，不如奔也"，左氏把后面四个字省掉了。不过，这一句开头就有"不如逃之，无使罪至"，把最末尾该有的话提前放在句首了。这一则紧接着举"闵公二年"狐突谏太子申生，"孝而安民，子其图之，与其危身以速罪也"。那是省略了"不如出境"。钱氏认为，这样的省略是"引而不发"，若像《史记·邹阳列传》里类似的叙述，使句子完整，词意俱尽，反而"稍减蕴藉之致"（第11则）。第38则指出，《左传》中同一意思的句子或短语几次出现，首次是完整的，后面则越来越简缩，见出作者有意为文、力避繁复的良苦用心。

其次，钱氏指出，有一种特别的省略是记人物之间对话而省去"曰"字。第65则说，中国古文无标点符号，记言又每省去"曰"字，一人自问自答而读者误为两人对话，两人对话而读者误为一人独白，全凭语气示别。这是古汉语的一个特点，是一个缺点，却有可能助成文学上特别的意味。美国汉学家史华慈在《古代中国的思想世界·导言》里说："中国古代典籍中的语言是极其简约的……它十分依赖情境性的语境，或是依赖于大家都能理解的上下文。"② 《管锥编》联系到敦煌变

① 浦起龙：《史通通释》，上海古籍出版社，2009年，第156—158页。

② 史华慈：《古代中国的思想世界》，程钢译，刘东校，江苏人民出版社，2004年，第11页。

文、《西游记》、《封神演义》、《古诗为焦仲卿妻作》，并指出，在欧洲有的文学家那里，对话不用标点，去掉“说”这类动词，竟又变成翻新的手段。欧洲“十八世纪一小说家于此等字能应无尽无，遂自鸣匠心独运焉”。这类地方也显出《管锥编》视野和思路之开阔。对于这类现象，我们知道，现代叙事学以自由直接引语和自由间接引语的概念还在给予多方探讨。

除此之外，钱氏超越了刘勰、刘知幾的视域，他认为，修辞不仅要追求简要，有时候还会故意求繁复。“僖公四年”有“十年尚犹有臭”之句，“犹”即是“尚”，孔颖达说是“重言之耳”，钱氏驳俞正燮《癸巳类稿·复语解》对孔疏的纠正，说“‘尚犹’复重，正见词义之‘郑重’”。《史记会注考证·鲁、邹列传》举《史记》，又举《水浒》《庄子》，谓“均稠叠其词，以表郑重”。而《史记·张释之传》，张释之谏汉文帝，“拟设之词几如屋上加屋，心之犹豫，口之颞颥，即于语气征之，而无待摹状矣”。这类地方，如果文句省净，反而会显得非常干瘪。

钱氏不仅谈修辞，更注意到结构技巧，第 49 则说，“此节文法，起结呼应衔接，如圆之周而复始……以断定语气始，以疑叹语气终……两端同而不同，弥饶姿致”。引申而谓小说散文之善于谋篇者，线索皆近圆形。《管锥编·史记会注考证》引冯班之语，谓明代学者论《史记》，只是论文而“不曾读史”，归有光“于迁书目注心赏之所在”都是文章作法。其实，钱氏之于《左传》，最乐道的也是其文学性。

钱氏大大突破刘知幾等人的传统的修辞学观念，也与明代古文评点家们不同，他跨出文章学遣词造句、起承转合的范围，进到文学形象塑造的理论探究。他说，刘知幾所论，“仅字句含蓄之功，左氏于文学中策勋树绩，尚有大于是者，尤足为史有诗心、文心之证。则其记言是矣”（第 1 则）。前人论修辞，只注意到作者的语言，他们说的记言，显意识或潜意识里认为是照实记录下历史人物确实曾经说过的话，甚至以为，君主与后妃床第之间燕昵之辞，也是内朝女史当场记录下来的，不懂得这是作者拟想得之。古人论文，心目中仅存抒情、论说之文，没有小说和戏剧文学的概念，也就往往把作家的叙述语言与作品中的人物语言一体观之，《文心雕龙》和《史通》都未能悟及文学家如何模拟人物声口的妙谛。在钱氏看来，《左传》的叙事创新乃在于记言、代言、拟言，口角亲切、如聆謦欬。《史通》赞《左传》用晦，所举例子，“只形容情状，而未包蕴事实也”；如举舟中之指可掬，“言外虽有事而无多”（第 12 则）。言外有事，就是从文本已经写出的，能使读者推想到文本没有直接描述的情节和情态。钱氏举鄢陵之战楚子登巢车以望晋军一节，与狄更斯《匹克威克外传》、荷马史诗《伊利亚特》、塔索史诗连类，然后钱氏特别提到亨利·詹姆斯《小说的艺术》中的“间接描写”（the indirect presentation），“不直书甲之运为，而假乙眼中舌端出之，纯乎小说笔法矣”（第 31 则）。这些都是从现代文论观察《左传》得出的新见解。

历史叙述的作者凭借的是原始史料，史料不可能对于每一事件都有完整记述，更不可能对事件进程中人物的言行细节都有详细记载，史著落笔又要包蕴事实，那么，他们怎么办呢？钱氏说，“史家追叙真人实事，每须遥体人情，悬想事势，设身局中，潜心腔内，忖之度之，以揣以摩。庶几入情合理。盖与小说、院本之臆造人物、虚构境地，不尽同而可相通；记言特其一端”（第 1 则）。这就从人物语言的个性化出发，论及叙事艺术中想象的作用，进入近现代文艺理论的问题域。钱氏提到昆体灵（今通译昆提利安）、黑格尔、锡德尼、古里埃的言论，又在脚注中列出狄尔泰、米施、舍勒、柯林伍德的相关著作。狄尔泰在《历史理性批判手稿》中，谈到同情与换位、重构或重验，他说，“重验是事件线条之中的创造，这样我们就与时间史一起前行，带着遥远国度里发生的事情或者带着发生在我们身边人心灵中的某物。在事件穿过诗人、艺术家或历史作家的意识并且在作品中固定和在我们面前持续存在的地方，它就达到了完善”[①]。狄尔泰的体验论，在诗学中比在史学中有更大的影响。

---

① 狄尔泰：《历史理性批判手稿》，陈锋译，上海译文出版社，2012 年，第 28 页。

钱锺书对叙事中的想象问题，在宽阔的理论视野下作过长期持续深入的思考。不过，或者是由于《管锥编》一书体例、风格以及作者表达习惯使然，往往只在正文或脚注中列出西方论者的著作名称，却没有借此展开进一步的探讨。比如，关于历史叙事中的想象和文学叙事中的想象，两者异同何在？钱氏似乎并未触及。在《谈艺录》里他早已提到：初民记事，“增饰其事以求生动”，“古代史与诗混，良因先民史识犹浅，不知存疑传信，显真别幻”。四十年后出版补订本，钱氏特地自陈，这种议论是有为而发，针对“于史则不识有梢空之巧词”的“流风结习”，针对不懂得史传中“不乏弄笔狡狯处”的学究，并提到什克洛夫斯基关于普希金叙事名篇的论述①。《管锥编》列出的柯林伍德的《历史的观念》，这部书有“历史的想象”一节，是他1935年的演讲记录，其中讲到历史学的叙述与历史小说两者的区分，他说：历史学家讲述真实的故事，他所想象的是他必须想象的东西，是占有证据所想象的东西；他要把证据和证据之间许多的裂隙填满，使历史叙述呈现为连贯的整体。柯氏在那里有几句常被人们引用的话说：权威的记载告诉我们，恺撒某一天在罗马，又某一天在高卢，至于他如何从罗马到高卢，却什么材料也没有留下来，“如果我们是用幻想出来的细节……来填补对恺撒的行动的叙述，那么这种构造就是任意的；事实上它就会是一种由历史小说家所完成的构造了。但是如果我们的构造并不包含有任何不为证据所必需的东西，那么它就是一种合法的历史结构，没有它就根本不可能有历史学”。“我们却以完美的良知而插入了这一点”，这种插入绝不是任意的或幻想的，而是必然的；“历史的思维是一种想象的活动，我们通过它来向这种内在的观念提供详细的内容”②。历史叙述不可能没有想象，这种想象必须为权威证据所支持，而不能与之抵触。后人可以分辨前代史书中想象的合理与否，却不应否认其想象的必不可少。《管锥编·项羽本纪》提及钱谦益论《史记》《汉书》史笔之优劣，钱谦益说司马迁

① 钱锺书：《谈艺录》，中华书局，1984年，第38—39页、第363—365页。

② 柯林伍德：《历史的观念》，何兆武等译，北京大学出版社，2010年，第237—238页、第244页。

备载家人絮语、娓娓情语等，而班固则全略去，所以班“不逮”马。钱锺书却认为，就文笔传神而言，钱谦益说的有道理；“苟衡量史笔之足征可信，则尚未探本”，而以上细节均出于司马迁之想当然，在这个意义上，可以说《汉书》才是谨严。讲到《廉颇蔺相如列传》时更说，“《史记》之迥出之篇，有声有色，或多本于马迁之增饰渲染，未必信有实征”。后代论者信以为真，“窃恐为史迁所弄”。钱锺书既然细读巨大数量的中外历史叙事和文学叙事的名作，他所涉猎的中国和西方关于历史叙事和文学叙事的著述之丰富罕有人能与之颉颃，而他并未就此提出自己的正面看法，且对于历史叙述中想象的必要性与合理性重视有所不足，使我们不禁甚为惋惜。

二、关于《管锥编》的阐释方法论

左传学是经学的组成部分，对于《左传》词义、句意的注疏，汉以下的经学形成了强大的阐释传统，到清代又取得了多种新的成绩。古来在儒道释经典的诠释过程中，提出过各自的解释学思想理念。论及诠词释句，《管锥编》列举了《孟子》的“不以文害辞，不以辞害志”，《庄子》的“语之所贵者，意也，意有所随”，《楞伽经》的“不因语辨义，而以语入义”等许多前人的论点，反复强调“观辞（text）必究其终始（context）”，“所赖以区断者，上下文以至全篇、全书之指归”，“不可以单文孑立之义释之”（第3则）。他还充分注意到清代乾嘉朴学家的主张，特别是戴震的论述：“由字以通其词，由词以通其道”，“由文字以通乎语言，由语言以通乎古圣贤之心志”①。钱氏不停止于此，而是指出戴氏能分见两边，未通观一体。那么，正当的阐释方法论是怎样的

① 钱氏早年在《释文盲》中说过，“训诂音韵是顶有用、顶有趣的学问，就只怕学者们的头脑还是清朝朴学时期的遗物，以为此外更无学问，或者以为研究文学不过是文字或其他的考订”。见钱锺书：《写在人生边上　人生边上的边上　石语》，生活·读书·新知三联书店，2002年，第48页。

呢？那就是“须解全篇之义乃至全书之指，庶得以定某句之意，解全句之意，庶得以定某字之诂”，还要知晓文本产生时代立言之宗尚，流行之文风，积小明大，举大贯小，交互往复，以此达到“阐释之循环”（第3则）。在脚注中，标出狄尔泰的《诠释学的起源》的一段话。在“增订”时，钱氏引梅洛·庞蒂，说“法国哲学家谓理解出于演进而非由累积”，提到“期待”“前见”（“前设”或“前理解”）这些术语。《管锥编》这些引述，很可能是“阐释之循环”理论观点在中国大陆的最早介绍，钱氏并且将其和中国自有的传统阐释学思想资源连接，开辟了宽阔的研究空间。《管锥编》的研究者对书中这方面的论述多有热情的肯定和发挥。有论者说，钱氏对中国古代阐释之学和西方哲学阐释学，有取舍，并将其沟通，“形成自己独具特色的诠释方法”；有的说，钱氏“将阐释之循环推向了极致”，“对其内涵作出了独特的阐发”，还有的说，钱氏“形成了自己独特的美学理论体系”①。这些评断，似不无可以商酌之处。

如本文前面讨论历史叙事中的想象时所说到的，《管锥编》的体例、风格和作者的表述习惯，对于理论论述的展开有所拘限，对于“阐释的循环”，他仍然是选择中外若干相关论断加以连缀，自己并没有意图作更进一步的细密论证和充分的论述。有人说，从钱氏对于《左传》的词句的具体解释，可以提取出背后的阐释理念，这无疑是正当而合理的，但这样做需要放在左传学史的长河中考察。何明星就考察了《管锥编》正面谈到“阐释之循环”的第3则对于“寤生”“待”“不义不昵”和“志”的解释，说，对于“子姑待之”的“待”字，“钱锺书独具慧眼将其特别拈出，抉发其中隐含着的精深微妙之理……揭示出历史上统治者的政治机心”。何开四《〈管锥编〉循环阐释论探微》说：“杜注将‘不义不昵’释为‘不义于君，不亲于兄’，作两端句理解；古今沿用，并无歧义。钱先生则辞而辟之。”说钱氏此处是独具慧眼，说旧解从来没

---

① 何开四：《〈管锥编〉循环阐释论探微》，《当代文坛》1993年第5期；何明星：《〈管锥编〉诠释方法研究》，华中师范大学出版社，2006年；何明星书在绪论中评述了在他之前涉及《管锥编》诠释学思想的论著，见该书第12—15页。

有歧义，都不符合事实。关于“寤生”，《管锥编》已经提到见于明末清初黄生的《义府》。关于“待”，清代魏禧《左传经世钞》里面有：“魏礼（魏礼是魏禧之弟）云，祭仲闻‘子姑待之’一语，全局已透，故任段肆偪，不必更发一言，但坐待其逐而已矣。”日本左传学家竹添光鸿《左氏会笺》也说：“胸有成算，一‘待’字露出本心。”关于“不义不昵”，清代沈钦韩《春秋左传补注》说：“不义不昵，《说文》：䵒，黏也，引《传》‘不义不䵒’……此言所谓不义，则人无肯亲附，与下京叛叔段相应，杜注非是。”杨伯峻《春秋左传注》采用此说，注明“说本沈钦韩《左传补注》”。关于“郑志”，《管锥编》引服虔：“公本欲养成其恶而加诛”，历来注家多从之。“志”是一中性词，钱氏分辨有不可告人之志，有可公之于众之志，是在语用层面立说，并非在词义诠解中有新发现。以这类词语的诠释为证，证明《管锥编》把“阐释之循环”推向极致，建立了自具特色、自成体系的阐释学，是缺少说服力的。

但是，也并不能因此而否定《管锥编》的价值。《管锥编》乃是学术笔记，著者并没有以建立理论体系为己任。对《管锥编》一书的性质、体例作出客观判断，才能对它的价值有合乎实际的理解。有的论者反复强调：《管锥编》不是一部读书札记，“作者写作《管锥编》有一个总体的意图，并非只是随意的‘读书札记’”①。对于学术笔记，钱锺书从不轻视，他曾说过，“世上还有一种人。他们觉得看书的目的，并不是为了写批评或介绍。他们有一种业余消遣者的随便和从容，他们不慌不忙地浏览。每到有什么意见，他们随手在书边的空白上注几个字，写一个问号或感叹号，像中国旧书上的眉批，外国书里的 Marginalia”②。在钱氏特有的谦抑和幽默后面，自然流露的是与中国古代有些文人和西方若干学者相近的超越功利的读书和思考的心态，而这正是浮躁世风下难能可贵的。我们读《管锥编》，往往有平矜释躁之功，

---

① 何明星：《〈管锥编〉诠释方法研究》，华中师范大学出版社，2006 年，第 34—37 页。

② 钱锺书：《写在人生边上 人生边上的边上 石语》，生活·读书·新知三联书店，2002 年，第 7 页。

即是这个缘故。从一些传记材料可知，钱氏读书一向勤于作笔记。《管锥编》的自序讲得很清楚，此书是由笔记整理而成，“瞥观疏记，识小积多……料简其较易理董者，锥指管窥，先成一集。假吾岁月，尚欲赓扬”。杨绛先生在《钱锺书手稿集》序言中说：那些手稿是“经过反刍，然后写成的笔记”。“不论古今中外，从博雅精深的历代经典名著，到通俗小说院本，以至村谣俚语，他都互相参考引证，融会贯通，而心有所得，但这点‘心得’还待写成文章，才能成为他的著作。《管锥编》里，在在都是日札里的心得，经充分发挥而写成的文章。”严格说来，《管锥编》里所有各则还不是文章，与《七缀集》所收诸篇，与钱氏在《中国文学史》里执笔的两节①，是大不一样的。其实，学术笔记是学术论著的体式之一，它本身与其他体式并无高下之分。有清一代，出现过学术笔记的精品，如顾炎武的《日知录》、钱大昕的《十驾斋养新录》、赵翼的《陔余丛考》等，在学术史上有很高地位。今人吕思勉的《吕思勉读书札记》、陈登原的《国史旧闻》，均深受好评，沾溉后学②。顾炎武把《日知录》作为平生的重要事业，他在《致杨瑀》中说，要以此“启多闻于来学，待一治于后王”。钱锺书不同于前人，《管锥编》大量应用西方学术资料，使中国的学术笔记进到一个崭新的境界。当世学术论著数量大大超过既往任何时期，就读者而言，与其读格式上中规中矩而言之无物的大块文章，不如读实实在在解决哪怕是细小问题的学术笔记。但是，学术笔记毕竟不利于用来构筑严整的学术体系，这也是不应讳言的。

① 1962年出版的中国科学院文学研究所中国文学史编写组编写的《中国文学史》“编写说明”中说，“唐宋段由钱锺书主持”。又可参看邓绍基：《迄今规模最大的文章总集》，见邓绍基等：《〈全宋文〉五人谈》，《文学遗产》2007年第2期，文中说：“钱锺书先生亲自执笔写了《宋代文学的承先和启后》和《宋代的诗话》二章。”尤其是前一节，是一篇有独到见解也符合通行论著形式规范的文章。

② 吕思勉曾说，“少时读史，最爱《日知录》《廿二史札记》，稍长，亦服膺《十七史商榷》《癸巳类稿》”。见吕思勉：《吕思勉读史札记》，上海古籍出版社，2005年，前言，第2页。足见学术笔记在老辈学者心目中的位置。

三、关于《管锥编》中著者之自抒胸臆

《管锥编》按著者所读之书编排，却并不是以研究十部典籍为鹄的。本文谈论的这一部分，作者并无全面讨论《左传》本身或者孔颖达疏解的意图，全部67则中，重点在直接、正面讨论《左传》和孔疏的，以较宽的标准计，也不到10则。如第1则论《左传》之勋绩，第14则论《左传》对鬼神的态度，第31则论《左传》中的小说笔法，第32则论《左传》首创记言中语断而脉承……在其他绝大多数地方，作者只是将他在研读《左传》文本时感触到的问题记录下来，再加发挥，其中有很多与《左传》及孔疏关系很小，仅仅是由《左传》某句、某词触发，因而发掘、展示与此相关的资料，并提出对于文化、伦理、人情各种问题的看法；而这某句、某词在《左传》整体中往往并不见得是很重要、很关键的。和前人的学术笔记一样，《管锥编》中也有不少训诂、考据等知识性内容，而更易引起读者兴趣的，是关乎人生体验、世道人心的内容，这是前人学术笔记中较为稀见的。这里既有对古来史家或注家文字中寄寓的感慨的提示，也有钱氏本人胸中块垒的宣泄和观世与阅历所得的透露。钱锺书多次申述《史记》是司马迁感愤之作。《外戚世家》对于“妃匹之爱”发了一番议论，金代王若虚以为是小题大做，钱氏则说，“此正迁之深于阅历、切于事情”，有感于天命难测，个人无法决定其穷达祸福，“寄慨深也”。《韩世家》里记陈平之言，“乃马迁自抒胸臆”。《陈涉世家》记贫贱时希望能交结权贵，得志后则弃置故旧，“二事皆世道人情之常”。《管锥编》又说，“成公十年”的一条杜注，“非阐明经传之旨，乃杜氏有感而发”，那是指杜预有感于因才而丧身，无才则得终天年。杜预做注，可以用来寄托身心之感愤，《管锥编》时或有感而发就更不使人意外了。

第30则有很长篇幅关于“权”的论述，这大段论述与《左传》并

没有密切关系，而应看作钱氏独立的议论。它由“《左传·成公十五年》”里的几句话引出，那就是曹公子子臧说的，“前《志》有之曰，‘圣达节，次守节，下失节’”。钱氏说，“‘达节’即昔语所谓‘权’，今语所谓‘坚持原则而灵活应用’也”。这里我们存在疑义的是，钱氏所论为权宜、变通之“权”，子臧说的达节是否等同于权宜、变通？恐怕难以肯定。诸侯欲立子臧为曹君，子臧辞而不受，就说了那番话。他说，“为君非吾分也”，做国君不是他的身份所应该得到的，他是庶子。至于舜继尧位、禹继舜位，商汤和周武夺过前朝的君位，子臧认为他们是圣人，能够达节。关于达节，杜预注：“圣人应天命，不拘常礼。”孔颖达疏：“节，犹分也。人生天地之间，性命各有其分。圣人达于天命，识己知分；若以历数在己，则当奉承灵命，不复拘君臣之交、上下之礼。舜、禹受终，汤武革命，是言达节者也。”所以，后来袁宏在《后汉纪·光武帝纪论》中说：“夫能与造化推移，而不以哀乐为心者，达节之人也。”这些人的达节，不是一般的权宜、变通，而是他们可以随心所欲而不逾矩，可以背离、排除固有的节，创立新的节。《左传·昭公七年》里有：“吾闻将有达者曰孔丘……臧孙纥有言曰，圣人有明德者，若不当世，其后必有达人，今其将在孔丘乎。”达节，是舜、禹、孔子那样的圣人才能做到的；权宜、变通则更多是普通人常常不得已的临时应对之方。钱氏不拘泥于子臧话的原意，为的是要表达他的见解，即认为“‘权’乃吾国古伦理学中一要义，今世考论者似未拈出”。他引多种论述，不赞成那种避小嫌而误大事的“硁硁君子”，认为“谎语时或有益”，“诡辩时或宜用”，反对“义兵不用诈谋奇迹”的愚蠢的道德观。在这一则的末尾，钱氏提示读者参看第 15 则论兵家之诈乃善诈，用诈不失为可赞誉之事。用兵之诈乃是兵家常道，不属于一时权变，这里钱氏多少有些混淆。钱氏又指出，权必须守住底线，有所不为，不能如小人之无所忌惮。《管锥编·史记会注考证·刺客列传》里说，豫让不肯诈降，“其严于名义，异于以屈节为从权后图者”，与李陵的投降

“如冰炭矣”，对于不肯从权的豫让持赞许态度。我们想，这也是钱氏在实际生活中律己衡人的尺度。

第54则，论统治者愚民之术，焚书坑儒是低层次的，更狡狯的是宋代晁说之揭示的，对经典做出符合需要的新的阐释，“自为一说，以授学者，观其向背而宠辱之”，使文人才士皆成为听话的工具。而钱氏更指出，这样做固然可以愚民，亦可使愚民者并自愚耳。观之二十世纪中外历史，可以体会此语之深刻。

《管锥编》这一部分让人阅读时可以细细咀嚼的还有很多，如第16则、第25则一再讲的人与人交往中，“恩德易忘，怨毒难消”，“与（给予）不期众少，其于当厄；怨不期深浅，其于伤心”；第52则谈同一梦境，贵人梦之为祥，贱人梦之为妖，是“鬼神亦炎凉势利”，都是感时伤世之言。

《管锥编》是内容丰富的大书，既可供人查阅，也能启人沉思，在许多具体问题上具有诱人求索的吸引力和激发力。和世上所有的著述一样，它存在某些局限和瑕疵。它既不需要人刻意抬高，也不会因人随意贬低而失去其启悟学人的力量。

（载《深圳大学学报》2017年第1期）

《左传》中政治与道德的一致和冲突

公元三世纪，后来成为史学大家的曹魏学者鱼豢，向他的老师、著名经学大师隗禧请教如何读《左传》，“禧答曰：‘欲知幽微莫若《易》，人伦之纪莫若《礼》，多识山川草木之名莫若《诗》。《左氏》，直相斫书耳，不足精意也”①。说《左传》不值得认真研读，乃是经师之偏见；把《左传》名之为“相斫书”，却颇有一些道理，颇有几分概括力。《左传》记春秋列国之间相斫，各国国内公族之间相斫，各个公族内部不同势力相斫，君王、卿大夫家庭父子兄弟相斫，这些相斫的基本性质就是政治斗争，包括流血的和不流血的。相斫双方都必须处理政治与道德的关系，都要遵守或者打破主流伦理的约束，因此就必然凸显政治与道德的一致或冲突。细读《左传》，可以推究相斫背后的幽微之理，推究当事者及后世论者心目中各种人伦之纪，进而可以由之推究《左传》再现、表露的政治哲学。

《左传》是一部史书，是一部叙事之书而不是一部论说之书，但是，它却表达了、保存了丰富的理论思想，其中，尤其值得我们梳理发掘

① 《三国志·魏书·王朗传附隗禧传》裴松之注引鱼豢《魏略》，《三国志》（简体字本），中华书局，1999 年，第 318 页。又，梁启超说：“昔人谓《左传》为相斫书，岂唯《左传》，若‘二十四史’，真可谓地球上空前绝后之一大相斫书也。”梁启超：《新史学》，见林志钧：《饮冰室合集》第四册第九卷，中华书局，1989 年重印本，第 3 页。

的，是它表达了、保存了丰富的政治哲学思想。《左传》所记述的春秋时期，中国文化、中国哲学从草创而开始了形成其基本格局和独特面貌的进程；可以毫不夸张地说，反映这一时期各种思潮碰撞的《左传》，是中国传统政治哲学的重要源头。《左传》记载了春秋时期的人物（主要是一些政治家）的言论，又多次引用了“君子曰”“孔子曰”，这些言论中有对于由西周礼制所确立的政治体制的基本原则的阐说，有对于当时发生的现实政治行为的价值判断，有关于公共政治与个人道德关系的评论，还提供政治权力的获取、掌握和分享的原则与策略，以及对于政治生活中因果关系的预见和回顾。不仅此也，《左传》本身从作者的立场、理念出发，在对史料的选择和处理中，在对种种相斫事件的蕴含着倾向的记述中，透露了有系统性的政治哲学思想。

美国学者列奥·施特劳斯和约瑟夫·克罗波西主编的《政治哲学史》，把修昔底德列在第一章。修昔底德是一位历史家，他唯一的著作是《伯罗奔尼撒战争史》，那也可以说是雅典人与斯巴达人及双方各自多个同盟者的相斫书，为什么在政治哲学史中把他放在如此重要的位置？那是因为，书中所记述人物谈论的，“是我们自己也同样关心的政治的和道德的问题”，“唤起我们对这些政治的和道德的问题的关心”①。《左传》对于中国政治哲学的形成和其后发展方向的影响，比之《伯罗奔尼撒战争史》对于西方政治哲学的形成和其后发展方向的影响，不仅毫不逊色，甚至更为巨大和深刻。《左传》和《伯罗奔尼撒战争史》一样，作者更多地并不是直接站出来宣说自己的观点，而是让读者听到、感受到当时若干彼此相异甚至彼此冲突的理念，它提供的不是某一种政治哲学单调的独白，而是若干政治哲学喧哗的众声。在它极富文学写实性的叙事中，读者看到不同政治哲学理念支配下不同政治行为各自造成的后果和遭遇的命运，看到诸多人物面对的政治与道德的一致、协调和

① 列奥·施特劳斯、约瑟夫·克罗波西：《政治哲学史》上册，李天然等译，河北人民出版社，1993年，第2页。

抵牾、冲突，从而可以从中引出各自的结论。两千多年来后代论者从《左传》引出的各种各样的议论，足以构成中国政治哲学史的一个小的分支。所以，我们今天讨论的是《左传》中的政治哲学，而不只是《左传》作者个人的政治哲学。

《左传》引起后世长久不衰兴趣的，是它深刻切入的政治和道德的种种问题。政治和道德都是上层建筑的核心部分，它们彼此紧密关联，又各具独立性。在一个时代、一个集群、一个阶级那里，政治和道德既可以是一致的，也可以是相互冲突的，对于政治和道德及其相互关系的分析，构成政治哲学的关键内容。在《左传》所反映的时代，社会上占据主流地位的道德，是周礼所规定的人伦之纪；《左传》中的政治，主要是周王室的实力受到无情的冲击而没落溃散、齐晋秦楚等诸侯争夺霸主地位而此兴彼衰的过程。史家历来认为，春秋是礼崩乐坏的时代。礼（乐是礼的重要表现形式）是怎样崩坏，被哪些人、哪些力量所摧损；在崩坏的同时，它的哪些质素被保持和传承下去，甚至不断地在变化了的形态下得以强化，在中国几千年的政治中发挥着作用？《左传》可以帮助我们思考这样重要而往往被论者有所忽略的问题。

说到《左传》中道德和政治的一致或冲突，作为具有典型意义的例子，我们先来看看它所写到的围绕两位太子废黜引起的风波，看看事件相关人的态度，看看他们的看法和做法。太子的废立，是君主制国家政治中重大的事件；当事人对于太子废立的态度，是他们在面临重大道德考验和政治考验时的反应和抉择；同时的和后代的论者对于此事的评论，则是他们政治哲学观念的具体体现。晋献公听信骊姬的谗言，欲废申生而立奚齐，他的这个心思通过命申生帅兵伐赤狄而明显地表露了出来。周围的谋士或则劝申生拒绝受命出征，或则劝他逃亡。只有羊舌大夫反对这些建议，而说："不可。违命不孝，弃事不忠，虽知其寒（献公对申生寒薄寡恩），恶（违命、弃事为恶）不可取，子其死之。"骊姬诬陷申生投毒谋害献公，献公为此杀死太子傅，有人劝申生到献公面前辨明真相，《左传》记述："太子曰：'君非姬氏居不安、食不饱，我辞（自我辩护），姬必有罪，君老矣，吾又不乐（我不能使国君快乐）。'曰：'子其行（逃往外国）乎？'太子曰：'君实不察其罪，被此名也以出，人谁纳我！'十二月戊申，缢于新城"。与申生构成强烈对比的是楚国的商臣，楚成王要废黜太子商臣而改立王子职。商臣与太子傅潘崇商量，"潘崇曰：'能事诸（臣服于王子职）乎？'曰：'不能。''能行乎？'曰：'不能。''能行大事（弑君）乎？'曰：'能。'"于是，商臣起兵逼死成王，登上楚王之位。上引申生被献公逼死前及商臣逼死成王前各与亲信有一段对话，是两种立场、两种哲学的标本。申生既不愿自辩又不愿出逃而选择自杀，商臣既不愿臣服又不愿逃亡而选择弑父夺位。很明显，在申生和羊舌大夫那里，是道德压倒政治，把个人道德完善置于维护君位继承的合法性、维护国家政治秩序的稳定与合理之上。在商臣和潘崇那里，是政治压倒道德，为自己的政治利益和目标，颠覆正统的道德规范，打破正统道德的最高禁忌。

这样两种态度、两种做法，《春秋》和《左传》肯定、赞成哪一种，反对、谴责哪一种，历来的论者把同情或憎恶投向哪一方，我们今天又该如何评价呢？这个问题看似答案显而易见，其实很有些复杂，需要具体讨论，不能做简单化的结论。

历来儒者视商臣为极恶之人，唐高宗的太子李弘从其师受《左传》至商臣之事，废书而叹曰："此事臣子所不忍闻，经籍圣人垂训，何故书此！"老师郭瑜告诉他，"孔子修《春秋》义存褒贬，故善恶必书……故使商臣之恶显于千载"。郭瑜的回答不能说服李弘，他坚持要求放弃《左传》而"请改读余书"[①]。李弘并没有错误理解《左传》叙事的内涵倾向，他敏锐地感受到了，儒家谆谆教导以忠孝之道齐家治国，鞭挞不忠不孝之人，史书叙述的历史事实却往往是忠臣孝子结局悲惨，而敢于

① 刘昫等：《旧唐书·孝敬皇帝弘列传》，《旧唐书》（简体字版），中华书局，2000年，第1914页。

打破单向的子孝臣忠伦理规范、反抗昏君劣父的政治人物倒可能成就一番功业。商臣即位为楚穆王之后，平定叛乱，扩张领土，使楚国由弱转强，为他的儿子楚庄王称霸打下坚实基础。明代杨于庭《春秋质疑》感叹说，像商臣这样十恶不赦的人没有受到惩罚，反而“战胜诸侯，与晋争霸，享国十有二年，以善终，子孙世有楚。凡此，皆天道之不可知者”①。古代儒家困惑于天道不可知，政治哲学则深入思考以寻究其中的规律。商臣和楚成王父子之争并不能归结为善恶之争，楚成王、商臣及历代王朝的统治者都不是以善恶与否来决定自己的政治举措。孟子说“孔子成《春秋》而乱臣贼子惧”，这句话两千多年来被人们无数次引用，实际情况则并非如孟子所说。后世处于类似境地有可能登上君位的人，读了《左传》，是愿意走申生之路屈辱地死，还是愿意走商臣之路夺位从而施展抱负？宋代吕本中《吕氏〈春秋〉集解》引大儒胡安国的话说：“夫乱臣贼子虽陷阱在前、斧钺加于颈而不避，顾谓身后恶名足以系其邪志而惩于为恶，岂不谬哉！”② 道德评价可以规范君子的行为，却不能约束乱臣贼子，后者不惮于为恶以遂其政治意图。至于在不同的论者眼里，乱臣贼子是否一定就只是恶，被他们废弃、推翻、诛杀的君主是否就是善，更是要另做考论。

商臣简洁明确回答潘崇说，自己能成弑君夺位的大事；成王请食熊蹯而死，他也断然拒绝。这就表明，他在行动前后没有犹疑和畏怯，没有感受到道德心理的压力。或者有人认为，楚为南蛮，少受中原礼法约束，不以弑君为大恶，这也并不尽然。在商臣之前四五十年，楚国管城门的官员鬻拳，因为用武器胁迫楚文王接受直言进谏而自刖，后又因为闭城不纳兵败回师的楚文王入城，迫使文王再战并取得胜利之后病死，自杀以谢罪。足见，楚国居于主流的观念也是认为，臣子对于君王只能服从，即使君王确实错了，强制君王改正错误也是有罪的。商臣和潘崇

① 杨于庭：《春秋质疑·文公·附录》卷六，四库全书本。
② 吕本中：《吕氏〈春秋〉集解》卷十三，四库全书本。

不认可、不遵循这样的主流道德观念。他们没有对政治和道德的关系作理论的宣示，而是把观念体现在行动中。我们可以从两千年之后的西方，被奉为现代政治哲学开创者的马基雅维里的著作里，寻找对这类行动的解释。马基雅维里的《君主论》里说，“一个君主如要保持自己的地位，就必须知道怎样做不良好的事情，并且必须知道怎样视情况的需要与否使用这一手或者不使用这一手”，“君主必须有足够的明智远见，知道怎样避免那些使自己亡国的恶行，并且如果可能的话，还要保留那些不会使自己亡国的恶行……如果没有那些恶行，就难以挽救自己的国家的话，那么他也不必要因为对这些恶行的责备而感到不安”①。列奥·施特劳斯等人的《政治哲学史》引用了这段话，并且推演马基雅维里的意思，说，“如果一个人主张人们如何应当依赖美德过日子，那么他就进入了一个虚幻的王国或共和国。古典传统的哲学家们正是这样做的”②。他们说的古典传统哲学家指的是柏拉图、亚里斯多德等人，而《左传》中君子、孔子的主张也是同样，视他们所推崇的美德高于一切，其学说因为难以付诸政治实践，不被同时的政治家所采纳。马克思、恩格斯说，马基雅维里（和霍布斯等）“政治的理论观念摆脱了道德，所剩下的是独立地研究政治的主张”③，肯定了这种研究路数开启了政治哲学史的新篇章。如果说，马基雅维里是从帝王之术的角度立论，黑格尔则是从哲学家立场深沉思考，他说，“世界历史在一个比道德更高的水平上活动……作为历史的个人的伟大人物，其行为不但要从它们的内在的未意识到的意义，而且应从世界历史角度来衡量；用道德要求的观点来反对世界历史的行为和代表，无疑是不合适的”④。黑格尔的观点

① 马基雅维里：《君主论》，潘汉典译，商务印书馆，1986年，第74—75页。

② 列奥·施特劳斯、约瑟夫·克罗波西：《政治哲学史》上册，李天然等译，河北人民出版社，1993年，第337—338页。

③ 马克思、恩格斯：《德意志意识形态》，《马克思恩格斯全集》第三卷，人民出版社，1960年，第368页。

④ 黑格尔：《历史哲学》，王造时译，上海书店出版社，2001年，第67—68页。

得到恩格斯的肯定①。从这个角度看，《左传》叙述的商臣之事所体现的天道即历史规律，并非不可知。

历来的各种论者对申生也并没有颂扬。与申生类似的事例在《左传》中有很多。鲁隐公拒绝羽父杀掉桓公的建议，并且打算依照嫡子继位的原则让位于桓公，结果反而被桓公与羽父合谋杀掉。宣姜与公子朔在卫宣公面前诬陷太子急子，急子和弟弟寿子虽然知道宣姜的图谋和宣公的态度，可是却甘心被冤杀。公子朔后来还是做了国君，是为卫惠公。郑昭公嫌恶高渠弥，建议郑庄公不要任命他为卿，庄公没有采纳。等到昭公继位为君，高渠弥抢先下手谋杀了昭公。在这些例子里，都是遵循主流道德的善人心软而遭殃，不受主流道德约束的恶人心狠而得势。看了这样的历史记载，后世的乱臣贼子不会为之生惧，反倒是忠臣孝子为之寒心。申生、急子、寿子虽然根据他们的道德原则而自愿赴死，却丝毫不给人崇高感，甚至受到责备。这是因为，即使是拥护儒家学说的人也认识到，服从君父错谬的命令，不能算是真正的忠孝，反倒可能落入忠孝的反面。《礼记·檀弓》郑玄注说："（申生）言行如此，可以为恭，于孝则未之有。"唐代孔颖达《礼记正义》进一步发挥："《春秋左传》云，'晋侯杀其世子申生'，父不义也；孝子不陷亲于不义，而申生不能自理，遂陷父有杀子之恶。虽心存孝，而于理终非，故不曰孝。"宋代程公说《春秋分纪》引蔺敏修的话，"吾宁负违命之罪，而使君无杀世子之名……羊舌大夫知违命之不孝，而不知陷父于不义者，不孝之尤者也；知弃事之不忠，而不知陷君于不义者，不忠之尤者也"。这里深层的原因在于，当政治与道德发生冲突，一个阶级的自觉的成员终究是会以统治阶级整体的长久的利益为重，道德服从于整体的持久的政治。申生的弟弟重耳与申生同时受到死亡的威胁，他出走了，流亡十九年，后来回晋国即位为晋文公，开创晋国霸业，成就文治武

① 恩格斯：《路德维希·费尔巴哈与德国古典哲学的终结》，《马克思恩格斯文集》第四卷，人民出版社，2009年，第291页。

功。重耳比较冷静妥当地处理了道德与政治的关系，成为得到好评的政治家。

《左传》议论高渠弥杀昭公之事说，“君子谓昭公知所恶矣”。郑昭公看出了高渠弥是坏人，却没有先行除掉他。没有先行动手的原因是道德上的自我辖制。因为没有足够的合法的理由而杀人，虽然知道是潜在的恶人、敌人，也许这在政治上是必要的，但却不合于美德。《韩非子·难四》对同一事件有更为正面、直接的说法：“知之若是其明也，而不行诸焉，以及于死，故曰知，所以见其无权也。”① 无权，就是不懂得权变；不懂得权变，也就是不懂得为了适应政治斗争的需要而降低以致放弃对美德的追求，没有施行马基雅维里所谓的恶行来除去政治上的隐患。这都说明，从《左传》的多处叙事，人们最可能引出的结论是：对于政治人物，不能离开政治而孤立地谈道德，在国家政治大局的大背景下才能看清楚怎样才是大善和大恶。

我们应注意到，《左传》写到的类似情况下，还有既不同于商臣，也不同于申生、急子、寿子的另外一种选择。崔杼弑齐庄公，侍渔者申蒯和他的下属都自愿与庄公同死，认为这是义。别人问大臣晏子是不是也与国君同死，晏子反问：“独吾君也乎哉，吾死也？”接下来的对话是：“曰：‘行乎？’曰：‘吾罪也乎哉，吾亡也？’曰：‘归乎？’曰：‘君死，安归？君民者，岂以陵民，社稷是主；臣民者，岂为其口实，社稷是养。故君为社稷死，则死之；为社稷亡，则亡之。若为己死，而为己亡，非其私昵，谁敢任之。’”这段话提出一个十分可贵的思想：所谓忠，是忠于社稷，不是忠于君主个人。当然，晏子说的社稷，也还是礼制之下君主世袭的国家，但是，他把忠于体制和忠于个人区别开来，这已经是很了不起的见解。美德——比如忠孝——只应联系于合理合法的政治，君父若不利于社稷，则可以不必忠于他、孝于他。能够这样做的

① 陈奇猷：《韩非子集释》，上海人民出版社，1974 年，第 878 页。

人，才是理性的真正的忠臣孝子。忠诚于所处历史条件下相对合理的政治体制，才是值得肯定和效法的政治道德。

到了十八世纪，卢梭张扬古希腊推崇美德的传统，他鲜明地提出，暴力强权下不能培育出美德，只有合法的权力才有资格要求人们自愿地服从，才有资格要求民众的忠诚。“即使是最强者也不会强得足以永远做主人，除非他把自己的强力转化为权利，把服从转化为义务。……我看不出强力的作用可以产生什么道德。向强力屈服，只是一种必要的行为，而不是一种意志的行为”；“强力并不构成权利，而人们只是对于合法的权力才有服从的义务”①。只有合法的权力才有资格要求人们的服从，是欧洲启蒙时期出现的新颖的思想。我们在《左传》里，也可以揣摩出这种思想的萌芽：要求权力的取得、继承、让渡合乎其既定的制度，这样才能要求承认此一制度的人服从。这是《左传》中政治哲学的一大亮点。

晋献公和楚成王违背所属体制的君位传承制度，要废去嫡长子的太子之位而改立庶子幼子，使他们自己执政的权威性受到损害，造成国家政治的动荡。《左传》里有的政治人物针对这一类现象，也鉴于废篡之事频频发生，思考过如何保持君主权力的合法性问题。他们要求建立和执行明确稳定的、不受在任君主爱憎影响的立君之法，以此为新君即位的正当性提供依据，化解、防止统治家族内斗引起混乱。他们在有限的范围内认识到，政治权力的合法性是政治道德正当性的前提。《左传·桓公十八年》记，周桓王偏爱次子王子克，托周公黑肩在桓王死后给以辅助，周大夫辛伯劝告黑肩，不要帮助王子克与太子子仪（即后来的周庄王）争权，他说，“并后、匹嫡、两政、耦国，乱之本也”。《左传·闵公二年》复述此语，狐突谏申生曰，“昔辛伯谂（规劝）周桓公云，内宠并后，外宠二政，嬖子配适（嫡），大都耦国，乱之本也。周公弗

① 卢梭：《社会契约论》，何兆武译，商务印书馆，1980年，第12—16页。

从，故及于难”。《管子·君臣下》和《韩非子·说疑》都引用了辛伯这一名言。韩非把辛伯的话简括之为“四拟”：“孽有拟适之子，配有拟妻之妾，廷有拟相之臣，臣有拟主之宠，此四者，国之所危也。”他们一致认为，杜绝四拟，是保持君权稳定、避免内部争夺失序的措施。这里要表达的核心意思是，国家只能有一个权力中心，君位继承权只能归于一人，不能有两个，更不能有多个。并后，是国君的几个配偶居于同等地位；匹嫡，是庶子与嫡子居于同等地位；两政，是大臣分享了国君的权力（也有的解释为两个或更多大臣同时当政）；耦国，是其他封地之城与都城居于同等地位。这些，都是对权力中心唯一性的威胁和破坏。在以上论者看来，不让四拟出现，可以排除传贤与传嫡孰为先的两难，可以避免纷争。宋代吕祖谦《左氏博议》把辛伯的话奉为极高的政治准则：“辛伯之谏周公，而谓并后、匹嫡、两政、耦国，才八字耳，总古今乱亡之枢，而莫能移焉。”“呜呼，辛伯之言，真有国者座右铭也。”①这些说法的要义是，在确立君位执掌者和继承之人时，以易于确定的先天血缘位置顺序，取代带有主观色彩的德行和能力的考察。这合于法家的逻辑，所以《韩非子·说疑》开头就说，“故有道之主远仁义、去智能，服之以法。是以誉广而名威，民治而国安”②。但是，这样做，果真能够排除政治和道德的冲突、阻断君主家庭争权的厮杀吗？历史事实给出的是否定的答案，从春秋战国到清代，弑父杀兄之事无代无有，大多数并不是并后、匹嫡造成的。

君主要保有其一姓之江山，不让外姓夺去，又要避免自家子弟争夺火并，要设计出严密的传承制度。按说，无论是从君主的家族利益出发，还是从包括臣民在内的所有社会成员的利益出发，都应该是选择有能力、能服众的继承人，在一个哪怕是很有限的范围里选择相对贤能的

---

① 吕祖谦：《左氏博议·卷五·辛伯谏周公黑肩》，四库全书本。

② 韩非子：《韩非子·说疑》，参见陈奇猷：《韩非子集释》，上海人民出版社，1974年，第932页、第914页。

人，这也就是传贤。但传贤就要对备选者作道德和能力的考察，在民众没有与闻国家大事权利的君主制度下的实际政治生活中，比较难以操作。谁是贤人，谁更贤能，没有一个精确的衡量办法，很难在有政治话语权的人群里取得共识。何况，最高权位的诱惑力那样大，即使自知贤不如人，也不会减少争夺的欲望，不会放弃争夺的行动。所以，立君之法首要在于息争，防止统治家族内部为争夺君位而相互残杀。但是，君主专制本身是恶斗的温床和美德的坟墓，篡弑出现的概率必定是很大的。

政治哲学的研究认为，不但是统治的家族，在全社会，特别是在政治领域，争斗与和谐的关系是一个永恒的主题。一个理想的社会，必须平衡争斗与和谐的关系。中外古代多部政治哲学著作，都着重谈到争是人性的必然，都论证以制度息争的必不可少，只是，不同的学者的设计指向则迥然相异。《吕氏春秋·荡兵》说，黄帝、炎帝、共工氏至五帝，“固相与争矣，递兴废，胜者用事……胜者为长。长则犹不足治之，故立君。君又不足以治之，故立天子。天子之立也出于君，君之立也出于长，长之立也出于争。争斗之所自来者久矣，不可禁，不可止”①。柳宗元《封建论》说：原初的人类要生存，“必将假物以为用者也。夫假物者必争，争而不已，必就其能断曲直者而听命焉”。于是有诸侯之列，有方伯、连帅之类，而后有天子，“其德在人者，死必求其嗣而奉之”②。这就是说，息争靠的是一个最高统治者和他的统治体系。儒家所说的德治，依靠圣君贤臣的道德自律和道德感化来息争；而君权王权本身是争斗的目标，如上所说，君权王权制度本身总是酝酿着争斗。这也就是本文开头提到的，二十四史，所有的历史，都是相斫书。政治和道德的平衡在君主专制体制下无法解决，无法改善。资产阶级思想家如卢梭、康德等提出了新的设想，重新肯定美德的重要，但是，他们设想

① 陈奇猷：《吕氏春秋校释》，学林出版社，1984年，第383页。
② 柳宗元：《柳宗元集》第二册，中华书局，1979年，第70页。

的全体人民以及推举出来的管理者都是纯洁的，他们构想的完美的道德带有空想的性质。正如卢梭自己所说，以“神明的人民”为前提的“十全十美的政府是不适合于人类的”[①]。政治与道德的不断进步与协调，只有在马克思主义理论指导下，在人民群众的实践中才能实现。

（载《江汉论坛》2017年第8期）

① 卢梭：《社会契约论》，何兆武译，商务印书馆，1980年，第101页。

叙事技巧的伦理维度

欧洲的小说在18、19世纪达到艺术上的高峰，经过几个世代的积累传承，小说写得越来越精致。在这个过程中，可以看出许多后来的作者对于前辈的写作技巧作过细心的揣摩，并且努力继续添加上各自的创新。到了十九世纪后期至二十世纪前期，对于小说写作技巧专门的深入的探讨和论述，成为一时的风气，亨利·詹姆斯1884年发表《小说的艺术》，起到了导夫先路的作用。詹姆斯在谈到小说创作上各种技巧进步的成就背后，必有理论思考作为指导时说过，“但我猜想从来没有一个真正的成功不曾有过潜在的信念作为其核心的”。他以喜悦的心情预告：对于小说写作技巧的“讨论的时代，在某种程度上，似乎已经开始了”①。

相比起来，中国从近代直到二十世纪，对于古来叙事技巧的系统的总结和钻研则较为薄弱。但是，这并不是说，我们的前人在创造出众多叙事杰作的时候，就没有经过理性的谋划，就没有独到的艺术理念作为支撑。亨利·詹姆斯倾力最多的是小说叙述角度的问题，他的追随者珀西·卢伯克在《小说技巧》一书中说：“小说技巧中整个错综复杂的方法问题，我认为都要受角度问题——叙述者所占位置对故事的关系问题——调节。”② 他的这一论断显然也是来自亨利·詹姆斯。而在中

① 亨利·詹姆斯：《小说的艺术：亨利·詹姆斯文论选》，朱乃长译，上海译文出版社，2001年，第4页。

② 卢伯克：《小说技巧》，方土人译，见《小说美学经典三种》，上海文艺出版社1990年，第180页。

国，对于这一问题，从很早起就有人给予了高度的重视。比亨利·詹姆斯所处时代稍早的二知道人，在《红楼梦说梦》中说："雅爱左氏叙鄢陵之战，晋之军容，从楚子目中望之，楚之军制，从楚人苗贲皇口中叙之，如两镜对照，实处皆虚，所以为文章鼻祖也。"① 这里所谈的是两千年前叙事文本中叙述角度的转换。"文章鼻祖"，在这里说的就是中国历史叙事和文学叙事的源头，《左传》是中国上古时代最优秀的叙事经典，它已经自如地变换使用多种叙述角度。《左传》开创的对多种叙述角度的灵活运用的经验，在《水浒》《红楼梦》《聊斋志异》等多个文学名著里得到进一步的发挥，并且被金圣叹和二知道人等具体地分析评述。

技巧的创造和运用，归根结底，是出于作者表达内容的需要，是出于描述社会生活和表达对社会生活现象的判断的需要。当初，《左传》的作者是怎样想到可以而且需要运用不同的叙述角度，他为什么要在叙述一个事件的时候变换叙述角度呢？弄清楚这个问题，关系到我们对中国古代叙事理论的特点的认识和对中西叙事观念的比较，关系到我们对《左传》思想的批判性、战斗性的认识，所以，有必要作一探讨。

《左传》虽然早被列为经典，但它的叙事历来也曾受到文人的质疑。《阅微草堂笔记·槐西杂志》记申苍岭讲士人与鬼交谈，纪晓岚听后评论道："此先生玩世之寓言耳。此语既未亲闻，又旁无闻者，岂此士人为鬼揶揄，尚肯自述耶？"申苍岭掀髯反问："鉏麑槐下之词，浑良夫梦中之噪，谁闻之欤？子乃独诘老夫也！"② 也就是说，他们要对《左传》叙事的合理性提出诘问。《左传·宣公二年》记晋献公命鉏麑刺杀赵盾，

---

① 二知道人：《红楼梦说梦》，见《古典文学研究资料汇编·红楼梦卷》第85页，中华书局1963年。二知道人原名蔡家琬，生活在18世纪60年代至19世纪30年代。

② 纪昀：《阅微草堂笔记》，上海古籍出版社，1980年，第249页。"浑良夫之躁"见于《左传》"哀公十七年"，卫灵公梦见浑良夫向他大声抗诉，之后占卜，他在占卜时必定要给卜者描述梦境，这和鉏麑死前独语是不同的。《左传》写到浑良夫之躁，没有也不需要转换到全知视角。

鉏麑潜入赵宅，见赵盾凌晨盛服将朝，不忘恭敬，认为是个好官，刺杀这样的好官是不忠，背弃国君的命令是不信，叹息说："有一于此，不如死也，触槐而死。"申苍岭以及纪晓岚提出，鉏麑自杀前在无人处的内心独白有谁能够听到，《左传》记述的依据何在呢？钱锺书在《管锥编》里列举了前人多个同样的质疑之后，解释说："盖非记言也，乃代言也，如后世小说、戏剧中之对话独白也。左氏设身处地，依傍性格身份，假之喉舌，想当然耳。"① 那么，我们不能不再追问，《左传》和古代许多史书一样本来就是记事和记言的，作者在这里为什么离开记言改而采用代言呢？为什么由固定的单纯叙事者角度改为无所不知的全知叙事者的角度呢？史家是不是有权用小说、戏剧的代言方式来叙述历史事件，用"想当然"来充当历史事实呢？这在叙事学上是否可以被允许、被承认？

近二十多年来，叙事伦理（narrative ethics）成为文学理论批评著述中一个逐渐热烈起来的话题。叙事伦理的讨论是文学理论的所谓伦理转向的一个组成部分，但它并不是一个全新的问题，而是很早就已经或隐或显地出现于古人关于叙事的谈论之中。中国古代文论的特点之一是高度重视文艺的伦理性质和作用，因此也早就触及这个问题。对于"叙事伦理"这一术语的所指，有关乎叙事内容和关乎叙事技巧的运用这两个不同的方面；前者意思较为显豁，后者则尚待进一步深入探析②。

叙事首要的品格是真实，不同的叙事要求的是不同的真实。在中国古代的漫长时间里，历史叙事相对于文学叙事占有很大的优势地位，历史叙事尤其把真实摆在成败攸关的位置上。历史叙事要求的是本然的真

① 钱锺书：《管锥编》第一册，中华书局，1986年，第164—165页。

② 参见詹姆斯·费伦：《伦理转向与修辞叙事伦理》，唐伟胜译，《四川外语学院学报》2008年第5期；费伦在文中说，"当前的'伦理转向'提出了关于技巧和伦理的关系问题，以及我称为讲述的伦理和内容的伦理问题"。讲述的伦理，即运用叙事技巧的伦理规范。又可参见伍茂国：《叙事伦理：叙事走向伦理的知识合法性基础》，《宁夏大学学报（人文社会科学版）》2009年第1期；江守义：《中西小说叙事伦理研究路径之比较》，《中国文学研究》2019年第2期。

实，文学叙事要求的是应然的真实。早期的最优秀的历史叙事文本，例如《左传》和《史记》，本身常常又带有浓厚的文学性，这就使得它们叙事的真实呈现复杂的情况。

历史必须真实地反映实实在在发生过的事实，这是从古至今确立的一条根本性的原则。历史叙事既然如此重视和推崇真实，史学理论就把是否忠于事实本身纳入史家职业伦理的核心，中国古代史论家强调的史德说的就是历史叙事的伦理规范，其中重点就是求真。刘知幾《史通·惑经》说，“良史以实录直书为贵”。章学诚《文史通义》中提出：“盖欲为良史者，当慎辨于天人之际，尽其天而不益以人也。”天，也就是本然的史实；人，是叙事者增饰的推想、猜测。他不赞成把推想、猜测增益到历史叙事之中。为了表明叙事的真实可信，有的史家在叙事文本中对其叙述的依据也即材料来源作出明确交代，预先打消读者可能提出的“谁闻之而谁见之”的质疑。比如，希罗多德在他的《历史》中，就有很多处这样的说明①。修昔底德明确地宣称他的叙述与诗人不同，因为他“确定了一个原则：不要偶然听到一个故事就写下来，甚至也不单凭我自己的一般印象作为根据；我所描述的事件，不是我亲自看见的，就是我从那些亲自看见这些事情的人那里听到后，经过我仔细考核过了的”②。马克思主义从来都强调历史研究必须从事实出发，恩格斯说：历史哲学与自然哲学一样，“因此，在这里也完全像在自然领域里一样，应该通过发现现实的联系来清除这种臆造的人为的联系”③。马克思说：“既然意识要素在文化史上只起着这种从属作用，那么不言而喻，以文化本身为对象的批判，比任何事情更不能以意识的某种形式或某种结果

① 可以参见希罗多德《历史》第4页、第9页、第43页、第77页、第89页、第94页、第103页、第108页、第126页、第132页、第138页，其他还有很多，周永强译，陕西师范大学出版社2008年。例如，其中第77页：巴比伦神殿下，曾经有一座纯金的人像，“我自己没有见过这座像，但我这里是遵照着迦勒底人告诉我的话写的”。

② 修昔底德：《伯罗奔尼撒战争史》，谢德风译，商务印书馆，1960年，第19—20页。

③ 恩格斯：《费尔巴哈与德国古典哲学的终结》，《马克思恩格斯文集》（第4卷），人民出版社，2009年，第301页。

为依据。这就是说，作为这种批判的出发点的不能是观念，而只能是外部的现象。批判将不是把事实和观念比较对照，而是把一种事实同另一种事实比较对照。”① 他们说的都是历史叙事伦理中铁的律条，不容许违反也不容许偏离。

《左传》里面有关于历史叙事者坚守叙事真实性原则的记述。“襄公二十五年”《春秋》有“夏五月乙亥，齐崔杼杀其君光”。《左传》具体道出这一条记述载在史册的经过：“大史书曰，‘崔杼弑其君’，崔子杀之。其弟嗣书而死者二人，其弟又书，乃舍之。南史氏闻大史尽死，执简以往，闻既书矣，乃还。”齐国史官记载了这个事件，崔杼不准这样记载，连续杀死三个史官，还是没能够阻止。这样，关于齐庄公被杀，至少就有了两种叙事方案，崔杼所想要的掩盖真相的那一种未能实现。对于同一件历史事件，几种叙述方案、几种叙述文本并存，是常常可能遇到的。希罗多德就说过，“对于居鲁士的死的传说确实是有很多的，但我只叙述了上面的一种，因为我认为这种说法是最可信的”②。史德，要求历史叙事符合事件的本来实际，文学叙事要求符合生活的客观规律，这是叙事伦理的第一个层次，最基本最重要的层次。

和“襄公二十五年”那一条记述类似，《春秋》在“宣公二年”有“秋九月乙丑，晋赵盾弑其君夷皋”。同样，《左传》也记述了被叙事者向叙事者提出异议：“太史书曰：‘赵盾弑其君’，以示于朝。宣子曰：‘不然。’对曰：‘子为正卿，亡不越竟，反不讨贼，非子而谁!’”这里也有两个记述方案。在《春秋》的文本中，赵盾所想要的也是未能实现。我们不难看出，与对齐国太史的由衷赞美不同，《左传》的作者并不完全同意《春秋》在这里的记述，在晋灵公和赵盾之间，《左传》是同情、赞美赵盾而谴责和抨击晋灵公。对于“赵盾弑其君”被书之史

---

① 马克思：《〈资本论〉第2版跋》，《马克思恩格斯文集》（第5卷），人民出版社，2009年，第21页。

② 希罗多德：《历史》，周永强译，陕西师范大学出版社，2008年，第89页。

册，心里面存有惋惜之情。但是，由于《春秋》的尊崇地位，由于《春秋》所遵奉的君权至上观念在当时的强大控制力，《左传》能够直接地反驳和颠覆《春秋》的记述吗？显然不能。怎样叙述这一历史事件，就成为《左传》作者必须精心处理的难题。他在这里先是引用了孔子的话："董狐，古之良史也，书法不隐；赵宣子，古之良大夫也，为法受恶，惜也，越竟乃免。"用调和的态度，肯定《春秋》采用的记述，又肯定赵盾是好官，错误只在没有逃出国境因而作为卿大夫需要对国君之死负责。然而，《左传》的作者仍不满足，他还要读者知道晋灵公恶行累累，自己走上众叛亲离的绝路，赵盾对灵公的谏劝都是十分正当的。假使《左传》的作者直接出面把自己的看法说出来，不但与君权至上的原则发生冲突，也偏离了全书的体例，而且由于其主观色彩，还会缺乏足够的感染力、说服力。在写作前提造成的窘迫情况下，他先是通过无人称的客观叙述，让读者知道晋灵公射行人、杀厨师等种种恶行和赵盾尽力对灵公的阻止。接下来，他觉得客观叙述还不足以表达他对赵盾这个人物的评价，便请出钽麑作为临时的叙事代言人，把对赵盾的赞扬充分展现。在这个地方，正如美国学者布斯在《小说修辞学》里所说，作者不能直接说话，而"掌握戏剧化的视角，可以高度精确地传达出作者的判断"①。这就是《左传》放弃记言而采用代言，或者用布斯的说法，叫作采用戏剧化视角的原因所在。变换运用叙述角度对于叙事文本的道德感化效果会产生怎样的影响，马克·柯里在《后现代叙事理论》中也有论述："对视角的分析是20世纪文学批评的伟大胜利之一。视角分析的力量部分地来自具有分析力的术语的力量。这些术语描写了叙述声音的微妙变化、出入他人大脑的运动或表现人物话语或思想的各种方式。但对视角的分析不止具有描写力，它是在小说修辞中的一种新探索，小说可以为了某种道德目的给我们定位，驾驭我们的同情，拨动我们的心弦。最为重要的是，对视角的分析使批评家们意识到，对人物的同情不是一个鲜明的道德判断问题，而是由在小说视角中新出现的这些可描述

① 布斯：《小说修辞学》，华明、胡晓苏、周宪译，北京大学出版社，1987年，第303页。

的技巧所制造并控制的。它是一种新的系统性的叙事学的开端，似乎要向人们宣称，故事能以从前人们不懂的方式控制我们，以制造我们的道德人格。……对小说中视角的分析是对作者控制的揭示。”[①] 柯里在20世纪末从理论上做出的分析，《左传》的作者早已在叙事实践中做到了，古人早已领悟了叙事技巧的强大的伦理力量。

关于钼麑自杀前的自白，应该也不是出于作者的虚构，不是一个无来由的凭空想象，那么，这样写的根据在哪里？我们可以推论，赵盾是长期主持朝政的卿大夫，他和晋灵公之间反复发生的矛盾纠葛是关乎国运民生的大事件，在当时的晋国必然有记载和传闻流传。试看《公羊传》对同一事件的记述：“使勇士某者往杀之，勇士入其大门，则无人门焉者；入其闺，则无人闺焉者；上其堂，则无人焉。俯而窥其户，方食鱼飧。勇士曰：‘嘻！子诚仁人也，吾入子之大门，则无人焉；入子之闺，则无人焉；上子之堂，则无人焉——是子之易也。子为晋国重卿，而食鱼飧，是子之俭也。君将使我杀子，吾不忍杀子也。虽然，吾亦不可复见吾君矣。’遂刎颈而死。”[②]《左传》《国语》《公羊传》三者的记述相比较，晋灵公因为赵盾阻碍他的残暴行为而派刺客谋害赵盾，这个刺客没有执行刺杀的命令而是自杀，这两点是相同的，那么，这就应该是当时确实发生的事实；而刺客在赵盾家里看见了什么和怎样自杀，《公羊传》的记述与另两书则有些差异。不同的叙事者根据不同的传闻，在确定发生过的事实的总体框架下，对细节作了各自的选择和推想，他们都不是让作者出面来对赵盾赞扬，而是让钼麑或者勇士某者出面。这就如同卢伯克所说，“采取另一角度，安排一位新的叙述者，让他首当其冲去跟读者打交道”，“作者便被戏剧化了；他的陈述便赢得了分量”[③]。《左传》和《公羊传》都采用了代言替换记言，目的是在保持对于弑君反对态度的前提下，赞扬赵盾对暴君的抵制和他的忠于职守。

---

① 马克·柯里：《后现代叙事理论》，宁一中译，北京大学出版社，2003年，第22页。

② 李学勤主编：《春秋公羊传注疏》，北京大学出版社，1999年，第332页。

③ 卢伯克：《小说技巧》，方土人译，见《小说美学经典三种》，上海文艺出版社，1990年，第180页。

新技巧的创造，是为表达作者的伦理观念服务的。

引进钼麑这个新的叙述者，靠推想写出钼麑自杀前的心理，究竟是不是合理的呢？这就要看对于历史叙事伦理持怎样的看法了。我们先来看晋国的太史怎样论证他记载“赵盾弑其君”的理由，他并没有提供甚至没有觉得有必要设法提供赵盾直接参与或者背后指使杀死晋灵公的证据，只是说“子为正卿，亡不越境，反不讨贼”；赵盾听了太史的话竟也觉得难于反驳，而是叹息说，“呜呼！我之怀矣，自诒伊戚”，不该留恋故土而不离开晋国。“弑其君”的记述虽不合于事实，却被认为合于当时王权下官场的伦理规范。这些人认为，历史的叙事，第一位的并不是事实，而是要符合王道、礼义。《史记》论《春秋》的著述原则说：《春秋》“垂空文以断礼义，当一王之法”，“善善恶恶，贤贤贱不肖，存亡国，继绝世，补敝起废，王道之大者也”①。即使是出于善的动机，只要不合于《春秋》之义，也仍然会被谴责为恶。《史记·太史公自序》和《汉书·司马迁传》都注意到赵盾这个例子：“为人臣子不通于《春秋》之义者，必陷篡弑诛死之罪。其实皆以善为之，而不知其义，被之空言不敢辞。”② 王道不容许弑君，国君被弑时卿大夫留在国境之内就要对此负全责，哪怕被弑的是个暴君，哪怕这个被指责的人实际上并没有参与。布斯在《小说修辞学》里说的“他们追求的是伦理上的真理”，“迫使我们乐于按照善恶而不是是非标准去判断”，意思也是与此相近的。布斯分析到文学叙事发生伦理效果的种种情况，他说：“作为艺术要获得成功，必须具有强烈的教育意义，作为一个个人，读者越是感到道德上的无所适从，他作为一种已形成的、富于想象的经验，对于作品的反应就越强烈。卡夫卡的小说说教吗？人们只能这样回答，如果说教就是迫使读者思索他自身道德上的无所适从，那么卡夫卡的小说就是说教的。”③这可以帮助我们理解《左传》对《春秋》悄无声息的纠正——

① 司马迁：《史记·太史公自序》，《史记》，中华书局，1959年，第3297页。

② 班固：《汉书·司马迁传》，《汉书》，中华书局，1962年，第2718页。

③ 布斯：《小说修辞学》，华明、胡晓苏、周宪译，北京大学出版社，1987年，第324页、第309页。

钽麑怎样才能既忠又信？做不到！钽麑无所适从，他于是自杀了。赵盾作为卿大夫对晋灵公的暴虐的行为，是应该阻止还是容忍和迎合？赵盾无所适从，他只有背负弑君的罪名。那么，古代的读者读了《左传》这样的记述也可能无所适从，并且随之对没有疆界的君权产生怀疑。《左传》引导读者道德上的无所适从和不由自主的思索，这就是他创造性地变换叙事角度造成的伦理效果。

尤其引起我们注意的是，布斯提出的技巧的道德性（the morality of techniques）问题，值得仔细琢磨和予以引申、展开①。叙事技巧在某些情况下具有道德性，技巧可以而且需要从伦理的维度加以审视，对此应该给予专门的研究。叙事者及其叙事行为和作为叙事行为产品的叙事文本，有的是道德的，有的是不道德的。此处所说的道德或不道德，特指作为叙事者应该具有的职业规范，叙事者可以和应该怎样叙事，不可以、不应该怎样叙事；小说叙事可以怎样运用和变换不同的视角，不可以怎样运用和变换视角。技巧的道德是指作为作家道德观念体现的技巧（如叙述角度转换、全知视角的运用）较为隐晦地体现作家的伦理倾向，体现他对人物和事件的伦理评价。作家不动声色地诱使读者同情或嫌弃某个人物。

作家在叙事中运用某一技巧也要受到约束，那就是要看是否合于叙事伦理。拿“赵盾弑其君”来说，这条记载违背了历史叙事的叙事伦理，也就是不道德的。因为晋灵公不是赵盾杀死的，也不是由赵盾的策划而被杀的，这个记述没有事实的依据。《左传》实际上揭示了《春秋》

---

① 布斯相关的一段话是：“我确信，今天的大多数小说家——至少那些用英语写作的——都已感到艺术与道德之间有着不可分割的联系，与关于道德的流行说法完全不同：他们的艺术视界，部分地是由对他们所看见的画面的判断组成的，他们要求我们把这种判断作为画面的一个部分加以分享。无论如何，只有对这样的小说家——无论他们数量多少——人们才有技巧的道德可言。在对那些中心意图是道德上可疑的作品进行考察失败而退出之后，我们必须转向这样一些作品，即其中作者的道德判断由于不道德的叙述者强有力的花言巧语而被误解的作品。”布斯：《小说修辞学》，华明、胡晓苏、周宪译，北京大学出版社，1987年，第430页。“技巧的道德性”是湖北大学英语系刘国枝教授提供的译文。她把我们所关注的一句翻译为：“只有对这一类小说家——不管他们有多少人——人们才能多少谈论技巧的道德性（问题）。”

对此的记述混淆和掩盖了的历史真相，而《左传》的相关记述内容则有很高的伦理正当性。但是，《左传》所记钼麑的独白却是他人无从知晓的，无法证明其内容的真实，是出于他人的主观揣想，因而在叙事伦理上也是有瑕疵的。

历史叙事者有一种冲动是强化其作品的文学性，无论是为了吸引更多的读者，或是为了表达某些隐微的思想感情倾向，他都可能要借助于文学性，富有文学才华的历史叙事者很难遏制这样的冲动。《左传》《史记》《汉书》都以其文学性成为久远年代众多读者迷恋的对象。然而，历史不同于历史文学，历史要求从细节到整体完全的真实，严格地拒绝、排斥所有的“想当然”。至于文学叙事，则不但容许而且提倡想象和虚构。布斯提到“艺术中的道德在于‘写好’”，他引用了左拉的话，“当你写得糟糕时，你完全该受责备。这是我能承认的文学的唯一罪过”①。小说要写得好，就必须虚构。在文学叙事中是优点而产生魅力、放射光芒的虚构，在历史叙事中会成为致命伤。以前面提及的《阅微草堂笔记》中的例子来说，人们不可以诘问申苍岭讲述的情节何从而闻见之，因为他本来就不是陈述世上发生过的真事，他讲的是“玩世的寓言”；人们却可以诘问《左传》的作者，钼麑自杀前的所见所闻、所思所想，以及介之推和母亲隐遁而死前的对话，你是从哪里知晓的。在某些情况下，“在要显得冷漠和客观，与要使作品的道德基础绝对清楚来提高其他效果的义务之间，有着一种公开的冲突”②。在这个冲突中如何选择，历史叙事和文学叙事各自服从不同的伦理。每个叙事者都有一个叙事的权限问题，历史叙事的性质决定了他自动放弃了虚构的权力，细节也不应该虚构。古人对于历史叙事和文学叙事有时区分不够严格，是一种时代局限。在评价古代历史经典文本的文学性的时候，对其中“想当然”的虚构大加赞扬，是不可取的。

（载《外国文学研究》2020 年第 2 期）

---

① 布斯：《小说修辞学》，华明、胡晓苏、周宪译，北京大学出版社，1987 年，第 433 页。
② 布斯：《小说修辞学》，华明、胡晓苏、周宪译，北京大学出版社，1987 年，第 434 页。

《史记·伍子胥列传》三题议

作为言说对象的伍子胥受到古来史学家和文学家的喜爱程度，远超很多功业盖过他的历朝历代文臣武将，他的生平事迹两千多年来被官家和民间叙事者加以各种渲染和反复传述。若是仔细审察不难发现，在这些传述里，作者们对叙事主人公的态度前后是有所变化的。最早，在《左传》和《国语》中，叙事语调比较客观中性，感情色彩还不是那么浓烈；到了司马迁笔下，伍子胥的形象忽然高大起来，作者在行文中处处流淌着难以掩饰的同情与赞赏。宋代以后，陆续有些正统思想浓厚的文人对伍氏持全盘否定、强烈谴责的立场，但是同情以至赞赏总归成为此后两千年伍子胥叙事和议论的主调，这和《史记》的影响应该是有着或显或隐的关系。更可引起我们研究兴味的是《伍子胥列传》在《史记》全书中居有特殊地位，可以说，它是司马迁投入自己身世感受极多的一篇作品，是体现《史记》叙事风格的一个标本，是体现司马迁政治哲学与历史哲学的一个标本，同时，它也留下了一些话题，让后世文人学者各呈其见，不断增进着历史学、政治学、叙事学的思想资料。本文撷举三点，略述浅见。

一、司马迁为什么要写伍子胥鞭平王之尸

最早记载伍子胥身世的是《左传》和《国语》，与之密切相关的有

《公羊》《穀梁》，后两部书是解经的，记事疏简而突出褒贬。司马迁对这几部书当然是很熟悉的，或者因为对伍子胥评价视角的差异，或者因为对伍子胥的政治道德评价有别，《史记·伍子胥列传》比之于这几部书对史料的取舍就有了多处不同。司马迁对前人涉及伍子胥的记载材料进行了一些重要的增删以至改动，其中，最重要的一处是关于伍子胥率吴军入郢的描述。关于吴兵伐楚，《左传》《穀梁》《公羊》和《吕氏春秋》说的是，“吴入郢，以班处宫”，即吴人按照相应地位等级霸占楚国君臣的妻子和母亲，给楚国王室和大臣极大侮辱，但是并没有明确提到伍子胥是否直接参与其事。《穀梁》《吕氏春秋》又说，吴军“坏宗庙，徙陈器，挞平王之墓”，也没有指明这几项行动的主体就是伍子胥。而在《史记》的记述里，却出现了《左传》《国语》所没有的惊世骇俗的场面——伍子胥率吴军入郢都，“掘楚平王墓，出其尸，鞭之三百然后已”。我们今天无法确定司马迁从何处发掘出这样一条新的史料，它的可靠性、准确性足以引起后人辩难与探究，而司马迁为什么采用这条史料，也值得揣测和分析。

20世纪80年代，有学者发表《伍子胥何曾掘墓鞭尸》一文，谓：“至于历史上是否确有‘掘墓鞭尸’这一幕，迄今为止却并没有任何人明确提出过疑义。”此语不确。《史记·吴世家》“子胥、伯嚭鞭平王之尸以报父仇”句下，唐代司马贞《〈史记〉索隐》特地指出“《左氏》无此事”。不但是《左传》，司马贞也没有说有别的哪本史书有过记载，可知此事在唐人尚可看到的前史里并无依据。唐代徐彦在《〈公羊传〉疏》中表示，鞭尸之说不合乎日常情理，他解释前人“时子胥因吴之众堕平王之墓”这句话：“《春秋说》文也。彼文又云，‘鞭平王之尸，血流至踝’，此注不言之者，省文也。案：昭二十六年秋九月，楚子居卒，至今十余年矣，而言血流至踝者，非常之事，宁可常理言之？或者盖以子胥有至孝之至，精诚感天，使血流所以快孝子之心也。”徐彦认为，鞭尸以至血流这样夸张的说法不可能是事实，不过作为对孝道的揄扬，在历史叙事中也不必深责罢了。明清之际，大学者顾炎武更有《子胥鞭平王之尸辨》一文，提出："太史公言子胥鞭楚平王之尸，《春秋传》不载，而予因以疑之。疑春秋以前无发冢戮尸之事，而子胥亦不得以行之于平王也。"再一次明确地对《史记》提出了异议。

当然，在没有发现新的实证材料之前，所有后代怀疑鞭尸情节真实性的人，都只能凭借逻辑推论，包括开一代学风的朴学大师顾炎武在内，也无法用确凿的考据指明鞭尸是司马迁的杜撰。但是，使人无法为司马迁辩护的是，关于鞭尸，《史记》本身的几处说法也自相抵牾，有时说鞭尸，有时说鞭墓。《楚世家》说，"吴兵遂入郢，辱平王之墓，以伍子胥故也"；《季布栾布列传》作为一个历史例证引述说，"夫忌壮士以资敌国，此伍子胥所以鞭荆平王之墓也"。据此可知，司马迁采集到的原始史料就有不同说法，他把鞭尸说放进伍子胥的本传，显然是更加重视，而又在别处保留鞭墓说，流露了对鞭尸说缺乏足够信心。清代邵泰衢《〈史记〉疑问》曾指出，这同一事件在《史记》的《吴世家》与《楚世家》的记载彼此矛盾——《楚世家》记的是"吴兵遂入郢，辱平王之墓"；《吴世家》记的则是"吴兵遂入郢，子胥、伯嚭鞭平王之尸，以报父仇"。邵泰衢说："鞭尸、辱墓，事迥异也。辱乎？鞭乎？不可不辨也。"挞墓与鞭尸其情绪色彩、行为强度有着很大的距离，同一部史书对同一件史事竟然有两种记述，两者总有一个是不对的，司马迁却让两种材料并存，并且不说明哪一个可靠，在我们的史学经典中怎么会出现这样明显的瑕疵呢？

要回答这个问题，就牵涉司马迁是怎样理解史书的撰著原则的，后人又是怎样理解的；大而言之，就是说，这里关联着司马迁的历史哲学，关联着我们今天怎样看待他的历史哲学。人们都非常熟悉鲁迅的一个论断，他说，《史记》这部书，"虽背《春秋》之义，固不失为史家之绝唱，无韵之《离骚》矣。惟不拘于史法，不囿于字句，发于情肆于心而为文"。有一位常年研究《史记》的学者于此提出困惑，他说，从鲁迅的话里引申出一个普遍的说法，《史记》既是史学名著，又是文学名著，这就产生了一个非常大的悖论："从作家的角度讲，作品真实性应该不是第一位的。而如果真实性不是第一位的，它的文学性越强，史学性就越弱，那它怎么可能既是文学名著又是史学名著呢?"的确，在现代学术分科的格局中，这样问，是有些道理的。但是在司马迁，他会觉得应该被这个悖论所羁绊吗？鲁迅说司马迁不拘于史法，我们还可以说，司马迁心里自有他那个时代的史法和他个人独特的史法，不等同于现代历史学的史法。他本人对他的史法早有说明，那就是《报任安书》说的，"网罗天下放失旧闻，略考其行事，综其终始，稽其成败兴坏之纪……亦欲以究天人之际，通古今之变，成一家之言"。也就是《史记·太史公自序》说的，"此人皆意有所郁结，不得通其道，故述往事、思来者"。他的历史撰写原则包括广泛地收集原始材料，加以考辨，反映时代变迁的规律，除此之外，同样重要的，甚至是更加重要的，历史叙事还要表达作者的认识和情感，要抒泄自己的郁结。对司马迁来说，在最后这一点上，历史和文学是一样的，都是作者意有郁结的产物，都是书愤之作。司马迁的史学，是蕴含深沉诗性的史学。写《伍子胥列传》，除了记述主人公平生遭遇，还要传达作者的思想、感情。在司马迁心目中，伍子胥进入郢都，目睹故宅荒台，父兄早化尘土，血脉偾张，鞭尸比挞墓更能体现他的悲愤之心。更何况，写伍子胥同时也是写司马迁，是要表达司马迁对残暴君主的仇恨。于是，司马迁寻觅、发掘鞭尸这样一条新的史料，不顾几处表述的扞格，放进伍子胥的传记里。这种让作者的情感参与到叙述和描写中间的历史叙述方法，是司马迁的历史哲学导出的结果，是《史记》叙事风格之诗性特色的构成要素。当然，它对历史叙事准确性的偏离和干扰，也是不能否认的。

总的看来，《伍子胥列传》既表达了对伍子胥的理解、同情和尊崇，更间接表达了司马迁本人信奉的人生理念、人生目标，提供了与中国古代社会主流不尽一致的生命价值观和不尽一致的政治伦理观。这种价值观、伦理观支配着《伍子胥列传》的写作，强化了《史记》独特的历史叙事特色，对两千年来历史和文学不断发生巨大而深刻的影响。

二、伍子胥说自己“倒行逆施”针对着什么？

《史记》还记叙了伍子胥鞭平王之尸的行动引起与申包胥的一番对白，这也是此前史书所不载的司马迁独家的陈述文本。申包胥托人激烈地指责鞭尸的行为说：“今子故平王之臣，亲北面而事之，今至于僇（戮）死人，此岂其无天道之极乎！”对于昔日的同僚好友如此尖锐的声讨，在司马迁笔下，伍子胥是怎样回应的呢？他竟然放弃了自我辩护，而说：“为我谢申包胥曰，吾日暮途远，吾故倒行而逆施之！”这里所谓“日暮途远”不是事实，这一年伍子胥才四十三岁，成功打进郢都实现了他多年的愿望，他对自己下一步人生抱有雄心，心里怀着推动吴国成为霸主的宏伟规划。鞭墓或鞭尸是对此前的恩怨做一结束，与日后的作为并无关系。所以，“日暮途远”只是一个托词，一个铺垫，重点在下一句“倒行逆施”。倒行逆施这一具有强烈谴责意义的詈语，伍子胥却用来说明自身的行为，这种非常情绪化的措辞表明，他知道自己行为的分量和可能引起的反应，他承受了沉重的心理压力，但他拒绝妥协和克制。他知道，不只是申包胥，当时以及后世的不少人会要责备他、咒骂他。而司马迁以赞扬的态度记述伍子胥伐楚复仇，并且采用掘墓鞭尸的材料，则是承受着同样强大甚至可能更加强大的心理压力的，他用隐晦的方式表露的是在汉武帝时期很不合时宜的思想，在表层的贬义中曲折地埋藏着对于严惩残暴故主的伍子胥深沉的同情和敬佩，呼唤对过去、当下以及未来一切暴君的抗争。

申包胥和伍子胥对话提出的问题是，为了报杀父之仇，矛头直指伍家几代效力的楚王室，是不是可以被容许？这也是两千年间历代论者讨论很多的问题。唐代杨士勋《〈春秋穀梁传〉疏》说到，对此，在先秦时期，已经是论难纷然。他说，《穀梁传》是不赞成伍子胥把复仇的矛头指向楚国王室的："《传》不善子胥者，两端之间，论忠臣伤孝子之恩，论孝子则失忠臣之义。《春秋》科量至理，尊君卑臣，子胥有罪明矣。君者臣之天，天无二日，土无二王。子胥以藉吴之兵，戮楚王之尸，可谓失矣。虽得壮士之偏节，失纯臣之具道。《传》称子胥云'亏君之义，复父之仇'，传文曲直、子胥是非，《穀梁》之意，善恶若为？""《公羊》《左氏》，论难纷然。"尽孝必须复仇，复仇必须追究元凶，元凶就是楚平王。伍子胥如何既做孝子，又保留对楚王室的忠？这正是伍子胥叙事和伍子胥话题议论的参与者所困扰的大问题。

早在《左传》里，就记下了对于有杀父之仇的君王的两种态度。在申包胥斥责伍子胥"无天道之极"的几乎同时，楚昭王从郢都逃到郧地，《左传·定公四年》记录了郧公斗辛与他的弟弟斗怀对于逃亡者楚昭王的两种处置方案，他们的父亲蔓成然是被楚平王处死的，"郧公辛之弟怀将弑王，曰：'平王杀吾父，我杀其子，不亦可乎！'辛曰：'君讨臣，谁敢仇之？君命，天也。若死天命，将谁仇？'"斗辛认为，臣子不能以君王为仇恨的对象，即使这个君王杀了自己的父亲也不能去报复，因为君王代表的是上天的意志，这和申包胥托人传给伍子胥的看法是完全一致的。伍子胥当然不认同斗辛的意见，《史记》原样保存了斗怀主张杀死楚昭王的话，而斗辛批驳他的弟弟斗怀的一长篇话，《史记》却一句也未予采录。

《史记》细致地写出了伍氏父子处理与楚平王关系的前因后果，交代了伍子胥对楚王室仇恨的形成和激化的过程。当灾难的阴云聚集在家庭的头顶，楚平王拘捕伍奢进而欲诱捕伍尚、伍员兄弟之时，在他们做出生死抉择之际，就估计到了将会引起的反应和攻讦。对于伍尚、伍员兄弟的指责，主要可能来自两个方向，一是不孝，二是不忠——不回楚救父为不孝，报仇之举指向楚平王为不忠。伍子胥在分析中说，"往而令仇不得报耳"，兄弟二人同回楚国自投罗网，家族之冤就永无可报了。

伍尚何尝看不到这一点？他说，“我知往终不能全父命”，他的策略是两个人分别承担不同角色。他决定自己回楚国就死，揭穿楚平王的无信和凶残，让伍员的复仇能够减少舆论的压力，得到更多人的同情和支持。伍奢听到伍员逃亡的消息时说，“楚国君臣且苦兵矣”；此前他告诉楚平王，伍员“刚戾忍诟，能成大事”。这个大事只能是政治上的重大的、非常的举措，这就含蓄地预示了投奔他国借力攻打楚国的方案。由此可知，伍员以及伍尚的行为是他们父子共同的决策，是仔细思虑的结果。

《公羊》《穀梁》和《左传》关于伍子胥对楚平王暴行的态度相关记述，出现明显差异。在《公羊》《穀梁》中，插进一个场面，就是杨士勋提到的，伍子胥一到吴国，阖闾就表示要兴师攻楚，替他报仇。伍子胥回答阖闾说，“诸侯不为匹夫兴师，且臣闻之，事君犹事父也。亏君之义，复父之仇，臣不为也”。这个情节很不合情理，这些话一点也不像是出自伍子胥之口，令人难以置信。倘若有一点点相信“事君犹事父”，不能“亏君之义”而复父仇，伍子胥何必拒绝听召回国而冒死在多国之间流窜！《公羊》《穀梁》并非叙事之史，它们要做的是挖掘《春秋》的微言大义。它们编出伍子胥和阖闾上述对话的目的是把伍子胥描绘成深明华夷之辨、君臣尊卑的知礼之人，让伍子胥说出：“父不受诛，子复仇，可也；父受诛，子复仇，推刃之道也。”也是让伍子胥有机会出面来说明他复仇的正当性：无罪而被冤杀可以复仇，有罪而应处死不要再冤冤相报。蔓成然是因为“不知度”和“求无厌”（见《左传·昭公六年》）而被楚平王处死的，罪有应得；伍奢是因为忠言直谏而被楚平王处死的，是昏君杀了忠臣。所以，斗怀不能杀楚昭王，伍子胥却可以报复楚王室。

但是，以受诛与不受诛来区分是否应该报仇，这个道理放在一般人身上容易取得共识，放在臣子与君王之间是否适用，又成为问题了。因此申包胥坚决反对，因此杨士勋说“虽得壮士之偏节，失纯臣之具道”，因此顾炎武就认为，即使是为父报仇，“平王固员之父仇，而亦员之君也”，这样的做法“于凡人则可也，于君则有不得以行之者矣”。“妙得《公羊》本意”的何休提出他的另一种解释方案，他在《〈公羊传〉解诂》中说：“父以无罪为君所杀，诸侯之君与王者异，于义得去，君臣已绝，故可也。”春秋战国的诸侯之君，上面还有一个周天子，因此不同于秦汉以后的皇帝，他们不具备代表天命的唯一性。何休的说法可以让人们想到，忠君思想并不是自远古从来就有，而是随着君主集权制度的形成和变化而逐渐形成和演变的。在西周至春秋战国，人们对于忠君的看法存在许多的歧异。申包胥认为忠君是天道，即最高的道理，最高的道德。但是，忠于国君，无条件地忠于国君，是不是天道，究竟是不是绝对不可违逆的呢？这个在春秋时代，也还是可以讨论、可以辩论，还是存在不同意见的。《左传》多处说到天道，比如“襄公九年”“十八年”，“昭公十八年”“二十六年”等处，都没有把忠君与天道联系的意思。《左传·襄公二十二年》记有晏婴说的“忠、信、笃、敬，上下同之，天之道也”。那里说的忠，不是臣对君，而是忠于盟友，晏子在那里指出的是齐庄公对于晋国不忠，言而无信，必将自取其祸。更有一层，《左传》以及与它大致同时的许多著作，说到忠君，不是无条件的、单向的，往往对君臣双方提出互为前提的条件。例如，《左传·襄公九年》说的“君明臣忠，上让下竞”。《墨子》更是提出了兼爱的概念，论证了如何把兼爱的原则贯穿在人与人关系的各个层次、各个方面：“为人君必惠，为人臣必忠；为人父必慈，为人子必孝；为人兄必友，为人弟必悌。故君子莫若欲为惠君、忠臣，慈父、孝子，友兄、悌弟，当若兼之，不可不行也。”“兼”就是要普泛地施爱，“交”就是要对等地、相互地施爱。如果拒绝、反对爱和忠的交互性，剥夺他人被爱的权利，怎么办呢？对此，《晏子春秋·问上》提出了择君而事的主张：“君者择臣而使之，臣虽贱亦得择君而事之。”《孟子》发挥得更加明白痛快：“君之视臣如手足，则臣之事君如腹心；君之视臣如犬马，则臣之视君如国人；君之视臣如土芥，则臣之事君如寇仇。”他甚至做出了对于残暴的君王可以诛杀的结论："曰，臣弑君，可乎？曰：贼仁者谓之贼，贼义者谓之残，残贼之人谓之一夫。闻诛一夫纣矣，未闻弑君也。"

春秋战国时期，谋臣武将，弃故国，事新主，不可胜数。《左传·襄公二十六年》记伍子胥的祖父伍举因为受到楚君猜忌逃亡郑国，并准备再转逃晋国，引出"楚才晋用"的典故。伍子胥在吴国的同列伯嚭的父亲是楚国大臣，在官场内斗中被杀，伯嚭逃到吴国，积极参与伐楚。伍子胥的对手吴国大臣文种、范蠡，原来都是楚人，后来成了越国的栋梁。顾炎武《日知录·周末风俗》说那个时期是"邦无定交，士无定主"。其实，并不要等到战国时期，早就是这样。各诸侯国的臣子对其君主的忠诚很多是并不可靠的，而各种政治人物对于这类不忠诚并不一定都是反感、谴责和排斥的。这是因为，春秋战国时代，诸侯之上，名义上还有周天子。我们需要充分注意到，伍子胥所处时代，司马迁所处时代，魏晋以至明清各代，谈论和实际处理君臣关系，各有其许可的尺度。孟子当面对着齐宣王说臣子可以弑杀残暴之君，我们能够想象，司马迁面对汉武帝，明朝的臣子、清朝的臣子面对各自的皇帝，能说这样的话吗？在《左传》《公羊》时代还不是那么尖锐的问题，到了司马迁写《史记》时代，就变得异常敏感了。秦汉用郡县制取代分封制，皇帝成为独一无二的最高主宰。适合汉武帝的需要，董仲舒构建了大一统的帝制神学，其核心是把忠君列为天道的首要内容。《春秋繁露·五行对》说："父授之，子受之，乃天之道也。……是故孝子之行，忠臣之义，皆法于地也。地事天也，犹下之事上也，故下事上，如地事天也，可谓大忠矣。"伍子胥敢于仇恨楚平王，敢于背叛和惩罚楚平王，这是伍子胥胜过郧公斗辛、胜过他的兄长伍尚、胜过当时许多为臣者的杰特之处。"倒行逆施"，是冲着申包胥说的天理，表达的是反抗传统伦理压力的决心。敢于正面记述并赞许伍子胥对楚王和楚国的反叛和复仇，则是司马迁胜过许多史家和论者的杰特之处，表达了反抗帝制神学的勇气，表达了反对暴君恶政的政治哲学信念。

三、关于蝼蚁与烈丈夫

《伍子胥列传》的最后，按照《史记》的一贯体例，有一段赞语，这段赞语写得铿锵激越，深深打动两千多年来无数读者，直接地揭示司马迁透过这篇传记要传达的人生感慨和追求：

> 太史公曰：怨毒之于人甚矣哉！王者尚不能行之于臣下，况同列乎！向令伍子胥从奢俱死，何异蝼蚁？弃小义，雪大耻，名垂于后世！悲夫，方子胥窘于江上，道乞食，志岂尝须臾忘郢邪？故隐忍就功名，非烈丈夫孰能致此哉！

《史记》赞颂伍子胥的切入点、着力点，它对于伍子胥的政治道德评价与其前的论家很不相同，与其后多数论家也多相异。之前的论者对于伍子胥是怎样下断语的?《庄子·外物》说，“人主莫不欲其臣之忠，而忠未必信，故伍员流於江，苌弘死于蜀”；《荀子·大略》说，“虞舜、孝己孝而亲不爱，比干、子胥忠而君不用，仲尼、颜渊知（智）而穷於世”；《战国策·秦策》借陈轸之口说，“孝已爱其亲，天下欲以为子；子胥忠乎其君，天下欲以为臣”；《楚辞·涉江》中写道，“忠不必用兮，贤不必以。伍子逢殃兮，比干菹醢”；《韩非子·饰邪》提到，人臣“称比干、子胥之忠而见杀”……这些，都显示出伍子胥之忠，早已是一个普遍流行的说法，而且，这些人所认为的伍子胥的忠的对象，都是君王。但是，太史公总结伍子胥的一生、总结伍传全篇的话，丝毫没有涉及忠君，反而赞誉了伍子胥对楚王室的复仇。在司马迁看来，使得伍子胥足以垂名于后世的不是他对君王、对楚国或吴国的忠，而在于他的烈。烈是什么？烈的第一个方面是复仇，第二个方面是雪耻。关于复仇这一方面，容易看出来，容易受到重视。历来，论者常把《史记·伍子胥列传》归结为一个复仇故事，接着司马迁讲述伍子胥故事的人也多以各自的方式把复仇作为主题。这原是有依据的，《史记・太史公自序》谈到这一卷的写作时说，“维建（太子建）遇谗，爰及子奢，子胥奔吴，作《伍子胥列传》第六”，已经肯定这篇传记讲的就是结怨和复仇的过程。但是，《史记》写伍子胥，仅仅是写他复仇吗？不是。列传后半部分说的是伍子胥强吴制越，那就无关乎复楚之仇，而其重要性丝毫不弱于前半段关于复仇的讲述，乃是他人生不可缺的重要篇章。

除了复仇之外，司马迁还写了伍子胥的雪耻。当楚平王拘捕伍奢的时候，伍尚在分析中说，若父召而不往，“后不能雪耻，终为天下笑”；伍子胥则认为，明智的做法是“奔他国，借力以雪父之耻”——两个人都明确提出了雪耻的主题。雪什么耻？首先应该就是洗雪父亲的耻辱，认为父亲为其副手所谗而被囚且屈死，作为一个老资格的重臣，很是耻辱，他们要替父亲洗雪一个老牌政治家败于猥琐小人的耻辱。伍氏在楚国是显赫的公族，即与楚王室同为芈姓。费氏也是古老的氏族，据说是夏禹之后。《世本》说，“费氏，禹后，分封以国为氏”，其封地在鲁，即今山东费县 。但其在楚国的地位却不能与伍氏相埒，而费无忌其人，德、才、功均无可称。伍奢被副手费氏算计，在政坛上，是一个很大的失败，所以说生出了怨毒。伍尚还担心，不回楚国与父同死，会受到当世以及后世人不孝的谴责，成为一个笑柄，又是他们弟兄的另一重耻辱。只是，这些都还并不是伍子胥雪耻的最核心的内容。司马迁在赞语中强调的是，作为一个烈丈夫，最大的耻辱是默默无闻地憋屈而死。他要留名后世，在一再受到挫折、极端不利的条件下，仍然不甘心做一个平庸的没世而名不彰的蝼蚁，决心要为自己建造不朽的非人工的纪念碑。司马迁极力强调的是，伍子胥在蒙垢忍辱、困顿穷厄的境遇下，选择了一条异常艰险的人生之路，拒绝做蝼蚁而屈死，敢于弃小义，能够隐忍，这才成为后世景仰的烈丈夫。

这段赞语中间有一句，今之通行各本，标点为：“弃小义，雪大耻，名垂于后世，悲夫!”报仇雪耻，名垂后世，遂了平生之愿，有何可悲？为了落实“悲”字，韩兆琦的笺证本，和许嘉璐、安平秋的全译本，乃将其均今译为悲壮。但古人用“悲夫”通常都是表悲叹，《史记》中“悲夫”出现四十余次，其中很多见于“太史公曰”，都是对人物表哀痛、悲悯之义，如《周勃列传》《吴起列传》《韩信列传》《公孙弘列传》等，这些篇的“太史公曰”里的“悲夫”，莫不如此，“壮”是今译者硬塞进去的羡余、增赘之义。此处司马迁所“悲”者，乃伍子胥流亡乞食，备尝屈辱折磨，为了不成为默默无闻的蝼蚁而隐忍，故“悲夫”应归于下句 。悲子胥也即是作者自悲，最是在为酬大志而隐忍这一点上，司马迁对伍子胥产生强烈共鸣。我们览读这段赞语，总会不由自主地联想到《报任安书》，联想到《太史公自序》，其中的语句都有着若干的近似。《史记·太史公自序》说：“假令仆伏法受诛，若九牛亡一毛，与蝼蚁何以异？而世又不与能死节者比，特以为智穷罪极，不能自免，卒就死耳。何也？素所自树立使然也。人固有一死，或重于泰山，或轻于鸿毛，用之所趋异也。”“所以隐忍苟活，幽于粪土之中而不辞者，恨私心有所不尽，鄙陋没世而文采不表于后也。”类似的话在《报任安书》里又重复一遍。我们在《史记》中可以读到许许多多与伍传赞语类似的话。《范雎列传》直接引用了伍子胥：“使臣得尽谋如伍子胥，加之以幽囚，终身不复见，是臣之说行也，臣又何忧!”“臣之所恐者，独恐臣死之后，天下见臣之尽忠而身死，因以是杜口裹足，莫肯乡（向）秦耳。”《鲁仲连列传》里鲁氏《致燕将书》写道，“规小节者不能成荣名，恶小耻者不能立大功”，“若此二士者，非不能成小廉而行小节也，以为杀身亡驱、绝世灭后功名不立，非智也。故去感忿之怨，立终身之名，弃忿悁之节，定累世之功，是以业与三王争流，而名与天壤相弊也”。《管晏列传》里管仲说：“吾幽囚受辱，鲍叔不以我为无耻，知我不羞小节而耻功名不显於天下也。”《季布栾布列传》“太史公曰”：“彼必自负其材，故受辱而不羞，欲有所用其未足也，故终为汉名将。贤者诚重其死。夫婢妾贱人感慨而自杀者，非能勇也，其计画无复之耳。栾布哭彭越，趣汤如归者，彼诚知所处，不自重其死。虽往古烈士，何以加哉!”伍子胥的事迹最触动司马迁的，是他的隐忍。“隐忍就功名”，“弃小义，雪大耻”，也是司马迁后半生坚持活下去投入《史记》撰著的动力。伍传的“就功名”指的是伍子胥到吴国之后，复仇遇阻，就官职。实际上伍子胥在吴国做官，并不仅仅是作为复仇的外部条件，而且强吴制越，正是他一辈子重要的功业。《伍子胥列传》讲复仇，讲雪耻，这两者虽然无法截然分开，却也不能完全等同。也许可以说，雪耻是伍子胥从去国逃亡开始更紧迫更高远的生命诉求，由雪耻所产生的坚韧负重的精神，是伍子胥故事最打动司马迁的地方。复仇在攻占郢都时已经结束，而襄助吴主击败越国则是伍子胥留名后世的下一个篇章，是伍子胥洗雪家族和个人之耻，为个人和家族赢得辉光的决定性的建树。在伍子胥心目中，在司马迁心目中，在后世目光深邃的论者心目中，其分量一点也不逊于前一篇章。赞语兼及了这两个方面：洗去被强加的污浊，实现自己的人生价值。推崇重于泰山的人生价值的追求，是司马迁留下的一份重要精神遗产。

（载《华中师范大学学报》2022 年第 4 期）